身体のフランス文学

ラブレーからプルーストまで

Le Corps à travers cinq siècles de littérature française. De Rabelais à Proust

吉田 城・田口紀子［編］

京都大学学術出版会

目次

序章　フランス文学と身体——「食」の主題系をめぐって——［石井洋二郎］　1

はじめに——「心理」から「身体へ」　1
1　世界を食べる——ラブレー『ガルガンチュア』　4
2　腐臭と嘔吐——ゾラ『パリの胃袋』　9
3　食卓の社会学——モーパッサン『ベラミ』　14
おわりに　19

第1部　アンシャン・レジームにおける世界と身体

時代と展望
1　ルネサンス文学における精神と身体［宮下志朗］　25
2　十七世紀文学における身体の意識と表現［永盛克也］　30

3　十八世紀の人間論における身体〔増田 真〕 35

1章 巨人の文化的・政治的身体性をめぐって――〔宮下志朗〕 40
1　『ガルガンチュア大年代記』――シードル的身体か？ 40
2　『大年代記』増補版――シードル、ビールからワインへ 42
3　『賞賛すべき年代記』――ワイン的身体の成立 43
4　政治的身体としての人体 47
5　悪しき情念と正しき理性、そして排泄 49
6　黒胆汁とワインというアナロジー 52

2章 フランス絶対王政と古典悲劇――「王の身体」をめぐって――〔永盛克也〕 56
1　悲劇の王／王の悲劇 56
2　王の二つの身体 58
3　ルイ十四世と悲劇 61
4　『ベレニス』――絶対王政の悲劇 65

3章　宮廷祝祭における王の姿——［秋山伸子］ 74
1　王のイメージ——「太陽王」ルイ十四世 74
2　宮廷バレエにおける王のイメージ 77
3　『夜のバレエ』におけるルイ十四世のイメージ 79
4　『バレエ、ペレウスとテティスの婚礼』にみるルイ十四世のイメージ 86
5　『待ち切れないバレエ』にみるルイ十四世のイメージ 89
6　ヴェルサイユにおける祝祭「魔法の島の悦楽」と宮廷バレエ 92
7　モリエールのコメディー＝バレエ『町人貴族』 95
8　むすび 97

4章　語る主体としての身体——ディドロにおける身体と自己——［増田　真］ 100
はじめに 100
1　身体による言葉と身体の言葉 101
2　身体と自己 108
3　身体の政治学 116

むすび　121

第2部　ロマン主義からレアリスムへ

時代と展望

4　心身合一の夢——ロマン主義における身体意識とその表象〔水野　尚〕　127
5　レアリスム小説と身体〔小倉孝誠〕　135

5章　ネルヴァル的「新生」——『オーレリア』における魂と肉体——〔水野　尚〕　144

1　二つの存在感覚　145
2　身体意識の残存　148
3　二つの病理学的体験　149
4　女神と万物照応　154
5　時空間を限定する　158
6　第二の現実へ　161

6章　唇・皺・傷——マルドロールの〈身体なき器官〉——〔石井洋二郎〕　165

1　唇という傷　167
2　額の皺　170
3　身体なき器官　173
4　「通体」としてのマルドロール　176

7章　文学と音の風景―――［小倉孝誠］　182
1　文学と感覚　182
2　都市空間に響く物音　184
3　《雷鳴よりも騒々しく》―――産業革命と音の風景　189
4　鐘と記憶の誘発　195

8章　空虚と襞―――ゾラ『獲物の分け前』におけるモード・身体・テクスト―――［吉田典子］　200
1　パリ都市改造とモード産業　200
2　スペクタクル化する身体とモードの表象機能　203
3　テクストに重囲された女、あるいは空虚の悲劇　206
4　絹の罪、テクストの毒　214

第3部　ベル・エポックの華やぎの陰で

時代と展望　6　異形の現前——二〇世紀前半のフランス文学における身体の変容［森本淳生］　223

9章　裂開と神秘——『若きパルク』の構造とその身体論——［森本淳生］　234

1　涙　236
2　蛇　238
3　分裂の激化と狂乱の死——『若きパルク』の構造（1）　244
4　身体の神秘——『若きパルク』の構造（2）　249
5　両義的存在　252

10章　ブーローニュの森のスワン夫人——プルースト的身体のねじれと二重性——［吉田　城］　256

はじめに　256
1　ブーローニュの森　258
2　スワン夫人の散歩　260

3　キアスマ的身体　264
4　カルネ二番の断片をめぐって　266
5　メアリー・スチュアートとマルセル・プルースト　269
6　草稿からタイプ原稿へ——歴史画人物としてのスワン夫人　272
おわりに　274

11章　フィアスコ——プルーストと性的失敗——［吉田　城］　276
はじめに　276
1　娼婦の館での失敗　277
2　アドリアン・プルーストにおけるティソの影響　281
3　スタンダールとフィアスコ　284
4　『失われた時を求めて』の買春体験　286
5　『ジャン・サントゥイユ』にみられる悪夢的な売春宿　287
6　ルソーとモンテーニュ——フィアスコの考察　291
むすび　295

第4部　時代を超える身体——怪物性・ポートレイト・ポルノグラフィー

12章　逸脱、排除、自由——怪物的身体をめぐる考察——［多賀　茂］　301

1　monstre という言葉　302
2　怪物的身体の系譜——十九世紀はじめまでに怪物的身体に与えられたさまざまな意味合いについて　303
3　怪物性の転換——十九世紀に起こったこと、そしておそらく私たちが引き継いでいることについて　318
おわりに　323

13章　カタログ的身体から記号的身体へ
——小説における登場人物のポルトレをめぐって——［田口紀子］　327

1　フランス文学での「ポルトレ」の伝統　327
2　カタログ的身体とその解体　328
3　隠喩としての身体　333
4　同時代の換喩としての身体　337

14章　ポルノグラフィーにおける言葉と身体――リベルタン小説と猥褻語――〔大浦康介〕346
はじめに　346
1　「ポルノ大国」フランス　347
2　ポルノグラフィーの近代　350
3　『娘たちの学校』と『閨房哲学』　352
4　性的身体の名指し　354
5　悪罵と冒瀆　358
むすびにかえて　363
おわりに〔田口紀子〕　367
参考文献解題　386
人名・作品名索引　394
事項索引　399

序章

フランス文学と身体――「食」の主題系をめぐって

石井洋二郎

はじめに――「心理」から「身体」へ

フランス文学に限らず、文学一般にとって「身体」が最も重要なテーマのひとつであることは疑う余地がない。労働、会話、飲食、排泄、睡眠、性愛、暴力、病気等々、およそ考えうる限りの日常的な営為がすべて身体を用いて実践される慣習行動《プラティック》であり、あるいは身体を場として立ち現れる具体的現象にほかならないのであってみれば、これは至極当然のことであるだろう。

ところが伝統的な文学研究の枠組みにおいて、この問題はしばしば不当に軽視されてきたきらいがある。なぜなら、とりわけ小説というジャンルにおいて顕著に見られるように、身体的徴候は多くの場合、登場人物の内面に潜む感情や精神状態を可視化する表面的な記号として、二次的・従属的な位置づけを与えられ抑圧されてきたからである。「眉が吊りあがる」のはあくまでも「怒り」という感情の反映であり、「背筋がぞくっとする」のはつまるところ「恐怖」という精神状態の顕在化である、というわけだ。ここには無意識のうちに「外面」よりも「内面」、「身体」よりも「心理」を優位に置く発想がある。「心理小説」という言葉は古くから存在するのに「身体小説」という言葉は今なお公認されていないという事実ひとつをとってみても、目に見えるものよりは見えないもの、「意味するもの」よりは「意味されるもの」を重要視し特権化する傾向が潜在的に文学という制度を支えてきたことは、おそらく否定できないのではあるまいか。[*1]

だが、たとえば一般に古典的な心理小説の原型として公認の「フランス文学史」に登録されているラ・ファイエット夫人（一六三四―九三年）の『クレーヴの奥方』（一六七八年）一冊をひもといてみただけでも、こうした考え方が一種の思い込みにすぎないことは即座に了解されよう。この物語を「見ることをめぐる禁忌と違反のドラマ」として読み解いてみせる工藤庸子は、絶対王政下の宮廷における王の身体が起床から就寝にいたるまで終始公的なスペクタクルとして人々の視線にさらされていた当時の慣習に注意をうながした上で、ヒロインの身体もまた宮廷生活のシステムに組み込まれていたがゆえに他者のまなざしを日常的にまぬかれなかったこと、だからこそ彼女にとって唯一の避難場である私的な別荘にこもった姿を盗み見るというヌムール公の振舞いはいっそう重大な侵犯行為となるということを的確に指摘しているが、[*2] これはまさに身体が単なる心理の反映にとどまらず、それ自体が「見る／見られる」という相互的な行為を主題化する装置として独自に機能していることを明らかにしてみせた読みの一例である。この観点からすれば、なるほど国王アンリ二世が野試合のさい槍の破片が片目に刺さったことが原因で死去したという史実が小説の中で語られているのも、ただの偶然とは思えなくなるはずだ。

　工藤はまた、ヒロインの白い肌が再三「あかくなる」ことを指摘しているが、[*3] これも単なる恥じらいや疚《やま》しさの反映というだけにはとどまらず、彼女に思いを寄せるヌムール公が野試合のさいに身につける「黄色」とも連動して、いわば奥方の身体にまつわる色彩の記号論ともいうべき構図を描き出しているように思われる。ここで詳細な分析に立ち入るつもりはないが、このように心理小説の代名詞ともなっている『クレーヴの奥方』でさえ一篇の「身体小説」として読むことが可能なのであるとすれば、そのように読めない作品などひとつもないといっても過言ではあるまい。

　ただしテクストのここかしこに散布された一連のイメージや断片をつなぎ合わせて前景化しようとする読者の意識的な視線がなければ、どのような問題系も明確な主題として立ち上がってくることはない。じっさい古今東西を問わず、「身体小説」としての側面を少なからず孕みながらも、そのようなものとしてはほとんど読まれてこなかった作品のなんと多いことか。だからこそいま、読みの焦点を根本的に移動させ、読者のまなざしがそこを通過して背後に潜む心理＝真理へと到達するための媒介項として身体を扱うのではなく、さまざまな意味作用のヴェクトルが交錯する一種の磁場のようなものとしてこれをとらえること、すなわちもろもろの身体的徴候を登場人物の内面に還元するのではなく、あくまでもテクストの意匠を形成する一連の自律的な力線の集合体として再構成することが必要とされるように思われるのだ。

こうした視座に立ってフランス文学史をあらためて通観してみるならば、各時代に特有の身体のありよう――歴史学で言うところの「心性」mentalitéをもじっていえば、これを「身性」corporalitéとでも呼べるであろうか――に注目することで、いわば「文学的身性史」とでもいったものが書けそうな気がしないでもない。中世的身体に始まって、十六世紀のルネサンス的身体、十七世紀の古典主義的身体、十八世紀の啓蒙主義的身体、十九世紀のロマン主義的身体や写実主義的身体や象徴主義的身体、さらには二十世紀のシュルレアリスム的身体や実存主義的身体や構造主義的身体といった具合に、いわゆる既成の文学史的概念と結びつけながら身性の系譜をたどることには、確かにそれなりの意味も興味もあるだろう。だが、限られた紙幅である程度見通しのきく通史を描き出すことは率直にいって筆者の手にあまる作業であるし、個々の時代については各部の冒頭に置かれた「時代と展望」がそれぞれ明快な見取り図を与えてくれるであろうから、それらの文章に務めをゆだねることとしたい。

それゆえ本章では、通時的な視点よりもむしろ主題論的なアプローチを採用し、「身体のフランス文学」という本書のテーマに――ごく限定的にではあるが――一定の照明を当てることを試みる。もちろん設定可能な主題はいくつも考えられるが、どのような切り口を選ぶにせよ、なすべきことは結局のところ個々の作品を読むことに尽きるだろう。右に述べたことからも明らかな通り、仮にもろもろの文学思潮との関連においてカテゴリー化されレッテルを貼られた複数の「身性」なるものが想定しうるとしても、それらはどこかになんらかの実体としてあらかじめ存在するわけではなく、実際に具体的なテクストを前にしたとき、私たちがそれに向けて注ぐまなざしとの相関性においてそのつど立ち現れてくるものでしかないからだ。そこで以下では、人間の身性を規定する最も基本的な要素のひとつである「食」の主題系に焦点を当てて、いくつかの作品を読みながら若干の考察を試みたいと思う。

1　世界を食べる——ラブレー『ガルガンチュア』

フランス文学史上、最も大酒飲みの登場人物は誰か——というのはもちろん半分冗談めかした問いだが、少なくともその最有力候補のひとりとして、フランソワ・ラブレー(一四九四?—一五五三?年)の奔放な想像力が産み落とした型破りの主人公、巨人ガルガンチュアに指を折らぬわけにはいくまい。なにしろこの怪童、誕生時に「おぎゃあ、おぎゃあ」とは泣かずに「のみたいよー、のみたいよー、のみたいよー」と叫んだというのだから、酒好きとしてもよほどの筋金入りである。[*4]洗礼のさいも母親はまず「たっぷりと一気飲みさせてから」洗礼盤のところまで抱いていったというし、「ごきげんが悪くなったり、むかついたり、腹が立ったり、悲しくなったり、あるいはじだんだ踏んでくやしがったり、泣いたり、叫んだりしたようなときに、ワインを持っていってあげると、元気もりもりになって、おとなしく、にこにこ顔に戻るのだった」。[*5]

ここに私たちは、肉体的快楽を謳歌するルネサンス的身性の全面的な肯定の身振りを早くも見て取ることができる。主人公が誕生する前の「酔っ払いたちの会話」では、「のどが渇くのが先か、飲むのが先か?」という問いにたいして、ひとりの酔っ払いが「おれたち、罪なき衆生は、のどなんか渇かなくたって、浴びるほど飲んじゃうもんね」と答えるくだりがあるが、[*6]この論理をそのまま体現するかのように、生まれながらに旺盛な「食欲」ならぬ「飲欲」をそなえたガルガンチュアは、およそ渇きを癒すために酒を飲むのではない。不機嫌や立腹、悲しみやくやしさといった精神的な負荷のすべてはワインによって解消されるというのだから、酒を摂取することは彼にとって、あらゆる感情に優越する自己目的的な行為なのだ。ここには身体に先立ちこれを検閲する「心理」の抵抗や圧力はまったく見られない。彼の身体は内面を映し出す鏡でもなければ情念の支配下にある道具でもなく、それ自体が生命の無条件的な発露なのである。

そんなガルガンチュアであってみれば、食欲もけたはずれなのは当然だ〈図1〉。そもそも赤ん坊のときから一七九一三頭の乳牛から搾ったミルクを呑んでいたという彼だが、やがて成人して留学中のパリから父親のグラングジエに呼び戻されて帰郷したとき、用意された夕食は次のようなものである。

とりわけロースト料理が大量に並んだ。牡牛が一六頭、牝牛が三頭、子牛が三二頭、乳呑み子ヤギが六三頭、ヒツジが九五頭、ブドウの絞り汁をかけて焼いた子ブタが三〇〇頭、シャコが二二〇羽、ヤマシギが七〇〇羽、ルーダンやコルヌアーユ地方のキンヌキ《シャポン》が四〇〇羽、めんどりとハトが六〇〇〇羽ずつ、エゾライチョウ六〇〇羽、野ウサギの子が一四〇〇羽、ノガン三〇三羽、ひなどりが一七〇〇羽であった。けものの肉は、あわてて集めたので多いとはいえないが、それでも、テュルプネー修道院長からのイノシシが一一頭、グラモン領主からのけものが一八頭あったし、レ・ゼッサール殿からのキジが一四〇羽、モリバトが数ダースあった。[*7]

とりあえずここでやめておくが、この種の列挙はこの後もまだしばらく続く。また、ガルガンチュアはサラダ用のレタスを自分で取ってきたときも、六人の巡礼を一緒に運んできて、「シトー会の酒樽ほどもある大皿に、レタスもろとも乗っ

図1　ガルガンチュアの食事。ギュスターヴ・ドレの挿絵。1873年。

けると、夕食前のちょっとした前菜にでもと、油と酢と塩をかけて、ぱくぱく食べ始め、たちまち五人を飲みこんでしまった」[*8]という。荒唐無稽な法螺話といってしまえばそれまでだが、限りなく数字を増殖させてゆくこの種のエピソードは、やがて文学史の一大潮流となる心理小説の伝統とはおよそ対極にある原始的欲望の誇張された形を提示している。

ところで重要なのは、ラブレーにおいては飲食行為がほとんどコスミックと言ってもいいスケールを獲得することで、世界そのものとの関係性にまでその射程を及ばせているということである。物質的・肉体的原理に基づくラブレーの作品の本質を、民衆文化の美的概念を継承する「グロテスク・リアリズム」として定義してみせたミハイール・バフチーンは、この事態を次のように説明している。

> 飲み食いは、グロテスクな肉体の最も重要な生活現象である。この肉体の特徴は、その開かれた未完成性、世界との相互依存性である。この特質は、最も具体的に、一目瞭然たる形で、**食べる行為**において現われる。肉体はこの場合、その境界を越えて行き、のみこみ、貪り食い、世界を引き裂き、自分の中に吸収し、世界を犠牲にして富み、成長する。**大きく開けた、かじり、引き裂き、噛む口の中で行なわれる人間と世界の出会い**は、人間の思考、心象の最も古くからある最も重要な主題である。ここでは人は世界を味わい、世界の味を感じとり、世界を自分の体内に取り入れ、世界を自分自身の一部とする。(強調原文)[*9]

人間の身体は未完成であり外界に向けて開かれてあるがゆえに、自分の外部にある対象を取り込むことによって自らを充足させ、生の営みを持続させようとする。飲み食いとはこうして人間が「世界との相互依存性」を実現するための、最も基本的な身振りにほかならない。つまりラブレーにおいて、食べたり飲んだりする行為はそのまま世界を咀嚼し、摂取し、消化する行為に等しいのであって、ガルガンチュアの旺盛な食欲とは取りも直さず、世界を自らの身体に同化しようとする人間の根源的な欲望の激しさなのである。カーニヴァルにおける飲食の検閲なき放縦、身体の全面的な解放はそれゆえ、大いなる歓喜のうちに人間と世界との境界線を消滅させる合体の儀式であるといってもいい。

こうしてラブレーの描く身体は基本的に消化器系の本能によって世界を所有化する意志に貫かれているので、彼の繰り出す言葉は必然的にこれにともなう生理的帰結、すなわち排泄行為にまで及んでいく。放尿、放屁、嘔吐、脱糞等々、その後の文学作品があからさまに口に出すことのはばかられる下品な行為として抑圧し隠蔽してしまうであろう尾篭なことがらへの言及が、『ガルガンチュア』にはなんの躊躇もなくこれでもかとばかりに頻出することは周知の通りである。じっさい幼児期の主人公は「靴におしっこをしたり、パンツにうんこをもらしたり、服の袖で鼻をふいたり、スープに鼻汁をたらしたり」としたい放題で、「しょっちゅう、献金用の皿につばを吐いたし、強烈なおならをしたり、お天道様におしっこしたり〔……〕、げえげえ吐いたりした」といった具合に、生理的欲求のおもむくままにあらゆる開口部から所かまわず排泄する。

この作品が書かれた時期は、先に触れた『クレーヴの奥方』の舞台として設定されている十六世紀中葉（アンリ二世の治世末期）にわずか二十数年ばかり先立つに過ぎない一五三〇年代半ばであるが、ラ・ファイエット夫人の描く宮廷の貴婦人が排泄行為はおろか飲食行為とさえほとんど無縁であるかのような慎み深い貴族的人工性に終始貫かれていたことを思えば、あたかも規範やタブーなどいっさい存在しないかのように融通無碍な逸脱を繰り返すガルガンチュアの民衆的自然性はほとんど対極に位置するものであり、その沸き立つようなエネルギーの炸裂にはただ圧倒されるしかない。しかし排泄行為もまた、この主人公にあっては人間と世界との関係性に深く根ざした現象であることを見逃さないようにしよう。もう一度バフチーンを引いておく。

腹や生殖器の次にグロテスクの肉体において意義を持っているのは**口**であり（呑みこまれる世界がここから入る）、次いで**尻**である。これらの**凸出したもの**、**穴のあるもの**の特徴点は、**二つの肉体間の境界線**、**肉体と世界の境界**がまさに打ちやぶられるということであり、ここで肉体同士、肉体と世界の互換性、相互指向性が生まれるのである。だからこそ、グロテスクな肉体の生活における基本的な出来事、**肉体のドラマのアクション**

——飲み食い、排泄（および他の排出行為——発汗、鼻をかむこと、くしゃみ）、交接、懐胎、出産、成長、老年、病気、死、寸断、八つ裂き、他の肉体に呑みこまれること——これらの動作は**肉体と世界の境界線上、古い肉体と新しい肉体との境界線上で行なわれる**のである。[*10]（強調原文）

それまで自分の肉体の一部であったものが外部へと排出されることで切り離される瞬間、それはまさに自己と世界とが「身体」という場を通してその境界線を確認する瞬間であり、と同時に、同じ境界線が瞬時にして侵犯され抹消される瞬間でもある。なぜなら食べることが世界を自己の内部に取り込む行為であったとすれば、排泄行為とは自己を世界に食べさせること、自己が世界の内部に取り込まれることであり、したがって両者のあいだに引かれた境界線を逆方向に横断することであるからだ。人間の身体から出される排泄物とは、世界の側から見れば摂取すべき食物にほかならない（じっさいそれは肥料として用いられることで、生命の再生と土壌の肥沃化に貢献しているではないか）。こうして表裏一体をなす飲食と排泄という二つの身体的事象は、バフチーンが「肉体と世界の互換性、相互指向性」と呼ぶものにおいてぴったりと重なり合う。

ガルガンチュアの身体はこのように、肉のすべての開口部を通して世界と通底し直結しているのであり、そこでは自己と世界、内部と外部の境界線が絶えず露出しては廃棄される。このとき生と死をはじめとして、聖と俗、恐怖と笑い、厳粛さと滑稽さ、等々の二項対立的秩序はすべて根底からくつがえされ、宇宙的なリサイクルの過程へと投げ出されるであろう。ラブレーはいわば、飲食と排泄という人間にとって最も基本的な生命維持の営みを通して、あらゆる価値を転倒させ混淆させる祝祭の場としての「カーニヴァル的身体」を創造したのである。

2

腐臭と嘔吐——ゾラ『パリの胃袋』

　ここで視線を一気に十九世紀へと転じてみよう。近代小説で「食」のテーマが顕著に目につく作品といえば、すぐに思い浮かぶのがエミール・ゾラ（一八四〇—一九〇二年）の『パリの胃袋』（一八七三年）である。ルーゴン＝マッカール叢書の第三巻にあたるこの長篇は、もっぱら「食べる」ことに捧げられた身体部位を含むそのタイトルが明示している通り（原題は *Le Ventre de Paris*「パリの腹」）、パリの中央市場を主要な舞台として展開される文字通りの「食物小説」と言っていい。山のように野菜を積んだ何台もの馬車が次々とパリに集結する冒頭のシーンから、シャルキュトリのショーウィンドー〈図2〉で豚肉加工品が飽食の勝利を告げるかのように艶々と輝くラストシーンにいたるまで、肉類や魚介類、果物やチーズ等々も含め、全篇を通じて登場する食物の量と種類の豊富さは尋常ではなく、その限りではラブレー的なカーニヴァル性に通じる要素をそなえた作品である。

　ただし物語の主人公であるフロランは、無実の罪で流されていた南米のギアナから脱走して七年ぶりにパリに戻ってきたば

図2　シャルキュトリの店先。1879年版の挿絵。

かりの青年で、長く続いた飢餓のせいでがりがりに痩せ細っており、およそ現代のガルガンチュアとなるには程遠い人物という設定になっている。だから彼の身体は、屠殺された家畜の血や肉の生臭い匂いがたちこめる中央市場の空気を生理的に受けつけない。膨大な食物のあふれかえる光景も、飢えに苦しんできた彼の食欲をそそるどころか、むしろ逆に激しい嫌悪と憤怒をかきたてるばかりだ。

白い大きな前掛けをした肉屋が、肉に検印を押し、運んでいって重さを計り、競り売りの柵に鉤で吊るす。フロランは格子に顔をつけ、腹を開かれて吊るされた動物の死体の列をみつめた。牛や羊は真っ赤で、子牛はやや色が薄く、脂肪や腱が黄色く浮き出ている。それから臓物類の露天売り場に来た。白っぽい子牛の頭や足、きれいに箱詰めされた胃腸、平たい籠に上品に並べられた脳みそ、血のしたたるレバー、紫がかった腎臓などのあいだを通り抜けると、何台もの二輪荷車に行く手をさえぎられて立ち止まった。〔……〕そのときフロランは、ことばにならない激怒にとらえられた。屠殺された豚のむっとする匂い、臓物類のつんとくる匂いで、神経が耐えられなかった。[*11]

ガルガンチュアならばさぞかし大喜びでむさぼり食ったにちがいない動物の肉や内臓は、「赤」「黄」「白」「紫」といった毒々しい色彩の横溢と生命のなまなましい余韻を発散する匂いの充満でフロランを視覚的にも嗅覚的にも圧倒し、ほとんど狂気すれすれの地点まで追い詰める。食物に充足したことの絶えて久しくなかった彼の身体は、一転して唐突に差し出された渾沌たる臓物の堆積を前にして完全な適応不全をきたしている。だから彼の胃袋は一種の食物恐怖とでもいった症状を呈し、「見たものすべてに押しつぶされ、それでもなお新しい食物がひっきりなしに押し寄せてくるのを感じ[*12]」ずにはいられないのだ。健康な胃袋の持主ならばなんの苦もなく体内に取り込み同化できるはずの動物の肉は、フロランにとっては摂取不能の無気味な量塊であり、食欲の増進を阻害する絶対的な異物でしかない。彼の悲劇は、ガルガンチュアのように飲食と排泄のサイクルを反復することで世界を食い尽くしこれと一体化することのできない者の悲劇、自己と外界との境界線を廃棄することができぬまま、絶えずこみあげてくる異様な不快感にひたすら耐えるしかない者の悲劇である。そんなフロランが、やがてこともあろうに中央市場の魚の検査官に任命されてしまうのは、まことに運命の皮肉としか言いようがない。彼は日常的に自分を取り巻く魚介類の腐臭と自分の身体との決定的な不和に苦しむことになる。

フロランはそのとき、彼の生活を取り巻いているこの食料の山に胸が苦しくなった。豚肉製品への嫌悪感が戻ってきて、今ではいっそう耐えがたかった。前にも同じようにひどい悪臭を我慢したことはあったわけだが、それは人間の腹から来るものではなかった。魚は流れる水に浸されていてもちょっと暑くなるとすぐ腐るので、痩せたフロランの細い胃袋は、そうした魚が並べられている前を通るたびにむかむかした。あたかも匂いの消化不良を起こしたかのように、魚の強烈な臭気で養われながら、同時に息苦しくなるのだった。事務室に閉じこもっていても、建付の悪いドアや窓の隙間からむっとする匂いが入りこんで、彼に付きまとった。[*13]

ここでフロランが見舞われているのは、世界との幸福な調和とは対極にある不幸な違和という事態である。そしてこの世界との不幸な違和は、おそらく五感の中でも最も直接的に身性を反映する感覚、すなわち嗅覚を介して彼の体内に侵入する。消化できない異物を呑み込んでしまった胃袋が反射的にこれを押し返そうとするように、同化できない悪臭を吸い込んでしまったフロランの胸は「匂いの消化不良」を起こし、激しい嘔吐感を覚えてこれを吐き出そうとする。

そんな彼が市場の魚売りである美女のラ・ノルマンドを前にしたとき、これを肉体的に所有しようとする健全な欲望の発動には大きな困難がつきまとう。フロランは女の善良さに深い友情を感じながらも、それ以上の気持ちをけっして抱くことがないのだが、それはおよそ彼自身の内面的な心理のありように関わることがらではなく、むしろ純粋に身体的なレベルでの抵抗感によるものである。

夜、ランプのしたで、ミュッシュのノートを覗き込むようにしながら彼女が自分の椅子に近づいてくると、フロランはその力強く温かい身体をそばに感じて、何となく気分が悪くなるような気がした。彼女の身体は巨大で、とても重く、胸は巨人族の女のようで、ほとんど不安になるほどだった。自分のとがった肘や痩せこけた肩が、この肉のなかにのめり込んでしまいそうな気がして、腕や肩を引っ込めた。彼の痩せっぽちの骨は、太った胸と接触することに苦悩を感じていた。女の身体から立ちのぼる強い息吹に悩まされ、頭を垂れていっそう身を細くした。[*14]

ここに見られるのは、もっぱら女の肉体の豊満さにたいする本能的な恐怖であり忌避である。つまりフロランを不安にさせるのはあくまでもラ・ノルマンドの「力強く温かい身体」、巨大で重い身体であり、「巨人族の女のよう」な胸なのであって、けっして彼女の性格でもなければ態度でもない。そうした精神的要素が喚起される以前、好きとか嫌いとかいった心理的機制が発動される以前に、彼女の肉体そのものの大きさ、強さ、太さ、重さ等々が、文字通り物理的＝身体的 physiquement にフロランを圧迫するのである。「彼の痩せっぽちの骨は、太った胸と接触することに苦悩を感じていた」という一文は、この事態をみごとに集約していよう。「苦悩」というのはふつう人間の心理に関わる事象であるが、ここでは「骨」がその主語となっているのだから、これを感じる主体はフロランの精神ではなく、まさに身体の一部なのだ。

そしてラ・ノルマンドの身体に付与された特性の数々が、すべて「食」に結びついていることは指摘するまでもあるまい。大量の食物を摂取する人間ほど大きくなり、強くなり、太くなり、重くなる。そればかりか、食物は脂肪の燃焼によって女の肌を「温かく」させるであろうし、そこから「強い息吹」を立ちのぼらせもするだろう。彼女の身体はいわば、飽食によって成長し呼吸し発熱する生命そのものの象徴となっている。

いっぽう、飢餓の記憶から抜け出せぬまま食べることの快楽から排除されたフロランの身体は、「とがった肘や痩せこけた肩」とか「痩せっぽちの骨」といった一連の語彙によって明らかに彼を圧倒する女体の量感と対比的に描かれているばかりか、「この肉のなかにのめり込んでしまいそう」になるとか「頭を垂れていっそう身を細くした」といった描写によって、さらに痩せ細り萎縮して消え入るような気配さえ見せている。それは飲食によって世界を取り込むことも、排泄によって世界に取り込まれることも禁じられ、ただひたすら縮こまりそれ自身の上に畳み込まれていくかのような自閉的身体であり、世界への開口部をいっさいもたず、それゆえ他者＝外界にたいして徹底的に閉ざされた、反・ガルガンチュア的身体の典型である。

二人の男女の身体がこうして豊穣と貧困、過剰と欠乏という二項対立的な図式によって明確に対置されるのであれば、日常的に魚を扱っているラ・ノルマンドの身体がフロランに繰り返し嘔吐感を催させるあの匂い、「食」にまつわる市場特有の生臭い匂いを放っていることが、食欲ばかりでなく性欲の昂進をも妨げる決定的な理由としてもちだされるのは必然だろう。右の引用をさらに読み進めていけば、女の白い胸元から立ちのぼる「生命の湯気、健康の吐息といったもの」が「いくらか市場の匂いに味付けされて」いること、それが「女の匂いにつんとくる香気を添える魚くさい匂い」であったことを私たちは知ることになる。彼女は香油をつけたり何度も水を浴びたりしてその匂いを消そうとはしていたのだが、「しかし水浴のさわやかさが消えると、血のめぐりとともに手足の先まで、サケの臭気や、キュウリウオのスミレと麝香を混ぜたような匂いや、ニシンやエイの生臭い香りが、ふたたび戻ってくるのだった」。そしてひとたびこの匂いを嗅いでしまったが最後、フロランの性欲は即座に減退してしまう。というより、それは性欲という形さえとらぬままであえなく霧散してしまうのだ。

フロランは胸が苦しかった。午後の魚市場で感覚は食傷し、彼女を欲しいとはまったく思わなかった。その身体は刺激的だったが、あまりに塩辛く、あまりに苦く、あまりにゆったりした美しさで、あまりに匂いがきついように思われた。[*15]

すでに明らかなように、魚の匂いをしみこませたラ・ノルマンドの飽食した豊満な身体は、食物のあふれかえる中央市場というトポスの換喩にほかならない。そしてそれはまた、次々と投入される莫大な資本を呑み込んでは果てしなく巨大化しつづけるパリという都市空間それ自体の換喩でもある。だからその只中にいきなり投げ出されたフロランに絶えずつきまとう嘔吐感は、単に腐った魚の発散する臭気にたいするそれであるだけでなく、この物語の背景となっている第二帝政時代、すなわち産業化が加速度的に進行し消費経済が膨張しつつあった時期のパリが放ち始めていた腐臭にたいするそれでもあったはずだ。『パリの胃袋』はその意味で、いわば「食」の主題による社会批判という射程をもった、いかにもゾラ的な「身体小説」であるといえるだろう。

3

食卓の社会学――モーパッサン『ベラミ』

ここまで食物をめぐって対照的な様相を見せる二つの身体を見てきたが、それらは方向性こそ正反対ではあるものの、いずれも世界との相互関係性において存在論的に把握されるという点では基本的な共通性をもっていた。しかし文学と「食」にまつわる問題系はそれに尽きるわけではない。ドイツの社会学者、ノルベルト・エリアスはその著書『文明化の過程』において、中世から十八世紀頃にかけて刊行された何冊かの礼儀作法書を引きながら、食卓での振舞いに関するさまざまな規範の変遷を跡付けているが、[*16] じっさい「何をどれくらい食べるか」という生物的側面だけでなく、「どのようにして食べるか」という儀礼的側面もまた、文学にとってはきわめて重要な主題のひとつである。というのも、食事をめぐる細かい作法の数々はおそらく、身体にしみついた階級性を最もあからさまに露呈させる社会的標識にほかならないからだ(日本語でも「箸の上げ下ろし」によって「お里が知れる」という言い方がしばしばされることを思い浮かべてみればよい)。

本来は生命維持のための私的な営みであったはずの飲食行為が、いつ頃どのようにして他者の目を意識した身体技法を要請する公的な営みへと移行していったのか、すなわち「食の文明化」はいつ頃どのようにして進行していったのか、それを特定することは本章の任ではないが、[*17] 少なくとも産業革命後の近代フランスにおいて、このプロセスがひとつの到達点を迎えていたことは確かであろう。そしてそれはしばしばブルジョワと庶民、都市と地方といった対立図式に沿って主題化されることになる。

小説というジャンルが文学の主役として台頭してきた十九世紀半ばには、田舎からパリに上京して階級的上昇をもくろむ野心家の青年を主人公とする物語が相次いで書かれた。スタンダール（一七八三―一八四二年）の『赤と黒』（一八三〇年）、オノレ・ド・バルザック（一七九九―一八五〇年）の『ペール・ゴリオ』（一八三四年）や『幻滅』（一八三七―四三年）、ギュスターヴ・フローベール（一八二一―八〇年）の『感情教育』（一八六九年）などがすぐに思い浮かぶところだが、ここでは時代を少し下って、とりわけ全篇を通じて食事の場面が頻出し、しかもそれらが主人公の身体を介して物語の展開と密接に連動しているように思われるギ・ド・モーパッサン（一八五〇―九三年）の『ベラミ』（一八八五年）をとりあげてみたい。

本篇は主人公のジョルジュ・デュロワという青年が天性の美貌を利用して次々と女や財産を手に入れ、新聞社の主幹にまで出世する過程を描いた典型的なサクセス・ストーリーである。アルジェリアで二年間の兵役を終えてパリに戻ってきたデュロワは、オペラ座前の広場でかつての軽騎兵仲間であるフォレスチエにたまたま出くわすのだが、自分が安月給のしがない鉄道会社の事務員にすぎないのに、友人のほうは大手の新聞社で第一線の記者として活躍していることを知って少なからず動揺する。その場面の記述は次の通りだ。

> デュロワは驚いて、相手の様子をしげしげとながめた。昔とはすっかり変り、堂々たる風格をしていた。態度、物腰、服装ともにりっぱなもので、自信があふれ、腹も、うまいものを食っているとみえて、せりだしていた。以前は、彼は痩せて、薄べったく、華奢で、そそっかしく、皿ばかりこわし、はしゃぎ屋で、年じゅうお調子にのっていた。だが、三年のうちに、パリは彼をまったくちがったひとかどの人間にし、太って、まじめで、まだ二十七にもならないのに、鬢《びん》に二、三本の白いものさえ見えた。[*18]

文学における身体描写は通常、単なる物理的外貌だけでなく、当該人物の階級性、すなわち社会的地位や経済力を多かれ少なかれ映し出すものであり、右の一節はまさにその典型的な例となっている。全身から漂う風格、貫禄、押し出しの良さ、さらには白髪に象徴される成熟度等々、ここに列挙されているフォレスチエの外見的特徴の数々は、そのままパリにおいて彼が占めている場所の大きさや位置の高さを物語る一連の指標にほかならない。このことはちょっとした身体所作にも現れていて、少し後で彼らがカフェで一緒にビールを飲む場面でも、デュロワが「まるで貴重な珍酒でも賞味するように、味を味わいながら、ちびちび飲んだ」のにたいし、フォレスチエはこれを「一気に飲みほした」[*19]と書かれており、同じものを飲みながらも飲み方の違いのうちに現在の二人を隔てる階級差が残酷なほどはっきりと示されている。

さて、フォレスチエの好意で夕食に招かれたデュロワは、着ていく服がないので相手から借りた金で夜会服をあつらえ、慣れない格好で友人の家を訪れるのだが、当然ながら「彼は少し気おくれがし、あがっていて、落ちつかなかった。夜会服を着たのは、生れてはじめてなので、どうも服装全体がしっくり身につかなかった」[*20]。「食」の儀式が始まるより前に、彼は「衣」のレベルでもすでに身体的違和感を覚えていたわけである。しかしもともとたぐいまれな美貌に恵まれていた彼は、たまたま階段の踊り場に据えつけられた鏡に映った自分の姿を見て意外に見栄えがすることに自信をもち、勇気を奮って友人宅に乗り込んで行く。

迎えてくれたのはフォレスチエの妻で金髪の美人のマドレーヌ、招待客はデュロワのほか、マドレーヌの友人であるマレル夫人とその娘、フォレスチエの勤務する新聞社の社長で代議士・銀行家のワルテル氏とその夫人、それに記者のリヴァルと詩人のヴァレンヌの六名。これにフォレスチエ自身を加えた計九名が晩餐の食卓を囲む。

> デュロワはマレル夫人とその娘のあいだにすわらせられた。彼はフォークやさじやグラスの儀礼的な扱い方で、なにかへまをやりはしないかと心配になって、また気をもみはじめた。グラスは四つあり、そのひとつは薄く青みがかっていた。このグラスではなにを飲むのだろう。

この場面で問題になっているのが、まさに西洋における「箸の上げ下ろし」であることは容易に見て取れよう。ちょっとした「フォークやさじやグラスの儀礼的な扱い方」ひとつに、生まれや育ちの総体が生《なま》の形で暴露される。食卓での禁止事項が理屈でわかっていても、またある程度マナーを学習することは可能であっても、ピエール・ブルデュー言うところの「ハビトゥス」[*21]が自発的に作動して、深いところで身体化された階級性を本人の意思に反してさらけだしてしまうのだ。

そのブルデューは、ブルジョワの食卓を規定するコードについてこう述べる。

料理に急いでむしゃぶりつくような様子を決して見せてはならず、最後の一人が料理をとって食べ始めるのを待たねばならず、料理は控え目にとらなければならない。また食べる順番は決まっており、出てくる順番の異なるものどうし、たとえばロースト肉と魚料理、チーズとデザートなどが同時にテーブルに載っていることなど決してあってはならない。デザートが出る前にはテーブル上に残っているすべてのもの、塩入れまでもが取り除かれ、パン屑が掃除される。[*22]

時代は異なるものの、厳密な様式化という点では現代に勝るとも劣らなかったにちがいない当時のブルジョワ家庭の食卓において、会食者たちが共有しているはずの文化的コードに違反することは、したがってそのまま当人の社会的信用の失墜に、さらには特定集団からの排除や追放へとつながりかねない。けれどもさいわいデュロワは致命的な失策を犯すことなくこの場を乗り切ったばかりか、アルジェリアでの体験談を語ることでワルテル社長の関心を引くことにも成功し、首尾よくパリでのしあがってゆく足掛かりをつかむことになる。

こうして階級上昇のための通過儀礼を無事に済ませた彼は、やがてマレル夫人を愛人にするのだが、そのさい重要な役割を果たすのもやはり食卓である。主人の留守中に夫人の家で差し向かいになると、彼らは「たえず顔を見あわせてはほほえみあい」、「なにを食べているかもわからずに食べた」[*23]。しかも給仕する下女の目を盗んで、テーブルの下ではデュロワの両脚が夫人の足を力いっぱい締め付けているのである。ここではもはや「なにを食べているか」は問題ではなく、食卓は二人の男女の階級的障壁を除去して親密な身体的接触を可能にするための媒介装置として機能している。

その後、さまざまな経緯があってフォレスチエが病死し、デュロワは未亡人のマドレーヌと結婚することになる。二人がまもなくルーアンの近郊に住むデュロワの両親を訪ねるくだりは、階級的身体という観点から見てたいへん示唆的な一節だ。そもそも粗野な田舎百姓である両親にとって、都会の洗練された貴婦人であるマドレーヌは基本的にハビトゥスを異にする別世界からの闖入者でしかない。そしてそれはマドレーヌの側から見ても同じことである。だから舅が彼女に接吻したいと言うと、彼女は「いやいやながら」両の頬を差し出すのだし、姑は姑で「敵意をふくんだつつましさで」嫁に接吻するのだ。[*24] そもそも接吻という行為は、二人の人間が相互の社会的距離を乗り越えてじかに接触する身体的儀礼にほかならないが、ここでは両者を隔てる文化的落差のあまりの大きさゆえに、その身振りがどうしようもないぎこちなさに覆われてしまう。

そうした階級性の断絶が最も端的な形で現われるのは、ここでもまた食事の場面である。

百姓風の長ったらしい昼食で、取合せの悪い皿がつぎからつぎへと出てきた。羊の焼肉のあとで豚の腸詰、豚の腸詰のあとでオムレツというあんばいだった。デュロワおやじは、りんご酒と二、三杯のぶどう酒とで上機嫌になり、物日のためにとっておいた、上等飛切りの冗談の栓をぬいて、みんな友達の身の上に起ったことだという、猥褻な小ぎたない話を披露した。[*25]

供される料理の内容もさることながら、その組み合わせの悪さ、出てくる順番のでたらめさが、まさにブルデューの列挙するブルジョワ的食卓のコードにことごとく違反しており、この食事がいかにも田舎の庶民階級特有のくだけた宴会であることを物語っている。すっかり酩酊して下品な猥談を始める父親の振舞いは、会話にも知性と教養の洗練が要求されるパリの夕食会ではけっして許容されぬものだろう。

しかしここがパリではなく田舎である以上、支配的なのはむしろこちら側の論理である。だからフォレスチエ家での最初の晩餐会でデュロワが感じた気後《おく》れとちょうど対をなすかのように、今度はまったく未知の異世界にまぎれこんでしまったマドレーヌのほうがなんともいえぬ居心地の悪さを覚えずにはいられない。じっさい彼女はこの「百姓風の長ったらしい昼食」がえんえんと続くあいだじゅう、「ろくになにも食べず、なにもしゃべらず、しょんぼりしていた」[*26]。彼女はその身体を呪縛する都会的ハビトゥスゆえに、無秩序に次々と並べ立てられる田舎料理を生理的に受け付けないのであり、「猥褻な小ぎたない話」が飛び交う庶民的饗宴の会話に参加することもできないのである。

この通り『ベラミ』という作品は、田舎者の両親をもつ青年が都会で出世してゆくプロセスにからめて「食」をめぐる階級的身体の葛藤を描いた、一種の社会学的なドラマとして読むことができる。

おわりに

以上、三篇の作品を通してフランス文学における「食」と身体の関係を概観してきた。もちろんそれぞれの分析はきわめて簡略かつ図式的なものにすぎないし、同様の観点から読むことのできる作品はまだ他にいくらでもあるだろう。また、「フランス文学と身体」といういささか大風呂敷気味のタイトルを掲げた以上、想定しうる他のテーマについても少しは触れておくべきであったかもしれない。たとえば逸脱する暴力とエロスを謳いあげたサドやバタイユの「性的身体」、あるいは肉体の失調や衰弱を対象化したフローベールやプルーストの「病める身体」などは、当初の構想に含まれてはいたのだが、総花的に多様な問題を取り上げすぎて個々の議論が稀薄になるよりは、特定のモチーフに限定して多少なりとも実質的な分析を行なうほうが有意義であろうという判断があり、またより実際的には紙数の関係もあって、結局ここで扱うことはしなかった。しかしこれらのテーマの少なくとも一部は、以下に展開される各章において論じられるはずである。

最後にあらためて確認しておこう。私たちは誰もが身体をもっており、これにたいして無関心ではありえない。したがってそれが文学作品において主題化されるとき、私たちは登場人物の心理や感情にこれを従属させるのではなく、あくまでもそれ自体として抽出し分析することが求められる。というのも、身体とはそれを通して主体が外界と接触し、交感し、融合する場であり、したがって他者との、さらには世界との関係性そのものであるからだ。それは自己でありながら自己ではないもの、常に自己を少しばかりはみだすもの、自己であると同時に他者でもあるものとして、いま、ここにある。
このようなものとして身体をとらえるとき、私たちは伝統的に文学の中心に据えられてきた「心理」や「感情」といった要素自体も、じつはすぐれて身体的な事象にほかならず、それゆえ広義における「身性」の一面にすぎないことを理解するだろう。その意味でおそらく、すべての文学的創造行為は身体をその根源的な主題として営まれてきたと言っても過言ではないように思われる。

注

*1　この点に関しては、拙著『身体小説論』、藤原書店、一九九八年の序章を参照されたい。
*2　工藤庸子『フランス恋愛小説論』、岩波文庫、一九九八年、二四—二九頁。
*3　同書、一八—二四頁。
*4　ラブレー『ガルガンチュア』、宮下志朗訳、ちくま文庫、二〇〇五年、六八頁。
*5　同書、七三頁。
*6　同書、五五—五六頁。
*7　同書、二八七頁。
*8　同書、二九〇頁。
*9　ミハイール・バフチーン『フランソワ・ラブレーの作品と中世・ルネッサンスの民衆文化』、川端香男里訳、せりか書房、一九八〇年、二四七頁。
*10　同書、二八〇—八一頁。
*11　ゾラ・セレクション2『パリの胃袋』、朝比奈弘治訳、藤原書店、二〇〇三年、四六—四七頁。
*12　同書、四九頁。
*13　同書、一九〇頁。
*14　同書、二〇二—〇三頁。
*15　同書、二〇三頁。
*16　ノルベルト・エリアス『文明化の過程』上、赤井慧爾・中村元保・吉田正勝訳、法政大学出版局、一九七七年の、特に第四章「食事における振舞いについて」を参照のこと。たとえばこの本でしばしば引かれているオランダ人ユマニストのエラスムス（一四六九—一五三六年）は、「ナプキンが配られたら、左の肩か腕の上にかけなさい」「身分の高い人と食卓を共にするときは帽子を取りなさい」「出されたばかりの大皿に一番先に手を出してはいけない」「ソースの中へ指を突っこむのは百姓のすることである」「脂のついた指をな

めたり、上衣でふいたりするのは無作法である」等々、食卓で守るべき身体所作や立ち居振舞いについて事こまかに教訓を述べている。出典である『少年礼儀作法論』(一五三〇年)はある君主の王子のために書かれた作法書であるから、この種のことが記されているのは当然であるが、それでも列挙されているのはほぼ同時代に産み落とされたガルガンチュアならばどれひとつとして守れそうもない厳格な規律ばかりで、ここに私たちはすでに民衆文化と貴族文化のあいだに穿たれた浅からぬ断絶を見ることができる。

＊17　エリアスによれば、フランスの文献に「文明化」という概念が名詞化されて現れるのは十八世紀半ばのことで、大革命の立役者のひとりであるミラボー伯爵の父親で経済学者のミラボー(一七一五—八九年)が、はじめてこの言葉を用いたという(前掲書、一一八頁)。しかし一般に言われるところの「文明化の過程」——食事のマナーに限らず、一般に立ち居振舞いや言葉遣いを洗練し上品化することで自らを下層階級から差別化するという意味での——はそれよりもずっと以前から進行していたはずで、少なくとも宮廷社会の形成と同じくらいには古い歴史をもっていると見るべきだろう。

＊18　モーパッサン『ベラミ』、田辺貞之助訳、新潮文庫、一九七〇年、一二頁。

＊19　同書、一七頁。

＊20　同書、二八頁。

＊21　「ハビトゥス」*habitus* は社会学者ブルデューの用語で、ある階級・集団に特有の思考・行動・知覚様式を生み出すもろもろの性向の体系を指す。状況に応じて自在に新たな実践を創造することができる点で、単なる惰性としての習慣 habitude とは区別される。

＊22　ピエール・ブルデュー『ディスタンクシオン I』、石井洋二郎訳、藤原書店、一九九〇年、二九九—三〇〇頁。

＊23　モーパッサン『ベラミ』、前掲書、一一四頁。

＊24　同書、二八〇頁。

＊25　同書、二八二頁。

＊26　同書、二八三頁。

追記　この序章は本来、この企画の立案者であり主導者であった吉田城氏が担当されるはずであった。氏の思いもかけぬ急逝によってやむをえず執筆をお引き受けしたものの、吉田氏ならばもっと幅広い視野に立ってフランス文学史の全体像を明快に俯瞰するような序論を書かれたにちがいないと、本稿を書きながら何度自分の浅学非才を痛感したか知れない。私などに代役が務まるはずもないことは十分に承知しているが、せめてもの御供養としてこのささやかな文章を氏の墓前に捧げることをお許し願いたいと思う。

第1部　アンシャン・レジームにおける世界と身体

1 ルネサンス文学における精神と身体

大きなテーマであるし、難問でもあるので、いくつかに論点をしぼりこんで粗描をおこなうことで、本論につなげたい。

まずおさえておくべきは、デカルト以前の時代だということだ。精神の領域としての心と、物質の領域としての身体といった区分けは未分化であって、むしろ両者は融合した、曖昧模糊とした姿で思い描かれていたに違いない。そして、こうした心身の織りなす有機体としての人間存在が、世界という大宇宙《マクロコスム》に照応する小宇宙《ミクロコスム》としてイメージされていたのである。

このマクロコスムとミクロコスムとのあいだには、比例的な関係が想定され、こうした比例の理論は、イタリア・ルネサンスを迎えると、天文学・数学・幾何学などと密接に結びつくことにより、さらに神秘的なイメージを演出していく。たとえばここにレオナルドの有名な「人体比例図」(ヴェネツィア、アカデミア美術館)がある〈図1〉。身体は円と正方形に内接しているのだが、これは、完全な人体は完全なる図形に合致するという、ローマのウィトルウィウス『建築論』の理論を典拠としており、レオナルドも手稿のこの個所で、「両腕を思いきり伸ばすと、その人の身長と等しくなる」といった考察を述べている。

比例分割にもとづく身体性は、建築のみならず、たとえば書体にも反映される。イタリア留学後、パリで印刷・出版に乗り出したジョフロワ・トリーが、文字デザインに関する独自の美学を開陳した『シャンフルリ』(一五二九年)を開いてみよう〈図2〉。これはアルファベットのOの文字で、カエルが八つ裂きになったようで滑稽だけれど、レオナルドと同様、円と正方形に内接させんがための苦心の産物にほかならない。このようにしてルネサンスの時代には、身体性が、さまざまな分野に入りこんでいる。要するに、大小のコスモスの類比にもとづく思考法が、各領域に浸透していたのであって、フーコーならば、こう要約するだろう。

> 類比のおかげで、世界のあらゆる形象は歩み寄ることができる。ただし四通八達するこの空間においても、特権的な地点がひとつ存在する。類比でみちあふれ〔……〕、そこを通過すれば、いかなる関係も変質することなく逆転するよ うな地点があるのだ。それは人間という点にほかならない。[*1]

医者もまた、この種の思考と無縁ではなかった。有数の医学者であったラブレーは、巨人王ガルガンチュアの口を借りて、パリ留学中の息子に「人間という、このもうひとつの宇宙に関する完璧なる知識を身につけてほしい」(『パンタグリュエル』第八章)とアドバイスしている。[*2] 彼は、こうした世界観にもとづいて、実際に人体解剖にもあたっている。だが、身体というミクロなものを観察する医学者は、同時に宇宙というマクロなものも観察する必要があった。身体——正確には心身——の運命は、天空に刻みこまれているのだから。ラブレーは、当代随一のラテン詩人サルモン・マクランから「永年の研鑽のたまものである占星術」を称賛された天空観察者なのでもあって、人間というミクロコスムの視点から、天空というマクロコスムを解読することもしている。ただし、敬虔なる信仰心と、神と協働する意志の力を忘却して、未来を予言するだけの占星術は、虚妄だとしてしりぞけるのである。

したがって、宇宙——人間存在——身体、この三者が、照応的なものとして認識されていたことを念頭におきながら、この時代の身体論を考える必要があろう。たとえば巨人王の口のなかに別世界があるのも（『パンタグリュエル』第三二章）、こうした大小の宇宙の照応という観念からみちびきだされた挿話にほかならない。

こうした心身の調子は、「血液」「粘液」「胆汁」「黒胆汁」という、四つの基本的な「体液」humor のバランスに支配されるとする、ギリシア・ローマ以来の体液の理論も、大きな影響力をもっていた。そして、優勢な体液が、その人の体質を支配するとされ、たとえば「胆汁質の人間は、黄色い肌をして、ひょろっとやせており、毛深くて〔……〕不実で、あつかましく、栄光を渇望する。眠りは浅く、〔……〕冷たくて、しめったものを飲み食いしたがる。〔……〕下痢《ディアレ》とか赤痢《デイサントリ》と呼ばれる腹ごわしを起こしやすい」[*3]といった言説が、まことしやかに流通していた。いってみれば、現在の血液型占いのような思考法が、まだ主流をなしていたのだ。また「軽くて、細かな血液の部分からなる、澄んだ、光沢のある、微細で、通気性のある物質」だという、「精気《エスプリ》」なるものが身体のあちこちに運ばれて、活動をうながすとも信じられていた。[*4]

有限な存在としての人間は、このような身体＝小宇宙を、大宇宙の鏡として擁しつつ、救いへの道を正しく歩まなければいけなかった。だが、その身体には疾病が立ちはだかる。そこで「大いなる医師」medicus magnus とも呼ばれた「医師キリスト」cristus medicus に祈り、身体の悪しき体液を浄化しなくてはいけなかった。悪しき体液は、悪しき人々が落とされる「地獄」とのアナロジーにより、人体の「局部」に下降していくとされた。

したがって必然的に、下剤や瀉血《しゃけつ》といった「排出療法」が多用されることにもなる。医学博士ラブレーが書いた物語に、排泄をコミックにしたてたシーンが多いのも、こうした実情の反映かもしれない。ルーガルーの子分の巨人が、下ネタを使って、パンタグリュエルのお供のカルパランをおどかすせりふを引用しておこう。悪しき巨人、毒素が下半身にたまってしかたがない。

> ムハンマドの甥ゴルファランさまにかけて、いわせてもらうぜ。ええか、おまえが、ちっとでもここから動いたらな、

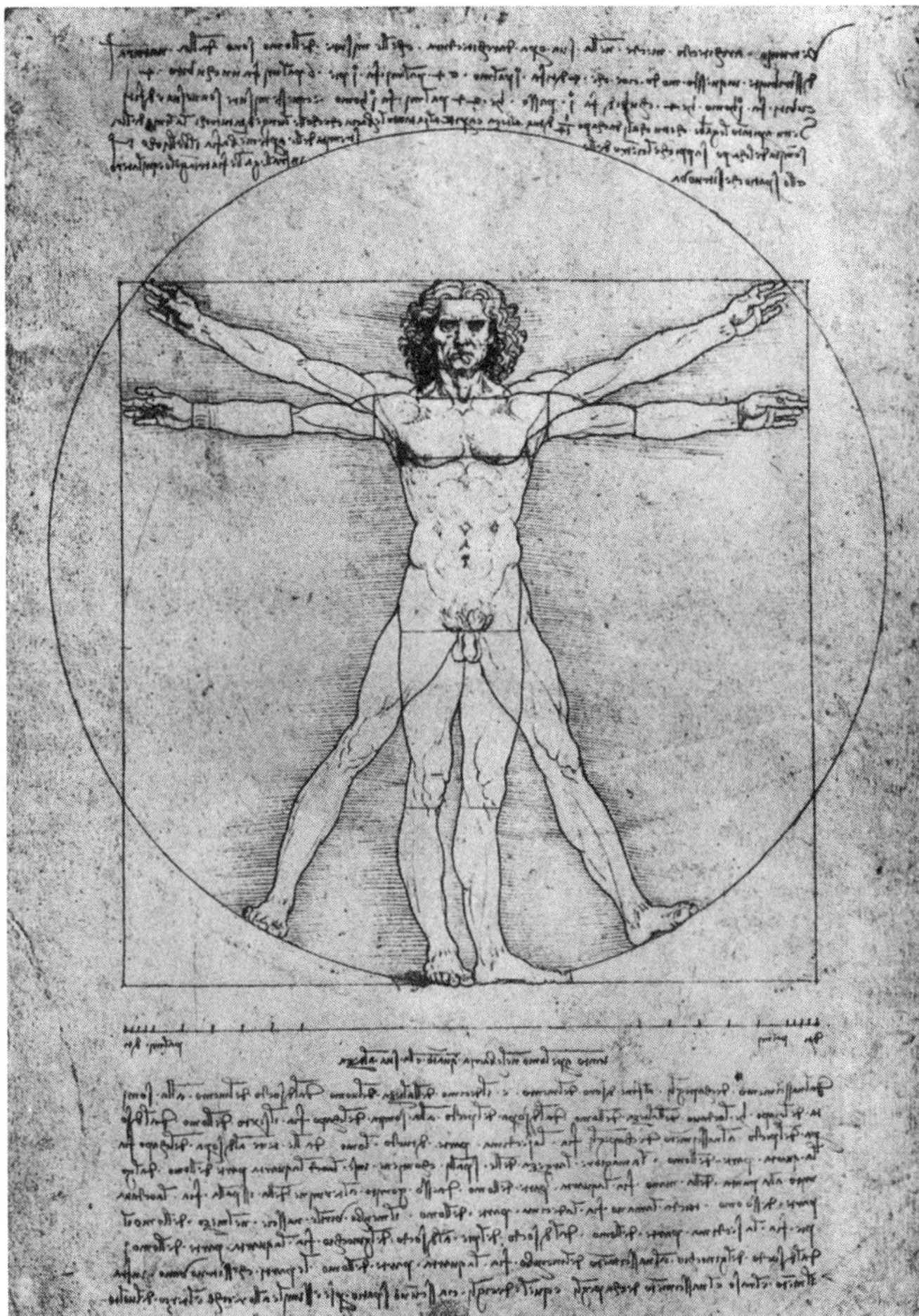

図1　レオナルド・ダ・ヴィンチ「人体比例図」、ヴェネツィア、アカデミア手稿より。

おれさまのタイツのおけつのところにな、座薬《シュポジトワール》みたいに突っこんでやるからな。おれさまはなあ、どうも便秘ぎみでござってな、一生懸命に歯をくいしばって力まないと、うんちが出てくれんのよな。(『パンタグリュエル』第二九章)

なるほどアンシャン・レジーム期とは、身体秩序の確立されていく時代である。身体は、暴力的なものから従順なものへと、「文明化」を実現していくであろう。そして下半身は、「不潔さ」と結びつけられて、ほかの身体部分とは、意味論的・文化的に切断されていくに違いない。でも、ラブレーの時代だと、まだまだ、むしろ「頭隠して尻隠さず」という文化も優勢なのであった。フランスの農村では、とりわけ女性の場合など、頭／頭髪を露出するのははしたないことで、髪の毛の乱れた女性は、魔女か娼婦と決めつけられた。その反面、尻を露出することに、さほどのためらいはなかったともいわれる。

あるいは『ティル・オイレンシュピーゲル』という、トリックスターの物語を思い出してもいい。ティルは、遍歴の旅のあちこちでウンチを垂れては、既成の社会秩序にしかえしをする〈図3〉。ところが、当時は、実際に、居酒屋で縄張りを示すべく、脱糞におよんだ若者まで存在したのである。ティルによる人前での排泄行為だって、ただのフィクションというわけでもないらしいのだ。[*5]

バフチーンが、ラブレーの笑いを「カーニヴァル」という用語でくくり、そこに「両面価値」を読みとって、これを中世以来の「民衆文化」の表象として解釈し、飲み食いや排泄と結びつけながら、議論を展開したことはあまりに有名だ。ラブレーにおいては、死は生と、排泄は飲み食いと連結しているのである。[*6]聖なる身体性と俗なる身体性が、あるいは崇高なる陶酔と酒による酩酊とが、渾然一体をなしている。本論でふれる、天才の条件とされた「メランコリー」にしても、それは同時に低俗な情念の住まうところでもあって、「肉体的下層」とも通底している。バフチーンのいう「カーニヴァル的身体」というのは、このような両義性をはらんでいるに違いない。

（宮下志朗）

注

＊1　フーコー「世界の散文」宮下志朗訳、『ミシェル・フーコー思考集成　2』筑摩書房、一九九九年、二八六―八七頁。
＊2　以下、『パンタグリュエル』からの引用は、拙訳、ちくま文庫、二〇〇六年、による。
＊3　A. Paré, *Œuvres complètes*, Slatkine Reprints, 1970, T. 1., p. 47.
＊4　前記のパレは、脳にあるl'esprit animal、心臓にあるl'esprit vital、肝臓や血管にあるl'esprit naturelという、三種類の「精気」を想定している。cf. *op. cit.*, pp. 58–60.
＊5　cf. R・ミュシャンブレッド『近代人の誕生』石井洋二郎訳、筑摩書房、一九九二年、二四八頁。

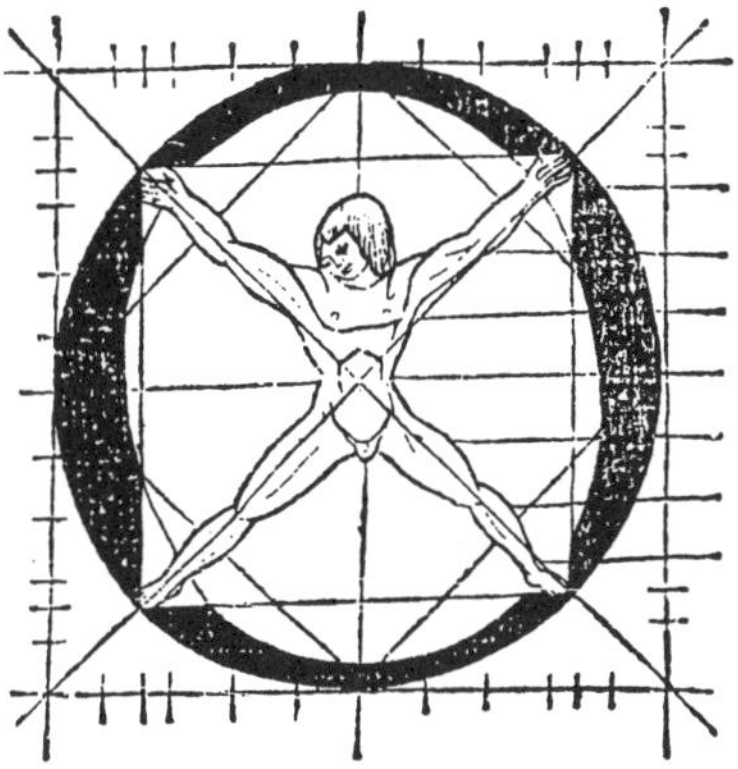

図 2　ジョフロワ・トリー『シャンフルリ』、1529 年より。

図 3　『ティル・オイレンシュピーゲル』、1515 年版、16 話より。

*6 cf. M・バフチーン『フランソワ・ラブレーの作品と中世・ルネッサンスの民衆文化』川端香男里訳、せりか書房、一九七三年。桑野隆『バフチン新版――〈対話〉そして〈解放の笑い〉』岩波書店、二〇〇二年。

2 十七世紀文学における身体の意識と表現

科学や哲学の分野において誕生しつつあった近代合理主義、精神世界において深められていく宗教性と道徳性、芸術分野において支配的になっていく古典主義、華美であると同時に礼節や儀式の規則によって厳しく規範化されていく宮廷社会――これらの特徴を同時に、あるいは継起的に示すフランスの十七世紀という時代をわれわれはややもすると抽象的なイメージに還元してしまう傾向がないだろうか。そしてそのようなイメージの中で、身体はその具象性や多様性を捨象され、単純化、理想化された形でしか姿を見せていないのではないだろうか。しかし十七世紀が「モラリストの世紀」として他の時代にもまして「人間」に関心を示したからには、当然のことながら人間の「身体」にも鋭い視線が注がれたはずである。フランスの十七世紀文学において身体の表現と意識が占める位置をみきわめることが本稿の課題であるが、その際、文学以外の領域も視野に入れながら、次のような問いを立てることにする――十七世紀においてあらたに獲得された科学的知見が身体の認識にいかなる影響をもたらしたのか、心身双方にかかわる問題としての情念が十七世紀においてどのように理解されたのか、逆にそれらの情念を芸術的に表現するために身体がどう用いられたのか、また社会的規範に拘束された身体に対して私的な身体が文学においてどう表現されたのか。これらの問題について考察する過程で、フランス十七世紀文学の特質を明らかにすることができればと思う。

身体と科学

十六世紀末から十七世紀にかけての解剖学や外科医学の飛躍的な発展は精密な機具を製造する技術によって可能となった。科学的知識や理論は精確な観察や実験を可能にする実践的技術への依存度を高めたわけである。デカルトの人間機械論もこのような知的状況の中に位置づけられるだろう。無論、科学思想史と文学史を同列にあつかうことはできないが、科学や医学の知識が文学に間接的な影響を与える例もあるのではないだろうか。すでに宗教的・道徳的言説において「骸骨」や「屍体」が人間のむなしさの象徴として提示される例は多々あった。だが、解剖学がもたらす身体に関するあらたな知見がまったく新しい人間のイメージを提供することもある。「人間は一つの実体である。だが解剖してみればそれは頭、心臓、胃、数々の血管、一つ一つの血管、血管の各部分、血、血のもつ一つ一つの液質となるのだろうか」とパスカルが書くとき（『パンセ』）、人体は無限に拡がる宇宙空間に対比されるミクロコスモスとして分析・解剖の対象となり、自我の表面上の同一性を次々にはぎとられていく。そこには科学者の冷徹な視線と人間の虚像をあばこうとするモラリストの強い意志が同時に存在するのではないだろうか。十七世紀後半のモラリストや同時代のほかの作家たち（ラシーヌ、ラ・ファイエット夫人など）は人間の深層心理を言語という鋭利なメスで腑分けして、情念のメカニスムについて精確かつニュアンスにとんだ分析と描写をおこなったが、彼らを特徴づける「繊細の精神」の背後には解剖学のモデルがあったのではないかという見方、また、ラ・ロシュフーコーやラ・ブリュイエールといったモラリストたちが用いた断章形式は科学的認識によって変容を余儀なくされ、分裂を経験した世界観の反映だとする見方もあることを付け加えておこう。[*1]

身体と情念

十七世紀は「情念」passions に対してとりわけ強い関心が示された時代だといってよいだろう。医者であれ、哲学者であれ、モラリストであれ、人間の状態や行動を規定しているようにみえる法則を探ることはきわめて重要だったのである。魂と身体の二元論は古代より哲学の枠組みを規定してきたものであるが、[*2]十六世紀後半からのストア主義の復権とともに心身双方にかかわる問題である情念に対して関心が高まる。一六四〇年代までさかんに執筆された情念論はこのストア主義の影響下にあったといえる。[*3]情念は心身に混乱と無秩序をもたらす点で警戒されるべきものであったが、スノー[*4]によれば情念は悪の根源にもなるが、理性によって制御されることにより徳に転じることもできるという（『情念の効用について』）。またデカルトの『情念論』は心身の結節点に生じる受動的意識としての情念について、生理学的な側面を考慮に入れつつ説明を試みたものであるが、知性と意志の能動性によって情念を正しく導けばよいと結論している。これらの情念論と同時期に上演され人気を博していたコルネイユ劇の英雄——意志の力によって人間的な弱さを乗り越える存在——とのあいだに共通点を見出すことも可能であろう。これに対し、十七世紀を通して隠然たる影響力をもったアウグスティヌス主義の立場（アルノー、ニコル、パスカルなどのジャンセニスト[*5]、さらにはラ・ロシュフーコーなどもここに含まれる）はストア主義の立場——情念は自然に反する非合理的な魂の衝動であって、理性だけがわれわれを情念から解放することができると主張する——には徹底的に反対する。堕落して本性＝自然から離れてしまった人間、自己愛に支配されている人間に自力（理性）で本性に回帰する可能性を認めることはできない——このような確信をもつモラリストたちは諸情念の根底に自己愛の支配を見出し、そのメカニスムをあばき、告発することに心血を注いだのである。

メランコリー

ところで、十七世紀のフランスでは古代の医学にさかのぼる「四体液説」がなお広く受け入れられていた。その四体液のひとつである黒胆汁が身体的変調の原因となり、悲しみと恐れの感情をひきおこすとされる「魂の病」としてのメランコリーは、天才、聖なる熱狂、英雄的恋愛などの概念と結びつけられることで肯定的な意味をもつようになり、すでに十六世紀において隣国の作家たちが好んでとりあげたテーマであった（アリオスト、セルバンテス、シェイクスピアなど）。制御不能になると破滅的な結果をもたらす情念――セネカ悲劇の主人公はその犠牲となる――の例はシェイクスピア劇においてと同様、フランスの十六世紀やバロック期の演劇においても多く見出される。[*6]しかし、十七世紀のフランス文学はこのセネカ的メランコリーを無条件で肯定することはしない。[*7]メランコリーをいかに癒すか、あるいはメランコリーからいかにその過剰な部分を取り除くか――この課題に対して、十七世紀のフランス演劇はどのような解答を示したのだろうか。モリエールは『人間嫌い』において徹底した喜劇的距離を設定することによって主人公アルセストの「病」を無効化、相対化していると言えよう。一方、ラシーヌは『アンドロマック』の終幕でオレストの狂乱を描くことによってセネカ的メランコリーの系譜に連なっているようにみえるが、『ベレニス』において悲劇的様式化を極限まで進めることによって、破滅と絶望に導く可能性のある「悲しみと恐れ」を「荘重な悲しみ」（『ベレニス』序文）へと昇華する解決法を提示していると考えられるのではないだろうか。

情念の表現手段としての身体

十七世紀文学において、身体は人間の感情や情念と密接にかかわるものとして表象されることが多かった。身体、とくに顔の表象に関しては、中世やルネサンス期にさかのぼる人相学あるいは面相学の書が十七世紀においてなお広く読まれており、これらの理論書は「身体の解読」を可能にする分類やコードを提供していたが、情念論の成果がそこに加えられることになる。ルイ十四世の宮廷画家ル・ブランはデカルトの『情念論』をふまえ、種々の情念が絵画においてどのような身体的「表現＝表情」expression を与えられるべきかについて自らのデッサンを示しつつ解説しているのであるが、[*8]ここにおいて身体はあるコードにしたがって意味を付与され、解読されるべき記号の媒体、つまり芸術家が情念を表現するための手段となっている。問題は情念の哲学から情念のレトリックへと移行するわけである。アリストテレスは『弁論術』第二巻において、弁論家は聞き手の心中に惹起すべき情念について知悉していなければならないと述べているが、この原則は十七世紀においても忠実に守られていた。言葉によって、そして言葉以外の要素によって、情念をいかに効果的に表現するか、いかに聴衆を説得するか、いかに観客を感動させるか――このような観点からすれば、弁論術における「発表」*actio*（発声、表情、身振りなどを包含する概念）の重要性は明らかであろう。十七世紀の修辞学の教科書や礼儀作法の教本においては、人間の身体の自然な動きは理性の厳格な統御のもとにおかれることになる。そして、この弁論家に対する教訓は舞台における役者の発声、表情、所作についても援用され、演技の重要なコードとして機能していたことも忘れてはならないだろう。[*9]

社会的身体と私的身体

弁論術における「雄弁な身体」は聴衆に与える効果についてきわめて意識的でなければならないし、宮廷における礼儀作法や所作は常に自らの身体を他者の視線にさらしていることを前提にしたものである。宮廷社会はいわば礼儀作法のなかに身体を閉じ込めたのであるが、いっぽうで舞踏会や剣術試合、王の祝祭などの場においては身体は誇示されるべきものであった――ルイ十四世は宮廷バレエにおいて自らその最も華やかな例を示している。このような公的な場における規範に縛られた身体、あるいは自らすすんで視線の対象となろうとする身体に対して、人間の私的な身体が自然な姿で描かれる例を十七世紀文学に見出すことはまれではないだろうか。すでにふれたように、十七世紀においてアウグスティヌス主義の影響は無視できないものであった。身体とその官能性が隠蔽されるべきものであるとすれば、それは身体こそが堕落した人間のおかれた状態を端的に示すものであることがこの時代に広く了解されていたからかもしれない。

ラ・ファイエット夫人の『クレーヴの奥方』の中にはそのような悲観主義が読みとれる。この小説において私的な身体性はほとんど捨象されているようにみえる。登場人物たちには身分の高貴さとともに容姿の美しさが当然のごとく備わっており、色を好む大貴族たちはまた武芸にも秀でている――身体はいわば人物の社会的重要性にふさわしい資質や美を示す記号にすぎないようにみえるのである。常に二重の生き方を強いる宮廷社会において、クレーヴ夫人の資質である率直さと誠実さは本人を苦しめる原因であり、彼女の心理的動揺はただちに身体的徴候として表れるため、平静をとりつくろう努力がつねに必要となる。自らの行動につねに反省的意識をもつ彼女がようやく自分の感情と向き合うのは宮廷から離れ、一人きりになったときである。クレーヴ夫人のヌムール公への愛は純粋な感情であり、身体的なものではない。とはいえ、恋愛が要求する身体的結合がまったく無視されるわけでもない。二人が交わす視線ははじめての出会いの場面からすでに言葉より雄弁であった。

特に、クーロミエのあずまやで夫人がヌムール公の肖像画をうっとりとながめる場面には明らかな官能性がうかがえる。小説全体をとおして抑制された描写が支配的であるためにより一層印象的な場面なのであるが、結果的にはクレーヴ夫人の貞節を一瞬でも疑わせることによって夫の死を引き起こす間接的な原因となってしまう。わずかな官能性の発現によってでさえ取り返しのつかない結果がもたらされる——ここで暗示されているのはそのような警告なのだろう。主人公の最終的な決断——ヌムール公の拒絶——は夫への罪悪感によってのみ説明されるのではない。主人公は恋愛情念が必ずひきおこすであろう心身の混乱を恐れ、魂の平穏を求めるのだが、官能的な喜びをわずかなりとも知った後であるがゆえに、その決断はより困難であり、また意外なものとなるのである。

十七世紀、とくに一六六〇年代以降のフランス古典主義が標榜する「理性」はストア主義におけるように情念を抑制、統御する役割をはたすのではなく、真実らしさ、自然さ、表現の適切さを要求する「趣味」に近いものである。情念の表現において追求された精確さと微妙さは真実らしさ、つまり説得力を保証するためのものであったが、その背後には人間の心身の結節点において生じる複雑な現象——それがたとえ病的なものであるとしても——を理解し、分析しようとする明晰さへの希求が存在したといえよう。ただし、この時代の古典主義が目指す芸術とは知的説得や道徳的矯正のみをむねとするものではなく、感情のレベルにおける同意や説得——「気に入ること」plaire、「感動させること」toucher——を目指すものであり、「笑い」や「涙」といった身体の生理学的反応を軽視するものでなかったことは確認しておくべきだろう。

（永盛克也）

注——

＊1　Louis van Delft, *Littérature et anthropologie*, PUF, 1993, p. 250 et pp. 176–78.

＊2　塩川徹也「17、18世紀までの身心関係論」、新岩波講座・哲学9『身体　感覚　精神』、岩波書店、一九八六年、三八—六四頁を参照。

＊3　Anthony Levi, *French Moralists*, Oxford, Clarendon Press, 1964.

＊4　Jean-François Senault（1599–1672）は、オラトリオ修道会に属した説教家。主著 *De l'usage des passions*［1641］, Fayard, 1987.

＊5　ジャンセニスムはオランダの神学者ヤンセン（Cornelius Jansen, 1585–1638）の思想に依拠するキリスト教の教義で、アウグスティヌスの恩寵論を最も厳格に解する立場をとり、イエズス会と激しく対立した。フランスにおけるジャンセニスムの拠点がポール・ロワヤル修道院であった。Antoine Arnauld（1612–1694）は、ジャンセニスムの主導的神学者。Pierre Nicole（1625–1695）は、ポール・ロワヤル修道院に属したモラリスト。パスカルもこの二人と協力してイエズス会との論争に加わった。

＊6　藤井康生『フランス・バロック演劇研究』、平凡社、一九九五年、一一五—一三〇頁を参照。

＊7　Marc Fumaroli, « La mélancolie et ses remèdes »［1984］, repris dans *La Diplomatie de l'esprit*［1998］, Gallimard, 2001, pp. 403–39.

＊8　Charles Le Brun, *L'Expression des passions et autres conférences. Corres-*

pondance, éd. Julien Philipe, Editions Dédale / Maisonneuve et Larose, 1994.

＊9 Sabine Chaouche, *L'Art du comédien. Déclamation et jeu scénique en France à l'âge classique (1629–1680)*, Champion, 2000.

3 十八世紀の人間論における身体

十八世紀のフランス文化における身体は医学から芸術まで含めれば多様な問題群が複雑に絡み合う広大な領域であり、それを概観するのはむずかしい。そこで、この場では身体に関するさまざまな問題を取りまく思想的・文化的な文脈を簡単に紹介するにとどめたい。

「人間性の復権」の時代

十八世紀は「啓蒙主義の時代」とされるが、同時に「人間性の復権」[*1]の時代でもあり、両者は不可分のものである。キリスト教道徳による束縛がゆるみ、来世での救済のために禁欲するという態度が薄れ、現世における幸福がより肯定的にとらえられるようになる。キリスト教の教義では、「人間の本性」nature humaine は原罪によって堕落したものとされ、克服されるべきものであったが、十八世紀になると、人間の本性も善良なる神の被造物として、本来善良なものと考える見方が強まってくる。用語や概念のレベルでは古代以来の情念論がまだ重要な位置を占めており、人間の欲求や感情を包含する包括的な概念としてあいかわらず広く用いられていた。

しかしその情念はたんに有害なものというとらえかたから、人間にとって有益にもなりうるもの、という見方が力を得てくる。それにともない、情熱的な人物や態度の賞賛もさまざまな場面で見られるようになる。それはルソーのようにロマン主義への影響が明白な作家においてだけではなく、たとえばディドロのように、むしろこの時代の文学の批判的で合理主義的な側面の代表者のひとりとされがちな作家においても見られる傾向である。ディドロの戯曲『私生児』の主人公ドルヴァルは感受性の強い、情熱的な人物であるし、一七五九年から八一年まで一年おきに書き継がれた美術批評『サロン』においても情熱に駆られた壮大な行為がしばしば賛美されている。人間性の復権は人間の実際の欲求により即した道徳の模索という形でも表れた。そのような傾向の一例としてマンデヴィルの『蜂の寓話』[*2]に関する論争を挙げることもできるだろう。この著作において、個々人の情念は消費をうながすことで産業の育成に貢献し、それゆえに社会的に有用なものとされており、その意味では伝統的な道徳思想から近代的な経済学への移行の一段階とみなすこともできよう。その風潮は場合によってはかなり自由な生活態度となって表れることもあり、この時代は「自由放蕩」libertinage の流行によっても特徴づけられる。

人間の本性に対する見方の変化は自然観の変化[*3]とも不可分であり、この分野においてもキリスト教の伝統的な教義との整合性が問題とならざるをえなかった。神が創造主であり全知全能であるとすればいつでも自然界や人間界に介入できるはずであり、それが奇蹟となって現れ、神の摂理の顕現とみなされていた。しかし奇蹟に関する長い論争や自然学（特に天文学）における発見にともなって、自然の法則性において神の存在の証拠を見る考えかた（言い換えれば、神を「時計職人」のように機械に運動とその法則を与えるだけの存在とみなす自然観）が支配的になっていった。そのような文脈の中で、まずデカルト的な機械論が神学的自然観にとってかわり、さらにニュートン力学による自然観が優勢となっていった。ニュートン力学は十七世紀末にすでに知られていたが、フランスでは教会などの抵抗によってデカルト的自然観の普及が遅れ、それに応じてニュートン力学の影響はさらに遅れて現れたようである。いずれにせよ、十八世紀フランスの身体論は「物質」matière とその性質に関する考察とは不可分のものであり、自然観全体との関連の中でとらえられるべきものである。

医学上の進歩

十八世紀のフランスにおいて、医学は公式にはまだ大学の医学部の権威の支配下にあり、病気はあいかわらず体液などの伝統的な概念によって説明されていた。治療の面でも瀉血を中心とする方法がなおもおこなわれていた。

しかし他方では医学をより経験と実践にもとづいたものにするための模索もさかんであった。この時代には、十七世紀前半のハーヴェー（一五七八—一六五七年）による血液循環の発見のような画期的な発見はなかったが、医学上の論争は広く関心を呼んだ。特に生殖や発生の問題は多くの論争の的となった（当時、細胞分裂や精子はすでに発見されていたが、発生の具体的な過程はまだ解明されておらず、自然発生説も完全には払拭されていなかった。たとえば『百科全書』の項目「発生」Génération では、人間はすっかりできあがった形で母親の卵の中にすでに存在し、精液によって生命を与えられるとされている）。社会的なレベルにおいては、外科医と理髪師が区別され、一七三一年に外科学アカデミーが創設されたこともあり、外科医は正規の医師とみなされるようになった。

このような状況の中で、十八世紀の文学や思想にもしばしば登場するのは種痘と白内障の手術である。

天然痘は二〇世紀の末に根絶されたが、十八世紀においてはまだ恐れられた病気であった。感染力が強く、しばしば大流行を起こし、致死率が高かっただけでなく、治癒しても皮膚に痕跡（いわゆる「あばた」）が残り、容貌をそこなう点でも恐れられていた。当時の文学作品における人物描写には、天然痘の痕跡に触れたものも多い。ラクロの『危険な関係』の末尾でメルトゥイユ夫人が天然痘で美貌を失うのは彼女の敗北を象徴するものとしてよく知られている。当時、ウィルスはおろか、細菌さえ発見されていなかったため、天然痘は予防も治療も不可能であった。種痘は十八世紀末にイギリスの医師ジェンナーによって予防法として体系化されたが、それ以前にもおこなわれており、やはり議論を呼んでいる。たとえば、ヴォルテールの『哲学書簡』(一七三一年)第十一書簡は「種痘について」と題され、この接種法がいかにしてイギリスに導入されたかを紹介し、フランスでも採用することを勧めている。また、ルソーの『新エロイーズ』(一七六一年)第三部第十四書簡では主人公ジュリーが天然痘にかかった際に恋人サン=プルーがキスによって自分も病気に感染し、ジュリーを救おうとする場面がある。

外科手術によって白内障が治療できるようになったのもこの時代の重要な進歩のひとつである。これはたんに医学の問題にとどまらず、当時流布しつつあった感覚論との関連で、思想の領域でもしばしば議論された。すなわち、先天的に視覚に障害のあった人が手術によって視力を回復した場合、触覚の助けなしで物体の外形を見分けることができるかどうか、という問題が議論の的となった。言い換えれば、感覚における先天的な要素と後天的要素の区別に関する問題であり、それはたとえばディドロの『盲人書簡』(一七四九年)にも表れている。

感覚論とその影響

「感覚論」sensualisme はイギリスの哲学者ジョン・ロックの『人間悟性論』(一六九〇年、仏訳一七〇〇年)をみなもととしており、この著作の中で、ロックは人間の認識はすべて感覚によって後天的に獲得されたものであると主張している。この主張は言うまでもなくデカルトの生得観念説に対立するものであり、認識の方法においても、その人間論的基盤についても、まったく異なる原理を提示する理論である。理性それ自体の中心的な位置には変化はないものの、理性は感覚を通した経験によって形成されるという点にその違いが明白に表れている。

デカルト哲学の影響の強かったフランスでは、感覚論の浸透にやや時間がかかり、優勢となるのは十八世紀なかばになってからである(世紀前半の思想を代表する作家たち——フォントネル、モンテスキュー、ラ・メトリーなど——はむしろデカルト主義的傾向が強いとされている)。フランスでの感覚論の普及に貢献した思想家のひとりにヴォルテールを挙げることができ、彼はその『哲学書簡』第十三書簡「ロック氏について」において感覚論の要点を紹介した。世紀のなかば以降、感覚論は広く受け入れられ、啓蒙思想の中心的な要素のひとつとなった。中でもコンディヤックは『人間認識起源論』(一七四六年)や『感覚論』(一七五四年)において感覚論を体系化し、「フランスのロック」と称された。『感覚論』においては人間の身体の形をした彫像に感覚機能をひとつずつつけ加えていき、人間精神の形成過程の再構成を試みるという仮想実験が展開されている。『百科全書』「序論」(一七五〇年、ダランベール筆)では感覚論にもとづく認識論が歴史的レベルにも適用され、いかにして人間が感覚的知覚から抽象的な知識や学問にいたったかを説く進歩史観と一体となっている。

　感覚論はそのように認識の哲学であっただけではなく、伝統的な宗教的・道徳的観念の批判にも利用され、その意味でもこの時代において重要な位置を占めた。そのような文脈では、感覚的な印象から事物の名称、あるいは事物の性質を表す原初的な言葉が生まれ、隠喩や誤用などによってそれに神秘的な意味が与えられるようになり、宗教的・道徳的な概念が形成されたとする論法がよく見られる。感覚論は道徳的相対主義や無神論の論拠として利用されることもあり、上述のディドロの『盲人書簡』やエルヴェシウスの『精神論』（一七五八年）はその典型的な例である。（ただ、感覚論を信奉する思想家たちがすべて無神論者であったわけではなく、ヴォルテール、ルソー、コンディヤックなどはむしろ理神論者であった。）

　総じて、感覚論は感覚機能という身体的能力によって人間の精神活動を説明する試みでもあり、その意味でもデカルト的二元論の超克をめざすものであった。精神と身体の関係はいつの時代にも思想家たちにとって重要な問題であったが、十八世紀にはそのように感覚論の影響によって特に関心を集めたと言えよう。

感受性の賞揚

　十八世紀は啓蒙思想の世紀として、一般に合理的・批判的な側面が強調されがちであるが、他方では人間の「感受性」sensibilité を賞揚した時代でもある。そのふたつの側面は相反するものではなく、むしろ感覚論の浸透によって感受性の礼賛が後押しされた面が強い。感受性は感覚を通して事物を感じる能力であるだけでなく、芸術、道徳、人間関係の領域にも適用され、美や快楽およびさまざまな感情を感じ、同胞への関心や配慮を可能にする能力として重視された。実際、この時代では「感受性を備えた存在」être sensible[*4] としての人間という観念が広く使われ、人間同士の共通の性質を示すものとして、道徳論の基盤ともされた。

　芸術論のレベルでも、模倣《ミメーシス》を芸術の原理とする古典主義美学の枠組みは維持されたが、理性や秩序を重んじた前世紀とは異なり、人間の身体的側面をより重視する傾向が見られた。中でもディドロは『盲人書簡』において美的快楽が感覚に左右される相対的なものであると論じ、『「私生児」についての対話』（一七五七年）や『演劇論』（一七五八年）などでは情念を表現する身ぶり（パントマイム）の重要性を強調した。また、音楽は情念による動物的な叫びを模倣するべきであるという主張はディドロや百科全書派に共通している。

　ルソーは認識論のレベルでは感覚論を基本的に受け継ぎなが

ら、肉体的感受性と精神的・道徳的感受性を区別し、人間の道徳的能力は後者によるものであると主張した。そのようにして彼は人間の肉体的レベルを基礎にして道徳の問題を論じる風潮に反対した。芸術論のレベルでも、彼はディドロや百科全書派とは異なり、声や歌が社会的存在としての人間独自の表現手段であり、美的快楽（とくに音楽による快楽）も感覚によるものではなく精神的なものであると論じた。また、『新エロイーズ』の主要人物たちが感受性の強い人たちとされ、ルソーが『告白』において自分もそのような人物であるとしているのは、そのような精神的・道徳的感受性の意味においてである。彼はロマン主義的感受性の創始者のひとりとされるが、それはたんに理性に対して感情を重視したわけではなく、上述のような人間論にもとづいてのことである。

（増田　真）

注

＊1　この問題については次の著作が古典的研究として知られている。Roger Mercier, *La Réhabilitation de la nature humaine* (1700–1750), Éd. La Balance, 1960, 491p.

＊2　マンデヴィル（Bernard Mandeville, 1670–1733）はイギリスの医師であるが、『蜂の寓話、または個人の悪徳は社会の利益』（一七一四年）はヨーロッパで広く読まれた。

＊3　この時代の自然観の変化については、次の研究がよく知られており、この部分もそれによっている。Jean Ehrard, *L'Idée de la nature en France dans la première moitié du XVIIIe siècle*, Albin Michel, 1994 (S. E. V. P. E. N., 1963), 861p.

＊4　ただしこの用語は「感知可能な存在」という意味で感覚の対象を指すことも多かった。

1章　巨人の文化的・政治的身体性をめぐって

宮下志朗

1　『ガルガンチュア大年代記』——シードル的身体か？

ラブレーが『パンタグリュエル』を執筆するきっかけをつくった掌編に『ガルガンチュア大年代記』(以下、『大年代記』と略す)というものがある。[*1] 中世フランスで流布していたアーサー王伝説を、民間伝承に由来するともいわれるガルガンチュアのお話にざっと接ぎ木した、なんとも荒削りな物語である。

ラブレーの作品を念頭におきながら、この物語を読んでいくと、奇妙なことがらに気づく。この『大年代記』の初版(一五三二年、リヨン)では、巨人ガルガンチュアは「オリエント」のどこかで生まれて、肉と母乳で育てられるのだけれど、『ガルガンチュア』のように、赤ん坊が「飲みたい、飲みたい」とワインをほしがる有名なシーンは存在しない。やがて父グランゴジエと母ガルメルは、魔術師メルランの予言にしたがって、七歳を迎える息子をアルチュス王(=アーサー王)の宮廷に連れていく決心をする。大旅行なので、食料をたっぷり積み込んでいく必要がある。ところが、「パンと、生肉、塩漬け肉が五〇〇 荷《シャルジュ》にもなった」というのはいいとして、その後に「だがワインは、少しも貯えていかなかった」と、わざわざ注記してある。『大年代記』のガルガンチュアは、まだ東方の異人であって、どうやらワインとは無縁の存在であるらしい。

こうした視点から、『大年代記』作品群を読みこんでみよう。

やがて一行は、モン＝サン＝ミシェルの海岸に到着する(第八章)。モン＝サン＝ミシェルはノルマンディだが、ブルターニュとの境界に位置している。ところが、巨人親子を見物しようと集まってきた「あらゆる土地/国 nations の人々」のなかで、ブルトン人だけが悪事をはたらく。彼らは、巨人夫婦が東方から運んできたふたつの巨大な岩の陰に隠れて、すきをみては、肉を大量に盗むのである。地元のブルトン人は悪しき民という設定だ。そこでグランゴジェ夫婦は、こらしめに二千頭の牝牛を供出させると、二度と悪用されないようにと、巨岩を海中に運んでしまう。そのひとつが巡礼地モン＝サン＝ミシェル（＝聖ミカエルの山）になりましたという縁起話なのである。中世末、聖ミカエルは国土の守護神として、あつい信仰を集めていた。したがって、この説話には、一五三二年のブルターニュ併合を頂点とする、フランスによるブルターニュ支配の歴史が、いわば「国引き神話」として書きこまれているかに感じられる。

ところがこの直後、グランゴジエとガルメルは高熱に冒されて、なんと「便秘」で死んでしまう。いや、笑ってすませられる話ではなくて、以後「便秘」「下痢」は、この物語で重要な機能をはたすのである。息子をこうして、西方の国にまで送り届ける任務をはたした両親は、どうやら異物を体内につまらせてしまい、うまく消化できなかったらしいのだ。やがてパリ訪問を終えたガルガンチュアは、ノルマンディの海岸に戻ると、魔術師メルランとの初対面をはたして、巨大雲に乗ってアルチュス王の宮廷に向かい、ゴーやマゴーといった異民族を征伐する。戦勝を祝して、かがり火がたかれ、肉やハムやパンが大盤振る舞いされる。「四人の怪力男が、〔……〕シャベルにマスタードを山盛りにしては、それこそひっきりなしに、のどのなかに放りこんでいた」という個所などは、やがてラブレーによって『ガルガンチュア』第二一章で活用されることになるのだ。だが次に、「デザートには小さな樽四つに入った焼きリンゴが出された。そして彼は、ワインは全然飲まない代わりに、シードルを一〇樽も飲み干した」と明記されるではないか。

彼の身体は、まだシードルの世界に安住しているらしく、ワインをうけつけない。ブルターニュやノルマンディの特産のシードルを飲む巨人——ただのローカルヒーローにすぎないガルガンチュアの姿を象徴しているようにみえてくる。フランスという一大国家の英雄となるには、やはりワインになじむ身体を形成しなくてはいけないのではないのか？　こうして巨人との決闘に勝利したガルガンチュアは、アルチュス王に二〇〇年つかえた後、妖精の国に連れていかれて、『大年代記』の初版は唐突に終わってしまう。

2 『大年代記』増補版――シードル、ビールからワインへ

しかしながら『大年代記』一五三三年版の加筆を読むと、とても興味深い。[*2] 巨人との決闘を終えて、アーサー王のもとに戻ったガルガンチュアは、宮廷には残らず、「自分が生まれ、父と母が死んだ国へ帰りたい」といって帰国する。ガルガンチュアの意識としては、生地は「オリエント」ではなく、あくまでもノルマンディということらしい。そして「その地のシードルがうまいという評判だから」と、ノルマンディのオージュの谷間に行くのだ。現在では、カルヴァドスの本場として有名な地域である。で、どうなるのか。巨人は、「とても甘い」といって、シードルを一五〇〇樽も飲みまくり、おなかをこわしてしまう。そして腹をさすりながらバイユーの町まで来たところで、町中に下痢便をぶちまけてしまうのだ。だからいまでもこの町の通りはきたないのですよと、ここでも縁起話形式が採用されている。どうやらガルガンチュア、地元のお酒のはずのシードルが身体になじまなくなってきている。少しずつ別の文化的な身体に変身しつつあるようだ。

こうして下痢、つまりは不純物の「除去の儀式」purge をおこなったガルガンチュア、「その足でルーアンに向かって」、今度はビールを一五〇樽もがぶ飲みする。そうして「シードルの場合とまったく同じ手術《オペラシオン》」、すなわち下痢便という浄化の儀礼をおこなう。ここでも、お尻からぶちまけたビールがロベック河になりましたという、おなじみの落ちが使われる。

どうも消化・吸収機能が狂ってきている。そこで、このままでは町がうんち洪水で水没してしまうことを恐れた、ルーアンの人間が「ガルガンチュアさま、ワインを飲みなれていないから、そんなふうに苦しいのですよ。ラ・ロシェルの町にいって、熱々のパンをワインに浸して食べなくてはいけません」と忠告する。こうして、あたかもラブレー作品での出演に備えて、身体を鍛えなさいとばかりに、ワインへの同化力を身につけるべきことを勧められるのだ。あなたの文化的・政治的身体にはシードルやビールではだめ、ワインでないとメジャーデビューできませんということなのだろうか?

よくよく考えると屁理屈かもしれないけれども、とにかくガルガンチュアはラ・ロシェルに直行して、重さ二六リーヴル——ゆうに一〇キログラム以上だ——のまっ白なパンを五〇〇個ばかりくれないと、港も城壁もこわしちゃうぞと、市民を恐喝する。ラ・ロシェルの人々は、巨人のごきげんを損ねたら大変だとばかりに、一生懸命はたらいて、なんとパンを二五〇〇個、ワインを二五〇〇樽と、ずいぶんと余分に差し出すのだ。こうして、あっちっちのパンをワインに漬けて食べまくり、ワインを鯨飲するという荒療法を試みたガルガンチュア、この「ちょっとした夕食を済ませると」、大口を開けて四四日間眠り続ける。[*3] すると摩訶不思議、下痢をするどころか、「この治療法で具合がよくなった」のである。かつての異人は、ワイン飲みまくりという強引な「ホメオパシー」によって、フランスという文化的身体を形成していく。かくして巨人は、大量のパンとワインを手みやげに、悪い巨人の征伐に出立して、妻となるバドベックとも出会うのであった。

3　『賞賛すべき年代記』——ワイン的身体の成立

では『賞賛すべき年代記』の場合は、どうであろうか。[*4] この刊本には、刊行地・刊行年の記載はないものの、先行する版への加筆をおこなって、少なくとも一五三四年以前に出版されたものと推定されている。『ティル・オイレンシュピーゲル』から挿絵を転用していることとか、同時代の現実を反映した挿話が描かれている点で、とても興味深い版なのである。[*5] たとえば食料の調達の場面では、グランゴジエが、パン屋や小麦商人の買い占め、価格操作を糾弾する。そこでメルランが、「おまえのいうとおりだ」と賛同して、国王に建言をおこなう。王はただちに、小麦仲買人を絞首刑に、パン屋をむち打ちに処して、食糧供給システムを改革するという趣向になっている。

この『賞賛すべき年代記』では、七歳の息子を連れて出発するに際して、両親はどうしたか（第八章）。パン、新鮮な肉、塩漬け肉は大量に用意されるものの、「この時には、ワインは、少しも貯えなかった」と記される。「このときには」pour lorsという留保がなされることで、その後の息子ガルガンチュアの文化的身体の変容が予告されているかに読める。

この『賞賛すべき年代記』では、モン＝サン＝ミシェルの挿話の直後から、物語が変質を見せる。グランゴジエは、ブルトン人の「泥棒行為」larcinの仕返しだとばかりに、ブルターニュ公国の首都レンヌに向かうと、有名な大時計——公国の世俗権力のシンボルということだろうか——を奪い去って、息子の耳飾りにしてしまう（第十二章）。そこでブルトン人は兵を集めて大時計を取り返そうとするものの、結局は退散するしかない。

ところが、おもしろいことに、そのあいだに息子のガルガンチュアは、歯が痛くなってしまって、「そのメランコリーを退散させるために」[*6]、岩をかじったりするのだ。では、歯痛をどうやって治療したのだろうか。アンジュー地方の巡礼が、ワインを荷車に積んでモン＝サン＝ミシェルにおもむくところに、たまたまでくわすのだ。そこでガルガンチュアが、「それはなんだい」と尋ねてみると、「わしらの地元のおいしいワインですよ」というものだから、巨人は奪い取るようにしてこれを一気飲みする。すると、美酒のおかげで、なんだか、歯の痛さもどこかに飛んでいってしまったようなのである。大喜びしたガルガンチュア、お礼に、自分が楊枝がわりに使ったクジラの骨を巡礼にあげる。さきほど、「このときには」と留保がつけられていたことを思い出そう。モン＝サン＝ミシェルの地を踏んでから、巨人はいつのまにかワイン的な身体に変身していたらしい。

その後、両親は高熱を出して、死んでしまう。「座薬suppositoireを使うことができずに」とあるから、熱冷ましの座薬とも解せるけれど、象徴的にはやはり、初版と同様に、便秘により解毒できずに昇天したということであろう。こうして「かわいそうな孤児」となったガルガンチュアの前に予言者メルランが出現するシナリオは、それまでのヴァージョンと変わらない。ところが、ここでは、ガルガンチュアの身体は、早くもワイン的な体質へと変異しているのだ。モン＝サン＝ミシェルにて聖ミカエルの霊験をちょうだいしたガルガンチュアは、アンジュー地方でブドウ畑を荒らしまわる巨人アモリーを、ワイン／フランスの守護神として退治にいくのだから。ここでも景気づけに、ベネディクト修道会でもらった白ワインをあっという間に飲んでしまう。修道士たちが、「アンジュー地方に、こんな物乞いがふたりばかりいたら、ブルトン人やノルマン人がアンジュー地方にまでワインを探しに来て、持っていく必要もなくなるのに」と、妙な感心のしかたをする始末だ。こうして、あっぱれ巨人アモリーを大岩のなかに閉じこめたガルガンチュア、感謝のしるしにと五〇樽だかのワインをちょうだいし、即座に半ダース分を空にしてしまう。りっぱなワイン愛飲家となっているのだ。

では、メルランの雲でロンドンにひとっ飛びして、ゴーとマゴーを粉砕した後の祝宴はどうか（第十四章）。デザートの焼きリンゴを平らげて、シードルを一〇樽飲み干したところで、彼は、ふとアンジュー・ワインを持参したことを思い出す。そしてブラゲットから美酒を取り出してうまそうに飲むと、四樽をアルチュス王に献上する。ところが、ロンドンのビール商人がくれた「ホップなしのビール」godalleを飲まされて、腹をくだしてしまう。もうビールへの憎しみはいやますばかりなのである。やがてアイルランド、オランダとの戦の際にも、ロンドンの人々は、ガルガンチュアにビールを献上する。「ここでは貴族やお偉方でなければ、ビール以外の飲み物は飲まないのです」と、語り手は、暗にワインを格上の酒として提示している。で、ガルガンチュアは、これをワインだと思って口をつけたとたんに、ぺっと吐き出して、「ろくでもないビール商人たちなんて、みんな悪魔に食われるがいい。おまえたちなんか、おまえたちの飲み物の価値しかないんだぞ」といいはなつ。まるで、その土地の酒によって、人間の品格まで決まるかのようなものいいではないか。こうしてアルチュス王の宮廷を去ることとなった巨人だけれど、ビールのおかげで、「まるで雷でも鳴っているみたいに」腹のなかがゴロゴロし始めて、ついにはテームズ川とロンドンに下痢便をぶちまけてしまう。要するに、この段階では、ワインに象徴されるフランスの政治的・文化的身体を完全にまとっていることになる。

やがてオベロン王が、ガルガンチュアを倒すべくガリマシュを、「ゴールの国」に差し向ける。両者はナポリ近辺で——なにしろ荒唐無稽な話だから、舞台もころころと変わる——決闘するが、勝負がつかず、ガリマシュは退散してしまう。ガルガンチュアはガリマシュを追ってアルプスを越えると、ディジョンを経てルーアンにまでやってくる（第四〇章）。その部分を訳出しておきたい。

その日、ガルガンチュアはずいぶん歩いたので、とてものどが乾いてしまった。そこでノルマンディ人〔ここではルーアンの人々ということ〕に飲み物を所望したところ、彼らはビールをもってきたのだ。これをみてガルガンチュアはとても怒ってしまい、仕返しをしてやると聖トゥルベーズ[*7]に誓うと、これを実行した。というのも彼は、すぐさまでかけると、ノルマンディのブドウの木をことごとく引き抜いて、若芽をすべて持ち去ってしまったのであり、おかげで、この土地ではもはやシードルしかつくれなくなってしまった。こうしてガルガンチュアは、今度はオルレアンにやってきたが、人々は彼がガリマシュを退治しにきたことがわかっていたから大歓迎した。ガルガンチュアは、大いにご馳走してもらったお返しに、ノルマンディから持参したブドウの木の一部をオルレアンの人々に贈ったのである。人々は大いに感謝して、いざとなればいくらでもお助けいたしますと約束して、これを実行した。というのも、息子のパンタグリュエルがオルレアンに勉強しにきたときに、きちんと遇してあげたのだから。[*8]そしてガルガンチュアは、残りのブドウの木を、ボーヌやオーセールの人々にあげた。こうした次第で、この三つの地域では、ブドウの木がたくさんあって、よいワインがとれるのである。

周縁であるノルマンディからブドウの木を持ち去って、フランスの中央に移植するという挿話——こうしてフランスという文化的身体が、しっかり確立されていくのだ。

以上をまとめてみよう。いわゆる「大年代記説話群」においては、主人公の文化的身体が、ワインになじむものへと変容していくプロセスが、異物／異文化の排泄・浄化というスカトロジーのコミックを使って語られる。ビール・シードルといった異文化に対しては、巨人の強力な「括約筋」もはたらかず、下痢便として排出するしかない。このようにして、ブドウ／ワインはフランス国家の、あるいはフランス文化の象徴であるイデーが、ブルターニュ併合などの歴史的できごとをからめて、極端なかたちで表出されているのである。

4 政治的身体としての人体

以上、ラブレー作品に枠組みを提供した「粗笨な物語」(渡辺一夫)における、主人公の政治的・文化的身体性の変容をみてきた。では、ラブレーの作品における、こうした身体性を、はたしてワインや排泄との関連で、うまく説明できるのだろうか? ここでは『第一の書 ガルガンチュア』『第二の書 パンタグリュエル』を中心に予備的な考察をおこなってみたい。

まずは、この時代に政治的身体と人間の身体とが相同的なものとして認識されていたことを確認しておこう。たとえば「床屋外科医」から出発して、アンリ二世以下、四人の国王の侍医をつとめるまでに栄達をとげたアンブロワーズ・パレ(一五一〇ごろ—九〇年)は、『作品集』を国王アンリ三世に捧げているが、その献辞は、次のように始まるのだ。

> 殿、人体の各部分は、おのおのが全体の維持のために、自然が作り出した機能・役割に応じて、義務を果たさなくてはなりません。同様に、国家《エタ》や政治《ポリス》という公共の身体も、それぞれが、神がお求めになった仕事を遂行するようにこころがける必要があるのです。[*9]

こうした領域においても、「類比(アナロジー)」(フーコー)という発想がみとめられる。政体は人体との同形性によってイメージされているのであって、為政者たる者は、なによりも身体を清浄にしておく義務を負うという理屈にもなる。

では、ラブレーのガルガンチュア親王は、どうであったか。「のみたいよー、のみたいよー」という呱々の声をあげて、さっそくに「九月のピューレ」を飲みまくるではないか。『大年代記』とは、大違いなのである。でも、いくらなんでも、誕生そうそうにワイン的身体が完成しているはずもなく、ガルガンチュアは「のべつまくなしにうんちをする」赤ちゃんとなってしまう。将来の国王としては、これではいけない。したがって少年ガルガンチュアにとっては、お尻の始末をしっかりと学ぶことが大きな課題となる。そこで彼は、あれこれと尻拭きの方法を試す。その結果、「ガチョウのひなを、股ぐらにはさむ」という最高の方法を発見して、父親を感激させるのだ。[*10] こうして巨人王子は、お尻の危機をしっかりと克服し、いわばワイン的な身体を確立していく。

したがって、ラブレーの主人公のガルガンチュアやパンタグリュエルは、むやみやたらと脱糞するわけではないし、遊び半分で、おしっこ洪水を引き起こすわけではない。その「括約筋」は正しく機能しているのだ。アンチヒーローにしても、のべつまくなしに失禁したり、腹をくだすわけではない。

ラブレーの物語においては、悪しき情念をためこんだ場合に、脱糞や下痢便がまちかまえているのだ。たとえば『パンタグリュエル』第六章を思い出そう。そこでは、「リュテースと称せられる、〔……〕名にし負う、音に聞こえし学びの都より参上つかまつった」とかいうリムーザン男が、ラテン語なまりのいいかげんなフランス語をしゃべりまくる。「われら黎明よりセーヌの流れを渡河いたし、都邑の岐路追分けを徘徊、ラチンの咳唾を泡となし、恋愛予備役として、一切合切の形状性状の婦女をば、好意もて獲得いたす」といった調子であって、自己顕示欲にかられて、賢明さを喪失し、空虚な言語の連なりを口から吐き出すのだ。あきれ果てたパンタグリュエルは、リムーザン男の胸ぐらをつかむと、「妙ちくりんなラテン語を吐き出すとは。〔……〕げろでも吐いてもらおうか」と脅かしてやる。すると男は、げろを吐くのではなくて、びちぐそを垂れてしまう。この個所、福音主義に同調していた作者は、あなたの弟子は言い伝えを守らずに、食事の前に手を洗わないではないかと、ファリサイ派の学者にいわれたイエスが群衆に発したところの、「聞いて悟りなさい。口に入るものは人を汚さず、口から出てくるものが人を汚すのである」(「マタイによる福音書」十五)という一節を想起していたのかもしれない。ともあれ、こうした情念・知性の不自然なはたらきに対しては、お清めの処置が不可欠であって、医者でもある作者は、腐敗言語を発するリムーザン男の口をふさいで、下半身の口から不浄なものを排出させるのである。

もうひとつ、英国からやってきた学者トーマストと、パンタグリュエルの代理パニュルジュとの、珍妙無類なるジェスチャー合戦も典型的だ(『パンタグリュエル』第十九章)。パニュルジュの下卑た、猥褻なジェスチャーを、トーマストは、「メルクリウス〔＝ヘルメス〕が」とつぶやきながら、隠秘学〔カバラ〕のコードで過剰解釈してしまう。そのあげくに疲労困憊してしまって、放屁だけではおさまらず、ついには脱糞にまで至る。そして「学芸百科の真の井泉と深淵とを開示してくださいました」と脱帽するのだ。名誉と栄光を求めて、知の格闘技をしに海峡を渡ってきた「エゲレス男」とは、ソフィスト的な存在なのであり、そうした悪しき身体性は排泄によって浄化されるしかない。

5 悪しき情念と正しき理性、そして排泄

ところで、本来は正しき理性にみちびかれてしかるべき人間とは、実際は、よからぬ情念に突き動かされる弱い存在にすぎない。痴愚（狂気）の女神は、こうした事情について、次のように述べる。

まことストア学派の定義によりますれば、智慧とは理性に導かれることにほかならず、情念の愚かさにに反して、自由な意志によって動かされることなのでございますが、それでも、人間の生活が明らかに悲しく、また過酷なものであったりすることのありませんように、ユピテルは、理性 ratio 以上に、どれだけ多くの情念 affectus を挿入したことでございましょうか？〔……〕ユピテルは、理性を頭の狭苦しい片隅におしこめて、体の残りのすべての場所を、情念のために残しておいたのでした。[*11]

つまり神々は、あえて情念のはたらく余地を大きく残しておくことで、人間に試練を与えているのだ。痴愚女神が、この情念軍団の強力な援軍としてあげるのが、「怒り」ira と「情欲」conspiscentia にほかならない。ラブレーの物語では、あのピクロコル王が、ふたつの邪悪な情念に心身を支配されて、「たちまち逆上し」（『ガルガンチュア』第二六章）、愚かなる戦争へと突き進んでいく。[*12]

そのため、ピクロコルのところに派遣されたガレは、これは「神と道理を捨てさり、その邪悪な情念《アフェクシオン》にしたがう者のしわざではないのか、「誓約《フォワ》はいずこへ？　法《ロワ》はいずこへ？　理性《レゾン》はいずこへ？」と演説をぶつ。これは明らかに、痴愚女神のせりふに、呼応するものといえる。グラングジエが指摘するごとく、「神が、ピクロコルを、その自由意志や自身の英知という操舵にゆだねたのだ。だが、自由意志なるもの、たえず神の恩寵に導かれなければ、邪悪であるしかない」（『ガルガンチュア』第二九章）のである。

こうした個所には、ヒポクラテス、ガレーノス以来の四体液の理論も影を落としているに違いない。それによれば、心身の調子は、「血液」「粘液」「胆汁」「黒胆汁」という、四つの基本的な「体液」humor のバランス具合に左右されるという（なお、「血液」は「火」に、「粘液」は「水」に、「胆汁」は「空気」に、そして「黒胆汁」は「土」になぞらえられた）。それらの体液が平和に共存して、いわゆる「シナジー効果」を発揮していれば、心身の体調は万全といえるものの、そうしたことはまれなのであって、大抵はどれかの体液が優勢となり、「胆汁質」「粘液質」などなどの体質を形成するのだし、過剰で、乾燥した体液がさまざまな悪疫をもたらすと考えられていた。

体液のなかでも、もっとも微妙なのが、「黒胆汁」（ギリシア語の melancholia、ラテン語の atrabilia）であった。「黒胆汁」は「メランコリア」という名称が物語るように、「憂鬱質」の素因をなすのであったが、反面、この「憂鬱質」としての「黒胆汁」は、天才の条件ともみなされていた。そして、「哲学の学問や国家の統治や詩歌の制作、また諸学芸の実践において才能に輝いた人々は、みな、いったいどうして憂鬱質であったようにみえるのであろうか[*13]」で始まる、アリストテレスの文章（『問題集』三〇番）は、ルネサンスの多くの哲学者・医学者が依拠するものとなっていた。

ところが、この黒胆汁は非常に焦げつきやすい体液でもあって、その場合は、狂気をもたらしかねなかったし、おまけに、そうした焦げた黒胆汁は、ほかの体液を濁らせて、糞便を黒っぽくさせるとも信じられていた。「怒り」の激発も、この黒胆汁のアンバランスと結びつけて考えられることもあった。要するに、この体液は、微妙なバランスの上に保たれているのである。そこで、たとえばフィチーノなどは、善玉としての黒胆汁と、悪玉としての黒胆汁とを弁別しようとした。自然のままの黒胆汁は善玉であり、精神のはたらきを加速するけれど、黒胆汁が燃やされると、「メランコリー」が精神のはたらきを鈍らせたり、「憤怒」の情念をたぎらせるなどと考えたのだ。

メランコリー、つまり黒胆汁には二種類ある。ひとつは医者によって自然なものと呼ばれているが、もうひとつは、血が熱くなって燃焼することで生まれてくる。自然なメランコリーとは、乾燥して、濃密な、血液の部分にほかならない。〔……〕黒胆汁が燃えると、ギリシア人が〈狂気〉と、われわれが〈憤怒〉と呼ぶところの、忘我や怒りの状態を引き起こしてしまう。〔……〕したがって、われわれの判断力や知性に有用なのは、自然なと呼ばれる、第一の黒胆汁だけなのである。[*14]

悪しき体液は、糞便や尿として排泄されなくてはいけない。ホロフェルヌ先生のせいで、旧弊なる教育をほどこされてしまい、むしろ阿呆な知的身体を形成してしまった少年ガルガンチュアは、どうなったか？　狂気を治癒するとされた薬草の「ヘレボルス」を使って、「下剤をかけて、この薬効により、脳が変質した部分や、よこしまな傾向などを、きれいに洗い清めた」(『ガルガンチュア』第二三章) のである。

『パンタグリュエル』の最後でも、巨人王自身、胃腸に毒素がたまってしまって、ついには人足たちに青銅の球のなかに入って胃の腑に下降してもらい、スコップで糞便の山を片づけさせる事態をまねく。さしものパンタグリュエルも、ルーガルーや、徹底抗戦するアルミロード人から浴びた、悪しき情念からなる有毒物質をうまく消化できずに、体内清掃班の出番になったという理屈であろうか。とにかく、この汚物処理が完了したところで、語り手がしゃしゃり出て、新酒を飲みすぎまして、頭がずきずきするのでとかいって、物語は唐突にうち切られるのである (第三四章)。

こうした意味合いからすると、『パンタグリュエル』第二七章も、とても興味深い。そこではパンタグリュエルの猛烈なおならのおかげで、「ピグメー人」が生まれるのだ。ところが、この小さな人間たちは、「すぐ怒る」cholericque 性格だという。その「肉体的な理由」として、「糞の近くに心臓を有する」ことがあげられるのだ。[*15] これは、糞便が、「憤怒」などの悪しき情念の排泄物としてイメージされていることの反映であろう。つまり、下の口に近い場所に心があるならば、おのずと、すぐかっとなるという「屁理屈」がはたらいているに違いない。

6 黒胆汁とワインというアナロジー

「十六世紀とは、解釈学と記号学とを、相似という形態のうちに重ね合わせていた時代なのであった。意味を探すこと、それは類似物を明るみに出すことだった」とは、フーコーの有名な表現だけれど[*16]、ギリシアのかの哲学者は、良いメランコリーと悪いメランコリーを、酒（ワイン）の飲みかたにみたててから、こう述べていた。

黒胆汁は性格を形成すべき力を有しており、それゆえ私たちに、ある特定の性格を作りだし、備えつけさせる。それはたとえば酒が、体のなかに多かれ少なかれ注ぎ込まれ、混ぜ入れられるのに応じて、性格を多様に変化させるようなものである。酒も黒胆汁も、ともに気息を含んでいる。そして、その気息の等しからざる率における含有の割合もまた、場合によって調和されうるものだし、また気息はある場合には、混じりけのない状態で得られるものだし、混合状態も、いずれかの性質の優越によって、より冷たくもより熱くもなりうるものであるから、次の結論がみちびかれる。すなわち、すべて憂鬱質の人は、病気としてではなく、その生まれつきの性質として、人並みでない才能を持っているのである。[*17]

黒胆汁（メランコリア）という両義的な体液は、酒（ワイン）の相似物として考えられていたのである。ワインとは、人間という有限な存在と、神性や霊感との媒介をはたす液体とされた。肉体と精神との調和のとれたはたらきによってすぐれた創作へと向かうのに、ワインのはたらきは欠かせない。黒胆汁の相似物とみなされることで、ワインは、創作の源泉としての役割をおおせつかったのであり、ラブレーの場合も、創作に不可欠なエネルギー源として「前口上」にしばしば登場する。

酒のにおいとはな、油のにおいなんかより、よっぽど心地よくて、楽しくて、祈りたくなるものなんだし、よっぽど神々しくて、甘美なものなんだからな。かのデモステネス先生は、お酒はたしなまず、酒よりも油をたくさん使いましたねといわれて、これを光栄としましたが、それと同じ理屈で、わたしは、あんた油よりも酒をたくさん使ったねといわれれば、むしろ光栄のいたり。とにかくわたしにとっては、愉快な野郎だとか、楽しい相棒だなんて呼ばれたり、もてはやされたりすることが名誉でありますし、栄光なのでございます。そんな評判をちょうだいしてこそ、愚生は、パンタグリュエリストの楽しいお仲間にも、歓迎していただけるという具合なのです。

(『ガルガンチュア』「作者の前口上」)

つまりワインという、良きメランコリーは、情念というよりは自由意志を十全に発動させるための燃料なのである。[*18] そして才能や善性の比喩としての良き体液を備えた身体性こそが、おそらくは良きキリスト教君主の条件なのである。悪しき「メランコリー」に駆られたピクロコルは、邪心にあおられて、そうしたワイン的身体を目のかたきにする。戦争開始そうそうに、「苦い胆汁」に操られた王の軍勢が、トゥーレーヌのブドウ畑を攻撃するのは、当然のなりゆきともいえよう。「スイイーのひとりの修道士が、敵の略奪からブドウ畑を救う」と題された、『ガルガンチュア』第二七章の主題はここにある。もちろん、ブドウの木がキリスト教信仰のシンボルであることも重ね合わされている。そしてジャン修道士は、「さあさあ愛飲家の諸君よ、わたしに続きなさい。ブドウ畑の危急存亡のとき」と叫びながら、十字架型の棍棒をふりまわして、敵を粉砕する。そうした善性の防衛という任務を、作者はわざと、「神のおつとめ」service divin と「酒のおつとめ」service du vin との地口を駆使して、修道士の口からいわせている。ラブレーの十八番の、「おもしろまじめ」な意思表明なのである。「酒のおつとめ」こそは、「パンタグリュエリスト」(『ガルガンチュア』「作者の前口上」)の義務であって、良きエクリチュールへと人を開示してくれるという信念が誇示されている。

「テレームの僧院」のエピソードでも強調されるように、人はその「自由な意志」によって行動する必要がある。だが、これも一歩間違えば、ピクロコル王のように、邪欲に突き動かされる存在となりかねない。神は、情念という広大な領野を人間に、大いなる試練として与えたもうた。人間は、そうした情念を、深い信仰と、ごく自然に結びつけられるような身体性を形成していかなくてはいけない。たとえばパニュルジュのように、「夢まぼろし」phantasme におびえて、「括約筋」sphincter が弛緩してしまうようでは、まだまだ精神の修業が足りないようだ。[*19] 自由意志を十分に発揮しながらも、心身の「括約筋」をしっかりと機能させて、ワイン的身体を確立していかなくてはいけないのである。

注

*1　以下、『ガルガンチュア大年代記』については、次のプレイヤード版に所収のテクストを用いた。Rabelais, *Œuvres complètes*, éd. par M. Huchon, Gallimard, 1994. 邦訳は、『パンタグリュエル』、宮下志朗訳、ちくま文庫、二〇〇六年、に付録としておさめてあるので、参照していただきたい。

*2　テクストは次のものによる。*Les Chroniques gargantuines*, éd. par Ch. Lauvergnat-Gagnière et G. Demerson, STFM186, Nizet, 1988, pp. 144–50.

*3　その間、ブルトン人とガスコーニュ人たちが、なにか金目のものがないかと、ガルガンチュアのポケットのなかを探しまわるという挿話がはさまれるが、その詳細ははぶく。

*4　テクストは、注1所収のものによる。

*5　cf. 宮下志朗「扉絵のルーツを求めて」(『ラブレー周遊記』、東京大学出版会、一九九七年、所収)。このエディションは、刊行時期からして予想がつくように、ラブレー『パンタグリュエル』本体からの逆輸入現象もみられる。以下の考察は、そうした側面をも含んだ、広義の「大年代記作品群」に関わる間テクスト性を問題にしているのだが、詳細は省略する。

*6　原文は pour passer sa merencolie となっているが、十六世紀でも melancholie とつづるのがふつうか。なお「メランコリー」の元来の意味は、後述する四体液のひとつの「黒胆汁」であるけれど、もちろんここでは、それから派生した「憂鬱な気分」という意味でも通じる。

*7　この物語のガルガンチュアは、しばしばこの聖人に誓うが、詳細は不明。

*8　cf.「こうしてブールジュを発って、オルレアンにやってくると、やぼな学生たちが大歓迎してくれて、パンタグリュエルは、彼らを相手に、テニスの腕があっというまに上達して名人になった……」(ラブレー『パンタグリュエル』第五章)。以下、『パンタグリュエル』の引用は、注1にあげた拙訳から。

*9　A. Paré, *Œuvres complètes*, Slatkine Reprints, 1970, T.1., p. 1.

＊10　以下、『ガルガンチュア』からの引用は、次の拙訳による。ラブレー『ガルガンチュア』、宮下志朗訳、ちくま文庫、二〇〇五年。

＊11　エラスムス『痴愚礼讃』、大出晁訳、慶應義塾大学出版会、二〇〇四年、四一―四二頁。なお、狂気を治す薬草ヘレボルスのアイデアも、ラブレーは、私淑するエラスムスの『痴愚礼讃』から借用したと思われる。

＊12　ピクロコルの語源は、ギリシア語の pikrokolos「苦い胆汁の」である。

＊13　アリストテレス『問題集』三〇番、月村辰雄訳。マイケル・スクリーチ『モンテーニュとメランコリー』荒木昭太郎訳、みすず書房、一九九六年、三〇九頁。この訳文は、ルネサンス期に広く流通していたテオドロス・ガザによるラテン語訳を日本語にしたものとして貴重であるから、ここに引用した。次の原典訳と比較のこと。cf.『アリストテレス全集11 問題集』戸塚七郎訳、岩波書店、一九六八年、四一三―二一一頁。

＊14　cf. Marsile Ficin, *Les trois livres de la vie*, traduit par G. Lefèvre de la Bordelie, Paris, 1582, ch. 5. [Ed. Fayard, 2000, p. 31sq.]

＊15　原文は ilz ont le cueur prés de la merde である。ということは、avoir la tête près du bonnet「(帽子の近くに頭がある→) 気が短い、すぐ怒る」といういいまわしを意識しているのだろうか。

＊16　M・フーコー「世界の散文」宮下志朗訳、『ミシェル・フーコー思考集成2』筑摩書房、一九九九年、二九七頁。

＊17　前掲、アリストテレス『問題集』三〇番、月村辰雄訳。句読点を、ごく一部おぎなった。

＊18　ただしモンテーニュはそうはみない。「酔った状態は、〈粗野で乱暴な〉〈肉体的で地上的な〉ものであり、魂や天界にはかかわらない」のである (前掲、スクリーチ『モンテーニュとメランコリー』八〇頁)。なお天才とメランコリーに関しては、次の名著を参照のこと。R・クリバンスキー、E・パノフスキー、F・ザクスル『土星とメランコリー』田中英道監訳、晶文社、一九九一年。

＊19　『第四の書』第六七章。実は、「括約筋」sphincter という単語をフランス語に導入したのは、ラブレーなのである。この個所が初出であって、「お尻の穴をきつくしめつける力」との説明もなされている。

2章　フランス絶対王政と古典悲劇——「王の身体」をめぐって

永盛克也

1　悲劇の王／王の悲劇

中央集権化が進み、絶対王政が確立していく十七世紀のフランスにおいて、あたかもその流れと呼応するかのように悲劇というジャンルが隆盛をみるにいたったことは興味深い現象である。一六二〇年代末からのパリの劇場の活性化、さらにはスペクタクルに対して強い関心を示した宰相リシュリューの庇護などが要因となって、演劇は十七世紀の主要な芸術分野となっていく。そのなかでも古代以来高貴なジャンルとされてきた悲劇は、宮廷における主要な娯楽の一つとして文化的に重要な位置を占めることになるのだが、それは必ずしも悲劇作品の上演が権力のプロパガンダの手段として機能したことを意味するわけではない。そもそも、政治権力の絶対性や無謬性を称揚するのに悲劇が適した表現方法であるとは思えないのである。

悲劇の登場人物は不可避的に運命の「変転」を経験する。そして多くの場合、その犠牲者として名指しされるのは、社会的階層の最上位に位置し、誰よりも不幸や災厄から守られているはずの王なのである。オイディプスの例に代表されるように、古代より悲劇は「王の不幸」の同義語であったとさえいうことができよう。エウリピデス作『アウリスのイピゲネイア』の冒頭部分で、アガメムノンは王という身分ゆえに娘を犠牲として供さなければならないわが身の不幸を嘆いているが、この「王であるがゆえの不幸」というトポスは十七世紀のフランスにおける「イピゲネイア」翻案劇においても忠実に踏襲されている。「人が満ち足りて生きる卑しい身分の幸福なことよ、／人をこれほど苦しめる名誉の不幸なことよ。[*1]」「幸いなるかな、慎ましき地位に満足し、／私が繋がれた壮麗なくびきに縛られることもなく、／神々がかくまうために選んだほの暗い境遇に生きる者よ。」[*2]ルイ十三世治下に書いたロトルーも、ルイ十四世治下に同じトポスを取り上げたラシーヌも社会的地位や名誉ゆえに苦しむ人間を対照法によって浮き彫りにし、さらに撞着語法（「苦しめる名誉」、「壮麗なくびき」）を用いることで王の不幸の逆説的な性格を強調しているようにみえる。いずれの場合においても、究極の選択をせまられたアガメムノンの苦悩は王の悲劇を象徴するものとしてとらえられているといえよう。ところで、このように君主と庶民の立場を逆転させて提示し、王の不幸を強調する表現が一種の常套句として機能するためには、そして特に現実の王が観客として上演に立ち会う可能性が想定される場合には、悲劇作品の受容についていくつかの前提が存在していたと考えられるのではないだろうか。

ギリシア悲劇において「王」と呼ばれる人物は人類を代表する存在の謂であり、人間の条件から逃れられる者など一人としていないことを明白に示す最も効果的な例として提示されていることはいうまでもない。「見せしめ」として犠牲に供される人物の地位が高ければ高いほど、悲劇の普遍性は保証され、観客の覚える恐れの感情は深いものになるわけである。つまり、悲劇は世俗的な価値や権力を相対化することによって、身分を問わずあらゆる人間に必要な謙虚さをわれわれに思い出させるのであり、それは必ずしも王だけによって演じられる劇でもなく、王のためだけに演じられる劇でもないのである。悲劇がその本質において保持するこの普遍性はつねに強調される必要があるだろう。

しかしその一方で、各時代においてその関心に応じた受容の仕方があったことも確かであるし、近代における悲劇の主たる観客や読者が一部のエリート層であったことを否定することもできない。悲劇という古代のジャンルが十六世紀の人文主義者たちによって復活したとき、当時の不安定な政治・社会情勢がもたらす一種の無常観が作品の中に書き込まれ、かつ読み取られたのも自然なことであった。また、王侯たちに対して運命の不確実性と政治権力の脆弱性を示すことで、君主の徳のあり方について反省をうながすという直接的な意図が悲劇に付与されたこともよく理解できる。このような「人文主義的」な受容のあり方は必ずしも十六世紀に限られたものではなく、次の世紀にも受け継がれたものだったはずである。だがそれと同時に、十七世紀には悲劇の受容に関して「文化的ナルシシズム」とでもいうべき態度が現れる点も見逃すことはできない。悲劇に登場する特権的な人物は貴族的・英雄主義的コードにしたがって描かれるようになり、コードの受け手である貴族階級の観客は自分たちにのみ解読可能な世界の中に容易に自己を投影し、登場人物と同一化することができたのである。

さらに、受容のレベルは異なるが、悲劇とミサの共通点も指摘しておかねばならない。すべての人間の身代わりとなって死んだイエス・キリストの受難を追体験するミサは生贄の儀式だといえるが、悲劇もまた選ばれた人間としての王が運命の犠牲者として転落するさまを描く点でミサに通じる供儀性をもっており、単なる王権の称揚の手段や宮廷の娯楽には帰すことのできない厳粛な性格を帯びていたこともまた真実なのである。[*3]

以上のことを確認したうえで、十七世紀フランスの絶対王政と悲劇という文学ジャンルとの間にいかなる関係が成立し得たかを考察することが本稿の目的である。王権にかかわる神秘的な体験や個人としての王の存在が内包する問題がアクチュアリティをもっていたことを指摘したうえで、特に「王（あるいは皇帝）の身体」の表象に着目して、作品中の王（皇帝）に付与された意識について具体的な分析を加えることにする。だがその前に、中世から十七世紀にいたる「王の身体」に関する理論と実際の儀礼におけるその表象の変遷を概観しておくことは、絶対王政下における王と王権の表象を歴史的展望において理解するうえで有益であろう。

2　王の二つの身体

「王の二つの身体」の理論は国王の空位という事態を避け、王位の継承を正当化するための不死の王権論としてイングランドで生み出されたものである。その要点をこの問題についての最も基本的な文献であるカントーロヴィチの研究からの引用――エリザベス一世治下に集大成されたエドマンド・プラウドンの判例集の一節――で確認しておこう。

王は二つの能力を有している。というのも彼は二つの身体を有するからである。その一つは自然的身体であり、これは、他のあらゆる人間と同じように自然的な四肢から成り、この点で、王は他の人間と同じように感情に動かされ、死に服するのである。他の一つは政治的身体であり、その四肢は王の臣民たちである。〔……〕王は頭であり、臣民は四肢である。そして王のみが臣民たちを統治する。この身体は他の身体とは異なり、感情に動かされることなく、死に服することもない。というのも、この身体に関するかぎり、王は決して死ぬことはないからである。したがって、我々の法において、王の自然的な死は王の死（Death）とは呼ばれず、王の崩御（Demise）と呼ばれているのである。この言葉が意味するのは、王の政治的身体が死んだということではなく、二つの身体が分離したということ、そして、今や死に、あるいは王の威厳を離れた自然的身体から、もう一つ別の自然的身体へと政治的身体が移され運ばれていく、ということである。それゆえ、崩御という言葉は、この王国の王の政治的身体が、一つの自然的身体から別の自然的身体へと移転したことを意味するのである。[*4]

エリザベス朝の法学者による理論の定式化は以後もその有効性を保持し続けることになるのだが、理論の具体的表現としての儀礼化はむしろフランスで発展したといえる。イングランド＝フランス国王（ヘンリー五世、一四二二年ヴァンセンヌで死去）と本来のフランス国王（シャルル六世）がほぼ同時に死去し、埋葬が行われるという事態が起きた結果、王の葬儀に際し「似姿」effigie を作り棺上に安置するイングランドの慣習がフランスに伝わったと考えられているが、[*5]興味深いのは、前者において遺体の代替物にすぎなかったものが後者において象徴的な意味をおびていくことになる点である。一四九八年のシャルル八世の葬儀に際しては、王の似姿を「生ける王」とみなす決定がパリ高等法院によってなされ、眼も大きく見開いた形に描かれた。死せる王の自然的身体から分離した国王の政治的身体は、新王の身体に宿るまでこの似姿のうちに生きていると考えられたわけであり、王権の永続性を保証する必要から、以後似姿は遺体そのものよりも重要なものとなる。また「生ける王」を主役とする葬儀に後継者である王は出席しない。このようなフィクションは、一五四七年のフランソワ一世の葬儀で完成をみたといわれる。

しかし一六一〇年、アンリ四世の死に際して「儀礼上の危機」が訪れる。幼いルイ十三世はアンリ四世暗殺の翌日母マリー・ド・メディシスを親裁座[*6]において摂政に任命した。これは前王の葬儀を待たずに新王の即位が宣言されたことに等しい。亡き王の似姿が作られたのもこの機会が最後であった。一六四三年、ルイ十三世の死に際しその似姿は作られず、死後数日たって五歳のルイ十四世は親裁座におもむき、事実上即位した。

「王は死せり！　国王万歳！」« Le roi est mort! Vive le roi! »——この有名な歓呼の声についても同様の歴史がある。前述の一四二二年の葬儀の際に、「シャルル六世は死せり」「イングランドとフランスの国王ヘンリーに長命あれ」と新旧国王の名が具体的にあげられていたものが、一五一五年のシャルル十二世の葬儀以降、国王の名を省略した形で定着することとなる。この定式によって、生物学的な意味での王の身体の消滅ではなく、象徴的・政治的な身体の移動の瞬間である埋葬をもって公式の死とみなすフィクションが確立されたことは、「匿名的な国王の継承の観念を凝縮したものであり、不死の王権論が儀礼として完成の域に達した」結果だと考えられる[*7]。一方、「王は死なず」« Le roi ne meurt jamais. » という格言は王の葬儀とは直接関係がなく、フランスでは十六世紀以降に法学上の議論において用いられるようになった表現である。英語における同義の文（« The king, as King, never dies. »）では小文字の国王（自然的身体）と大文字の国王（政治的身体）が明確に区別されているのに対して、フランス語の表現には両者の観念が融合されているといえる。しかし実際には「王は死せり！　国王万歳！」と「王は死なず」は十七世紀のフランスにおいて同義の表現とみなされるようになる。また、血統論にもとづいた世襲王朝による国家の永続性と絶対性が主張されるようになり、王権の永続性を保証するものであった「二つの身体」の区別はその重要性を失っていく。ルイ十四世に帰せられる「朕は国家なり」« L'Etat, c'est moi. » という言葉は小文字の国王と大文字の国王（国家）とが一体となっていることを端的に示しているといえる[*8]。歴史的にみれば、ルイ十四世とともに「絶対性」が「永続性」にとってかわり、王の身体の神秘性は絶対主義に引き継がれたということができよう。

3　ルイ十四世と悲劇

さて、十七世紀後半のルイ十四世親政期には国家儀礼に比して宮廷儀礼の重要性が増していくが、そこでは王のもっとも個人的・私的な行為が国家的・公的な行為として儀礼的性格をおびることになる。起床から就寝にいたる自らの日課を選ばれた観客――宮廷人――の視線に供する行為において、王はその観客に特権を与えると同時に、その観客の視線から自らの権力に対する承認を受け取るのである。「権力は権力が自らに与える表象のなかでしか、またその表象によってしか、権力でありえない」と述べるとき[*9]、マランは王の権力の表象＝現前としてのメダルについて語っているのであるが、この自己表象による自己正統化のプロセスの中にこそ絶対王政の秩序形成原理の縮図を見ることができるのではないだろうか。同様の意味で、宮廷やその他の場において国王が主催する――彼自身が主役を演じるか、あるいは彼がその主たる観客であるような――スペクタクルは王の「象徴的身体」を視覚化する機能をもっていたと考えられる（このスペクタクルのカテゴリーにはさまざまな祝祭や儀式、さらには

図1　『ルイ14世の肖像』。シャルル・ル・ブラン（1619–90）画、ヴェルサイユ宮殿美術館蔵。

絵画などの諸芸術を含めてもよいだろう)。アポストリデスは宮廷における娯楽行事のオルガナイザーとしての王の役割を「機械操作師としての王」roi machiniste と表現した。[*10] たとえば、バレェ作品の中でアポロン役を踊る若きルイ十四世の「私的な身体」はアレゴリーの機能によって「太陽王」という神話的イメージを作り出すことに貢献したわけであるが、それが文化的・社会的な次元で認知されるとき、イメージの受容者もまた王の「象徴的身体」の構成に参加しているといえるのかもしれない。その一方で、王の公的なイメージが私的身体から分離し、自律的に機能するようになるとき、その空虚な身体は国家と区別がつかなくなり、絶対王政を支える行政機構という機械となる。アポストリデスの表現を借りるならば、「機械操作師としての王」が「機械としての王」roi-machine に取って代わられるのである。[*11]

悲劇がミサと共通する供儀性をそなえていることはさきに述べたが、王が私的身体を捨て、至高権力の真の体現者となるプロセスを自己犠牲の行為としてとらえるならば、絶対君主の経験を厳粛な雰囲気とともに描くうえで悲劇ほど適したジャンルはないであろう。もっとも、フランス古典悲劇においては物語がギリシア神話や古代ローマの世界に設定されるのが慣例であり、自国の近代史が劇の題材になることはなかったし、また神話や歴史から離れて自由に創案された主題をあつかうこともできなかったので、現実の国王への言及や暗示はアレゴリーまたは単なるアナロジーの次元に限定されていたといえる。多くの場合、悲劇中の王は理想化された君主として、あるいはアンチモデルたる暴君として登場していたのであるが、一六六〇年代以降、ルイ十四世のイメージはしばしば控えめな、しかしそれと認めうる形で悲劇中の王に反映されることになる。必ずしもそこに王自身の意向がはたらいていたという意味ではなく、観客の関心をひくような形で登場人物にアクチュアルな表象を与えることが劇作家の意図だったのではないかと思われる。こうして悲劇とルイ十四世との間に一種の対話が始まったのである。[*12]

即位時に五歳の少年であったルイが国王という地位に伴う責任の真の重大さを認識したのは、一六六一年の宰相マザランの死後、親政開始の時点であっただろうと思われる。その五年後、一六六六年にルイは親政開始以降の国王の公務にかかわることがらについてのメモを自らの手で、あるいは口述の形で記録し始める。一六六八年には若き皇太子の教育という明確な目的のために、その師傅であったペリニーの助けを借りて回想録の執筆を開始することになる。[*13]その中でルイはフランス国王の地位について、「地位が高ければ高いほど、その地位を占めてみなければ見ることも知ることもできないものがあるのだ」と述べているが[*14]、まさに王のみが体験し得ること、またその体験にもとづいて深められた省察がつづられている点で貴重な文献だといえよう。ところで、皇太子にこの回想録が与えられたのは一六七四年から一六七七年の間であったらしいが、その内容はすでにかなり早い時期に多くの者の知るところとなっていたのではないだろうか。というのも、親政を開始した年の記述のなかで、規則的かつ真摯な態度で公務に臨む決意[*15]をした後におぼえた精神的かつ身体的高揚感を語った箇所――ルイの「変身」あるいは「回心」体験と呼ぶにふさわしいものであるが――が同時期の劇作家たちによって作中人物の経験として利用されているようにみえるからである。

まず、ルイ十四世の体験は次のように記述されている。「この決意をした直後に私がいかなる収穫を得たか、貴公に言うことはできない。私は自分の精神と心が高められるかのように感じた。私は全く別人となった。そして余りに長い間そのことを知らずにいたことを喜びとともに自責したのだった」[*16]。一六六二年、つまりここで語られた国王ルイの体験の翌年、クロード・ボワイエは悲劇『オロパストあるいは偽トナクサール』において、先王との身体的類似を利用して王位を簒奪した主人公がその正統性の欠如にもかかわらず体験する「王への変身」を次のように表現した。

　王座の上に座り、王冠を帯びると
　自分が自分を超えて高められるのを感じる。
　自分の血が自分の血を超えて上るのを感じる。
　自分の境遇はすべて自分の地位によって自分の目から消えるのだ。[*17]

王の回想録とほぼ同じ表現（「自分が高められるのを感じる」）が簒奪者の語る擬似王権体験の記述に用いられているという点でかなり大胆な「目配せ」といえるのではないだろうか。一方、一六六四年、ラシーヌは彼の最初の悲劇『ラ・テバイードあるいは敵同士の兄弟』において、テーバイの王位をめぐって争うオイディプスの二人の息子のうちの一人エテオクルにこう語らせている。

自らの頭の上に冠を受けるや否や
王は直ちに自分自身の体の外に出る
公衆の利益が彼の利益とならねばならぬ
彼はすべてを国家に負い、もはや自分には何も負わないのだ。[*18]

ここでエテオクルはポリニスに王位を譲る約束を破棄する理由として、即位によって生じる王自身の変化、そして民衆に対して生まれる義務をあげている。しかし、自分はもはや譲位を約束をした自分と同じ存在ではなく、現実に民衆も自分の統治を支持しているのだから、約束を履行する必要はない、という形式論理は、劇中においてさほど重要な機能をはたしているとはいえない。唯一王という存在だけが体験することのできる一回限りの神秘的な体験――即位に際しての王の変身あるいは王への変身――が、劇中の人物にやや安易に付与されている感は否めないのである。実際、これらの行は一六七五年出版の『作品集』の版で削除されることになる。新進作家ラシーヌは王権の交代の是非についての議論を作品に盛り込むことで、コルネイユ流の政治的悲劇を目指したのかもしれない。しかし自らの悲劇の特性により意識的になった一〇年後のラシーヌは、二人の兄弟の対立を法解釈学的なレベルに設定するのではなく、それがより根源的なレベル、つまりオイディプスにかけられた運命の呪いに起因するものであることを強調するために、この削除を行ったのではないかと考えられる。いずれにせよ、親政開始から間もないこの時期に、自らの職務に対しきわめて意識的な姿勢を示していたルイ十四世の体験が間接的な形でこれらの作品中に反映されていたとすれば、悲劇中の王の表象において観客の興味や関心に合致するようなアクチュアリティのある表現が求められていた点にその理由があるのではないだろうか。[*19]

4 『ベレニス』――絶対王政の悲劇

一六七〇年に初演されたラシーヌの悲劇『ベレニス』は私的な自我と身体を奪われ、至高権力の象徴的体現者となることを余儀なくされる君主を描く点で、絶対王政の悲劇と呼ぶことができるかもしれない。ルイ十四世が皇太子にあてた回想録の執筆が始まるのが一六六八年であったことをさきに述べたが、この時期に君主の義務が要求する自己犠牲という主題を選択することは王やその周囲の人々の歓心を買うために時宜を得たものであったろう。実際、ブルゴーニュ座での初演（十一月二一日）の三週間後、この悲劇はチュイルリー宮で王を前にして上演され、好評を得ている。戯曲の出版（一六七一年）に際し財務総監コルベールへの献辞の中でその僥倖に言及することで、ラシーヌはいわば二重の庇護を確保していることになる。そのコルベールがルイ十四世の回想録の執筆にも協力していたことを考えると、王の周辺に取材した要素が劇中に利用された可能性は高いといえよう。親政開始以前の王のマリー・マンシーニ（マザランの姪）との牧歌的な、しかし悲しい結末を迎えた恋愛への暗示が随所にちりばめられているようにみえるこの劇は、これらの要素を理想化した形で古代ローマ世界に投影することで成立する間接的な国王讃辞といえるかもしれない。

ところで、フランス国王の葬儀の際に似姿を用いる中世以来の慣習においては、亡き王と新王が一時的に共存することによって王位の継承が連続性にもとづくものであることが示されたわけであるが、『ベレニス』においてティテュスが経験する新帝としての通過儀礼においても父である先帝ウェスパシアヌスの存在が重要な役割をはたしているようにみえる。まず、ウェスパシアヌスの葬儀に相当する神格化の儀式がベレニスの恍惚とした目を通して描かれることによってティテュスの即位式に擬せられる箇所をみてみよう。

フェニスよ、おまえはあの夜の眩いばかりの煌めきを見ただろう？

おまえの眼はあの方の偉大さにすっかり奪われているのではないか?
あの松明の数々、あの薪、あの炎に包まれた夜
あの鷲の旗々、あの数々の束桿、あの民衆、あの軍勢、
あの王たちの群れ、あの執政官たち、あの元老院、
皆が私の恋人からその輝きを借りていたのだ。
あの方の栄光が引き立てていたあの緋色、あの黄金、
そしてさらにあの方の勝利を物語るあの月桂樹、
至る所から続々とやって来たあれら全ての眼が
ただあの方の上へと貪るような視線を集めているのを。
あの威厳あるたたずまい、あの優しいお姿を。
神々よ、いかなる尊敬、いかなる好意とともに
すべての心が密かにあの方への忠誠を誓っていたことか!
話してごらん。あの方を見れば私ならずとも思うのではないか
運命がどんな暗がりにあの方を生まれさせたとしても
そのお姿を見れば世界は自らの主を認めたことだろうと。[*20]

これは皇帝を頂点とするローマ帝国の権力のピラミッド構造をバロック的明暗法(「炎に包まれた夜」)とでも呼ぶべきヴィジョンによって描き出した印象深い場面である。指示形容詞の頭語反復によって列挙される要素(「鷲」はローマ軍を、「束桿」は執政官の権威を象徴する)はほとんどが複数形か集合名詞(「民衆」、「軍勢」、「元老院」)である。とくに「王たちの群れ」という逆説的ともいえる表現にはローマに根強く残る王政への憎しみを反映した軽蔑的口吻がうかがえる——ベレニ

ス自身女王なのであるが、ここで彼女はティテュスの立場に完全に同化しているといえよう——とともに、唯一にして無比の「皇帝」の存在を引き立たせる役割がになわされている。この神格化の儀式の場面においてその中心は、本来中央に位置するはずである「薪」——ウェスパシアヌスの亡骸が火葬される薪——から離れて、すべての者の視線が集中するティテュスの「緋色」と「黄金」の帝衣へと巧妙に移動させられている。そして参列する者たち全員から権威の承認を受けたかのようにみえる皇帝ティテュスの威光は、「薪」に代わるあらたな光源として参列者たちを照らし、彼らに輝きを与える構図になっているのである。ルイ十四世の宮廷において王が自らの姿を宮廷人の視線に供することで「観客」に特権を与えると同時に、その観客の視線から自らの権力に対する承認を受け取る、という構図が成立していたことをさきに述べたが、ここでベレニスの眼を通して描き出される情景もまた権力の示威とその承認という相互依存的な関係のあり方を再現しているといえるだろう。ただし、この場面において皇帝の「自然的身体」やその似姿が直接描かれることはなく、先帝から新帝への権力の移譲は換喩(「薪」と「緋色」)によって喚起されるのみである。注意しなければならないのは——そしてそこがラシーヌの劇作法の巧妙なところなのであるが——これがベレニスの幸福幻想の頂点をしめす瞬間でもあるという点である。つまり、先帝の神格化の儀式を新帝の即位式へと転換してしまうベレニスの迫真法的描写は彼女自身の願望を強く投影したものであって、必ずしも客観的な現実を観客に伝えるものではない(実際、二幕以降においてベレニスが自らの幻想に気づき、現実を受け入れるまでの

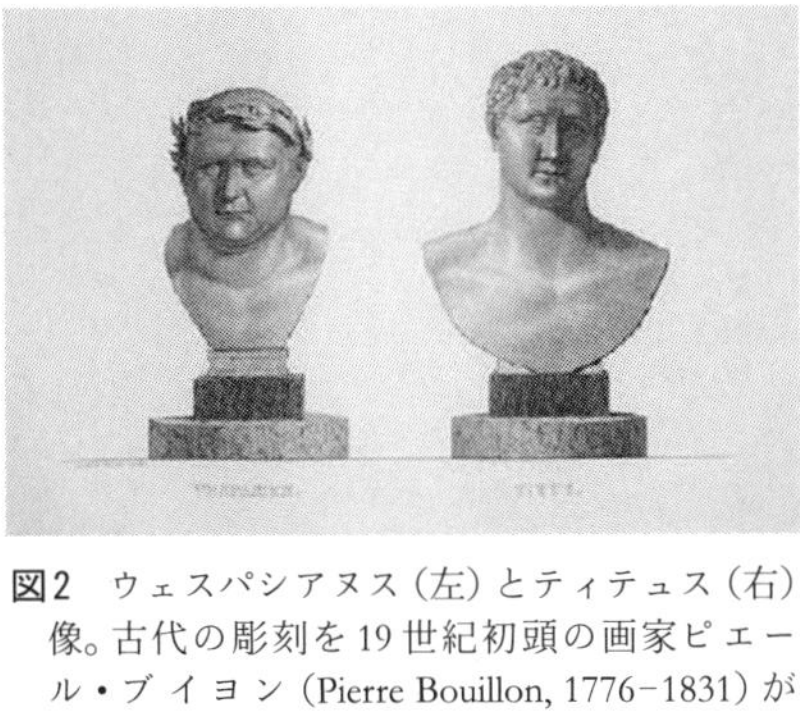

図2 ウェスパシアヌス(左)とティテュス(右)像。古代の彫刻を19世紀初頭の画家ピエール・ブイヨン(Pierre Bouillon, 1776–1831)が版画にしたもの。『古代美術館』(*Musée des Antiques*, 1810–1827, 3vol.)所収。

プロセスがこの劇の骨格をなしているのである)。十七世紀のフランスにおいては崩御した王の葬儀が新王の即位式に相当するという慣習こそ存在しなかったが、ラシーヌはローマ皇帝の神格化の儀式という「古代色」の上に、王位継承について同時代の人々が抱いていたイメージ——血縁世襲や王権の連続性——を重ねることによって、観客をベレニスの想像世界へとみごとに誘い込んでいるといえよう。

これに対して、ティテュスのほうは劇が始まる以前、二幕二場の長台詞中で語られる父ウェスパシアヌスの臨終の場においてすでに皇帝の責務を自覚していた、といえるだろう。さきに引用したルイ十四世の回想録中の「変身」体験を想起させる箇所である。

私は深い平穏の中で愛していた、恋い焦がれていた、
もう一人の者が世界の統治を担っていたのだ。
自らの運命を支配し、自由に恋をし、
自分の思いを誰に言い訳する必要もなかった。
しかし天が父を召されるや否や
我が手が悲しく父の目蓋を閉じるや否や
私は心地よい過ちから目を覚まされた。
私は自分に課せられた重荷を感じた。
私は知った、やがては愛するものどころか
ポーランよ、自分自身をも捨てねばならぬのだと。
そして神々の選択は、我が愛には味方せず、
私の残りの人生を宇宙へと引き渡したのだと。[*21]

ここで記述されているのはティテュスが私人の領域から公人の領域へと移行した瞬間、より正確にいえば、もはや私人の生活に戻ることはできないことを彼が悟った瞬間である。牧歌的な恋愛、安逸な生活、政治への無関心（「もう一人の者が……」）は直説法半過去形で、そして父の死、天の啓示と使命の自覚は単純過去形で表現され、時制の明確な対比によって二つの世界の断絶が強調されている。神秘的な回心体験にも比しうるこの突然の「変身」は彼を世俗的な身体から引き離し（「自分自身をも捨てねばならぬ」）、皇帝という政治的身体へと否応なく閉じ込めることになるのだが、この変化が「天」に召された亡父との身体的接触（「目蓋を閉じる」）を契機とするものである点において、「死者は生者を捕える」« Le mort saisit le vif. »という相続に関する法諺を想起させるとともに、ティテュスに課された「重荷」に超自然的な性質と生々しい実感が付与されているといえるだろう。[*22] ここでもまた、至高の権力の座につく者のみが知る神秘的な経験を語らせることで劇中人物に特別なアウラが与えられるとともに、それが暗示的にルイ十四世の体験に重ね合わされることによって、さらに現実味をおびた表象として観客に知覚されることが可能になったということができるのではないだろうか。

だが、それが「君主の悲劇」であることに変わりはない。劇全体を通して、即位後間もないローマ皇帝ティテュスの存在は公的使命と私的感情、政治的身体と自然的身体に引き裂かれたものとして提示される。そもそも帝位の継承は権力の正統性と為政者の資質があらためて問われ、批判的視線にさらされる機会である。父ウェスパシアヌスの治世があまねく讃えられていたことを強く意識して皇帝に即位したティテュスは、ローマ市民の目が自分の行動を注視していることも知っている。実際、ウェスパシアヌスの統治との連続性はティテュスの権力の正統性をただちに保証するものではない。ローマ皇帝の地位に関するかぎり、血縁世襲制度の原則がなかったからである。ラシーヌはこの点に着目し、即位に際してティテュスが感じる重圧を特に強調しているようにみえる。この劇においてはローマ皇帝と異国の女王の結婚に関する禁忌がプロット上最大の障害物として機能するわけであるが、その前提としてティテュスという登場人物に強い義務感を設定しておく必要があったのだと考えられる。苦悩する皇帝の長い独白中、スエトニウスの『ローマ皇帝伝』中の挿話が効果的に利用されている箇所をみてみよう。[*23]

帝位に即いて八日、今日この日まで
名誉のために何をしたか。すべては恋のため。
かくも貴重な時間をどう言い訳できようか。
期待させていた幸福な日々はどこだ？
人の涙を乾かしてやったか？　願いを叶えてやった者の眼の中に
自分の善行の果実を味わったとでもいうのか？
宇宙はその運命が変わるのを見たか？
天が私に与えた日数を知っているか？
そしてかくも長い間待ち望まれていたそのわずかな日々を、
ああ、愚か者よ、既に幾日無駄にしてしまったことか。[*24]

先に『回想録』中にみたルイ十四世の公務についての真摯かつ内省的な態度を想起させる台詞であるが、ここでは公的な「名誉」と私的な「恋」の対比、民衆が寄せる善政への期待、マクロコスモス（「宇宙」）とミクロコスモス（「私」）の呼応として意識されている、ほとんど宗教的といってもよい使命感が喚起されるとともに、ティテュスが「死すべき身体」を有していることが暗示されている。イギリス・エリザベス朝の法学者が提唱した「二つの身体」論は「自然的身体を持つ王は他の人間と同じように感情に動かされ、死に服する」ことを認めていた。「政治的身体」が区別されることで王権の連続性は保証されるからである。確かにティテュスにしても、涙を流し、悲嘆にくれる自然的身体（四幕五場、一〇五七、一一五五行）を有してはいる。だが彼の場合、その私的身体は皇帝の「似姿」として後世への「模範」exemple（同一一七三行）となるべく運命づけられたものであり、その意味で、政治的身体と切り離して考えることはもはやできない。ティテュスの私的身体はいわば彼自身から奪われていくのであり、彼はこの疎外を父の臨終の際に自覚したはずなのであるが、実際にその現実を受け入れるためにはいくたびもの逡巡を経なければならなかったのである。「私にはよく分かる、あなたなしでは最早生きられないであろうこと、／自分の心が自分自身から離れようとしていることが。／だが最早生きることが問題なのではない、統治せねばならないのだ」[*25]（同一一〇〇―一一〇二行）とティテュスがついにベレニスに告げるとき、「生きる」／「統治する」という動詞の対比が自然的身体と政治的身体のそれに対応していることは明らかである。ここにおいて法的フィクションとしての「二つの身体」論はもはや機能せず、君主とその統治する国家とが一体となった「絶対主義」が要請されているようにみえる。ティテュスは生きながらに生と感情を奪われ、国家権力の象徴としてのみ存在することを強いられているのである。ラシーヌは『ベレニス』の「序文」において「悲劇において血が流れ、人が死ぬことは決して必要なことではない」[*26]と述べているが、そのような悲劇が可能だとすれば、それはまさにティテュスから自然的身体が奪われていくこと、一個人としての彼が象徴的な死を経験することによってであるといえるのではないか。

＊　＊　＊

これまでみてきたように、十七世紀フランスの絶対王政と悲劇との間にはいくつかのレベルの関係が成立していたといえる。まず、王は悲劇の特権的観客ではあるが、無条件に讃辞を受けていたわけではない。皇帝ティテュスの例は王ルイに君主の義務が要求する自己犠牲の精神をあらためて思い出させたことだろう。現実の王はまた、劇中人物としての王の表象を同時代のそれに合致させ、観客により真実らしいイメージをいだかせるための暗黙の指示対象として機能していた。舞台上の王の可視的な身体に現実の王の姿が重ねられることで成立する重層的な表象は、様式化され抽象化された悲劇世界の意味を豊かにし、リアリティのあるものとして知覚されることを可能にしたのではないだろうか。さらに、悲劇は神話や歴史の世界に物語を設定しながらも、寓意的・暗示的手法によって同時代のアクチュアルな政治問題をあつかったり、王や王権についての議論を展開したりすることができた。その意味では、ジャンルの制約が逆に表現の自由を確保したといえるだろう。こうして絶対王政と悲劇とは相互に影響をおよぼしながら不可分の関係を築いていたのである。

注――

＊1　Jean de Rotrou, *Iphigénie* [1641], I, 1, 103–104; dans *Théâtre complet 2*, éd. Alain Riffaud, Société des Textes Français Modernes, 1999, p. 414.

＊2　Jean Racine, *Iphigénie* [1674], I, 1, 10–12; dans *Œuvres complètes*, t. I, éd. Georges Forestier, Gallimard, « Bibliothèque de la Pléiade », 1999, p. 703.

＊3　悲劇とミサの比較については次の研究を参照のこと。ジャン＝マリー・アポストリデス『犠牲に供された君主――ルイ十四世治下の演劇と政治』(Jean-Marie Apostolidès, *Le Prince sacrifié. Théâtre et politique au temps de Louis XIV*, Minuit, 1985)、矢橋透訳、平凡社、一九九七年、六六―六九頁。

＊4　E・H・カントーロヴィチ『王の二つの身体――中世政治神学研究』(Ernst Hartwig Kantorowicz, *The King's Two Bodies. A Study in Medieval Political Theology*, Princeton UP, 1957)、小林公訳(一九九二年)、ちくま学芸文庫、二〇〇三年、上巻、三五―三六頁。

＊5　同前書、下巻、一八五―八六頁。

＊6　「親裁座」le lit de justice は国王が裁判権を司法機関に委任せず、自ら高等法院に臨席して裁判を主宰する行為をさすが、裁判機能や立法機能のほかに、未成年の国王が摂政を任命する場となることで、事実上新王の即位宣言としての機能をはたすことになる(二宮宏之「王の儀礼――フランス絶対王政」、『世界史への問い7　権威と権力』、岩波書店、一九九〇年、一四六―四七頁)。

＊7　阿河雄二郎「近世期フランスの王権と貴族――政治史と社会史の接合の試み」、『社会経済史学』五九巻一号、一九九三年、九一頁。

＊8　同時期、イングランドでは王位継承に議会の承認が必要となり、立憲君主制が確立していくことを考えると、フランス革命における国王の処刑という事態は、制度の廃止とその制度を体現していた個人の抹殺とが不可分であると考えられた点において、大文字の国王の神権化・絶対化がもたらした帰結といえるかもしれない(石井三記「フランス君主制の儀礼と象徴」、『社会思想史研究』一五号、一九九一年、二九―三〇頁を参照)。

＊9　ルイ・マラン『王の肖像』(Louis Marin, *Le Portrait du roi*, Minuit, 1981)、渡辺香根夫訳、法政大学出版局、二〇〇二年、二一二頁。

＊10　ジャン＝マリー・アポストリデス『機械としての王』(Jean-Marie Apostolidès, *Le Roi-Machine. Spectacle et politique au temps de Louis XIV*, Minuit, 1981)、水林章訳、みすず書房、一九九六年、一六五頁。

＊11　同前書、一六七―六八頁。

＊12　自ら舞台でバレエを披露することを好んだルイ十四世がラシーヌの悲劇『ブリタニキュス』(一六六九年初演)中の台詞(四幕四場、一四七二行以下)を聞いて以降、いっさい人前で踊らなくなったという逸話が残っている。真偽はともかく、そのような逸話が生まれること自体、王と演劇とのあいだに一種の対話が成立していた証左とみなすことができるのではないか。

＊13　一六七〇年のペリニーの死後はペリッソンが任を引き継ぎ、一六六一年と一六六二年の部分をあらたに書き直した。一六七二年、オランダとの戦争に際し王は軍の指揮をとるために回想録の執筆を中断するが、メモそのものはとり続け、一六七九年には「王の任務についての省察」と後に題された断章を執筆している。しかし皇太子はすでに成長し、もはや「教育」を必要とする年齢ではなくなっていた。回想録の続きが執筆されることはなく、一六六一―六二年

と一六六六―六八年についての記述のみが残されたのである（Jean Longnon, « Introduction » à son édition de *Mémoires* de Louis XIV, Tallandier, 1978, pp. 11–12.）。

＊14　Louis XIV, *Mémoires*, éd. cit., p. 31.

＊15　「もし不幸にも大きな無為に陥ったとして、貴公〔＝皇太子〕にとってこれほど辛いものはないだろう。まず公務に、ついで遊興に、さらには無為そのものに興味を失い、なんらかの疲労と仕事なしには見つかるはずのないもの――休息と閑暇の甘美さ――をいたる所にむなしく求めることになるのだ。／私は一日に二度規則的に、それも毎回二、三時間さまざまな者たちと仕事をすることを自らに決まりとして課した。これにはほかから離れて一人で過ごすであろう時間や通常の職務外のことが生じた際に特別に割くであろう時間は含まれない。もし問題が緊急を要するものなら、私に報告することが許されないときなど一瞬もないのであるから」（*Ibid.*, pp. 40–41.）

＊16　*Ibid.*, p. 41.

＊17　Claude Boyer, *Oropaste, ou le faux Tonaxare* [1663], II, 5, 825–828; éds. Christian Delmas et Georges Forestier, Genève, Droz, « Textes Littéraires Français », 1990, p. 138.

＊18　Racine, *La Thébaïde ou les Frères ennemis* [1664], I, 3, 119–122; éd. cit., p. 65.

＊19　たとえば、一六六四年にフォンテーヌブローの宮廷で初演されたコルネイユの悲劇『オト』*Othon* は、君主が自ら統治することの重要性、大臣たちに国事をゆだねることの危険性を問題にすることで、ルイの親政の成否を注意深く見守る同時代の観客に十分なアクチュアリティをもっていたといえるだろう。

＊20　Racine, *Bérénice* [1671], I, 5, 301–316; éd. cit., pp. 465–66.

＊21　*Ibid.*, II, 2, 455–466; éd. cit., pp. 470–71.

＊22　ティテュスの帝位継承にみられる通過儀礼的性格、特にその亡父との関係がはらむ原始的・魔術的側面については、次の論文を参照のこと。Christian Delmas, « *Bérénice* et les rites de succession royale », *XVIIe siècle*, XXXIX, 4 (1987), pp. 395–401; *id.*, « *Bérénice* comme rituel », dans *Racine: théâtre et poésie*, éd. Ch. M. Hill, Leeds, F. Cairus, 1991, pp. 191–203.

＊23　市民の要望にこたえることを重んじたティテュスは、ある日、一日じゅう誰にも恩恵を与えなかったことを思い出し、「諸君、私は一日を無駄にしてしまった」と述べたという（スエトニウス『ローマ皇帝伝』、国原吉之助訳、岩波文庫、一九八六年、下巻、三〇一頁）。また、ティテュスの治世は二年二カ月と短いものであり、その死は誰からも惜しまれたといわれる（同書、三〇五―〇六頁）。

＊24　*Bérénice*, IV, 4, 1029–1038; éd. cit., p. 491.

＊25　*Ibid.*, IV, 5, 1100–1102; éd. cit., p. 493.

＊26　Préface de *Bérénice*, éd. cit., p. 450.

3章　宮廷祝祭における王の姿

秋山伸子

1　王のイメージ――「太陽王」ルイ十四世

フランス絶対王政を確立したルイ十四世（一六三八―一七一五年、在位一六四三―一七一五年）は「太陽王」と称されるが、ルイ十四世が「太陽」をみずからの象徴として意識的に選び取ったのは、一六六二年、チュイルリー（現在のカルーゼル広場）で、ヨーロッパじゅうから集まった一万五〇〇〇人の貴族を前におこなわれた騎馬パレードにおいてであるという点で、歴史家たちの見解は一致している。[*1] 王自身、王太子の教育のためにしたためた回想録のなかで次のように述べている。

このとき以来、私はこの象徴的図案を使い始め、以後も使い続けている。そのため、いたるところでこの図案にお目にかかるというわけなのである。特殊なことや些細なことについては言及しないでおくが、この図案は、君主の義務を表し、これを果すようにと私につねに働きかけるはずのものである。図案の本体部分には太陽を選んだが、象徴的図案の約束事によれば、太陽こそは、なによりも高貴な存在であり、唯一無二の価値をもち、光に包まれている。太陽の周りに一種の宮廷を形作っているほかの星に光を注ぎ、世界じゅうのどんな気候の土地にも、平等で正当な光の分配をおこなっている。いたるところに善を施し、ここかしこに命、喜び、活動を絶え間なく生み出している。休むことなく活動しているにもかかわらず、決して揺らぐことなく、不動かつ不変の歩みを続け、そこから離れることも逸れることもない。太陽こそは、偉大な君主の最も鮮烈で最も美しいイメージであることは間違いない。

（『回想録』[2]）

ちなみに、「平等で正当な光の配分をおこなう」太陽のイメージは、モリエールの喜劇『タルチュフ』（一六六四年）に織り込まれた王のイメージにも反映されている。

役人　私たちの王さまは、不正なことをお許しにはなりません。国王陛下の目は心の中をお見通しになります。〔……〕この男〔タルチュフ〕の心の襞に隠されている卑劣なたくらみすべてを、陛下はその鮮烈な光でたちどころに照らし出したのです。

（『タルチュフ』第五幕第七場[3]）

そもそも「太陽」は、王権が神から授けられたことを示すイメージであり、ルイ十三世（一六〇一―四三年、在位一六一〇―四三年）のイメージにも重ね合わせられていた[4]。さらにいうならば、「太陽」のイメージはフランス王の占有物ではなく、スペイン王フェリペ二世（一五二七―九八年、在位一五五六―九八年）もまた、「太陽」をみずからの象徴としていた。だが、とりわけ「太陽」は古くからフランス王のイメージに重ねられており、シャルル五世（一三三八―八〇年、在位一三六四―八〇年）、ルイ十一世（一四二三―八三年、在位一四六一―八三年）、シャルル八世（一四七〇―九八年、在位一四八三―九八年）、シャルル九世（一五五〇―七四年、在位一五六〇―七四年）にとって、「太陽」は王権の象徴となっていたのである。ただルイ十四世が「太陽王」のイメージを前面に押し出したに過ぎないのだが[5]、このイメージはルイ十四世のもとで最大の発展をとげたといえるだろう[6]。

ところで、一六六二年の騎馬パレードにおいて「太陽」をみずからの象徴として選び取る以前に、すでにルイ十四世は宮廷バレエにおいて「太陽」の役で踊っている。ところが歴史家たちは、宮廷バレエにはあまり注意をはらっていない。たとえば、フランソワ・ブリュッシュの『ルイ十四世』には、宮廷バレエについての言及はほとんどみられない。みずからの威光を高めるためには芸術の力が必要だと確信していたルイ十四世の姿を描き出そうとしながらも、不思議なことに、歴史家たちは宮廷バレエには大きな注意を向けていない。ピエール・グベールは、リュリが最初のバレエをつくったのは一六五八年のことであると述べているが[*7]、実際には、リュリははやくも一六五四年にはバレエのための作曲を始めており[*8]、一六五六年には『病気のキューピッドのバレエ』の作曲をおこなっている。[*9]このような誤りは、歴史家たちが宮廷バレエに向ける関心の低さを物語るもののように思われる。

歴史家のうちで唯一宮廷バレエに関心を示しているのが、ジャン＝クリスティアン・プティフィスである。

「太陽王」という概念は、カンパネラ（一五六八—一六三九年）の手になる政治的・神秘主義的夢想によってその輪郭が示されたものが、マザラン（一六〇二—六一年）によって宮廷バレエの中でさらなる発展を経て、一六六二年の騎馬パレードにおいて完成されたのである。（『ルイ十四世』[*10]）

と述べてプティフィスは、宮廷バレエの役割について正当な位置づけをおこなっている。

歴史家の関心と、文学研究者の関心（文学テクストという意味では、バレエ台本は研究にあたいするとはあまり考えられていない）、音楽史家の関心（音楽に注目し、バレエ台本はあまり問題にされることはない）のはざまにあって、どの分野からもじゅうぶんに注目されることのない宮廷バレエ台本についても吟味して、宮廷バレエ、さらには宮廷祝祭における王のイメージについて考察を加えること、それが本章の目的である。

2　宮廷バレエにおける王のイメージ

宮廷バレエは、十六世紀にイタリアよりフランスにもたらされた。メディチ家のカタリーナこと、カトリーヌ・ド・メディシス（一五一九―八九年）は、一五三三年にフランス王アンリ二世（一五一九―五九年、在位一五四七―五九年）の妃となり、宮廷バレエをフランスにもたらしたのである。フランス最古のものとされる宮廷バレエは、一五七二年八月にルーヴル宮で踊られた『楽園の守り』[*11]だが、このバレエには国王シャルル九世とその弟たちが出演していた。このように宮廷バレエとは、なによりもまず、王侯貴族みずからが踊って楽しむためのものであったが、プロのダンサーが加わることもあった。これ以降、歴代の王たち[*12]は、あるときはダンサーとして、あるときは観客として宮廷バレエに参加してきた。

ルイ十四世は一六五一年、十二歳にして『カッサンドラのバレエ』を踊って以来、記録に残っているだけでも、二四のバレエ（仮面劇やコメディー＝バレエを含む）に出演し、のべ七〇もの役で踊っている。[*13]ルイ十四世が最後に踊ったのは、一六六九年の『花の女神フローラのバレエ』で、「太陽」（第一場面）と「ヨーロッパ人」（第十五場面）の役を演じたのが最後となった。[*14]

宮廷バレエはルイ十四世の時代にまさに黄金期を迎える。ルイ十四世が宮廷バレエの舞台に最初に登場したのは一六五一年二月二六日、フロンドの乱（一六四八―五三年）の最中であった。このときルイ十四世はわずか十二歳。宰相マザランと王太后アンヌ・ドートリッシュが摂政政治をおこなっていたが、ルイ十三世（リシュリュー宰相）時代からの対外戦争（三〇年戦争）による負担が累積して、人民の不満は高まっていた。リシュリュー宰相の後を継いだマザランが重税政策を打ち出したため、人民の不満は爆発し、これがフロンドの乱を誘発した。イタリア人宰相マザラン個人に対する反発もまた、フロンドの乱の隠れた要因であった。パリ高等法院も民衆の後押しをすると同時に、自分たちの特権を守るべく王権に対抗しようとした。これが高等法院のフロンド（一六四八―四九年）に発展したのである。これに続いて、コンデ大公や

（その弟）コンティ大公などの大貴族が王権に対する反逆をくわだて、貴族のフロンド（一六五〇―五三年）へと発展した。フロンドの乱ゆえに、幼少時代のルイ十四世は、夜の闇にまぎれてパリを逃れたり、母親とわずかな供の者たちと地方を渡り歩いたりという屈辱的な体験をしたばかりか、数多くの裏切りを目のあたりにした。フロンドの乱の記憶はルイ十四世にとってトラウマとなり、これが絶対王政の基盤を準備した、とピエール・グベールは分析している。[*15]

ピエール・グベールはさらに、フロンドの乱を招いた原因のひとつとして三〇年戦争（一六一八―四八年、フランスは一六三五年に参戦）をあげている。すなわち、三〇年戦争でフランスは、プロテスタントの国スウェーデンやオランダと同盟し、カトリック国神聖ローマ帝国とスペインを敵に回して戦っていた。これが、フランス国内のカトリック聖職者たちの反発を買い、フロンドの乱を誘発した。さらには、フロンドの乱で聖職者たちが王権に刃向かったことを苦々しく思っていたからこそ、後に王は（カトリック聖職者たちの偽善をあばいたモリエールの戯曲）『タルチュフ』を擁護したのであるという。[*16]

フロンドの乱の最中、宰相マザランはいっときパリから逃れざるを得なくなる。王と王太后はパレ＝ロワヤル宮に幽閉され、（投獄されていた）コンデ大公らの釈放を余儀なくされる。自由の身となったコンデ大公らは、一六五一年二月十六日、意気揚々とパリに凱旋する。この直後に（一六五一年二月二六日）『カッサンドラのバレエ』は踊られたのである。

貴族たちの反乱によって王権がおびやかされているまさにそのとき、幼い王の魅力を舞台で示すことで人民の心をつかむ、そうした思惑がこのバレエには込められていたのかもしれない。フロンドの乱が沈静化した直後に踊られた『夜のバレエ』においては、こうした政治的意図はより強力なものとなる。なぜなら、ピエール・グベールの言葉を借りるならば、王の身体を見せること自体に効力があると考えられていたからだ。

王の姿を人民に見せること、さまざまな地方に王を連れて行き滞在させることで、人民がひざまずき忠誠の誓いを立てる度合いが高まるのである。そればかりではない。反乱はしずまり、税金の取り立てまでもがスムーズになるのだ。たとえ王が幼少の身であったとしてもである。王の身体のもつこの力を実にみごとに利用したのがふたりの王太后であった。十六世紀における内乱や宗教戦争の折にはカトリーヌ・ド・メディシスが、フロンドの乱の折にはアンヌ・ドートリッシュが、幼いわが子を連れて地方から地方へと渡り歩き、争いをしずめ、武器をおさめさせ、和解をもたらし、地方から引き出した資金で反乱軍と敵を打ち破ったのである。

（『ルイ十四世の世紀』[*17]）

3 『夜のバレエ』におけるルイ十四世のイメージ

ルイ十四世が一六五三年に踊った『夜のバレエ』は、王が「昇る太陽」役で登場することもあって、おそらくもっとも有名な宮廷バレエであるといえる。このバレエが「太陽王ルイ」という呼び名と関連づけられることも多く[*18]、王が踊ったさまざまな役のうち、「昇る太陽」だけがことさら強調される傾向が強い[*19]。しかしここで強調しておきたいのは、王がこのバレエで踊ったのは、「昇る太陽」〈図1〉のように、王の威厳を高める役だけではなかったということである。このときわずか十四歳の王は、まず（夕方六時から九時までに起きることを描いた）第一部の導入部で「夜の（最初の）時間」の役で踊る。続いて（夜の九時から真夜中の十二時までのできごとを描いた）第二部第二場面で、（愛の女神）ヴィーナスにつきしたがう）「遊び」の役で登場する〈図2〉。そして（真夜中の十二時から朝の三時までを描いた）第三部第八場面では「鬼火」の役で、全身を炎に包まれた姿で登場し、第十一場面では（魔女集会のようすを見ようとしてやってくる）「物見高い人」の役で踊る。かの有名な「昇る太陽」役で登場するのは、（夜中の三時から朝の六時までを描いた）第四部、しかも第二場面で（怒りっぽい人の夢を表す）「怒り狂った人」の役で踊った後のことである。

『夜のバレエ』は、場面形式のバレエ ballet à entrées（しばりのゆるやかなテーマにしたがって、さまざまな衣装をつけた人物を次々に登場させることを主眼とするバレエ）の代表的なもので、当時考え得るかぎりの最高傑作とされていた。たとえば、当時のバレエ理論家メネストリエはこのバレエについて次のように述べている。

『夜のバレエ』はほかの追従を許さないものに私には思える。このバレエにはありとあらゆる性質の人物が登場する。神々、英雄、狩人、羊飼いの男女、盗賊、商人、色気たっぷりの男女、ジプシーの男女、研ぎ屋、ランタンに火を入れる者、町人の娘、乞食、身体に障害を持つ者、詩人、運命の女神、悲しみ、老い、小姓、農民、占星術師、怪物、悪魔、鍛冶屋など。このバレエには舞踏会、バレエ、喜劇、饗宴、魔女集会も登場すれば、あらゆる種類の感情が現れ、物見高い人、憂鬱質な人、怒り狂った人、熱烈な恋人、臆病な恋人、おどける人、火事になった家、取り乱した人などが登場する。フランスにおいてこれほど完成度の高いバレエを見ることはもうないのではないか。

(『演劇の規則から見た古代のバレエと現代のバレエ』[*20])

ここで、宮廷バレエの形態について簡単に述べておくと、まず、宮廷バレエに登場する人物は台詞を発することはなく、踊りと衣装によって、どのような役を演じているのかを観客に悟らせるようにする。[*21] しかし、無言で踊るダンサーの場面だけでは、観客には理解が難しいと思われるため、登場人物が踊る場面は entrée と呼ばれる。しかし、無言で踊るダンサーの場面だけでは、観客には理解が難しいと思われるため、冒頭に登場人物の「吟唱」récit が配置され、バレエのおおまかな筋書きが説明される。バレエがいくつかの部分にわかれている場合には、それぞれの部分の冒頭で吟唱がおこなわれる。そして観客の理解をさらに高めるために、バレエの登場人物の役名と演じる人物の名前が併記された「プログラム」livret が観客に配られる。目の前に現れる人物の役柄と、演じている人のイメージを重ね合わせることを可能にするようなエスプリのきいた詩句がプログラムには印刷されていたから、観客は視覚を満足させるばかりでなく、知的な楽しみを味わうこともできたのである。

『夜のバレエ』では、夜の闇に乗じて起きるさまざまな混乱と夜の闇が提供する恋の喜びがひとしきり描き出された後、最終場面で「昇る太陽」が登場し夜の闇をはらう。この場面の象徴的意味は明らかである。フロンドの乱が沈静化した直後に踊られたこのバレエには、ある政治的意図が隠されていたと考えられる。つまり、人々のバレエへの好みを利用して、宰

図1 『夜のバレエ』(1653年) における「昇る太陽」役のルイ14世。アンリ・ド・ジセーのアトリエ作。フランス国立図書館蔵。

相マザランは王の権威を高めようとしたのである。プティフィスは次のように述べている。

> 輝かしいばかりの若さに加え、ダンスが上手く、優れた身体能力を備えていた王は、マザランのこの思惑に乗ったのである。バロック的な幻想をたたえた宮廷バレエを政治的教育手段として利用することで、いまだ不満をくすぶらせている貴族たちを懐柔すること、これこそがマザランのとびきりの発見であった。
>
> （『ルイ十四世』[*22]）

宮廷バレエで踊るルイ十四世の姿は、後の親政の始まりの先触れと解釈できるともプティフィスはいう。

> 〔バレエの上演時に配付されたプログラム中の〕テクストは、何よりもまず、王権をめぐる世論を動かすことを目的としたが、それにも増して、人民が若き君主その人に愛着を抱き、忠誠心を育むよすがとなろうとした。〔……〕こうしたテクストの字義通りの意味にあまり重きを置いてはならぬが、マザランが企画したこうした祝祭が、王の親政をどれほどまでに預言するものであったかは、これまで充分に指摘されてこなかった。
>
> （『ルイ十四世』[*23]）

ルイ十四世が「昇る太陽」という神々しい役ばかりでなく、愛の女神ヴィーナスにつきしたがう「遊び」や、魔女集会を見物に行く「物見高い人」の役を演じたのも、「人民が若き君主その人に愛着を抱く」ように仕向けるための宰相マザランの戦略の一環であったのだろうか。宮廷じゅうの貴族を前にして踊られた『夜のバレエ』は大反響を呼び、五回の連続公演を数え、会場となったプティ＝ブルボン宮の広間の扉は万人に開かれていたというから[*24]、このバレエが人心に与えた影響は絶大であったと思われる。

ここで、『夜のバレエ』においてルイ十四世が踊った役につけられた詩句についてみてみたい。このバレエにおいてルイ十四世は六つの役に扮して踊ったが、いずれにおいても王の偉大さが強調されている。だが、王の扮装とプログラムに記

図2 『夜のバレエ』(1653年)における「遊び」役の衣装図。胸にはチェスボードが配され、サイコロがボタン代わりになり、トランプが腰回りと帽子にちりばめられた衣装でルイ14世は踊った。アンリ・ド・ジセーのアトリエ作。フランス国立図書館蔵。

された詩句とのへだたりが大きければ大きいほど、王の偉大さを讃えた詩句はより印象深く観客の胸に刻み込まれたのではないか。なかでも、魔女集会を見物にやってくる「物見高い人」に扮した王のための詩句は注目に値する。

私はすべてを知りたい。すべてを見通したい。
何ものも私の目を逃れることはできない。
博識になるための秘訣は
若さと好奇心を持つこと。
長い経験を経なければ得られぬ知識をいち早く身につけるのだ。
一切の手間を惜しまず、
速やかに会得するのだ、生きること、国を治めることに関する
至高の学問を。
だが、多くの人が崇めており、どんなものもこれを認めている
ある小さな神さまについて
その正体を知ろうという
好奇心はまだ私をとらえてはいない。
最後には誰か女性の助けを借りて
この心地よい神のことを知る必要があるとしても、
そこに長居は無用。ただ形ばかりのことで、
道すがらに済ませればいいだけのこと。

人の話では、それは意思の力では制御できない苦痛、
有無を言わせぬくびき。
愛の神秘に触れたことのない者は、
好奇心が強いとはとても言えない。

それに愛の情熱は私の栄光に資するものであるから、
愛の法に従うことにしよう。
愛の情熱が万一私に影響力を及ぼし、勝ち誇った場合に、
それを払いのけることができるように。

私はこの身にも愛の情熱にも打ち勝つであろう。
敵に対して打ち勝つのはもちろんのこと。
私に刃向かう者たちはすべて打ち破り、従えたのだが、
その中には私自身も含まれているのだ。

大地、大海を問わず、全世界に知らしめるのだ、
私の力と幸福を。
私は世界のすみずみまでも出向くつもりだ
名誉を見つけるためならば。

だが、人民が平和に暮らし、戦争がなく
憎しみもない世界が実現したのを目の当たりにした以上、

今のところは
私の好奇心もここでとどめておくとしよう。
（『夜のバレエ』第三部第十一場面）[*25]

「すべてを知りたい、見通したい」という詩句は後の親政への布石となる決意表明とも読める。また、敵ばかりではなくみずからに対しても打ち勝つことができるというメッセージや、フロンドの乱を鎮圧した自信にあふれる最後の一節が、「魔女集会を見物にやってきた物見高い人」という役柄とのコントラストによって、いっそう鮮明に浮かび上がってくる。

4 『バレエ、ペレウスとテティスの婚礼』にみるルイ十四世のイメージ

『夜のバレエ』が踊られた一年後の一六五四年四月、プティ＝ブルボン宮の広間にて、『バレエ、ペレウスとテティスの婚礼』が踊られた。これは、イタリア語で歌われる音楽劇の合間にフランスの宮廷バレエを取り合わせたものであったが、このバレエにおいてもルイ十四世は、九人のミューズに囲まれたアポロン、〈復讐の女神〉フリアイ、〈森の精〉ドリュアデス、ケンタウロス族のケイロンの弟子、ペレウスの宮廷の貴族、「戦争」と六つの役に扮して踊っている。森の精ドリュアデスに扮した王のための詩句をみてみよう。

大きくて寛大なニンフとして
やんごとなきナラの木の中で
私は幸福に暮らしている。
ナラの木の若枝は
じきに天空に達するであろう。

天空の高みに達したならば、
このナラの木の枝は
その栄光ある根に恥じないものということになる。
樹皮をほんの少しはぐだけで、
樹液と力がどれほどのものか
この木がどれほどの成長をするかが
わかるのだ。
その小枝は柔らかいが、
この木からは何人もの
カエサルやアレクサンドロス大王が
生まれたことを知らぬ者はない。

この誇り高い木のそばでは
どんな木も恥じ入り、
木々の周囲に生えて地をはう草よりも
さらに謙虚になるのだ。
神々の手に託された
星の定めからしても、
この木が、じきにヨーロッパじゅうに
脅威を与えることになるのは間違いない。

(『バレエ、ペレウスとテティスの婚礼』第六場面)[*26]

渡辺節夫は、「王を王たらしめるためのイデオロギー体系」としての王の「権威」はふたつの相反する条件によって構成されると説明している。すなわち、「王は一方では臣民、人民の心の中に広く受け容れられる親しみ易い存在でなければならない」が、「他方ではまた、王は臣民、人民にとって近寄り難い、超越的な、至高の存在でなければならない」[*27]のである。王の「権威」を作り上げるこのふたつの要素をたくみに融合する手段として、宮廷バレエをとらえることができるのではないだろうか。すなわち、観客の目の前に現れる王の姿は「遊び」や「物見高い人」、あるいは森の精ドリュアデスのように親しみやすい姿であっても、プログラムに記載された王のための詩句においては、王がいかに傑出した存在であるかが歌われる、このような二重構造を宮廷バレエが有していたことはまさに、王の「権威」の要請にかなったものであるといえないか。

ルイ十四世自身、こうした権威の二重性を保つことの重要性を認識していたことが、『回想録』の一節からうかがわれる。

フランスの王たる者は、公の楽しみのための催しを行う場合には、個人的な喜び以上のことを考え、宮廷の貴族たちや人民を楽しませることを考える必要がある。王の威厳の大部分が、王の姿を見せないことによって保たれている国もあるが、従属することに慣れている人々にとっては、そうするだけの理由があるのであろう。彼らは、不安と恐怖によってしか支配できないのであろう。しかし、それは私たちフランス人の性質とは異なる。歴史家たちが教えてくれる限りにおいて、フランス王国の特質は、臣下臣民が君主に自由に近づけるという点にあるのだ。〔……〕私の幼少時、国家の内乱の折には、王国のこの自由、この優しさ、近づきやすさの適正な境界線が踏みにじられて、放縦、混乱、無秩序に変わってしまったことは確かである。だが、そうした行き過ぎを戒めなければならないのと同様に、より心地よい治療法によって、人民やとりわけ貴族たちを私に愛着の絆で結びつけてくれるもの一切を入念に保持し育てていかなければならないのである。その場合、私の威厳や私に向けられるべき敬意が損なわれぬよう注意が必要であることは言うまでもない。〔……〕社交的な楽しみは、宮廷の貴族たちが私たちと節度を持って親しく交わる機会を提供し、言いようもなく彼らの心を動かし、魅了する。それに、人民は見世物が好きであるから、見世物を提供する根本的な目的は常に、人民を喜ばせることにある。〔……〕もしかすると、報酬を与えたり、特別に目をかけてやったりすることによる以上に強く、見世物によって臣下臣民の頭と心を釘付けにすることができる場合もあるかもしれない。

（『回想録』[*28]）

これは、一六六二年にチュイルリーでおこなわれた騎馬パレードを考察の糸口とする文章であるが、ここで述べられている「社交的な楽しみ」には宮廷バレエも含まれているであろうし、「見世物」のなかには後にヴェルサイユ庭園を舞台に繰り広げられることになる宮廷祝祭が含まれるであろう。そう考えるならば、宮廷バレエや宮廷祝祭がいかなる考えのもとに準備されたかを明らかにしてくれるものとしても読める。

5 『待ち切れないバレエ』にみるルイ十四世のイメージ

一六六一年にルーヴル宮にて踊られた『待ち切れないバレエ』においてルイ十四世は、恋する大貴族、恋にはやるジュピター、古の騎士団の騎士という三つの役に扮して踊っているが、注目すべきは、前面に押し出された恋にはやる若者のイメージによって、政治的コノテーションがたくみに包み隠されている点である。ジュピターは本来神々の王として威厳にあふれた存在であるはずだが、このバレエにおいては、愛するカリストを早く自分のものにしたい一心で、女神ディアナの衣装に身を包みカリストをあざむく人物として登場するのである。ここでは、「恋する大貴族に扮した陛下〔のための詩句〕」を詳しくみてみよう。

私の仕草、歩み、どれ一つとっても、

私の身分の充分な明かしとならぬものはない。
世界は偽りの姿を見せているが、
私はあるがままの姿を見せている。

魂と心において、全世界のうちで
私ほど大きなものは他にない。
大地と私の大きさを測る者は、
大地のほうが、私より小さいと気付くだろう。

しかし、私は美しい瞳に征服されてしまった。
私たちのような英雄の弱さはかくも大きく、
結局、神々のうちで最も小さい〔愛の〕神こそ、
どんなに偉大な人間よりも恐れるべきなのだ。

私の雷に世界は震え、
後世の者たちもこれを語り継ぐだろう。
大いに閃光を放ちながら、私は至る所で戦い、
戦以上のことも成し遂げた、和平さえも成し遂げたのだ。

しかし、私に勝利を収める女性は、
私にとってかくも甘美で心に沁みる宝物、
彼女と引き換えに私の栄光だけでよしとするなら、

愛の神も、あまり商売上手とは言えぬのではないか。

（『待ち切れないバレエ』第一部、第一場面）[29]

「神々のうちで最も小さい神」とは、「愛の神」l'Amour のことであり、どんな英雄も愛の神の前には膝を折るというテーマもまた、宮廷バレエに非常に好まれたテーマであった。第三節一行目で歌われている「美しい瞳に征服される」vaincu par de beaux yeux というのもまた、文学における恋愛表現として広く流通していたものだが、ここでは、一六六〇年六月九日にとりおこなわれたルイ十四世とスペイン王女マリー＝テレーズの婚礼への言及となっている。第四節一行目では、「私の雷に世界は震え」L'Univers a tremblé du bruit de mon tonnerre とあるが、ここでルイ十四世は、雷鳴を轟かせる神、神々の長ジュピターになぞらえられている。同じ節三行目の「閃光」éclat という語は、ジュピターの雷にともなう「いなびかり」を表すと同時に、戦功の「華々しさ」を表す言葉でもある。同じ節の四行目「私は戦以上のことも成し遂げた、和平さえも成し遂げたのだ」J'ai bien plus fait encor, même j'ai fait la Paix. という一節は、一六五九年十一月七日にスペインと結んだピレネー条約に言及したものであることは、このプログラムを読む観客にはすぐにわかったことだろう。第五節にみられる、愛と「栄光」gloire の二項対立もまた、宮廷バレエに頻繁にとりあげられており、後のフランスオペラにも受け継がれていくことになる。

バレエの人物としては、愛する女性に会うのが待ち切れなくてセレナーデを演奏させる大貴族の役柄として登場しながらも、プログラムに印刷された詩句では王としての偉大さが強調される。古の騎士団の騎士についても同様で、観客の目に映る姿は、自分の身のこなしがいかに巧みであるかを愛する女性に見せたくてたまらず、ヴァイオリンの調弦もまだ終わっていないのに踊り始めるというほほえましい姿である。しかし、古の騎士団の騎士に扮した陛下のための詩句において示されるのは、シャルルマーニュ（七四二―八一四年、フランク王としての在位七六八―八一四年、西ローマ皇帝としての在位八〇〇―一四年）の血をひく王としての威厳にみちたイメージである。[30] 王の威光を観客に印象づけるという政治的目的をおびた宮廷バレエは、必ずしも神々しい太陽のイメージ、威風堂々としたジュピターのイメージでストレートに表現されたわけではなく、表面的には恋の喜びに身をゆだねる人物を演じる王のための（観客に配付されたプログラム中の）詩句に政治的メッセージがたくみに織り込まれるといった構造をもっていたのである。

宰相マザランの死によって親政を始めるのが待ち切れない、とのメッセージが込められているようにも思えるこのバレエが踊られて[*31]からほどなくして、宰相マザランは死に（一六六一年三月九日）、王は親政を開始した（一六六一年三月一〇日）のであった。

6　ヴェルサイユにおける祝祭「魔法の島の悦楽」と宮廷バレエ

「太陽王」ルイ十四世のイメージはヴェルサイユ庭園にも投影されているが、ヴェルサイユが現在のような姿を見せるようになるには、一六六一年、ヴォー＝ル＝ヴィコントにおける祝祭が果した役割が大きいと考えられる。事実、財務卿フーケが催したこの祝祭に刺激されて、ルイ十四世は、ヴェルサイユ庭園と宮殿の造営のために莫大な資金と労力を投入する決心をしたのである。一六六四年ヴェルサイユで開かれた祝祭「魔法の島の悦楽」は、当初三日間の予定で始まったが、当初の予定を越えて七日間にわたって続けられ、ヴェルサイユ庭園のすばらしさを宮廷の貴族たちに強烈に印象づけたのであった。

それまで宮殿の内側の空間に押し込められていた宮廷バレエが、ヴェルサイユ庭園という広大な空間に展開したもの、それが祝祭「魔法の島の悦楽」であるといえる。宮廷祝祭の主要な舞台となったヴェルサイユ庭園は、そこかしこに見られる噴水や泉水が大きなもち味であったし、宮廷バレエに表れる「炎」は、宮廷祝祭で「花火」として表現されて、ヴェルサイユ庭園を覆いつくしたのだから。まさに、王の権力を誇示するための手段であった大掛かりな芝居（宮廷バレエや仕掛け芝居）が、芝居という枠組みを踏み越えて、庭園全体に拡がったといえよう。王の権力の象徴的な場であるヴェルサイユ庭園において「炎」と「水」を自由自在にあやつる力を見せることで、王はみずからの力を臣下らに強烈に印象づけたのである。

祝祭「魔法の島の悦楽」の重要性について、ジャン＝マリー・アポストリデスは次のように述べている。

これらの催し物は、わずかの時間のあいだに、十七世紀において可能なあらゆる「楽しみ」を集めて提示する。楽しみには中世にまでさかのぼる娯楽もあれば（馬上槍試合）、最近つくられたものもある（コメディー・バレエ）。人間の諸感覚と精神を刺激するものもあれば、身体の鍛錬を主眼としたものもある。ここにあるのは、いわば、宮廷人たちに示された合法的な楽しみのアンソロジーなのである。このように楽しみを集積することのねらいは、小さな快楽を次々に作り出すことにあるどころか、集積性の誇張それじたいによってひとつの全体を生み出すことにある。およそ六百人の選び抜かれた招待客たちに、国家の援助なしには味わうことのできない唯一無二の楽しみ、人生の日常的なリズムとはまったくかけ離れた、かけがえのない楽しみの印象を与えることが意図されたのである。

（『機械としての王』、水林章訳、みすず書房、一九九六年、一一八頁）[*32]

なお、宮殿の広間で踊られる宮廷バレエとヴェルサイユ庭園でくりひろげられる宮廷祝祭との関係は一方向的なものではなく、両者はたがいに行ったり来たりをくりかえすという特質をもっていた。この点についてジャン・ルーセは、「魔法の島」というテーマが宮廷祝祭、宮廷バレエ、オペラ、戯曲のいずれにも見られることに注目して、次のように述べている。

私は、芝居と宮廷祝祭とを同等に扱う。というのも、〔舞台と客席という〕ここで扱おうとしている観点からするととりわけ、どちらも共通の傾向を示しているからだ。芝居と祝祭という別の二つのカテゴリーに属する活動が歩み寄りを見せるのが、十七世紀を特徴づける性質であり、一方の活動が他方から手段や目的のいくつかを借りてきているのである。

（『内部と外部』）[*33]

たとえば、「魔法の島の悦楽」第一日目には、「昼間の十二時間や黄道十二宮に扮した者たちが〔……〕二列になって、アポロンの山車の両側を行進した」[*34]と祝祭の報告書にあるが、じつは『夜のバレエ』の最終場面がこれに呼応している。『夜のバレエ』の台本には、「〔曙の女神〕アウロラは、昼間の十二時間に囲まれ、馬車に乗って現れる。〔……〕吟唱が終わると、〔ルイ十四世演じる〕太陽が守護神たちに讃えられながらやって来るのを見て、アウロラは退出する」[*35]とある。あたかも、『夜のバレエ』の続きが祝祭「魔法の島の悦楽」で展開されているかのようである。

さらに、祝祭「魔法の島の悦楽」第一日目の饗宴の場面では、「春」「夏」「秋」「冬」を表す人物がそれぞれの季節を代表するごちそうを運ぶ従者たちをともなって登場するが、そのいでたちは、ちょうど『四季のバレエ』（一六六一年）において、葡萄つみ人夫に扮装して「秋」を演じた王弟殿下の姿や、ルイ十四世が扮した「春」の記憶を呼び起こしたのではないか。『四季のバレエ』においては、「冬を表していた場面が一転して庭となり」、その庭にはルイ十四世扮する「春」が、「遊び」「笑い」「喜び」「豊穣」を伴ってやってきて永遠に君臨する[*36]のだが、まるでこのバレエの場面を移し替えたかのように、祝祭「魔法の島の悦楽」では、饗宴のテーブルを整えるため、「豊穣」「喜び」「清潔」「ごちそう」「遊び」「笑い」などの人物が登場したのである。[*37]

このように、これまでの宮廷バレエに登場したさまざまな人物が、あたかも宮廷バレエの空間からぬけだしてヴェルサイユ庭園に現れ、招待客をもてなしているかのような〈遊び〉が展開されたのである。しかも、かつてみずからがその役に扮して踊った役柄の人物の扮装をした者たちに給仕されることで、過去のバレエの思い出がより鮮明に喚起され、招待客らの喜びはさらに大きなものとなったのではなかろうか。また、それまでに踊られた印象深いバレエの登場人物や場面が祝祭の最中にふたたび現れることが招待客らに与える演出効果が大きいのはもちろんだが、とりわけ、ルイ十四世みずからが過去に演じた役柄の人物が、ルイ十四世その人が主催する祝祭空間に登場するとなれば、喚起される思い出はなおのこと鮮明となろうし、招待客の楽しみはよりいっそう大きくなったことだろう。

また、祝祭「魔法の島の悦楽」において、王を始めとする貴族たちが観客の立場にとどまることなく、この祝祭を統合する物語の登場人物の役を演じてもいることは注目に値する。たとえば、祝祭「魔法の島の悦楽」第一日目の騎馬パレードにおいては、ルイ十四世を始めとする貴族たちが、アリオスト作の叙事詩『狂えるオルランド』（一五一六年）の登場人物に扮して、ギリシャ風の兵士のいでたちで登場し、魔女アルシーヌの魔力によって「魔法の島」にいっときとらわれの身となり、享楽のうちにときを過ごす騎士ロジェらの役を演じるが、騎馬パレードが終わるやいなやこの祝祭の観客に変わるのである。

ところでこの騎馬パレードは、一六六二年のチュイルリーでの騎馬パレードをヴェルサイユ庭園に移し替えたもの、と考えることもできる。また騎馬パレードは、諸国民のバレエとなって、宮廷バレエのうちに取り込まれたと考えることも可能ではないか。チュイルリーの騎馬パレードでは、ローマ、ペルシャ、トルコ、インド、アメリカの五つの騎馬分隊による馬上槍試合がおこなわれた。これに対して、宮廷バレエにおける諸国民のバレエでは、さまざまな国を表す人物が次々に登場するが、最終的にはフランスの優位が示された。騎馬パレードにおいては、フランスの理想化された姿が古代ローマとして間接的に表現されているのに対し、宮廷バレエに組み込まれた諸国民のバレエにおいては、フランスの優位が直接的に表現されているという違いがあるものの、基本的な論理構造は同一のものと考えることができる。

7　モリエールのコメディー＝バレエ『町人貴族』

諸国民のバレエは、モリエールのコメディー＝バレエ『町人貴族』にも組み込まれているが、この作品は、太陽王のまねをしようとする宮廷の貴族たちのこっけいな姿を戯画化したものと考えることもできる。主人公ジュールダン氏は、貴族になりたい一心で、音楽の先生やダンスの先生を雇う。仕立て屋には宮廷で流行の服をつくらせる。ところが、一介の町人でしかないジュールダン氏は、きわめて貴族的なジャンルである宮廷バレエの意味を把握できない。そのことが、ジュールダン氏の館で上演される「諸国民のバレエ」に反映されているのである。通常「諸国民のバレエ」においては、さまざまな国家を表す人物がひとしきり登場した後、最後に登場するフランス人によって、フランスの優位性が強調されるのだが、宮廷バレエの暗黙の約束ごとをわきまえていないジュールダン氏の「諸国民のバレエ」では、イタリア人、スペイン人、フランス人が順々に登場し、最後には交じり合い声をあわせて恋愛賛歌を歌うのである。しかも、この「諸国民のバレエ」にさきだって展開されるプロローグ部分では、ジュールダン氏の戯画であると思われる「お喋りな町人のおじいさん」が登場し、あまりの混雑にへきえきして会場を後にする場面が描かれているのである。

はっきりきっぱり言うがな、何もかも、
気にくわんことばかりじゃ。
こんなことは通らんぞ。
妻は美人で気立てもよくて
恋人もぎょうさんおるのに、
欲しがっとるバレエのプログラムももらえん。
プログラムを読んで
このお芝居の筋を知りたいのにな。
〔……〕
さあ、ばあさんや、
ついといで。

いいか、はぐれんようにな。
こいつらわしらのことをへとも思っとらん。
もう沢山じゃ、
こんな騒ぎは。
こんなごちゃごちゃしたところで、
こんな目にあわされたんじゃ、
肩がこってしょうがねえ。
もう金輪際
バレエも芝居も
観に来るもんか。

（モリエール『町人貴族』[*38]）

自分の戯画であると思われる人物が笑いものにされているのを笑って見ているジュールダン氏の滑稽な姿を宮廷の貴族たちは笑って見ていたわけだが、ジュールダン氏の姿は、宮廷の貴族たちの戯画でもあったのである。

8　むすび

以上みてきたように、宮廷バレエをヴェルサイユ庭園という広大な空間に移し替えることで、みずから踊る以上に効果的に王としての威厳を臣下臣民に印象づける手段をルイ十四世は獲得したといえるだろう。さらに、ヴェルサイユ庭園全体に拡がった宮廷バレエの空間は、後にフランスオペラの内部に取り込まれ、宮廷祝祭に代わってオペラが威厳ある王の姿を象徴するものとなる。すなわち、リュリとキノーのコンビで次々と生み出されたオペラが、宮廷祝祭の代替物として機能し始めるのである。

注

＊1　Pierre Goubert, *Louis XIV et vingt millions de Français*, Fayard, 1965, nouvelle édition 1991, p. 103; François Bluche, *Louis XIV*, Hachette, 1986, pp. 232–33.

＊2　*Mémoires de Louis XIV*, éd. Jean Longnon, Tallandier, 1978, pp. 135–36.

＊3　Molière, *Œuvres complètes*, éd. Georges Couton, t. I, Gallimard, « Bibliothèque de la Pléiade », 1971, p. 983, ロジェ・ギシュメール、廣田昌義・秋山伸子編『モリエール全集４』、臨川書店、二〇〇〇年、秋山伸子訳、二七六頁。

＊4　Bluche, *op. cit.*, p. 234.

＊5　Pierre Goubert, *Le Siècle de Louis XIV*, livre de poche, 1996, p. 241.

＊6　Jean-Chrsitian Petitfils, *Louis XIV*, Perrin, 1995, p. 292.

＊7　Pierre Goubert, *Louis XIV et vingt millions de Français*, p. 105.

＊8　Jérôme de La Gorce, *Jean-Baptiste Lully*, Fayard, 2002, p. 87.

＊9　La Gorce, *op. cit.*, p. 91.

＊10　Petitfils, *op. cit.*, p. 292.

＊11　*Défense du paradis* マリ＝フランソワーズ・クリストゥ『バレエの歴史』（佐藤俊子訳、白水社、一九七〇年）では『楽園の守護』（十二頁）と訳され、薄井憲二『バレエ　誕生から現代までの歴史』（音楽之友社、一九九九年）では『楽園の守り』（八頁）と訳されている。

＊12　シャルル九世（一五五〇—七四年、在位一五六〇—七四年）、アンリ三世（一五五一—八九年、在位一五七四—八九年）、アンリ四世（一五五三—一六一〇、在位一五八九—一六一〇年）、ルイ十三世（一六〇一—四三年、在位一六一〇—四三年）。

＊13　Philippe Hourcade, « Louis XIV travesti », in *Cahiers de Littérature du XVIIe siècle*, 1984, pp. 257–71、Philippe Beaussant, *Lully ou le musicien du Soleil*, Gallimard, 1992 ともに、ルイ十四世が踊ったバレエのリスト（Hourcade, pp. 258–259; Beaussant, pp. 112–15）を掲げているが、どちらにもいくつかの誤りがみられる。

＊14　Hourcade, *Mascarades et ballets au Grand Siècle*（*1643–1715*）, Desjonquères, 2002, p. 173.

＊15　Goubert, *Le Siècle de Louis XIV*, pp. 187–88.

＊16　Goubert, *ibid.*, pp. 183–84.

＊17　Goubert, *ibid.*, p. 240.

＊18　「十四歳の若き王は、まさに〈昇る太陽〉の象徴だったのである。これは、のちに太陽王と呼ばれることになったルイ十四世の、いわば記念すべき第一歩であった」（今谷和徳『バロックの社会と音楽』上　イタリア・フランス編、音楽之友社、一九八六年、一九七頁）。

＊19　たとえば、ニコル・フェリエ＝カヴリヴィエールは『一六六〇年から一七一五年のフランス文学におけるルイ十四世のイメージ』Nicole Ferrier-Caverivière, *L'Image de Louis XIV dans la littérature française de 1660 à 1715*, PUF, 1981のなかで、ルイ十四世が踊った役として「村娘」「ジプシー」「羊飼い」「喜び」などがあることを紹介しつつも（p. 66）、『夜のバレエ』で踊った役としては「太陽」だけをとりあげ（p. 65）、宮廷バレエにおいては、ルイ十四世は「完璧な英雄」として表象されていると結論づけている（p. 67）。

＊20　Claude-François Ménestrier, *Des Ballets anciens et modernes selon les règles du théâtre*, René Guignard, 1682, Genève, Minkoff reprint, 1972, p. 176.

＊21　Ménestrier, *op.cit.*, pp. 250–51.

＊22　Petitfils, *op.cit.*, p. 126.

＊23　Petitfils, *op.cit.*, p. 128.

＊24　Petitfils, *op.cit.*, p. 127.

＊25　*Ballet de la Nuit*, in Benserade, *Ballets pour Louis XIV*, éd. Marie-Claude Canova-Green, t. I, Toulouse, Société de Littératures Classiques, 1997, pp. 139–40.

＊26　*Ballet des Noces de Pélée et de Thétis*, in Benserade, *éd. cit.*, t. I, p. 199.

＊27　渡辺節夫「ヨーロッパにおける国王祭祀と聖性」、『王権のコスモロジー』、弘文堂、一九九八年、二五九―六〇頁。

＊28　*Mémoires de Louis XIV*, pp. 133–34.

＊29　*Ballet de l'Impatience*, in Benserade, *éd. cit.*, t. II, pp. 497–98.

＊30　*Ballet de l'Impatience*, in Benserade, *éd. cit.*, t. II, pp. 513–14.

＊31　このバレエは一六六一年二月十四（または十九）日に初演されてからマザランの死によって中断されるまで、なんども踊られている（『待ち切れないバレエ』についてのCanova-Greenによる解説を参照、Benserade, *éd. cit.*, t. II, pp. 473–74）。

＊32　Jean-Marie Apostolidès, *Le Roi-machine. Spectacle et politique au temps de Louis XIV*, les éditions de Minuit, 1981, p. 94.

＊33　Jean Rousset, *L'Intérieur et l'extérieur*, nouvelle édition, José Corti, 1976, p. 166.

＊34　*Relation des Plaisirs de l'île enchantée*, in Molière, *Œuvres complètes*, éd. Georges Couton, t. I, Gallimard, « Bibliothèque de la Pléiade », 1971, p. 758.

＊35　*Ballet de la Nuit*, p. 157.

＊36　*Ballet des Saisons*, in Benserade, *éd. cit.*, t. II, p. 552.

＊37　*Relation des Plaisirs de l'île enchantée*, p. 764.

＊38　Molière, *Œuvres complètes*, éd. Georges Couton, t. II, pp. 780–82.『モリエール全集8』秋山伸子訳、臨川書店、二〇〇一年、三三三―三六頁。

4章 語る主体としての身体——ディドロにおける身体と自己

増田 真

はじめに

十八世紀フランスの思想と文学において、身体が人々の主要な関心事のひとつだったことはよく知られている。それは、この世紀がキリスト教道徳の支配がゆるみ、現世的幸福を礼賛する時代となったこと、思想的にも、イギリスから移入された感覚論が次第に影響力をもつようになったことなどが主な原因とされている。そのような十八世紀の思想家たちの中でも、ディドロ〈図1〉は身体に対して特に強い関心をもった人である。ディドロの思想の中心は唯物論的自然観であり、その核心に人間論があることは言うまでもないが、それだけではなく、その創作活動のさまざま側面（演劇論、絵画批評、小説など）も人間論と深く関連していることは一目瞭然である。作品のレベルにおいても、初期の『盲人書簡』や『聾唖《ろうあ》者書簡』から晩年の『生理学綱要』まで、多くの作品で身体について触れられている。そのようにディドロの身体論は複雑で多岐にわたり、一編の書物をもってしても語り尽くせないものであり、すでに多くの研究がなされている。本章では特にディドロの自己概念との関連を中心に、表象の手法も含めて、身体論のいくつかの側面に光を当てるにとどめたい。まずディドロの作品における身体による表現とその多面性を考察し、続いて彼の人間論における身体と自己、さらにその関係の表象を論じたい。最後に身体と社会の関係を論じて、本章の結びとしたい。

1　身体による言葉と身体の言葉

◎表現手段としての身体

ディドロは人間の表現手段としての身体に強い関心をもっており、それは特に身振りや演技に関する考察に表れている。彼は「市民劇」という新しい演劇ジャンルを提唱しただけでなく、具体的な表現方法についても独自の考察を展開しており、そこではせりふという言語的な要素のみならず、視覚的な要素も重視されている。「絵画的な場面」tableau の利用が推奨されており[*1]、さらに身体による演技をより有効に利用する必要があることが強調されている。

> われわれの戯曲では、われわれはしゃべりすぎます。そしてそのため、役者たちは十分に演技しないのです。われわれは、古代人たちがその可能性をよく知っていたある芸を失ってしまったのです[*2]。

図1　ディドロの肖像。ジャン＝ヴィクトール・デュパン（通称デュパン・フィス）による版画、原画はジャン＝バティスト・グルーズ。

ここで「ある芸」と言われているのはもちろん身体を使っての身振りのことであり、ディドロの文中では「パントマイム」la pantomime という用語が使われることが多い。この語は「黙劇」の意味で使われることもあるが、より広く、身体による演技全般を指す場合も多い。上掲の引用文に続けて、身振りが弁舌と同じくらい雄弁となりうること、人が感極まったときには言葉を発することができず、沈黙のうちに身振りや叫びで気持ちを伝えるしかないこと、などが述べられている。さらに、『「私生児」についての対話』（一七五七年）の翌年に発表された『演劇論』でも身体演技にひとつの章が充てられ、その重要性が強調されている。そこでは、人物にとって話すよりも動くことのほうが自然であるような場面があることが指摘されたのち、「身振りを書く」écrire la pantomime 必要が説かれている。

身振りが絵画的場面をなす時には、そのたびに身振りを書かなければならない。身振りがせりふに力強さを与える時、会話につながりを与える時、推測できないような繊細な演技からなる時、返答の代わりとなる時、そして場面の始まりのたいていの場合でもそうである。[*3]

ここで「身振りを書く」と表現されているのは、黙劇を創作することではなく、要するにト書きで演技を指示することであるが、ディドロの劇作品はト書きが多いことも特徴のひとつである。[*4]

ディドロが身体による演技を重視する理由のひとつは、身振りを人間の言語の起源とみなしているからであり、その点は特に『聾唖者書簡』で展開されている。彼によれば、人間の言語の起源は「叫びと身振りが雑然と混ざったもの」[*5]であり、「声による記号」les signes oratoires は身振りの順序に従って作られたとされる。[*6]そのため、身振りは人間の精神における原初的な観念の順序により近いものとされている。このような思想はこの時代においては独自のものではなく、コンディヤックに代表されるように、幾多の例が挙げられる。[*7]そのような理由から、身振りには分節言語を超えた雄弁さがあるとディドロは主張し、たとえばマクベス夫人の身振りを例に挙げつつ、「言葉による雄弁のすべての力をもってしても決して表現できないような崇高な身振りがある」[*8]と述べている。

そのような関心は美術批評の領域でも発揮され、一連の『サロン』でも、ディドロは絵画作品中の人物の身体や身振りにたびたび言及している。たとえば『一七六五年のサロン』において、彼はグルーズの『恩知らずな息子』や『罰せられた息子』を絶賛しながらも、人物の配置や態度に関して、いくつかの批判を述べている。

これは美しい、とても美しい、崇高だ、すべて、すべてがそうだ。しかし人間は完璧なことをすることはできないので、私は母親がこの瞬間の本当の行為をしているとは思わない。息子と夫の遺体から視線をそらすために、彼女は一方の手を目の上にやり、もう一方の手で息子に彼の父親の遺体を指し示したに違いない。[*9]

さらに、小説においても人物の動作や態度の描写が重視され、演劇的要素が強いことがディドロの作品の重要な特徴である。

われわれを魅惑するのは動作の描写だ、家庭を舞台にした小説では特にそうだ。『パミラ』、『グランディソン』そして『クラリッサ』の著者がいかに喜んでそれに気を遣っているかご覧なさい。動作の描写が著者の言葉にどれだけ力や意味や悲壮感を与えているかご覧なさい。私には人物が見える。人物がしゃべろうが黙っていようが、私には見える。そしての人物の行為はその言葉よりも私の心を動かす。[*10]

これはやはり『演劇論』の一節であるが、ここに挙げられている三編の著作はいずれもリチャードソンの小説であり、数年後、リチャードソンの死に際して執筆された『リチャードソン頌』でも同様に人物の態度や身振りの描写に対する礼賛が見られる。[*11] そしてそれは理論面だけでなく、ディドロ自身の作品の中でも実践に移されており、その典型は言うまでもなく『ラモーの甥』における「彼」、すなわち「大ラモー」と呼ばれたジャン＝フィリップ・ラモーの甥であり、この作品の中で「彼」によるパントマイムの場面がたびたび登場する。それは楽器の演奏のまねのように、音楽に関する「彼」の知識や感受性の片鱗を示す場合もあるが、女衒のもののまね[*12]のように、演技としてはみごとであっても、道徳的には嫌悪感を誘う両義的なものであることも多い。そしてそのような場面は「彼」が意識的に演じているものであり、自慢しているものでもある。この人物は作品中でたびたびfouと形容され、自分でもそれを認めているが、それは「狂人」という意味だけではなく、寄食者として「道化」を演じなければならず、その境遇をすすんで受け入れているからでもある。

ラモーの甥のようにパントマイムを生活の糧の一部としているような場合を除いても、ディドロの小説作品で身振りや表情が印象的な人物は枚挙にいとまがない。多くの例の中でも、『運命論者ジャックとその主人』において、デ・ザルシ侯爵が彼をだましたデュケノワ嬢を許して妻として認める場面などがその好例であろう。[*13]

このように、ディドロにおいては身振りとその描写の重視が演劇だけでなく、美術や小説にも見られる共通の要素である。

◎身体が語るとき

しかしディドロにおける身体表現の問題は、そのような意識的な表現手段としての身体というレベルにとどまるものではなく、彼は表情や叫びといった感情の自発的な表出にも注目した。彼は演劇のみならず、小説や美術批評においても人が強烈な感情に突き動かされる場面を好んで取り上げた。そのような場面ではしばしば「力強さ」énergieの礼賛が展開され、それは修辞学、文学、芸術における「雄弁さ」であると同時に、人間の生命力や情念をも包含しており、芸術的表現の格好の対象となるばかりでなく、観客や読者に強い感銘を与える要素になるとされている。

何らかの強大な情念に突き動かされた人の姿で、われわれに感動を与えるのは何でしょうか。彼の言葉でしょうか。時々はそうでしょう。しかし常に人を感動させるもの、それは叫び、はっきり発音されない言葉、途切れ途切れの声、断続的に漏れる単音節の語、のどや歯の間でのはっきりしないつぶやきなのです。〔……〕声、口調、身振り、動作、それが役者の領分です。そしてそれがわれわれに印象を与えるのです、特に強大な情念の光景においては。まさに役者が言葉にその力強さ énergie のすべてを与えるのです。まさに彼が抑揚の力と真実味を耳に伝えるのです。[*14]

このような思想はディドロ自身の劇作品にも生かされており、『私生児』や『家父長』は中断符で隔てられた言葉にみちている。これはフランス古典主義の韻文劇とは対照的であるだけでなく、デカルト的な言語観と対立する言語観にもとづくものでもある。デカルトによれば、分節言語は人間独自のもので理性の存在を証明するものであるが、感情や反射的な反応による叫び、身振り、表情は人間と動物に共通のものであり、「自然の記号」signes naturels と形容される。[*15] そのようにデカルトは言語においても人間性と動物性を峻別したが、これに対して人間の言語と動物的な反応との境界を消し去ろうというのがディドロの立場であり、それは彼の唯物論的人間論からすれば、当然とも言える。そして、そのような動物的な叫びが芸術のモデルとされるべきなのである。「まさに動物的な叫びがわれわれに適する旋律を教えてくれるべきなのです。〔……〕言語が単調で抑揚が少なければいっそう、簡潔な言葉や情念の普通の声が必要なのです。動物の叫びまたは情念に駆られた人の叫びが声に抑揚を与えるのです[*16]」。これは『ラモーの甥』の中で「彼」が展開する音楽観の一節であるが、この部分については、ディドロの立場がかなり反映されていると見てよいだろう。そしてディドロの作品においては、そのジャンルを問わず、そのような激越な情念に翻弄された人の姿がしばしば見られる。

さらに、ディドロは身体がその人の意志による統御を逸脱してしまうような状態にもたびたび言及している。それはたとえば『ラモーの甥』の有名な場面のひとつである「大パントマイム」であり、「彼」が演ずるパントマイムの場面の中でも特に長大で有名なものである。

彼はイタリアやフランスのアリア、悲劇的なものや喜劇的なもの、あらゆる性質のものを三十も重ね、混ぜ合わせていた。ある時はバリトンの声で地獄まで下り、ある時は声を限りに叫び、裏声をまねて、アリアの高音部を引き裂き、歌っているさまざまな人物たちの足取りや態度や身振りをまねるのだった。〔……〕チェスをしていた人たちはみなチェスボードから離れ、彼の周りに集まっていた。カフェの窓の外側は、物音に立ち止まった通行人たちに占められていた。人々は天井が張り裂けるほどの声で笑っていた。彼は何も見えなかった。彼は続けていたが、一種の精神錯乱、狂気にとても近い熱狂にとらわれていたので、彼がその状態から立ち直れるかどうかわからず、辻馬車に乗せてそのまま精神病院に連れて行かなければならないのではないか、と思ってしまうのだった。[*17]

この場面において、「彼」＝ラモーの甥は音楽演奏の模倣を続けているものの、彼の精神はもはや身体の動きを支配してはいない。「彼」の動作は演技の延長上にありながら、意識的な表現ではなくなり、むしろ身体が統御されえなくなってしまった状態である。その意味では、この場面は通常、ディドロにおける演技やパントマイムの文脈で論じられることが多いが、実際にはやや異なるニュアンスを帯びている。

『おしゃべり宝石』における女性たちの身体や『ダランベールの夢』におけるダランベールもそのような例に分類することができよう。前者は異国趣味の衣をまとった好色小説として知られており、コンゴの君主マンゴギュルが譲り受けた魔法の指輪の力によって、女性の身体の中でも最も秘められた部分がその人の生活の中でも最も秘すべきできごとを声高に語ってしまう、というエピソードの連続からなっている。そのような事態が本人の意図によるものではないことは当然であり、それはこの前代未聞の事態の解明をめざすその国の科学アカデミーでの議論の一節にも表れている。

どのような仕組みによって、片方の口がしゃべっている間、もう一方の口は必ず黙るのか、そもそも、たいていの宝石がしゃべった状況やそれが語ったことをもとに宝石のおしゃべりを判断すれば、それが意図的なものではないこと、宝石の所有者たちが宝石を黙らせることができたなら、その部分は沈黙を続けていただろう、と考える正当な理由がある。[*18]

ここには、この長大な猥談をつらぬく諧謔味や露骨なのぞき趣味のほかに、別の側面をかいまみることができるだろう。すなわち、本人の意に反して、あるいは精神が休眠状態にあるときに、身体それ自体に語らせてみたらどうなるか、というディドロの思想家としての関心ではないだろうか。

『おしゃべり宝石』が女性読者のひんしゅくを買うのはしかたがないが、その男性版を『ダランベールの夢』に見ることができるかもしれない。

「〔……〕レスピナスさん、どこにいるのですか。――私はここにいますわ」。そして彼〔ダランベール〕の顔は紅潮しました。私は彼の脈拍をはかろうとしましたが、彼が手をどこに隠したのかわかりませんでした。彼の口は半開きになり、息づかいは荒くなりました。彼は深いため息をつき、そしてもっと弱くさらに深いため息をつきました。彼は枕の上で頭の向きを変え、眠り込みました。私は彼を注意深く見て、なぜだかわからずにすっかり感動し、心臓は脈打ち、そしてそれは恐怖によるものではありませんでした。[*19]

これは『ダランベールの夢』三部作の中心部を占める、狭義の「ダランベールの夢」の冒頭近くの一節であり、病床に伏したダランベールが夢うつつのうちに恋人レスピナス嬢の名前を呼び、自慰行為をする場面である（それは上の引用文には明白には書かれていないが、数行先のダランベールのせりふでもわかる。「人間が魚のようなしかたで繁殖する惑星にいたのなら、〔……〕これほど悔いはないだろうに……」）。もちろん、この作品は好色小説ではなく、ディドロが自身の人間論を展開している代表作のひとつであり、魔法の指輪が登場する余地などない。しかし、ここでも精神が沈黙を余儀なくされている間に身体が愛または欲望の対象を語る点では同じである。さらに、レスピナス嬢が「すっかり感動」するのは、ダランベールが無意識のうちに彼女の名前を呼んだからであり、そうして気持ちが通じ合っていることを確認できたからにほかならない。その意味では、『おしゃべり宝石』の末尾で、マンゴギュルの愛妾ミルゾザの「宝石」がマンゴギュルへの忠実な愛を告白する場面と共通点が見られる。つまりラモーの甥の「大パントマイム」にせよ、『おしゃべり宝石』の女性たちにせよ、さらに病床のダランベールにせよ、いずれの場合も精神が休止状態にある間に身体が勝手に自己表現をしてしまうのが特徴である。

2 身体と自己

◎器官の集合体としての身体

そのような状態はディドロによる身体と自己の関係のとらえかたと密接に関連している。まず彼によれば、身体はもともとひとつの統一体というより、いくつもの器官が集まったものであり、その統一性は多数の動物の集合体とさえ呼べるようなものである。

レスピナス嬢 われわれのすべての器官は！

〔……〕

ボルドゥ 〔……〕別々の動物にすぎず、連続性の法則によって全体的な協調と統一と同一性の状態に保たれているのです。[*20]

『ダランベールの夢』のほかのくだりでも、ディドロはダランベールを診察しにきた医師ボルドゥの口を借りて、人間が無数の小動物に還元されうること、[*21]人間と器官の違いは器官が単純な動物であるのに対して人間は複合的な動物であること、[*22]そして身体の器官にはある程度の独立性があることが述べられている。「動物にはひとつの意識しかありませんが、無数の意志があるのです。ひとつひとつの器官にそれぞれの意志があるのです。[*23]」この議論はここではダランベールのうわごとをきっかけとしているが、『生理学綱要』でふたたび取り上げられ、より体系的に論じられている。[*24]

そしてこの調和が崩れて器官同士が対立関係におちいることがあり、この文脈では特に脳と横隔膜の関係に重要な意味が与えられている。この対立図式はディドロの作品の中でも比較的後期に属するもののうちに繰り返し現れることはよく知られており、『エルヴェシウスの『人間論』の逐条的反駁』（以下『エルヴェシウス反駁』と略記）において明確に展開されている。

しかし動物のすべての部分の共通の肉体的感受性のほかに、はるかに力強い別の感受性がある。それは、すべての動物に共通で、ある特定の器官に固有のものである。〔……〕それは横隔膜、すなわち胴体の内部をふたつの空洞に分ける筋肉質の薄い膜の感受性である。それがわれわれのあらゆる苦痛と快楽の中枢であり、その振動や収縮は人によって異なる。〔…………〕頭脳は賢明な人を作り、横隔膜は同情的な人を作る。あなた〔エルヴェシウス〕はこのふたつの器官についてなにも言っていない、まったくなにも言っていない、それでいてあなたは人間を観察したつもりでいるのだ。[*25]

ここで「同情的な人」と一言で要約されているのは感受性の強い人のことで、理性の働きが優越している人との対立で使われている。経験と教育によってどんな才能でも作り出しうるとするエルヴェシウスの徹底した感覚論は一七五八年の『精神論』においてすでに主張されていたが、死後出版された『人間論』（一七七三年）でふたたび展開されている。エルヴェシウスによれば、人間精神の原動力は「肉体的感受性と記憶と、とくに感覚を相互に組み合わせる関心」であり、「精神は比較された感覚の結果にすぎ」ず、すべての人間は精神活動について同様の素質をもっている。[*26] つまりエルヴェシウスの論理では、人間の多様性、とくに知的芸術的領域における才能の多様性は説明できないのである。[*27] それに対して、ディドロは脳と横隔膜の関係によって個人差を説明し、エルヴェシウスの教育万能主義に対して、生得的な性質を強調することになる。ここでディドロが「横隔膜」と形容しているのは現代で「太陽神経叢」あるいは「腹腔神経叢」と呼ばれる部位のことであり、その機能が脳の活動と密接に関連していることは当時から知られていたようである。[*28] ただ、ディドロは横隔膜による感受性を手放しで賞揚するのではなく、むしろ逆に、才能の条件は感受性を制御する冷静な理性にあると主張している。

けれども、感受性の強い人とはなんでしょうか。それは横隔膜の意のままになっている人のことです。感動的な一言が彼の耳に入ったり、変わった現象が目に映ったりすると、たちまち内面に騒乱がわき起こり、束のあらゆる繊維が動揺し、戦慄が広がり、恐怖がその人をとらえ、涙が流れ、声は絶え絶えになり、束の根源はわけがわからなくなります。もはや冷静さも、理性も、判断力もなくなり、どうしようもなくなります。[*29]

これはやはり『ダランベールの夢』に登場する医師ボルドゥの言葉であるが、ここで「束」と形容されているのは神経組織であり、「束の根源」とは言うまでもなく脳のことである。つまり横隔膜の感受性は精神の十全な活動にとっては妨げとなるのである。このような考えは人間論に関するディドロのほかの著作にも見られるだけでなく、『俳優に関する逆説』の主要なテーマにもなっていることはよく知られている。そこではやはり感受性が横隔膜の多動性に帰せられ、[*30] 優れた俳優の条件は感受性のなさであるとさえ主張されている。

次のように強調して言っておきましょう。「まさに極度の感受性が凡庸な俳優を作るのです。中くらいの感受性が多くの下手な俳優を作るのです。そして感受性がまったく欠如していることによって崇高な俳優ができるのです。」俳優の涙は彼の脳から降りてきます。感じやすい人の涙は彼の心から上がってきます。まさに内臓が感じやすい人の頭をたえずかき乱しているのです。俳優の内臓にときおり一時的な混乱をもたらすのは彼の頭です。彼は信仰のない司祭が〔キリストの〕受難について説教するように泣くのです。彼は、愛してはいないけれどもだましたい女性の膝にすがる女たらしのように泣くのです。[*31]

『私生児」についての対話』をはじめ、ほかの多くの著作では感受性の礼賛も見られるのに、ディドロがこのように感受性に否定的な役割しか認めないことは意外に思われるかもしれない。たしかにこの著作をはじめ、感受性に負の価値が与えられていることが多いが、それはディドロが感受性の役割を完全に否定してしまったというよりも、冷静な判断力によって感じることを重視しているものと思われる。[*32] いずれにせよ、ディドロにとって脳と横隔膜の関係は身体のみならず精神の状態をも左右する主要な要素であり、それが適切な状態にないとバランスのとれた人間にはなりえない。実際、ディドロの作品には、アンバランスな人物が珍しくなく、ラモーの甥はその代表例であろう。さらに『修道女』に登場するアルパジョン女子修道院院長もそのような人物としてよく知られている。「〔……〕彼女の頭が肩にしっかり座っていることは決してありません。服装にはいつもちぐはぐなところがあります。〔……〕彼女は代わる代わる同情的になったり、冷酷になったりしました。彼女の引きつった顔には、その精神の支離滅裂ぶりやその性格のむら気がすっかり表れていました。そのため、修道院では秩序と無秩序が交互にやってきました。[*33]」

◎身体と自己の統一性

身体がそのように多様な要素からなる集合体であり、要素間に機能上の対立関係が見られるのなら、当然、自己の統一性が保たれるのはいかなる器官あるいは性質によるものなのか、という問題が生ずる。もちろんこれはディドロ独自の問題ではなく、むしろ心身問題の伝統とも深くかかわっている。

彼によれば、自己の統一性を保つ働きをするのは脳であり、自己や意識の座とされる。『ダランベールの夢』の一節には「感受性をもった網の根源、すなわち自己 le soi を形作る部分[*34]」という記述が見られるが、「感受性をもった網とは」もちろん神経系のことであり、その根源すなわち脳が自己意識の中枢である。さらに、自己の問題は記憶とも不可分の関係にある。これもやはり『ダランベールの夢』の中でボルドゥの言葉を通して述べられることであるが、人間は身体的には不断に変化する以上、身体だけでは同一性は認められず、「まさに記憶によって、ほかの人たちにとっても彼にとっても彼である」と言える。[35]さらに、記憶そのものの中枢も脳にあるので、脳と記憶と自己は一体の問題である。

というのはそれ〔意識〕は一カ所、すなわちあらゆる感覚の共通の中心、記憶のある所、すべての比較が行われる場所にしかありえないからです。ひとつひとつの繊維は限定された数の印象やばらばらの連続した感覚しか受けられず、記憶はありません。〔繊維の〕根源〔＝脳〕はすべての感覚を受けることができ、その記録簿であり、その記憶または連続的な感覚を保ち、そして動物は形成された初めからそこに自己を認め、自分をすべてそこに定め、そこに存在するように導かれるのです。[36]

ここで脳が感覚器官による情報を統括するだけでなく、個人が自分の存在を確認する器官となることが述べられているが、それはおそらく自己存在感をめぐる当時の論争をふまえてのことであろう。デカルトが考える自己の存在を哲学的思索の出発点としたのに対して、十八世紀の思想家たちはより根源的な根拠を求め、自己が存在するという感覚にそれを求めた。しかし感覚だけでは自己と外界の存在は証明できないとするバークリの観念論の影響もあり、自己存在感は哲学における難問としてさかんに議論された。脳が感覚を集積して記憶を形成し、それが自分に対しても他者に対してもその個人の同一性と根拠となる、という主張はおそらくそのような問題に対するディドロの解答でもある。[37]しかも、脳はたんに感覚の集積によって記憶の中枢となるだけでなく、記憶をも含めてそれ自身の機能を働かせるものである。その意味で、ディドロは脳を「本」であると同時に「読者」でもあるものと形容している。[38]

エルヴェシウスが経験と教育によって説明しようとした個人差も、ディドロによれば脳とほかの器官の関係によるものとされる。

レスピナス嬢　わかりますわ。それらの資質〔理性、判断力、想像力、狂気、愚かさ、獰猛さ、本能〕は束の根源とその分岐との、生得的あるいは後天的な関係の結果にすぎないのですね。

ボルドゥ　お見事。根源あるいは幹が枝に対して強すぎれば、詩人、芸術家、想像力の強い人、臆病な人、熱狂的な人、狂人ができます。弱すぎれば、野獣、猛獣と呼ばれる人たちができます。体系全体がゆるんでいて柔弱で力がなければ、愚かな人ができます。体系全体が力強く、よく調和していて、よく整っていれば、思想家、哲学者、賢者ができます。

レスピナス嬢　そして優越する専制的な枝が何であるかによって、動物では多様な本能が生じ、人間では多様な才能ができます。犬には嗅覚があり、魚には聴覚があり、ワシには視覚があります。ダランベールは幾何学者で、ヴォーカンソンは機械技師で、グレトリは音楽家で、ヴォルテールは詩人です。それらは、ほかのどの繊維よりも、そして彼らの種の者における同じ繊維よりも強い繊維の多様な結果なのです。[*39]

そして、睡眠と覚醒も同様に説明され、睡眠は個々の器官が脳による制御から解放され、脳に対して独立性を回復する状態とされる。[*40]

さらに、『ヘムステルホイス注釈』において、ディドロは「魂」という用語それ自体の使用を拒否し、それも脳の働きに還元する。「魂の代わりに、私は束の根源または人間と言う」[*41]。ここで使われている「束の根源」という用語はさきほどの『ダランベールの夢』の一節にも見られるように脳のことであり、魂は結局脳の働きとそれによる自己意識のことであると主張されているのがわかる。このように、人間の精神活動も身体器官の働きである以上、精神や「心」も身体の一側面であり、ディドロにとって心身問題も身体の問題に還元される。

◎身体と隠喩

上述のように身体が多様な器官の集合体であり、自己の統一性は脳の機能によってたもたれるのなら、そのしくみはどのように記述されうるのだろうか。実際、物体としてのさまざまな器官は目に見えるものであるが、その働きを視覚によってとらえることはむずかしい。ましてや、脳の機能や、脳とほかの器官や身体全体との関係にいたっては、見ることはおろか、想像することさえ困難である。

人間論に関するディドロの著作、とくに『ダランベールの夢』には多くの比喩が見られるが、それはこの問題に対するディドロのひとつの解答と考えられる。一七五一年の『聾唖《ろうあ》者書簡』では、人間は時計のような自動人形にたとえられ、魂はそのなかで鐘の音色を調節する小さな人形にたとえられている。[*42] 一七七三年か七四に書かれた『ヘムステルホイス注釈』でも魂を「ハープ奏者」にたとえる比喩が見られるが、それはむしろ批判的な意味で使われている。[*43]

後期の著作では、ディドロは精神を擬人化するような比喩を放棄したのか、一七六九年ころの作とされる『ダランベールの夢』では別の系統の比喩がみられる。集合体としての身体は「蜂の群」[*44]にたとえられ、脳と神経系の働きは「クモとクモの巣」[*45]あるいは「網の系統」réseau[*46] などのイメージ（正確には直喩）で語られているのはすでに見たとおりである。特にこの「クモの巣」の比喩は、脳が神経系から受け取った刺激を統合し、かつ神経系を操るという相互作用の表象として、『ダランベールの夢』において繰り返し登場する。

ディドロはボルドゥの口を借りて「たとえは女性と詩人たちの理性のほとんどすべてだ」[*47]と言い放ち、比喩的な論法を軽蔑しているかのように見える。しかし、ここでこれらの比喩の役割を考えるにあたって、ディドロにとって比喩的表現の特質とは何か、という論点を考慮に入れておく必要があるだろう。『盲人書簡』において、ディドロは「巧みな表現」とは「ある感覚機能、たとえば触覚、にとっては字義どおりの意味で、同時に別の感覚機能、たとえば眼、にとっては比喩的であるような表現」[*48]と定義している。つまりある感覚機能に属する事柄を別の感覚機能に関する表現で表すことで生ずる比喩があり、視覚障害者は健常者には思いつかないような表現をすることがあるとされている。『聾唖《ろうあ》者書簡』の冒頭近くでも、「ついでに、身振りの言語がどれほど比喩的であるかご注意下さい」[*49]と書かれており、やはり比喩的表現はひとつの言語体系の問題としてではなく、別種の言語体系どうしの問題ととらえられている。（『聾唖《ろうあ》者書簡』の文脈では特に語順をめぐる議論が中心になるので比喩的表現が問題となるのは意外かもしれないが、当時の論法では「倒置語法」も「文彩」figures の一種とされていた）。このように比喩を感覚と結びつけることは奇異に思えるが、観念を感覚の複合体とみなす感覚論の論理の帰結である。ディドロにとって、感覚経験にもとづかない言葉は「意味のない空虚な言葉」であるか、「抽象」[50]の産物である。盲人にとって、「美は、それが有用性と切り離されている場合は一つの語にすぎない。[51]」さらに、「その感知できない対象と、それが喚起する観念のあいだにわれわれが見いだす類似の繊細で深遠な組み合わせの連続によってのみ、われわれは、感知できる事物によっては表象されえず、いわば本体のない多くの語に、観念を結びつけることができる」[52]とされている。言い換えれば、多くの抽象観念については、比喩的な表現によってしか表せないのであり、精神活動や脳と身体の関係もディドロにとってそのような種類のものだったのだろう。そのように考えれば、『ダランベールの夢』における比喩的表現は、不可視なものである自己や精神活動に感覚的な実体を与える試みととらえることもできる。[53]実際、『一七六七年のサロン』のなかの「ヴェルネの散歩」と呼ばれる部分の末尾近くに、『ダランベールの夢』のそのような性格を予告していると思われる記述が見られる。

> あなたや私の頭蓋の内容量を満たしている柔らかいチーズが何であるか、いまやおわかりでしょう。それはクモの体で、その神経の網は足または巣なのです。それぞれの感覚機能にはその言語があります。それ〔脳〕には特有の言葉はありません。それは見ることも、聞くことも、感じることさえありません。しかしそれは優秀な通訳です。時間があれば、この体系全体をもっと本当らしく明瞭にしましょう。あるときはクモの足が動物の体を動かすのを、別のときには動物の体がクモの足を動かすのをお見せしましょう。[54]

ここでは『ダランベールの夢』と同じく、脳と神経系がクモの直喩によって表されているだけでなく、言語が感覚と結びつけられ、それが脳と神経系の関係を表す比喩にもなっている（言語は感覚にもとづく、というディドロの言語観に照らせば、それは比喩であると同時に実際の姿でもあると言えるだろう）〈図2〉。

このように、多様な器官の集合体としての身体、脳の働きおよびほかの器官との関係、自己や精神活動はディドロの身体論の主要な問題であるが、同時に『ダランベールの夢』の演出でもあることはすでに理解してもらえただろう。この作品はダランベールの睡眠という設定を借りて、自己、意識、睡眠、脳と身体などの問題を論じており、その意味では、ダランベールの身体はディドロにとって哲学的思索の対象であるとともに表象と文学的創造の対象でもある。

3 身体の政治学

◎身体と社会の接点としての脳

ディドロの作品において、身体がいくつかの比喩によって表されていることはさきに見たとおりであるが、上述のもの以外にも重要な比喩体系が存在する。それは、性質や才能などの個人差の原因とされる身体における脳と諸器官の関係が、「支配」などの政治的な用語でとらえられていることであり、それは特に『ダランベールの夢』で見られる手法である。

ボルドゥ　束の根源の調子を狂わせてごらんなさい、動物は変わってしまいます。動物は、ある時は枝わかれを支配し、ある時は枝わかれに支配され、全体がそこ〔束の根源＝脳〕にいるようです。

レスピナス嬢　そして動物は専制か無政府状態のもとにあるのですね。

ボルドゥ　専制下にあるとは、よくおっしゃいました。束の根源は命令し、残りのすべては従います。動物は自己を制しているのです、「精神に支配されて」。

レスピナス嬢　〔あるいは〕無政府状態にあります。そのとき、網の系統のすべての小網は自分たちの指導者に対して反乱を起こしていて、最高権力がなくなっているのです。

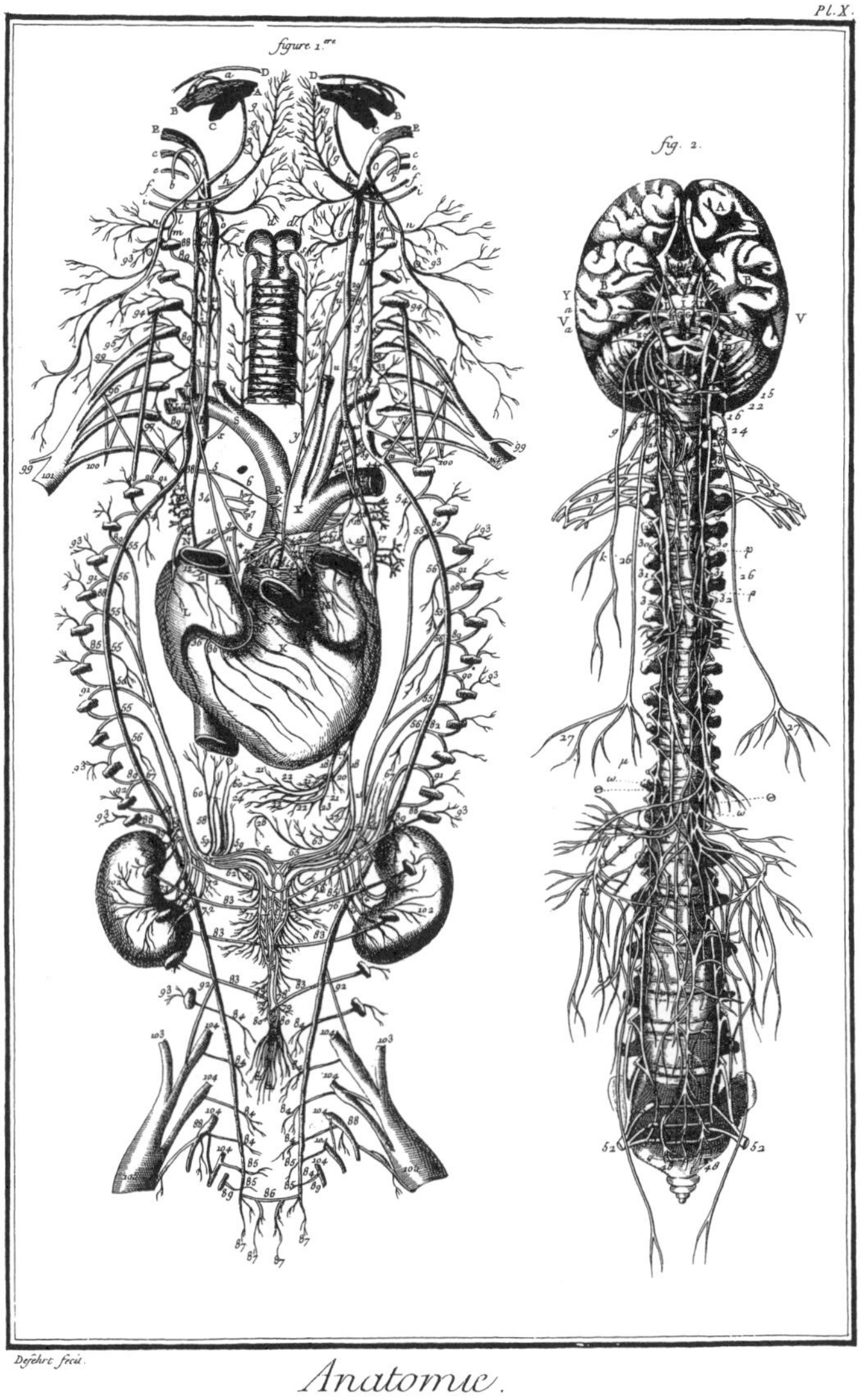

図2　脳と神経系。『百科全書』「解剖学」より。

ボルドゥ　おみごとですね。情念の強烈な爆発、錯乱、差し迫った危険において、支配者がその臣下のすべての力を一点に集中すれば、この上なく弱い動物でも信じられない力を発揮します。

レスピナス嬢　私たちに特有な無政府状態であるのぼせにおいてもそうですね。

ボルドゥ　それは弱体な政権の姿ですね。そこでは各々が支配者の権力を自分の方に引っ張るのです。[*55]

前節で見たように、自己統御は器官どうしの力関係を律することとされているが、それは政治的な力関係として記述されており、しかも明確な支配被支配の関係とされている。

身体の政治的な性格はこれだけではなく、脳による支配の性質にも表れている。ここで才能と感受性の関係に関する文章を振り返ってみよう。

> 偉大な人物が不幸にも生まれつきこの性質〔横隔膜による感受性〕を受け継いだならば、それを弱め、統御し、自分の情動を支配し束の根源がその支配力を完全に保つようにたえず努めるでしょう。そうすれば彼はこのうえない危険に際しても自らを制するでしょうし、冷静に、しかし健全に判断するでしょう。彼は偉大な国王、偉大な大臣、偉大な政治家、偉大な芸術家、特に偉大な俳優、偉大な哲学者、偉大な詩人、偉大な音楽家、偉大な医者、となるでしょう。彼は自分自身と周囲のあらゆるものを支配するでしょう。[*56]

ここで感受性の強い人が自制する能力を獲得した場合になれる人物として挙げられているのは、すべて社会的な役割であることは注目に値する。[*57]つまり脳の働きによって感受性を統御することは、個人が社会的な役割をはたすのに不可欠なのである。その意味では、脳は身体の一部でありながら、社会との接点でもあり、身体は本質的に社会的・政治的なものであるとも言える。そのように見れば、ディドロの人間論において、身体＝自然と社会の境界は明確なものではなく、両者は身体において交錯している。[*58]

◎身体の政治学

そのように脳の働きによってはじめて人間は社会的な存在になれるのなら、脳によって身体を統御することが個人にとって、健康面でも、社会生活の面でも重要な課題となるのは当然のことであり、それはボルドゥの次の言葉にも表れている。「網の根源を強化しましょう、それがわれわれのするべきことのうちで最善のことです。[*59]」しかし他方では、社会とその規則も人間の本性＝自然に合致したものでなければならない。

あらかじめ人間についての観念がなければ、善と悪、美と醜、快と不快、真と偽についていかなる正確な観念がありうるだろうか。……しかし人間を定義することができなければ、万事休すである。……何と多くの哲学者たちが、この簡単な考察をしなかったために、人間にオオカミの道徳を与えてしまったことだろうか。そうすることで彼らはオオカミに人間の道徳を説いたのと同じくらい愚かだったのだ。〔……〕そうして道徳は種の範囲に限定されるのだ。……種とは何だろうか。……同じように作られた多くの個体。……何と、体の構成が道徳の基礎なのだろうか。[*60]

これは『一七六七年のサロン』の「ヴェルネの散歩」の一節であり、散歩の最中の思索の一部であるが、やはり道徳は人間の身体的特性にもとづくべきものとされている。道徳や政治制度の根拠を「人間の自然＝本性」nature humaine に求める論法はもちろんこの時代ではよく見られるものであるが、その自然＝本性の規定のしかたにはかなりの違いが見られる。ディドロの立場は、特にルソーのように人間の精神性を本性＝自然ととらえる思想とは対照的である。ディドロのこの原則に反するもっとも顕著な例は言うまでもなく修道院であり、それは人間の本性＝自然に反しているために人間を荒廃させる施設とされている。

人間は社会で生きるように生まれました。人間を離ればなれにし孤立させれば、その考えは結びつきを失い、その性格は変質し、無数の滑稽な感情がその心の中でわき起こるでしょう。荒唐無稽な考えが、荒野のいばらのようにその精神の中に芽生えるでしょう。人を森の中に置いてみなさい、彼はどう猛になるでしょう。修道院では、欠乏の観念に束縛の観念が結びつき、さらにひどいのです。[*61]

ディドロにとって、人間が本来社会的な存在である以上、孤立した人間を想定したり、人間において肉体的側面と社会的側面を区別しようとしても、意味はないということになる。だから人間の身体それ自体が社会的要素を含むもの、あるいは社会的役割をはたすために統御されるべきもの、とされるのはこのような道徳観によることかもしれない。

人間にとって身体の統御が肝要であり、幸福にとって必要であるなら、それはどのように得られるのだろうか。この疑問に対して、ディドロが明確な回答を提起しているかどうか、その著作から断定するのはむずかしい。もちろん、偉大な哲学者など、卓越した個人についてはその方法による道徳と幸福の両立はありうるのだろう。しかし、集団レベルについてはそれがそのまま適用できるとは限らず、ディドロは個人別の道徳の必要性さえ考えている。[*62] ただ、『ブーガンヴィル航海記補遺』に登場するタヒチ島は、さきほどの修道院とは対極の例とみなすことができるだろう。そこでは住民は健康であり、土地の私有もなく、結婚も自由である。そのような社会ではもちろん、身体と社会的規範との相克は最小限のものであると想定することができるだろう。しかし、それは社会的・歴史的現実ではないばかりか、作品中でも、ヨーロッパ人の到来によってすでに過去のものとなっており、それは島の老人の演説からもわかる。老人は、タヒチ島の住民に私有の観念を植えつけたこと、フランスによる領有を勝手に宣言したこと、傍若無人に振る舞ったことをブーガンヴィルに非難し、さらに男女の自由な性関係に罪悪感をもちこんだことを非難する。「つい先ほどまで、タヒチの若い娘はタヒチの若い男の抱擁に情熱的に身を任せていた〔……〕。罪の観念と病気の危険がお前とともにわれわれの間に入り込んだのだ。かつてはあれほど甘美だったわれわれの享楽は、悔恨と恐怖が伴うのだ。[*63]」この言葉には、同胞たちの楽園の崩壊に立ち会ってしまった者の苦渋が満ちている。この作品に描かれたタヒチをユートピアと呼べるとしても、それは見いだされたと同時に消滅してしまったユートピアなのである。

身体と脳の関係、身体と社会の関係において理想状態がどのようなものであるか、そしてそれが可能であるかどうかについて、ディドロの立場を正確に規定するのはむずかしい(そもそも、彼は明確な答えを示したのだろうか)。いずれにせよ、身体は政治あるいは社会と不可分であり、ここでも、身体の政治性は比喩であると同時に現実でもある。

むすび

ディドロの作品は思想、小説、芸術論などというふうに分類されることが多いが、それはあくまでも便宜上のことであって、実際にはその境界線はあいまいであり、あるテーマや問題が複数の領域に現れることが多い。身体の問題もそうであり、人間論だけでなくほかの領域でも重要な位置をしめている。ディドロは自分の唯物論的自然観を徹底する過程で人間の身体と自己という問題を考え、精神活動をも身体のレベルで解明しようとした。精神の制御を逸脱する身体の動きも、身体と自己の関係を隠喩によって表す試みもその一環なのである。[*64] 身体は解明すべき問題であるだけでなく、表象の対象でもあり、ディドロにおいては身体についての思索と身体の表象は表裏一体の問題なのである。これは、自然や人間についての思想家であると同時に芸術についても深い思索を続けた人ならではのことと言えよう。

注――――

＊1　*Entretiens sur le Fils naturel*, « Premier entretien », *Œuvres*, éd. L. Versini, Laffont, « Bouquins », 1996, t. IV, p. 1137.(以下この版を *Œuvres*, Laffont と略記し、巻号をローマ数字で表す。なお、著者名が明記されていない場合はディドロの著作である)。言うまでもなく、演劇用語としての tableau は「場」あるいは「景」を指すが、ディドロはそのま

ま絵画になるような場面を想定しており、このように訳した。

＊2 *Ibid.*, p. 1143.

＊3 *De la poésie dramatique*, *Œuvres*, Laffont, t. IV, p. 1338.

＊4 この点は同時代の人びとにも奇異にうつったらしい。たとえば、ディドロや百科全書派に対する風刺文書の代表的なもののひとつであるパリソの『大哲学者についてのささやかな手紙』でも揶揄されている。Ch. Palissot, *Petites lettres sur de grands philosophes*, *Œuvres complètes*, t. I, Slatkine Reprints, 1971 (1809), p. 296.

＊5 *Lettre sur les sourds et muets*, *Œuvres*, Laffont, t. IV, p. 32.

＊6 *Ibid.*, p. 24.

＊7 Condillac, *Essai sur l'origine des connaissances humaines*, Seconde partie, Section première, Galilée, 1973, p. 194 *sqq.* 十八世紀フランスにおける語順（特に倒置語法）に関する議論については、U. Ricken, *Grammaire et philosophie au siècle des Lumières. Controverses sur l'ordre naturel et la clarté du français*, Publications de l'Université de Lille III, 1978 において詳細に論じられている。

＊8 *Lettre sur les sourds et muets*, éd. citée, p. 17.

＊9 *Salon de 1765*, « Greuze, Le fils puni », éd. E. M. Bukdahl et A. Lorenceau, Hermann, 1984, pp. 199–200.

＊10 *De la poésie dramatique*, éd. citée, p. 1338.

＊11 *Eloge de Richardson*, *Œuvres*, Laffont, t. IV, pp. 159–60.

＊12 *Le Neveu de Rameau*, *Œuvres*, Laffont, t. II, 1994, pp. 636–37.

＊13 *Jacques le fataliste et son maître*, *Œuvres*, Laffont, t. II, pp. 823–24.

＊14 *Entretiens sur le Fils naturel*, « Second entretien », éd. citée, pp. 1142–45. 実際には、ディドロの作品においては意識的な表現の手段としての身体と、感情の自発的な表出は明確に区別されておらず、かなり連続性が認められるが、ここでは論旨の展開の都合上、両者の差異を指摘して区別しておく。

＊15 R. Descartes, *Discours de la méthode*, Cinquième partie, *Œuvres philosophiques I*, éd. F. Alquié, Garnier, 1988, pp. 628 *sqq.*

＊16 *Le Neveu de Rameau*, éd. citée, pp. 679–80.

＊17 *Ibid.*, p. 677.

＊18 *Les Bijoux indiscrets*, Tome premier, Chapitre dixième, *Œuvres*, Laffont, t. II, p. 45.

＊19 *Le Rêve de d'Alembert*, *Œuvres*, Laffont, t. I, pp. 631–32.

＊20 *Ibid.*, p. 628

＊21 *Ibid.*, p. 630.

＊22 *Ibid.*, p. 653.

＊23 *Loc. cit.*

＊24 *Éléments de physiologie*, Troisième partie, ch. VIII, *Œuvres*, t. I, p. 1306 *sqq.*

＊25 *Réfutation suivie de l'ouvrage d'Helvétius intitulé L'Homme*, sect. II, ch. 15, *Œuvres*, Laffont, t. I, pp. 825–26.

＊26 Helvétius, *De l'Homme*, sect. II, ch. 15, Fayard, « Corpus », 1989, p. 221.

＊27 ディドロの思想の発展における『エルヴェシウス反駁』の役割については、特にJ. Chouillet, « Des causes propres à l'homme » dans *Approches des Lumières. Mélanges offerts à Jean Fabre*, Klincksieck, 1974, pp. 53–62で論じられている。

＊28 P. Vernière, note au *Rêve de d'Alembert*, *Œuvres philosophiques*, Garnier, p. 356.

*29　*Le Rêve de d'Alembert*, *Œuvres*, Laffont, t. I, p. 660.

*30　*Paradoxe sur le comédien*, *Œuvres*, Laffont, t. IV, p. 1403.

*31　*Ibid.*, pp. 1384–85.

*32　*Ibid.*, p. 1420.「感受性を備えていることと感じることは別のことです。一方は心の問題で、他方は判断力の問題です。」

*33　*La Religieuse*, *Œuvres*, Laffont, t. II, p. 353.

*34　*Le Rêve de d'Alembert*, éd. citée, p. 655.

*35　*Ibid.*, p. 652.

*36　*Ibid.*, p. 659.『ダランベールの夢』の数年後に書かれた『ヘムステルホイス注釈』においても同様に自己の統一性は記憶によるものとされている。「そして意識はどこから生ずるのだろうか。感受性と記憶からだ。／まさに記憶が感覚を結びあわせ、自己を形作るのだ」。*Observations sur Hemsterhuis*, *Œuvres*, Laffont, t. I, p. 718.「自己はある個人にその感覚の連続を結びつける記憶の結果だ。」*Ibid.*, p. 732.（傍点は原著者による）。

*37　ディドロと観念論の問題についてはJ. Deprun, « Diderot devant l'idéalisme », *Revue internationale de philosophie*, n° 148–49, 1984, pp. 67–78で取り上げられている。また、十八世紀における自己存在感に関する議論については、次の研究で詳細に紹介されている。J. S. Spink, « Les avatars du sentiment de l'existence de Locke à Rousseau », *Dix-huitième siècle*, n° 10, 1978, pp. 269–98; R. Mortier, « A propos du sentiment de l'existence chez Diderot et Rousseau: notes sur un article de l'*Encyclopédie* », *Diderot Studies*, t. VI, 1964, pp. 183–95. ただし、『生理学綱要』の一節では、「自己意識」la conscience de soiと「自己存在の意識」la conscience de son existenceは異質なものとされている。*Éléments de physiologie*, Troisième partie, ch. III, éd. citée, p. 1290. この点はF. Salaün, « L'identité personnelle selon Diderot », *Recherches sur Diderot et sur l'Encyclopédie*, n° 26, 1999, p. 116においても指摘されている。

*38　*Ibid.*, p. 1289.

*39　*Le Rêve de d'Alembert*, éd. citée, pp. 659–60. 引用文中に挙げられている人名のうち、ヴォーカンソンは自動人形の製作者として当時話題になった人物であり、人間と動物や機械との比較が論じられる文脈ではしばしば登場する。

*40　*Ibid.*, pp. 662–64.

*41　*Observations sur Hemsterhuis*, éd. citée, p. 734.

*42　*Lettre sur les sourds et muets*, éd. citée, pp. 28–29.

*43　*Observations sur Hemsterhuis*, éd. citée, p. 734.「魂の代わりに、私は束の根源または人間という。あなた〔ヘムステルホイス〕はそこに理解できない小さなハープ奏者を置いているが、それはその場にはなく、器官をもたず、いかなる触覚もなく、それでいて弦をつま弾いているのだ。私はそんなものはなしですませる。」（強調は原著者による。）

*44　*Le Rêve de d'Alembert*, éd. citée, p. 627*sqq*.

*45　*Ibid.*, p. 635*sqq*.

*46　*Ibid.*, p. 638*sqq*. ディドロの作品においては、人間および身体について、ほかにいくつもの比喩（たとえばハープシコードや自動人形）が使われているのはよく知られているが、ここでは脳や神経系にもっとも関連の深いものに限って取り上げる。

*47　*Ibid.*, p. 635.

*48　*Lettre sur les aveugles*, *Œuvres*, Laffont, t. I, p. 161.

＊49 *Lettre sur les sourds et muets*, éd. citée, p. 18.

＊50 *Lettre sur les aveugles*, éd. citée, p. 151.「抽象は思考によって物体の感知できる性質を、感知できる性質どうし切り離すこと、あるいはその性質の基盤となっている物体自体から切り離すことにほかならない。誤謬は誤ってなされたこの分離か、折悪しくなされた分離から生ずる。形而上学的な問題においては誤ってなされた分離であり、自然学や数学においては折悪しくなされた分離である」。*Le Rêve de d'Alembert*, éd. citée, p. 667.「いかなる抽象も、観念のない空虚な記号である。」

＊51 *Lettre sur les aveugles*, éd. citée, p. 141.

＊52 *Ibid.*, p. 146.

＊53 類似の指摘が以下の文献にもみられる。A. Ibrahim, « Matière des métaphores, métaphores de la matière », *Recherches sur Diderot et sur l'Encyclopédie*, nº 26, 1999, pp. 125–33.

＊54 *Salon de 1767*, éd. A. Lorenceau, Hermann, 1995, p. 233.『ダランベールの夢』との関係はこの引用文に付された注においても指摘されている。なお、「ヴェルネの散歩」とは、当時の代表的な風景画家で、ディドロがきわめて高く評価した画家であるヴェルネが一七六七年の「サロン」（二年ごとにルーヴル宮殿の「方形の間」le Salon carré で開催されていた王立美術アカデミーの定期作品展）に出品した作品を批評した一連の文章であるが、たんなる絵画批評にとどまらず、描かれた風景が実際の風景であるかのように、ディドロ自身その中で散歩をするという形式をとっている。そしてその架空の散歩の最中の思索という形で、自然観、人間論、道徳論などディドロの思想のさまざまな側面が展開されている。

＊55 *Le Rêve de d'Alembert*, éd. citée, pp. 654–55. なお、このような用語は『一七六七年のサロン』中の「ヴェルネの散歩」において、さきほど引用した一節の直前でも使われている。

＊56 *Ibid.*, pp. 660–61.

＊57 『俳優に関する逆説』など、ほかの著作の同様の箇所でも、挙げられているのはやはり類似の社会的な役割である。

＊58 ディドロにおける神経系と社会関係の間の関連を論じた研究として、次のものがある。C. Duflo, « Le lien et la ficelle. Diderot, le lien social et les pantins », *Recherches sur Diderot et sur l'Encyclopédie*, nº 25, 1998, pp. 75–89. また、脳と神経の関係が政治的隠喩によって表現されていることは中川久定『ディドロ』講談社、一九八五年、五三–五五頁でも指摘されている。

＊59 *Le Rêve de d'Alembert*, éd. citée, pp. 661–62.

＊60 *Salon de 1767*, éd. citée, pp. 205–06.

＊61 *La Religieuse*, éd. citée, p. 363.

＊62 *Salon de 1767*, éd. citée, p. 206sqq.

＊63 *Supplément au Voyage de Bougainville*, *Œuvres*, Laffont, t. II, p. 549.

＊64 A・グッデンは「〔ディドロは〕哲学的には身体の卓越を認識論の用語で論ずるのを好むが、〔……〕小説作品においては、彼の都合のいいときには、二元論的哲学に頼る」としているが、それほど明確に区別できるかどうか疑問である。Cf. A. Goodden, *Diderot and the Body*, Oxford, 2001, p. 177.

第2部　ロマン主義からレアリスムへ

4 心身合一の夢――ロマン主義における身体意識とその表象

ロマン主義における身体意識について考察する前に、まず二つの点を明確にしておきたい。第一に、ロマン主義という言葉自体が曖昧な用語であり、その概念を定めること。第二には、身体という概念もさほど明確ではなく、その言葉によって何を意味するのか提示すること。その後、ロマン主義文学の根幹をつらぬく身体意識、さらにいえば心身意識について具体的に検討していく。

ロマン主義について

古典主義からの解放という意味でのフランス・ロマン主義は、一八二〇年代の文学運動であるといえる。十八世紀末のフランス革命、ナポレオン帝政と王政復古という時代の大変革期に対応した社会的文化的な意識は、「よき趣味」という言葉によって代表される古典主義的な作品を作り出すための諸規則に対して、「自由」を声高に主張する。スタンダールは「ラシーヌとシェークスピア」（一八二三年）[*1]のなかで同時代の社会を描き、観客をもっとも喜ばせる芝居を創作すべきであり、それがロマン主義であると宣言する。古典主義からの自由を主張するこうした運動は一八二〇年代なかば、とりわけ「グローブ」紙などのなかで展開され[*2]、ユゴーの『クロムエル』の「序文」（一八二七年）へと続く。よく知られているように、ここでユゴーはグロテスクという概念を提示し、ホラティウスやボワローの『詩学』をうしろだてとする古典主義理論に対抗する。[*3]こうしたロマン主義の戦い[*4]は一八三〇年の『エルナニ』上演の騒動によってほぼ終わりを告げたと考えてもいい。

従来の文学史的には、フランス・ロマン主義は一八二〇年に出版されたラマルチーヌの『瞑想詩集』に始まり、一八四三年に上演されたヴィクトル・ユゴーの『城主』の興行的な失敗によって幕を閉じたということになる。しかし『一八四六年のサロン』においてボードレールは、「ロマン主義とはすなわち現代芸術である。――つまり、親密性、精神性、色彩、無限へのあこがれ〔……〕」[*5]と述べ、ロマン主義が『城主』以後大きな区切りを迎えたという認識は示していない。実際、若き美術批評家が顕彰するロマン主義の画家ドラクロワの創作活動は一八六〇年台まで継続する。[*6]

他方、ボードレールがロマン主義の定義のなかであげている精神性や無限へのあこがれ、つまり「超自然なもの」surnaturelへの志向は、まずシャトーブリアンの『キリスト教精髄』（一八〇二年）によって革命後のフランスに再びもたらされたとされる。さらに、ドイツ・イデアリスムの影響下にあるスタール夫人の『ドイツ論』（一八一〇年）がそうした傾向を強固なものとした。従って、思想的な素地としては十九世紀初頭からロマン主義は始まっていると考えることもできる。[*7]

ここで注目したいことは、ボナルドによって表明され、スタンダールが援用したと思われる「文学とは社会の表現である」という思想と、夢や狂気を含む超現実的な次元への傾向が、ロマン主義の中に共存していることである。バルザックが写実主義的な作家でありながら、「幻視者」visionnaire の側面をあわせもつとすれば、まさにロマン主義的であるといえる。またボードレールは現代性《モデルニテ》の定義として「永遠」と「一過性」の両要素をあげるが、[*8]ロマン主義とはボードレール的な意味で現代的な芸術思潮である。重ねていえば、ロマン主義とはその両義性にあるといえる。

しばしば指摘されるロマン主義的諸テーマはこうした二つの側面の相克に由来すると考えてもいいだろう。理想主義的な視点からは、自我の高揚、「世紀病」Mal du siècle やメランコリーの感覚が生まれ、「社会を導く者」Vates と象牙の塔にこもる詩人、社会のなかで排除されるボヘミヤンなどの姿がみえてくる。他方、現実に視点を移せば、自然への愛好、地方色や民謡、民話、社会主義的思想への興味が明確になる。[*9]現実に関する関心は歴史意識を喚起し、ミシュレやエドガー・キネに代表される歴史家が活躍し、歴史小説も数多く書かれる。[*10]こうしたさまざまな形で、ロマン主義的な精神が文学や音楽、絵画の中で表現されたといえる。

ロマン主義について一つの定義をすることは不可能であるが、私たちはここで、ロマン主義とは現実と超自然の両面をあわせもつ精神活動の表現であるとしたい。そして、図式的にいえば、現代生活を描く部分は写実主義《レアリスム》へ、超越的側面は象徴主義《サンボリスム》へ引き継がれたと考えられる。

身体について

人間とは何かを問いかける中で、プラトンは肉体を単なる道具とし人間の本質である魂と切り離し、さらにはその「肉体」soma が魂を閉じこめる「牢獄」sema であるとみなした。こうした心身二元論はキリスト教にも引き継がれ、肉体は病気や性につながる罪ある部分であるとされる。そうした思想のなかでは、肉体は魂との関係で否定的に定義されてきた。

ルネサンスになり、人間と宇宙の「対応」correspondance が主張され、人間は小宇宙とみなされる。そこでは、火水土空気という四大元素が大宇宙だけではなく小宇宙たる人間をも構成すると考え、精神と肉体の二元論は四大元素の理論によって取って代わられる。しかし近代の幕開けを告げるデカルト哲学では、精神と肉体の二元論が再び採用され、肉体は人間の本質から排除されることになる。肉体は単なる物質的な存在として解剖の対象にさえなる。デカルトが『方法序説』（一六三七年）を出版したオランダのライデンで、レンブラントが「テュルプ博士の解剖学講義」（一六三二年）を描いていたことは、肉体が精神と切断された象徴といえるだろう。このようにして肉体は再び人間の心的な部分から切り離され、十八世紀には機械とさえみなされるようになる。同じライデンで、ラ・メトリーの『人間機械論』が出版されるのは一七四七年のことである。このようにして、十八世紀には、肉体とは別の超越的な存在が否定されるほどになる。[*11]

しかし、心身の分離が極限にまでおしすすめられたとき、外の世界と内の世界を一体化し、肉体に魂を取り戻す、あるいは魂に肉体を取り戻そうとする動きが出てくることは当然かもしれない。私たちは、ルソーがビエンヌ湖で体験した自然と自我の一体感に、そのもっとも美しい表現をみることができる。夕暮れ、彼は湖の岸辺の人目につかない場所に腰をおろす。「そこでは、波のざわめきと水面の動きが私の官能を引きつけ、魂から他の動揺をことごとく追い払って、快い夢想に引き入れ」る。[*12]この状態のなかで、波の動きと音が内面の動きと音となり、内部と外部の区別が完全に消し去られる忘我が絶対の幸福と感じられる。『孤独な散歩者の夢想』で描かれるこの有名な一節は、切断された人間が全体性を回復する試みとみなすことができるだろう。いいかえれば、身体が魂をもたない外部（物質）としてあるのではなく、魂と一体化することで人間に再統合されるのである。

ちなみに、この夢想が描かれる「第五の散策」の冒頭で、「ビエンヌ湖の畔はジュネーブの湖の岸よりも自然のままであり、romantique である」[*13]という記述がある。もちろん、ここでの romantique はロマン主義という意味ではないが、しかし後のロマン主義との関係を暗示している。

デカルトから派生した物質主義的な思考のなかで再び峻別されることになった魂と肉体は、ルソーの夢想の中で一体化を知る。ロマン主義の時代においては、魂から切り離された肉体ではなく、それらが融合した状態のなかにより強く身体が感じ取られることになるだろう。

ロマン主義と心身関係

ロマン主義を十九世紀初頭から六〇年代にかけての現実と超現実の相克の物語であると考えた場合、身体意識も同じ図式のなかでとらえられる。『会話読書辞典』*Dictionnaire de la conversation et de la lecture* とならび一八三〇―四〇年代を代表する百科事典である『上流人士百科事典』*Encyclopédie des gens du monde* の「（心理的）肉体」corps (psychologique) という項目では、人間の物質的な部分である肉体と、考える部分をになう魂との関係が問題にされる。魂は肉体を支配し、命令するものである。他方、それは非物質的であり、肉体の仲介を得ずしては感じることも、知ることも、作用することもできない。また、肉体に対してくだされた刑罰に苦しむのは魂である。とすると、非物質的な魂が肉体に力を及ぼし、かつ肉体の影響を受けるのは、どのようにしてなのか。そのいくつかの解決案がデカルトやライプニッツ等の説をひきながら提示される。ロマン主義における二元論的思考は、心身関係の二元性にもとづいた人間観と密接に関係していると考えていいだろう。そして、産業革命後ますます機械化し人間が疎外される世界のなかで、ルソー的な夢想が全体性を回復する道として残されたといえるのではないか。

もちろん一七六〇年代のルソーの夢想がそのままの形象で再現されるわけではない。ラマルチーヌは「湖」[*14]のなかで、愛によって得られた甘美な感覚は移ろいやすく、「崇高な忘我の状態」extases sublimes がすでに存在しないことを嘆く。そして、ものいわぬ自然に向かい、甘美な夜の思い出を保ち続けるように呼びかける。Gardez de cette nuit, gardez, belle nature, / au moins le souvenir! もちろんここで、ラマルチーヌがルソーを参照していると明言することはできない。しかし、いやおうなく過ぎ去る時間の底に恍惚の時の痕跡が残り、ルソー的な存在感覚を喚起していることも確かである。それは、物質としての肉体が「私」と世界との境い目を形成することをやめ、「私」と世界が融合した状態において感知される感覚である。いいかえれば、その感覚の中で「私」は自己の身体を回復する。

他方、若きアルフレッド・ド・ミュッセは、トマス・ド＝クインシーの『イギリス人阿片吸引者の告白』の翻案を行い、原作にはない夢の一つを描く。「私」は夕陽を浴びながら小舟に横たわり、美しい自然のただなかにいる。そうして、小舟に揺られ、きらきらと輝くプリズムを前にしていると、魂の音楽が聞こえ、我を失ってしまうように感じられる。この夢の記述は、まさにルソー的な自然との一体感にほかならない。しかしミュッセは、「この夢はあまりにも甘美だったので、長く続かなかった」[*15]と付け加えることを忘れない。そこにはラマルチーヌと共通する意識がみられ、ロマン主義の時代には、もはやルソー的存在感覚を持続させることができないことが明瞭に意識されている。

ミュッセが翻案した『イギリス人阿片吸引者』の読者であったバルザックは心身合一感覚を明瞭に意識していたと考えられる[*16]。肉体的な特色や服装などあらゆる外観が人間の内面を表象するという思想自体、魂と肉体の対応を前提にしている。また、全体性を「両性具有」Androgyne などさまざまな形象で描いているが、とりわけ『あら革』[*17]（一八三一年）の主人公があら革を手に入れる古物商の店は、ルソーの湖と対応する空間であるといえる。主人公ラファエルは現実世界を離れ、「恍惚という魔法にかけられた宮殿」palais enchantés de l'Extase へと昇っていく。と、そこで目にするものには「優雅と恐怖」gracieux/terrible,「明暗」lucide/obscure,「遠近」rapproché/lointain が共存しており、「生と死の境界」confins de la mort et de la vie に位置しているとされる。『ファウスト』で描かれるブロッケン山の魔女の夜会の奇妙な形象を思い起こさせるこの空間では、形体と色と思考など全てが再び息を吹き返し、その混沌がむしろ現実の根源であることを暗示している。つまり、二元論的に区別された明晰な意識世界の下に、全てが渾然一体化した世界が渦巻いており、ラファエルは死に近づくことでその世界に入り込んだのだといえるだろう。ちなみに、バルザックはここで、「常に変わらぬ唯一の美に疲れ、数多くの醜い物の中に至上の喜びを見出す」[*18]と記しているが、これは、ユゴーが『クロムエル』の序文で宣言したグロテスク理論に対応し、ロマン主義美学を的確にいいあらわしている。

ユゴーは『秋の葉』(一八三一年)に収められた「パン(牧神)」[*19]の中で、詩人たちに向かって、「魂を全てのものの上に広め」répandez vos âmes、「全てに酔いしれる」Enivrez-vous de tout !よう命じる。そして、イメージや思考、感情、愛、激しい情念にみちた内的世界を、目に見える外的世界とたえず交信させることを説く。この詩は詩人たちに向けた詩法を主題としており、心身合一感覚がロマン主義において果す役割の大きさを見てとることができる。ユゴーが降霊術に対していだいた興味なども、こうした視点から考えれば[*20]、ごく自然なことであるといえる。

サンドやスタンダールといった同時代の作家たちにも忘我状態の記述が見られる。たとえば、スタンダールに関しては、「幸福な監獄」という主題[*21]として忘我が表現される。『パルムの僧院』の主人公ファブリスは牢獄に閉じこめられたとき至福の幸福を得る。サンドに関しては、音楽によって引き起こされた魔法の時の描写を見ておこう。一八三七年の六月の夜、リストがシューベルトの曲をピアノで演奏すると、そこには魔法の世界が出現する。月明かりに照らされたマリー・ダグーは白いヴェールを身につけた巫女となり、その優美さと調和を持った動きのため、「音が、生きた竪琴から出てくるように、彼女から出てくるようだった」[*22]。ここには非現実ともいえる美の世界がリストのピアノによって生み出されているが、その音楽に耳を傾ける者は、意識化された肉体と魂が分離した世界から、それらが融合した世界に入り込んだということもできる。

以上のように、心身合一感覚がロマン主義の時代の作家たちにおいてさまざまな形で描かれていることを確認してきたが、一八四〇年代になると、心理学者のモロー・ド・トゥールなどを中心に、精神の病が生み出す幻覚とハシッシュなどの麻薬によって人工的に作りだされる幻覚の類似が指摘され[*23]、ボードレールやゴーチエなどの文学者もサン・ルイ島のピモダン館でおこなわれたハシッシュ吸飲の会に参加した。

ゴーチエの中編小説「ハシッシュ吸飲者クラブ」(一八四六年)[*24]には麻薬による意識の混濁状態が詳細に記録されている。まず感覚の変化が起こり、水が極上のワインのように感じられる。次に、自己意識が薄れ、客観的な世界が消失する。このように肉体を通して感知される外的世界が形を失い、「私」と世界の区切りが不分明になった後で、ファンタジアと呼ばれる段階が出現する。「奇妙な形象」fantômes grotesquesが殺到し、ゴーチエはそうした状態をバルザックと同様『ファウスト』のサバトにたとえる。この段階では、外的世界ではっきりとした形をもっていたものが分解され、別の形に組み合わされているために、「さまざまな形象の祭典」carnaval de formesとよばれる状況が出現するのだと考えられる。そして最後の段階として、至福の幸福がおとずれる。ハシッシュによるその幸福は東洋風に「キエフ」kiefと呼ばれる。「ハシッシュ吸飲者クラブ」では、キエフは、サンドの場合と同じように、ピアノの調べによってみちびかれる。ウェーバー作曲「魔弾の射手」のアガーテのアリアの主題がピアノ演奏されると、その旋律がハシッシュ吸引者の心のなかで響き、そのアリアが彼の内部から沸き出しているように感じられる。そのようにして内と外の垣根が完全に消え去り、至福の歓喜が訪れる。「私はもはや自分の肉体を感じることはなかった。物質と精神の繋がりは解けていたのだ」と語り手は付け加えるが、彼は、牧神パンから逃れて葦に変身したニンフの像をみつめているうちに、自身がその物体になってしまう。つまりここで感知されているのは、魂と肉体が一体化した世界だといえるのである。

ゴーチエの友人であるジェラール・ド・ネルヴァルもレバノンの紀行文の中に挿入した「カリフ・ハケムの物語」(一八四七年)の中で、ハシッシュ吸引の場面を描いている。カリフが偶然出会ったユズーは、ハシッシュの効用について次のように述べる。「水しか飲まない者たちは事物の物質的で粗雑な外面しか知ることが出来ない。ハシッシュの酔いは、肉体の目を曇らせ、魂の目を開く[*25]」。この発言は明らかに肉体と魂を対立させる二元論にもとづいているが、しかしハシッシュがその垣根を越えさせる力を持っていると説かれ、現実のハケムの宮殿は夢の宮殿の優雅さで描かれることになる。そこでも、外的世界と内的世界が一体化している。

こうした心身合一感覚は、ボードレールによって芸術の原理にまで高められる。彼は「ワインとハシッシュ」(一八五一年)のなかで、ゴーチエと同じように、ハシッシュによって引き起こされる幻覚状態を、陽気さから始まり、外界の事物が奇妙に変形されるファンタジア状況をへて、至福であるキエフへと段階を追って描いている。

確かにこの記事の最後では、ハシッシュなど人工的な手段は人間の「意志」volontéを等閑にするため、詩的悦楽に達するためには誤った方法であるとされる。しかしここで強調されるのは意志という側面であり、偉大な詩人は、薬物を使わなくても、同時に「原因と結果、主体と客体、催眠術師と催眠にかかった人間[*26]」という二重の状況に達することができると結論づけている。そして、この記事を再録した『人工楽園』(一八六〇年)の第三章「天使の劇場」においては、キエフと詩的至福のつながりがさらに強調される。「客観性は、自然の中に神が宿ると考える汎神論的詩人たちの特徴であるが、その客観性が異常なほど大きくなり、事物を見つめていると自分の存在が忘れさられ、それらの事物と一体化するということが起こりうる[*27]」。空を飛ぶ鳥はまず世界の上を飛び回りたいという欲望を「表現している」が、そうしているうちに見上げている人間が鳥になる。これは、ルソーが湖と一体化した状況と対応している。その証拠に次の章は「人間—神」と題されているが、ルソーも完全な自足状態にいたった自己を神と比較していた。その上でボードレールは、全的世界を詩の原理とする。つまり、主客が一体化した状態のなかで、「文法、つまり無味乾燥な言葉の規則でさえ、喚起力を持った魔法のようになる。言葉が肉と骨を帯びて生き返るのだ」[*28]と主張する。その思想に基けば、詩が万物照応《コレスポンダンス》の世界を形成することも容易に理解することができるだろう。

このようにして、ルソーから始まった心身合一の夢想は、ロマン主義のさまざまな作家たちを経由し、ボードレールにいたって詩の原理になったということができる。[*29]

最後に

ロマン主義に関しては、その定義も時期の限定も論者によって異なり、またその特色も自我の高揚や自然の賛美等が挙げられるだけで統一性がないようにみえる。しかしそれらを総合して考察するときに、ある一つの特質が明らかになる。それは二元論的な対立項の対応である。善と悪、天使と悪魔、神と反抗者、自己の分裂と統合、現実と夢、狂気と理性、主観と客観などなど。すでに指摘したように、バルザックは写実的な側面を持ちながら、同時に超自然なものを見据えてもいた。しばしば幻想的詩人といわれるネルヴァルは同時代の出来事に敏感に反応し、現実的な描写が持ち味の一つでもあった。ボードレールが定義する現代性とは、現実的なものとそれを超えたものの統合である。こうした二元性は、当時の言葉で言うところの魂と肉体の関係に由来していると考えていいのではないだろうか。

近代社会の進展にともない心身の分離が明確になればなるほど、人間の全体性は失われる。そうした中で、「私」が身体を回復するためには、意識を超えた次元にさかのぼる必要があった。その最初の試みがルソーの夢想であり、ロマン主義の作家たちは同じ体験を別の形で表現したといえるだろう。そして、各作家に特徴的に現れる身体の各部位の表現も、以上のような心身関係を前提としているのであり、その研究の基礎に心身論的な観点を欠かすことはできない。

（水野　尚）

注

＊1　Stendhal, *Racine et Shakespeare*, édition de Pierre Martino, 2 volumes, Champion, 1925. ピエール・マルティノによる序文は、当時の状況を知るうえで現在でも有益な研究である。

＊2　Pierre Trahard, *Le Romantisme défini par « Le Globe »*, Les Presses Françaises, 1824 の序文参照。

＊3　ロマン主義の演劇理論に関しては、Anne Ubersfeld, *Le Drame romantique*, Belin, « Lettres Sup », 1993 に手ぎわよくまとめられている。

＊4　Jules Marsan, *La Bataille romantique*, Hachette, 1912.

＊5　Charels Baudelaire, *Œuvres complètes*, édition de Claude Pichois, Gallimard, « Bibliothèque de la Pléiade », t. II, 1976, p. 421.

＊6　Max Milner et Claude Pichois, *Littérature française*, t. 7, *De Chateaubriand à Baudelaire 1820–1869*, Arthaud, 1985においては，表題からも明らかなように，ロマン主義の後ろの区切りはパリ・コミューヌの前年に置かれている。また，Jacques Bony, *Lire le Romantisme*, Dunod, 1992の年譜もボードレールの『ロマン主義芸術』が出版された一八六九年で終わる。

＊7　Michel Brix, *Le romantisme français*, Peeters, 1999では，フランスロマン主義とプラトニスムの関係が批判的に論じられている。

＊8　*Le Peintre de la vie moderne*, in Baudelaire, *op. cit.*, p. 694.

＊9　テーマ別のアンソロジーのなかでも，Claude Millet, *L'Esthétique romantique en France: Une anthologie*, Pocket, « Agora Les classiques », 1994には，あまり知られていないテクストもとりあげられており，興味深い。

＊10　Jean Walch, *Les Maîtres de l'Histoire, 1815–1850*, Champion-Slatkine, 1986. Claudie Bernard, *Le Passé recomposé. Le roman historique français du dix-neuvième siècle*, Hachette, 1996.

＊11　Christine Detrez, *La construction sociale du corps*, Seuil, « Points Essai », 2002.

＊12　J.-J. Rousseau, *Œuvres complètes*, t. I, édition de Bernard Gagnebin et Marcel Raymond, Gallimard, « Bibliothèque de la Pléiade », 1959, p. 1045. この有名な夢想の場面の分析については，中川久定『自伝の文学』（岩波新書，一九七九年）を参照。

＊13　*Ibid.*, p. 1040.

＊14　Lamartine, *Œuvres poétiques*, édition de Marius-François Guyard, Gallimard, « Bibliothèque de la Pléiade », 1963, pp. 38–40.

＊15　*L'Anglais mangeur d'opium*, in Musset, *Œuvres complètes*, Seuil, « L'Intégrale », 1963, p. 543.

＊16　Georges-Albert Astre, « H. Balzac et « L'Anglais mangeur d'opium » », *Revue de literature comparée*, 1935, no 15, pp. 755–72.

＊17　*La Peau de chagrin*, in Balzac, *Œuvres complètes*, t. 6, Seuil, « L'Intégrale », 1966, pp. 435–39.

＊18　*Ibid.*, p. 436.

＊19　Hugo, *Œuvres poétiques*, t. I, édition de Pierre Albouy, Gallimard, « Bibliothèque de la Pléiade », 1964, pp. 803–05.

＊20　稲垣直樹『ヴィクトル・ユゴーと降霊術』，水声社，一九九三年。

＊21　Victor Brombert, *La prison romantique*, José Corti, 1975.

＊22　George Sand, *Œuvres autobiographiques*, édition de Georges Lubin, t. II, Gallimard, « Bibliothèque de la Pléiade », 1971, p. 990.

＊23　J. Moreau de Tours, *Du Hachisch et de l'aliénation mentale. Études psychologiques*, édition de 1845, Paris-Genève, Slatkine, « Ressources », 1980.

＊24　Gautier, *Œuvres*, édition de Paolo Tortonese, Robert Laffont, « Bouquins », 1995, pp. 731–46.

＊25　後に *Voyage en Orient*（1851）に収録。Nerval, « Histoire du calife Hakem », in *Œuvres complètes*, édition de Jean Guillaumet et Claude Pichois, t. II, Gallimard, « Bibliothèque de la Pléiade », pp. 528–29.

＊26　*Paradis artificiels*, in Baudelaire, *Œuvres complètes*, t. I, p. 398.

＊27　*Ibid.*, pp. 419–20.

＊28　*Ibid.*, p. 431.

＊29　薬物による幻覚体験と文学想像の関係については、Max Milner, *L'imaginaire des drogues de Thomas de Quincey à Henri Michaud*, Gallimard, 1999 を参照。

5　レアリスム小説と身体

バルザックからフローベールの世代へ

十九世紀文学、とりわけ小説ジャンルにとって、身体は特権的なテーマのひとつである。世紀後半のフローベール、ゴンクール兄弟、ゾラ、モーパッサン、ユイスマンス、ミルボーなどレアリスム作家においては、身体の表象に付与される位置はきわめて大きい。文学史上、彼らの作品においてはじめて、身体とそれにまつわる多様な現象（病理、欲望、セクシュアリティ、感覚、生理的なものなど）が感情や心理と同じくらいに、あるいはそれ以上に本質的な次元として語られるようになった。文学における身体は十九世紀の発明ではないが、レアリスム文学は身体をあらたな視座からテーマ化し、文学の領野を刷新することに貢献した。

十九世紀後半の作家たちにとって『人間喜劇』の作者が偉大な先達だったことは、あらためて指摘するまでもない。バルザックにおいても、作中人物の身体、彼らがまとう衣服、彼らを取り囲む背景や空間は詳細に描かれる。作中人物はたしかに身体をそなえ、身体によって活動し、ときには身体によって滅びていく。

ただしバルザック的身体は顔の表象に収斂していく傾向が強く、顔とは内面を露呈する外部そのものであり、精神の深部を映しだす表面にほかならない。顔は、内部に秘められたさまざまな感情や思考を目にみえる記号として外在化させた表面ということになる。内部のない外部はなく、深部をもたない表面は存在しない。人相と骨格によって人間の本性を洞察できるとしたラヴァーターの「観相学」やガルの「骨相学」が、バルザックにとって重要な参照基準だったのは偶然ではない。こうして構築される作中人物たちの肖像は、絵画における肖像画の技法に強く刻印されると同時に、古典文学の肖像のレトリックを継承していた。バルザック的肖像は、先行する肖像の文学的な書換えである。[*1]他方で、身体が顔に限定されるために、生理的機能としての身体という側面（性、欲望、食欲など）はほとんど等閑に付されてしまう。『人間喜劇』に登場する人々の身体は、記号学的な解読をうながす表面ではあっても、自然や生理学的存在としての人間が書き込まれている対象ではない。おそらくそれが、バルザックと、フローベール以降の小説家たちを差異化する基本的なファクターのひとつである。

アンリ・ミットランも指摘したように、この領域では十九世紀の前半と後半のあいだにひとつの境界線が引かれうるだろう。「一八五〇年から一八八〇年にかけて、もちろん沈黙に付されたままの部分は残っているものの、まるで作中人物がひとつの身体そのものと化したかのようであり、それが批評家と読者のうちにかなり激しい衝撃波を生じさせたかのようだ。[*2]」以下では、当時の身体をめぐる文化空間や科学的ディスクールと関連づけながら、レアリスム的身体の特徴を記述する。

見られる女たち

レアリスム作家たちが好んで描いたのは、女性の身体であった。

当時の文化風土において女は見られる存在であり、女を見るのはおもに男である。そしてこの「見る／見られる」という主体・客体の関係は、とりわけ身体を媒介にして成立する。男は女を見つめる、とりわけその顔やしぐさや衣裳を見つめる、すなわちその身体を見つめるのである。ジェンダー論的にいえば、レアリスム小説において身体の表象をめぐるジェンダーの非対称性は否定しがたい。そうした視線の運動を可能にするために、作家は物語のなかに、女性を見られる身体として定位するためのさまざまな舞台装置を組み入れた。バルコニー、舞踏会、夜会、劇場、競馬場などである。それは女性たちがなにかを見るために身をおく場なのだが、同時に、通行人やほかの観客たちから欲望と好奇心の入りまじった視線を向けられる場でもある。女性の身体がひとつのスペクタクルに変貌する場だといってもいいだろう。[*3]これは文学だけの話ではなく、同時代の絵画（たとえば印象派やジャン・ベロー）にも共通したモチーフである。

レアリスム作家は、しばしばこうした説話装置を用いた。たとえばフローベールの『感情教育』（一八六九年）では、主人公の青年フレデリックが多くの男女がつどう夜会や舞踏会に招かれる。高級娼婦ロザネットの家でもよおされる仮装舞踏会、アルヌー家での夕食の宴、あるいは銀行家ダンブルーズ邸での晩餐会。当時の慣習にしたがって、肩から胸にかけての部分をひろく露出したデコルテ姿の女性は、男たちの視線を引きつけ、見つめられ欲望される身体としてそこにある。男が観察するまなざしであり、女が見られる対象であるというジェンダーの構図が支配的なのだ。

しかし、身体表現の領域で一定の倫理的、社会的な規範が暗黙のうちに課されていたことは否定できない。いわゆるヴィクトリア朝的な厳格で、ときには抑圧的な道徳がいきわたっていた十九世紀にあって、あからさまなポルノ文学でもないかぎり、身体や性や快楽について語ることにはおのずから制限があった。一定のコードと美学の範囲内においてしか、それについて語ることは許されなかったのである。だからこそ、たとえばゾラの『ナナ』（一八八〇年）のように、そうした美学とコードをあえて破るときには、矯激な非難にさらされることになった。

女優であり娼婦であるヒロインは、男たちから見られ、情欲をはらんだまなざしを向けられ、身体を値踏みされるべく運命づけられている。しかし彼女を愛人にしたミュファ伯爵の眼前で惜しげもなく裸身をさらすナナ、伯爵に見つめられていると知りつつ、みずからの裸身を鏡に映して悦に入るこの「獣じみた」女体は、当時のブルジョワ道徳をさかなでするにはじゅうぶんだった。

においの風景

五感は身体を構成し、条件づけ、機能させる基本要素である。そのなかでセクシュアリティや快楽の主題と結びつきが強いのは、嗅覚である。ジンメルやベンヤミンも指摘したように[*4]、たしかに十九世紀ヨーロッパはほかの感覚に比して視覚の優位を確立した時代であり、文学作品の身体表象においても視覚がもっとも強く介入してくる。しかし見るだけではじゅうぶんではなく、ときには感じなければならない。十九世紀後半の作家は、においの微妙なニュアンスに敏感であり、香りがもたらす陶酔をことほいだ。

ボードレールは、香りの魅惑と妖しさをうたった代表的な詩人である。『悪の華』の作家にとって女の身体はしばしば香りによって定義され、その香りは閨房にくゆる官能的な香りにほかならない。とりわけ女の髪から発するにおいは詩人にとってまさしくオブセッションであり、彼は髪のにおいのなかに悦楽の予兆をとらえようとする（ちなみに女の髪をめぐるフェティシズムは、モーパッサンにもみられる）。

弾力をもって重い彼女の髪は
生きた匂袋、臥所《ふしど》の香炉
そこからは野性的で獣めいた匂が立ち昇り
（「香り」、阿部良雄訳）

一八八八年には心理学者アルフレッド・ビネが『実験心理学研究』のなかで、愛のフェティシズムの形態として髪やにおいのフェティシズムを論じることになる。そして後にはフロイトが性的倒錯としてこの現象を記述する際に、ビネの著作に言及するだろう。

ゾラの小説においてはボードレール以上に、作中人物と、自然や人間やものとのつながりが嗅覚によって強く規定されている。『ルーゴン＝マッカール叢書』では、嗅覚によってとらえられる印象が人々を突き動かし、彼らの行動をうながす。とりわけ性やエロティシズムが濃厚に浸透しているような場面では、においや香りは欲望を覚醒させ、官能をくすぐり、快楽への扉を開く。たとえば『獲物の分け前』（一八七一年）の第一章では、めずらしい熱帯植物群が強烈な芳香をはなち、たぎるような樹液をしたたらせる広大な温室が描かれ、そのなかを散策する若き人妻ルネはその香りに酔いしれ、名づけえない欲望を自覚する。やがて彼女はこの温室で、義理の息子マクシムとの禁断の愛欲に身をまかせることになるのだ。

身体と階級性

人間の身体は生物として機能していると同時に、文化の一部として形成され、文化のなかに組み込まれている。身体はまた、たんに個人的な次元に限定されるものでもない。あらゆる個人は特定の集団や、階級や、社会に帰属しているから、身体はそうした集団や階級や社会の刻印を記されている。その意味で身体は社会的、政治的な産物である。

『ボヴァリー夫人』のなかで、シャルルがはじめてエンマと出会ったとき、その爪の美しさに驚く。しかし「手は美しくなかった。白さが足りないようだし、関節がすこし骨張っていた。それに長すぎて、輪郭に柔らかみがなかった」（第一部第二章）とフローベールがヒロインの身体的細部をさりげなく書き記すとき、それはエンマが農民の娘であり、ときには父親の農作業を手伝い、亡き母に代わって家事全般を切り盛りしていること、すなわち彼女の階級的立場を示唆している。ゴンクール兄弟はジャーナリズム（『シャルル・ドゥマイー』、一八六〇年）、病院（『尼僧フィロメーヌ』、一八六一年）、画壇（『マネット・サロモン』、一八六七年）など、小説の舞台を特定の職業空間にすえた。そしてその空間に棲息する人々の生態を語るに際して、彼らの身体性をきわめて重要なファクターとした。

身体の社会性をもっとも強く意識し、もっとも説得的に描きだしたのはゾラであろう。一八六〇年代末に『ルーゴン＝マッカール叢書』全体のプランを構想した際、作家は「民衆」、「商人」、「ブルジョワジー」、「上流社会」、そして「特殊な世界」（娼婦、殺人者、司祭、芸術家）という五つの「世界」を表象する意図をはっきりと打ち出していた。ゾラにとって近代社会は、諸階級の利害と野心が衝突する場にほかならなかった。そうした利害と野心の衝突が物語られるにあたっては、作中人物たちが帰属する異なる階級の特徴がしばしば彼らの動作、身ぶり、作法といった身体文化を通じて浮き彫りにされる。そのとき、身体は内面を外部に浮上させるリトマス紙として機能するのではなく、人間存在の根源として立ち現れてくるのだ。

民衆の身体

すべての階級に固有の身体性が刻印されているとはいうものの、十九世紀後半のレアリスム文学がもたらした革新のひとつは「民衆」peupleにれっきとした文学の市民権を付与したことである。

もちろん、民衆はレアリスム文学が創出したテーマではない。シュー作『パリの秘密』（一八四二―四三年）やユゴーの『レ・ミゼラブル』（一八六二年）は、犯罪者やアウトローの世界、ルイ・シュヴァリエにならっていえば「危険な階級」の世界を読者にかいまみせてくれた。バルザックの『金色の眼の娘』（一八三五年）の冒頭ページでは、パリの民衆をめぐって社会人類学的な考察が展開する。他方ジョルジュ・サンドはベリー地方を舞台にした田園小説において、牧歌的な農民の姿を喚起した。そして歴史家ミシュレは、まさしく『民衆』（一八四六年）と題された書物のなかで、民衆を歴史の推進者とする共和主義的な歴史哲学を表明した。しかしこれらの作家たちが描いたのは、社会の底辺（あるいは周縁）に暮らす下層民であり、あるいは逆にユートピア的な空間で生きる理想化された民衆であり、社会的ディスクールが差し向けられる対象としての民衆である。[*5]

それに対して十九世紀後半の作家たち、とくに自然主義作家たちがおこなおうとしたのは、生々しい現実を生きる主体としての民衆、愛し、憎み、食べ、飲み、はたらき、疲弊し、死んでいく主体としての民衆を表現することだった。最初のマニフェストはゴンクール兄弟の『ジェルミニー・ラセルトゥー』（一八六五年）の序文で、そこで作家は、「下層階級」も小説のなかで語られる正当な権利を有していると宣言した。実際この作品は、あるブルジョワ女性につかえる女中の生涯をとおして、パリの民衆の過酷で悲惨な状況を物語っている。それは街路と通りの生活を描破する「真実の小説」である。

このテクストに呼応するかのように、ゾラは『居酒屋』（一八七七年）の序文において確信ある口調で述べる。「これは真実を語る作品である。偽りのない、民衆のにおいを漂わせる、民衆についての最初の小説である。しかし民衆がすべて邪悪だと結論づけてはならない。私の作中人物たちは邪悪なのではなく無知なだけであり、彼らが暮らす過酷な労働と貧困という環境によって損なわれたにすぎない」。ふたりの作家がともに民衆について真実を啓示する小説を書いたと言明しているのは、ロマン主義世代との差異を際立たせるためである。そしてゾラのテクストに読まれる「民衆のにおい」や「過酷な労働」という表現は、自然主義文学における民衆の表象においてまさしく身体性が中枢の位置をしめることを示している。民衆とはなによりもまず労働する肉体であり、運動であり、叫びであり、汗であり、においである。とりわけゾラの作品では民衆の行動、しぐさ、日常の歓びと苦しみが身体を媒介にしてトータルに表現される。『居酒屋』では洗濯女が湯気のなかで汗だくになってはたらき、屋根葺き職人が屋根にのぼり、鍛冶屋が金床を打つ。『ジェルミナール』（一八八五年）の炭鉱夫たちは、地獄のような奥深い地下の坑道でつるはしをふるう。

しかしジャン・ボリも指摘したように、同時代の批評家たち（たとえばブリュヌチエール）が自然主義文学に向けた弾劾はまさにこの点を対象にしていた。[*6] 自然主義文学は身体にしか関心をもたない、感情や心理や精神をないがしろにしている、人間を下品で粗野な動物の地位にまでおとしめていると。身体に還元された民衆とは、ブルジョワ階級にとってはタブーであり、スキャンダルだったのである。

彼らの身体は労働と貧困によってむしばまれていく。その身体の失墜をもっともよく象徴するのが、アルコール中毒だ。一八五〇年代にスウェーデンの医師フスによって病理現象として同定されたアルコール中毒は、あらゆる社会階層に蔓延していた病だったが、社会的表象のレベルではほとんどもっぱら庶民階級の病弊として論じられた。[*7]『ジェルミニー・ラセルトゥー』のヒロイン、『居酒屋』のクーポー、モーパッサンのいくつかの短編に登場するノルマンディー地方の農民、そしてドーデ作『ジャック』(一八七五年)の主人公はいずれも、アルコールの悪影響に屈していく者たちだ。定義からしてはたらく者である労働者、そして労働によって価値づけられる労働者がはたらかなくなるとき、残されるのはもはや価値のない身体にすぎない。労働者の没落は身体から始まり、身体によって完遂する。

身体の生理学

身体に規定されるのは民衆だけではない。十九世紀後半のレアリスム文学とそれ以前の文学を差異化するもうひとつの要素は、特定の社会階層に局限することなく、一般に身体の生理的な欲望と、生物学的な機能に強い関心を示したことである。

愛と欲望は文学の永遠のテーマであるが、そこに性と快楽、さらには快楽と暴力のテーマを密接に絡みあわせたかたちで導入したのは、十八世紀のサドを除けば、この時代の特徴であろう(快楽と暴力のつながりは、ロートレアモンの『マルドロールの歌』(一八六九年)にも看取される主題である)。ゾラ初期の代表作『テレーズ・ラカン』(一八六七年)では、たくましい愛人との抱擁のなかで抑えがたい性欲に目覚めた人妻が「娼婦のような本性」をあらわにし、愛人と謀って夫を殺害する。『獣人』(一八九〇年)は、女を愛し快楽を得ると同時に、その女を殺したい欲求にかられる男の悲劇を物語る。暴力は愛や快楽を否定するものとしてではなく、まさにそれと並行するものとしてとらえられている。エロスとタナトスのせめぎ合い。その意味で、自然主義はフロイトを先取りしていた。

フローベール以降の小説には、ものを食べる場面が頻出する。性欲とならんで、食欲もまた作中人物を突き動かす根元的な欲求である。レアリスム小説における食のシーン、その物語機能と文化史的な意義に関してはすでに浩瀚な研究書が上梓されているほどだが、[*8]ここでは身体のテーマとの関連で重要になってくる。フローベールの歴史小説『サランボー』(一八六二年)の冒頭では粗野な傭兵たちが宴会の席に連なり、『居酒屋』ではジェルヴェーズとクーポーの結婚式が民衆の饗応の場に変貌する。人々はたらふく食べ、浴びるように酒を飲み、大声でわめく。他方で、そのような食の光景に耐えられず、食事のにおいに辟易し、吐き気をもよおし、食べることが強迫神経症的な不安になる人物もいる。ユイスマンス作『流れのままに』(一八八二年)のフォランタンや、『さかしま』(一八八五年)のデ・ゼサントは、まさにそのような拒食症の悲喜劇を体現する男たちである。

食べることをめぐる卑近な欲求と日常的なしぐさは、まるごとゾラ作『パリの胃袋』(一八七三年)のテーマになる。パリ中央市場を舞台とするこの小説では肉、魚、果物、野菜、チーズなどが文字どおり山のように積まれ、展示され、売りさばかれる。そこに店を構えるクニュ夫妻は丸々と健康的に太り、主人公フロランは皮肉なことに、食べ物の山に囲まれながらほとんど拒食症になって衰えていく。この作品は、クニュに代表される「太った人々」とフロランに代表される「痩せた人々」が対立し、最終的に前者が後者を駆逐するという図式で構築されている。食をめぐるドラマは、食欲と身体の地平を超えて政治的な次元さえまとってしまうのである。

病の表象

身体としての人間に避けがたく襲いかかる宿命が、病である。十九世紀後半の文学における身体表象を問うにあたって、病やそれを記述する医学の言説と、文学の関係を等閑視することはできない。レアリスム小説の作中人物たちの多くは癒しがたい病に冒され、制御できない遺伝に支配され、謎めいた病理によって苦しめられる。[*9]

十九世紀初頭から医学の知は飛躍的な進歩をみせた。ビシャの臨床医学、モレルの病理学、リュカの遺伝学、クロード・ベルナールの実験医学、シャルコーによるヒステリー研究と精神医学、そしてパストゥールによる医学革命など、この時代は医学者の貴重な貢献によって特徴づけられる。医者の社会的地位は上がり、日常生活や行政の領域で医学の発言力が増大した。そうした社会の動きに呼応するかのように、レアリスム文学では病が臨床医学的に記述され、病院で繰りひろげられる場面や、医者が病人の自宅に招き入れられ治療にあたるさまがしばしば描かれる。作家たちは医学や生理学に強い関心をいだき、医学書や医学事典を参照して知識を吸収した。作家はなにほどかは医者や生理学者たろうとしたのであり、病の文学的な表象は医学的な知の書き換えという側面をもっている。

いくつかの病が意味深い様相を呈する。

アルコール中毒がとりわけ民衆をむしばむ病として表象され、階級的な負の刻印を押されていることはすでに述べた。梅毒はジュール・ド・ゴンクール、ドーデ、モーパッサンなどの作家をむしばみ、死に至らしめた病だ。『さかしま』のデ・ゼサントは、フォントネーの邸宅で梅毒の妄想に苦しめられる。ドーデの『ラ・ドゥルー』は、みずからの梅毒の治療と苦痛の体験を生々しく語った日記体の言説である。[*10] アルコール中毒と梅毒はともに、きわめてネガティヴな意味づけをされる。環境の影響があるとはいえ、最終的には個人がみずから招いた病であり、堕落と腐敗がもたらした病として描かれる。

他方、結核のほうは文学的表象のレベルでみればポジティヴな意味づけをされることが多い。そうした結核の神話化は、ミュルジェール作『ボヘミアンの生活情景』(一八四五年)やデュマ・フィス作『椿姫』(一八五二年)など、ロマン主義時代からすでに始まっていた。[*11] 美しさと矛盾しない病、激しい恋や情熱をいだく人を襲う病、なんらかの才能に恵まれた人がその代償のように引き受けてしまう病、患者の生を霊化し、神秘的なたかまりにさえ通じる病――結核をとりまくこうした一連の神話は十九世紀後半になっても、たとえば『ジェルヴェゼー夫人』や、マリー・バシュキルツェフの『日記』にみてとれるところだ。

この時代のあらゆる文学ジャンル、流派、傾向を問わず、文学者の想像力と幻想をもっとも強く刺激したのが神経症であり、なかんずくその一形態としてのヒステリーである。[*12] 実際ヒステリーは、十九世紀後半における西洋の女性たちの身体と心理を理解するうえで、そしてまた同時代の社会的想像力がつくりあげた女性に関する集合表象において、避けて通れない要素であった。『ジェルミニー・ラセルトゥー』の第二三章ではジェルミニーの昏倒、ユイスマンス作『停泊』(一八八七年)の第六章ではルイーズという女性の「神経の狂気」、そしてオクターヴ・ミルボーの『責め苦の庭』(一八九九年)の第二部では、ヒロイン・クララのおぞましい発作が描かれる。いずれの場合も意識が薄れ、身体は痙攣し、関節がぎしぎしと音を立て、痛みが波のように体中をかけめぐり、ときには体が弓なりに反り返るという臨床医学的な共通点がある。その描写は、異様なまでに迫真的である。十九世紀末の作家にとってヒステリーとは、女の病んだ身体を男のまなざしにひとつのスペクタクルとしてさらす病だった。

セクシュアリティ、嗅覚とにおい、身体の社会性、民衆という階級性を深く刻印された身体、人間の根元的な欲望をめぐる身体の生理学的な表象、そして作中人物を冒し、その身体にさまざまな意味を付着させる病理現象。十九世紀後半のレアリスム文学は、身体的存在としての人間の諸相をあざやかに際立たせ、それを表現するためにあらたな物語空間と視線の力学を創出した。身体に向けられるまなざしが変化したとき、小説世界の構図もまた変わったのである。

（小倉孝誠）

注

*1 バルザックの作品における身体の表象については、次の著作を参照のこと。Bernard Vannier, *L'Inscription du corps: Pour une sémiotique du portrait balzacien*, Klincksieck, 1972; Régine Borderie, *Balzac, peintre de corps*, SEDES, 2002. 柏木隆雄『謎とき「人間喜劇」』、ちくま学芸文庫、二〇〇〇年。

*2 Henri Mitterand, *Le Regard et le signe. Poétique du roman réaliste et naturaliste*, PUF, 1987, p. 108.

*3 みつめられる女の身体の問題については、小倉孝誠『〈女らしさ〉はどう作られたのか』、法藏館、一九九九年、第二章を参照願いたい。

*4 Georg Simmel, « Essai sur la sociologie des sens », dans *Sociologie et épistémologie*, PUF, 1981. ヴァルター・ベンヤミン『パサージュ論』三島憲一ほか訳、岩波書店、全五巻、一九九三―九五年。

＊5 「民衆」は十九世紀の文学、歴史、思想における巨大なテーマのひとつである。文学における民衆については、cf. Nelly Wolf, *Le Peuple dans le roman français de Zola à Céline*, PUF, 1990. 小柳保義『文学と民衆』、近代文芸社、一九九八年。社会史の視点から十九世紀前半の民衆像を論じたのは、Louis Chevalier, *Classes laborieuses et classes dangereuses à Paris pendant la première moitié du XIXe siècle*, Plon, 1958〔邦訳はルイ・シュヴァリエ『労働階級と危険な階級』喜安朗ほか訳、みすず書房、一九九三年〕また近代フランスの民衆観を思想史の立場から論じた研究としては次の著作が有益である。Gérard Fritz, *L'Idée de peuple en France du XVIIe au XIXe siècle*, P. U. de Strasbourg, 1988 ; Alain Pessin, *Le Mythe du peuple et la société française du XIXe siècle*, PUF, 1992.

＊6 Jean Borie, *Zola et les mythes*, Le Livre de poche, 2003, pp. 50–56.

＊7 十九世紀におけるアルコール中毒の問題については、ディディエ・ヌリッソン『酒飲みの社会史――19世紀フランスにおけるアル中とアル中防止運動』、柴田道子ほか訳、ユニテ、一九九六年、およびジャン＝シャルル・スールニア『アルコール中毒の歴史』、本多文彦監訳、法政大学出版局、一九九六年を参照のこと。

＊8 Cf. Geneviève Sicotte, *Le Festin lu: Le repas chez Flaubert, Zola et Huysmans*, Liber, Montréal, 1999 ; Marie-Claire Bancquart, *Fin de siècle gourmande 1880–1900*, PUF, 2001 ; Joëlle Bonnin-Ponnier, *Le restaurant dans le roman naturaliste*, Champion, 2002; Catherine Gautschi-Lanz, *Le Roman à table. Nourritures et repas imaginaires dans le roman français (1850–1900)*, Champion, 2006.

＊9 レアリスム文学における病のテーマについては、次の著作がもっとも体系的な研究である。Jean-Louis Cabanès, *Le Corps et la maladie dans les récits réalistes (1856–1893)*, Klincksieck, 1991.

＊10 梅毒と文学の関係については、寺田光徳『梅毒の文学史』、平凡社、一九九九年、および Patrick Wald Lasowski, *Syphilis. Essai sur la littérature française du XIXe siècle*, Gallimard, 1982 を参照願いたい。

＊11 結核の文化史的な意味については、次の著作を参照のこと。I. Grellet et C. Kruse, *Histoire de la tuberculose. Les Fièvres de l'âme 1800–1940*, Ramsay, 1983.

＊12 この問題については次の著作が参考になる。吉田城『神経症者のいる文学――バルザックからプルーストへ』、名古屋大学出版会、一九九六年。小倉孝誠、前掲書、第一章。Janet Beizer, *Ventriloquized Bodies: Narratives of Hysteria in Nineteenth-Century France*, Cornell University Press, 1994 ; Nicole Edelman, *Les Métamorphoses de l'hystérique*, La Découverte, 2003.

本稿は、拙著『身体の文化史』、中央公論新社、二〇〇六年、の第二部第三章「レアリスム文学と身体」と、内容的に重複する部分があることをお断わりしておく。

5章 ネルヴァル的「新生」――『オーレリア』における魂と肉体

水野 尚

ジェラール・ド・ネルヴァルといえば幻想あるいは狂気の作家という紋切り型の表現がつきまとう。実際、精神の病のために入退院を繰り返し、とりわけ一八四一年と一八五三年の書簡にはその痕跡がくっきりと刻み込まれている。さらに、晩年のいくつかの作品には病を反映した記述もみられ、遺作『オーレリア』(一八五五年)は主治医であるブランシュ博士による治療の一環として書き始められたとも考えられる。[*1] そうした事実を考え合わせれば、ネルヴァルが狂気の作家であり、彼の作品にその兆候がみられると考えることは自然なことかもしれない。

しかし、作品が狂気を描いているとしても、病が作品を説明することはできない。狂気はいつなんどき人を捉えるかもしれないが、しかし全ての狂人が『オーレリア』を書くことはない。そのテクストはジェラール・ド・ネルヴァルという作家が書き綴った唯一の言葉の連なりであり、彼が生きた具体的で唯一の体験に由来する。一八四一年二月、ジェラール・ラブリュニーはパリの町の中で狂気の発作に襲われ、服を脱ぎ捨て、裸で歩き始めたかもしれない。その様子はかなり忠実に『オーレリア』に描かれている。そして、作品の冒頭では、長い病の体験は狂気と名づけられるかもしれないが、しかし彼の中ではむしろ、全てを知り、全てを理解している至福の体験だったのであり、理性が戻ってきたことが悔やまれる、と記されている。こうした言葉を、狂気という一般的な概念に則って分析しても、そこで見出されるのは、概念の具体例にすぎない。つまり、具体的な言葉が概念によって説明される。そして、そのことで同時に概念が補強される。とすれば、そのような読みは同語反復的行為というほかない。[*2]

ネルヴァルは『オーレリア』を「人間の魂」âme humaine[*3]の研究の書だと述べている。そこで問題となるのは、魂と肉体の関係である。死を思いながら天空の星を目指し、着ている服を脱ぎ捨てるとき、「私」は、「魂 âme が星の光に磁気的に引かれ、肉体 corps から離れる瞬間」(七〇〇頁)を待ち望む。ここには確かに、肉体は魂の監獄であるというプラトン以来の思想が反映している。ネルヴァルはその思想を前提としたうえで、肉体と魂の関係を、分身、輪廻、「内的世界と外的世界の対応」correspondance などといった形で描き出していく。このように考えた場合、ネルヴァルのいう人間の魂の研究とは、心身関係をめぐる具象的な考察だととらえることもできるだろう。では、この魂の作家は、心身関係をさまざまな形象の下に描き出すことで、何を目指したのだろうか。

1　二つの存在感覚

『オーレリア』の記述の中心を占める狂気の体験を肉体と魂という視点から見た場合、どのように理解されるのだろうか。魂と肉体の相克を捉えた最初のイメージは狂気の彷徨のすぐ後に置かれている。「私」は夜警に捕えられ、監獄に入れられる。そこで簡易ベッドに横たわっていると、これまでに見たことがないほど美しい天上の光景が輝き始める(ように思われる)。それはあたかも、「解放された魂」Âme délivrée に啓示された、彼方の世界の美のようである。

いくつもの巨大な輪が無限に広がる空間に描き出されていた。それは一つの物体 corps が水の中に落ちたときにできる丸い水紋のようだった。それぞれの部分は輝かしい姿に満ちあふれ、色を帯び、動き、混ざり合っていた。そして、常に同一である唯一の女神が、変身する度に身にまとう束の間の仮面を、微笑みながら投げ捨てていたが、最後には、神秘的に輝くアジアの空に身を隠し、捕らえがたくなってしまった。(七〇〇頁)

静かな水面に石を投げ入れる時にできる水紋。その中心にあるのは、物質としての石である。その石が不動の水面を動かし、描き出された丸い輪は外側へと広がっていく。解放された魂に啓示されたこのイメージの中に、ネルヴァルが狂気の中で感じ取った存在感覚を読みとることはできないだろうか。水の中に投げ込まれる物体とは肉体であり、その外に広がっていくのが魂。理性の支配する世界観では、肉体が魂を包み込んでいた。しかし、狂気の中では、事態は逆転する。宇宙の広がりが魂であり、肉体はその中央にある。理性的世界観を第一の存在感覚だとすれば、狂気における世界観は第二の存在感覚であり、ネルヴァルは非理性的な体験の中で、後者の感覚を感知したと考えられる。

第一の存在感覚では、私の体はいまここにある。つまり、時間軸と空間軸の関数が交わる一点に存在し、そこにしかない。魂は私の体の中にあり、そこから離れることは、死を意味する。これはごく当り前の存在感覚であり、そこからの逸脱は非理性につながりかねない。それに対して、第二の存在感覚によれば、肉体はいまここにあるとしても、魂は宇宙の彼方まで広がり、時間・空間軸から自由である。とすれば、そうした魂をもつ私の存在も時空間から解放されていることになる。その存在感覚は、一八四一年の入院中にイダ・デュマにあてた手紙のなかでネルヴァルが書いているような、狂気の状態のほうが普通の状態よりもより真実であるという感覚につながり[*4]、さらには『オーレリア』の冒頭で言及される全知全能感と対応しているに違いない。

ここで注目に値するのは、第二の存在感覚が決してネルヴァル固有のものではないということである。ジャック・カゾットの『恋する悪魔』の序文（一八四五年）の中で、ネルヴァルはアプレイウスの『黄金の驢馬』を通して、プロティノスを中心とするアレクサンドリア学派に興味を示している。その理由の一つとして、一八四一年の科学アカデミーの懸賞論文の哲学部門におけるテーマとして「アレクサンドリア学派の批判的検討」が提示され、一八四四年に受賞作品が決定されたことがあったと思われる。[*5] ネルヴァルはこうした出来事に敏感な作家であった[*6]、そのことを考えると、受賞作品であるヴァシュロの『アレクサンドリア学派の批判的歴史』の「プロティノスの心理学」の章に、第二の存在感覚と全く同じ内容が主張されていることは興味深い。ヴァシュロによれば、魂は見えないが肉体は目でみることができるため、一般には魂が肉体のなかにあると考えられている。しかし、それは間違った考えであり、もし魂が可視であれば、それが「巨大な網」un immense filet のように肉体を包み込んでいるのをみることができるのだと主張する[*7]。もちろん、ネルヴァルがこの一節を読んで自分の思想に組み入れたということではない。『上流人士百科事典』の「(心理学的) 肉体」という項目[*8]でも、非物質的で不可視の魂と物質的で可視の肉体との関係が問題になっており、心身関係論は当時話題のテーマの一つであった。そのなかで、ヴァシュロもネルヴァルも、魂が肉体を網のように包み込むというイメージを展開しているのだと考えたほうがいいだろう。

実際、ネルヴァルはヴァシュロ以前に、同じイメージをすでに描いていた。それはゲーテの『ファウスト』の翻訳第三版(一八四〇年)に付された序文の一節においてである。ネルヴァルの思想を知る上でもっとも重要なテクストの一つであるこの序文の中では、精神世界と物質世界の相克、不死や無限の問題など、哲学と文学に通底する本質的なテーマが論じられているが、それらをつらぬくのは魂に関する考察である。ファウストが悪魔に誘惑される最初の場面で、ゲーテは二つの魂について言及する。一方は天上に向かおうとし、他方は地上に留まろうとする。それは肉体と精神の対立であり、人間の二元性の象徴である。グレートヒェンとの恋愛を軸とした第一部は、この二つの部分、つまり地上的な欲望と天上の愛の対立の物語だといえる。他方、ヘレネを中心とした第二部では、「無限」l'infini の形象化が問題となる。ネルヴァルによれば、その無限はダンテの「地獄の輪」cercles infernaux を超えてさらに伸び続け、虚無へと広がり続ける。『ファウスト』の詩人は、ぽっかりと開いた無限に「網」filet を投げ入れ、形を与えようとしたのである。その網は、「目に見えるが捉えることはできず、動き続ける獲物と同じように広がり続けていく」(第一巻、五〇三頁)。ここで網が直接魂と結びつけられているわけではないが、無限の彼方に波紋のように広がり続けるというイメージは、物質と精神という二つの世界の相克というテーマと結びつき、『オーレリア』の水紋へとつながっていくと考えてもいいだろう。

このように、ネルヴァルは狂気とみなされる体験のなかで、現実的な存在感覚とは全く異なる存在感覚を感知した。そこでは、魂が宇宙全体に広がっていくように感じられ、自己が膨張し外の世界と境目がなくなる。それはルソーがビエンヌ湖畔で感じた、あの自己と自然の一体感と対応した状態であり[*9]、人は神と比肩しうる自己存在を感知する。しかし、ルソーにとって至福の時であるこの感覚が、ネルヴァルにはしばしば苦しみの時ともなる。その理由はどこにあるのだろうか。

2 身体意識の残存

ビエンヌ湖畔で心臓の鼓動と小波の音が一致するとき、身体の感覚は消え去っている。それに対して、『オーレリア』で描かれた水紋のイメージでは、その中心に「物質」corps が位置している。つまりネルヴァル的世界観においては、魂が肉体から分離したとしても、肉体の感覚が魂の中心に留まっているのである。こうした身体意識の残存が、ルソー的至福とは異なる世界を作り上げる原因であろう〈図1〉。

ネルヴァルが身体性を意識していたことは、先に挙げたゲーテの『ファウスト』の翻訳からもうかがうことができる。二つの魂がファウストの胸に宿っているという一節で、ネルヴァルは、「一方の魂は、愛欲に燃え上がり、肉体の諸器官 organes du corps を使って、地上にしがみつく」と訳しているが、ゲーテの原文は "klammernden Organen"[*10] であり、肉体という言葉はない。また、ネルヴァルが参照した二種類の翻訳のうち、サン・トレールでも肉体という言葉は使われていない[*11]。他方、スタファーでは、同じ部分が「肉体の諸器官」organes du corps と訳されている[*12]。とすれば、ネルヴァルは、肉体という言葉を使うか使わないかという二つの選択肢を前提に、原文にはない言葉を付け加えたことになる。そのことがただちにネルヴァルにおける身体意識の重要性を意味するわけではないが、しかし示唆的であることは確かである[*13]。

物質が消滅しないことは、『オーレリア』の第一部四章に登場する叔父によって、「精神と同様、物質も死に絶えることはない。善悪に従って形を変えるだけだ」(七〇四頁) と明白に表現されている。が、その一方で、肉体や事物が消え去っていくように見えることも多くある。水紋の後の一節には、アジアの空に飛び去っていく女神の姿が描かれていた。女神は、どのような姿で現れようとも、「つねに同一」toujours la même であり、ある意味では宇宙に広がる魂そのものであると考えられる。しかし、逆に、一人の女神の姿に具象化されることで、必然的に時間の支配を受け、束の間の存在とならざるを得ない。『オーレリア』の中で、拡大する人物や事物は常に拡散する結果となり、「私」に苦痛をもたらす。解放された魂の根底に肉体感覚が残り、常に心身の二元性が意識されているからだといえるだろう。その点では、ルソー的夢想とははっきりと異なっている。

こうした肉体的次元が強く意識されているからこそ、分身や輪廻転生などが「オーレリア」の夢や幻覚の世界の中で描かれると考えることができる。

3 二つの病理学的体験

すでに見たように理性に支配された世界観では、「私」という存在は、いまここにある私の体と同定され、時間軸と空間軸が交差した一点に位置する。そして、そこからの逸脱は病理学的な事例とみなされる。そして分身は、同一の肉体が同時に二つの地点に現れる現象と考えられ、その際には、どちらが本当の私であるの

図1 「ヴィエイユ・ランテルヌ通り」、ギュスターヴ・ドレの石版画、1855年。ネルヴァルの死の場面を描いたこの版画は、肉体を越えた魂の存在を生々しく感じさせる。

か、つまりは魂がどちらの側にあるのかが問題にされる。輪廻では、同じ魂が次々と別の肉体に乗り移る。したがって、それらは肉体と魂の関係をめぐるテーマであるといえる。

◎「分身」Le Double

分身は自己同一性を問題にする。ここにいる私の前に、もう一人の私が現れる。もしその私が私であるならば、ここにいる私は誰なのか。こう考えると、分身のテーマは、古典的でありながら、かつ近代的自我の成立とともに新な射程を担ったテーマとして取り上げられたことが理解できる。[*14] ネルヴァルは、パリの町を裸で歩き独房に入れられた「私」を通して、分身が誕生する現場を描き出す。まず、見知らぬ男の存在が感じられ、その男の声が独房に響く。次に、

> 振動の奇妙な効果によって、その声が私の胸の内部で響き、私の魂が二重化したように思われた。魂が幻覚と現実にはっきりとわけられたように感じられたのだった。（七〇一頁）

最初、男の姿は見えず、声だけが独房で響き、それが「私」の胸でも共鳴する。その段階で肉体（胸）が問題になる。そして、その響きが「私」を二つの部分に分断し、つまり「私」を二重化する。このようにして分身が誕生すると、監獄に「私」を迎えにきた友人は、見知らぬ男を連れ出していき、「私」は取り残される。自己認識が他者を通して行なわれるとすれば、他者から認識されない私は私ではなく、見知らぬ男が私となる。この分身の誕生の場面では、翌朝、同じ友人たちが「私」を迎えに来るという挿話が付け加えられ、現実世界での「私」と、もう一つの世界での「私」という二元性が付け加えられ、分身に対する合理化的理解が示されている。

後になり、「私」は夢のなかで東方の王子の服をまとった精霊を目にし、走り寄り、脅そうとする。が、振り返った姿を見て、驚愕する。なぜなら、そこには「私」自身の顔があったからだ。ここでははっきりと分身のテーマが意識されており、「伝説の分身」とか「東洋人たちがフェルエール Ferouër と呼ぶ神秘的な兄弟」という言葉が使われ、森の中で一晩中分身と

戦った騎士の話が喚起される。一般的に考えれば、こうした分身とは、同じ肉体が同時に存在し、自己存在を争う、つまりどちらが本当の私か争うという構図に則っている。しかしネルヴァルは、一つの肉体に二つの魂が宿るというファウスト的構図へと問題をずらし、存在論から道徳論へと主題を変化させる。そこで、「自分の中に二人の人間がいるのを感じる」という教父の言葉を引用した後で、次のように続ける。

二つの魂が競い合って、二種類の要素が混ざり合った種を一つの肉体の中に植えた。その肉体も全ての器官において再現され、そっくりの二つの部分を示していた。人間の中には観客と演技者、話者と聞き手がいる。東洋人たちはそこに二つの敵対的な存在を見、よい精霊と悪い精霊だと考えた。私はよい方だろうか、悪い方だろうか？　とにかく、もう一人の私は私に敵意を持っている。（七一七頁）

ここでは、一般的な分身についての考え方とは異なり、肉体は一つしかない。その一つの肉体に二つの魂が宿ることで、視覚的には肉体が二重化され、それ自体とその見え姿という二つの様相を呈するという説明がなされる。そして、「私」と分身は相容れない存在であることが、わざわざ東洋的という言葉を使い、善悪の問題を付け加えることで強調される。独房の挿話と同じように、ここでもある意味で二元論の起源が示されているといえないだろうか。つまり、人は一つの事象に対して、二つのレベルのとらえかたをする。二つの魂が一つの肉体に宿ることで、肉体は実体とその影に分離し、一つのものが二重の層のもとに現れる。そこで、オーレリアとの結婚式が話題になる際、本来彼女の相手であるはずの「私」に分身が取って代わってしまったというエピソードに続けて、そこに参列している人々も「私」に対して、一方の魂は愛情にあふれ、他方の魂は存在にさえ気づかないとされる。そのことは、二つの次元ははっきりと区切られ、つながりがないことを強調しているといえる。

このように、『オーレリア』における分身は、同一の二つの肉体という設定から、一つの肉体に宿る二つの魂という問題に移行させ、現実とその反映を浮き彫りにすることで、二元論的世界観における二つの次元の対立を提示しているといえる。いいかえれば、魂が肉体に対して支配的であるが、二つの魂は相容れないために、肉体の次元でもその対立が継続するということになる。

◎「輪廻転生」La métempsychose

輪廻とは一つの魂が世代を超えていくつかの肉体に乗り移っていく現象であり、不死の問題とつながっている。肉体が滅びるとき、魂は別の肉体を見つけ、その生を続ける。ディドロの『百科全書』によれば、輪廻は魂の不死と同時に禊ぎの意味も含み、東洋人やピタゴラス派の人々、ドルイド教徒、マニ教徒などによって信じられていた。[*15]『オーレリア』のなかでも、世界創造神話の夢において、精霊の王たちは死が近づくと墓のなかで眠り、カバリストたちの媚薬の力を借り、子どもの姿に生まれ変わるという説明がなされている。この部分は明らかに、読者に輪廻を提示している。そして、その後の幻覚や狂気の幻影の中では、魂の転生が現実と狂気の価値観を揺るがせるために用いられる。

パリの郊外を散策しているときに主人公はオーレリアの声や顔立ちをした女性に出会い、彼女の「精神」esprit が乗り移ったのではないかと自問する。ここでは、肉体的な類似が魂の同一性を推測させるという構図が成立している。言うならば、理性的な思考の中で転生自体は認められないが、類似から同一性へという移行であれば許容範囲であると考えられる。実際、『シルヴィ』は、アドリエンヌとオーレリーというふたりの女性の類似と同一性を一つの軸にして展開されたが、『オーレリア』とは違い、狂気が主題として扱かわれたわけではなかった。それに対して、黒い太陽の下でパリの町をさまよう場面では、転生と狂気が明白に結び付けられる。芸術橋の上で「私」はジョルジュに魂の輪廻について説明し、こう付け加える。

> 今夜ぼくの中にナポレオンの魂が宿っているような気がする。その魂がぼくに霊感を与え、すごいことをするように命じているんだ。（七三七頁）

こうした言葉は医学的観点からは、誇大妄想狂とみなされるに違いない。実際、この後主人公は精神病院に運ばれ、そこで自分を神だと感じることになる。それは明らかに狂気と分類される事例である。『オーレリア』の語り手はそうした医学的な視点を十分に意識し、それだからこそ、「科学だけで治療できると信じている人間たちの無知」であるとか、「医術の無力さ」という言葉で、理性が支配する世界観を攻撃する。近代的な知に対して、近代以前には認められていた輪廻転生という「権威」を対立させ、第二の存在感覚を正当化しようと試みてといってもいいだろう。このことをはっきりと表しているのは、別の精神病院での禊の場面である。

二時ごろ入浴させられた。そのときぼくは、オーディンの娘であるワルキューレたちが世話をしてくれているように感じた。体corpsから少しずつ不純な部分を拭き去り、ぼくを不死の高みに昇らせようとしているようだった。（七三九頁）

入浴が神話的次元に移行しているこの情景は、誇大妄想的な幻覚である。看護婦がワルキューレに変身しているとすれば、ここでは言及されていないが、「私」も別の姿に変わっている可能性がある。そうしたなかで、不純な部分の除去や不死についての言及がなされ、この入浴が魂の浄化の儀式であると明示される。このように、輪廻転生の後に魂の浄化が語られることで、狂気の体験を一方的に断罪する医学とは別の世界観が示され、過去の伝統によって正当化されるのである。

興味深いことに、『オーレリア』の話者は近代医学を一方的に否定しているわけではない。一方では、治療してくれる医師に感謝の意を表明し、「素晴らしい医師の共感に満ちたやさしい顔が、ぼくを生者たちの世界に引き戻してくれた」（七四四頁）とも記している。そのことは、この作品が決して狂気の中で書かれたわけではなく、明晰な理性の存在を示しているといえる。言い換えれば、分身や輪廻転生といった病理学的な事象も、狂気の果の妄想として記されたのではなく、第二の存在感覚の例証として提示されたと考えてもいいだろう。

魂と肉体の関係を通してそれらの事例を読み直してみると、分身では現実とそれを超えた次元の二重性がきわだち、輪廻転生ではそれら二つの次元に対する価値観の転換が示された。では、こうした夢の記述によって、ネルヴァルはどのような世界の構築を目指したのだろうか。

4 女神と万物照応

『オーレリア』の中では魂という言葉がしばしば用いられるが、女性とりわけ女神はその象徴といえる。最初に検討した水紋には、アジアの空に消え去る女神の姿が描かれていた。この女神は物語の最後ではインド風の服をまとって再び姿を現し、主人公の試練が終わったことを告げる。その言葉は現実世界が再び命を取り戻したことを啓示し、女神の歩いた跡には草原の緑がよみがえり、草花が咲き誇る。つまり、「肉体」corps に魂が再来する。このようなさまざまな形で姿を現す女性像を検討していくことで、『オーレリア』を通して行なわれる再生の過程をたどることができる。

現実の次元での女性像はオーレリアにほかならない。ある町の夜会で再会したおり、彼女は「私」に向かって手を差し出す。その行為に対し、「私」は過去の過ちの許しを見るように思い、宗教的な印象を受ける。言うなれば、肉体の行為を通して精神的な次元を感知する。したがって、物語の冒頭に置かれたこの挿話の時点で、オーレリアからの許しは得られたことになる。それをもう一つの次元で確証することが次の過程を形成する。

夢の世界では事情は全く異なる。第二部冒頭に置かれたエピグラフで、失われたエウリディーチェが喚起されるように、アジアの空に飛び去った女神の再来は容易ではない。例えば、運命の女神を思わせる三人の女性の挿話。彼女たちだけで家族や友人の総体であり、その顔立ちはランプの炎のように絶えず揺らめき、一つの表情がもう一人の女性の顔立ちへと移行する。彼女たちは三人で一人であり、しかもその三人が人類全体でもあるような存在として描かれている〈図2〉。「私」は彼女たちの前で小さな子どものように感じ、幸福感に捉えられる。しかし、その後様相は一変する。

ぼくが後をついていった女性は、すらりとした体を伸ばし、きらきらと色が変わるタフタでできた服のひだを輝かせながら、立葵の長い茎をむき出しの腕で優雅に抱きしめた。すると、明るい光の下でぐんぐんと大きくなり、少しずつ庭そのものの形になっていった。〔……〕彼女は変身するにつれ姿が見えなくなり、彼女自身の大きさの中に消え去ってしまったようだった s'évanouir dans sa propre grandeur。[*16] そこで、ぼくはこう叫んだ。「逃げないでください。自然があなたと一緒に死んでしまいます！」

（七一〇頁）

このようにして、最初は幸福感に満たされていた夢が死の世界に変わる。庭に残されるのは、生命観のない胸像だけであり、しかもその像はオーレリアの顔立ちをしている。そして最後に、この夢が彼女の死を暗示していたのだと付け加えられる。このように、女性の消失が死と結びつくのは、女性が世界全体の魂であることを示している。

図2　「詩人と王妃」、ジェラール・ド・ネルヴァル画、1855年1月。ネルヴァル自身の筆による「一」と「多」の流動性の表象。

女神は消えるだけではなく、迫害の対象ともなる。世界創造神話では、オーレリアの顔立ちを持った一人の女神が最初のうちは支配者として君臨しているが、しかしさまざまな種族の争いが続くうちに、大洪水の中に捨てられ、髪を振り乱して泣き叫ぶ姿で描かれる。こうした歴史が繰り返され、「苦しみに満ちた母なる女神は、いたるところで死を迎え、涙を流し、衰えていった」(七一五頁)。この女性像は、世界の歴史が血で描き出されたエロアの洞窟のなかでは、さらに切り刻まれる。

巨大な女性の肉体 corps がぼくの目の前に描かれていたが、その体は剣でずたずたに切り裂かれていた。また、別の壁の上に描かれている様々な種族の別の女性たちでは、肉体的な部分がますます支配的になり、手足や頭が血にまみれて乱雑にちらばっていた。(七四四頁)

ここではっきりと女性の肉体に言及されている。つまり、『オーレリア』の中では、魂と肉体の関係が常に問題になるのであり、魂だけが単独で存在するさまが描かれているわけではない。女神の消滅は世界の死という事態を引き起こし、それによって血に染まり、切り刻まれた苦しむ女神像を作り出す。肉体が魂を回復するには、失われたエウリディーチェをふたたび取り戻さなければならない。

女神の回復が容易でないことは、鏡のなかのオーレリアが「私」に手をさしのべる場面の直後に、オーレリアと分身の結婚が思い起こされ、彼女が失われたと繰り返し述べられることからも明らかである。そこには、青白く死んだようなようすで、陰鬱な騎士たちに引き立てられていくオーレリアの姿が描かれ、「私」は恐怖のあまり叫び声をあげ、目を覚ます。そうした状況を最初に変えるのは、幻覚の中で見たパリの町の大洪水の中で、指輪を一番深い部分に投げ込み、嵐を沈めるという行為である。希望を抱いてベッドに横になった「私」の夢に女神が現れる。

私はマリア、汝の母、様々な姿を通して汝が常に愛し続けた女性。汝が一つの試練を経る度に、私はこの顔を覆っている仮面を一つずつ脱ぎ捨ててきた。汝は間もなく私のあるがままの姿を目にするであろう。

（七三六頁）

水紋の女神は常に同一の存在であると最初から明かされていた。上の引用の中で女性の同一性が強調されることは、ここで出現した女神が、アジアの空へと消え去った女神の再来であることを示している。切り刻まれ血まみれの女性像が再び女神として再生し、「私」に来臨する。ただし、それは現実的な次元では正常な出来事ではなく、狂気の名の下に置かれる事態であり、「私」はまた精神病院に連れて行かれ、自分を神だとみなしたりもする。つまり、この時点では、現実と超現実の世界は対立的にしか存在していない。

次に入れられた精神病院で、「私」は患者たちが星に影響力をもっているように想像する。たとえば、常に丸い弧を描くように歩いている患者は太陽の歩みを調整し、時計を見ながら紐で玉を作っている老人は時間を司っているのだと考える。その根底にあるのは、この世の出来事と宇宙がつながり、対応しているという思想である。そこでは万物に命が宿り、調和して存在している。その調和を確信したとき、「私」は二つの存在感覚の対立から、調和へと向かうことができる。

ぼくはどうやって自然の外で、自然と一体化せずに、こんなに長く生きられたのだろう。万物は命を持ち、動き、対応している。ぼくから出ているのか、あるいは他の人々から出ているのか、動物磁力の光が、無限に繋がったこの世の事物を隅々まで照らし出している。透明の網が世界を囲み、糸がするすると伸びて天体や星と互いに交信している。

（七四〇頁）

世界を包む透明の網は、第二の存在感覚を検討した際にヴァシュロによってはっきりと示されたように、肉体を取り囲む魂にほかならない。そして、その魂が調和の原理となって、あらゆる物を対応させている。つまり、第一の存在感覚ではしっかりとした輪郭を保ち孤立していた物たちが、第二の存在感覚においては互いに交信し、全ての事物に魂が宿っていると実感される。しかも、そこから決して個としての自己意識は失われていず、動物磁気の光は「私」からも発している。個がなければ宇宙も存在しない。水紋の中心に物体があり、物体がなければ水紋ができないのと同じことである。水紋と物体は相互に関連して存在している。

万物照応の世界観を再確認し、永遠の女神イシスに思いをはせるとき、「私」はイシスの中で「再び生きるように感じる」Je me sentais revivre en elle（七四一頁）。しかし、ルソーの場合とは異なり、ネルヴァルの問題は、自己意識を伴なったままで自然と一体化することにある。狂気の際に得た存在感覚を、理性が支配する世界観とどのように調和させるか？

5 時空間を限定する

狂気からの回復は魂が肉体の内部に戻り、「私」が時空間の関数の交点に位置する感覚を取り戻すことであるとしたとき、もし二つの存在感覚が対立したままであれば、現実的世界観の中で第二の存在感覚は排除されることになる。しかし、それでは狂気以前の状態となんら変わるところがなく、魂の解放とは単に否定されるべき体験にすぎない。ところが「私」は精神の病が回復した後も、狂気の中で得た存在感覚に価値を見出す。『オーレリア』の軌跡は、今ここという時空間の一点に第二の存在感覚を内包させる、その過程を描いているといえる。

◎地理と自伝

『オーレリア』は第一部と第二部に分かれ[*17]、両者ともに狂気の体験を描いているということでは共通しているが、その語り口は大きく異なっている。第一部の夢は時空間に位置づけることができないことが多い。最初に狂気の発作に捉えられパリの町をさまよう場面では、確かに現実の通りを喚起するような記述がなされ[*18]、現実世界に対する意識が残されていたといえる。しかし、ライン河のほとりに運ばれる夢の後からは、いつどこで起こった出来事なのか不明になってくる。祖先たちの集い、神秘の町、消え去る女性、世界創造神話、生命を造る工房、分身とオーレリアとの結婚といった場面がはっきりとした輪郭のもとに描き出されるが、それらは現実のどこにも足場をもたない。空間からも切り離され、肉体から解放された魂が展開する出来事であるかのように思われる。

それに対して、第二部では現実の世界の記述が多くの部分を占め、夢の記述は減少する。確かに「私」は狂気に捉えられ、パリの町のなかを歩き回り、三つの精神病院に入れられたりする。彷徨のさいに見る黒い太陽や大洪水の幻覚は世界の終わりを思わせ、確かに狂気の描写が第二部の多くの部分を占めているように思われるかもしれない。しかし、そこにははっきりと現実の通りや建物の名前が記され、地図上で「私」の歩いた跡をたどることができる。しばしば、都市を彷徨する行為は現実感覚を不安定にするという議論がなされるが、じつは現実の空間を喚起する役割をはたしている。それは、紀行文の記述と同じであり、実際に存在する固有名詞は現実の空間をテクスト上に再現する。第一部と第二部を比較すれば、第二部の地理がいかに現実的か明白である。

それは時間に関しても同様である。ライン河に運ばれる最初の夢の中で言及されるフランドルの伯父は一世紀以上も前に亡くなっているとされ、時間に関する限定がなされるが、第一部において語られるそれ以降の夢は非時間的である。他方、第二部の多くの部分は現在の幻覚の記述にあてられ、さらには自伝的なエピソードが続く。つまり「私」の幼年時代にさかのぼり、母や伯父の思い出が喚起され、『新約聖書』をイギリス人からもらったことに関して、一八一五年という明白な数字が示されている。また、社会や政治の混乱という話題にふれるさいには、七月革命に続く時代という言葉でそれを一八三〇年に位置づける。散文詩とも呼べる『記憶に留めておくべきこと』Mémorables のなかには「東洋の争い」querelle orientale（七四九頁）に関する言及があり、『オーレリア』が発表された一八五五年当時、明らかにクリミア戦争が連想されたはずである。このように、第二部の記述は多くの場合はっきりと時間の中に位置付けられる。そのことは、肉体から解放された魂が、再び時空間に位置する肉体へ回帰する方向に向かっていることを暗示しているといえるだろう。

◎物質の中の宇宙

「私」は狂気の中で体感した存在感覚を持ったまま、理性の世界に戻ってくる。言い換えれば、宇宙に広がる魂の水紋が、肉体という時空間の中で限定された一点に収められるということでもある。『オーレリア』第二部の後半には、そうした現象を象徴する三つのイメージが描き出されている。

まず、精神病院の病室に雑然と積み上げられた思い出の品々の山 capharnaüm。たとえば、鷲の頭の飾りを持つ古代の机、羽のはえたスフィンクスに支えられた小卓、十八世紀の書架、イスタンブールから持ち帰った水ギセル、カイロの地図、カバラや占星術、旅行記、宗教、歴史などに関するあらゆる時代の書物二〇〇巻などなど、「私」の全ての思い出が積み重ねられている。言い換えれば、ここには全ての時空間が一点に集中している。しかも、それらが夢の中で語られるのではなく、実在する具体的なものとして描き出されている。この病室に全宇宙が存在するといってもいいだろう。

「私」が治療するアフリカの兵士の挿話は、二つの世界の対応を具体的な形で描いている。五感がまったく閉ざされたこの不思議な人物は、「生と死の間に置かれ」、「言葉では表現できないような魂 âme の秘密の声を聞く贖罪司祭」のような存在である。「私」はその存在に共感を抱き、何時間ものあいだ彼の手を握って過ごす。他方、夢の中では、その患者の顔立ちをしたサチュルナンという精霊が、「私」を兄弟と呼び、「私」が彼にしたように、「私」に手をさしのべる。ここではちょうど鏡に映っているように、現実と夢が対応している。この対応は、再び現実の世界に戻り、患者とサチュルナンの類似が青い目という具体的な物によって示されることで、さらに強固なものとして提示される。それは、魂の世界の精霊がこの世の人間の肉体の中に存在することを意味している。

三つ目のイメージは女神に関係している。最初の出現以来、女神あるいはそれに代わる女性は、出現するとすぐに消滅してしまった。肉体からの魂の解放とは、逆に言えば、肉体が属する世界の死でもあり、恐怖をもたらすことでもあった。そこで、魂が回帰したときには、物質性による保証が必要とされる。女神がサチュルナンと「私」の間に降臨し、世界が再生する。その夢から覚めたとき、「私」は女神の出現の「物質的な印」signe matériel を求め、壁に、「今夜私に訪れがあった」(七四五頁)と記す。物質的な印としての言葉が夢の出来事を保証するとすれば、『オーレリア』というテクストを織りなす言葉はまさにさまざまな夢の実在性を確証しているといえる。つまり、魂の研究の書という物質的な存在のなかに、解放された魂の物語が閉じこめられていることになる。

以上の三つの表象では全て、肉体が魂を包み込むように、無限が時空間に限定され、内包された状態にあるといえるだろう。ここにいたって、アジアの空に飛び去った女神が、水紋を作り出した最初の物体へ回帰したといえる。

6　第二の現実へ

『オーレリア』の冒頭で、無限の喜びがもたらされた狂気の状態が失われたことを残念に思うと述べながら、ネルヴァルは全能の状態を「新生」Vita nuova(六九五頁)と呼んだ。この「新生」vie nouvelle(七四九頁)とは、時間と空間から解放された状態であると物語の最後で説明される。狂気や夢の体験を「書きつけ」fixer たものこそ彼の新生であり、そうすることで彼はその秘密を探ろうとしたのだった。

> 持てる意志 volonté の力すべてを武器にして、神秘の扉をこじ開け、感覚を受け入れる代わりに感覚を支配しようとぼくは思った。(七四九頁)

ボードレールが『人工楽園』の中で強調しているのと同じように、[*19] 薬物の力を借りて受け身的に愉楽を享受するのではなく、意志の力でその状態を作り出さなければならない。つまり、現実に留まりながら、現実を超えた世界の存在を確信し、その二つの世界を結びつけること。それは、第二の存在感覚を時空間に限定することでもある。逆に言えば、夢に支配されるかぎり、現実は失われていることになる。現実の中に夢を囲い込むためには、意志の力を発揮しなければならない。『オーレリア』の副題が、夢か現実かの二者択一ではなく、「夢と生」Le Rêve et la Vie である理由がそこにある。その二つはつながりをもち、対応している。そして、意志の力が弱まるとその対応が乱れてしまう。

外の世界と内の世界に繋がりがあることがわかったように思った。そして、不注意だったり、心が乱れているだけで、二つの世界の表面的な関係は歪められ、奇妙な模様が描き出されることになる。そうしたときの模様は、現実に存在する物がかき乱された水に映っているときのように、くちゃくちゃの様子をしている。

（七四九頁）

ここで再び水紋のイメージが用いられている。それは、二つの世界、言い換えれば肉体と魂の関係が描き出す像であり、二つの関係がはっきりしないときには、像は混乱したものになる。別の表現をすれば、「失われた文字や消された記号を再び見いだし、不調和な音階を再構成」（七二四頁）しなければならない。それでなければ女神は再び飛び去ってしまうだろう。宇宙に広がる魂の感覚を保ちながら、魂を肉体の中に取り戻すこと、『オーレリア』的な心身感覚はその表現をめざしている。そしてそれが実現されたとき、肉体と魂の関係が乱れなくとらえられたのだということができる。

十九世紀前半、肉体から解放された魂は、無限の宇宙に広がっているという思想がみられた。そして、ネルヴァルは狂気の体験を通して、肉体から魂が離れ、解放されるという感覚を得たのかもしれない。『オーレリア』では、そうした体験を描きながら、しかし現実への回帰を目指したのだと考えられる。その時、肉体は、魂の牢獄として対立することを止め、魂と調和した存在になり、人間は全的存在性を回復する。それは日常的な意味での現実を超えた現実であり、ネルヴァルが文字の力によって固着しようとした「新生」といえるだろう。[*20]

注

＊1　ネルヴァルの伝記としては Claude Pichois et Michel Brix, *Nerval*, Fyard, 1995 がすぐれている。ブランシュ博士の治療に関しては Laure Murat, *La maison du docteur Blanche*, J. C. Lartès, 2001 を参照。十九世紀の精神病に関する言説は Juan Rigoli, *Lire le délire*, Fayard, 2001 に詳しい。

＊2　精神分析や現代哲学の知をテクストの解釈に用いるといった「研究」が、今でもおこなわれることがある。

＊3　Gérard de Nerval, *Œuvres complètes*, édition de Jean Guillame et Claude Pichois, t. III, Gallimard, « Bibliothèque de la Pléiade », 1993, p. 695. 以下、『オーレリア』からの引用はつねにこの版によるものとし、頁数のみを記す。

＊4　一八四一年十一月の手紙。Pl. t. I., p. 1383.

＊5　応募した三点の選評が一八四四年にバルテルミー・サン＝ティレールによっておこなわれた。*Rapport à l'Académie des sciences morales et politiques, sur les mémoires envoyés pour concourir au prix de philosophie, proposé en 1841 et à décerner en 1844, sur l'école d'Alexandrie*, au nom de la section de philosophie par M. Barthélemy Saint-Hilaire, lu dans les séances du 27 avril et du 4 mai 1844.

＊6　別の例をあげれば、一八三〇年の十六世紀詩選集の序文は一八二八年のアカデミーの懸賞論文をはっきりと意識している。

＊7　E. Vacherot, *Histoire critique de l'école d'Alexandrie*, t. I, Amsterdam, Adolf M. Hakkert, (réimpression de l'édition de Paris en 1846), p. 543.

＊8　« Corps (psychologie) », in *Encyclopédie des gens du monde*, t. VII, Treuttel et Würtz, 1836, pp. 31–33.

＊9　中川久定『自伝の文学』岩波新書に、自然との一体化のすぐれた分析がみられる。

＊10　Goethe, *Faust*, vers 1115.

＊11　« l'une, dominée par les plaisirs du sens, s'attache, se cramponne à la terre », *Faust*, traduit par Saint-Àulaire, Ladvocat, « Chefs-d'œuvre du théâtre allemand. Goethe », t. sI, 1823, p. 73.

＊12　« L'une, vive et passionnée, tient au monde et s'y cramponne au moyen des organes du corps », *Faust*, traduit par Albert Stapfer, Sautelet, « Œuvres complètes de J. W. Goethe », t. IV, 1823, p. 55.

＊13　ネルヴァルの時代におけるファウストの受容に関しては、拙論を参照。Hisashi MIZUNO, « La bibliographie critique autour des traductions de Faust de Goethe par Gérard: préliminaire à l'étude sur l'image de Faust dasn les textes de Gérard de Nerval », *Kobe Kaisei Review*, n° 35, 1996, pp. 171–217. ホームページ Amitie-nerval.com 上にて参照可能。

＊14　ピエール・ブリュネル編集の『文学的神話辞典』によれば、分身は十九世紀のはじめにはフランス文学にとってあたらしいテーマであった。« Double » in *Dictionnaire des mythes littéraires*, Édition du Rocher, 1988.

＊15　« Transmigration des âmes » の項目を参照。

＊16　『イシス』の以下の記述を参照。« l'invinsible déesse disparaît et se recueille dans sa propre immensité », (六二〇頁)。

＊17　最初 *Revue de Paris* に第一部が掲載された際には「第一部」という表示はなかった。その上、第二部はネルヴァルの死後発表され、ゴーチエやウッセーの手が加えられているために、二つの部にわけることがネルヴァルの意図であったかどうかが問題にされることが

ある。たしかに伝記的な視点ではその分割の正当性は確証できないが、しかし第二部の最初にはエピグラフがおかれており、後半部分を第二部とすることが物語の論理と対応していることは明らかである。Jacques Bony, notice à *Aurélia*, G-F Flammarion, 1990, p. 250 参照。

＊18　実際、初稿では現実の地名が記されていた。

＊19　« [...] l'enthousiasme et la volonté suffisent pour l'élever [l'homme] à une existence supranaturelle », Baudelaire, *Paradis artificiels*, in *Œuvres complètes*, édition de Claude Pichois, Gallimard, « Bibliothèque de la Pléiade », t. I, p. 398.

＊20　本章は、« Corps et âme dans *Aurélia* de Gérard de Nerval », *Romantisme*, n° 127, 2005, pp. 59–77 を日本の読者向けに書き改めたものである。ネルヴァル作品における肉体と魂の問題について考える契機を与えてくださった故吉田城先生にこの論考を捧げます。

6章 唇・皺・傷――マルドロールの〈身体なき器官〉[*1]

石井洋二郎

ロートレアモン（本名イジドール・デュカス、一八四六―七〇年）は、いわゆる「フランス文学史」の枠組みにはおさまりきらない特異な存在である。第一に、彼は移民の子として南米ウルグァイのモンテビデオに生まれ育ったので、スペイン語の影響を強く受けており、そのフランス語は正統的な規範から少なからず逸脱している。第二に、彼の作品はフランス文学の伝統（特にロマン主義文学）を吸収しながらも、きわめて奔放かつ独自な想像力の飛躍に彩られていて、正統的な系譜の中に位置づけることがむずかしい。その並外れた独創性ゆえに、生前は周囲の理解を得られず、まったく無名のまま二十四歳でこの世を去った。しかし二十世紀になってシュルレアリストたちの熱狂的な支持を受け、今日ではランボーと並ぶ十九世紀の最も重要な詩人のひとりとして高く評価されている。

『マルドロールの歌』は通常「散文詩」に分類されるが、実際には戯曲形式や小説形式の入り混じったなんとも名付けようのない作品で、その意味でははじめからいっさいのジャンル分けを拒んでいるといったほうがいいかもしれない。一貫した筋書きはなく、全部で六十の断章が六つの「歌」に分けられ、およそ現実とはかけ離れた荒唐無稽な場面が次々と展開されてゆく。主人公のマルドロールは堕天使＝悪の化身として登場する一種の怪物で、さまざまな動物に姿を変えながら全篇を通して執拗に人間たちを告発し、その起源である創造主を糾弾する。神への痛烈な冒瀆、無垢な少年へのサディズム、痛ましい同性愛、抑えがたい破壊衝動、等々の渦巻く渾沌とした幻想空間は、悪夢にも似た眩暈へと読者を巻き込まずにはいない。しかし単なる狂人の妄想とも思われかねないこの作品は、その一方で透徹した明晰さと自己批評性に貫かれてもいて、その振幅の大きさが多くの論者たちの関心を絶えず引きつけてきた。いずれにせよ、本篇が人間の想像力の生み出しえた最も刺激的なテクストのひとつであることは確かである。

ロートレアモンの『マルドロールの歌』において、「身体」の問題は疑いもなく最も枢要な主題系のひとつを構成している。動物への変身をはじめとして、加虐的暴力、少年愛、同類探求、神への反抗等々、テクストを貫く中心的モチーフの多くが、なんらかの意味でこのテーマの変奏であるといっても過言ではない。筆者はかつて「垂直性の詩学」という観点からマルドロールの身体とエクリチュールの関係を論じたことがあるが、[*2] 本章ではそのさい必ずしも十分に展開しきれなかった問題について、別の角度から若干の検討を加えてみたいと思う。

通常のリアリズム小説において登場人物の容姿に関する記述が見られる場合、それはたいてい当該人物の性格や出自、地位や経歴などを映し出す有意味な言葉として解読されることを想定している。つまり一般的には、身体描写はあくまでも人間の内面の表出、ないしは社会的標識として了解されるというのが、文学作品を読む上での暗黙の前提となっている。[*3] しかしながら基本的に現実との素朴な照応関係を遮断し、いわゆる幻想文学というジャンルに固有の虚構性を徹底的に貫こうとする『マルドロールの歌』という作品に、そうした反映論的なレベルでの「描写」を求めてみてもほとんど意味がない。じっさい、主人公がいかなる外見の持主であるかに関しては十分な客観的情報が与えられていないため、具体的なイメージを思い浮かべることは不可能に近いばかりか、「容姿」といった概念それ自体がここでは成立しえないかのようである。[*4]

代わりに目立つのは、むしろ個別の身体部位への反復的な言及である。特にマルドロールの「顔」を構成する種々の要素には、この作品のさまざまなテーマが集中的に投影されているという印象が強い。それらは相互に連関しながら、全体として一種の主題論的地勢図とでもいうべきものを描いていると言ってもいいだろう。本論ではこの地勢図に注目し、中でも共通の等高線によって緊密に結ばれているように思われる「唇」と「額」という二つの部位に焦点を絞って分析を試みることにする。

1　唇という傷

「唇」への最初の言及は、作品の冒頭に近い第一歌第五章節の有名な一節に現れる。

私は鋭利な刃のついた小刀を手に取ると、両唇が合わさるあたりの肉をすっと切り裂いた。一瞬、目的が果たせたと思った。私は鏡で、自分自身の意思で傷つけたこの口を見た！　間違いだった！　それに二すじの傷から大量に流れる血のせいで、それが本当に他人と同じ笑いであるかどうかは見分けられない。だが、しばらく比較してから、私には自分の笑いが人類のそれには似ていないことがわかった、つまり自分が笑ってなどいないことが。[*5]

人間たちの愚挙の数々をまのあたりにしたマルドロール[*6]が、他人と同じ笑いを浮かべようとしておこなう自傷行為の描写である。ただしその試みは見事に挫折して、彼は「自分の笑いが人類のそれには似ていないこと」、すなわち自分が

図1　ロートレアモンの肖像。サルヴァドール・ダリによる想像上のもの。

他の人間たちとは本質的に異なる存在であることを認識する結果となる。この通り、彼の唇はもっぱら人類との差異を際立たせる役目を負わされているわけだが、注意すべきは、両端を左右に切り開かれて大量の血を流すこの部位が、やがて全編にわたって反復されることになる「傷」の主題を早くも提示しているということだ。日本語には文字通り「傷口」という言い方があるが、フランス語でも「唇」lèvresという単語には「傷の両縁」という意味があって、イメージ連関における両者のアナロジーは明白である。ここで切り裂かれるのは唇の両端の肉であるが、そもそも唇というのは赤い色彩からして少なからず血を連想させる器官であるから、その意味では口そのものがすでに顔面の皮膚に切り開かれたひとつの傷であったともいえる。つまり普通の人間であれば容易に浮かべられるはずの笑いを真似ることのできないマルドロールの唇は、その開口部を延長するかのように刻み込まれた「二すじの傷」と一体化して笑いの不可能性を際立たせ、人類にそなわっている基本的な属性を剥奪されたマルドロールの非・人間的特質を強調しているのである。

冒頭から「人間ならざるもの」の標識として描写されたこの身体部位は、それが果たす最も人間的な所作ともいえる「接吻」のための手段として用いられるときも、当然ながら通常の愛情表現とはおよそ対極的な機能を発揮する。たとえば第一歌第六章節において提示されるサディスティックな暴力――二週間のあいだ伸び放題にした鋭い爪を幼児の柔らかい肉に突き立てるという残忍な暴力――は、その直後に深い悔悟からくる贖罪の抱擁を伴うのだが、このとき「ぼくの口を君の口に押しつけて」実現されるのは普通予想されるような優しい和解の愛撫ではなく、犠牲者たる幼児によって自らの肉が引き裂かれるという逆方向の暴力、すなわち理不尽な加虐行為の代償としての痛ましい被虐である。[*7] あたかも傷は一方だけではなく、両者の身体に同時に刻み込まれなければならないかのように。二人の接吻はこの意味で、いわば双方の顔に切り開かれた傷口と傷口を押しつけあう行為であるようにも見える。むろんここに同性愛というきわめて人間的な感情の投影を見ることは可能だが、それよりもむしろ、唇という器官は毀損された皮膚を介して相手との象徴的合体を果たすための手段として動員されていると解すべきであろう。

通常の愛情表現とは対極的な接吻といえば、第二歌の第十一章節を思い出さないわけにはいかない。ここで犠牲となるのは、やはり幼児＝少年の系列を体現する形象のひとつである天使（この場面ではランプと一体化している）である。「マントの男」というゴシック・ロマン的符牒で名指されたマルドロールは、この天使にたいしてまさしく唇を武器とした攻撃＝合体を試みる。

マントの男は、目に見えない剣で深傷を負いながらも、自分の口に天使の顔を近づけようとする。そのことしか考えず、全努力はこの目的に向けられる。天使は力を失い、運命を予感したらしい。もう弱々しく闘うだけで、もし男がそう望むなら思いのまま天使に接吻できる時が来そうな気配だ。さあ、時は訪れた。彼は筋肉を使って天使の首を絞め、呼吸できないようにすると、自分の醜悪な胸に相手を押しつけながら、顔をあお向けにさせる。〔……〕彼は身をかがめ、唾液で湿った舌を、哀願するようなまなざしを投げかけるこの天使の清らかな頬にもっていく。そしてしばらくのあいだ、この頬の上に舌を這い回らせる。おお！　見たまえ！……ほら見たまえ！……白と薔薇色の頬が黒くなったぞ、木炭みたいに！　腐敗した瘴気を発散している。壊疽だ。もはや疑う余地はない。侵蝕性の病毒が顔全体に広がり、そこから下半身へと猛烈な勢いで進んでいく。やがて全身が、巨大な不潔きわまりない傷痕と化す。[*8]

マルドロールの唇は相手に猛毒を注入する器官として機能しているが、それが可能であるのは、この部位が身体の内部と外部を交通させる開口部であることによる。そこから分泌される唾液は彼の体内で生産される「侵蝕性の病毒」を濃密に含んでおり、触れる対象をまたたくまに壊疽で冒し、組織を腐敗させずにはいない。「白と薔薇色」から「黒」へという色彩的変化は、無垢な天使が堕天使＝悪魔の体液に汚染され腐蝕されていくプロセスを視覚的に表している。[*9] そしてその結果、天使の穢れなき身体はみるみるうちに解体されて全体が「巨大な不潔きわまりない傷痕」となるというのだから、ここでも「傷」のテーマとの連関は明らかだろう。いわばマルドロールの唇という傷から流出した膿がそのまま天使の体内に注ぎ込まれることで、対象自体もひとつの傷と化してしまうかのようである。接吻という行為は確かに愛する者との合体を実現するのだが、それは人間的規範から逸脱したマルドロールという怪物的存在が相手の身体を自らの色彩に染め上げ、同化し、これを自分の身体同様の非・人間的なオブジェへと変質させることによってはじめて可能になるのである。[*10]

こうして人間的身体からの差異化装置と化したマルドロールの唇は、しばしば血肉をそなえた生身の人間のそれが本来もっているはずの体温や柔軟性を失って、硬質な無機質性を際立たせたりもする。彼はこの後、「青銅の唇をした男」（II-14・VI-7）、「碧玉の唇をした男」（VI-8）、「サファイアの唇をした男」（VI-8）、「硫黄の唇をした男」（VI-10）等々、繰り返し現れる一貫した比喩的呼称[*11]によって名指されることになるが、これは「人間ならざるもの」への移行という恒常的なプロセスに送り込まれたマルドロールの身体が、動物化や植物化という現象に見舞われるのと同じレベルでその一部を鉱物化されていることの現れにほかならない。

2 額の皺

マルドロールの顔を構成する要素のうち、明示的に反復されるもうひとつの身体部位は「額」である。そしてそれは唇と同様、やはり「傷」のモチーフと切り離すことができない。たとえば、第一歌第八章節の次の一節。

まだ誰も、私の額にある緑色の皺を見たことはないし、何か大きな魚の骨に、あるいは海岸を覆う岩礁に、または私が今とは異なる色の頭髪をしていた頃しばしば歩き回ったアルプスの険しい山々に似た、やせこけた顔の突き出た骨格も見たことはない。そして荒れ模様の夜々、燃えるような眼をして、頭髪を嵐に鞭打たせながら、路上の石ころのようにひとりぼっちで人間たちの住むあたりを彷徨するときには、私は烙印を押された自分の顔を、煙突の内部に溜まった煤のように黒いビロードの布切れで覆うのだ。〈至高存在〉が激しい憎悪の笑みを浮かべて私に刻印した醜悪さを、人々の眼が目撃しては困るからな。[*12]

「今とは異なる色の頭髪」「やせこけた顔の突き出た骨格」「燃えるような眼」等々、ここには珍しくマルドロールの具体的な容貌を示唆するかのような表現が並んでいるが、いまはさしあたり「私の額にある緑色の皺」だけに焦点を絞っておこう。これは神によって彼の顔に押された烙印であり、「〈至高存在〉が激しい憎悪の笑みを浮かべて私に刻印した醜悪さ」とはっきり書かれているのだから、人々の目からは隠されるべき恥のしるしであり、堕天使マルドロールを特徴づける悪のスティグマであることは疑いがない。つまりこれもまた唇同様、現実の身体を表象しているわけではなく、あくまでも神から呪われた異形の存在＝「人間ならざるもの」という意味づけを仮託された記号として了解される。さらに同じ第一歌の第十二章節にも「皺の数本寄った額は、消えない烙印を押されている」という一節が見られることを想起するならば、これらの皺はいわばマルドロールという登場人物を指し示す定型的な標識のようなものであり、その身体に彫り込まれた「傷」のヴァリエーションにほかならないことが確認されよう。額の皺は唇をちょうど反転させる形で、顔の上部に切り開かれた恥辱の痕跡となっているのである。

第二歌の第二章節では、この構図がいっそう鮮明に浮上する。

私は第二歌をこれから構築すべきペンを手にする……赤毛のウミワシとかいうやつの翼から引き抜いた道具を！　だが……私の指はいったいどうした？　仕事を始めてからというもの、関節がずっと麻痺状態だ。それでも、私は書かなければならない……。不可能だ！　いやいや、繰り返して言うが、私は自分の思考を書かなければならない。ほかの者と同じく、私にはこの自然法則に従う権利がある……。いやだめだ、だめだ、ペンは依然として動かない！……ほら、見たまえ、田園を貫いて遠くで光る稲妻を。雷雨が空を駆けめぐる。雨が降る……。まだ降っている……。なんてよく降るんだ！……雷が落ちた……それは半開きになった窓に襲いかかり、私は額を打たれてタイル張りの床に倒れこんだ。あわれな青年よ！　君の顔はすでに早すぎる皺と生まれながらの醜悪さに粧われていたのだから、その上にこんな硫黄臭のする長い傷なんか必要なかったのに！（傷口は治ったと今は仮定したが、そんなに早く治るものじゃない。[*13]）

自ら作者の地位を簒奪してペンを握ろうとする「私」＝マルドロールの指は、それを阻止しようとする創造主の呪縛によって完全な麻痺状態に陥っている。そしてエクリチュールの覇権をめぐる両者の闘争は、後者の使者たる雷によって前者の額が真っ二つに割られるという事態に立ち至り、このときマルドロールの額には「硫黄臭のする長い傷」がぱっくりと口を開くのだが、そうでなくても彼の顔には「すでに早すぎる皺と生まれながらの醜悪さ」が刻み込まれていたというのだから、落雷によって新たにつけられた傷はいわば烙印の上の烙印として、これをなぞる形になっているわけだ。この後、そこからは「盃一杯の血」が流れ出して床を染め、止血には「シャツ四枚に、ハンカチが二枚」必要となることだろう。[*14]まさに皺と傷のテーマが集約された場面である。

神の攻撃が顔面の中央上部である「額」に集中しているのは、後で話者自身が述べているようにそこが「傷つくといちばん危険な部位」であることがひとつの理由になっているが、同時にこれが最も容易に他者の目につく部分であることから、伝統的に身体の記号性を担う象徴的部位としてとらえられてきたからでもあろう。たとえば「ヨハネの黙示録」第七章では四人の天使たちが十四万四千人のイスラエル人の額に「生ける神の刻印」を押し、同じく第十三章では地中から現れた獣が「小さな者にも大きな者にも、富める者にも貧しい者にも、自由な身分の者にも奴隷にも、すべての者にその右手か額に刻印を押させた」。また第十七章では赤い獣にまたがった淫婦の額に「大バビロン、みだらな女たちや、地上の忌まわしい者たちの母」という「秘められた意味の名」が刻まれている。[*15]このように、額は聖書においても刻印が最も効果的に押される場所として特権化されてきたのだが、マルドロールの額はもっぱら〈至高存在〉（I‐8）あるいは〈全能者〉〈永遠者〉（II‐2）などと呼ばれる神の意思によって執拗に傷つけられる部位として描かれており、その結果烙印を押された彼の身体は、神のそれからはもちろん、「神の似姿」である人間たちのそれからも決定的に差異化され、常に皮膚を毀損された状態で、徹底した否定性の相のもとに現れることになる。まさにこの構図を浮上させるためにこそ、額の皺=傷は繰り返しテクストに呼び出されているのである。

3　身体なき器官

ナイフで切り開かれる唇にしても、額に刻まれた皺にしても、もっぱらこうした否定性を表象する「傷」として把握されるのだとすれば、マルドロールの顔を構成する他の諸要素が同様の図式に貫かれていたとしても不思議はない。たとえば鏡に映った自分自身への告発が展開される第四歌第五章節において、非難の対象とされる鏡像の眼は通りすがりの女から強奪されたものであり（「その眼はおまえのものじゃない……どこで取ってきた？　ある日私は、金髪の女が前を通りかかるのを見たが、おまえのと同じような眼をしていたぞ。彼女からえぐり取ったんだな」）、額は小さすぎてほとんど存在を認められず（「だが、それは額なのかね？　そう信じるのには大いに躊躇を覚えてしまうな。あんまり低い額なので、そのはっきりしない存在を示す証拠は数えあげてもきわめて少なく、確かめることができないのだ。別にふざけてこんなことを言っているんじゃないぞ。たぶんおまえには額がないんだろう」）、頭皮は何者かによってすでに引き剥がされている[*16]（「誰がおまえの頭の皮を剥いだ？　もしそれが人間であって、おまえが二十年のあいだ牢獄に閉じこめたために、逃げ出して仕返しにふさわしい復讐をもくろんでいたのだとすれば、そいつはすべきことをしたわけだから、喝采を贈ろう」[*17]）。つまりマルドロールの鏡像は、眼、額、頭皮といった基本要素のいくつかを欠いた不完全な顔、いわば顔ならざる顔として記述されているのである。

また、同様に自己の鏡像が問題となっている第六歌第六章節は「私は額の真中にひとつしか眼がないことに気づいた！」[*18]と書き出されており、ここでも話者の顔にははじめから片眼が欠損していることが宣言されている。そして今度はこの怪物的身体にたいして、話者は「自分が美しいと思う！」と逆説めいた肯定的断定を下し、その美しさを「男の生殖器の先天的な奇形」及び「七面鳥の肉垂」という二つの奇妙な形象になぞらえるのだが、[*19] 前者はそれ自体が典型的な身体的欠陥を示している上に、その欠陥は「下部内壁が割れているか欠けている」ことに起因すると書かれているのだから、必然的に「傷」への連想を喚起せずにはいないし、後者はそこに「かなり深い横皺が何本も刻まれ」ているとされているので、これも「額の皺」が変奏されたイメージとして読むことができる。一見荒唐無稽にしか思われないこれらの比喩はしたがって、本来は醜悪さのしるしである傷や皺それ自体を「美しい」ものとして提示することで常識的な価値体系を裏返す機能を果たしている一方、唇や額という部位において提示されていたマルドロール的身体の否定性を基本的には継承するものであると考えられよう。

以上の通り、人間になり損なったもの、あるいは人間になりきれないものとして提示されたマルドロールの顔は、あたかもすべての構成要素を具備した「顔」を成立させることを忌避するかのように、常になんらかの器官の欠如、ないし毀損の趨勢につきまとわれている。だから身体描写の細部をいくら寄せ集めてみたところで、主人公の顔が明確に想像できるはずもない。それらはいかなる可視的な実体への参照も成立させることはないからだ。私たちの前に差し出されているのは、いっさいのポジティヴな属性をあらかじめ剥奪された「不在の顔」なのである。

だが、こうした負のヴェクトルに貫かれ、さまざまな欠落を抱えながら連続的な変身と転生を繰り返すマルドロールの身体が抱え込んでいる欠如とは、いったい何にたいしての欠如なのか。もちろん第一義的には人間的身体にたいしてのそれということになろうが、さらに起源をさかのぼれば、それ自体がいかなる欠陥も許容しない（したがってそれであること《・・》の最終的な根拠をけっして問われることのない）唯一の存在である創造主の「完全なる身体」にたいするそれであるはずだろう。ところが『マルドロールの歌』においては神の身体そのものまでもが超越的審級から引きずり下ろされ、容赦のない相対化の力学にさらされ、場合によっては部分的な欠損という事態をまぬかれない。その典型的な例が、第三歌第五章節において、淫売宿で一本の髪の毛を脱落させて背徳的行為にふける創造主の姿である。[*20] 擬人化された毛髪の長大な独白の中で語られる経緯は次の通りだ。

「自然全体が純潔のうちにまどろんでいるというのに、彼ときたら、淫蕩で不純な抱擁をかわして、堕落した女と交わったんだ。習慣化した恥ずべき行為にふける軽蔑すべき類、生気を失ってしなびた類が、自分のいかめしい顔に寄ってくるのを受け入れるまでに、身を落としたんだよ。〔……〕ぼくはそのあいだ感じていた、彼がいつになく肉の悦楽に熱意を燃やしたために、悪化した膿疱がどんどん増殖して、致命的な毒汁で毛根を取り囲むと、ぼくの生命を産み出す養分を吸盤で吸い取るのを。二人が我を忘れて常軌を逸した動きにふければふけるほど、ぼくはますます力が萎えていくのを感じていた。肉欲が絶頂に達したそのとき、自分の根っこが弾丸で負傷した兵士のようにがっくり折れるのがわかった。内部で生命の炎が燃え尽きて、枯れ枝のように、名高い彼の頭から抜け落ちてしまったんだ」[*21]

身体器官そのものが欠けているマルドロールに比べれば、脱落しているのは毛髪一本にすぎないのだから、両者を同列に並べることは適切ではないかもしれない。しかしここではその毛髪が異様なまでに巨大化して言葉さえ語りだすのであり、しかもその内容は娼婦との「淫蕩で不純な抱擁」にふける堕落した創造主への厳しい告発である。神の身体の取るに足りない一部にすぎなかったはずの毛髪が脱落後に独立し、かつて自分の主人であった神と拮抗する語り手の立場さえ獲得するという意想外の設定が、世界を序列化し階層化する神学的秩序そのものの根本的な転覆を意図していることは容易に見て取れよう。この場面で描かれている神の身体は明らかに、時空を超えた超越性・完全性を示唆する〈至高存在〉〈全能者〉〈永遠者〉等々の呼称に値する完全無欠な身体とは程遠いものだ。それはおよそ絶対者にふさわしからぬ価値崩壊の磁場に巻き込まれ、マルドロールの身体と同じ地平で変身と転生を繰り返す、穢れた肉の塊でしかない。だからたとえマルドロールが二つの眼をそなえ、完全な額と豊かな頭髪をもっていたとしても、それはけっして「神の似姿」ではありえないことになろう。模倣され写し取られるべき規範としての神の「姿」そのものが、ここでは徹底的に貶《おとし》められ、損壊されているからである。

したがってマルドロールの身体が抱えている種々の欠如は、何か最終的な起源として想定される神学的究極性にたいする負の属性としてではなく、むしろそれら自体が連続的な生成変化を駆動するために不断に更新される欲望の起動装置として把握されるべきものである。それらはやがて補完され解消されることを前提とはしておらず、むしろ欠如のままで現前しつづけることを志向する。対概念として想定されるべき「完全な身体」あるいは「起源としての身体」をもたず、諸器官がそれぞれに一定の強度を孕んだ「部分」としてひたすら立ち騒ぐ身体、したがってもはや通常の意味で「身体」とは呼ぶことのできない逆説的な身体——こうした身体のありようを、有名な「器官なき身体」というアルトー＝ドゥルーズ的公式を逆転させて、たとえば「身体なき器官」と呼んでみることもできるのではなかろうか。[*22]

4 「通体」としてのマルドロール

ここで私たちは、マルドロールの身体と『マルドロールの歌』という作品との緊密な照応関係に逢着する。書き出し（第一歌第一章節）で予告されていた「この書物から発散する致命的な瘴気[*23]」とは話者＝主人公の口腔から吐き出される有毒な呼気にほかならないとすれば、それが魂に浸透しないうちに踵を返せという冒頭の警告を無視して読者となった私たちは、いわば終始一貫してマルドロールの皮膚から分泌される感染性の体液を浴びていたともいえるわけだが、この基本的なアナロジーにさらに付け加えるならば、この作品のテクストはなんらかの連続性をもった物語を成立させることなく、話者自身の手でその円滑な流れを絶えず中断され、分断され、断片化されている[*24]という意味で、ひとつの身体として凝固することをひたすら拒み続ける大がかりな自傷行為であったともいえるのではないか。換言すれば、それはとりとめのない脱線や必然性のない挿入によって自らを撹乱し、統一的な有機体としての「全体」へ収斂する以前に「部分」への強烈な拡散運動を招き寄せてしまうというその独自なありようにおいて、ちょうどマルドロールがナイフで自分の唇を切り裂くのと同様にそれ自身を容赦なく破壊してしまうアイロニカルな機制を内包した「身体なき器官」であるともいえるように思われるのだ。

じっさい、エクリチュールの道具であるペンは、その尖った形状からしてナイフとの類似を容易に連想させる。前者は白い紙の上に文字の軌跡を描き出し、後者は人間の肉の表面に文字通りの傷を刻み込む。このとき流される黒いインクと赤い血は、ともに白いページ＝無垢な皮膚の滑らかな表層に消えることなく残される解体の痕跡にほかならない。そしてこの類推はまた、「鉤爪」griffe という器官がしばしば幼児の肉を切り裂き刺し貫く武器として用いられることとも関連し[*25]て、griffer（引っ搔く）という動詞から griffoner（殴り書きをする）という動詞が派生することへの連想も誘う。皮膚の上にナイフや爪で傷を「搔く」ことと、白紙の上にペンで文字を「書く」こと――こうした語彙連関の図式を念頭に置いてみれば、マルドロールにとって（あるいはロートレアモンにとって、さらにはイジドール・デュカスにとって）両者が同じひとつの所作にほかならないということは無理なく納得されよう。そもそも書くという行為は古来、石板の表面を尖筆（ペン＝ナイフ）で引っ搔いて文字という傷を刻印することではなかったか。[*26]

もちろんいかに「身体なき器官」とはいっても、『マルドロールの歌』が全体性への志向をいっさい排除した純粋に無政府的なテクストであるというわけではない。とりわけ小説仕立てになっている第六歌などには、明らかにひとつの「身体」を、すなわち一篇の「作品」を構成しようとする意志が少なからずうかがえる。けれどもそれは結局のところ、いわゆる小説を構成することの不可能性を証明するために書かれた小説といった印象が強い。だからこの作品全体を構成している六十の章節への分節も、けっして本来の意味での分節ではないように思われる。分節とはあくまで、全体との有機的結合ないし体系的連関を前提とした概念であるからだ。物語の上では一貫した主人公を登場させ、少なくとも表層的には創造主への嘲弄と反抗を基調的なテーマとしながらも、『マルドロールの歌』はひとつのまとまった作品として成立するために求められる種々の要件（単一の筋書き、安定した語りの構造、登場人物の自己同一性、形式上の統一性、等々）を決定的に欠いており、しかもまさにその欠如によって辛うじてテクストたりえているという意味で、必要不可欠な器官の欠陥・損傷において逆説的に存在を成立させているマルドロールの身体とパラレルな関係に置かれているのである。

となると、結局のところこうした「身体なき器官」へと還元されたマルドロールという存在はこの作品の主体なのか、それとも客体なのか？――すでに繰り返し提起されてきたこの根源的な問いを、私たちはもう一度自らに提起してみるべきかもしれない。『マルドロールの歌』*Les Chants de Maldoror*とは「マルドロールが歌う歌」なのか、それとも「マルドロールを歌う歌」なのか？　しかしじつのところ、マルドロールは「歌」の主体か客体か、という二項対立的な問いの立てかたそのものがすでに妥当性を欠いていることは明白だろう。「主体」にしても「客体」にしても、それ自体が基本的にある種の「体」として観念されるのである以上、境界ないし区切りの概念と不可分である。いかなる身体も、それを他者から切り離し独立させる分断線の存在を前提としなければ身体として成立しえないからだ。しかしながら「身体なき器官」としてのマルドロールは、そうした境界線によって囲い込まれるべき「実体」もしくは「全体」を最初から欠いている。生まれながらに本質的な傷を、根源的な欠如を抱えた彼にあっては、その存在を画定し「個体」として他者の身体から分かつ明瞭な輪郭がもともと不在なのである。

それゆえマルドロールは、通常の意味での主体でも客体でもありえない。じっさい、彼はあるときは語りの主体（話者）として、あるときは客体（登場人物）としてテクストに出没しつつ、ついにそのいずれにも自らを定着させることなく説話の審級を自在に横断し、固定的な身体をもたぬまま発話構造の揺らぎそのものを生きている。それはこの登場人物が、私たちが普通に思い浮かべるような登場人物とは基本的に位相を異にする、きわめて特異な虚構的形象であることの証左であるといえよう。強いていえば、マルドロールは「主体」sujet と「客体」objet の双方にたいする同時的な「拒否」rejet なのであり、いわば両者を貫通して絶えず往還する「通体」trajet とでもいうべきものである。[*27] そして先に述べたようにマルドロールの身体が「身体なき器官」としてのテクストの正確な似姿であるとするならば、それはこうして主体と客体の隔壁をすり抜けてゆく不断の運動としての「通体」であることにおいてであり、またその限りにおいてであるといってもいいのではあるまいか。

注

＊1　本稿は、二〇〇四年十月四日から六日までベルギーのリエージュとブリュッセルで開催された第七回ロートレアモン国際シンポジウムにおいて筆者が行った発表、« Le corps de Maldoror »（フランス語論文として上記シンポジウム報告論文集に掲載）と内容的に一部重複するところがあることをお断りしておく。ただし重複はあくまでも部分的なものであり、両者は基本的に別個の論文として書かれたものである。

＊2　Yojiro ISHII, « La Poétique de la verticalité chez Lautréamont », in *Maldoror Hier Aujourd'hui, Actes du Sixième Colloque international sur Lautréamont*, Cahiers Lautréamont LXIII et LXIV, Du Lérot, 2002, pp. 361–68.

＊3　たとえばバルザックの『ペール・ゴリオ』に見られる次の一節などはその典型的な例であろう。「ゴリオは目の隅がめくれて膨らみ、垂れ下がっていたため、かなり頻繁にそこを拭いていなくてはならなかったが、ヴォケール夫人はそれでもゴリオのことを感じのよい立派な紳士だと思った。それに、ゴリオの肉づきのいい出っ張ったふくらはぎも、また長くて四角い鼻も、この未亡人が高く評価する実直な性格を物語っているように感じられた。なによりも、愚直で間の抜けた丸顔がそれを証明していた。これこそ、精神はすべて感情でしか表現しえない体格頑丈なけだものに相違なかった」（バルザック『ペール・ゴリオ』、鹿島茂訳、藤原書店、一九九九年、三三頁）。

＊4　わずかに見られる「ハイエナの顔」（I-10）といった形容も、いわゆる描写というよりはマルドロールの残虐性を象徴的に示唆する比喩的表現にすぎず、彼の容貌を具体的に想像させるものではない。

＊5　ロートレアモン『ロートレアモン　イジドール・デュカス全集』、石井洋二郎訳、筑摩書房、二〇〇一年、八頁。以下、『マルドロールの歌』からの引用はすべてこの版による。なお引用箇所の指示にあたっては、「歌」の番号をローマ数字、「章節」の番号をアラビア数字で略記した記号を随時用いる。

＊6　正確にいえば、この章節の話者である「私」がマルドロールであると一義的に断定できるかどうかについては議論の余地がある。この箇所に限らず、『マルドロールの歌』について論ずる場合は常に「私」が何者であるかという問題、すなわち語る主体の揺らぎの問題を考慮に入れる必要があるが、そのレベルに立ち入ると話が混乱する恐れがあるので、ここではさしあたり発話者のアイデンティティについての問いは括弧に入れて分析を進めることにしたい。なお、この点に関しては以下の拙論を参照のこと。Yojiro ISHII, « La structure de l'énonciation dans *Les Chants de Maldoror* de Lautréamont », in *Études de Langue et Littérature Françaises*, No. 40, Société Japonaise de Langue et Littérature Françaises, 1982, pp. 77–97.

＊7　「少年よ、許してくれ。ひとたびこの束の間の生を逃れたら、ぼくたちは永遠に絡み合っていようではないか。一心同体となり、ぼくの口を君に押しつけて。そうしたところで、ぼくの罰は完全ではないだろう。となれば、君が僕を引き裂くがいい。けっしてやめたりせずに、歯と爪を同時に使って。この贖罪の儀式のために、ぼくは自分の体をかぐわしい花輪で飾るとしよう。そしてぼくたちは二人とも苦しむのだ、ぼくは引き裂かれることで、君はぼくを引き裂くことで……ぼくの口を君の口に押しつけて」（前掲書、一一頁）。

ただしここで「ぼく」と称しているのはマルドロール自身ではなく、その誘惑的な言葉が差し向けられている「人間」であり、この台詞自体が話者の語りの中で想定された仮定的なものであることには注意しなければならない。

＊8　同前書、七七頁。

＊9　この点に関しては以下の拙論を参照のこと。石井洋二郎「『マルドロールの歌』における液体の機能（一）」、『東京大学教養学部外国語科研究紀要』第二八巻第二号、一九八一年、八五―一〇六頁。

＊10　いっぽう唇という器官の暴力性が体液の注入とは逆方向に作用するとき、それは相手の体液の吸収という形をとる。この作品にしばしば現れる「吸血」のテーマがそれである。ただしこの場合、用いられるのは人間の唇ではなく、蝙蝠（I-10）、虱（II-9）、蛸（II-15）、蜘蛛（V-7）など、一群の動物の口吻であり、その対象とされるのはマルドロール自身であることが多い。しかしいずれにせよ、異なる存在同士の合体が生命のエキスともいうべき体液を介して実現されるという点では、これも接吻と共通の主題系に属するモチーフであるといえよう。

＊11　これらの比喩に関して、ジャン＝リュック・ステンメッツは「彼〔＝デュカス〕はここで、マルドロールに鉱物的な、したがって腐敗しない性格を付与している」という注釈を加えている。Isidore Ducasse, le comte de Lautréamont, *Les chants de Maldoror, Poésies I et II*, Édition établie par Jean-Luc Steinmetz, GF-Flammarion, 1990, p. 403.

＊12　前掲書、一六頁。

＊13　同前書、四五頁。

＊14　「……蝮の顔をしたおぞましい〈永遠者〉よ、おまえは私の魂を、狂気の境界線と、緩慢に人を殺す激情の思考とのあいだに置いただけでは満足せずに、じっくり検討したあげく、さらに私の額から盃一杯の血を流させることが、自分の威厳にふさわしいと思わずにはいられなかったのだ！……出血量はそれほどではない。血まみれのシャツ四枚に、ハンカチが二枚。一見したところ、マルドロールが動脈の中にこれほど大量の血をもっていたとは信じられまい」（同前書、四六頁）。

＊15　「ヨハネの黙示録」、新共同訳『聖書』、日本聖書協会、一九九九年、（新）二三四―二三六頁。

＊16　石井洋二郎「マルドロールの身体」、『現代詩手帖』第四六巻第三号（「ロートレアモン　未来の詩人」）、思潮社、二〇〇三年、四四―五一頁を参照のこと。

＊17　前掲書、一四一―一四二頁。

＊18　同前書、二〇八頁。

＊19　「……私は自分を構成している二元性の上に長い満足の視線を投げかける……そして自分が美しいと思う！　尿道管が相対的に短く、その下部内壁が割れているか欠けているために、この管が亀頭から一定しない距離のところ、ペニスの下側に露出しているという、男の生殖器の先天的な奇形のように美しい。あるいはまた、七面鳥の上くちばしの付け根に盛り上がっている、かなり深い横皺が何本も刻まれた円錐形の厚ぼったい肉垂のように」（同前書、二〇八頁）。なおこれら二つの突飛な比喩のうち、後者についてはシュニュ博士の『博物学百科』の七面鳥に関する項目に「上くちばしの付け根には、かなり深い横皺が何本も刻まれた円錐形の厚ぼったい肉垂が盛り上がっている」という、まったく同じ内容の一節が見られること

から、この著作からの逐語的借用であることがわかっている。前者についてはいまのところ確実な発想源は特定されていないが、これもおそらく記述内容の不自然なまでに厳密な科学性からして、なんらかの医学書のたぐいからの引き写しであろうと推測される。

＊20 『マルドロールの歌』の中でも最も瀆神的な色彩が前面に押し出されたこの章節を予告するかのように、直前の第四章節でも泥酔した創造主が醜態をさらけだして動物たちの愚弄の対象となる場面が描かれていたことを思い出しておこう。

＊21 前掲書、一一六—一一七頁。

＊22 ここでは「器官なき身体」という概念の厳密な定義や射程を踏まえているわけではなく、単に表現を借用したにすぎないことをお断りしておく。ただしひとつだけ確認しておくならば、そもそもアルトーにおいて（そしてもちろんドゥルーズにおいても）「身体」は部分を統合し組織化する「全体」として想定されているわけではないので、これを転倒して「身体なき器官」と言ってみても、その意味するところは基本的に変わらないといえるかもしれない。なお、スラヴォイ・ジジェクにまさしくこのタイトルを冠したドゥルーズ論があるが（Slavoj Zizek, *Organs without bodies: On Deleuze and Consequences*, Routeledge, New York, 2003;『身体なき器官』、長原豊訳、河出書房新社、二〇〇四年）、本論の趣旨と直接関係するものではない。

＊23 「読者が読むにさいして、厳密な論理と、少なくとも自分の抱く警戒心に釣り合うだけの精神の緊張感をもってしなければ、この書物から発散する致命的な瘴気が、水が砂糖にしみこむように、その魂に浸透するであろうから」（前掲書、五頁）。

＊24 『マルドロールの歌』のテクストを貫く分断のメカニズムについては、以下の拙論を参照のこと。石井洋二郎「『マルドロールの第四の歌』におけるテクストの多層化——第2ストロフ分析」、『フランス語フランス文学研究』、第四九号、日本フランス語フランス文学会、一九八六年、六四—七四頁。

＊25 攻撃の武器としての「鉤爪」については、もちろんガストン・バシュラールの先駆的なロートレアモン論が参照されねばならない。Gaston Bachelard, *Lautréamont*, José Corti, 1939, pp. 33–37.

＊26 この点に関しては、「尖筆」を意味するラテン語 stilus が「先端が尖ったもの」というニュアンスから「ペン」stylo および「短剣」stylet といった語彙と連関し、さらには「文体」style という概念ともつながっていることをすでに指摘したことがある。注16に挙げた前掲論文「マルドロールの身体」を参照のこと。

＊27 「通体」trajet という概念は、オギュスタン・ベルクの文章から示唆を得た。彼はジャン・ピアジェやジルベール・デュランを援用しつつ、主観と客観の二元論を超える次元を「通態性」trajectivité という言葉で表現し、風土のさまざまな営みを産み出す生成原理を「通態」trajet と名付けている。Augustin Berque, *Le sauvage et l'artifice. Les Japonais devant la nature*, Gallimard, 1986（オギュスタン・ベルク『風土の日本』、篠田勝英訳、筑摩書房、一九八八年、一六一—一六二頁）。ここではこの発想を借りながら、「通態」を「通体」と表記することでマルドロールの身体の「身体なき器官」性を表そうと試みた。

7章　文学と音の風景

小倉孝誠

五感の形成は、現在に至るまでの全世界史の一つの労作である。

（マルクス『経済学・哲学草稿』）

1　文学と感覚

　文学と身体という問題を設定するとき、ふたつのやりかたがあるように思われる。第一は語られ、論じられ、表象される対象としての身体を考察するやりかたで、文学における身体について考察する際は、これが一般的な方法である。男の身体であれ女の身体であれ、病んだ身体であれ健康な身体であれ、あるいはまた静止した身体であれ運動する身体であれ、そこでは人がみつめ、触れ、感じる身体が議論される。第二は、外部世界を知覚し、内面を理解する主体としての身体を問うというやりかたである。この場合、文学作品において作中人物の感覚がどのように機能し、なにを知覚し、認識するかという問いかけが可能になる。感覚とそれが知覚するものを通じて、知覚世界の輪郭を素描することができるだろう。本稿で試みるのは、この第二のやりかたである。

　生理学的な与件として不変であるかのようにみえる感覚機能が、じつはけっして不変ではない、時代と社会によって変化しうる、そして五感相互の位置づけもまた時代によって変わるものだということを、歴史家や社会学者や人類学者たちは示唆している。人間にとってもっとも基本的な条件である身体、その身体に情報や信号をもたらす視覚、聴覚、触覚、嗅覚、そして味覚は、たしかにその生物学的な機能の点では一定しているものの、その感性は人々が生きている文化空間によって変わるのではないだろうか。

われわれは、目をあけていればなにかが見え、耳をふさいでいなければなにかが聞こえ、手があればなにかに触れ、鼻をつままないかぎりなにかのにおいを嗅ぎとる。それは身体のごく日常的な生理作用にほかならない。しかし、同じ絵や風景を目にしても記憶にとどめる細部はひとによって異なるし、ある音やにおいに対して平気なひともいれば、耐えがたいと感じるひともいる。感覚の許容度の閾値は個人によって異なるのだ。そしてまた、そのような個人差のレベルとは別に、一般的な問題として、なにかが見えれば、それと同時になにかが隠れ、ひとつの音が聞こえれば別の音が遮断されるというように、感覚器官による知覚は、つねに選択的におこなわれる。感覚の志向性と呼ばれる現象である。さらに、あるものを見たり聞いたりしてはならない、あるものに触れてはならないというタブーは、その背景が宗教的なものであれ、衛生学的なものであれ、あきらかに文化現象ということになるだろう。要するに、なにをどの程度まで知覚するか、そしてなにを知覚しない（あるいはできない）かは、個人の感受性のみに帰されうることではなく、個人が属する集団や社会の感性とも深くつながっているのである。

感覚はその意味で、ひとつの文化にほかならない。感覚の機能と活動は文化の表現であり、そこに「感覚の技法」（鷲田清一）を見てとることが可能だろう。エドワード・ホールが『かくれた次元』（一九六六年）のなかで指摘しているように、文化が違うというのは、そこに暮らす人々の感覚世界の構造が違うということなのだ。

> 異なる文化に属する人々は、ちがう言語をしゃべるだけでなく、もっと重要なことには、ちがう感覚世界に住んでいる。感覚情報を選択的にふるいわける結果、あることは受けいれられ、それ以外のことは漉してすてられる。そのため、ある文化の型の感覚スクリーンを通して受けとられた体験は、他の文化の型を通して受けとられた体験とはまったくちがうのである。人々が作りだす建築とか都市とかいう環境は、このフィルター・スクリーニング過程の表現である。事実、このように人間の手で変更された環境をみれば、感覚の使いかたがいか

に異なっているか知ることができる。[*1]

文学における感覚というとき、これまでもっとも頻繁に、かつ体系的に分析されてきたのは視覚である。語り手や作中人物の目によってとらえられる風景、自然、都市、建築、室内、肖像、身体、衣服など、文学作品（とりわけ小説）には視覚的な要素があふれている。「描写」という言葉で包括されるこれらの要素は、いずれも物語のなかで大きな位置を占めるから、各作家における描写の美学と構造は多様な方法論にもとづいて研究されてきた。

それに比して、文学のなかでどのような音が鳴り響いているか、そしてその音がどのように価値づけられているかという点に関して、研究者たちはあまり着目してこなかった。たとえ文学と音を論じる場合でも、それはほとんどの場合「文学と音楽」という問題設定に還元されてしまう。そこで論じられる音は「音楽」であり、音を出す媒体は「楽器」や「声」であり、音を聞き取るのは「聴衆」である。しかし、音は音楽に限られるわけではない。日常生活から発するさまざまな音声もまた、音という感覚世界の重要な一部である。「ランドスケープ（風景）」にならってマリー・シェーファーが「サウンドスケープ（音の風景）」と名づけた聴覚記号の全体を、文化現象のひとつとして読み解くことができるだろう。[*2]

以下のページでは、十九世紀から二十世紀初頭の文学作品において、どのような音が響いているか検討してみたい。可能性として構想しうる「音の文学史」のためのささやかなプレリュードである。

2 都市空間に響く物音

十九世紀の音の風景において、田園地帯と都市の差異は今日ほど大きくはなかった。都市にあっても駅伝馬車や乗合馬車の御者の声が聞こえ、粗野で荒々しい荷車引きの嗄れた声が響き、馬や、牛や、犬の鳴き声が頻繁に聞かれたのである。

馬車の車輪と馬の蹄が、石畳の上を通過していくときの音は、バルザックからフローベール、ゾラをへてプルーストにいたるまで、フランス文学のなかで頻繁に響いてくる音にほかならず、それは作中人物たちの幸福や絶望、満足感や羨望、熱狂や倦怠などを誘発する象徴的な音になっている。あるいはまた、国民軍が軍事教練するときや、告知者がさまざまな布告を市民に知らせるときには、太鼓の音が鳴らされた。教会の鐘は田舎と同じように、ミサやさまざまな儀式の時刻を告げるために鳴らされ、市庁舎の塔に吊るされた鐘は、学校や作業場での営みを区切るために世俗の時間を告げていた。

　田舎と同じく、都市においても職業や労働から発する音が音声風景の主要な部分をしめていた。文学はこの点で、示唆に富むさまざまな証言をもたらしてくれる。

　労働の音がもっとも大きな喧噪を引き起こしていたのは、もちろん首都パリである。そこでは、現在ではもはや存在し

図1　かつてパリ市内をめぐり歩いた商人たちの姿と呼び声は、貴重な風俗史の資料である。八百屋（上）と古着屋（下）。

ないさまざまな商人や小売商が、独特の節回しに乗せてみずからの来訪を告げ知らせたのであった。新聞売り、水商人、魚や野菜の行商人、ガラス屋、甘草水売りなどの賑やかな声が都市空間にあふれていた。歴史家や民俗学者たちのあいだで、「パリの呼び声」les Cris de Parisと呼ばれているもので、その起源は十六世紀ごろまでさかのぼるとされる。貼り紙やポスター以外にほとんど広告手段のなかったこの時代、生の声で触れ回ることは重要な宣伝媒体だったのである。そのピトレスクな光景は、しばしば当時の画家や版画家が描き、イラスト入り新聞などに掲載された〈図1〉。十九世紀前半に流行した「生理学」ジャンルの集大成である『フランス人の自画像』(全九巻、一八四〇―四二年)にも「パリの呼び声」と題された章があり、各商人が決まった時刻に一定の界隈に姿を現し、自分の来訪を客に気づいてもらうため独特の節回しと抑揚をもっていたことが指摘されている。[*3]

パリの街路に流れる庶民の声、特異な調子と抑揚をともなう彼らの声のなかに一種のエキゾチックな魅力を感じとったのは、プルースト『失われた時を求めて』の主人公である。洗練された上流階級に属する彼の耳に、商人の声とそのリズムは民衆の音楽として響いてくるのだった。朝、まだベッドに身を横たえている主人公にまず聞こえてくるのは、彼らの到着を知らせる楽器の音色である。

そとでは、瀬戸物接ぎのホルンや椅子なおしのトランペットをはじめとして、晴れた日にはシチリアの牧人とも見える山羊飼いのフルートにいたるまで、さまざまな楽器のためにうまく作曲された民謡の諸テーマが、朝の空気に軽やかにオーケストラ化して、一種の「祝祭日のための序曲」を奏でていた。聴覚、この快い感覚は、街の仲間をわれわれのこもっているところに連れてくる、すなわち、その街のすべての道筋をわれわれに跡づけ、そこを通りすぎるすべての物の形を描き、その色をわれわれに見せてくれるのである。[*4]

つづいて、商人たちの呼び声が通りからのぼってくる。それぞれの商人は、自分たちの台詞のなかにしばしばヴァリアントを取り入れるのだが、とりわけ語り手=主人公を魅了するのは、同じ語が二度繰りかえされるとき、そこに挟まれるちょっとした休止の沈黙である。古着屋は「古着、古着屋、古……着」と叫び、野菜売りの女は「ええ、やわらかい、ええ、青い、／アルティショー、やわらかくてみごとな／アル……ティショー」と声をあげる。愛するアルベルチーヌとともに暮らす喜びに満たされている語り手には、この聞き慣れた日常的な音声さえ、快よいグレゴリオ聖歌であるかのように聞こえてくるのだ。商人の呼び声、民衆の声が愛の幸福を増幅させるのである。

『ルーゴン＝マッカール叢書』（一八七一―九三年）のなかで、第二帝政期のパリの相貌をその多様な面において形象化したゾラは、パリの町に満ちあふれていた、人間の営みから発する声や音に貪欲なまでの好奇心を示した。たとえば、「公共洗濯場」lavoir〈図２〉がはじめてパリに設けられたのは一八三一年のことで、その後およそ百あまりの洗濯場が首都とその郊外に作られることになるのだが、この公共洗濯場は市場や街路とならんで、庶民の女たちが出会い、交流するための恰好の空間であった。そのひとつをゾラは『居酒屋』（一八七七年）のなかで次のように描写している。

それは、天井がたいらで、梁がむきだしになっている大きな建物だった。鋳鉄の柱に支えられ、広くて明るい窓がついている〔……〕。中央通路の両側に洗い場があり、そこに女たち

図２　19世紀の公共洗濯場。ゾラ全集、『居酒屋』の挿絵。フランス国立図書館蔵のリトグラフィー。

が並んで、肩のところまで腕をむき出しにし、首もあらわで、たくしあげたスカートの下には色物の靴下と、大きな編み上げ靴が見えていた。女たちは激しく洗濯物をたたいたり、笑ったり、喧噪のなかで一言叫ぶために身をのけぞらしたり、たらいの底まで身を屈めたりした。きたならしく、乱暴で、不格好なさまであり、夕立にあったようにずぶ濡れで、肌は紅潮し、湯気をたてていた。女たちの周囲や足元では水が勢いよく流れ、湯のはいった桶をあちこち移動させては、一気にあけたり、水の出る蛇口はあけっぱなしになっていて、上から流れてきていた。洗濯棒のしぶきや、ゆすいだ洗い物の滴や、女たちの足をぬらす水溜まりが小さな流れとなって、傾斜した石だたみの上を流れていく。そして叫び声、調子をとって洗濯物を打ちつける音、雨音にも似たざわめき、濡れた天井のしたで圧し殺される雷雨のような激しい音、そういったもののなかで、右手にある蒸気機関はこまかい露のために真っ白になり、絶えずあえぐように唸り声をあげ、踊るように振動するそのはずみ車はすさまじい騒音を規制するかのようであった。[*5]

洗濯場の騒々しい音が、いまにも聞こえてきそうな一節ではないか。洗濯というきわめて卑近な行為が繰りひろげられる空間が、ここではまるで蒸気機関によって動かされる巨大な機械のように振動し、唸り声を発しているようにみえる。天井から雨のように落ちてくる水滴、流れる湯水、噴き出る蒸気、女たちが衣類を洗うために打ちつける洗濯棒、彼女たちの笑い声や叫び声——日常的な身振りは、陽気でにぎやかな音声のドラマに変貌してしまう。そのような喧噪にくわえて強烈なジャヴェル水のにおいが漂うなか、肩まで袖をまくりあげ、首をむきだしにした女たちが、作業のかたわら激しい言葉を飛び交わし、しばしば卑猥な冗談を口にする。ゾラは民衆のたくましさを、民衆の図太さを、身体の動きと音を通じて語ろうとしたのである。言葉が、声が民衆の身体性を露呈させるということを、『居酒屋』の作家は強く意識していた。後年ゾラは『ごった煮』(一八八二年)において、ブルジョワ地区の集合住宅のなかで女中たちが大声を出し、露骨で卑俗な会話を交わす場面を描くことになる。ゾラにあって、民衆とはなによりもまず身体、その言葉であり、声であり、運動であり、汗であり、においにほかならなかった。

洗濯場という庶民の労働空間が、蒸気機関の力学に支配されているかのように描かれたのは、おそらく偶然ではない。十九世紀ヨーロッパは、まさしく産業革命の時代であり、蒸気機関はそれを推進した主要なエネルギー源にほかならなかったからだ。そしてこの産業革命が、都市のみならず田園地帯においても音の風景を一変させることになった。その変化が文学の世界において看取されるようになるのは、十九世紀の後半になってからである。

3 《雷鳴よりも騒々しく》——産業革命と音の風景

蒸気機関に代表される産業革命の成果に、ほとんど無条件のオマージュを捧げた作家のひとりがマクシム・デュ・カンである。
詩集『現代の歌』(一八五五年)に付された長い序文において、作家はみずからの楽天的な歴史哲学を語ってみせる。いまや宗教、哲学、社会思想、美術などの領域で大きな変革が起こっているというのに、文学だけが「芸術のための芸術」といった理想にしがみつき、美しい詩句や調和ある散文だけを追求することに甘んじてよいものだろうか。いやそんなことはない。文学は「人間精神の拡大」に貢献するべきであり、そのためには時代の動きにまなざしを向け、耳を傾けなければならない。現代は進歩と刷新に向かって進んでいる時代であり、理想や価値は過去にではなく未来に探しもとめるべきなのだ。「人道主義の潮流」、「科学の潮流」、そして「産業の潮流」という三つの大きな潮流がたがいに補いあって、人類をたしかな再生に向けて導いていくだろう。作家はその潮流に勇気をもって参加し、そこから新しい文学のインスピレーションを汲みだすべきである……。[*6]
殖産興業のイデオロギーであるサン＝シモン主義を、文学の領域に移しかえたといえるこのようなマニフェストを表明したデュ・カンは、『現代の歌』のなかに「物質の歌」« Chants de la matière » と題するセクションを設け、産業革命によってもたらされた偉業を言祝いでいく。蒸気の力によって光景が一変した工場、鉱山、運河、海上・河川の交通、鉄道、そして戦争にまで言及し、蒸気機関車や、紡績機械や、巨大な万力や、掘削機械が作動するさまを韻文化してみせる。美的、文学的にはおそらく凡庸としかいいようのないこれらの詩句において読者の注目をひくのは、そこに鳴り響いている多様な音や騒音にほかならない。

蒸気は、雷鳴よりも騒々しく
風よりも速く、
その巨大で生き生きした音で
大地全体を覆いつくす!
何物にも支配されず
すべてに打ち勝つことのできる蒸気の音は、
まるで神の声のように
世界の端から端まで轟きわたり、
その嗄れた響きのなかに
豊かな萌芽をはらんでいるのだ。

(「蒸気」[*7])

さらには、十九世紀において蒸気の威力をもっともよく具現していた機関車の描写。速度や力強さとともに強調されているのは、やはりその音である。

私〔=機関車〕は常に進み、何物にも驚くことはない、雨が降ろうと、雹が降ろうと、あるいはまた雷が鳴ろうと。
私は、沸き立つ体内で、
燃える空よりも大きな音を出す！
私は雷鳴よりも高らかな音をたて、
その鼻孔をとおして
火山の噴火口よりも多くの炎を吐き出す！

（「蒸気機関車」[*8]）

引用文中に二度出てくる蒸気機関車の音と雷鳴の比較は、十九世紀の文学にしばしば読まれるものである。機械が生み出す異様な騒音を形容するに際して、当時の人々は天空から轟きわたる恐ろしい音以上に適切な参照対象を見いだしえなかった。それは逆に、自然界においては雷鳴がもっとも騒々しい音として知覚されていた、という事実を裏づけてくれるものだろう。

その後、機関車はゴンクール兄弟、ゾラ、ユイスマンス、モーパッサンなど自然主義作家の作品において、しばしば形象されることになる。一般に十九世紀後半の文学は、機械装置や、科学知識がはぐくんだ技術のユートピアに魅せられた。潜水艦、気球旅行、飛行機械、動く人工島、ロボットなどを通じて、科学的想像力の夢想を語ってくれたのがジュール・ヴェルヌやヴィリエ・ド・リラダンだとすれば、現実世界におけるその諸相をもっとも体系的に描いたのはエミール・ゾラにほかならない。[*9] そのゾラの傑作『獣人』（一八九〇年）は、パリとル・アーヴルを結ぶフランス西部鉄道を説話的な空間とし、そこに勤務する鉄道員とその周辺の人々のドラマを物語った小説である。この作品では、蒸気機関車と、それが発着するサン＝ラザール駅の喧噪が繰りかえし喚起されている。鉄道員たちの叫び声、大声でくだされる指令、発着する列車の汽笛のヴァリエーション、転車台から発する特殊な響き、客車を取りつけたり、取りはずしたりするときの金属音。そういったさまざまな音が、いわばひとつの技術的な言語を構成しつつ、駅という特異な空間を充たしていたのだ。次に引用するのは、作中人物のひとりが、家の窓から近くのサン＝ラザール駅を見下ろしているときの様子である。

彼〔＝ルボー〕の耳に、いらいらした人間のようにかすかな汽笛の音をせわしくたてながら、機関車が通過を求めるのが聞こえてきた。誰かが大きな声で命令をくだすと、機関車は分かったというしるしに、短く汽笛を鳴らした。動き出す前に、つかのま沈黙があり、コックが開かれると、蒸気が激しい音をたてて地面を這うようにほとばしった。ルボーには、陸橋からこの白い蒸気があふれだし、雪のように白い羽毛のように舞いながら、鉄桁のあいだを上っていくのが見えた。空間の一部がそのために白くなり、他方では、別の機関車から出た濃い煙りが、黒いベールのように広がっていった。そしてその背後では、警笛の長くのびる音、指令をさけぶ声、転車台の揺れる音がしだいにかき消されていった。[*10]

このような一節を読むと、ゾラの同時代人クロード・モネがサン＝ラザール駅を描いた一連の作品を思い出さないわけにはいかない。同時代の風俗現象に魅せられていた印象派の画家たちにとって、鉄道と列車がきわめて重要な霊感源であったことはあらためて強調するまでもないだろう。産業革命が生み出した蒸気機関車という装置のたくましさ、そして列車が出入りする駅という鉄骨建築の近代性——それは表現手段こそ異なるものの、ゾラとモネに共通する要素にほかならない。十九世紀文学において、汽車の音はわずらわしい騒音というよりも、むしろ力強さを象徴するほとんど神話的な音として知覚されることが多かった。

近代産業都市の音の風景は、十九世紀末に、ベルギー出身のある作家がフランス語で刊行した詩集において、ほとんど叙事詩的な次元にまで達する。すなわち、エミール・ヴェラーレンの代表作『触手ある都市』(一八九五年)である。詩人は、港や工場の喧噪とダイナミズム、巨大な露店市や株式市場に群がる人々の活気、劇場や見世物の世界につどうひとたちの風俗、反乱や暴動のアポカリプスを歌う。読者の注意をひきつけるのは、いたるところに出現し、うごめき、叫び、活動する群衆の圧倒的な存在だ。十九世紀末は、社会心理学が〈群集心理〉を発見した時代であり(ギュスターヴ・ルボンの有名な著作『群集心理』が刊行されたのは、ヴェラーレンの詩集と同じ一八九五年）、それと軌を一にするかのように、文学のディスクールのなかに匿名の群衆が登場してきた時代にほかならない、という事実をここで想起しておこう。

ヴェラーレンの詩的世界は、『パリの胃袋』（一八七三年）でパリ中央市場の生態を描き、『ジェルミナール』（一八八五年）において炭鉱労働者のストライキを物語り、『金』（一八九一年）において株式市場が象徴する資本の無慈悲な暴力を語ったゾラの文学宇宙と、まさしく同質のものだ。そして『触手ある都市』が、正義と平等を実現する未来のユートピア都市を夢想する詩で閉じられていることもまた、『ルーゴン＝マッカール叢書』から『四福音書』（一八九九―一九〇三年）へと移行する過程で、社会的ユートピアへの傾斜をはっきり露呈させたゾラとの類縁性を証言しているといえよう。そしてヴェラーレンもまた、産業都市に響きわたる多様な音を喚起することを忘れなかった。数多い例のうちから、ふたつだけ引用しておこう。

都市を背後にひかえた港は、無数のマストやクレーンが林立し、煙に霞んでいる。

港には黒い蒸気船がひしめき、その姿が目には見えないものの
闇夜の奥で煙りを吐き、唸り声をあげている。
〔……〕
港はものが衝突する音や、壊れる音
そして大きな喧噪を虚空に響かせるドロップハンマーの音に揺さぶられている。
（「港」[*11]）

他方、冶金工業においては、溶鉱炉や、製鋼所や、圧延機がすさまじいまでの騒音を引きおこしていた。

もっと向こうの方では、ものが衝突する轟くような音が
暗闇から立ちのぼり、塊となって上昇していく。

そして突然、激しさの飛躍を断ち切って、
騒音の壁が崩れ落ち
静寂の沼のなかで沈黙するように見える。
他方では、むきだしの警笛や信号の
けたたましい合図が
標識灯の方に向かっていきなり唸り声をあげ、
天の雲の方へと、荒々しい火花を
黄金色の茂みのように巻き上げる。

（「工場」[*12]）

製鉄所では、熔けた鉄が燃える炎のような熱を発し、ドロップハンマーが鉄板を打ちつけ、裁断機がそれをかみ切る。労働者たちはしばしば無言のまま、その大火災のような灼熱と、嵐のような喧噪に慣れなければならなかったのである。

実際、十九世紀の人々は現代のわれわれほどには、産業革命の騒音や都市の喧噪に対して過敏な反応を示さなかった。それは富と繁栄にともなう音であり、彼らはそれと共生すべくみずからを律していたかにみえる。二十世紀初頭に至るまで、多くの場合、都市の喧噪は公害ではなく、むしろ活気やダイナミズムの同義語とみなされていたようだ。『アルコール』（一九一三年）の詩人アポリネールは、そこにおさめられた「地帯《ゾーヌ》」という詩篇のなかで、労働者やタイピストたちが日々行きかう通りについて語り、「朝は三度、サイレンが鳴り響き／昼には、けたたましい鐘が唸り声をあげる」とその騒音を喚起しつつも、「私は、この産業的な通りの美しさを愛する[*13]」と書き記す。マリー・シェーファーによれば、工場労働の悪条件を糾弾するもっとも初期の文献（一八三二年）は、空気の循環の悪さや、ほこりの有害性を指摘したものの、機械の騒音が労働者の健康にとって否定的な要因になるとはみなしていなかったという。[*14] 労働条件を改善する必要はあるにしても、騒音の問題は考慮のうちに入っていなかったということである。

たしかに、十九世紀後半になると、都市生活にまつわる騒音を減らそうとする動きがかいまみられるようにはなる。街路で演奏される音楽や、物売り、行商人の叫び声を規制しようとする政令も発布された。しかしこの時代、市民の静寂への欲求にこたえ、夜の安眠を保証するために当局がとった音をめぐる監視措置のなかで、もっとも律義に施行されたのは、居酒屋の閉店時刻を遵守させることと、一定の条件のもとで、鐘を鳴らす回数や時刻を制限することであった。一方はきわめて世俗的な営みから発する騒音であり、他方は宗教的な音という違いはあるものの、どちらも警察当局が音を取り締まるにあたっての主要な配慮となったのである。

4 鐘と記憶の誘発

産業革命の音が近代性の音であるのに対し、教会の鐘は幾世紀も前から鳴り響いてきた伝統的な音であり、十九世紀フランスにおいても音の風景を構成する重要なファクターであり続ける。アラン・コルバンの『音の風景』があざやかに例証してみせたように[*15]、都市と田舎を問わずあらゆる地方に遍在する鐘は、共同体のアイデンティティを保証し、個人の誇りを守ってくれる要素であった。その音は宗教的なメッセージを告げ、さまざまな通知を媒介する手段であり、人々の労働と私生活を規定するリズムであった。高い塔のなかに吊るされた鐘は、空の高みからあらゆる人々に向けて響きわたるという点で、日常生活の風景のなかに完全に同化していた。これほどまでに人々の感性に強くはたらきかけた鐘が、芸術の領域にその痕跡をとどめないはずがない。人々の情動システムと密接なつながりをもつ音声記号が、想像力の世界に波及しないはずがない。実際、鐘とそれをおさめる鐘楼は、当時の文学のなかでさまざまに表現されているのだ。

フランスの作家たちは、鐘の音にそなわる喚起力について好んで語った。とりわけ子供時代を過ごした故郷の鐘の響きは、作家の感性を深いところで培い、長い不在の後に帰郷したときの感動を強め、親しい者たちの死をあらためて思い起こさせ、もはや取り戻せない時の流れを鋭く意識させる。それはさまざまな追想を糾合するよういざない、過去のよみがえりと未来の予感を結びあわせもする。

ロマン主義を代表する詩人のひとりラマルチーヌにとって、鐘はなによりもまず生まれた村の鐘であり、その響きは懐かしい谷間と、亡くなった家族の思い出を想起させるものであった。

私の村の鐘楼には
鳴り響く鐘があり、
幼き頃に私はその鐘を
蒼穹の声のように聞いたものだった。

長い不在の後に
故郷の地に戻ったとき、
私は遠く離れたところから、天空のなかに
敬虔なる青銅の鐘の穏やかな響きを探しもとめた。

その音のなかに私が聞きとったと思ったのは
谷間の陽気な声であり、
優しく穏やかだった妹の声であり、
私の名を耳にして感動した母の声であった！

（「鐘」[*16]）

故郷の鐘の響き、その調和あるハーモニーはいまも昔と変わらない。しかし、時の経過とともに、その鐘は愛する母や妹を弔うために撞かれ、詩人は弔鐘の音と、みずからのメランコリーを重ねあわせなければならない。

ボードレールにあっては、思い出の内容が明示されてはいないものの、いくらかのほろ苦さを伴いながら鐘はやはり追憶へといざなう。

冬の夜長、ぱちぱちと跳ね煙る煖炉のそばで、
霧の中に歌う合鳴鐘《カリヨン》の音につれて
ゆっくりと立ちのぼる遠い思い出の数々に
耳かたむけるのは、苦くも快いことだ。

（『悪の華』、「ひび割れた鐘」[*17]）

プルーストの『失われた時を求めて』の語り手にとっても、鐘の音は幼年時代を過ごしたコンブレーの追憶と不可分につながっている。幼い語り手が家族と一緒にパリから汽車でコンブレーにやってくるとき、まっさきに目に入ってくるのはサン＝ティレール教会の鐘楼であり、その「忘れがたい姿」にほかならない。散歩のときには、思いがけず到着した丘陵の高みから、まるでコローの風景画さながらに、鐘楼の尖塔が遠くの森のほうに、あるいは木立の間から、細くバラ色の優美なシルエットを浮かび上がらせるのがみえる。とりわけゲルマント家のほうに散策の足をのばせば、聞こえてくる鐘の音は周囲の静けさをかき乱すのではなく、むしろそれを際立たせてくれる。

並木道のところまで辿りつくと、木々の間からサン＝ティレール教会の鐘楼が見えた。できるものならそこに腰掛け、鐘の音を聞きながら日すがら読書に耽りたかった。というのも、とても天気が良く、静かだったので、鐘が時刻を告げ知らせるときでも、それは日中の静寂を破るどころか、むしろ静寂からその内容物を取り除いてくれたからである。鐘楼は、ほかに何もすることのない人間のように無気力で、しかしながら注意深い正確さを示しながら、ちょうど折よいときに、溢れるばかりの沈黙を搾りだしたところであった——まるで、暑さのせいでゆっくり自然に集められた金色の滴を搾りだして、したたらせるかのように。[*18]

鐘楼の光景と鐘の音は、語り手の幸福な想い出と密接に結びついているのである。
　個人的な追想のレベルにとどまらずに、鐘が集団的な記憶の支えになることもある。鐘の音、とりわけ複数の鐘から構成されるカリヨン（組み鐘）の音は、天空から民衆にあたえられる音楽であった。民衆はカリヨンの音色に注意深く耳を傾け、その微妙な変化を感じとる。技量の高いカリヨン奏者の存在は、共同体の誇りですらあった。
　鐘の音が集団的な感性と情動を強く刺激しうるということを、ベルギーの作家ローデンバック（一八五五―九八年）の『カリヨン奏者』（一八九七年）は、あざやかに示してくれる。ブルージュの中心部に位置する「大広場」に面して立つ塔のカリヨンを演奏する者をあらたに選ぶために、市民たちは公開のコンクールを催す。もっともたくみに演奏できる者を、ブリュージュのカリヨン奏者に選出しようというのである。求めに応じて志願者たちが次々に登場してくるのだが、彼らの凡庸な演奏に市民たちはいらだちの色を隠そうとしない。しかし最後に現れた奏者が古いクリスマスの賛美歌を弾くと、群衆は思わず耳を澄ませ、次に「フランドルの獅子」という愛国主義的な民衆歌謡が奏でられると、群衆はそれに合わせて歌い始める。

　一瞬のあいだ、叙事詩のような陶酔感が群衆の心をとらえた。それは寡黙で、沈黙することに慣らされ、町や、生気のない運河や、灰色の通りの古色蒼然さをやむをえず受け入れ、ずっと以前から諦観という物悲しい心地よさを味わってきた群衆である。しかし、民族の心には古い英雄精神が眠っていたのであり、不動の石には火花がひそんでいたのだ。突然、すべてのひとたちの血管のなかを、いつにも増して血が速く流れた。音楽が止むと、熱狂が爆発した。それは瞬間的で、皆が感じ、震えるような、並はずれた熱狂であった。*19

「死都」のけだるさに身をまかせ、惰性にしたがって生きてきたブリュージュ市民は、カリヨンが奏でる音楽によって、麻痺したような無気力状態から覚醒する。フランス革命以来、民衆が鐘の音に執着することはしばしば指摘されてきた。ローデンバックの作品は、鐘の音が民衆の記憶の深いところに根づいていること、集団的記憶をささえる聴覚記号であることを、あらためて理解させてくれるのである。

注——

＊1　エドワード・ホール『かくれた次元』、日高敏隆、佐藤信行訳、みすず書房、一九七〇年、五—六頁。

＊2　R・マリー・シェーファー『世界の調律——サウンドスケープとはなにか』、鳥越けい子ほか訳、平凡社、一九八六年。サウンドスケープという概念は、社会学、民俗学、歴史学、環境学などですでに市民権をえている概念である。鳥越けい子『サウンドスケープ——その思想と実践』、鹿島出版会、一九九七年。山岸美穂・山岸健『音の風景とは何か——サウンドスケープの社会誌』、日本放送出版協会、一九九九年、などを参照のこと。フランスにおける音の風景の変遷をたどった通史としては、Jean-Pierre Gutton, *Bruits et sons dans notre histoire*, PUF, 2000 がある。

＊3　Joseph Mainzer, « Les cris de Paris », dans *Les Français peints par eux-mêmes*, Curmer, t. IV, 1841, pp. 201–09.

＊4　Marcel Proust, *A la recherche du temps perdu*, Gallimard, « Pléiade », t. III, 1988, p. 623.　訳文は井上究一郎訳（ちくま文庫）による。

＊5　Emile Zola, *L'Assommoir*, *Les Rougon-Macquart*, Gallimard, « Pléiade » t. II, 1961, pp. 386–87.

＊6　Maxime Du Camp, *Les Chants modernes*, Michel Lévy, 1855, « Préface », pp. 34–39.

＊7　*Ibid.*, « La Vapeur », p. 266.

＊8　*Ibid.*, « La Locomotive », p. 296.

＊9　十九世紀文学における機械文明の表象に関しては、次の研究に詳しい。Jacques Noiray, *Le Romancier et la machine : l'image de la machine dans le roman français (1850–1900)*, José Corti, 2vol, 1981.

＊10　Emile Zola, *La Bête humaine*, *Les Rougon-Macquart*, Gallimard, « Pléiade », t. IV, 1966, p. 998（邦訳はエミール・ゾラ『獣人』、寺田光徳訳、藤原書店、二〇〇四年）.

＊11　Emile Verhaeren, « Le Port », dans *Les Villes tentaculaires*, « Le Livre de poche », 1995, pp. 33–34.

＊12　*Ibid.*, « Les Usines », p. 48.

＊13　Apollinaire, « Zone », dans *Alcools*, *Œuvres poétiques*, Gallimard, « Pléiade », 1965, pp. 39–40.

＊14　R・マリー・シェーファー、前掲書、二二〇—二三頁。

＊15　Alain Corbin, *Les Cloches de la terre. Paysage sonore et culture sensible dans les campagnes au XIXe siècle*, Albin Michel, 1994（邦訳はアラン・コルバン『音の風景』、小倉孝誠訳、藤原書店、一九九七年）.

＊16　Alphonse de Lamartine, « La Cloche », dans *Œuvres poétiques complètes*, Gallimard, « Pléiade », 1963, p. 799. 一八三五年に書かれた詩。

＊17　Baudelaire, « La Cloche fêlée », *Les Fleurs du Mal*. 引用は阿部良雄訳による。

＊18　Marcel Proust, *op. cit.*, t. I, p. 164.

＊19　Georges Rodenbach, *Le Carillonneur*, Bruxelles, Ed. Les Eperonniers, 1987, p. 11.

8章 空虚と襞——ゾラ『獲物の分け前』におけるモード・身体・テクスト*1

吉田典子

1 パリ都市改造とモード産業

十九世紀のなかば、第二帝政下のパリ。この時代を特徴づけるのは、ナポレオン三世とセーヌ県知事オスマン男爵によって推進された大々的な都市改造事業と、二度の万博開催にも象徴される産業と経済の急成長である。フランスにはそれまでにない物質的繁栄がもたらされ、近代化された都市空間を背景にして華やかで享楽的な消費文化が生まれた。ボン・マルシェの創業（一八五二年）に代表されるデパートの誕生、帝政のバック・ミュージックともいうべきオッフェンバックのオペレッタ。全世界に向けて発進される華やかなパリ・モード。

エミール・ゾラの『獲物の分け前』*2（一八七二年）は、改造事業に乗じた土地投機による新興成金の一家を描いて、パリ改造そのものをたくみに小説化すると同時に、金銭と快楽に狂奔する第二帝政期の社会を描き出した作品である。中心となる登場人物はまず、ルイ・ナポレオンのクーデター直後のパリに無一文同然で上京し、不動産投機で大もうけして、巨額の資金をあやつるようになる新興成金のアリスティッド・サカール（本名ルーゴン）。サン＝ルイ島に館をもつパリの由緒正しいブルジョワの娘であったが、修道院の寄宿学校を出た直後に凌辱され、妊娠したことを世間に隠すために、金銭取引でサカールと結婚したルネ。彼女は第二帝政期のパリ社交界の花形となって浪費と享楽の生活を送る。そしてサカールの最初の妻の子供で、柔弱な享楽主義者マクシムとの「近親相姦」の関係に、かつてない悦楽を見出すようになるが、浪費による負債に苦しみ、夫のサカールに父祖伝来の財産である土地を奪われて、ついに神経に変調をきたし破滅してしまうというのが、この小説の簡単な筋書である。

ゾラの言によれば、『ルーゴン＝マッカール叢書』第二巻目にあたるこの作品は「非常に近代的で非常にパリ的な小説」[*3] un roman tout moderne, tout Parisien であって、「黄金と肉体の色調」[*4] la note de l'or et de la chair を奏でるものである。「私の小説は、鎖を解き放たれたさまざまの欲望と、短期間で作られたうわべだけの財産の力強いタブローであることを忘れてはならない。すべてはこの方向で理解されるべきである。アリスティッドは金銭への欲望 appétit d'argent〔……〕、ルネは衣装と快楽への欲望 appétit de toilettes, de jouissance、マクシムは生まれかけの道徳的抑制を欠いた欲望 appétits naissants et sans frein moral」[*5]。そもそもゾラは『ルーゴン＝マッカール叢書』を構想するにあたって、「近代」という時代が、あらゆる個人の野心や欲望が解き放たれた時代であるという認識のもとに出発していた[*6]。ゾラにおける身体性の問題を考えるにはまず、ここにおける「欲望」が、désir ではなく appétit であることに注目しておかねばならないだろう。仏仏辞典によれば、désir はある対象への意識化された欲望を示すのに対し、appétit は身体組織からくるところの「体質的」organique な欲求、本能を満足させうるものを求めようとする動きを表している[*7]。ゾラが『テレーズ・ラカン』の有名な第二版の序文で、「私が観察したかったのは、性格 caractère ではなく体質 tempérament であった」と述べていることからも明らかなように、ゾラの登場人物たちの多くは、みずからの身体によって規定され、生理学的な宿命を刻印されているのである。

ところで『獲物の分け前』においては、過激な投機の世界に熱中するサカールが、第二帝政期の都市改造と経済発展を推進する金銭の力を象徴する存在であるとすれば、ルネとマクシムのカップル、とりわけルネは、少なくとも風俗的な部分で、都市改造とともに出現した新しい時代の文化を体現する存在である。そしてルネの場合「文化」はなによりも、彼女が身につける華麗な衣装の数々によって表現される。この小説においては、「衣装と快楽への欲望」であるルネを、その衣服から切り離して考えることはほとんど不可能である。冒頭の、ブーローニュの森をマクシムと馬車で散歩する場面での薄紫色のドレスと白のパルトー（短コート）から、物語終盤のサカール家の仮装舞踏会におけるタヒチ女の扮装まで、小説の主要な場面場面において、彼女はさまざまに趣向をこらした衣装で登場する。そしてゾラのテクストはその衣装のひとつひとつを、モード雑誌の解説さながら克明に描写するのである。

ルネは、つねに時代のモードの先導者であり、「新しい衣装を身につけるたびに、新聞は重大事件のように書き立てる」存在である。この時代にモードは資本主義の論理と結びつき、つねに「新奇さ」を求めるはてしない運動のなかに、多くの女性たちを巻き込みつつあった（ルネの部屋女中は、彼女の衣装を「新しい順に」整理していた）。小説中には、ルネの衣装デザイナーとして「かの有名なウォルムズ Worms」が登場するが、この名前がオートクチュールの創始者としてモード史上にその名を残すイギリス出身のデザイナー、シャルル・フレデリック・ウォルト（チャールズ・フレデリック・ワース）Charles Frédéric Worth（一八二五—九五年）にもとづいているのは明らかである。ウォルトはファッションとビジネスをはじめて本格的に結びつけ、近代資本主義システムのなかにモードの制度を組み込んだ人物であった。[*8]

『獲物の分け前』のなかでルネが破滅するのは、直接的にはこのウォルムズへの借金が原因である。ちょうど『ボヴァリー夫人』（一八五七年）の中で、エンマを自殺に追い込むのが、地方回りの「生地商人」marchand d'étoffe であり「流行品商人」marchand de nouveautés のルールーであるのと同じように。[*9] エンマ・ボヴァリーは一八四〇年代の女性で、田舎町でモード雑誌を購読し、パリの上流生活にあこがれる女性であったが、ルネ・サカールはその一〇年から二〇年の後、もしもエンマがパリで望みどおりの生活を送ることができたなら、そうなったかもしれないと思える女性である。経済的な利潤の追求のなかに、女たちの欲望がからみとられる図式において、これらふたつの小説は似通った構造を示している。しかし七月王政期と第二帝政期、地方回りの行商人とパリのオートクチュールとの差異は、やはり決定的であって、『獲物の分け前』においてモードは、おそらく文学史上はじめて、「近代」の産業構造に組み込まれた大規模な制度としての様相を呈しているといえるだろう。そしてエンマの欲望がどちらかといえば、読書を通じてのイマジネールな「願望」désir であったのに対し、ルネの欲望はすでにのべたように体質的な「欲求」appétit であって、ルネの衣服と彼女の身体とは分かちがたいまでに結びついているのである。

本章では、「近代」の産業化社会とモードの欲望との力学を視野におさめながら、ルネの衣装の表象機能やモードと身体とのかかわりについて考察していきたい。

2　スペクタクル化する身体とモードの表象機能

都市改造事業は、中世以来の古く狭い道と、人口の密集したスラム地区をかかえていたパリの町を大胆に切開し、パリを近代都市に生まれ変わらせる大々的な「外科手術」であった。この改造によって、低所得者層は都市の周縁部に放逐されるいっぽうで、都市の中心部には美しい大通りが整備され、カフェや劇場、デパートが出現してくる。パリ中心部は商業化され、「消費革命[*10]」が進行し、いわゆる「スペクタクルの社会[*11]」が誕生する。

『獲物の分け前』に描かれる「新しいパリ」は、劇場都市の様相をおびている。小説の冒頭と最終部の舞台となるブーローニュの森は、一八五五年に整備されたばかりで「ペンキ塗り立ての舞台装置のような景色」を呈しており、豪華な衣装を着込んだ社交界や半社交界の婦人たちは「陳列品さながらに」それぞれの馬車におさまって散歩しながら、たがいに鋭い観察の視線を交わしている。いっぽう、ルネとマクシムがはじめて不義の関係をもつのは、グラン・ブールヴァールに面したカフェ・リッシュの二階の個室であるが、そこは「大きく開いた窓から絶え間なく馬車の音が聞こえ、天井には下のカフェの光が反射して、散歩する人々のすばやい影が通り過ぎる」部屋であった。路上では娼婦たちが客をひいている。二階にある個室のこの大きな窓は、五分ごとに通りかかる乗合馬車の屋上席《アンペリアル》と同じ高さにあった。「ルネは屋上席の男たちを見た。彼らは疲れた顔を起こし、鍵穴に目をあてがう飢えた人々のように、好奇に満ちた目で彼女とマクシムを見つめていた」。あらゆる空間において視線が交錯し、もっとも秘められるべき空間すらも、群衆の視線にさらされている。絶頂期のサカールが金にあかせて建てたモンソー公園地区（これもパリ改造事業の一環として分譲された高級住宅地である）の邸宅は、「すべての様式を豊富に混在させたナポレオン三世様式の典型」で、その「大きく明るい窓ガラスは、まるでデパートのショーウインドーのように、なかの豪奢を見せびらかすために」あった。邸宅の表層は、花と緑と果物、そして「裸の女たち」をモチーフとした彫刻でおおいつくされており、この「盛装の衣装をまとった館」はまるで「成り上がり女」のようだった。

サカールが仕事関係の重要な知人を招いた邸での晩餐会（第一章）で、はじめて盛装の衣装をまとって登場するルネは、この華麗な建物と似通った衣装をつけている。そして建物が「見せびらかすこと」を目的としていたのと同様に、ルネの姿もまた、人々の視線に供されていた。

ルネが入ってきたとき、感嘆のざわめきが起こった。彼女は本当に素晴らしかった。後ろ側にあふれんばかりの裾飾りをつけたチュールのスカートの上に、上等のイギリス・レースで縁取られ、大きな菫の花束で持ち上げて留めつけられた、淡い緑色のサテンのチュニックを彼女は着ていた。スカートの前には裾飾りが一列あるだけだったが、そこには蔦の葉飾りで結ばれた菫の花束によって、軽いモスリンの飾り布が留めつけられていた。この王侯のような広がりと過剰なまでの豪華さを持ったスカートの上で、頭部と胴着の優美さは実に見事だった。乳房の先まで深く胸をえぐり、肩には菫の花束を乗せて両腕をあらわにした若い女は、聖なる樫の木から上半身を出しているあのニンフたちのひとりにも似て、チュールとサテンの覆いから、すっかり裸で出てきているように見えた。（p. 336）

第二帝政期の女性モードの特徴は、ウージェニー皇后によって推進された極端に大きなスカートをもつクリノリン・スタイルで、広いスカートには何段ものすそ飾りをはじめ、刺繍、レース、飾りひも、造花などによって、さまざまな装飾がほどこされている。この時代の婦人服モードの装飾過剰性は、第二帝政政府の繊維産業振興策とも結びついているといわれる。[*12] 下半身をおおうこのような豪華なスカートに対して、上半身では裸体性が強調される。過剰な襞と裸体への志向という二律背反を含んだルネのモードは、身体そのものによって演じられるスペクタクルであった。ここでは衣装と身体は切り離せないものとして結びつき、ひとつの表層として、人々の注視をあびることになる〈図1〉。

よく知られているように、ヨーロッパのモード史上において、十九世紀とくにその後半ほど、男女間の服装に格差のある時代はない。ブルジョワの男性服が機能化・平準化の一途をたどり、色もほぼ黒に限定されて階級識別機能をほとんど失ってしまったのに対し、ヴェブレン（『有閑階級の理論』）のいわゆる「誇示的消費」は婦人服に集中した。フィリップ・ペローによれば、この時代の女性がおびた新しい役割は、「衣装の華麗さと肉体の豊満さによって、父親、夫、もしくは愛人の社会的地位と経済力を代行して表すこと」[*13]であった。コルセットで締めつけられ、ほとんど活動能力を奪われた女性の身体は、以前の貴族階級がそうであったような非生産の力、純粋消費の力を象徴することができた。こうして女性の存在意義は、その表象機能に還元されてしまうことになる。

ルネの夫サカールは、「彼女が美しい服を着て浮かれ騒ぎ、パリ社交界の注目を集めること」を望んでいた。「それは彼を立派に見せ、彼の財産の評価額を倍にし、妻のおかげで彼は若く美男で思慮の足りない、恋する男になれた」からである。彼は商取引を円滑にするため、しばしば妻の美しさを利用する。ルネの衣装代は彼にとって誇示的消費であるばかりか、そこから莫大な利益を引き出すことも可能な一種の投資ですらあった。

ルネの衣装と肉体は、夫の経済力を表象するばかりではない。社交界の花形で「第二帝政の柱のひとり」である彼女は、帝政という政体そのものをも表象する。田舎から父親の元にやってきた十三歳の少年マクシムがはじめてルネをみたとき、彼女は「大きな裾飾りの付いた青い横畝絹《ファイユ》の洒落たスカートをはき、その上には淡いグレーの絹のフランス近衛隊の軍服のようなものを羽織っていた」。少年は彼女が「仮装している」と思った。ルネはまた「鹿狩りの情景がそっくり、火薬入れや角笛や刃幅の広いナイフといった付属品とともに縫い取られた」「茂みの色をした有名なサテンのドレス」を試みたこともあった。「鹿狩り」はナポレオン三世とその宮廷が好んだ娯楽で、「近衛隊の軍服」同様、帝政へのオマージュにほかならない。

このようにドレス自体が帝政を表象するいっぽうで、ルネの美しい裸の肩は「帝国の堅固な柱」に比されるサカールの兄で帝国の大臣を務めるウージェーヌ・ルーゴンの舞踏会で、みなの注目を集めるのはそのあらわな肩と胸元だった。

議員たちが彼女を見るその見方から、大臣は翌日の議会でのパリ市の公債に関する微妙な問題で、自分が成功を収めることを予感していた。何百万という金の腐植土の上に、このルネのような花、絹の肌をして彫像のような裸身を持ったこのように不思議な悦楽の花、背後に暖かい享楽の匂いを漂わせた快楽の化身を咲かせている政権に対して、反対の票を投じることなど、できはしなかった。
(p. 475)

ここでもルネの裸身は「絹の肌」であり、衣服と同等のひとつの美しい表層である。このテクストでルネは「花」にたとえられているが、彼女は衣装によって文字どおり「花」へも変身する。実際、チュイルリー宮殿の舞踏会ではじめてナポレオン三世に謁見を許されたルネが、夜も眠れずに考えたのは「白と黒の混じった神秘的なカーネーション」の衣装であった。数世紀にわたってヨーロッパで温室栽培され、次々と新しい品種が生み出されたカーネーションは、もっとも「栽培」に適した花のひとつである。ルネは第二帝政という温室で金にあかせて栽培された珍しい花であったが、この「栽培」culture という語がすなわち「文化」をも意味することを忘れてはならない。身体と一体化したルネのモードは、政治や経済と密接に結びついた「文化」を表象しているのである。

3　テクストに重囲された女、あるいは空虚の悲劇

さきの引用文中の「絹の肌」「彫像のような裸身」という表現にみられるように、ルネの盛装の裸体は、生身の肉体であるよりは、絹＝布でできたひとつの表層、もしくは内部まで均質な石の肌理である。この「快楽の化身」はたしかにセクシュアリティを喚起するが、それはただ見る者の視線に供されているだけで、決して手に触れられることはない。

図1　ピエール＝ルイ・ピエルソン撮影、アキラン・シャド彩色「ハートの女王（カスティリオーネ伯爵夫人）」、フランス国立図書館蔵、1861–63年。

カスティリオーネ伯爵夫人（1835–99年）は、その美貌と演劇的なファッションにより、第二帝政期の上流社会で令名をはせたイタリア人女性。この「ハートの女王」の扮装は、1856年2月17日の外務省主催の仮装舞踏会で、その後愛人となるナポレオン三世に初めて紹介されたときの衣装。いたるところにハートのモチーフが散りばめられている。カスティリオーネ伯爵夫人は、「活人画」風のさまざまな扮装を凝らした姿を写真に撮らせており、それらの写真はこのように、しばしばグアッシュで彩色され、美しい額におさめられている。大きく開いた胸元、過剰なまでの装飾性、そして衣装による表象作用の追求において、彼女のファッションは、ルネの衣装のモデルになっている。

同様の現象は同時代のアカデミズム絵画にも起こっている。フランスではサロン系のアカデミックな画家たち――ジャン＝レオン・ジェローム、アレクサンドル・カバネル、ウィリアム・ブーグローなど――、そしてイギリスではいわゆる「オリンピアン」と呼ばれる画家たち――サー・フレデリック・レイトン、サー・ローレンス・アルマ＝タデマなど――は、ギリシア・ローマ神話やオリエンタリズムのコードを用いながら、磁器のように白くなめらかな裸身とドレープをとった豪華な衣装の表層を、あくまでも細密に描き込むことを得意とした。[*14] 彼らのスタイルは、すでに引用したサカール邸の「あらゆる様式を豊富に混在させたナポレオン三世様式」と同様に、「エクレクティスム（折衷主義）」とも呼ばれ、独自の様式をめざすよりは、既存の諸様式の長所を組み合わせることを選んだものである。

ルネのモードは、十九世紀フランス芸術の大きな特徴であるこの「多種多様な要素の共存」を示している。[*15] たとえば、サカール邸におけるルネの居住部分は、豪華な布地で装飾された三つの部屋と付属の温室からなっているが、これらの空間は、それぞれ異なる文脈に属しており、ルネは部屋を変わるたびに異なった種類の女になる。貴族的な雰囲気の寝室ではしとやかな貴婦人に、肉感的な化粧室では気まぐれで官能的な娼婦に、キンポウゲ色のサテンで覆われた小サロンでは金髪の輝かしい女神ディアナに、ルネは変身する。そして熱帯植物の繁茂する温室では、彼女の「目から燐光を放つ雌猫」の姿が「黒大理石のスフィンクス」に重ね合わされ、さらには真紅のハイビスカスの花から、血塗られた唇をもつ古代ローマの妖婦メッサリーナのイメージが呼び起こされて、男を破滅にみちびく「宿命の女」の相貌をあらわにするのである。

ルネが呼び起こす物語は、まだまだ続く。「温室」に象徴される〈南方〉幻想と裸体への志向は、彼女を「タヒチの女」「愛すべき野性の女」une sauvagesse adorable「未開人の官能的な女」une fille barbare et voluptueuse にする（タヒチへの言及は当時としてはかなり斬新なものである）。[*16] いっぽう、彼女は「現代のフェードル」でもあって、アテネの王テセウスの妻でありながら、義理の息子イポリットに道ならぬ激しい恋をいだき、ついには毒をあおぐ悲劇のヒロインに自身を重ねる。そしてこの小説の紋中紋ともいうべきサカール邸での活人画の舞台（第六章）では、後述するように彼女は妖精エコーとなって、マクシム扮する美少年ナルシスへのかなえられない恋のために憔悴し、ついに岩と化してしまう姿を演じるのである。

ルネの身体はこのように変幻自在のメディアとなり、ほとんど支離滅裂なまでの引用の織物となって、その表層には無数の物語が書き込まれる。それはつねに新しいもの、新奇なものを求め続けるモードの宿命であるのかもしれない。しかしひとりの生身の人間がそのような多様な変化をになうとき、その人間の自己同一性は危機に瀕することになるだろう。

衣装による女性の表象機能を極限までおしすすめたのが「活人画」tableaux vivants である。四旬節三週目の木曜日、サカール邸では仮装舞踏会がもよおされるが、その大きな呼び物は、常連の婦人たちが総出演する三幕の活人画『美少年ナルシスと妖精エコーの恋』であった。活人画とは、舞台上で生身の人間が扮装して静止したポーズをとり、有名な絵画や歴史上の場面を再現するもので、十九世紀のヨーロッパの上流階級でさかんにおこなわれていた演劇のジャンルである。フランスではとりわけ第二帝政期の社交界で好まれ、ウージェニー皇后とその取り巻きの人々も、しばしば演じたといわれる。

小説中の活人画の作者、ユペル・ド・ラ・ヌー氏は政治家で、地方の県知事をしているという設定である（ここでも政治と芸術は結託する）。彼は最初、韻文で作品を書こうと考えたが、やはり活人画にすることにした。「その方が上品で古代美により近い」からであり、また「巧みに組み合わされた布地と、もっとも美しいもののなかから選んだポーズで」（傍点執筆者）「自分の詩を書く」ことを欲したからである。ここにおいて注目しておきたいことは、典型的な擬古典主義の産物であるこの「芸術」が、すでに存在しているレディーメード（布地は産業製品である）やステレオタイプの「組み合わせ」もしくは「選択」の問題となっていることである。折衷主義は主題にもおよぶ。つまり作者は、ナルシスとエコーの物語に愛の女神ウェヌスと金銀財宝の神プルートスを登場させて、「肉体の誘惑」（第一幕）と「金の誘惑」（第二幕）の場面をつくりあげるのである。とりわけ女プルートスの周囲に、「金」「銀」「サファイア」などの宝石の精に扮した婦人たちを配した第二幕では、作者は「大胆な時代錯誤」をおかして、二〇フラン金貨の山を舞台上に氾濫させたが、この古代と現代の混交は大成功だった。

活人画は生きた肉体を鑑賞のためのオブジェに変貌させる装置である。活人画において女たちの生身の身体は、織物と融合し、まさしくテクストとなり記号となる。妖精エコーの衣装は「それだけでそっくりひとつのアレゴリー」であった。最終幕でナルシスとエコーが、それぞれ水仙の花と岩に変身する場面では、彼女は身につけた衣装のテクストにとらえられ、硬直し、彫像のように石化してしまう〈図2〉。

そこから数歩のところで、妖精エコーもまた、かなえられない欲望のために死にかけていた。彼女は固い地面にしだいに捉えられていき、燃えるような四肢が冷たく固くなるのを感じていた。彼女は苔で汚れたありきたりの岩ではなく、その肩や腕、雪のような盛装のドレスによって、白い大理石になっていた。ドレスからは木の葉のベルトや青いスカーフは滑り落ちてしまっていた。パロス産大理石の塊のように、折れ曲がって大きな襞を作っているスカートのサテンの真ん中に、彼女はぐったりと身を沈め、あおむけになっていた。その彫像のような硬直した体の中で、まだ生命を保っているものと言えば、泉の鏡の上に、けだるげに身をかがめる水生植物をじっと見据えるその輝く目、女の目だけであった。

妖精エコーとは、他者の声を反復することしかできず、みずから言葉を発することはできない存在である。それはうつろな、響きだけの存在であるといってもよい。ルネの生身の身体は、その表層において他者の声を反響し続けているうちに、あたかも実体を失ってしまったかのようである。ヴァルター・ベンヤミンは『パサージュ論』のなかで「〔モードは〕有機的な存在と抗争しながら、生気に満ちた肉体を無機の世界に媒介し、生けるものに死体の掟を認めるのである」[*17]と書いて、モード自体のもつこのような宿命を看破している。

小説の冒頭部から、ルネはあらゆる贅沢や楽しみごとに飽きはて、みずからの「存在の空虚」le vide de son être を感じていた。彼女はマクシムに、自分はこのような生活にうんざりしていること、なにか「別のもの」、まだ誰も知らないような未知の快楽を求めているのだと打ち明ける。彼女は好奇心のおもむくままに、何人かの愛人を持ったこともあった。しかし一月も夢中になった後、「情愛の喧噪のさなかで」、突如として「果てしない空虚」を感じるばかりだった。馬車のなかでマクシムの温かい足が触れたとき、彼女のなかには、漠とした近親相姦の考えが浮かぶ。そのぼんやりとした夢想は、その夜、熱帯植物の繁茂する温室のなかで突然はっきりとした欲望の形をとることになる。「このとき彼女は悪を欲した。誰も犯さぬような悪、空虚な生活を満たしてくれる悪を le mal qui allait emplir son existence vide」。

注目したいのはこの引用文中の「満たす」emplir という動詞である。この語はなかに「襞」pli という語を含んでおり、語源的には襞を寄せること、襞で満たすことを意味している。ルネのさまざまな衣装、彼女の居室をうめつくす織物類、それらの布地の増殖する襞はすべて、彼女自身の「空虚」を埋めるためにあった。マクシムとの関係すらも、彼女にとっては自身の装飾物にほかならなかった。「マクシムは、新たな悦びの戦慄を彼女に教えることで、その途方もないお洒落や、桁外れの贅沢や、常軌を逸した生活の総仕上げをした。〔……〕彼は時代のモードと狂気にふさわしい恋人だった」。新築の豪壮な屋敷も、マクシムの存在があってはじめて満ちたり

図2　ピエール＝ルイ・ピエルソン撮影「横たわるカスティリオーネ伯爵夫人」、コルマール、ウンターリンデン美術館蔵、1861–67 年。

第二帝政期には一時、クリノリンを大きくふくらませて何段ものフリルをつけた白い衣装が流行していた。全体のシルエットは大きな三角形で、真っ白なレースやフリルの塊から、顔だけが浮かび上がっている。このような衣装は、小説中の活人画で、白い大理石と化したルネの姿を思わせる。

た場所となった。彼は「この館のために作られたような恋人」であり、「ルネはようやく、この金ぴかの天井の凍りつくような空虚を、熱い悦びで満たす emplir」ことができたのだった。

しかし彼女の悦びは長くは続かない。増殖する衣装の襞は、ウォルムズへの借金となって彼女を苦しめる。金のために夫サカールをこばむことのできなくなったルネは、父親と息子のふたりと関係をもったことで、しだいに神経の変調をきたす。しかも自己しか愛することのできないマクシム＝ナルシスは、ルネとの狂気じみた関係に恐怖をおぼえ、父親のすすめる結婚を受け入れる。活人画の後でマクシムの結婚話を知ったルネは逆上し、この三角関係はついに破綻をむかえることになる。仮装舞踏会の最中に、マクシムを自分の化粧室まで連れてきたルネは、狂気のはてに一緒に逃げようと誘い、現金を作るため土地の譲渡書に署名する。そのとき、抱き合っているふたりの前にサカールが現れる。恐ろしい沈黙の後、サカールは署名された譲渡書をみつけ、ポケットに入れると、恐怖に震えているマクシムをともなって何事もなかったかのように部屋を出ていった。ルネは長いあいだの苦しみがこのようにあっけない結末に終わったことに呆然とし、鏡に映った自分の姿を見ながら、文字どおり「裸にされた」と考える。彼女は「足から胸までを覆う淡い色のタイツ maillot」を身につけたタヒチの女の扮装だった。

> 彼女に見えたのは、薔薇色の太腿と薔薇色の腰だけであり、目の前にいる奇妙な薔薇色の絹の女だけだった。きめの細かい薄布でできたその肌は、恋愛ごっこをする操り人形のようだった。彼女はもはや、引き裂かれた胸からおがくずが流れ出るだけの大きな人形でしかなかった。(pp. 573-4)
>
> ルネは絹の表層でしかなく、なかに詰まっていたのは「おがくず」にすぎない。そして表層をおおっていた衣装類はただの「ぼろ」のように、周囲に散乱している。
>
> 化粧室は散らかり放題であった。妖精エコーの衣装、破れたタイツ、しわくちゃになったレースの切れ端、丸め

て放り出した下着類、これ以上皆を待たせることができずに慌てて出ていった女の残したあらゆるものが、椅子の上に投げ出されていた。

(pp. 567–8)

ルネの身体と衣装とが不可分の関係にあることはすでに確認してきたが、彼女が破綻するとき、その衣装もまた「ぼろ」となってしまうのである。

ルネの悲劇は「空虚の悲劇」であると看破しているのは、批評家のジャン・ボリである。「彼女が死んでしまうのは、その罪のせいでも、『血』のせいでも、愛の女神ウェヌスのせいでもない。彼女は、自分にとって過剰なほどの意味と責任をもち、あまたの感情や快楽や熱狂や罪の意識をともなっていた彼女自身の物語が、実際は、まったく空虚で、空っぽで、無気力で、ひとりよがりのものでしかなかったことを突然理解したために、死んでしまうのである。彼女が証人として、愛人として、夫として、友人もしくは敵として、そして究極的には審判官として頼みにしていた他人たちは、何も見てはいなかった。なぜなら他人にとっては見るべきものは実際何もなかったからである」[*18]。ジャン・ボリはそのもっともわかりやすい例として、館の従僕バティストの存在をあげている。ルネはこの立派な風采をした従僕が、マクシムとの不義の関係をすっかり見通していると思い、その冷たく厳めしい目を恐れていた。しかし破局の後、彼女は部屋女中の口から、バティストの目はなにも見てはいず、その関心は厩舎で働く若い馬丁たちにしかなかったことを知るのである。ルネは自身の空虚をみたすべく、究極の「悪」を味わうために他者の目を必要としていたが、だれひとり、夫ですらもそれをみようとしなかった。そもそも彼女のマクシムへの愛というものも、本当に存在していたのかどうか疑わしい。すべては表層でしかなく、非現実的で、頼るべきもの、確固としたものはなにもない。これが神も道徳もない「現代のフェードル」の、きわめてアクチュアルで切実な悲劇であろう。

4　絹の罪、テクストの毒

サカールとマクシムが立ち去った後、鏡のなかの自分の姿を食い入るように見つめながら、ルネはなぜこのようなことになったのかと自問する。

これまでの人生が目の前を通り過ぎていった。彼女は長い間の怯え、体の中を立ち上ってきた金と肉の狂騒に立ち会っていた。その波は膝まで、お腹まで、そして唇まで上ってきて、今や頭まで達し、頭蓋骨をせわしなく打ち付けているのを感じていた。それは毒のある樹液 une sève mauvaise のようだった。それは四肢を疲労させ、心に恥ずべき情熱を異常発生させ、脳髄に病人や獣のような気まぐれを生じさせたのだった。彼女の足の裏は、この樹液をキャレッシュ馬車の絨毯やその他の絨毯の上で、結婚以来彼女が歩いてきた絹やビロードのすべての上で吸い込んだのだ。他人の足跡がそこに毒の芽を残しておいたに違いなかった。それらの芽が今、彼女の血の中で孵化し、血管の中を流れているのだった。（p. 573）

ルネを狂気にいたらしめる「毒のある樹液」を運んだのは、絹やビロードであった。それはただ絨毯のみならず、ルネを取り巻く豪華な織物のすべてを通して、ルネの身体に浸透し、吸い込まれたのだった。

彼女は暗闇の中で、化粧室の肌色を見、さらに寝室の甘美な灰色、小サロンの柔らかな金色、温室のあざやかな緑といった、共犯者である豪華さのすべてを見た。彼女の足が有害な樹液を吸い込んだのはそこからであった。もし屋根裏の奥の粗末なベッドであれば、マクシムと寝ることなどなかっただろう。それはあまりに下劣だった。絹が、あだっぽい罪を犯したのだった。そして彼女は、これらのレースを引きちぎり、絹の上に唾を吐きかけ、大きなベッドを足で蹴って壊してしまいたいと思い、また自身の贅沢をどこかのどぶ川に引き回して、自分と同じように使い古され汚れきって出てくればいいのにと考えた。（p. 576）

有毒な樹液はルネの身体を流れ、由緒正しい父方の「ブルジョワの血」の反乱をおさえつけ、ついに彼女の脳髄までもおかしてしまう。ルネの悲劇は、彼女の血管のなかで進行し、身体組織そのものをむしばんでしまうのである。彼女は、自分は夫サカールとその息子マクシムという「ふたりの男が生み出した虫食いの果実」le produit, le fruit véreux de ces deux hommes であると考えるが、この「虫食いの、腐った」という意味の véreux は、「虫」を意味する ver から派生した語であり、ver は英語の worm にほぼひとしい。ゾラが、実在のデザイナー、ウォルト（ワース）Worth の名を、小説中でウォルムズ Worms に変形した理由は、おそらく、ルネの身体を浸食する「虫」あるいは「毒」が、彼女の衣装と快楽への欲望を助長する近代のモード産業と深くかかわっていることを示すためではなかっただろうか。

ここで、ルネの悲劇を集約しているように思われるもうひとつの言葉についてのべておきたい。ルネの表層を飾っていた豪華な織物類は、「シフォン」chiffons と呼ばれる。この語は十八世紀なかごろから主として複数形で「婦人用のおしゃれ用服飾品」を意味し、華やかな流行の衣服や下着、装身具を表すようになるが、本来は「ぼろ切れ、雑巾」あるいは複数で「しわくちゃの布（服）」を表す言葉である。ルネが破滅するとき、きらびやかなシフォンは、もとどおりのぼろに戻ってしまう。

考えてみれば、結婚当初、サカールが衣装代にさっそく現金を必要とするようになったルネのために、彼女が財産として父親から譲り受けた建物を、代理人の名義を借りて買い取り、そのうちの一部を手渡すときの台詞は示唆的であった。「これはあなたのお洒落代だよ」ce sera pour vos chiffons と夫はいう。彼には妻が金を溝《どぶ》に捨てることは計算ずみであり、その金が「レースや装身具」に消えてしまうことはわかっていた。そもそもサカールとルネの結婚話をもってきたのは、サカールの妹で「レース商」marchande de dentelles を表向きに、あやしげな仲介業をしているシドニー夫人であったが、彼女は「どうしたものか、買いたての絹でも、彼女が着ると、まず新品には見えず」「しわくちゃで、艶がなくなり、ぼろ切れのよう」になってしまう女だった。

シフォンは、ルネとマクシムのカップルを象徴する語である。マクシムが大好きなのは、「婦人たちのスカートやシフォンや白粉の中で暮らすこと」であったが、ふたりの関係を特徴づけるのは chiffoner（しわくちゃにする）という動詞である。父親によって田舎から呼び寄せられた少年マクシムがはじめて義母のルネに会ったとき、彼女はフランス近衛兵の軍服を模した淡いグレーの上着を着ていた。「彼は彼女の両肩を抱いて、両の頬に口づけした。するとフランス近衛兵の軍服は少し皺になった」。この記述は、ふたりが不義の関係をもった後にも繰り返される。「マクシムが、中学生の擦り切れた制服姿で、ルネの首にぶら下がって、フランス近衛兵の衣装を皺にした日以来、彼らは道ならぬ関係に落ち込んでいったのだった」。シフォンとは表層の襞であるが、そこには軽佻、浮薄、無価値といったニュアンスが付随する。

シフォンはまた、衣装と金銭、ルネとサカールを結ぶ語でもある。この語は紙についても使われて、「ぼろ紙、反故、毀損した紙切れ」を指すが、俗語で「紙幣」の意味ももっている。小説中でシフォンは二度この意味で使われているが、それはいずれも高級娼婦で、サカールが一時期、公式のパトロンとなっていたロール・ドーリニーが、彼女を愛人にしたがっているロザン公爵から巻き上げる現金紙幣をあらわしている。それは、娼婦の手ですぐに霧散してしまうような紙くず同然の金銭であると同時に、完全に記号化された金銭である。

実際、過激なまでの投機に熱中するサカールの財産も、ルネの衣装と同じく、しだいに派手な表層でしかないことが明らかになってくる。

> サカールは日々離れ業を演じる状況にまで至っていた。二百万の邸宅に住み、王侯貴族並みの暮らしをしながら、朝起きたときに金庫に千フランの現金すらないこともままあった。彼の浪費はとどまるところを知らないかに見えた。〔……〕この頃、時を同じくして、傘下にあったいくつかの会社が潰れ、新たな欠損がさらに深い

穴を穿っていたが、彼はそれを埋めることのできないまま、はまらぬようにその上を飛び越えていた。こうして彼はあちこち穿たれた地面の上で絶え間ない危険にさらされた生活をしており、五万フランの伝票を決済しながら御者の給金も払えず、それでいてますます王侯然とした厚かましさで歩き回っては、パリの町に自分の空っぽの金庫をいっそう激しくぶちまける vidant avec plus de rage sur Paris sa caisse vide のであった。その金庫からは伝説的な水源を持つ黄金の川が流れ続けていた。（p. 463）

このようにしてサカールの財政は、もはや「資金はなく金ぴかの建物正面 la façade dorée d'un capital absent だけしかない」状態に立ち至る。その内部は空洞であり、深い穴があちこちにあいている。しかしサカールは、その穴を巧妙に飛び越えつつパリの町を縦横に動き回り、あらゆる事業に手を出し、複雑な策略や芝居を演じ、自身の表層にたえまない「黄金の川」の流れをつくることで、強靭にも生き残るのである。近代以降の新しい経済社会において重要なのは「実体」よりもむしろ「記号」と「流れ」であり、つねに流動し続けることであろう。

いっぽう、パリの古いブルジョワの家柄に生まれたルネの根底には、「昔のパリ」がある。彼女が、父や叔母から譲り受けた先祖伝来の世襲財産であった土地は、サカールの手によって投機の対象となり売買される商品となって、市場経済の循環のなかに組み込まれる。それは豪壮な邸宅やルネの身体の表層をおおう織物＝シフォンとなり、流動する華やかな表象文化となって開花するが、その文化はやはり市場経済と深く結びついており、その一環となっている。それを証拠立てているのが、モードを資本主義経済システムのなかに組み込んだウォルト＝ウォルムズの存在であろう。ウォルムズの衣装は増殖する襞となってルネの空虚をおおうのであるが、その織物をつたって浸透した「有害な樹液」がルネを殺してしまうのである。しかしルネをおおっていたのはウォルムズの衣装ばかりではない。その衣装をことこまかに描写するゾラの細密なテクストもまた、ルネの身体をおおっていた。ゾラのテクストもまた限りなく増殖し続ける襞ではなかっただろうか。

注

＊1　本章は、富山太佳夫・加藤文彦・石川慎一郎編『テクストの地平――森晴秀教授古稀記念論文集』、英宝社、二〇〇五年に収録された拙論「空虚と襞――ゾラ『獲物の分け前』におけるモードとテクスト」を一部改変したものである。

＊2　本章でもちいたのは、プレイアッド版『ルーゴン＝マッカール叢書』第一巻（一九八五年）に収録されたテクストである。このテクストからの引用は多数にわたるため、ページ数は主要なものだけを本文中に記した。日本語訳は拙訳による。日本では二〇〇四年に本邦初訳が刊行された（中井敦子訳、ちくま文庫）。

＊3　一八七〇年六月二八日、ルイ・ユルバック宛書簡。

＊4　一八七一年十一月六日、ルイ・ユルバック宛書簡。

＊5　右に同じ。

＊6　« La caractéristique du mouvement moderne est la bousculade de toutes les ambitions, l'élan démocratique, l'avènement de toutes les classes (de là la familiarité des pères et des fils, le mélange et le côtoiement de tous les individus). Mon roman eût été impossible avant 89. Je le base donc sur une vérité du temps : la bousculade des ambitions et des appétits. » (*Notes générales sur la marche de l'œuvre*, *Pl.* V, p. 1738)「近代の動きを特徴づけているのは、あらゆる野心の押し合いへし合い、民主主義の発揚、あらゆる階級の勃興ということである（そこから父親と息子の馴れ馴れしさ、あらゆる個人の混交と接触が生じる）。私の小説は八九年以前には不可能だっただろう。私はそれを、さまざまな野心と欲望の衝突という時代の真実の上にうち立てる」（『ルーゴン＝マッカール叢書』の構想ノート、一八六八―六九年）

＊7　『プチ・ロベール仏語辞典』*Petit Robert 1* によれば、désir は、« prise de conscience d'une tendance vers un objet connu ou imaginé » であり、appétit は、« mouvement qui porte à rechercher ce qui peut satisfaire un besoin organique, un instinct » と説明されている。

＊8　一八五八年にはじめてパリのラ・ペ通りに自分の店を開いたウォルトは、ウージェニー皇后をはじめとする宮廷の婦人たちから半社交界の女たちまで多くの顧客をもっていたが、彼の最大の特徴は、モードがシステムとして機能するうえで、大きな変革をもたらしたことである。たとえばそれまでの注文服は一点製作が原則であったのに対し、ウォルトはシーズンごとに衣装の基本モデルを創作して発表し、顧客にあわせて色や布地や小物使いを変化させることで個性化をはかるという方式を生み出した。これは生産の合理化につながると同時に、シーズンごとに新しいモードを創出していく有効な手段ともなった。

＊9　フローベールの小説については、以下の拙論を参照。吉田典子「『ボヴァリー夫人』における織物とテクスト」、『近代』第六六号、神戸大学近代発行会、一九八九年。

＊10　Rosalind H. Williams, *Dream Worlds : Mass Consumption in Late Nineteenth-Century France*, University of California Press, 1982.（ロザリンド・ウィリアムズ『夢の消費革命――パリ万博と大衆消費の興隆』吉田典子・田村真理訳、工作舎、一九九六年）

＊11　Guy Debord, *La Société du spectacle*, Gallimard, 1992.（ギー・ドゥボール『スペクタクルの社会』木下誠訳、平凡社、一九九三年）

＊12　第二帝政の政府は、さまざまな公職にすべて正服を定め、また宮廷は大がかりなレセプションや舞踏会をしばしばもよおした。

ウージェニー皇后は率先して「政治的衣装」toilettes politiques をまとったと言われるが、それは「リヨンの絹織物工、フォーブール・サン＝タントワーヌの飾り紐職人、アランソンのレース編み女工、さらに刺繍工、造花職人、羽細工師、ボタンやスパンコール職人らの存続を保証するすべてを組み合わせた衣装」(Rose Fortassier, *Les écrivains français et la mode. De Balzac à nos jours*, PUF, 1988, p. 110) である。

＊13　Philippe Perrot, *Les Dessus et les dessous de la bourgeoisie*, Fayard, 1981, p. 63.

＊14　これらの絵画の意味については、高山宏『テクスト世紀末』、ポーラ文化研究所、一九九二年を参照。

＊15　エクレクティスムの解釈については、次を参照。Bruno Foucart, « Les Salons et l'innovation picturale au XIXe siècle » 池上忠治監修『ル・サロンの巨匠たち――フランス絵画の精華』、日本経済新聞社、一九八二年。

＊16　『獲物の分け前』の出版は一八七二年であるが、タヒチ島を舞台として、フランス人の海軍少尉と現地娘ララユーの悲恋をえがいたピエール・ロチの自伝的小説『ロチの結婚』が出版されて大人気を博したのが一八八〇年（ロチは一八七二年に初めてタヒチ島に上陸している）、画家ポール・ゴーギャンがはじめてタヒチにむかうのが一八九一年である。

＊17　ヴァルター・ベンヤミン『パサージュ論』第一巻「パリの原風景」、今村仁司・三島憲一訳、岩波書店、一九九三年。

＊18　Jean Bory, « Préface » à *La Curée*, collection « Folio », Gallimard, 1981, pp. 34–35.

第3部　ベル・エポックの華やぎの陰で

6　異形の現前──二〇世紀前半のフランス文学における身体の変容

「私たち文明は、いまや、私たちもまた死すべき運命にあることを知っています」[*1]。第一次世界大戦終結直後の一九一九年四月に発表された「精神の危機」を、ヴァレリーはこのような言葉で始めている。周知のように、未曾有の大戦は物質的な損害のみならず、伝統的な精神的価値観の崩壊をももたらした。ヴァレリーは、ヨーロッパは戦後その確固たる自己表象を失ってしまったと述べているが、十九世紀以来の近代化によって進められてきた伝統的な枠組みの解体は、第一次大戦によって決定的なものとなったのである。

文学や芸術においても事情は変わらない。二〇世紀を特徴づける前衛運動は十九世紀に端を発し、大戦前にはすでに活動を始めていたが(アポリネール、未来派、キュビスムなど)、それが全面的に開花するのはやはり二〇年代である。この時期以降、作家・芸術家は、肯定するにせよ反発するにせよ、伝統的な審美感の崩壊を前提として創作せざるをえなくなる。

こうした状況のなかで「身体」はどのようにとらえられることになっただろうか──これが小論に課された課題だが、もとより身体が人間の基本的所与である以上、その現れかたは多様であり、簡単にまとめてしまうことは不可能である。そこでここでは、恣意的であることを恐れずに、以下の三つの視点からとりあえずの見取り図を提示するにとどめたい。

戦争とスポーツ

十九世紀までの戦争が、期間においても人員に関しても基本的には限定されたかたちでおこなわれていたのに対し、第一次大戦は銃後の全国民を巻きこんだ総力戦であり、また飛行機・戦車・毒ガスなどの新兵器が投入された点でも、まったく新しい戦争であった。当然、作家たちにも大きな影響を与え、さまざまな作品にその痕跡を残している。たとえば、アンリ・バルビュスの『砲火』(一九一六年)、ロラン・ドルジュレスの『木の十字架』(一九一九年)、ジャン・ベルニエ『突撃』(一九二〇年)などは、それぞれ異なる傾向をもつものの[*2]、兵士(とりわけ歩兵)の悲惨な塹壕生活を忠実に描き出しているし、騎兵として参戦し負傷したセリーヌは処女作の『夜の果てへの旅』(一九三二年)を従軍生活の描写から始めている。さらに、ヴァレリーやプルーストといった「孤高な」作家の作品も戦争と無関係ではなかった[*3]。

いまあげた最初の三つの小説で描かれる戦争は華々しい戦闘シーンだけにいろどられているわけではない。焦点があてられるのは、なによりも塹壕生活にまつわる寒さ・雨・ぬかるみ・不衛生・悪臭といったものであり、ひとことでいうなら、虐げられ泥だらけになった兵士の肉体である。たとえば、夜中に警備にたつ歩兵たち。彼らは寒さのため体をダンスするようにゆすり、規則的に靴底をぶつけるが、この「ダンス」の音は海岸からヴォージュ山脈まで全戦線をとおして、コミュニケのように響く。[*4] 逆に、火にあたり、血液がかじかんだ体のすみずみまで「ビロードのように」経めぐるとき、それは肉体感覚をよみがえらせ、兵士に「ふたたびその体について教える」のである。[*5]

塹壕戦はまた、兵士をモグラのように地中に投げこみ、彼らの視点を地面すれすれにおいた。弾丸の飛びかうなかで匍匐前進を強いられ、すこしでも身を隠そうと穴を掘る兵士たち。この垂直性から水平性への身体感覚の変化は、作品の背景としてみのがすことのできないものであろう。

これに加えて、戦場に散乱する数々の死体は、兵士たちの身体感覚をひそかに、だが確実に変質させたのではないだろうか。ドルジュレスは、兵士たちが敵の銃弾をさけて飛びこんだ交通壕で、腐敗臭ただよう死体の上を歩かなければならなくなったときの恐怖を描いている。彼らは死体などすでにみなれていたにもかかわらず、圧倒的な死の現前を前にしておびえるほかなかった。それはまさに「死のぬかるみのなかを歩く」ことだったのである。[*6]

こうした指摘をことさらにおこなうのは、大戦が身体に刻印した負の側面をきちんと確認しておきたいからである。じつは同じ時期、戦争とならんで「スポーツ」が新しい身体体験として現れ始めていた。イギリスのパブリック・スクールでおこなわれていたスポーツ（体育）をフランスの学校教育に導入しようとしたクーベルタンの活動や、一八八〇年以降の射撃や体操の普及運動などによって、スポーツは二〇年代以降フランスの表舞台に登場した。[*7] 一八九六年に第一回大会が開かれたオリンピックも、一九二四年にはパリで開催されており、スポーツを実践する作家が現れたり、少なからぬ「スポーツ小説」が書かれもした。[*8] そうしたなかで「戦争」は「スポーツ」とならべて語られたのである。[*9] しかし、このように並置されるとき、解体に瀕した兵士の身体は、訓練された「美しい」選手の身体へとひきつけて解釈されざるをえない。

そうした典型例が、『夢想』（一九二二年）で大戦を描いて出発したモンテルランである。この小説に登場するアルバンとドミニックのふたりはスポーツを通じて知り合うが、女性アスリート（ドミニック）の身体の描写はそれまでの小説にはみられぬものだった。[*10] これにつづくのが、サッカーをはじめとするスポーツを詩的に描いた作品集『オリンピック』（一九二四年）である。そのなかで登場人物のひとりは戦争とスポーツの関係を次のように語っている。

> 五年も戦争してきた人たちは疲れ切って帰ってきた。でも、僕たちの年代は戦争末期しか戦っていないのに、彼らより若かったし、前進する雰囲気を知ったので、戦争からある

種の筋肉の不安を持ち帰ってきた。戦争生活はそれを目覚めさせたけど満たしはしなかったんだ。おそらく僕たちの世代がスポーツに身を投じるのは、戦争の大いなる身体的抒情性と平和の官僚主義のあいだの中間的活動としてなんだ。[*11]

戦争でもスポーツでも、人は現実をみすえ、的確に行為しなければならないから、観念や幻想をもてあそぶことは不可能である。規律化された軍隊の作戦はまた、スポーツの作戦と通じるところがある。どちらも無用な感情や言葉のない、沈黙と信頼が支配する領域なのである――モンテルランの思想はこのようにまとめられるだろう。[*12]

これはもちろん、泥濘にまみれた歩兵の姿からは遠く離れている。しかし、こうした理想化をおこなったのはモンテルランだけではない。戦争体験から出発したドリュ・ラ・ロシェルもまた、古典古代ないし中世の「戦士」guerrier のイメージを称揚しているのである。実際、ドリュは大戦中に書かれた短いテクストのなかで、「スポーツと戦争による身体の再興」をかかげ、近代合理主義の思考偏重がもたらした衰弱から、「戦士」のように力強く男性的に回復する必要を強調していた。[*13] こうした議論の虚妄をつくのは簡単だが、必要なのはむしろドリュの主張の背後にある戦争中の身体体験を正確にとらえることであろう。

ドリュ・ラ・ロシェルは戦争のもたらす高揚と絶望に引き裂かれた作家である。中編「シャルルロワの喜劇」の描く突撃の高揚感は彼自身の体験に根ざしていると思われるのだが、それによれば、主人公は塹壕から立ち上がり、指揮官として先頭に立って――男性性のテーマ――攻撃に出る。そのとき、思考と行為、生と死がひとつになるような、ほとんど身体的ともいえる「統一感」unité を彼は感じたのだ。[*14] しかし他方で彼は、現代の戦争が「筋肉」によるものではなく、「機械」の、「鉄」の戦争であることを知っており、[*15] 左腕に重傷を負ったヴェルダンでは、恥の意識をもちながらも、戦争を決定的に拒絶するのである。[*16]

大戦は、その痕跡を高揚と絶望というかたちで兵士の身体に刻みつけた。現代にほとんど絶望するいっぽうで神話的な身体の統一性を復興しようとする――こうした矛盾にみちたドリュの試みは周知のように彼をファシズムへとみちびくだろう。

モンテルランの規律化されたアスリート＝戦士の背後には、セリーヌが描いたような不条理で絶望的な世界、身体の異形の姿が現れる世界が厳然として存在しているのだ。人間はそこではもはや「生あったかい腐りかけの臓物袋にすぎない」のである。[*17]

セクシュアリティの横溢と狂気の思考

ところで、よく知られているように、第一次世界大戦はダダやシュルレアリスムが戦後に開花する契機ともなった。実際ブルトンは当時、「近代社会を支え、第一次世界大戦でその合力を示したばかりの一切の制度」が「異常なスキャンダラスなもの」にみなされたと回想している。批判されるべきは、「軍隊、「裁判」、警察、宗教、精神医学や法医学、学校教育」などの社会制度であり、キリスト教由来の「道徳」であり、そしてなによりも「理性」であった。[*18]

こうして生まれた前衛運動の特徴のひとつとして、セクシュアリティへの注目をあげることができる。たとえば、アポリネールは一九一〇年代からすでに、ルーやマドレーヌといった恋人たちに向けてエロティックな手紙や詩を多数書いていた。アポリネールの詩は、性愛とみずからが従軍した大戦との結びつきを示している点でも興味深いのだが、[*19]ここでは恋人の身体を描く彼の筆致をみるにとどめておこう。

僕のいとしい可愛いルー　君が好きだ
僕のいとしい可愛い瞬く星　君が好きだ
魅力的に身をくねらせる体　君が好きだ
クルミ割りのように締まる陰部　君が好きだ
バラ色で横柄な左の乳房　君が好きだ
優しく赤みのさした右の乳房　君が好きだ[*20]

このようにしてアポリネールは、乳首、尻、臍、髪、腋、肩、股、耳、足、腰、背、手、鼻など、恋人の体の部分ひとつひとつに呼びかけていく。彼はまた、マドレーヌに向けて「おまえの体の九つの戸」という意味深長な詩を書き、[*21]『一万一千の鞭』や『若きドン・ジュアンの手柄ばなし』(ともに一九〇六年)といったポルノ小説をものした詩人でもあった。

フロイトの精神分析の普及を背景に、シュルレアリストたちは無意識や性愛を芸術活動の本質的源泉として明確に提示するとともに、彼らが望む革命がおこなわれるべき特権的領域とみなすにいたった。また彼ら以外にも、たとえばジッドは『一粒の麦もし死なずば』(一九二六年)で自己の同性愛を語っていた。つまり、セクシュアリティをめぐる言説や表現は、二〇年代以降ほとんど世界をおおうばかりに横溢しはじめたのである。シュルレアリスムの標語となったロートレアモンのあの有名な一句「解剖台の上のミシンと雨傘の偶然の出会いのように美しい」が、ブルトン自身によって〈傘=男性、ミシン=女性、解剖台=ベッド〉と解釈されたことは、[*22]こうした状況を象徴するものといえるだろう。

実際、ブルトン、アラゴン、エリュアールらシュルレアリストは(実際には複数の恋人をもつのだが)「唯一の女性」への「唯一の愛」を理想として作品や批評を書いたし、ときにはポルノ的なテクストをつむいでもいる(アラゴン『イレーヌのコン』など)。また注目すべきことに、自分たちの性行動について赤裸々に語る座談会を組織し、体位、持続力、男女が同時に達する頻度、同性愛、倒錯などについて意見をぶつけてもいた。[*23]また文学から外に目を転じれば、ダリをはじめとするシュルレアリスム絵画や、裸体と鳥人間が氾濫するマックス・エルンストのコラージュ小説（とくに『慈善週間または七大元素』（一九三四年））、手足が解体＝増殖されるハンス・ベルメールの球体関節人形、交錯する女性やその臀部への執着が注意を引くピエール・モリニエの作品など、例にはことかかない。

ところで、ブルトンらシュルレアリストたちは、神経症患者やサドを称揚して精神の革命を希求したが、実際には狂気や倒錯に対してかなり慎重な態度を示していた。[*24]こうした問題が深化させられるのは、むしろバタイユやアルトーといった、シュルレアリスムに対して距離をとった作家においてである。

たとえば、『眼球譚』（一九二八年）のなかでバタイユが描いたのは、〈眼球＝玉子＝睾丸〉という連想関係をもとにして、性愛が瀆聖や死といった侵犯行為と交錯するありようだった。マドリッドの闘牛場に見物にきていたシモーヌは、殺された牡牛の睾丸を皿にのせて運ばせ、闘牛士グラネロの試合をみながらそれをもてあそび始める——。

またたく間の出来事として、私は見たのだ、まずはじめに、ぞっとしたことに、シモーヌがなまの睾丸の一つに齧りつくのを、次いでグラネロが牡牛の方へむかって前進し、真赤な布を目の前に突き出すのを——最後に、ほとんど同時に、逆上したシモーヌが〔……〕白いすんなりした腿を湿った陰門までさらけ出し、その中へいま一つの蒼白い球体をじっくり手ごたえを味わいながら押し込むのを——牡牛に突き倒され、障壁へ追いつめられたグラネロの姿、その障壁を角が三度激しく突き、三度目の攻撃が右の眼と頭全体をぶち抜いた。恐怖に打たれた闘技場のどよめきはシモーヌのオルガスムスの瞬間と重なり、石の座席から腰を浮かすと、そのまま彼女は仰向けにぶっ倒れてしまった〔……〕。直ちに人々が駆け込み、グラネロの死体を担ぎ出した。死体の右の眼は頭蓋からダラリと垂れ下がっていた。[*25]

性愛における身体とは、文字どおり生が死と交錯する場なのである。

アルトーもまた理性と狂気の境界において思考した作家である。彼は、ブルトンたちが求める革命に関して、まず成就されるべきは「現在の人間の解剖学的構造を変え」ることであり、それなくしてはいかなる自由もありえないと説いた。彼のいわゆる「残酷劇」が照準を定めるさきは、この「肉体の解剖学的構造」なのである。[*26]

こうした考えはたとえば、フランスの俳優はしゃべることしかできず、もはや叫ぶことができない、という彼の批判によく現れているだろう。しかし、「残酷劇」はたんなる錯乱のすすめではない。アルトーによれば、俳優は、運動選手のように、「感性のための一種の筋肉」と「感性的器官」をもっており、呼吸のさまざまなリズムを自覚し、意志的に呼吸することで、「情熱の拍子」やその「音楽的テンポの秘密」を知り、必要な感情に応じて呼吸を使いわけ、自分のなかにある「生」の「力」を輝かせることができなければならないという。こうした知識とわざによってこそ、俳優は、観客のどの「体の部位」をとらえれば、彼らをスペクタクルにつなぎとめておくことができるのかを理解するのである。[*27]

晩年のアルトーは精神を病み、身体を狂気につらぬかれるなかで思考した。彼がノートに書きつけた「器官なき身体」corps sans organes という概念は、周知のようにドゥルーズやガタリをはじめとする二〇世紀後半の思想家に大きな影響を与えたが、それは、しかるべき機能を割り振られた器官の有機的統一体としての身体ではなく、そうした身体の基底にあって調和が成立する以前のカオス的身体、しかしそこにおいてこそ真の自由が達成される身体を指し示すものだった。「人間に器官なき身体を作ってやるなら、／人間をそのあらゆる自動性から解放してその真の自由にもどしてやることになるだろう」[*28]。変調をきたす自分の体を嫌悪しながらも、アルトーは純粋な力が交錯する身体の次元を思考しようとしたのである。

現象する身体

ところで、性や無意識を対象とする精神分析と並んで、二〇世紀の思想を規定したもうひとつの知の枠組みとして現象学——意識に現象する様態によって対象を考察する哲学——をあげることができる。周知のように、フッサールの創始による現象学がフランス文学と交錯するのは、従軍を経験したドリュら「スポーツの世代」よりもうひとつ後の「不安の世代」[*29]に属するサルトルらにおいてである。彼らにとって身体は、行為のもたらす統一へ向けて把握されるのでも、セクシュアリティが横溢する次元でとらえられるのでもない。身体はなによりも、意識に現前する輪郭の定かならぬものとして生きられたのである。

興味深いことに、身体を意識への現れ方から考察しようとする試みは、ヴァレリーが「身体に関する素朴な考察」[*30]（一九四三年）のなかで唱えた「三つの身体」にもみることができる。そこで第一にあげられているのは「私の身体」、つまり内部からの体感を通して感じられる私の身体である。それはたとえば、私の額と足、あるいは私の膝と背中のあいだの距離をどのように計ったらいいかと思い悩むときに現れてくる、輪郭の定かならぬ内的身体である。これに対して、「第二の身体」としては、他者からみられる私の身体、「第三の身体」としては、こうした表面的な外観を突き破ったところに現れる身体、つまり「解剖学的身体」があげられている。

ヴァレリーが指摘するように、この三つの身体を統一するような視点は存在しない（あるいは「第四の身体」として仮想されるにすぎない）。意識へどのように現象するか、という視角から身体を考えるとき、われわれは容易にはそのまとまりを把握できないのだ。現象する身体をくわしく分析したサルトルの『存在と無』（一九四三年）にも、そうした分断をはっきりと認めることができる。[*31]

実際、サルトルは「対自身体」corps-pour-soi と「対他身体」corps-pour-autrui を峻別した。対自身体とは、私の意識にとって現れる身体であり、私は私の身体を軸として対象を把握するから、それは世界のあらゆる存在を方向づける参照点である。ところで、サルトルにとって意識とは決してある対象に固着せず、それをつねに越え出ていくものであるが、それでも意識は私の身体から完全に離れることはできない。対自身体は、偶然にみちた「事実性」facticité として意識につきまとうことをやめないのである。

こうした身体の偶然性を、意識がはっきりと反省するスタンスをとれずに「全身感覚的な気分」affectivité cœnesthésique として生きるとき、あの「吐き気」nausée が現れる。小説『嘔吐』(一九三八年)でサルトルは、そうした無気味な身体感覚を次のように描いた。

私は机の上の、指を拡げた自分の手を見る。それは生きている――それは私だ。手が開き、指が拡がり、つきでる。手は仰向けになって、脂ぎった腹を見せている。仰向けに倒れたけだもののようだ。指、それはけだものの脚である。仰向けに落ちた蟹の脚のように、戯れに私は指を非常に速く動かしてみる。蟹は死んだ。脚がちぢんでそりかえり、手の腹のほうに戻ってくる。私は爪を見る――それだけが自分のものの中で生きていない。いや、それも怪しい。〔……〕私は、私ではないテーブルの上に置かれた手の重さを感じている。この重さの感じは長く、じつに長く続き、なかなか消え去らない。〔……〕手をどこに置こうとも、それは実存し続けるだろうし、それが実存することを私は感じ続けるだろう。それを取除くことはできない。[*32]

そして、あの「マロニエの根」をみてついに〈実存〉を自覚したロカンタンは、日常のみなれた外観の下に身体の異形の姿をかいまみるのである。「ある者は口の中に引掻くものがいるのを見つけるだろう。鏡に近寄って口を開けると、舌が、生きた巨大な百足になっていて、脚をばたばたさせ、口蓋の表面を削り取っているのを見るだろう」。[*33]

さて、サルトルのいう「対他身体」とは、私にとっての他者の身体、あるいは同じことだが、他者にとっての私の身体である。私にとって他者の身体は、ほかの事物＝道具と同様に、私が用いることができるものにすぎず、私の意識が生じさせる世界の一部をなす。

サルトルは以上ふたつの次元に加えて、身体の第三の存在論的次元として「他者に認識される身体として私に現れる私の身体」を導入する。他者の視線を気に病む臆病者の例からも理解されるとおり、自分が他人の意識によって対象化されることを拒否できる者は誰もいない。私は私の身体を十全に生きることができず、他者の視線、ひいては社会的な言語や概念によって自分の身体を疎外するのである。短編「水入らず」（一九三八年）のリュリュが、背後から体に触れられるのを嫌ったのもそのためだろう。「私はうしろから触られるのが大きらい。いっそ背中なんかないほうがいい。私は見えない人にいたずらされるのは苦手なんだ。先方は好きなだけ楽しめる。それに、こっちには向うの手が見えない。手が上がったりおりたりするのはわかる。だが、その手がどこへ行くのかわからない。向うは貪るように見ているのだが、こちらには向うは見えない[*34]」。彼女が選ぶのは不能でぐったりと寝てしまう夫のアンリなのである。

サルトルが対自身体と対他身体とのあいだの異質性を強調したのに対して、メルロ＝ポンティはむしろ両者が交錯する両義性の場を思索の中心にすえた。サルトルにとって「触ること」と「触られること」はまったく異なる次元に属する[*35]がメルロ＝ポンティは、左手で右手を触る場合を挙げ、この両手が触れるものであると同時に触れられるものでもあるとはいえないが、少なくとも、そこには「二つの手がそれぞれ〈触れるもの〉と〈触れられるもの〉との機能のなかで交互に交代できるような、曖昧な体制[*36]」が現れており、それこそが問題だと考えた。人間の知覚や認識にとって〈地〉や〈背景〉の役割をする身体――いわゆる「身体図式」――を、『知覚の現象学』（一九四五年）は、生理と心理のあいだ、ないしは事物＝即自と意識＝対自のあいだに位置づけ、サルトルとは逆に、そうした両義的な場から出発して意識を考えるのである。

両義性は他者関係においても現れる。私が他者を私と同じく人間であると認めることができるのは、他者の身体のうちに私と同じ身体図式を、「つまり世界を扱う馴染みの仕方を見いだす」からである。そうなると、私の身体も他者の身体も同じひとつの現象の表裏にすぎず、われわれの意識の基底には、こうした共存的な間主観的世界が存在していることになる。そのことがもっとも純粋に現れるのが、平和な間主観性の世界に生きている幼児においてである。ヘーゲル（そして明言はされないがサルトル）のいう意識間の闘争は大人にのみ起こるのであり、その大人の意識も共存的な間主観性を前提にせずには、確固とした判断や思考をおこなうことができないのである[*37]。

メルロ＝ポンティの哲学は、近代においてさまざまな観点――とりわけ意識と事物――のあいだに分裂してしまったわれわれの認識を、身体の両義的だが生き生きとした次元においてもう一度統一的にとらえなおすことめざしたものだったのである。

以上、「戦争とスポーツ」、「セクシャリティと狂気」、そして「現象する身体」という三つの観点から二〇世紀フランス文学における身体の変容を概観した。ひとことでいえば、二〇世紀になって身体はもはや自然でも自明でもなくなり、容易には把握できないさまざまな異形の姿として現れてきたといえるだろう。

おそらくそうした自明な身体の喪失が、身体についての反省的な思考を惹起し、身体とは社会的に構築されたものであるという思想を生んだのではないか。たとえば、ボーヴォワールは『第二の性』（一九四九年）のなかで女性が男性中心的な文明によって他者として作られた存在であることを示したが、そこでは女性の身体がつねに大きな問題として取り上げられていた。また、フーコーの『監獄の誕生〔監視と処罰〕』（一九七五年）は、学校・工場・監獄といった近代的施設において、身体がいかに規律訓練化されるかをあとづけたものである。

いずれもその後のフェミニズム思想や社会理論に大きな影響を与えたが、こうした分析の背後にあったものも、それまで自明視されてきた「自然な身体」に対する違和感だったのではないだろうか。

しかし、われわれは二〇世紀に先鋭化したこのような違和感をまだ解消できてはいない。その意味で〈身体〉はいまなおわれわれの問題でありつづけているのである。

（森本淳生）

注

＊1　Paul Valéry, « La crise de l'esprit », in *Œuvres*, éd. Jean Hytier, Gallimard, « Bibliothèque de la Pléiade », t. I, 1987, p. 988 *sqq.*『ヴァレリー・セレクション』、東宏治・松田浩則編訳、平凡社ライブラリー、二〇〇五年、上、六八頁以下（ただし表記を一部変更した）。

＊2　バルビュスは塹壕生活をリアリスティックに描いて、その不条理を共産主義的な意識の覚醒へと接続していく。ドルジュレスの作品にも同じようなリアリズムによる描写がみられるが、最終的な主眼は戦争を忘却せずいかに記憶するかにあるように思われる。ジャン・ベルニエは今日忘れられた作家だが、そのモダニズム的な文体は注目にあたいする。

＊3　ヴァレリーの『若きパルク』は第一次世界大戦によって滅びることになるかもしれぬフランス語の「墓標」として構想された。また、プルーストの『見いだされた時』には大戦の影響が顕著である。

＊4　Roland Dorgelès, *Les croix de bois* (1919), Albin Michel, « Le Livre de Poche », p. 74.

＊5　Jean Bernier, *La percée* (1920), Agone, 2000, p. 68.

＊6　Dorgelès, *op. cit.*, pp. 156–157. 死体は、さきにあげたバルビュスやベルニエの小説でも頻出する。

＊7　クーベルタンについては、小石原美保『クーベルタンとモンテルラン——二〇世紀初頭におけるフランスのスポーツ思想』、不昧堂出版、一九九五年、を、一八八〇年代以降の軍事教練めいた学校への体操と射撃の導入については、有田英也『政治的ロマン主義の運命——ドリュ・ラ・ロシェルとフランス・ファシズム』、名古屋大学出版会、二〇〇三年、三九—四四頁をそれぞれ参照のこと。

＊8　作家のスポーツ体験、現在ではほとんど記憶されていない「スポーツ小説」については、ピエール・シャールトン『フランス文学とスポーツ——一八七〇—一九七〇』、三好郁朗訳、法政大学

出版局、一九八九年、を参照のこと。また谷真親の紹介したアルチュール・クラヴァンは文字どおり詩人でボクサーだった(『詩人とボクサー――アルチュール・クラヴァン伝』、青土社、二〇〇二年)。

*9 例えば、ドリュ・ラ・ロシェルは代表作である『ジル』のなかで、ある登場人物に「戦争、スポーツ、私たちの時代が私は大好き」といわせている(Pierre Drieu la Rochelle, *Gilles* (1939), Gallimard, « folio », 2000, p. 181)。

*10 とはいえ、モンテルランにとってのスポーツする身体は、男同士のホモソーシャルな連帯感に彩られたものであり、そのため『夢想』のドミニックの女性性は抑圧され、アルバンは彼女に対する仲間的な友情と性的な欲望に引き裂かれることになる。

*11 Montherlant, *Les Olympiques* (1924), in *Romans et œuvres de fiction non théâtrales*, Gallimard, « Bibliothèque de la Pléiade », 1959, p. 373. この引用文も含め、当時の戦争とスポーツの関係については、ピエール・シャールトン、前掲書、八三頁以下、小石原美保、前掲書、一〇八頁以下を参照。

*12 Montherlant, *op. cit.*, pp. 297–299.

*13 Pierre Drieu la Rochelle, *Interrogation* (« Restauration du corps »), in *Écrits de jeunesse 1917–1927*, Gallimard, 1941, pp. 35–37. 同様の主張が『今世紀を理解するための覚書』のなかでより詳細に展開されている(*Notes pour comprendre le siècle*, Gallimard, 1941, p. 134, etc.)。

*14 Pierre Drieu la Rochelle, *La comédie de Charleroi* (1934), Gallimard, « L'imaginaire », 2001, pp. 63–66.『ジル』でも同様の高揚感が回想されている(*Gilles*, pp. 111–112)。

*15 *La comédie de Charleroi*, p. 67.

*16 有田英也、前掲書、六九―七一頁。

*17 セリーヌ『夜の果てへの旅』、高坂和彦訳、『セリーヌの作品』第一巻、国書刊行会、一九八五年、三一九頁。

*18 「明るい塔」(『野をひらく鍵』所収)、『アンドレ・ブルトン集成』第七巻、粟津則雄訳、人文書院、一九七一年、四二四頁。

*19 Raymond Jean, *Lectures du désir. Nerval, Lautréamont, Apollinaire, Eluard*, Seuil, « Points », 1977, p. 119. 以下、アポリネールに関しては本書を参照した。

*20 Apollinaire, *Poèmes à Lou*, XXXIII, in *Œuvres poétiques*, éd. Marcel Adéma et Michel Décaudin, Gallimard, « Bibliothèque de la Pléiade », 1965, p. 427.

*21 *Ibid.*, pp. 619–21.

*22 André Breton, *Les Vases communicants*, in *Œuvres complètes*, éd. Marguerite Bonnet, Gallimard, « Bibliothèque de la Pléiade », 1992, t. II, p. 140.

*23 はじめの座談会が一九二八年一月二七日、最後の第一二回が一九三二年八月一日におこなわれている(『性に関する探究』、野崎歓訳、白水社、一九九三年)。

*24 たとえばブルトンによる男性同性愛の批判を参照。「ぼくが男色家を非難するのは、彼らが人間の寛容につけこんで精神的、道徳的な欠陥を正当化し、それを体系にさえ仕立てあげることによって、ぼくが尊重するようなあらゆる企図を麻痺させてしまうからなんだ」(前掲書、四六頁)。

*25 Georges Bataille, *Histoire de l'œil* (*édition de 1928*), in *Romans et récits*, éd. Jean-François Louette, Gallimard, « Bibliothèque de la Pléiade », 2004, p. 88.『眼球譚』、生田耕作訳、『マダム・エドワルダ』、角川文庫クラシックス、一九九八年、一六一—六二頁（ただし表記を一部変更した）。ちなみにフロイトによれば（「無気味なもの」）、眼球とはファロスであり、眼球の喪失とは去勢を意味する。

*26　グザヴィエル・ゴーチエ『シュルレアリスムと性』、三好郁朗訳、平凡社ライブラリー、二〇〇五年、六八頁、七二頁。

*27　アントナン・アルトー「感性の体操」、『アントナン・アルトー著作集I　演劇とその分身』、安堂信也訳、白水社、一九九六年、二一五—二一九頁。

*28　Antonin Artaud, *Pour en finir avec le jugement de dieu*, in *Œuvres complètes*, Gallimard, t. XIII, 1974, p. 104.『神の裁きと訣別するため』、宇野邦一訳、ペヨトル工房、一九八九年、四八頁。アルトーと身体をめぐっては、宇野邦一『アルトー　思考と身体』、白水社、一九九七年、がある。

*29　桜井哲夫「近代家族のなかの「青年」」、『現代思想』、一九八五年六月号。

*30　Paul Valéry, « Réflexions simples sur le coprs », in *Œuvres*, *op. cit.*, t. I, p. 923*sqq*.『ヴァレリー・セレクション』、前掲書、下、二三七頁以下。

*31　Jean-Paul Sartre, *L'être et le néant. Essai d'ontologie phénoménologique*, Gallimard, 1960 [1943], troisième partie, chapitre II.『存在と無　現象学的存在論の試み』新装版、松浪信三郎訳、人文書院、一九九九年、下巻、第三部第二章。

*32　サルトル『嘔吐』、白井浩司訳、人文書院、一九九四年、一六一—六二頁。

*33　同前、二六〇頁。

*34　サルトル『水いらず』、伊吹武彦訳、新潮文庫、一九九八年、十一頁（ただし表記を一部変更した）。

*35　Sartre, *L'être et le néant*, p. 366.『存在と無』、下巻、六一三頁。

*36　Maurice Merleau-Ponty, *Phénoménologie de la perception* (1945), Gallimard, « tel », 1995, p. 109.『知覚の現象学』、竹内芳郎・小木貞孝訳、みすず書房、一九六七年、I、一六五頁。

*37　*Ibid.*, pp. 406-408. 同前書、II、二一八—二一頁。

9章　裂開と神秘——『若きパルク』の構造とその身体論

森本淳生

ポール・ヴァレリー（一八七一—一九四五年）は、若くしてマラルメの火曜会に出席し、象徴主義的な詩篇を発表する詩人として出発した。しかし、年上の既婚女性への片思いに端を発した内的危機は、九二年のいわゆる「ジェノヴァの危機」において、曖昧を捨てすべてを明晰に意識しようとする「知的クーデタ」にまで発展し、詩作は次第に放棄されていく。『レオナルド・ダ・ヴィンチの方法への序説』（一八九五年）や『テスト氏との一夜』（一八九六年）などの重要なテクストを発表した後は、いくつかの小篇をのぞいて作品を発表せず、一八九四年に始められた思索のためのノート（『カイエ』〈図1〉）に沈潜し、文壇からは姿を隠すようになっていった。

本章で取り上げる『若きパルク』（一九一七年）は、そうしたヴァレリーが文壇に復帰するきっかけとなった重要な作品である。それは、若き日の詩作に対する総決算であるとともに、すでに二〇年以上にわたって『カイエ』のなかでひそかに深められていた彼の心理学思想の文学的集大成であり、さらには、一九一四年に勃発した第一次世界大戦によって失われることになるかもしれないフランス語のための「小さな、おそらくは葬いの記念碑——日付もない小さな墓碑」[*1]として構想されたものでもあった。『パルク』の成功によって、二〇年代以降、ヴァレリーは「ヨーロッパ知性」を代表する知識人として華々しく活躍することになる。

ところで、ヴァレリーにとって「身体」とは、なによりもまず明晰な認識をはばむ未知の領域であった。「時代と展望6」でもみたように、ヴァレリーは「三つの身体」を区別したが、それは身体が意識に現れるいくつかの様相にしたがって身体概念を整理する試みだった。しかし、私が内的に感じる身体、他者にみせる身体、そして解剖学が対象とする身体という三つの身体を明確に関係づけることは不可能である。たとえば、私が痛みを感じるとき、私はその痛みを、生理的なプロセスと結びつけて統一的に把握することはできない。痛みに耐える人と解剖学者とはつねに別の人間であるほかはないのである。

こうした身体と認識の離反は、『テスト氏との一夜』の末尾でベッドに横たわるテスト氏が語る「苦痛の幾何学」にまでさかのぼる、ヴァレリーにとって最重要なテーマのひとつであった。人間にとって自己の身体とは、外界にはたらきかけるために不可欠なもっとも親しいものであると同時に、内部の複雑な組織を意識することが不可能な謎にみちた存在でもある。デカルトのコギトを変奏して「ときに我思い、ときに我あり」(*C*, VII, 746)[*2]と書いたヴァレリーは、わかちがたく結びついた認識と身体が、他方ではたがいに還元不可能であることにきわめて自覚的であった。人間は身体的存在であるが、意識から完全に解放されることもないのである。

ヴァレリーの代表的詩篇である『若きパルク』は、詩人みずからによって「生理学」的な詩篇として性格づけられた作品である。[*3]実際、個々のテーマのみならず、詩篇の全体的構造も、意識と身体が相克する人間のありようをその矛盾のままに提示している。本章では詩篇全体の読解を素描しながら、意識を内包してしまった身体的存在がどのように描き出され

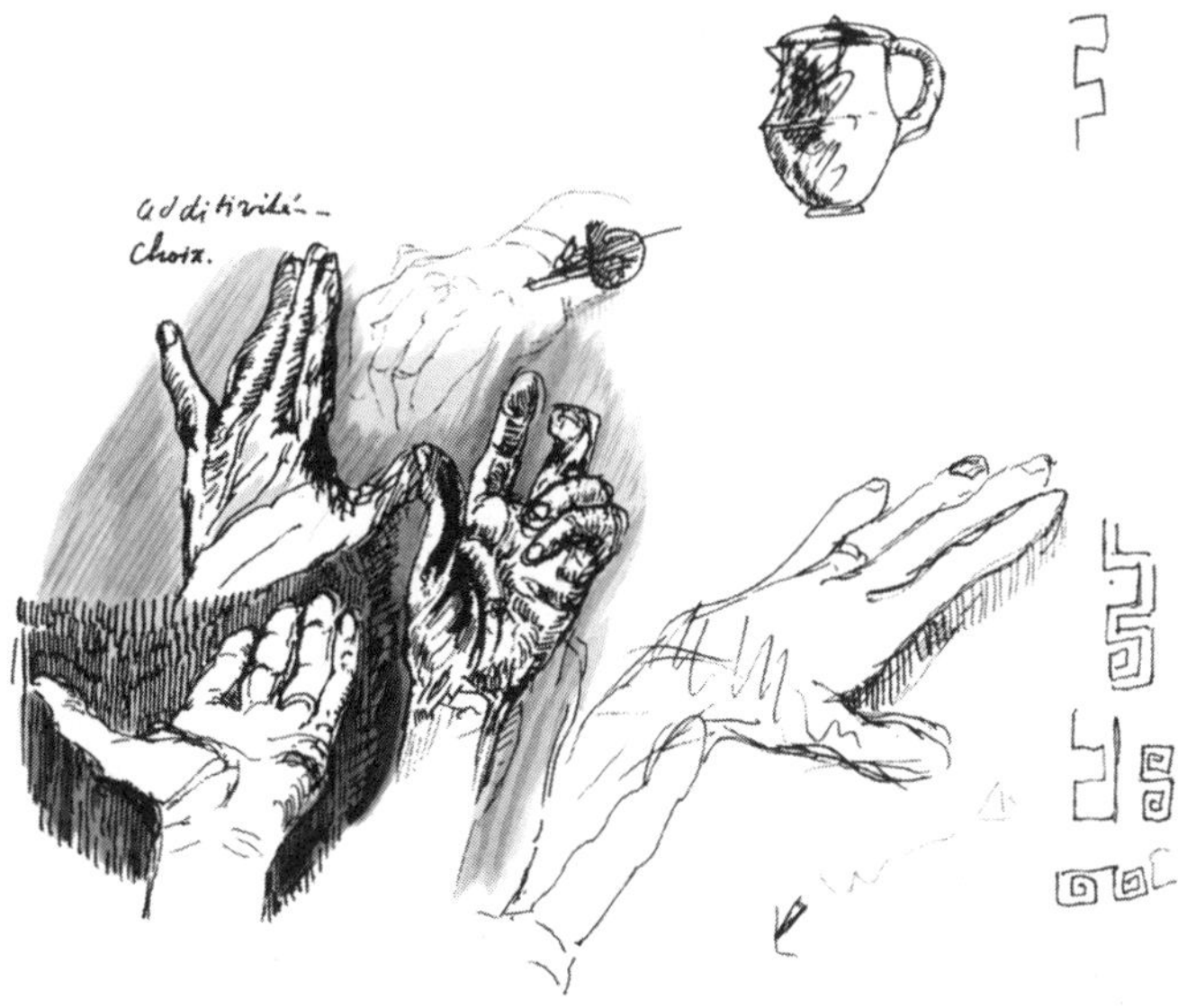

図1　ヴァレリー自身による手のデッサン。1922年の『カイエ』より(*C*, IX, 31)。

ているのかを明らかにしたい。

1 涙

「誰が泣くのか、そこで?」(一)[*4]——よく知られているように、『若きパルク』は、未明にわれ知らず涙を流しながらパルクが目覚めるところから始まる。ひとつの裂開がパルクの内部に生じ彼女を苦しめるが、パルクはまだ自分自身が泣いていることを自覚しない。苦痛に満ちた分裂の漠然とした感覚に、パルクはただ問いを発するだけなのである。このパルクの「涙」については、精神分析的観点から原初的な母親との一体性を喪失したためであるとか[*5]、キリスト教的な意味で「神から見放された状態」déréliction におちいったためであるとか[*6]、さまざまな意味づけがなされてきた。しかし、まず第一に確認しておくべきことは、ルヴァイヤンが指摘したように[*7]、詩篇冒頭以前の未知なる原因によって引き起こされた内的攪乱に対して、事後的に反応するプロセスこそがパルクの「私」を構成しているという点である。この「反応」réaction ないし「反射」réflexe の概念は、精神分析的にではなく身体的な次元において、つまり、ヴァレリーが大きな影響を受け、またフロイト自身の出発点でもあった、十九世紀後半の反射=運動理論的な心理学の枠組みのなかで考えられるべきであろう。起源にある喪失の意味よりも、それに対する反応の運動的、生理学的なプロセスが問題なのである[*8]。

実際、井澤義雄が強調したように、『若きパルク』は涙の「生成と流出の生理的心理的メカニズム」[*9]を描きだす。冒頭のシーンに対応するかのようにおかれた第一部末尾の「涙」の詩句をみてみよう。

もはや私の望むものは、ただおまえの幽かな明かるさだけだろう、
長いこと私の顔の上へと溶け出ようとしていた

今にもあふれそうな涙よ、ただおまえだけが私に答える、
〔……〕
私の底にうがたれた恐れの洞窟から
神秘なる塩が音もなく水をにじませる。
おまえはどこから生まれるのか？　つねに悲しみにくれる新しいどんな仕事が、
涙よ、苦渋にみちた影からおまえを徐々に引きだしてくるのか？
死すべき女、母である私の階梯をよじ登り、
執拗な胎児であるおまえは、自己のたどった道を引き裂き、
私の生きる時間の中を緩慢に進みながら、
私の息を詰まらせる……　おまえの確実な歩みを飲みこみ、私は沈黙する……
誰が、私の若い傷を癒すためにおまえを呼ぶのか？

（二八〇―二九八）

『カイエ』において「涙」は、「出口がなく、にもかかわらず押し迫る思い」に由来するとされている（C, III, 717）。涙は、ある状態に対して明確な想念や行為によって対応できないときに生じる、身体の精一杯の反応なのである（C, VII, 346）。じつは、ここにみられるのは反射理論的な心理生理学であり、ベルクソン、ジャネ、リボー[*10]、ビネ（そしてフロイト）などヴァレリーと同時代の思想家たちも共有した思想であった。それによれば「意識」は、刺激が直接反応へと結びつかず、内部の神経的なプロセスに滞留し、さまざまな反応の可能性を獲得するという「遅れ」の現象から生じる。[*11]ヴァレリーの『カイエ』にも、自由な意識を反応の「遅れ」と結びつけた断章が数多く存在する（*C. int.*, IV, 248, 380, 382, 390; V, 300, etc.）。[*12]引用した『若きパルク』の一節も別のことを語っているわけではない。ある「若い傷」を受けた私は、それを語るべき言葉を奪われ、息を詰まらせる。「涙」とはそうした状況において唯一「私に答える」ものなのである。それは明確な反応ではなく、

ある「遅れ」を伴ったものであるだろう（「徐々に」と訳した部分は原文で« avec retard »となっている）。一九〇六年の『カイエ』には、「涙」を、「言葉にできないもの」l'ineffable として、また「それに対する器官の欠如」にもかかわらず現れるものとして描く詩の素案とならんで、反省することを可能にする「環境に適応した遅延」についての理論的断章がおかれているが（*C. int*, VIII, 112）、これも以上のような文脈から理解することができるだろう。

ひとことでいえば、「涙」は、刺激と反応とを媒介する高度で複雑な神経系[*13]が、的確に刺激を処理できないときに現れる心理生理的な現象である。そこには、反応が不完全であるために生じる「遅れ」が存在する。しかし他方で、この「遅れ」は意識を出現させるものでもあった。「涙」とは、身体内部の深淵とそこから生じる処理できぬ衝動を前にして、無力な「意識」が流すものにほかならない。

逆に、刺激と反応とが、原始的な状態においてではなく、高度に組織化された次元において、遅滞なく対応しあうとき、「調和的な私」の状態が生じる。それは「純粋な行為」（一〇四）をおこない、意志と行為のあいだにほとんど齟齬がない状態なのである（「私の抱く願望は瞬く間に満たされるので、／私は、自分の意志の方がわずかにすばやいのだと感じられるだけだった！」（一三六―一三七））。

2 蛇

しかし通常は、人は刺激と反応のあいだの内的な分裂に苦しむ（「破れた心」（八））。この裂開こそが「問い」――「誰が泣くのか？」――を生み出すものである。身体の深奥にひそむ「苦痛」や「罪」（二六―二七）が、それらに対する鋭い意識（「星々」（一八））を生むのだ。しかし注意すべきは、苦痛が意識を生むとともに、意識は逆にますます苦痛を増大させる、という身体と意識の相乗作用である。このはてしない地獄のような自己意識の往還運動のなかで、パルクの身体は蛇へと変身していく。ルヴァイヤンの卓越した分析が示すように、これは第二五―三七行のテクストが明瞭に示すところである。「驚異に咬まれた岩礁」（咬む）、「私はふっくらした腕でこめかみを抱え」（円環、輪）、「不可思議な体の広がりを震えにこわばらせ」（波打つ感覚、身体に対する違和感）、「自己のさまざまな甘美なつながり」（絡み合い）、「自分の血に宙づりにされ」（咬もうとする態勢）、「蛇行しながら、私は自分が自分を見るのを見ていた」（詩句の波打つようなリズム）――第三七行で「私はそこで、私を咬んだ蛇の後を追っていた」と名づけられる前に、蛇はパルク自身の身体として現前しているのである[*14]〈図2〉。

『若きパルク』において、「蛇」はもっとも両義的な存在である。

一方では「欲望のなんというねりか」（三八）といわれるように、蛇は性的な欲望と官能の化身である。ただし、この蛇は、井澤も強調したように、『創世記』の蛇が外在的存在としてイヴを誘惑するのとは違い、内的な生理的要因がひきおこす苦悩の結果として現れるものである。それはいわばパルク内部の「生理学的な蛇」なのであり[*15]、その意味で、ベモルもいうように、「パルクとは蛇であり、蛇の住処なのである[*16]」。

しかし他方でパルクは、「私は知性に属する」（八二）と宣言して、蛇を拒絶する。

ゆけ、私はもはやおまえの素朴な種族を必要としない、
親愛なる蛇よ……　私は自分自身に絡みつく、目もくらむほどの存在よ！
その絡みあう蛇体をもう私に貸す必要はない、〔……〕
（五〇―五二）

とはいえ、「私はやはり期待していたのだ、自分の豊穣な砂漠から／このような激情と編み紐とが生まれることを」（六四―六五）ともいうパルクの状態はきわめて曖昧である。蛇を遠ざけるのも、彼女の「魂」が自分で自足しうるからであり、その理由は、この魂が「夜々、私の乳房の魅惑的な岩々に噛みつくすべを知っている」（五四―五五）からである。だとすれば、井澤が強調したように[*17]、パルクは蛇と同じような官能を自分だけでひきおこせるのだといっているのであり、彼女は

やはり官能の蛇なのである。

それだけではない。すでに冒頭部にみたように、「誰が泣くのか」と問う知性の反省作用自体が、自意識として自己に回帰する運動であり、「蛇行しながら、私は自分が自分を見るのを見ていた」(三五)とパルクがいうとき、意識は、とぐろを巻く蛇、あるいはみずからの尾を噛むウロボロスのかたちをとっている。これに加えて、ゼーレンセンとショスリー＝ラプレが指摘したように、第一断章は、「誰が泣くのか」以下、「おまえは何をするのか〔……〕いかなる震えが」(一三―一四)、「いかなる苦痛が〔……〕いかなる罪が」(二六―二七)と反復して問いが現れ、パルクの自己意識が深化していくのだが、[*18]この問いの回帰する動きも蛇を連想させるのである。

したがって、ピエトラのように、「蛇は欲望と理性というふたりの主人に仕える」[*19]ととりあえずはいうことができる。しかし注意すべきは、亜流の精神分析がおこなうように截然とわかたれたエロスとヌースの二元論をあらかじめ措定し、蛇という両者の代理表象を通じて理性と欲望が葛藤する、という図式では、『若きパルク』を正確に把握できないことである。蛇は、知性と欲望のそれぞれを代表するのではなく、端的に知性であると同時に欲望である。実際、第二断章の詩行は、通俗的な局所論的力動図式から大きく離れ、その意図的な曖昧さによって、意識と欲望を同時に内包したパルクの両義的なありようをたくみに表現することに成功している。

欲望のなんといううねりか、這いゆく蛇は！……
財宝のなんという無秩序が私の貪欲から身を引き離すのか、
そして清澄さへの何という薄暗い渇望か！
ああ奸策を弄する蛇よ！……　身にのこる苦痛の光で、
私は感じた、自分が傷つけられたというより知られた、と……
魂の最も油断ならぬ場所に、ひとつの切先が生じる。

図2　パルクとおぼしき女に蛇がまとわりつき、両者は不可分となる（『ポール・ヴァレリー　デッサン集』、図版93）。

毒、私の毒が、私を照らし、自分を知る。
それは、自分自身に絡みついたひとりの処女を彩る、
嫉妬深い女…… しかし誰に嫉妬し、誰に脅かされているのか？
そしてどんな沈黙が私のただ一人の所有者に話しかけるのか？
神々よ！ 私の重い傷の上で、秘密の妹が
燃え上がる、彼女には注意深い女よりも自分の方が好ましい。
（三八―四九）

この断章の「私」はとりあえずは知的な意識であると考えてよいだろう。たび重なる問いの反復と自己意識の動きによって蛇となったパルクは、ここで自分の問いへの「貪欲」から、もう一匹の蛇――欲望の蛇――が身を離していくのをみる。しかし、欲望の蛇も自己意識の蛇と別のものではない。「清澄さへの何という薄暗い渇望か」という表現は、まさに混沌たる欲望の動きのなかから知性が生じることを意味しているだろう。欲望が内部に生じることで、それに対する意識が生まれ、両者の相乗作用によって、欲望が駆り立てられるとともに、意識も先鋭化していくのであり、両者の向かう方向は正反対でありながら、ともにひとつの同じ自己回帰の運動によって突き動かされているのである。魂のもっとも傷つきやすい場所に生じた「切先」――欲望――は「毒」といいかえられるが、これはすぐに「私」――意識――のものともされ、意識の光をもたらすとともに（「私を照らし」）、他方では、この「毒」自体が自己意識のように「己を知る」のである（ある草稿には「私は自分自身の知の毒を作り出していた」（*JP*, III, f° 25）とある）[*20]。意図された両義性は精緻をきわめている。つづく「それ」は欲望としての毒であるとともに意識としての「私の毒」でもあり、それに応じて、「自分自身に絡みついたひとりの処女」は欲望に身をくねらせる女であるとともに、自己を凝視する意識でもある。
このようにして同じ円環運動を通して先鋭化し、かたちをとり始めた欲望と知性は、たがいに相手に「嫉妬する」[*21]。「清澄さへの薄暗い渇望」をもつ欲望は、意識されることでよりいっそう激化するのであり、意識もまた欲望の刺激がなければ

鋭敏になることがないからである（「傷は認識へと導いた」、「結果は私の意識だった」(*JP*, III, fº 65)）。つまり、意識と欲望はたがいに相手の力に依存することによってのみ、発展することができる。「嫉妬」とは、自己を存立させるこのような外部の力に対して感じられる羨望のことである。草稿はこうした解釈の傍証となろう。一方で、「私の思考のつくるこれらの絡み合いに嫉妬して」と、自己反省作用への渇望が書かれるとともに、同じ紙片には、「その〔蛇の〕褥の奸策は、私の思考を照らしていた／神秘的な絡み合いが私の思考を生み出していた」と書かれ、欲望のうねりから思考の生じることが明記されているのである (*JP*, III, fº 48)。しかし、完成稿はこのような分離したかたちではなく、両義的な表現を提示している。

それぞれ自律的な存在を獲得しはじめた欲望と知性は、次第に相手が自分の同類であることを忘却し、相手の存在を理解できなくなっていく。「しかし誰に嫉妬し、誰に脅かされているのか?」という疑問は、思わずも相手に感じた嫉妬と、相手に同化されてしまうのではないかという恐怖を前にして、自分がなぜそう感じるのか訝る姿を示している。実際、蛇行のような円環運動から分離した姉妹である欲望と意識は、自律的存在を獲得するにしたがって、たがいに相手を支配しようと望むのである。その意味で、第四七行の「私の所有者」もきわめて両義的である。

たとえば、アランはそれを「傲慢な精神」、「問いそのもの」とし、また井澤は意識ととり、その前の「沈黙」は肉体と情念が言葉ならず語ることであると考えている。[*22] たしかにこうした解釈は、第三二行の「すべてが私のもの、私は自分の肉体の主人」という表現とも一致する。

しかし他方で、「私の心は私にとって、より暗黒な所有者であった〔……〕私の神秘的な心は私の所有者であった」(*JP*, III, fº 65)、あるいは「あれほどに暗黒な所有者が巻きついているのは本当に私なのか」(II, fº 19vº) など草稿にみられる表現からは、情念が意識を支配しようとする様子もうかがえるのである。自律的になりはじめた欲望と意識はたがいに相手を理解できない（「沈黙」）。しかし、にもかかわらず、両者の相克は相手への関心と懐疑を呼び覚ます（「語しかける」）のである。

最後の二行は、とりあえずの訳にみられるように、欲望という「秘密の妹」が「注意深い女」より自分を好み、官能に身を焼くことを述べているようにみえる。しかし、清水が指摘したように、[23]この原文 « une secrète sœur / [...] qui se préfère à l'extrême attentive » は、« à l'extrême » を副詞句ととることで、「自分が極度に注意深くあることを好む」の意味にもとれるのであり、両義的表現は最後まで徹底して用いられている。そして、そもそも「姉妹」sœur という表現は、知性と欲望が同根の存在であることを示しているだろう。

『若きパルク』に盛られた「思想」は、あえてひとことで定式化すれば、〈永遠回帰の一元論〉ということになろう。つまり、認識や欲望をはじめとする人間のさまざまな活動は、身体の生理的な自己再生運動に由来するのである。[24]生殖や血流の循環など、自己反復的な運動が生命現象の基本であるとヴァレリーは明確に自覚していた。[25]また、心理現象を反射や運動にもとづけようとした当時の心理学からいっても、欲望と意識が同じように身体の生理的現象に由来することはきわめて当然のことであった（冒頭で述べたように、詩篇の主題はヴァレリー自身によって生理的なものとされていた）。

しかし、ひとたび生じた欲望と意識は、相乗作用によって自律性を増しながら、対立を先鋭化させていく。蛇を歌う冒頭から第一〇一行までは、両者の同一性と相克を精緻な両義的表現によってみごとに言語化したものといえるだろう。

3　分裂の激化と狂乱の死――『若きパルク』の構造（1）

したがって、繰り返しになるが、「蛇」は、心理学が仮構する独立的なふたつの審級としての知性と欲望を、交互に象徴するわけではない。反復的運動を本質とする同じひとつの身体的存在が、ときに「知的状態」、ときに「欲望的状態」へとみずからを「転調」modulation[26]させながら、このふたつの極のあいだをたえず往還している運動こそが「蛇」なのである。

『若きパルク』という詩篇を全体として理解する際にも、この点はきわめて重要であるように思われる。第一に、ベモルが指摘したとおり、詩の展開自体がウロボロスのように自己回帰運動をおこなっており――最後の太陽への讃歌は「調和的な私」へと戻っていく[27]——、その意味で「『パルク』という詩篇自体が蛇なのである[28]」。しかし、これにもまして注意すべきは、転調のそれぞれの段階において前景化するテーマ——知性、欲望、生命、死など——は、蛇が相反する状態の唯一の起源であったように、対立するテーマを潜在的に内包しつつ展開されるという点である。およそ人間であるかぎり、完全な知的存在も完全な欲望的存在もありえない。またそうであれば、そもそも転調することなどないだろう。生命は死を内包し、死は生命と不可分である——これが『若きパルク』のもっとも重要な思想のひとつである。

詩篇を全体として正確に把握するためにも、以下では『若きパルク』の構造をもうすこし具体的に考えてみたい。

一読して明らかなように、詩篇は、第十断章終結部（二九九—三二四）でパルクが絶壁から投身自殺をはかる（と思われる）場面で前半部を終え、つづく「神秘的な私」に始まる夜明けと目覚めの場面で後半部を開始している。この前半部と後半部は、内容的に偏差をはらみつつも鏡像のようにたがいを照応しあう関係にある。フロミラーグが指摘したように、詩篇は明るい場面（A）と暗鬱な場面（B）によって構成されており、前半部は中心に位置する「調和的な私」を涙のテーマが挟み、後半部は死の回想を夜明けのシーンが包みこんでいる。つまり、詩篇全体はABA—BABというかたちで構成されているのである[29]。

『若きパルク』について詳細な注解を試みたレジーヌ・ピエトラも、「神秘的な私」を中心とする前半と後半の鏡像関係を認めるが、ただし完全に同一な像を反映しあうのではなく、ちょうど螺旋の回転が偏差をはらむ同一点へと回帰するように、異なる価値を付されながら反射しあうのだという。ピエトラの論には多くの傾聴すべき点があるが、実際に提示された構造は、偏差をはらむ照応関係というよりは、静的な対称関係をなしており、『若きパルク』の構成を正確に映しているのかは疑問が残る。詳しくいえば、ピエトラは前半部と後半部をそれぞれ七つの部分にわけ、それらが「神秘的な私」を中心にして、シンメトリーをなす——つまり、前半の第七部が後半の第一部と対称関係にあり、以下詩篇冒頭部と終末部にいたるまで、各部分が対称をなす——とするのだが、フロミラーグと同様、偏差は、たとえば生と死といったそれぞれの部分に盛られる内容にのみみられ、構造自体はきわめて静的なのである[30]。

こうしたマクロなテーマ的構造とは対照的に、広義の音声的・韻律的構造をミクロなレベルにいたるまで明らかにしたものとしてショスリー＝ラプレの研究がある。その詳細を紹介する余裕はないが、二―十二詩句からなる詩篇の多くの細部が、音韻的、意味的、語彙的、統辞的、構造的な五つの領域にわたって、相互に平行ないし対称関係をなし、「作品全体がひとつの強力な建築的複合体として組織される」[*31]実態を具体的かつ詳細に提示した研究は、『若きパルク』の理解を、いわばヴァレリーの意図にそって、大きく前進させたといえるだろう。しかし、こうした極度にミクロな分析が、他方で全体的な構造と、そこに現れる思想とを、ときに見失なわせかねないのも事実である。したがってここでは、いくつかの細部の照応に目を配りながらも、詩篇全体の構造を、思想との連関のなかで再検討してみることにしたい。

興味深いことに、ピエトラが描く前半部と後半部の対照表にはひとつの大きな欠落が認められる。実際、彼女のいう前半第七部の「涙」のテーマは、対称関係にある後半第一部のなかに対応するテーマをもたないのである。これは「蛇」が前半冒頭と後半末尾に対照的に配されていることを考えれば、すこし奇妙であろう。『若きパルク』の構造は、夜明けを転回点とする単純な対称関係だけによって成立しているのではないのではないだろうか。

注意深く読むまでもなく、冒頭に登場した「涙」と「蛇」のテーマは、それぞれ前半部の終わり（二八〇以下）と後半部の終わり（四一三以下）において再帰している。詩篇の展開を概略的に示せば（以下、〈図3を参照〉）、冒頭の「涙」とともに目覚めたパルクは、「問い」を反復するなかでみずから「蛇」へと転身し、欲望と意識のあいだを往還する。ここでは「涙」はもちろんのこと、「蛇」もその反復される問いの象徴として、また理解をこえて肉体をつき動かす欲望の象徴として、主体につきつけられた「謎」であり、反射＝運動理論的なヴァレリーの『カイエ』の思想を参照すれば、「問い」demande と「応答」réponse の「問い」にあたるものなのである。

前半部の終わりに現れる「涙」は、とりあえずは、この冒頭の謎に対する答えである。すなわち、自己意識に目覚めたパルクは、知性と欲望のそれぞれを深化・先鋭化させ、このふたつのあいだでの分裂に苦しみ、その過程で、世界と一体化していた「調和的な私」を想起するが（第五断章、一〇二―一四八）、回想はやがて純粋な意識へと昇華しようとする死の誘惑と、そうした明晰な意識が生む倦怠へ（第六―七断章、一四八―一八四）、またその対極にある幼年期の記憶や成熟した女性としての性的官能の思い出（第七―八断章、一八五―二〇八）へと移っていく――。フロミラーグとピエトラが示したとおり、[32]「調和的な私」に始まる中間部の回想は、それ以前の欲望的存在と知性的存在とともに、「嘘」（二〇一）とみなされ決別されている。たえざる問いを本性とする自意識は、当の知性をも含めてすべてを相対化しつづけるのである。

　しかし、にもかかわらず、パルクは回想するうちに、この過去を現在において生き始めてしまう。第九断章冒頭の「天におかれし我が眼が、我が聖堂を描かんことを！／我が上に比類なき祭壇が据えられんことを！／このように私の全身の石と蒼白とが叫んでいた……[33]」（二〇九―二一一）という詩句は、肉体から純化され天空の星座[34]へ昇華しようとする知性の欲望を示している。ここで知性は、もはや清澄な意識として冷静に対象を眺めるものではなく、官能と生命を前にして、「否！」とくり返し叫ぶ（二六五、二六九、二七一、二七六）衝動性を帯びた存在なのである。

　しかし、それと同時に欲望も激化し、パルクは死に近づくほどの性的官能を感じ（「光よ！……　あるいはおまえ、死よ！　すばやい方が私をとらえればいい！……／鼓動が高まる！　高まる！　乳房

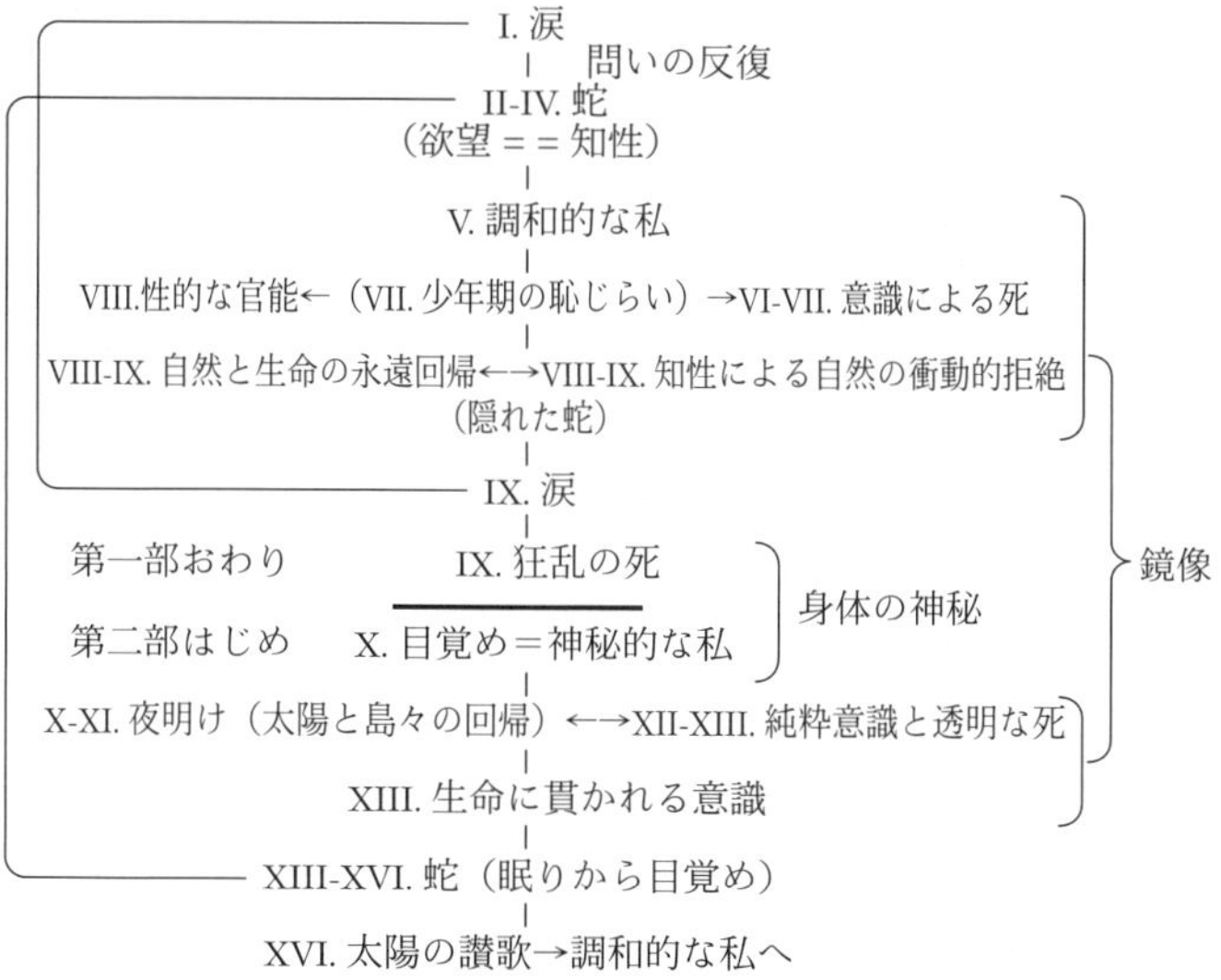

図3　『若きパルク』の構造

は燃えて私を誘惑する！／ああ！　盛りあがり、ふくらみ、はちきれるほどになれ、堅い乳房よ」（二五三―二五五）、詩篇は春の再来や木々の繁茂の描写を通じて、生命の「永遠回帰」（二六三）といった宇宙論的な次元にまで拡がっていくのである（詩篇はこのように、対立する二要素をつねに保持しながら展開していく）。

こうして先鋭化していく知性・意識と官能・生命の両極のあいだを激しく往還するパルクは、その分裂の激化からついには錯乱におちいる（「偉大なる神々よ！　私はあなた方のうちで狂乱の歩みを失う！」（二七九））。前半終結部の「涙」は、このようなパルクが最後に嘆願するもの、彼女に答える唯一のもの（二八二）なのである。つまり、パルクはもはやたんなる知性にも欲望にも自足できない以上、両者の分裂に対処する手段としては「泣く」ことができるにすぎない。しかもここでの「涙」は謎に対する明晰な答えではありえず、自分の不可知な身体（「どこに行くのか、自己固有の無知に答えもせず、／暗黒の夜に自分の信仰に驚くこの体は？」（三〇二―三〇三））に対する問いをあらためて惹起してしまう（「傷、嗚咽、薄暗い試み、それらは何故あるのか？」（二九九））。

第一部の最後でパルクが絶壁での自殺を試みているように思われるとすれば、それは自己内部のさまざまな問いと想念が、パルクの確固とした自我をおびやかすまでに、その運動を激化させたためであろう。そのとき、自我はもはや考える主体であることをやめ、想念の集合離散の運動のなかに溶解してしまう。これこそが、「投げられた全ての運命は／狂わんばかりに多様であり、貪欲な忘却の輪廻をまわすのだ……」（三二〇―三二一）と描かれる荒海が翻弄するパルクの姿が象徴するものなのである（つまり、荒海とは、欲望と意識のあいだで分裂・激化したパルクの内的想念の世界である）。したがって正確にいえば、問題は、自殺――意志による行為――ではなく、自己の内部に沈潜し、絶えず問いを発すること（「自分だけを思うこと」（三二一二三））からくる錯乱なのである。そしてそれに対しては、「涙」も本当の答えとはならないのだ。

4　身体の神秘――『若きパルク』の構造（2）

『若きパルク』の構造は、「神秘的な私」を境にして、前後が鏡像関係をなすと考えられてきた。しかし、すでに示唆したとおり、「涙」と「蛇」のテーマの配置は、単純な対照関係にはおさまりきらない。むしろ、「涙」は第一部の冒頭と末尾に配されて、前半部の円環構造を閉じる役割をしており、全体の冒頭と末尾におかれた「蛇」は、そうした第一部の円環構造を内包しながら、より大きな円環を作り出す役割をになっているように思われる。つまり『若きパルク』はやや歪んだ入れ子構造になっているのである。

じつは、ABA―BABの図式はあまり正確ではない。たとえば第一部の中間部をなすB（光に満ちた場面）には「調和的な私」の第五断章だけしか対応させられないが、実際の中間部としてはパルクの回想全体（第五―八断章）を考えておくほうが自然である。傍証としては次のような事実もあげられよう。星座への昇華を欲求する第二〇九行以降、「涙」のテーマが回帰するまで、パルクは意識と欲望の極限を激しく往還するが、じつはこの部分には「蛇」が隠されており、その結果、第一部は〈涙―蛇―回想―（蛇）―涙〉という精緻な対称構造を示しているのである。実際、第二四二行の「草むらの下に隠れていた優しい流れ」は、ピエトラが指摘したように、ウェルギリウスの『牧歌』第三巻第九三行にみられる「草むらには蛇が隠れている」と響き合うのであり[*35]、また次行の「渦」も第六二行で蛇を示していた言葉なのである。[*36]

さらに、夜明けと姿を現しはじめた島々への呼びかけ（第十一―十二断章）で始まる第二部は、この部分がBにあたり、つづく「透明な死」を中心とする第十三―十四断章（三六一―四〇五）がA（闇の場面）にあたると考えられているが、こうした光から闇への展開は前半中間部にうまく対応させることができない。前半中間部は、「調和的な私」という世界と主体が一体化する理想的状態を導入部として、つづく部分では純粋意識の死と官能＝生命の永遠回帰とのあいだで激しく揺れるパルクの姿を描いており、光と闇のテーマは混淆しているからである。各断章は相反するテーマを必ず潜在的に内包しつつ構成されるという原則からいえば、第十一―十二断章は夜明けの再来という自然の永遠回帰を前面に出しつつも、そこに「苦いまでに同じ自分」(三二七)という自意識による倦怠のテーマや、島々に「深淵に沈むおまえたちの足は凍っている!」(三六〇)と宣言する意識の否定的契機を混淆させているし、また第十三―十四断章は、「運命の微妙な色合いへの明晰なる軽蔑」である「透明な死」(三八三―三八四)を主要テーマとしながらも、「私の死よ、すでに形づくられた秘密の子よ」(三六二)と胚胎にかかわる語句を潜ませ、「泣く」という不可知の身体的機能が自意識による倦怠と死を妨げるとして(三七九―三八〇)、自然の力をその潜在的なテーマともしている。

しかし、もっとも注目をひく現象は、こうした鏡像的反映――夜明けになってからの回想――のなかに自然の永遠回帰や自意識による死がそのものとして現れているにもかかわらず、「調和的な私」それ自体は不在であるという点である。不在――とはいっても、完全にではない。「太陽に比肩する者、太陽の妻であった」「調和的な私」に対応するように、第十三―十四断章では、「私はきわめて純粋な死の輝きを支えていた/ちょうど私がかつて太陽を支えていたように……」(三七〇―三七一)とされているし、世界との調和は、ここでは火葬の煙となって空間全体と広がり一体化する様子となって描かれている(三九七―四〇五)。第十一―十二断章では反映はよりいっそう隠されているが、「夜明けを持つ」腕(三三四)、「全てはその荘厳なる行為を遂行しようとしている」(三四四)などは、「調和的な私」が太陽の「台座=支え」support(一〇八)であったことや、彼女のおこなう「純粋な行為」(一〇四)などを思わせるだろう。さらに、ピエトラが指摘したように[*37]、島々への呼びかけは、膝(一三五/三五八)や足(一四〇以下/三六〇)などいくつかの類似点を含んでいる。――しかし、以上のような暗黙の示唆にもかかわらず、「調和的な私」は、あたかもこうした理想状態が現実には不可能であるかのように、死や生命のようには前景化されないのである。

パルクは、以上のことを「思い出」として、それをもう揺り起こさぬことを求める(四〇六)。すでに確認したように、こうしたことはすべて、たえざる反省の円環におちいった蛇=パルクが、欲望と意識を増幅させることで想起し、体験したことだからである。想念の運動の激化は彼女を狂乱におちいらせたが、しかし、その力もパルクの肉体をつきやぶり死にいたらせることはなかったのであり、そもそも死にも似た純粋意識を生命の力がつらぬいてこそ、人間の知性は本来的なありようをとりもどすのである（四一〇―四一二）。

こうして「蛇」がふたたび詩篇の終末部に登場する。しかし、ここでの「蛇」は冒頭の自己意識としての蛇ではなく、人を眠らせるとともに目覚めさせる身体の神秘的な機能であり、蛇の円環性は、生理的身体の自己回復能力のなかに認められている。第十四断章の最後で、どのように目覚めへとみちびいたのか、と蛇に対する問いが発せられた後（冒頭の蛇＝自意識の残響）、第十五断章は「眠り」へとみちびく「蛇」（四五九）を語り、第十六断章冒頭で目覚めの後の乱れた「敷布＝屍衣」linceuls が描写される。パルクの体の跡を残すこの敷布（「私の形姿《かたち》の形」（四七一））は、いわば蛇の抜け殻であり、その「屍衣」でもあろう。「蛇」の運動はひとつの段階を終え、いわば脱皮して、かつての自分の姿を眺めているのである。想念の地獄は夜中へと残され、太陽の讃歌とともに詩篇は閉じられる。

しかし、「調和的な私」ともども、目覚めの神秘はついに明かされることがない。冒頭の「涙」と「蛇」の問いで始まった詩篇は、前半末尾で身体の神秘的機能としての「涙」というとりあえずの答えを受け取ったが、結局は狂乱をおさえきれず、前半部全体がひとつの大きな「問い」として残ってしまっていた。この「問い」は、後半の終結部の「蛇」において、睡眠と覚醒をつかさどる身体の能力という、「涙」以上に強力な「応答」を受け取る。しかしそれでも、この力は身体の不可知な潜在的次元に属し、「神秘」でありつづける。実際、第十四―十六断章では目覚めのメカニズムはついに明かされないのである。そして象徴的なことに、狂乱にもかかわらず生が持続すること、そして眠りという仮死からの覚醒が可能であることは、まさに「神秘的な私」という言葉によって、あたかも詩篇の主題が身体の神秘そのものであるかのように、詩篇の中心点に位置づけられているのである。

5
両義的存在

結局、『若きパルク』が提示する人間存在は、ふたつの〈不在〉によって囲いこまれているように思われる。一方の極には「調和的な私」がおかれるが、これは前半中間部でパルクの回想としてのみ語られ、第二部で鏡像として映されるときには、いくつかの痕跡をのぞいて消去されてしまうし、またルイス宛書簡が示すように最後の太陽讃歌は「調和的な私」へと結びついていくのだが[38]、これもこうした調和が詩篇にとっては外部である日中、つまり未来に位置し、パルクの現在には属さぬことを示しているようにみえる。詩篇全体の歪んだ鏡像関係は「調和的な私」が照応関係の片側で欠落することに由来するが、それはそのまま世界との調和を現在において実現できぬパルクの不安定性を象徴しているように思われる。

また他方で、睡眠と覚醒をつかさどり、自意識の狂乱のなかで生を維持しつづける不可知の生命機能は、「神秘」として身体の内奥におかれたまま、詩篇のなかではついにそれとして解明されることがない。したがって、パルクとは「調和的な私」と「神秘的な私」とのあいだにたえず位置するひとりの〈中間者〉なのである。

これに、蛇のふたつの契機であった認識（意識、知性）と身体（欲望、生命）を加えてみよう。パルクは、この両極のあいだを激しく揺れ動いていた。「調和的な私」とは、認識と身体が舞踏におけるように[39]完全に一致し、意識による自覚化を通過したうえでの行為の自動化が実現することである。「神秘的な私」は、これとは逆に、身体の深奥のレベルで、意識されることなし身体と認識が一致してしまうこと——あるいは、生命が意識の介入なしに意識の利害に一致するように身体的状態を推移させること——を意味するだろう。

しかし、「涙」とともに目覚めたパルクは、意識的存在として、身体の神秘的機能に自足できず、その謎を問い求める。『若きパルク』でヴァレリーが提示しえた答えは、身体は神秘にとどまるが、しかしこの神秘の「問い」自体をも内包しているということであった。自己意識であり、また生命機能でもある「蛇」の両義性はこのことを意味している。この「答え」

は、意識の満足するものではもちろんない。しかし、これ以外の答えもおそらく存在しないのである。反射=運動理論を背景とするヴァレリーにとって、意識は生物的な基礎から生じる派生物であり、そのようにして生まれた意識が自律的な動きをおこなうときはじめて、「倦怠」にまでいたりうる純粋な意識が生じるのである以上、結局はすべては生理的プロセスに内包される。しかし、それでも意識は消えないし、問うことをやめない。『若きパルク』は、調和と神秘、認識と身体というふたつの対立軸のまさに中心に、両義的存在としての人間を位置づける。そして詩篇全体としては、われわれに謎をつきつけ、この身体と認識にまつわる両義性を問いつづけることをやめないのである。

注

＊1　『増補版　ヴァレリー全集』第六巻、筑摩書房、一九七七年、三七〇―七一頁。Paul Valéry, *Lettres à quelques-uns*, Gallimard, 1952, p. 123.

＊2　Paul Valéry, *Cahiers*, édition intégrale en facsimilé, 29 vols., C. N. R. S., 1957–1961. 以下、C の略号を用いる。

＊3　Cf.: C, XVIII, 530; 533; C, XX, 250. « Sur les "Narcisse" », in *Œuvres*, éd. Jean Hytier, t. I, Gallimard, « Bibliothèque de la Pléiade », 1987 [1957], p. 1623 (以下、Œ と略す). Frédéric Lefèvre, *Entretiens avec Paul Valéry*, Flammarion, 1926, p. 306.

＊4　Paul Valéry, *La Jeune Parque* (Œ, I, 96). 以下、『若きパルク』からの引用は行数のみを示す。

＊5　Serge Bourjea, *Paul Valéry. Le Sujet de l'écriture*, L'Harmattan, 1997, pp. 74–75.

＊6　Paul Gifford, *Paul Valéry, dialogue des choses divines*, José Corti, 1989, p. 248.

＊7　Jean Levaillant, « *La Jeune Parque* en question », in *Paul Valéry contemporain*, Klincksieck, 1974, p. 150, note 5.

＊8　紙幅の関係で、反射=運動理論的な心理学とヴァレリーの『カイエ』の関係を詳しく述べる余裕はないが、この点はヴァレリーの思想を理解するうえできわめて重要である。

＊9　井澤義雄『ヴァレリーの詩　若きパルク』、彌生書房、一九七三年、一四五頁。

＊10　テオデュール・リボーについては田上竜也・森本淳生共編『未完のヴァレリー』、平凡社、二〇〇四年、二一八頁以下、に簡単な解説がある（ただし、『注意論』におけるヴァレリーは心理生理学に対して距離をとっており、本章とは文脈が異なる）。

＊11　「〔意識的〕知覚は、物質から受容した衝動が必然的な反応へと続いていかないまさにその瞬間に現れる」(Herni Bergson, *Matière et mémoire*, in *Œuvres*, édition du centenaire, PUF, 1959, p. 182)。

＊12　*Cahiers 1894–1914*, éd. Nicole Celeyrette-Pietri, Judith Robinson-Valéry et Robert Pickering, 9 vols. parus, Gallimard, 1987–2003. 以下、*C. int.* と略す。

*13　ちなみに、これはフロイトの精神分析の理論的前提でもある。「精神現象の二原則に関する定式」(『フロイト著作集』第六巻、人文書院、一九九二年) 参照。
*14　Levaillant, *art. cit.*, pp. 146–47.
*15　井澤、前掲書、二六頁。
*16　Maurice Bémol, *La Parque et le Serpent*, Les Belles Lettres, 1955, p. 40. Cf. aussi: p. 55. パルクが蛇であるという論点はこれまでの研究でくりかえし確認されている。清水徹『ヴァレリーの肖像』、筑摩書房、二〇〇四年、二九七、三〇三、三〇八―一一頁などを参照。
*17　井澤、前掲書、六七頁。
*18　Hans Sørensen, *La poésie de Paul Valéry. Étude stylistique sur* La Jeune Parque, Copenhague, Arnold. Busck, 1944. pp. 222–223; Jean-Pierre Chausserie-Laprée, La Jeune Parque *ou la tentation de construire: L'architecture secrète du poème*, Minard, 1992, pp. 90–91.
*19　Régine Piétra, *Directions spatiales et parcours verbal*, Lettres Modernes - Minard, 1981, p. 428.
*20　*La Jeune Parque*, manuscrits conservés à la Bibliothèque Nationale de France, 3 vols., n. a. fr. 19004–19006. 以下、*JP*と略し、巻号とフォリオ番号を記す。
*21　清水は第四六行に現れる « jaloux » を、「自己が自己たるゆえんにひたすら執着し、〔……〕それを守ろうと汲々とするという意味」にとり、この部分を「ひたすらみずからを守ろうと必死な」と訳しているが (前掲書、三〇九、五一五頁)、ここでは別解を試みる。
*22　アラン『若きパルク』、矢内原伊作・原亨吉訳、角川書店、一九五四年、八四頁。井澤、前掲書、六一頁。ちなみに清水はこれを「自己をして自己たらしめるもの」であると述べ、知性のことと理解しているように思われる (前掲書、三〇九頁)。
*23　清水、前掲書、三一〇頁。デュシェヌ＝ギユマンはこの両義性のうち欲望のほうだけを採用している (Jacques Duchesne-Guillemin, *Études pour un Paul Valéry*, La Baconnière, 1964, p. 88, 239)。
*24　知性からの拒絶にもかかわらず、「魂と永遠回帰とは混淆しつつ／精液、乳、血はつねに流れつづける」(『若きパルク』第二六三―六四行)。
*25　Cf.: « Réflexions simples sur le corps » (*Œ*, I, 923–31).
*26　「〔……〕この詩の真の主題は、一連の心理的置換を描きだすこと、つまり一夜のあいだの意識の変化なのです。／私はできるだけのことを試みました。そして信じられぬほどの作業によって、ひとつの生のこうした転調を表現しようと試みたのです」(Lefèvre, *op. cit.*, p. 61)。
*27　最後に引用するルイス宛書簡を参照のこと。
*28　Bémol, *op. cit.*, p. 57.
*29　René Fromilhague, « *La Jeune Parque* et l'autobiographie dans la forme », in *Paul Valéry contemporain*, *op. cit.*, p. 223. 清水も同様の見解を採用している (前掲書、二七二頁以下)。
*30　Piétra, *op. cit.*, pp. 420–22. ちなみに、図で示せば詩篇の各部は順に次のように配置されていることになる。I – II – III – IV – V – VI – VII | VII' – VI' – V' – IV' – III' – II' – I'. また、ブルジャは詩篇のほぼ中心部 (第二六三行) に現れる「永遠回帰」という語を中心として、前後に対応する詩句が対称的に現れるとするが、詩の内実とは必ずしも一致しない議論に思われる (Bourjea, « Sang et soleil de la Parque.

La Jeune Parque et l'Eternel Retour », in *Paul Valéry* 2, Lettres Modernes - Minard, 1977, pp. 123–46)。

*31 Chausserie-Laprée, *op. cit.*, p. 75.

*32 Fromilhague, *art. cit.*, p. 226 *sqq.*; Piétra, *op. cit.*, p. 432–34.

*33 この「叫んでいた」criaient という半過去は、第三七行目の「蛇を追っていた」suivais ともども、井澤にしたがって（前掲書、五四、一二三—二四頁）、語りの現在において直前の事態を述べるものと解釈し、過去のできごとの回想を意味するものとはとらない。

*34 Jacques Duchesne-Guillemin, *op. cit.*, p. 240.

*35 Piétra, *op. cit.*, p. 446, note 89. ラテン語原文は « Latet anguis in herba »。ヴァレリーの訳は « dans l'herbe un froid serpent se cache » (*Œ*, I, 243) である。ちなみに « serpent caché sous les fleurs » はフランス語の慣用句として「隠れた危険」を意味するという。

*36 清水、前掲書、三三六頁。

*37 Piétra, *op. cit.*, p. 459.

*38 Lettre à Pierre Louÿs du 27 juin 1916 (*Œ*, I, 1625).

*39 舞踏については対話篇『魂と舞踏』や評論「舞踏の哲学」を参照のこと。

10章　ブーローニュの森のスワン夫人──プルースト的身体のねじれと二重性*1

吉田　城

はじめに

絵画には風景画や静物画のように、人物がまったく不在か、あるいはほんの点景としてしか存在しないジャンルがある。しかしおよそ登場人物のいない小説というものはない。一人称の語りであっても、その回想や考察のなかには、実在の、あるいは虚構の人間が描かれる。それは「小説」roman が、次のように定義されているからである。「ある環境において、現実のように措定された人物たちを提示し、生きさせる、ある程度の長さをもつ散文によって書かれた想像力の作品であり、彼らの運命、心理、冒険を描いてみせるもの」(『プチ・ロベール仏語辞典』)。詩においては自然のみを観照して創作されたものもあるから、人間の出てこないものはいくらでもある。ノンフィクションも同様だ。しかしとくにフランス文学において特徴的なことだが、小説というジャンルでは、人間を語り人間を描くことがほとんどの場合最重要な動機になっていると言ってさしつかえない。

とすれば、人物をどのように造形するかという命題は、小説の出来不出来にきわめて大きな意味をもつことになる。主要な登場人物について、年齢はどのくらいか、性格はどのようなものか、生まれはどうか、交友関係はどうか、話し方は、身振りは、まなざしはどんなふうか。作家がその流派がなんであるかにかかわらず、こうした情報を読者に提供することに意を用いるのはそういう理由からである。身体の表現は、映像ではなく文字で表現するとき、ある緊張感を書き手に強いるものとなる。

ここで取り上げたいのはマルセル・プルースト（一八七一―一九二二年）の小説『失われた時を求めて』において、いわば女性美をあらわす典型的な人物、オデット・ド・クレシーことスワン夫人である。その人生は一種のサクセスストーリーである。幼いころイギリス人の富豪に売られ、クレシー伯爵と結婚したがやがて離婚。彼女はヨーロッパ各地で浮き名を流し、ほとんど高級娼婦（ココット）同様の豊かな生活を送る。ヴァリエテ座のレビューに出ていたころ、画家エルスチールと交際し、「ミス・サクリパン」という肖像画を描いてもらう。のちスワンと恋に落ちる（「スワンの恋」）。主人公が少年時代に叔父アドルフの家で偶然出会う「ばら色の婦人」（「コンブレー」）は彼女である。またスワンの妻、ジルベルトの母として優雅なパリ生活を送るブルジョワ女性である（「花咲く乙女たちの陰に」）。さらに、スワンの死後フォルシュヴィルと再婚し、最終巻「見出された時」にいたっても、ゲルマント公爵の愛人として優雅な存在であり続ける。これらのみごとな転身を支えるのは、彼女の美貌と気品、それにしたたかな計算にもとづいた行動である。オデットの人物造形は、その身体性と切っても切れない関係にあるといえよう。

身体性といっても、それは必ずしも身体の美しさという意味ではない。他者の目を意識した彼女の天性の振る舞いかたのことである。「コンブレー」の章に挿入されたアドルフ叔父の回想場面では、すでにオデットの「矛盾した身体」が重要な主題を形成している。彼女はばら色のドレスに真珠のネックレスというあでやかな衣装に包まれていたが、主人公がおぼろげに想像していた女優や高級娼婦のイメージとは大きく異なり、良家の娘とさして変わらない、気さくでまじめな女性に見えた。「矛盾した身体」はスワンがはじめて彼女を見たときの印象にも共通している。オデットはやせぎすで少しも美人とは思えなかったのに、好意をいだいたのである。ただこうしたちぐはぐな印象は、それを修正する想像力や心理のはたらきで希薄になり、おしゃれな服装や口癖（英語の使用など）といった本来身体にかかわる二次的な要素が、彼女の「優雅な身体性」を形作ることになる。本論では、そうした数多いオデットのクローズアップ場面から、ブーローニュの森を散歩するスワン夫人のポートレートについて、いくつかの角度から考察してみたい。

1　ブーローニュの森

本題に入る前に、背景となったブーローニュの森（以下、「ボワ」と略称する）の歴史的・文化的位置づけを確認しておきたい。現在のボワは、通常われわれが森という言葉で思い描くような風景とは大きく異なり、平坦な土地に林がえんえんと続く緑地帯である。パリを中心とするイル＝ド＝フランス地方にはごく一部を除いて峻険な山や谷は見られないので、ドイツのような鬱蒼とした山岳風景とはずいぶん趣が違う。実際、四通八達した道路ぞいにはスポーツ施設、公園、レストランなどが点在し、たとえていえば東京の外苑のような印象である。現代では昼間の健康的な公園という顔と、夜間に娼婦がたむろして車で乗りつける客と交渉する歓楽的な顔をあわせもつ独特のエリアとなっている。

パリの西側に大きく広がるこの森は、もともとほとんど人の住まない地帯であったが、十四世紀にフランス国王フィリップ五世がノートルダム・ド・ブーローニュ教会を建立して以来、しだいに大都市に接する森林地帯として認識されるようになった。[*2]「ブーローニュの森」という呼称は一四一七年に生まれた。十八世紀のころはまだ盗賊や追いはぎが隠れ住んでいて、グランド・ツアーで訪れる旅行者などを襲い金品を奪ったり、殺害したりする事件が後を絶たない危険地帯であったという。ナポレオンはこの一帯の植林と道路整備に着手したが、失脚後イギリスとロシアの軍隊が野営し、樹木を伐採して荒らしてしまった。だがナポレオン三世の第二帝政期にオスマンが立案し実施したパリ改造計画の一環として、ボワはイギリス式庭園を模して再整備された。ルイ・ナポレオンはパリ生まれであったが長いあいだ政治的理由で国外暮らしを余儀なくされた。なかでもロンドンはお気に入りの都市であった。パリに帰り実権を掌握したとき、ブーローニュの森をハイドパークのような自然な川や湖が点在する庭園にしたいという熱望に動かされて、造園や建築に詳しかった彼の命令が下ったのである。全体がパリ市に移管されたのは一八五二年のことである。現在有名な競馬場のあるロンシャンの一帯が拡張され、九〇〇ヘクタールを超える規模の森になった。これらの設計に携わった人のなかで、とりわけアドルフ・アルファンの名前はよく知られている。[*3]アルファンはシンメトリーを重視するフランス式庭園ではなく、非対称で自然の風情を取り入れる回遊式の英国風庭園を参考にしてボワの造成をおこなった。その結果、主要道路がマカダム（砕石舗道）でおおわれ、ガス灯が設置され、森の各区域が有機的に結ばれるようになったのである。

パリの人々がブーローニュに散歩に出かける習慣は十八世紀の「ロンシャン僧院詣で」以来のものであるが、十九世紀に入って、エレガントな遊歩道として有名になった。シャンゼリゼ大通りからボワにいたる一帯は、閉ざされた都市空間を一端から解放する緑陰の休息所であるとともに、貴族やブルジョワのための社交の場所であった。こうしてボワは文学にも特権的なスペクタクル空間を提供したのである。

第二帝政の時代のボワ風景を文学に読み込んだ例として、エミール・ゾラの小説『獲物の分け前』（一八七二年）をあげることができる。『ルーゴン＝マッカール叢書』第二巻にあたるこの小説の背景は、一八五〇—六〇年代、オスマン男爵のパリ改造計画が進行中であった大都市パリである。南フランスからパリにやってきたアリスティッド・サカールは、オスマン計画にかかわる不動産投機で莫大な財をなしていく。そして、サカールの若き後妻ルネと、サカールの連れ子であるマクシムとの不倫愛をもうひとつの筋立てにしている。

ルネは三〇歳を前にした美しい女性だが、仕事しか眼中にない夫に愛想をつかし退屈している。マクシムのほうは二〇歳の青年だが、すでにあちこちで浮き名を流す社交界の寵児である。ふたりはしばしば馬車でブーローニュの森へと散策に出かけるが、それはパリの人士たち、とくに女性の観察のためであった。小説冒頭はそうしたボワの散策場面で始まっている。「今ではマクシムがルネを教育していた。彼女と森に行くときは、娘たちについていろいろなうわさ話を語り聞かせたが、それはふたりを楽しませた。湖のそばに新顔が現れようものなら、彼はその娘の恋人の名前や、恋人にもらう年金の額や、彼女の生活ぶりについてあれこれと聞いて回ったのである。マクシムはこれらの婦人たちの内実を把握し、プライベートの委細を知っていたので、まるでひとつの生きたカタログと化していた。そこにはパリのすべての女性が、それぞれについて詳しい注意書きとともに、番号を打って登録されていた[*4]」。

ふたりは互いにそれまで母と子という関係であったが、しだいに互いを異性として意識するようになる。はやくも恋の達人になっていたマクシム青年は、ボワというパリきっての社交場に君臨する存在だ。写実主義小説がパリの上流社交界を描く場合、サロンの会話のほかに、外部の社交場、つまりグラン＝ブールヴァールのレストランや劇場、オペラに加えて、ブーローニュの森を登場させることはいわば常套手段であった。しかしそれも、前述したように第二帝政期のパリ大改造の後のことでしかない。ギュスターヴ・フローベールの『感情教育』にも、社交界のさまざまな馬車が入り乱れてシャンゼリゼを走る場面があるけれども、舞台は一八四八年の二月革命前夜であるから、馬車の向かう先はボワではない。

ギー・ド・モーパッサンもまた長編小説『死の如く強し』（一八八九年）のなかで、ボワの社交風景を描いている。主人公の画家は写実派の画家オリヴィエ・ベルタンである。彼は恋人であるギーユロワ伯爵夫人と、その娘アネットをともない、馬車でシャンゼリゼからボワへと向かう。「池が近くなって、馬車の列の後に並足で続くようになると、車から車へもう絶え間のない挨拶の交換、微笑の交換、車の輪が触れあったりした時には、愛想のいい言葉の交換だった」[*5]。この小説におけるボワは自然風景というよりも、まさにパリ社交界の縮図であり、身体のスペクタクルが展開する場となっている。

2　スワン夫人の散歩

『獲物の分け前』と『死の如く強し』はいずれも自然主義小説というカテゴリーに分類されており、物語世界の外から写実的に場面を描写するという建前である。とはいえ各部分はしばしば全知の語り手による超越的な視線ではなく、主要登場人物の目を通して（つまりジュネット式にいえば「内的焦点化」によって）眺められた情景として描写されている。ボワの部分は、前者ではルネとマクシム、後者では画家ベルタンやアネットの視線による描写といってよい。これに対し、プルーストの『失われた時を求めて』におけるボワは、世紀末パリのモードの陳列場という類似した主題をもちながら、少年であった語り手が、憧れのまなざしで眺めた情景として描かれる。その視線には、大人の社会、美の世界を見上げる欲望の力がはたらいている。

「スワン家の方へ」をしめくくるボワの挿話は「憧れのボワ」を描いた前半と、語りの現在時に近い（出版年代を考慮すれば一九一二年の秋）視点からみた「凋落のボワ」という後半に二分割されている。両者のあいだには約二〇年近い間隔があり、一方は馬車と着飾った婦人が行き交うアール・ヌーヴォーの世界、もう一方は自動車と無帽の紳士が目立つ寂寞たる世界である。オデットがボワの遊歩道で華麗な姿をみせるのが前半部分なのである。スワンは独身時代にはオルレアン河岸に住んでいるが、オデットと結婚して凱旋門とボワを結ぶ通りに居を構えた。彼は裕福な株式仲買人の息子で、芸術に造詣が深く、ライフワークとしてフェルメールの研究をしている。

スワンはユダヤ人という出自にもかかわらず、その人柄と才気のゆえに上流社交界の花形紳士となっている。いっぽうスワン夫人は高級娼婦出身という前歴のゆえに、最初のうちはフォブール・サン＝ジェルマンの貴族社交界にはなかなか入り込めない。それで、彼女が行動するのはブルジョワのサロン、劇場、ボワのような開放的な社交空間なのである。

主人公が少年の時代、スワンの邸宅、そしてスワン夫人が日課のように通る道は、特別の光輝にみちて映る。彼はいつも手元にパリの地図をもち、その家の位置を確かめてみる。[*6] しばしば口実をつくって家政婦のフランソワーズを連れてスワンの家の方角、そしてブーローニュの森〈図1〉へと「巡礼」をするようになる。というのも、スワン夫人が最新流行の外出着に身を包んで、ほとんど毎日「アカシアの道」、「湖（グラン・ラック）」、そして「レーヌ・マルグリット通り」へと散歩に行くことを聞き知っていたからである。

スワン夫人が、ウール地のコート風ドレス（ポロネーズ）に身を包み、頭には虹雉の翼の毛をあしらった縁なし帽をかぶり、ブラウスに菫の一束を飾って、まるで帰宅するにはそれが一番の近道であるかのように急ぎ足で「アカシアの道」を横切りながら、遠くから彼女の姿を認めて、あれほどシックな女性はいないね、などと話し合いつつ会釈を送ってくる馬車の紳士たちに目配せで応えるところを目にしたとき、私は審美的な価値と社交的なランクの秩序において、簡素さに第一の位を割り与えたものだった。けれども〔……〕ポルト・ドーフィーヌから続く小道に——そのイメージは私にとって、その後どんな本物の王妃でも、これほどの印象を与えることができなかったような王侯然とした威信にみち、君主の登場のようだった。というのも私は王侯の権力についてよりはっきりした、経験的な観念をもっていたからだ——ついに姿をみせ、まるでコンスタンタン・ギースのデッサンにみられるように、血気盛んなほっそりした二頭の馬が体躯をねじって飛ぶように運んでいく〔……〕たとえようもないヴィクトリア馬車を見たとき、私が最高位においたのは簡素さの代わりに、豪奢さであった。その馬車はあえて腰高に作ってあり、「最新流行」の贅沢な仕様を通して昔のさまざまな型式を思わせていたが、その座席の奥にはスワン夫人がゆったりとくつろいでいた。その髪は今ではブロンドにたった一房の灰色のメッシュが混じり、細い花の飾り帯——多くの場合は菫の花だった——でくくられていて、そこから長いヴェールが垂れ、モーヴ色の日傘を手にもち、曖昧な微笑を口元に浮かべていた。私はそこに妃殿下の好意しか読みとれなかったが、とりわけココットの媚がふくまれていたのである。彼女はそんな微笑を、会釈する人々にやさしく傾けかけていた。[*7]

ここにはスワン夫人の対照的なふたつの演出が見て取れる。それは簡素な装いと豪華な装いである。そのいずれもが、身体作法から小物にいたるまで、すべて視覚的に計算しつくされたものなのだ。あっさりした「急ぎ足」の身体と、まるで活人画のように馬車に身を沈めて媚を売る飾り立てた身体。それに見とれる主人公の憧れのまなざしがポートレートを美化している。使われている色は菫と日傘のモーヴ色だけであるが、このすぐれて世紀末的な色がこの場面を小説のなかでもっとも美しいタブローに仕立て上げている。もっともそこにはプルースト特有の冷静で批判的なまなざしもさりげなく差し挟まれている。つまり、王妃のようなあでやかな姿にはじつはココットらしい嬌態が隠れており、また周囲の紳士たちの会話はたんなる称賛ばかりではなく、多くの男と浮き名を流した有名なココットへの冷やかし気味の調子が混じっている。

やがてスワン夫人は「クレー射撃場」までくると馬車を降り、徒歩で小道をくだってくる。

スワン夫人は後ろにモーヴ色の裾を長く引きながら、ほかの婦人が身につけていない布地や装身具で、民衆が王妃かと想像するほどに身を飾り、ときおり視線を日傘の柄に落としながら、通りすがりの人にほとんど注意を払わなかった。それはあたかも、自分の大切な仕事や目的が、自分が見られていることも、顔という顔が向けられていることも知らず、ただ運動をすることだけだとでもいうようだった。それでもときどき彼女は愛犬のグレーハウンドを呼ぶためにふり返ったとき、それとなく自分の周囲を見まわすのだった。[*8]

ここに明瞭に現れているように、「美貌と不品行とエレガンス」で知られたこの女性は、つねに他人の視線を意識してみずからの行動を演出している。他人をいっさい無視しているようなときでさえ、彼女の視野の片隅では欲望や羨望や称賛のまな

図1　コンスタンタン・ギース「ブーローニュの森にて」、パリ、カルナヴァレ博物館蔵、1860–64年。

ざしをしっかりと捉えている。

3　キアスマ的身体

オデットの身体と身振りはつねに矛盾やねじれを含んでいる。アドルフ叔父の家での挿話においても、まずその声が聞こえ、ついで本人が姿を現すが、彼女は一貫して家庭的な、清純な様子を崩さない。会話も、甥が家族の誰に似ているか、というごく平凡な質問に終始するので、叔父もしかたなくまるで親戚の誰かと話しているような会話に引き込まれてしまう。けれども、オデットは愛人として叔父の住まいを訪れてくつろいでいるわけで（叔父の家族については説明がない）、そこに一種のねじれが生じる。もともと愛人とは「家族関係」と切り離され、そこから排除されるべき存在だからだ。愛人はパトロンの男性がもつ家族に無関心か、あるいは敵対心をもって当然である。それでもオデットはここで猫をかぶった演技をしているようにはみえない。むしろごく自然体で主人公に相対峙している。だからこそ、主人公の眼には金銭で肉体を売るような女性ではなく、清純な人物のように映るのである。このギャップが、アドルフ叔父と主人公の両親のあいだに不和を招き、縁を絶つ動機になるだろう。

ボワの散歩のシーンでも事情は似ている。われわれが眼にしているのは単純に美しい一幅の女性像というわけではない。すべてはオデット自身の緻密な計算にもとづいた演出なのであり、それは男性の心をとらえるピトレスクな装置であるといえよう。周囲を取り巻く紳士たちの声は、一種のポリフォニーのように作用して、表層のエレガンスに社会的なステータスと欲望の視線を組み込んでいる。このように重層化し、ねじれる身体をもつオデットの特異な構造が端的に表現されているのが、スワンの目からみたオデットの姿である。

「スワンの恋」の初めのほうで、恋愛にかけては百戦錬磨のシャルル・スワンがはじめてオデットに紹介されたときに受けた印象はけっして好ましいものではなかった。「たしかに彼女はスワンにとって美しくない女とは見えなかったが、このタイプの美しさは彼にとって関心をもてず、何の欲情もそそられないばかりか、むしろ一種の肉体的嫌悪感を催させるものだった」[*9]。これから始まろうとする恋物語の序章としてはあまりに奇妙な書き出しである。さらに、「彼が気に入るにしては、横顔がくっきりしすぎ、肌は弱々しすぎ、ほお骨が出過ぎ、顔立ちがやつれすぎていた」と畳みかける。ひとことで言えば、オデットの最初のイメージは、盛りを過ぎ、衰えはじめた色香なのである。

彼女がしばしばスワンを訪問するようになっても、こうした印象はただちには払拭されない。オデットはパリのベストドレッサーのひとりであった。当時の流行はコルサージュを腰でしぼり、スカートはバッスルを後部に入れて大きく張り出していたので、まるで別々の材料を下手にはめ込んだような身体になっていた。オデットも衣装が体の線に合わず、種々の飾りはばらばらで、動きはぎくしゃくしているように見えた[*10]。このような第一印象はやがて少しずつ補正されていくのだが、それはスワンがオデットの手練手管に絡め取られていく結果のことなのである。オデットの用いる策とは、本来の素顔を隠して、しおらしくうぶな娘を演じきることであり、想像力の旺盛すぎるスワンは、気づかないままに籠絡され、欠点を見るかわりに、オデットをボッティチェッリがシスティナ礼拝堂に描いたエテロの娘ゼフォラ（チッポラ）に似ているという「偶像崇拝的な」理由でいっそう愛するようになっていく。

このような描きかたはプルースト特有の皮肉なまなざしをよく示している。オデットの身体性はここでもまた表面と内実の乖離、誤謬の正当化というねじれ現象を生み出しているのだ。これをわれわれはキアスマ的身体と呼ぶこともできよう。修辞学用語のキアスムとは語順の不規則な交差的平行性のことをさすが、キアスマはむしろ解剖学の用語で視神経の十字交差などの変則構造を意味する。オデットの身体は外見が内実を隠蔽し、理性と感性がたがいちがいに覇権を得る把握困難な身体なのだ。これはしばしばプルーストのほかの登場人物についても言えることである。

4

カルネ二番の断片をめぐって

スワン夫人のボワ散歩の場面は、「スワン家の方で」の成立過程において、注目をひく部分である。というのは、比較的早い時期（一九一一年ごろ）に草稿が推敲され確定したほかの部分と異なり、一九一三年の出版ぎりぎりまでさまざまな加筆訂正がなされた箇所だからだ。まずそのなかで、創作メモ帳（以下「カルネ」と称す）二番に記された興味深い草稿断片を取り上げてみよう。「ボワのスワン夫人」と題名を書き込んで、プルーストは次のように開始している。

> Une autre me toucha plus. Mme Swann assise avec une g^{de} col[l]erette presque Médicis avait ramassée [sic] derrière elle, d contre son fauteuil la <longue> traîne d'une de ces robes dans lesquelles elle se promenait allée des accacias.
> （別の姿はもっと私を感動させた。ほとんどメディシス風の大きな襟飾りをつけて腰かけていたスワン夫人は、アカシアの道を散歩するときに着ていたドレスの長い裳裾を肘掛け椅子にたぐり寄せていた。）

最終テクストには残っていない「ほとんどメディシス風の大きな襟飾り」という言葉は、十六世紀末から十七世紀にかけて流行した、丈が高く朝顔型に開いた襟飾りのことである。実際パウル・ルーベンスはこのような襟飾りを身につけたマリー・ド・メディシス（一五七三―一六二二年）の肖像を何枚も描いている。マリー・ド・メディシスはフランス国王アンリ四世がイタリアから迎えた后であり、ルーベンスの描いた一連の歴史画は、ルーヴル美術館のもっとも目立つ大画廊のひとつを飾っていて、プルーストは何度も目にしていたはずである。

ところがカルネ二番の断章で、スワン夫人自身はむしろメアリー・スチュアート（一五四二―八七年）にたとえられている。

[...] sous les accacias je voyais s'avancer lentement la femme qui était représentée là, levant de la même façon son délicieux visage; le bras à demi tendu pour tenir son ombrelle devant elle; seule, sous les accacias formant pour moi à cette époque un tableau où tout le paysage était complété par cette figure des plus charmantes figures historiques s'avançait, pour moi aussi noble, aussi spéciale que si c'eût été Marie Stuart [...][*11]

（私はそこに表された婦人が、同じ仕方で愛らしい顔を掲げながらアカシアの木々の下をゆっくりと進んでくるのを見た。片手は日傘をさすためになかば伸ばされていた。それは当時の私にとって、もっとも魅力的な歴史的人物の一人によって風景全体が完成に至っているような一幅の絵画を形作りながら、アカシアの下をたった一人歩んでくる、まるでメアリー・スチュアートであるかのように高貴で特別な存在であった）

この引用で明らかなのは、プルーストがこの場面を絵画のように構成していることである。「そこに表された婦人」« la femme qui était représentée là » という表現は明らかにタブローを意識したものである。メアリー・スチュアートといえば、知性と美貌で知られたスコットランドとフランスの王妃である。なぜプルーストはここでメアリーの名前を選択したのか。彼女は生まれてまもなく父王の死にともないスコットランド女王に即位したが、フランスに送られて皇太子フランソワと婚約し、ギーズ家で育てられた。一五五八年皇太子と結婚し、翌年夫君の王位継承にともないフランソワ二世王妃として、スコットランド・フランス両国を治める身となった。けれどもフランソワ二世が馬上槍試合の負傷がもとで崩御してから、彼女は運命にもてあそばれることになった。政争・宗教戦争に明け暮れるスコットランドに帰国し、ダーンレー卿ヘンリー・スチュアートと再婚し一子をもうけるが、ほどなくこの夫君も暗殺された。くしくも暗殺側のボズウェル伯爵と結婚することになるが、やがて反対派によって投獄された。メアリーは脱走して再起をはかるが、一五六八年戦いに敗れ、イングランドのエリザベス一世の庇護を求めて亡命。しかし危険な賓客として十九年のあいだ幽閉され、一五八七年エリザベスに対する陰謀に加担した罪で斬首刑に処せられた。

なぜここでプルーストがわざわざこの薄幸の女王を登場させたのであろうか。たしかに、メアリー・スチュアートはフリードリヒ・シラーの戯曲（一八〇〇年）、スウィンバーンの悲劇（一八八一年）に取り上げられたように、歴史上のヒロインというイメージが強かった。またメンデルスゾーンの交響曲「スコットランド」、ドニゼッティの歌劇「マリア・ストゥアルダ」などの音楽、また映画にも再三主題を提供しており、エリザベスと争った才色兼備の女王として、ひとつの文学的モデルとなってきた感がある。しかしプルーストが注目しているのは、カルネ二番の次の一節にみられるように、なによりも絵画的な喚起力なのである。

Concentrant en elle [Mme Swann] assez de mes rêves, assez de personnalité assez de styles, pour qu'elle fût pour moi quelque chose qui avait son importance et sa date, effaçant toutes les femmes qui pouvaient être en même temps qu'elle, et que je ne vis qu'elle seule, pour moi aussi noble[,] aussi célèbre que si ç'avait été Marie Stuart s'avançant seule sous ces arbres comme s'ils avaient été peints par Van Dyck et faisant de ce paysage comme le fond d'un tableau d'histoire.[12]

（彼女は自身の内に私の夢、人格、様式を十分凝縮していたので、私にとっては重要性と日付をもった何かになってしまい、同時にいる婦人たちをことごとく消し去ったのである。私は彼女しか見なかった、まるでメアリー・スチュアートであるかのように高貴で名高いひととして、木々の下を一人で歩んできたが、その木々はヴァン・ダイクの描いたようで、この光景を歴史画の背景のようにしていた。）

さてここで疑問が生じる。同じカルネ二番の先の部分でも、「ヴァン・ダイクによるメアリー・スチュアート」[13]という短い覚書が見られるので、プルーストはスワン夫人を描き出すのにフランドルの画家ヴァン・ダイク（一五九九―一六四一年）による肖像画を下敷きにしていたようなのである。ところが、この画家の筆になるメアリー・スチュアートの肖像画は、今日でも知られていない。ヴァン・ダイクはたしかに「メアリー・スチュアートとその婚約者」という絵画[14]を残しているが、それは同じ家系で十七世紀に生きた同名の王女（一六三一―六〇年）であって、ヴァン・ダイクが彼女をモデルに描いた当時、まだ十歳にすぎなかった。いっしょに描かれたフィアンセも弱冠十五歳であった。そもそもスコットランドの女王は画家が生まれる十二年前に処刑されているので、注文制作がほとんどであった肖像画の分野で、ヴァン・ダイクの筆による女王の肖像が存在すると考えるほうが間違っている。

5

メアリー・スチュアートとマルセル・プルースト

ではなぜプルーストはここでメアリー・スチュアートの名前にこだわったのであろうか。

シラー、スウィンバーン、メンデルスゾーンのようにプルーストがこの女王に特別の関心をいだいていたとは思われない。女王の名前はプルーストの初期短篇のひとつ、「ペルシアおよび他所からの手紙」[*15]に現れている。

これはベルナール・ダルグーヴルという青年が恋人にあてて書いた書簡の形式をとっている。青年はアントウェルペンで開催されているヴァン・ダイクの展覧会に行き、さらにアムステルダムに足をのばした。[*16]手紙はこの町のアムステル・ホテルで書いたという設定である。ボーモン夫人の部屋のある城館について、青年が語る。城館の案内人は彼にこう説明したという。「メアリー・スチュアートがひざまずいたのはここです、いまでは私がそこに箒を置いています」。プルーストはこの逸話をそっくりそのままシャルリュス男爵の会話のなかに取り込んでいる。[*17]

『失われた時を求めて』にはスチュアート家に関する言及もあるが、それを除けばメアリー・スチュアートについてのほかの言及は作品、書簡のなかにまったく見あたらない。おそらくプルーストは、当時流行していた「メアリー・スチュアート風の」ドレスという観念にひかれていたのだろう。[*18]そのうえで、ヴァン・ダイクの描いた優雅な女性像のいくつか[*19]〈図2〉と、メアリー・スチュアートを混同していたらしい。一八九八年にオランダで見たヴァン・ダイクの肖像画の印象がカルネ二番の記述に反映したと見るのが自然である。

プルーストは若いときからヴァン・ダイクの絵を好んでいて、「画家の肖像」という詩編群に読み込んでいるほどである。[*20]「アントワーヌ・ヴァン・ダイク」という詩は次のように始まっている。

ANTOINE VAN DYCK
Douce fierté des cœurs, grâce noble des choses
Qui brillent dans les yeux, les velours et les bois,
Beau langage élevé du maintien et des poses
— Héréditaire orgueil des femmes et des rois! —
Tu triomphes, Van Dyck, prince des gestes calmes,
Dans tous les êtres beaux qui vont bientôt mourir,
Dans toute belle main qui sait encore s'ouvrir;
[.....]

(心の静かな矜持、物事の高貴な気品が／まなざしやビロウドや森のなかに輝いて、／物腰と仕草のけだかく美しい言葉遣い。／それは婦人たち、王侯の先祖から受け継いだ誇り。／ヴァン・ダイクよ、静かな身振りの王よ、／やがて死んでいくすべての美しい人々、／まだ開くことのできるすべての美しい手のなかで、あなたは勝ち誇る〔……〕)

この詩に読み込まれているのは画家の二枚の絵、つまり「イングランドのチャールズ一世」と「胴衣の男(リッチモンド公爵)[*21]」であるが、重要なことはプルーストがヴァン・ダイクを、優雅な気品を描いた画家として認識していたことだ。女王にふさわしい威厳にみちた物腰、とりわけ豪華な衣装がヴァン・ダイクの名前を呼び起こすことになったのであろう。しかも英国趣味を誇示するオデットには、イタリア出身のマリー・ド・メディシスよりも、スコットランド女王のほうが

図2　ヴァン・ダイク「ニコラ・カッタネオの妻エレナ・グリマルディの肖像」、ワシントン、ナショナル・ギャラリー蔵、1623年。

適合するのは当然である。ただし、失脚し落命する女王の運命と、ココット出身で貴族へとのぼりつめていくオデットの運命は、ほとんど正反対のものである。プルーストがこの断片のうち、「日傘」「裳裾」「犬」などのオブジェだけを最終稿へと組み込み、メアリーの名前を消し去った理由は理解できることだ。

6 草稿からタイプ原稿へ――歴史画人物としてのスワン夫人

ボワにおけるスワン夫人の散歩の場面は、プルーストがもっとも力を入れて書いたテクストのひとつである。それはプルーストが、十代から二十代にかけてもっとも多感な青春時代に感動とともに目にしていたパリ世紀末の美しい女性たちの面影を、ペンの力で再現しようとする試みであった。というのも、この原稿を書いた一九一〇年代はじめには、すでにアール・ヌーヴォーもジャポニスムもその峠を越え、服飾においてはポール・ポワレやココ・シャネルが窮屈なコルセットや、華美で装飾的なドレスから女性を解放しようとしていたからである。花や鳥を飾った大きな帽子は消え、バッスルを入れてふくらませたり長い裳裾をつけたりしたドレスは、よりスポーティな短めの、ボディフィット型のドレスに取って代わられていく。このようなモードの変化は、自転車やテニスなどのスポーツに女性が積極的に進出していったことにもかかわっているが、なによりも社会を動かす一員としての女性自身の意識向上によっているはずだ。身体はドレスへのアクセントないし隷属物ではなく、それ自体が運動の中心になるようなかたちで自己主張するようになる。「つぎはぎの」身体は「動く身体」へと変貌する。

したがってある意味でプルーストの小説におけるボワの散歩は、ある過去の一瞬を文章の力で定着させる、一種の歴史画のような場面として構成されたのだ。この部分をはじめて本格的にプルーストが執筆したのは、今日『失われた時』断片」としてまとめられているファイル[*22]の原稿である。最初プルーストはボワの情景を動物園の描写から書き始め、ついで女性たちのエレガントな風俗をスワン夫人に収斂させるように執筆していった。削除しては書き直し、また推敲を重ねた解読困難な部分も多い草稿である。スワン夫人の最初の登場は非常にコンパクトな形である。

Je donnais la première place à la simplicité dans l'ordre des vertus, quand je voyais Madame Swann se promenant à pied dans le bois, avec une petite toque de fourrure dépassée par une plume de perdrix et un bouquet de violette à son corsage; mais au lieu de la simplicité c'était le faste que je plaçais en premier si je voyais Madame Swann au fond d'une victoria à deux chevaux s'avançant au pas dans la fille (sic.) des voitures, en toilette mauve avec une ombrelle mauve à la main [...][*23]

（スワン夫人が上に雉の羽根をつけた小さな毛皮の縁なし帽をかぶり、コルサージュに菫の花束を飾って、歩いてボワを散歩しているのを見たとき、私は美徳の順位で簡素さに最高位を与えた。けれどもスワン夫人が馬車の列のなかを並足で進む二頭立てのヴィクトリア馬車の座席の奥で、モーヴ色の装いをして、手にモーヴ色の日傘を持っているのを見ると、簡素さの代わりに豪奢さを一位に置くのだった。）

簡素な美しさと豪奢の美。二元的なこの措定は、プルーストが別の箇所で繰り返し述べている「シャルダンの教え」と「ヴェロネーゼの教え」に一見通じるものだが、「徒歩」と「ヴィクトリア馬車」の対比はそれ以上に洗練されたコントラストを形成している。なぜなら「シャルダンの教え」がなにげないブルジョワの食卓風景をその代表例としていたのに対し、徒歩で散歩を楽しむスワン夫人の「簡素な」装いはそれなりに計算しつくされた流行の先端をいく洗練美だからである。

この第一稿は同じ草稿の先の部分で何度か書き直され、しだいに詳しくなっていく。そしてスワン夫人が馬車から降りて、人目を気にしながら徒歩で散歩する場面にうつり、主人公の少年がおおげさなあいさつを送る場面へと続く。これらの草稿は推敲をへてタイプ原稿[*24]に起こされ、さらに推敲を受けることになる。その段階ではじめてスワン夫人は王侯貴族にたとえられる。«[...] vêtue, comme le peuple imagine les reines, d'étoffes et de riches atours que les autres femmes ne portaient pas»（民衆が女王を想像するときのように、ほかの婦人たちが着ていない布地と高価な飾りを身につけて〔……〕）。これを推敲した文では« comme une Reine de conte »（おとぎ話の女王のように）となっていて、具体的なイメージを提示していない。

上で検討したカルネ二番の断片草稿は、このタイプ原稿と決定稿の中間に位置している。プルーストは、一九一三年グラッセ社の校正刷に手を入れているとき、第一巻が長くなりすぎていることに気づき、グラッセと相談の上、「スワン家の方へ」第三部「土地の名」を途中で分断することに決めた。そのとき新しい結末部を「ボワの散歩」にあてることに決め、それを印象的なものにするため、集中的に推敲したのである。このとき、スワン夫人にも単に「おとぎ話の女王」でなく、具体的なイメージを付与しようとしたのであろう。だからこそ、メアリー・スチュアートの絵画的な引用が現れたのである。しかしながら、結局はこれもうち捨てられ、最終稿の« [...] vêtue, comme le peuple imagine les reines »[*25]（民衆が女王たちを想像するように）というもっとも単純な文章に凝縮されたのである。

おわりに

『失われた時を求めて』全編を通して変幻自在のすがたを見せるオデット。小論ではその身体に一種の「ずれ」「ゆがみ」があることを確認し、そこにスワン夫人の二面性（奔放なココットと、貞淑なブルジョワ夫人）の反映を見た。そのなかでもボワを散歩する場面は、女性美の極致という性格のなかに、王侯貴族の気品と、高級娼婦の媚が渾然一体と融合した特異な様相を呈している。われわれはとくにカルネ二番の検討を通して、プルーストがスワン夫人を、主人公の少年にとっての憧れの形象とする努力をかいまみることができた。オデットの身体は、また時を超える永続性を備えた特別の身体である。このことについては、また稿をあらためて考えてみたい。

注

＊1　本章は二〇〇四年七月十六日東京日仏会館で開催された国際シンポジウム「プルーストの手稿」において発表した原稿（« Autour de fragments tardifs de "Swann". La scène de Mme Swann au Bois »）の後半部分を中心に全面的に加筆し書きなおしたものである。

＊2　松井道昭『フランス第二帝政下のパリ都市改造』、日本経済評論社、一九九七年、二二九—二三二頁、および吉田城『「失われた時を求めて」草稿研究』、平凡社、一九九三年、三二六頁以降を参照。

＊3　Adolphe Alphand, *Les promenades de Paris*, Paris, 1867–1873.

＊4　Émile Zola, *La Curée*, Laffont, "Bouquins", t. I, p. 394.

＊5　モーパッサン『死の如く強し』、杉捷男訳、岩波文庫、一九八頁。

＊6　*RTP*（= *À la recherche du temps perdu*, en 4 volumes, édition de la Pléiade, 1987–89), I, p. 405.『失われた時を求めて』からの引用はすべて拙訳による。

＊7　*Ibid.*, pp. 411–12.

＊8　*Loc. cit.*

＊9　*RTP*, I, p. 192.

＊10　*Ibid.*, p. 194.

＊11　BnF, MSS, N. a. fr. 16638, Carnet 2, 5 r°. 本章では草稿テクストを読みやすい形に書きなおした。Voir Marcel Proust, *Carnets*, édition établie et présentée par Florence Callu et Antoine Compagnon, Gallimard, 2002.

＊12　*Ibid.*, 5 v°.

＊13　*Ibid.*, 26 r°.

＊14　アムステルダムの王立美術館蔵。

＊15　「ラ・プレス」紙に一八九九年十月十二日に掲載された。

＊16　プルーストは一八九八年十月、アムステルダムのレンブラント展を見に行くためにオランダに旅行した。アントウェルペンでヴァン・ダイクを見た記録はないが、その可能性は否定できない。

＊17　*RTP*, II, p. 123.

＊18　Cf. Marie Simon, *Mode et Peinture, Le Second empire et l'impressionnisme*, Éditions Hazan, Paris, 1955.

＊19　たとえば「ニコラ・カッタネオの妻エレナ・グリマルディの肖像」（ワシントン、ナショナル・ギャラリー蔵、一六二三年）〈図2〉参照。

＊20　一八九五年六月二一日「ゴーロワ」紙掲載。*JS*（=*Jean Santeuil*, édition de la Pléiade), 1954, p. 81.

＊21　「リッチモンド公爵」はルーヴル美術館にあり、『ジャン・サントゥイユ』には言及がある（*JS*, p. 728)。

＊22　N. a. fr. 16703, 189–208 r°. この草稿はプレイヤッド版にも未採用である。

＊23　*Ibid.*, 192 r°.

＊24　N. a. fr. 16732, 160 r°.

＊25　*RTP*, I, p. 412.

11章　フィアスコ――プルーストと性的失敗

吉田　城

はじめに

文学における身体表象は多岐にわたるが、重要な要衝のひとつにセクシュアリティの問題がある。これをめぐる議論は多くの場合、精神分析やジェンダー論といったある理論体系のなかでなされることが多い。しかもこの問題系は一方では作家の心理や性癖や過去の体験へと伸びていき、また一方では作品の内部そして背後へと伸びていく広い射程をもっていて、簡単に結論にたどりつくことは難しい。そもそも、人間がもつ無限に多様な性的観念、性的慣習、性的妄想に対し、ある一定の方式で理解したり、既成の解釈格子にあてはめようとすることは、生き物である人間、しばしば矛盾や不合理を抱え込んだ人間の心と体の陰影をとらえきれないというリスクを負わざるを得ない。なるほど、それぞれの理論体系を強化し実践するためにケーススタディをおこなうことが目的である場合は、ひとつの論証例として役に立つかもしれない。しかし文学作品とその作者を深く理解することが目的である場合は、一義的解釈におちいりやすい方法をとることは避けたほうが賢明であろう。

本章の趣旨はマルセル・プルーストのセクシュアリティについて全体的な展望を描くことではなく、ましてやそれをある理論のもとに再構成することでもない。「フィアスコ（性的失敗）」というささやかな「事件」、しかし当事者にとっては深刻な体験の記述に焦点をあわせて、それがもつ文学上の意味を考察することである。ここでわれわれは物語内部の意味だけではなく、作家の心理にまで立ち入る必要があると考えている。もちろん、作家の性的失敗の体験を詮索することは、メディアの芸能情報のように低俗な興味本位の調査になってしまう危険がないとはいえない。そもそもプライヴェートな問題を取り上げる資格がわれわれにあるのだろうか。たしかにこうした批判は、もし調査の根拠が第三者による無責任な伝聞や憶測にもとづいているのだとすれば、正鵠を得たものになることであろう。けれども作家自身が実体験を語ったり、ある体験をもとにフィクションとしてフィアスコを取り上げたりした場合、この主題は正統的な文学の研究対象になる。

1 娼婦の館での失敗

時は一八八八年五月、パリのよく晴れた日の夕方のことであった。十六歳の少年、というよりもう成人に近づきつつあった若きマルセル・プルーストは、ポケットに十フランをしのばせて、やや緊張した表情でマルゼルブ街九番地の自宅アパルトマンを出た。新緑のプラタナスが街路に明るい雰囲気を与え、行き交う人々は仕事帰りに一休みするカフェを探したり、レストランで晩餐を楽しむ前に新聞を読みながらアペリティフを一杯ひっかけたりするのであった。マルゼルブ街といえばパリの高級住宅地である。あたりには十八世紀から十九世紀にかけて建てられた豪壮な住居が軒を連ねている。オペラ通りも近い。だが一歩大通りから裏道に入り込むと、うさんくさい構えの家もあった。マルセルの気持ちは高揚と困惑のまじったものであった。なぜなら、これから彼ははじめて「女を買いに行く」ところだったからだ。

当時まだフランスでは公娼制度が娼館を基本にしておこなわれており、客はそうした「メゾン・クローズ（閉ざされた館）」におもむいて、待機する女性たちを物色し、気に入った女性と部屋に行くようになっていた。玄関はそれとはっきりわかる看板が出ているわけではなかったが、一歩玄関に足を踏み入れると、ことさら大きな鉢植えや、派手な家具調度がいやでも目につき、女たちの強い香水の香りが鼻をついた。

フランスがプロイセンとの戦争に負け、深い痛手を負ってからまだ十年とたっていなかったが、技師出身の政治家サディ・カルノー（一八三七―九四年）が一八八七年共和国大統領に選ばれて以来、その主導のもとにフランスはひたすら産業振興と植民地経営に乗り出していた。カルノーの前任者ジュール・グレヴィ（一八〇七―九一年）は根強い対独復讐論や台頭しつつあった愛国主義運動を抑える政策をとっていたが、親族の不祥事により退陣していたのである。このころもっとも社会を揺すぶったのはブーランジェ事件であった。愛国主義者と対独強硬派に支援された「復讐将軍」ジョルジュ・ブーランジェ Georges Boulanger（一八三七―九一年）は陸軍大臣に就任し、いまにもクーデターで政権を握りそうな気配だった。もっとも一八八九年四月、弱気になった将軍は結局失脚して逃亡してしまい、のち自殺することになる。このように、とりわけドイツとの関係において緊張したフランス社会であったが、めざましく復興した国力を背景に、パリはヨーロッパ文化の中心都市として、再び脚光を浴びるようになった。文化面においては一八八九年のパリ万国博覧会に向けて準備が進み、華やかな世紀末アール・ヌーヴォーの幕が開いたところであった。

マルセル・プルーストは当時セーヌ右岸でもトップクラスのコンドルセ高校の修辞学級に在学していた。左岸には秀才の集まるリセとして、アンリ四世校、ルイ＝ル＝グラン校などがあったが、比較的裕福な家庭の子弟が集まるコンドルセ校には、早熟の文学青年や芸術青年が数多くいたのである。マルセルは彼らの何人かと、親しく交際していた。学業においては、病気がちであったために欠席が多く、必ずしもずばぬけた成績をおさめていたわけではないが、それでも前年の賞品授与式では歴史と地理で学年二位、ラテン語で次点一位、国語（フランス語）作文で四位という立派な成績を残していた〈図1〉。

さて、マルセル少年が両親の目を盗んでこっそりと買春に出かけたと考えてはいけない。じつは、父親のアドリアン・プルーストが息子に十フランを与え、売春宿に行くように勧めたのである。勧めた、というよりむしろ命令したと言ったほうが正確かもしれない。マルセルは数年前にマスターベーションの味を覚え、その癖がどうしても治らなかったのである。プルーストの家では、性愛に関することでも親が介入して、すべてを知悉していたらしい。息子の健康が損なわれるのではないかと心配した父親が、悪癖をやめさせようとして苦肉の策で思い立ったことだったのである。マルセルはだから、はじめての楽しみを味わいに行くというよりは、「治療を受けに行く」あるいは「自分の身体に重要な転換を起こさせる」という悲痛な気持ちで娼婦のもとにおもむいたのである。なんと不幸な初体験であろうか。

扉が開くと、いきなり男勝りの女将が現れ、マルセルの前に立ちはだかった。まるでお客を迎えるというよりは、いかにも初心者のようにどぎまぎしている高校生を値踏みするような眼でじろじろとみていたのである。客を待っていた女たちもまた、面白そうに新米のあわてた様子を観察し、なかには大笑いした者もいたであろう。おまけに、女将が紹介した女たちは、どれもマルセルの期待したような清楚な美人ではなかった。案の定、漠然と思い描いていたような快楽を得ることはできず、それどころか、絶望感と緊張から思ったように体が反応しなかったのだ。あれほど慣れた自慰行為ではなんの問題もなかったのに、いざ生身の女性を前にして、あせりと驚きから手も足も出なかったのである。屈辱感に打ちのめされたマルセルは、いいわけをしながら退散せざるを得なかった。この悲惨な体験について、マルセルは直後に書いた叔父ナテ・ヴェイユへの手紙のなかで次のように釈明している。

図1 1886-87年度コンドルセ高校第2学年のクラス写真。前列向かって左端が15歳のプルースト。

けれども、その一、感極まって溲瓶を壊してしまいました。その二、同じ興奮のせいで、行為ができませんでした。ですからますますすっきりしたいと願う気持ちが高まっているのに、溲瓶の弁償が三フラン必要です。でもこんなに早くパパにまたお金をくださいとも言えず、叔父さんならぼくを助けてくれるのではないかと期待したのです。あんな状況はたんに例外的なばかりでなく、たった一回のことだとわかってください。気が転倒してセックスができないなんて、人生で二度起こることではありません。[*1]

後年プルーストが自分自身の性的体験に関してはまったく語らず、同性愛に関しても強く否定し（ときには冷やかしに激怒して、決闘さえいとわなかった）、隠し通したことを考えると、身内への手紙であることは差し引いても、驚くべき率直なうち明け話であるといわざるを得ない。とりわけ驚くのは、金の無心をされた叔父ばかりでなく、父親も、また母親もこの件にかかわっていることである。この手紙は一八八八年五月十七日に書かれたものと推定されているが、日の目をみたのは一九九二年五月二〇日の売り立てのことにすぎず、それが一般に知られたのは、フィリップ・コルブ編集による編年体の『マルセル・プルースト書簡集』最終巻（第二一巻）の補遺として挿入されてからのことだからである。プルーストのフィアスコ体験については、ロベール・デュシェーヌによる伝記『不可能なマルセル・プルースト』[*2]（一九九四年）が最初に詳しい紹介と説明をおこなった。それ以前にプルーストの性愛や欲望について考究した書物には、いっさい記述がないのも当然である。しかしながら、この不幸な体験が、一種のトラウマとしてプルーストの性的嗜好や性愛観に大きな影を落としていることは否定できない。その身体性とりわけセクシュアリティの問題を、この視点から考え直してみることは重要であると思われる。

2　アドリアン・プルーストにおけるティソの影響

なぜアドリアン・プルーストは息子に買春を勧めたのであろうか。それを理解するには、彼が当時すでに高名な医学者であったことを思い起こさなければならない。アドリアンは一八七七年に『公衆衛生・個人衛生論』という八七〇頁からなる著書を、医学関連出版で有名なマソン社から刊行している。[*3]この書物には、水浴法、運動、食事から疫病にいたるまで、およそ考えられうる限りの多様な衛生学の基礎的知識が詰め込まれている。彼はとくに性科学の専門家であったわけではない。だがマルセルの挫折体験の前年にはドイツの医学者クラフト＝エビング Richard von Krafft-Ebing の主著『プシコパティア・セクスアリス（性の精神病理）』（一八八六年）が刊行されていて、この分野が医学界で注目を集めはじめていた。ハヴロック・エリス Henry Havelock Ellis の記念碑的な性科学研究書『性の心理』が刊行を開始するのは一八九七年のことであるから、当時の医学知識の多くは、まだ過去の文献が示す知見の段階にとどまっていた。

自慰行為に関していえば、デュシェーヌがその伝記で述べているように、アドリアン・プルーストは同僚の医師たちと同様、十八世紀スイスの医者ティソ Samuel-André Tissot（一七二八―九七年）が一七六〇年に著した『オナニスムについて』の圧倒的影響下にあった。[*4]この本は出版当時から大きな反響をよび、何カ国語にも翻訳されて版を重ね、十九世紀後半になっても印刷され続けた。青少年の自慰の習慣はカトリック教会も断罪していたが、ティソは道徳的、宗教的な理由で警鐘を鳴らしたのではなく、科学者の目でその行為を危険なものと判断したのである。ティソによれば、この悪習慣は胃や内臓を痛め、目眩などの失調をきたすばかりか、これを続けていると青少年は将来必然的に性的不能におちいり、最後には狂気か夭逝にいたると考えたのである。

とくに長いあいだ伝統的に受け継がれていた修道院や寄宿舎における自慰の蔓延に対して警告する意図もあった。『十九世紀大ラルース事典』の「マスターベーション」の項目によれば、打撃を受けるのは身体諸器官や神経系器官ばかりでなく、知的能力もまた必然的な被害をこうむると断言している。なぜなら生命の源である貴重な精液をむだに消費すれば、全身が倦怠、怠惰、無気力へとおちいり、思考能力が顕著に低下するからだという。記憶能力も集中力も低下し、罪悪感から社会に適応できず、やがては孤立するというのだ。

もちろん、ティソはマスターベーションの習慣を断つための治療法も提示している。小麦粉の粥、煎じ薬、ロバの乳、燻製豚肉、キニーネ、スパの鉱泉。しかしどれも決定的な効力を発揮したわけではなかった。アドリアン・プルースト博士はその著書『神経衰弱者の衛生』[*5]において、過度な自慰にふける青少年たちに言及し、それが神経を摩滅させる強力な原因となることを力説していた。もともと体も弱く、神経質であったマルセルが自慰の習慣から抜け出せないでいるのを知り、父親はいてもたってもいられない思いで、売春婦を買うことを勧めたのであろう。

ティソの影響を強く受けていた当時の医者たちは、青年が身体的、精神的に頽廃していくことばかりを心配していたわけでない。性的不能者が増えれば、それは社会や文明の衰退につながるとも考えていたのである。プロシアに敗戦を喫し、殖産興業と植民地経営を背景に国力の回復と進展を誰もが望んでいた第三共和制のフランスで、これはゆゆしい問題であった。ところでフランソワ・ラブレーの『パンタグリュエル』に登場する怪人物パニュルジュの意見によれば、頭部を失うよりも男性器官を失うほうが一大事である。なぜなら、頭を切断されても死ぬのは一個人であるが、男性器官を切り取られたら、人類が滅亡するからだという。生殖は国力の基本なのである。[*6]この飛躍した論理は一笑に付すこともできるが、国家の指導的立場にあった人々にとっては深刻な問題として受け止められたことだろう。

ところで父親がマルセルに渡した十フランとはどのくらいの金額なのだろうか。一八九八年当時、テアトル・フランセ劇場で前桟敷かバルコニー席最前列の切符を買うと十フランであった。また一八八九年のパリ万国博覧会で、繋留気球に乗って上空四〇〇メートルまで昇るチケットの代金でもあった。現在の日本円にしてざっと数千円、高くても一万円にはおよばない額である。前述のデュシェーヌは、当時の十フランが一九九四年の一七〇フランにあたると述べている。いずれにせよ、この金額ではとうてい快適な高級売春宿に行くのは無理であった。父親が息子に望んだのは、魅力的な女性と交際させることではなく、手軽な売春宿で欲望を処理させることであった。うっかり割った溲瓶の弁償として三フランを要求するような接客をする場所である。感受性の豊かなマルセル少年がこれでどれほど屈辱感を覚えたことか、医学者である父には見当もつかないことだったようだ。デュシェーヌもこう述べている。「プルーストの神経過敏、少年期の愛情の葛藤、たえまなく起こる彼のややこしい問題を考慮すると、彼がかつて売春宿で味わった性的不能を、その後何度も経験しなかったとしたら驚くべきことである」[*7]と。

包容力も指導力もあり、医学界の人望も厚かったアドリアン・プルースト博士には、家族に対してはどこか無神経なところがあったと思わざるを得ない。彼は自著のなかで確信をもって次のように書いていた。「最終的な優越性をもつのは、白人種とアーリア系民族である。彼らはほかの人種よりも才能に恵まれていて、生存競争にうち勝つのである。厳しい生存のための戦いがますます熾烈になるのは、アーリア民族のさまざまな種族のあいだなのだ。枝わかれしたこれらの種族——ラテン民族、ゲルマン民族、スラブ民族——のどれが戦いのためにもっとも力強く鍛錬されていて、勝利を手中にするのか、未来だけが決めることができる。[*8]」このように書いたとき、彼の脳裏からはユダヤ人である妻ジャンヌと息子マルセルのことはすっかり抜け落ちていた。

両親の主導による売春宿行きには、もうひとつ別の理由があったと考えられる。というのも、すべてがあけすけに語られていたらしいマルセルの家庭では、マルセルの自慰癖とならんで、同性愛傾向がすでに問題になっていたからである。ちょうどこのころリセ・コンドルセの同級生、なかでもダニエル・アレヴィとジャック・ビゼーに対してマルセルは、ほとんどラブレターのような手紙を残している。両親は息子が同性の友人ばかりと交際していることを心配して、彼を「正常な」異性愛へと向かわせようと考えたのではないか。だが、結果としてこの経験はいっそうマルセルの女性嫌悪をつのらせただけであった。

3 スタンダールとフィアスコ

性的失敗という「恥」にかかわるモチーフは、文学研究のなかであまり正式にあつかわれてこなかった主題である。調査の測鉛を垂らすには一般によく知られた場所に立ち戻ってみることが賢明であろう。フランス文学では有名なものとしてスタンダール Stendhal（本名アンリ・ベール Henri Beyle、一七八三―一八四二年）の例がある。後に述べるように、フィアスコという言葉が性的失敗をとくに示すようになったのは、スタンダールがそれを自伝的作品『エゴティスムの回想』（死後発表、一八九二年）において語っているからである。自伝的とはいっても、この作品があつかっているのは一八二一年六月から一八三二年七月にいたる十年余の「自分史」にすぎないのだが。

娼婦たちを交えての宴会の折り、スタンダールはデビューしたばかりの美しいアレクサンドリーヌと知り合う。「彼女は魅力的だった〔……〕。あばずれのようなところはほとんどなかったが、ただその目は奔放で、少しずつ狂気、というより情熱が満ちてきた。ところが私は彼女をものにできなかった。完全なフィアスコに終わったのだ。それで償いを申し出たら、受け入れてくれた。」[*9] この記述はふつうスタンダール自身の体験を語っているものとみなされている。失敗の理由は、彼の感受性が人一倍繊細であったこと、そして彼自身の説明によれば、いざというときに忘れがたい恋人のマチルド・デンボウスキーの思い出がよみがえったことによるとされる。少なくとも、スタンダールはそのように解釈してみせることで面目を保とうとした。「そこにいた連中は、私が死ぬほど恥ずかしい思いをしたとか、それが人生でもっとも不幸な瞬間だなどと私に思いこませようとした。私は驚いただけだった。アレクサンドリーヌがとても愛らしい飾りになっているその部屋にはいったとき、どうしてかわからないがメチルド[*10]の思い出が私をとらえてしまったのだ。」

フィアスコに関してスタンダールは『恋愛論』（一八二二年）のなかでも一章を割いて論じている。[*11] 彼はモンテーニュとルソーを引用しつつ、失調の原因は想像力のはたらきによるものだというモンテーニュの意見にくみしている。興味深いのは、スタンダールがガレーノス譲りの体液論にしたがって処方箋を記していることだ。多血質の人間は、せいぜい一種の精神的失敗しか知ることができない、という。つまりフィアスコとはほとんど無縁なのである。臆病な憂鬱質の人間は、酒の力を借りれば、かなりの程度、失敗を回避できるとする。たとえ回避できなくても、憂鬱質の人は芸術の崇高な楽しみを味わうことができるので、艶福家連中の凡庸な幸福をうらやむことはない。この場合、別の女のところで体を疲れさせておけば、心から愛する女に会いに行っても、空想力が鎮められているので、さほど悲しい役割を演じなくてすむ、とスタンダールは冗談ともつかない助言をしている。結論として、「この不幸はきわめてありふれたものだと考えることで、その危険を少なくさせうる」[*12]と現実的な提言がなされている。

さて「フィアスコ」fiasco という言葉は、そのもっとも広い意味において、「完全な失敗」を意味する（『フランス語宝典』）。「フィアスコをする」faire fiasco といえば、たんに「大失敗をやらかす」ということだ。この言葉はもともとイタリア語で、胴体が太く細長い口のついた瓶をさす。現在イタリア語で fare fiasco といえば、フランス語とは少し違って、芝居やスポーツにおける失敗を意味する（『ガルザンティ・イタリア語辞典』）。イタリア語の fiasco は中世ラテン語の「ワインの瓶」をさす flasco に由来する。これは日本語のフラスコの語源でもある。ではなぜ「瓶」が「失敗」という意味になったのかについては、まだ明確な説明はないようである。

かつては、ヴェネツィアのガラス工房を訪れたドイツ人たちが、職人が溶けたガラスを吹いて工芸品を作るのをみて、これは簡単そうだと思いこみ実際に試してみると、どうしてもいびつな瓶しかできなかった。そこから、失敗することを「瓶」fiasco と呼んだという説がある。もっともフランスの浩瀚な『十九世紀ラルース大事典』[*13]は、この説を一蹴している。既出の『フランス語宝典』によれば、もともとの意味は芝居の上演の失敗をさし、ついでフランス語にはいって、十八世紀にフランスで公演をしたイタリアの俳優たちがおかした言葉の誤りをさすようになったという。歴史上の意味の変遷はどうあれ、われわれにとって重要なのは、この「フィアスコ」が近現代においては、スタンダールの例が示しているように、とりわけ異性との性交渉において男性が一時的不能におちいることをさしているという事実である。[*14]

4 『失われた時を求めて』の買春体験

プルーストの伝記的事実にこだわるのはそのくらいにして、それがどのように作品のなかに反映しているか、見ていきたい。まず確認しておきたいのは、プルーストはフィアスコの挿話を明確な形ではテクストに書き込まなかったことである。[*15]だが、フィアスコは暗示という形で示されているように思われる。「花咲く乙女たちの陰に」において、主人公の「私」が友人のブロックに連れられてはじめて売春宿に足を踏み入れる挿話を思い出してみよう。

その頃のことだった、ブロックが私に〔……〕女というものは何よりも男と寝ることしか頭にないと言明して、私の世界観を一変させ、幸福の新しい可能性を開いてくれたのは（とはいえ後にはそれも不幸の可能性へと変わったのだが）。彼はおまけに二番目の助力をしてくれたが、ずっと後になってからでなくてはそのよさがわからなかった。つまり、最初に私を売春宿に案内してくれたのは彼だったのだ。たくさんの美女たちをものにできるんだと彼はたしかに私に言っていた。[*16]

はたしてこれは快楽の指南、性愛へのイニシエーションであろうか。少なくとも話者の意識のなかでは否である。なぜならブロックが提供したこのふたつのレッスンの享受には重大な留保条件がついているからである。幸福を約束してくれると見えたものは底なしの不幸への落とし穴であると予告している。もちろん、「ソドムとゴモラ」「囚われの女」以降ますますはっきりとしていくアルベルチーヌに対する疑惑と嫉妬の日々をさしている。また売春宿における最初の体験は無惨なものであったことが暗示される。主人公が連れ込まれた宿は「非常に低級の宿」で、居丈高の女将は希望に添うような女性は紹介してくれない。[*17]それどころか、女将は主人公に対し、別の女性をさして、「こちらはユダヤ人よ、どう?・」と勧めるのだ。そして「考えてみなさいな、あんた、ユダヤ女よ。すごいと思うけど」と畳みかける。だが「ラシェル」と呼ばれるこの女性とはこの場所で知り合うことはなく、ずっと後に友人サン＝ルーの恋人として紹介されることになる。いずれにせよ、語り手は奇妙な脱線に入り込み、最初の買春体験の首尾がどうであったか記述を回避している。奇妙なことに主人公はその後何度もこの家を訪れているらしく、しまいにはただたんにお茶を引いている売春婦たちとおしゃべりに興じるためにのみ敷居をまたぐようになっているのだ。[*18]あげくのはてには、親しくなった女将に、レオニー叔母から遺贈された長椅子など家具類をプレゼントしてしまう。だがこれを後悔して、二度とこの家を訪れることはなかった、と語り手は明言する。

この挿話が読者に奇妙な印象を与えるのは、前半の幻滅するような描写が、ラシェルの話をきっかけにして、いつのまにか親しげな雰囲気に変化してしまい、フィアスコの有無についてはなにも教えてくれないからである。それにしても、最初の日は唯一知り合う可能性のあったラシェルと近づきにならず、それ以降は毎回彼女を指名しても、会うことが不可能であったという不自然な筋書は、いかにも屈折したプルースト的心理を示している。さらにいえば、この体験が「ユダヤ」という強い刻印を打たれている点も奇妙である。ユダヤ女性というトピックはジャンヌ・プルースト夫人を思わせ、母親への過度の愛情が憎悪や冒涜の感情に変わりやすい複雑な心理をかいま見せているともいえよう。

5　『ジャン・サントゥイユ』にみられる悪夢的な売春宿

『ジャン・サントゥイユ』にも売春宿の挿話が登場する。こちらのほうが、さらに女性の身体への嫌悪感ないし恐怖感が率直に語られている。ある日アンリ四世校の「先輩」がジャンに誘いをかける。「ねえサントゥイユ、いつか四時に落ち合おうぜ、娼婦を買うのさ。君のもってる本のどこを探しても、こんなにしゃれたことは見つからないよ。[*19]」ジャンは「またいつか」とやんわり断り、誘いには乗るまいと思うのだが、夜になると「燃えるようなあの言葉が、ジャンのなかで押し殺され眠っていた昔の欲望のすべてに再び狂おしく火をつけた」のである。昼間のうちも、「夜間の狂気」がよみがえってきてつきまとう。しばらくたったある日、先輩とジャンはついに売春宿に出かける。

数日後に上級生は、ジャンを連れて足取りも軽くブードロー街六番地の敷居をまたいだ。[20]ジャンは、まるで新兵がはじめて砲火に遭遇したときにおびえていることを古参兵に知られたくないように、胸騒ぎを隠していた。子供時代の思い出が動転した記憶のなかに蘇って漂い、次の瞬間の不安をいっそう恐ろしいものにした。[21]

経験のない青年にとって、売春宿は一種の戦場であり、勇気を奮い起こして立ち向かい軍功をあげなくてはならない。だが神経質で想像力の豊かなジャンはすでに怖じ気をふるっている。この部分の草稿をみると、ほぼ半ページほどの抹消部分がある。そこには次のような一節がある。

« Il fallait monter un escalier sombre où le ~~soleil~~ jour lui-même, le jour qui dans les moments les plus désespérés restait pour Jean un ~~ami~~ gracieux ami, prenait un air hostile et [un mot non déchiffré], sur les murs d'une pauvreté ~~haineuse insolente~~ haineuse ou sur les tapis d'une ~~riches[se] opulence corrompue~~ insolente richesse. Jean eut envie de se sauver de courir embrasser sa mère. »

(薄暗い階段をのぼらなければならなかったが、そこはあの日光、どんなに絶望したときでもジャンにはやさしい友であった日光までもが、憎々しげな貧しさをみせる壁や、傲慢な豊かさをみせる絨毯の上で、敵意のある様子をしていた。ジャンは逃げ出して、母親にキスするために走っていきたかった。[22])

ここでは階段が暗いとなっているが、印刷稿では「明るい」とされている。プルースト自身の回想ではきっと暗かったのではないだろうか。敵意を示すとはいえ、粗末な家の派手な絨毯に照りつける光の描写にひかれて、最後は「明るい階段」を選んだのであろう。

とくに注目すべきは、消されている母親への言及である。敵前逃亡をする動機が母親へのキスというという点は、あまりにもプルースト的な心理構造である。

ドアの前にきたジャンは先輩に「ほんとうにしゃれたことなの？」と最後の質問をはなつ。ベルを押すと女将が現れるが、その顔はジャンに、かつて家に二日間しかいなかった家政婦を思い出させる。「奇妙で恐ろしい」彼女の思い出とは、次のようなものだ。

母よりもエレガントではあったが、飲んだくれのように酒の匂いがした。サントゥイユ夫人がお払い箱にしようとしたとき、彼女は夫人に悪態をつき、料理女中は殴られたとさえ言った。それでサントゥイユ夫人は何日か寝込んだほどだった。あとになってわかったことだが、この女は二人の人間を殺したかどでずっと以前から手配中で、懲役十年をくらったのだった。[*23]

売春宿の女主人が、酒癖、暴力、殺人と三拍子そろったこの女にそっくりだったというのだ。ただでさえ動転している青年が、女主人をみてすっかり怖じ気づいたことは言うまでもない。おとぎ話にでてきて、小さな子供に魔法をかけたり食べてしまったりする人食い魔女のようなものだ。女主人の名前が「トロンポワン」Troncpoing と記されているのは興味深い。「トロン」は木の太い幹であり、「ポワン」は握りこぶしであるから、いかにも腕っぷしの強そうな感じを与える。ひとたびこのようなイメージが形成されてしまうと、ジャンはますます萎縮し、場面から現実感が希薄になっていく。

控えの間にはいってみると、部屋着をきた十二人の女たちが帽子を縫っていた。上級生が「なにをしてるんですか」と尋ねると、彼女らはいっせいに「聖ジャン修道会の尼さんたちのためよ」と答える。ジャンにはまったくわけがわからず、自分の名前を使ってとんでもない悪い冗談を言われたのだと思う。実際は彼女たちの言うとおりで、女将のトロンポワンには修道尼の妹がいて、慈善事業に協力していただけなのであった。ここにおいて全知の語り手と主人公ジャンは明瞭に分化しており、侮辱されたと思うジャンの心理は、むしろ哀れみをもって語られる。十二人の女性はまるで神話の巫女のようで、売春と神への奉仕が一体であった古代の神殿にいるような印象を与える。問題の断章はここでとぎれていて、「控えの間」以降のジャンの行動についてはなにも書かれていない。だが、一連の悪印象がフィアスコの起こる条件を十分満たしていると思われる。

二人の青年が売春宿に出かける場面は、フローベールの『感情教育』末尾に置かれた同様の挿話を思い起こさせる。フレデリック・モローとデローリエは、青年時代を回想しながら、「トルコ女」la Turque の家にはじめて冒険しに出かけたときの思い出を語り合う。この奇妙な体験は一八三七年の休暇中、すなわちフレデリックが小説冒頭でアルヌー夫人をはじめて見かける場面の三年前に位置している。ある日曜日、ふたりの友は町はずれにある「トルコ女」(この家の女主人の名前がゾライッド・チュルク Zoraïde Turc であることから、このように呼ばれていた) の家に近づく。この悪名高い売春宿に足を踏み入れる前に、ふたりはまったく素朴な気持ちから、野原で花を摘んで束をこしらえ、プレゼントにする。だがこの冒険は完全な失敗に終わる。「けれどもこの日の暑さ、未知への不安、一種の後悔の念、そして一瞥しただけで自由にできる女がこんなにいると知る喜びまでも、彼〔フレデリック〕を激しく動揺させたので、顔が真っ青になり、進むこともなにか言うこともできず立ちつくした。女たちみんなが彼の困惑を見て笑った。ばかにされていると思って、彼は逃げ出した。[*24]」

この挿話は『ジャン・サントゥイユ』の話によく似ている。人生の大人の局面にはじめて入ろうとする未経験の青年が、大きな期待を抱くのだが、現実に売春婦たちを見て怖じ気づくという、紋切り型の筋書である。だが書きかたはずいぶん異なっている。フローベールにおいては、凡庸な青年が経験したありふれたできごとを回想という形で、小説の最後におき、いまや中年となったフレデリックたちに、「あのころが一番よかったなあ」という情けない感想を語らせている。革命や恋愛や大旅行を経た後で、このような言葉しか発することのできない皮肉な人生を淡々と記述する写実家の姿がそこにある。これに対し、プルーストの場合、ジャンはけっしてひとつの典型ではない。神経過敏で、母親に強く執着する特殊な人格である。いわば作者の分身なのである。はじめて見る売春宿の内部は、威嚇的であると同時に非現実的な色彩をおびている。

プルーストが『ジャン・サントゥイユ』のこの断章を書いたのはいつごろのことだったのか。この未完の小説はおよそ一八九五年ぐらいから一八九九年ぐらいまでに大半の章が書かれたとされるが、個々の断章の執筆年代の特定は難しく、いまだに総合的な研究はなされていない。しかしさいわいなことに、問題となっている挿話は、一八九五年秋に執筆されたことが確実である。というのは、この挿話が書き込まれている余白や向かい側ページに、マザリーヌ図書館のアルフレッド・フランクランあてに書いた書簡[*25]（一八九五年十月三日と推定される）の下書きが何箇所かにわけて記されているか[*26]らである。つまり、売春宿の挿話は、『ジャン・サントゥイユ』執筆の最初期に書かれており、彼のフィアスコ体験の七年後、まだ記憶が新鮮だったうちに書かれたわけである。

6　ルソーとモンテーニュ――フィアスコの考察

自己のフィアスコ体験に関して作家には二つの選択肢がある。それを語るか、それとも語らないか、という選択である。自伝あるいは自伝的性格をもつ作品のなかでみずからの失敗談を語ることは、なにごとも包み隠さないという真摯な姿勢を示すことによって読者の共感と同情を勝ち得るという利点がある。また、この機会を奇貨として繊細な若者の心理を分析することができる。スタンダールはこの方法を選び、想像力の過剰によってフィアスコが誘発されたという解釈を示した。

プルーストは逆に、作品のなかでフィアスコ体験をあからさまに語ることをしなかった。『ジャン・サントゥイユ』ではユダヤ女ラシェルの話をきっかけにして最初の違和感は奇妙な親密性へと移行してしまい、本来の買春行動はうやむやに解消されている。だがそれでも、女性の身体への嫌悪感はじゅうぶんに伝わってくる内容である。プルーストの「沈黙」はジョルジュ・サンドが『わが生涯』においておこなったようなスキャンダル回避、節度と品位を守るための沈黙ではない。なぜなら読者は主人公の「ウィタ・セクスアリス」について、別の箇所でなんども知る機会があるからである（少年時代の自慰、レズビアンを覗く場面、同性愛の描写）。そうではなくて、この沈黙はエクリチュールによってみずからの深部に降りていく恐怖感から来るもののように思える。

フランソワ・モーリヤックは、『青年』（一九二六年）のなかで、一般に人は自分の性的失敗を隠匿したがると述べている。「青年たちの手柄話には眉に唾をつけて聞かないといけない。おのれのしくじりやフィアスコを白状するひとはめったにいないし、聴衆を相手に嘘の勲功で身を飾り立てないものはほとんどいない。」だからジャン＝ジャック・ルソーの『告白』に語られているズリエッタ[*27]の挿話はとくに例外的なもののように思える。ルソーがヴェネツィアに滞在中、ふとしたことからズリエッタという名前の魅力的な若い娼婦と知り合いになる。彼女はルソーを見て、かつて恋をしたザネットという青年と取り違えるふりをして、なれなれしく近寄ってくる。平生から「公娼にはつねに嫌悪感を抱いていた」というルソーも、このすばらしい娘をみて舞い上がる。

翌日彼女と逢い引きをして、ますますズリエッタの美しさに圧倒されてしまう。「この蠱惑的な娘の魅力と気品を想像しようとしないほうがいい。真実からはほど遠いだろうから。〔……〕これほど優美な楽しみが、人間の心と官能に供されたことはかつてなかった。ああ、たった一瞬でも心ゆくまで完全にそれを味わうことができたなら！……味わったのだが、魅力を感じなかった。私はあらゆる快楽を鈍らせ、おもしろがってするように殺してしまったのだ。いや、自然は私を楽しむ人間にはしてくれなかった。[*28]」あれほど待ち望んだ瞬間がどうして十全な快楽をもたらしてくれなかったのか。ルソーはつぎのように分析してみせる。

うちとけてまもなく彼女の魅力と愛撫の価値を知ったか知らないうちに、あらかじめその果実を失うことを恐れて、あわててそれを摘み取ろうとした。突然、身を焦がしていた炎の代わりに、死のような冷たさが私の血管を走るのを感じた。足がふらつき、気分が悪くなって、しゃがんで子供のように泣いたのだった。[*29]

過度の期待と焦燥感が官能を裏切り、挫折にみちびいたのである。「死の冷たさ」、それがフィアスコの本質である。だがそればかりではない。これほど美しい女性が、会ったばかりの男に簡単に身をまかせるというのはありそうもないことだ、とルソーは考える。ひょっとするとこの女にはなにかの欠陥があるのかもしれない。それは梅毒のような病気であろうか。彼は女の乳房の片方が欠けているのを発見し、なにか不吉なものを感じ取る。結局この挿話はズリエッタが軽蔑したように言い放つ次の言葉で締めくくられる。「ザネット、女はやめておきなさい、数学でも勉強なさいな。[*30]」もちろん、ルソーはそれまでにヴァラン夫人をはじめ複数の女性と交際があったから、プルーストのような「初回」の挫折とは違うし、スタンダールにしても同様である。フィアスコはかならずしも初体験のときに起こるわけではない。むしろ、初体験のときは緊張感が強いという免責が可能とさえ言える。

ではスタンダールが引用していたモンテーニュの『エセー』ではフィアスコはどのように扱われているのだろうか。第一巻第二一章「想像力について」のなかで、モンテーニュは見聞したこの種の不幸について鋭い関心を示し、それが想像力の本質にかかわっているとする。モンテーニュがまずあげている例は、じゅうぶん人となりを保証できる知人で、性的不能の疑いなどありえない人のことである。彼は友人がたまたまいざという機会に性交不能におちいったということを聞いて、もし自分がそんな目にあったら大変だと心配しすぎたために、自分も同じ境遇におちいってしまった。「この不幸が心配されるのは、われわれの心が欲望と尊敬で極度に緊張するような出会いのときだけである。とくに、好機が思いがけず急にやってきたときに、そうである。[*31]」

またフィアスコの原因は女性側にもある、とモンテーニュはいう。「女たちが眉をしかめ、しぶしぶすげない態度でわれわれを迎えるのはよくない。それはわれわれに火をつけておいて、水をぶっかけるようなものである。〔……〕攻める者の心は、なんべんもいろいろな不安にかき乱されると、わけもなく萎びてしまう。想像のためにひとたびこの恥辱をなめさせられた者は（そういう目に遭うのは、最初の交わりのときだけである。というのも、最初の交わりは、いつもより沸き立ち、激しいものであるし、最初の契りにおいては人は失敗をもっとも恐れるからである）、最初がまずかっただけに、この出来事を気に病んでくよくよし、それが後々までも尾をひく。」

モンテーニュの考察は、ルソーやスタンダールに比べて、数多くの事例と、そしておそらく彼自身の豊富な経験を下敷きにしているだけに、冷静で説得力のあるものだ。フィアスコの原因のひとつは想像力が時宜にかなって発揮されるか否かという点であり、もうひとつは生理学的な問題である。すなわち、男性器官は往々にして意志に逆らい、思うように制御できないということである。「この器官は、別に必要のないときに、いやにうるさく出しゃばるくせに、何より必要なときに、折あしく萎縮する。また、独断でいかにも傲然とわれわれの意志に刃向かい、まったく尊大に頑強に、われわれの心や手の勧告を退ける。」しかしさらに考えてみると、身体のどの器官も同じように「固有の情念」をもっており、しばしば人間の意志に反した行動をとるのである。モンテーニュはそう述べて、例として恐怖で髪が逆立ったり、肌が震えたりするのを意志では抑えられないという事実をあげる。いざ話そうとして舌が動かず声が凍りつくこともある。意志は全能ではないのである。モンテーニュはこの器官の不随意性をめぐる考察を、おそらくアウグスティヌスの『神の国』から借りてきている。[*32]

モンテーニュはさらに一歩進んで、本当は「われわれの意志」こそ、もっとも不服従なものではないかという深い考察にいたる。意志は、しばしば理性の結論に反旗をひるがえし、人間に損害を与える。人がこれだけは自分の所有物と思っている意志でさえ、このように反抗することがあるのだ。とすれば、自然が人間に対し、ただひとつの不死の業をなす器官、つまり生殖のための器官に、独立した特権を与えたとしてもなんの不思議もない。モンテーニュはこう結んでいる。「だからこそ、ソクラテスにとって、生殖は神的行為であり、愛は不死の欲求であり、不死の精霊（ダイモン）そのものである。」

人間の精神と、身体（意志を含む諸器官）のあいだのずれ、ないし葛藤は、両者をつなぐ想像力の作用が非常に大きいことから生じている。薬をみただけで症状が改善した患者、偽薬や投薬の儀式だけで治療効果があがる事実（いまならプラセーボ効果と呼ぶだろう)、主人を失った悲しみで死んでしまう犬、自分の目の力だけで空飛ぶ鳶を落とす人。効果が合理的に解釈しがたい場合、社会はそれを魔法や呪縛のせいにする。ここで想像力と呼ばれているものは、中国や日本で「気」といわれるものに非常に近いように思われる。モンテーニュにとって、フィアスコはそうした想像力のなす作用のひとつにすぎず、自然の現象なのであって、無理に回避しようとしなくても、やがては自然がうまくおさめるのである。

むすび

プルーストは自分のフィアスコ体験を一度しか語っていないし、それも作品ではなくて高校時代の私的な手紙のなかのことである。『ジャン・サントゥイユ』や『失われた時を求めて』といった自伝的要素の濃い作品においては、完全に沈黙している。この点で、ルソーやスタンダールの率直な態度とは大きく異なっている。とはいえ、プルーストのテクストは不在のフィアスコ体験を推察させるにじゅうぶんな証拠物件を取りそろえている。売春宿にはじめて足を踏み入れたときの恐怖と驚き、女主人の尊大な態度、気分を損なうほど安っぽい家具調度、女たちの笑い声。ルソーやスタンダールが説明しようと試みているのに対し、プルーストは解読をわれわれにゆだねているのだといえよう。

注

＊1 *Corr.* (=*Correspondance de Marcel Proust*, édition par Philip Kolb, Plon), t. XXI, pp. 550–51.

＊2 Robert Duchêne, *L'Impossible Marcel Proust*, Laffont, 1994, pp. 124–29.

＊3 Adrien Proust, *Traité d'hygiène publique et privée*, Masson, 1877. Voir Christian Péchenard, *Proust et son père*, Quai Voltaire, 1993, p. 202*sq*.

＊4 Samuel-André Tissot, *De l'onanisme*, 1760. なお、この本に先立って、一七二三年にロンドンで『オナニア』という書物が出版されていて、この問題に先鞭をつけていた。ところで「オナニスム」という用語は誤解を招きやすい。周知のようにこの言葉は聖書の中にあるオナンの逸話から派生している。ユダは長男のエルにタマルという嫁を迎えたが、エルがなくなったので、弟のオナンに、兄のためにタマ

ルに子孫をつくるように命じた（「創世記」第三八章）。オナンは子孫が自分のものにならないので、「兄嫁のところに入るたびに、子種を地面に流した。彼のしたことは主の意に反することであったので、彼もまた殺された」。すなわち、オナンはけっして「孤独の快楽」のためにこの行為をおこなったわけではないし、そもそも聖書の文面からだけでは、それが「手淫」であったかどうかさえ疑わしい。

＊5　Adrien Proust et Gilbert Ballet, *L'Hygiène du neurasthénique*, Alcan, 1897.

＊6　François Rabelais, *Pantagruel*, livre III, chapitre 8.

＊7　*Op. cit.*, p. 128.

＊8　アドリアン・プルースト『公衆衛生・個人衛生論』。Cf. Christian Péchenard, *op. cit.*, pp. 203–04.

＊9　Stendhal, *Souvenirs d'égotisme*, *Œuvres complètes* de Stendhal, *Cercle du bibliophile*, t. 36, pp. 28–29.

＊10　スタンダールはマチルドを作品のなかで少しつづりを変えてメチルドと呼んでいる。

＊11　*Œuvres complètes* de Stendhal, *De l'Amour*, t. 4, pp. 277–83.　なおこの章は初版では削除され、一八五三年以降復元された。

＊12　*Ibid.*, p. 283.

＊13　プルーストは『失われた時を求めて』で二度にわたり、この意味でフィアスコという言葉を用いている。*RTP*, II, 471; II, 573.

＊14　一八七〇年代に刊行された『十九世紀ラルース大事典』には、この意味が未収録である。

＊15　プルーストは『失われた時を求めて』に関する膨大な草稿群を残したが、ただ一カ所だけ、フィアスコを描いた場面がある。それは話者が、とかく悪い評判のあるピュトビュス夫人の小間使いと、パドヴァではじめてホテルであいびきをする場面で、絶世の美女と聞いていた小間使いが、火傷で醜い顔になり、しかも下品な女であることがわかったことがフィアスコの直接の原因になっている。面白い挿話なのだが、ここで詳述するゆとりはない。いずれにせよ、プルーストがこの原稿を捨て去ったことが重要である。

＊16　*RTP*, I, p. 565.

＊17　*Ibid.*, p. 566.

＊18　この状況は「見出された時」におけるジュピアンが経営する男娼窟の場面とよく似ている。

＊19　*JS* (=*Jean Santeuil*, édition de la Pléiade), p. 240.

＊20　ブードロー街 rue Boudreau はパリ第九区サル・ガルニエ（旧オペラ座）のすぐそばに実在する。『消え去ったアルベルチーヌ』草稿（カイエ四八）において、シャルル・ド・モンタルジ（ロベール・ド・サン＝ルーの旧称）が「ブールドー街」rue Bourdeau でピュトビュス夫人の小間使いとあいびきしたことが記されている。つづりの相違はあるが、これも売春宿の所在地を示していると思われる。

＊21　*Ibid.*, p. 241.

＊22　N. a. fr. 16615. f°s 86 r°. 翻訳は多少簡潔にしてある。

＊23　*Loc. cit.*

＊24　Gustave Flaubert, *L'Éducation sentimentale*, *Œuvres complètes*, Seuil, “l'Intégrale”, t. 2, p. 163.

＊25　*Correspondance de Marcel Proust*, édition de Philip Kolb, Plon, t. I, p. 430.

＊26　Folios 77, 86 et 88.

＊27　ヴェネト方言ではジュリエッタがズリエッタと発音される。『告白』第七巻。

＊28　Jean-Jacques Rousseau, *Œuvres complètes*, I, édition de la Pléiade, p. 320.

＊29　*Loc. cit.*

＊30　*Ibid.*, p. 322. 引用はイタリア語でなされている。« Zanetto, lascia les Donne, e studia la matematica. »

＊31　モンテーニュ『随想録（エセー）』松波信三郎訳、河出書房新社、「世界の大思想」、昭和四九年、上巻、八四頁。

＊32　アウグスティヌスは、性をつかさどる器官が意のままにならない事実をとりあげ、求められてもいないのに勝手に興奮したり、心ばかりがはやって体が冷たいままであったりするのは、それが意志の制御を受けない完全自立の器官だからという。そのために人類はこの部分を隠すのだという（『神の国』第一巻）。

第4部　時代を超える身体——怪物性・ポートレイト・ポルノグラフィー

12章 逸脱、排除、自由——怪物的身体をめぐる考察

多賀　茂

「なぜわざわざ病気の名称を変えるのでしょうか。うちでは、痴呆になったねとか言いながら、母と楽しくやっています。名称を変えることでなにが変わるのでしょうか?」——「精神分裂病」は「統合失調症」と呼びかたが変わり、いま「痴呆症」を「認知症」と呼ぶようにすることが決定されたなか、ある主婦のこんな文章を先日新聞の投書欄で読んだ。主婦が疑問に思っているのは、「名前を変えることよりもっと大事ななにかがあるのではないか? 病気をもった人との生活全体を変えないとなにも意味がないのではないか?」ということである。[*1] もちろん名称を変えることは、人々の誤った認識を改めさせ、差別的意識を消し去るよううながすために、ある程度まで有効であろう。しかし私たちと私たちの国語との関係は世界に例をみないほど複雑で微妙で曖昧である。私たちの国ほど、言葉の背後にある意味形成の構造の総体を変化させなければ、じつはなにも変わらない可能性がある国はほかにない。本論が、このことを認識していただくためのきっかけになれば幸いである。

本章では、言葉の意味が変わるときどれほど社会における知や実践の総体が変化しているのか、あるいはその逆に知や実践の総体が変化するとき言葉の意味がどれほど変わるのかということの一例を、「怪物」という言葉を対象にして示すことを目指している。ただし奇怪な動物いわゆる怪獣が主題ではない。おもにルネッサンス以降十九世紀にいたるまでの時期に、おもにフランスにおいて、怪物的身体をもつ人間に対してどのような意味が付与され、どのような言説が生産されてきたのかということが主題である。

1　monstre という言葉

さて、言葉と意味と「もの」との関係を考察することが主題であるからには、「辞書によれば」というごく月並みなトポスから話を始めることも許されるであろう。おおかたフランス語の monstre や英語の monster という言葉に与えられている意味は（一）（伝説上の）怪物、怪獣、（二）巨大で異様なもの、醜いもの、（三）奇形（の人間）、（四）残忍な人間、非人間的なひと、（五）草稿、支離滅裂な考え（さらにはフランス語では「取っ手の大きな裁ちばさみ」という意味、英語の monster では「定位置のないラインバック」というフットボールにおける意味、「神経中枢にはたらく麻薬」などといった意味が加わり、またフランス語には monstre sacré「大スター、傑出した人物」、petit monstre「やんちゃ小僧」といった表現もある）というふうにまとめられる。[*2]

語源的には、monstre や monster はラテン語の monsrtum（「怪物」）にさかのぼり、そこからさらに動詞 moneo（「警告する」）と monstro（「見せる」、フランス語の montrer の語源）につながっていくことになる。またギリシア語の teros には「神によって送られたもの」という意味があった。[*3] キケロの時代の古典ラテン語のなかでこの monstrum という語が使われたときには、すでに上記の意味のうちの（一）から（四）までの意味がおおかた存在していたことがわかっているが、もっと以前の段階で、「なにかを警告するもの」と「はっきりと見えるもの」というふたつの意味のうちのどちらが先に「怪物的なるもの」の内実を構成したのかは確定されていない。「はっきりと示す」ことすなわち差異の知覚と、「なにかを告げるしるし」であることすなわち記号としての認識とは、おそらく同じ心的状態の裏と表なのかもしれない。もちろんソシュール的な意味ではまったくないが、差異があるところ必ず記号作用が生じ、記号をみるときかならず差異の知覚が基盤にあるのかもしれない。

ただそこには「外にあるもの」というもうひとつの心的要素が加わっていたことをみのがすことはできない。古代神話の怪物たちの多くが辺境に住むことからもわかるとおり、いくつもの怪物像のなかにこの要素は見え隠れしているのだが、外にいるものは異なったものであり、異なったものは外にいるべきだといいきれるほど、ことは単純ではない。新生児が奇形に生まれる原因についての論考はすでにアリストテレスにも存在しているのだから、古代人も自分たちの「内」から「怪物」が生じることを「知っていたはず」である。[*4] それにもかかわらず「怪物」の意味構造には「内」という要素は現れない。内なる怪物を外へ移動させる作業こそが神話だったといえようか。[*5] とはいえこの移動作業がはっきり語られることはない。「排除」の作業をさまざまな受容可能な形態のもとに押し隠す作業は、いつの時代にも社会にとって文化がはたす重要な意義であった。差異と記号と排除とが、怪物性を考察するうえでの出発点であると考えることができるだろう。

さて視点をフランス語のほうへ戻そう。monstre という言葉は、十二世紀ごろからフランス語に登場し、その時代にすでに「驚異」、「怪物(神話上の)」、「奇形(の人間)」、という意味をもっていたことがわかっている。また道徳的な意味に関しては、十二世紀には「異教徒の」に近い意味で使われ、十六世紀になって「邪悪な人間」という用法が現れる(カルヴァンにおいて)。また「醜悪な人間」という意味は、少し遅れて十七世紀に現れるようだ。いっぽう怪物的身体が社会的にもつ意味合いにおいて、古代にまでさかのぼる「なにかを告げるもの」という意味合いは、少なくとも古典主義時代まではフランス語のなかで生き生きと人々に感じられていたようである。[*6] ではそのほかに、どのような意味合いが怪物的身体につけくわわってゆくのだろうか。以下歴史的順序にしたがってみていきたい。

2　怪物的身体の系譜——十九世紀はじめまでに怪物的身体に与えられたさまざまな意味合いについて

◎外の怪物

十四世紀の旅行家ジャン・ド・マンドヴィルの『東方旅行記』には、異国に住むさまざまな異形の民をあつかった章があり、たとえば一つ目の巨人や頭のない人間や鼻も口もない人間、また男と女が一緒になった人間や一本脚の人間などが語られている。[*7]このフランス語で文章を書いたイギリス人の作品は、実際の旅行にもとづいた見聞録というよりはむしろさまざまなテキストからの抜粋集であり、マルコ・ポーロ、ヴァンサン・ド・ボヴェ、何人かの修道士たちの文章が典拠になっている。またそれらのテキストを通じてマンドヴィルはプリニウスやソリヌスら古代の著作家とつながっている。古代から中世をへてルネッサンスにいたるまで、綿々とつながる異形の民についての言説群があったわけであり、中国の『山海経』に同じような形態の人間が書かれていることを考えあわせると、どうやら古代のいずこかの場所でつくられた異形の民についての物語が、四方へ伝播し語り継がれていったのかなどという空想にふけりたくなってくる。

ただこの怪物的人間群には、なにかを告知するという要素は感じられない。ド・マンドヴィルの記述は、ジャワ島やその周辺の島々の奇習、珍獣の話とシナの大汗の豪勢な生活の話をおさめた章にはさまれており、東方の島々にいる異形の民はなんら不吉なものとして排除される存在ではない。それどころか彼らはなによりもその珍奇さによって、読者の好奇心をひく存在である。

まだほかにも、一本足の人間が住んでいる島があり、〔……〕おまけに一本足でとぶように走るから、みものである。[*8]

もう少し近寄って彼らの姿をみてみよう。おそらく同じ系列に属するハルトマン・シェーデルの著書につけられた木版画をみると明らかになってくることであるが、彼ら異形の民はふたつのグループに分類することができる。[*9]山の老人、唇の長い人間、アマゾネスなど現実ないし伝説上の人間の特徴をもつ者と、一つ目、頭なし、一本足など奇形の人間の特徴をもつ者〈図1〉とである（『東方旅行記』では山の老人やアマゾネスの話は別の章におさめられている）。すなわち、この伝承群ではもともと外にあったものと内から外へと移動させられたものとが同居し、ともに珍奇なものという範疇におさめられている。内から外へと排除された不吉なものたちは、外に定着することでその不気味さを失い、好奇のまなざしをひきつけ

Secunda etas mundi Folium XII

De hominibus diuersarum formarum dicit Pli. li. vij. ca. ij. Et Aug. li. xvi. de ci. dei. ca. viij. Et Isidorus Ethi. li. xi. ca. iij. oia q sequuntur in india. Cenocephali homines sunt canina capita habētes cū latratu loquūtur aucupio viuūt. vt dicit Pli. qui omnes vescuntur pellibus animaliū.
Cicoples in India vnū oculum hn̄t in fronte sup nasum hij solas ferarū carnes comedūt. Ideo agriofagite vocātur supra nasomonas confinesq illorū homines esse: vtriusq nature inter se vicibus coeūtes.
Calliphanes tradit Arestotiles adijcit dextram mamam ijs virilem leuam muliebrem esse quo hermofroditas appellamus.
Ferunt certi ab oriētis pte intima esse homines sine naribus: facie plana eqli totius corpis planicie. Alios supiore labro orbas. alios sine linguis et alijs cōcreta ora esse modico foramine calamis auenarum potū haurietes.
Item homines habentes labiū inferius. ita magnū vt totam faciem contegant labio dormientes.
Item alij sine linguis nutu loqntes siue motu vt monachi.
Pannothi in scithia aures tam magnas hn̄t. vt contegant totum corpus.
Artabrite in ethiopia pni ambulāt vt pecora. et aliqui viuūt p annos. xl. quē nullus supgreditur.
Satiri homūciones sunt aduncis naribus cornua i frontibus hn̄t et caprarum pedibus similes qualē in solitudine sanctus Antonius abbas vidit.
In ethiopia occidentali sunt vnipedes vno pede latissimo tam veloces vt bestias insequantur.
In Scithia Ypopedes sunt humanā formam eqnos pedes habentes.
In affrica familias quasdā effascinātiū Isigonus et Memphodorus tradūt quarum laudatōne intereāt pbata. arescāt arbores: emoriātur infantes. esse eiusdem generis in tribalis et illirijs adijcit Isogonus q visu quoq effascinent iratis pcipue oculis: quod eorū malū facilius sentire puberes notabilius esse q pupillas binas in oculis singulis habeant.
Item hoies. v. cubitorum nūq infirmi vsq ad mortem
Hec oia scribūt Pli. Aug. Isi. Preterea legit i gestis Alexādri q i india sunt aliq hoies sex manus hn̄tes.
Itē hoies nudi et pilosi in flumine morātes.
Itē hoies manibus et pedibus sex digitos habentes.
Itē apothami i aqs morantes medij hoies et medij caballi.
Item mulieres cū barbis vsq ad pectus s capite plano sine crinibus.
In ethiopia occidētali sūt ethiopes. iiij. oclos hn̄tes
In Eripia sunt hoies formosi et collo gruino cū rostris aialium hoimq effigies mōstriferas circa extremitates gigni mime miru. Artifici ad formanda corpora effigiesq celandas mobilitate ignea.
Antipodes āt eē. i. hoies a 9ria pte terre vbi sol orit qn occidit nob aduersa pedibus nris calcare vestigia nulla rōe credēdū ē vt ait Aug. 16. de ci. dei. c. 9. Ingēs tn̄ s pugna lrarum 9traq vulgi opioez circūfundi terre hoies vndiq cōuersisq iter se pedibus stare et cūctis silem eē celi vticē. Ac sili mō ex q̄cūq pte mediā calcari. Cur āt n̄ decidāt: mireē et illi nos n̄ decidere: nā eīn repugnāte: et quo cadāt negātevt possint cadere. Nā sic ignis sedes nō ē nisi i ignibus: aqrū nisi i aqs. spūs nisi in spū. Ita terre arcentibus cūctis nisi in se locus non est.

図1 怪物的種族の例。ハルトマン・シェーデル『年代記』、1493年より。

るものたちへと再度変容していったということができるのではないだろうか。

こうした変容は、珍獣に関する情報を収集することに情熱を燃やす博物学的な趣味と同じ平面上にある。しかしルネッサンスがようやく終わるころ、怪物的な身体はもっと堂々と知の世界に入ってくる。しかも秩序を乱すものというあらたな否定的価値を帯びながら。

◎秩序を乱すもの

十六世紀の外科医でアンリ二世をはじめとする歴代国王の侍医であったアンブロワーズ・パレは、いくつもの外科手術に関する著作のほかに『怪物と驚異』という著作を残している[*10]〈図2〉。外科医がフランス語で書いたこの書物は、まさにそのことによって医学部からの叱責を受けることになるという、外科学が医学のなかにまだ確立した地位を得ていない時代を象徴するような事件の種となるが、いっぽうで怪物的身体に関する言説の系譜のなかでは、古代からルネッサンスまで続いた「外にいる怪物」についての言説群と、今後きたるべき奇形についての医学的言説との両方の要素を混在させているという（このことによってこの書物自体が怪物的な書物でもある!）、重要な過渡的意義を体現している。ここで monstre という言葉は、驚くほど多様な意味において理解されている。

まず第一章に述べられている「怪物の原因」をみてみよう。(一)神の栄光、(二)神の怒り、(三)精液の過多、(四)精液の過少、(五)想像力、(六)子宮の狭小、(七)腹部を圧迫する母親の行儀の悪い姿勢、(八)転倒あるいは腹部への打撃、(九)遺伝性もしくは偶発性の病気、(十)精液の腐敗、(十一)精液の混合、(十二)乞食の術策（詐欺）、(十三)悪魔、という十三の原因がそこにはあげられているのだが、それがどれほど統一性を欠いた根拠にもとづいているのかをみぬくためにはさほどの苦労はいらない。(一)、(二)は神学的ともいうのもはばかられるほどに、とってつけたような神の威光への配慮の結果であり（すべての異常には神の意志が込められている!）、また(十二)、(十三)はいわば偽の奇形についての見解、(三)から(十一)までは一見奇形についての「科学的な」原因論であるようにみえても、実際にはほとんど迷信的で換喩的な（アナロ

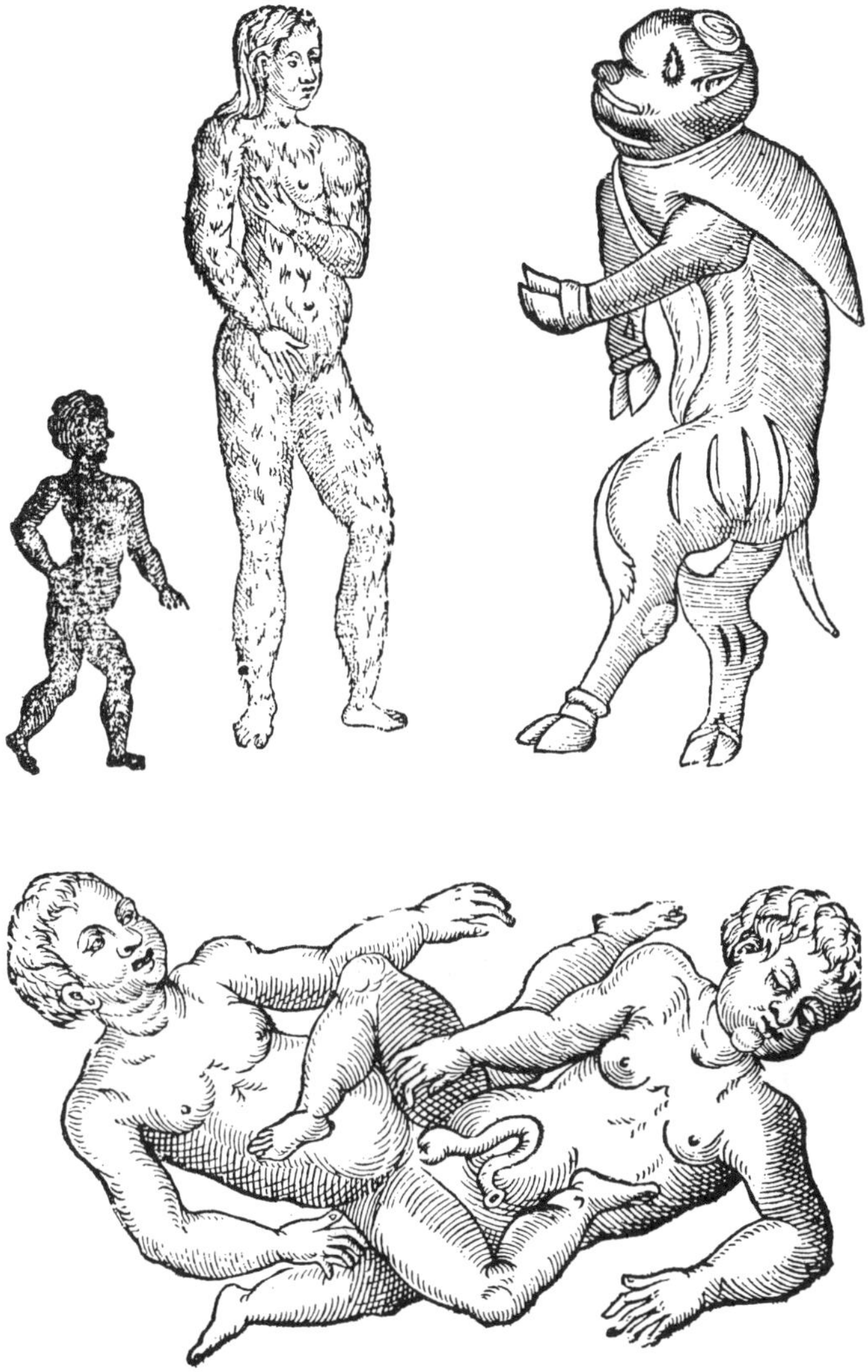

図 2 母親の想像力が原因である例（上）と、精液の過多が原因である例（下）。アンブロワーズ・パレ『怪物と驚異』、1585 年より。

ジーにもとづいた）推論なのである。さらに書物全体を読み進めば、この原因論とはなんのかかわりもない「怪物」があまりにも多く混在していることがわかる。

第三一章から第三七章までは、奇病・海の怪物・空の怪物・陸の怪物そして天空の怪物があつかわれている。これらは奇形というよりは、好奇の対象たるべき「奇妙な」ものたちであり、人面をした獣の横にキリンや象もおさめられ、人魚のような生き物のそばには鮫や鯨がおかれている。しかも「天空の怪物」とは、実際にはひげや髪の毛のついた、あるいは剣を手にもった「彗星」のことなのである。また第一五章以下第一七章までは、結石、体内に残った異物、四肢その他の切断といった傷害を受けても生きのびた例などがあつかわれている。これらは奇形でも珍獣でもなく生き物でさえない。もちろんこれらの場合は「怪物的身体」ではなく「驚異」prodige の例としてあげられているのだと納得することもできようが、これらの事例にもことごとく「怪物的な事例」choses monstrueuses という表現があてはめられているのである。この十六世紀の外科医にとって、「奇形」と「珍奇」と「奇跡（驚異）」とはいかなる意味ですべて「怪物」と呼ばれることができるのだろう。

序文で明らかにされているとおり、パレにとって「怪物」も「驚異」も「自然」Nature の通常のありかたに反して、あるいはそれを越えて現れるものなのであり、その意味で同列に論じられる権利を有しているのだということができる。[*11] しかしそこでいわれている「自然」とはいったいなんなのか。フーコーがコレージュ・ド・フランスでの講義『異常者たち』のなかで指摘しているとおり、十八世紀までの時代における怪物の最大の特徴は、「ふたつの界の混成」、「自然が定める境界の越境」なのであり、だからこそ両性具有が法的にも大きな問題を提起することになった。[*12] この書物においても同様に、両性具有ないし両性の境界の越境に対する特権的あつかいがみられる。第四章は原因論どおり精液の過多からくる場合、すなわちひとつの体に過多数の四肢や頭がついている場合やいわゆるシャム双生児的状態をあつかっているが、第五章は双子以上の数の子供を産む女性、第六章は両性具有、第七章は男性化した女性の場合のために割かれ、そのため原因論で精液過多の次にくるべき、無頭などの精液過少による奇形は、その後の第八章であつかわれることになっているのである。ここで「自然」はほとんど「秩序」と同義であり、「秩序」はほとんど「分類体系」と同義である。逆にいえば、男と女、人間と動物、種と種、人間と鉱物、生きるべきものと死ぬべきもの、といったような世界に秩序を与えているさまざまな区分の越境こそが、「怪物」という言葉によって名指されるものたちが共通してもっている本質なのであった。とすれば、いわゆる無頭や一本足などのいわゆる「欠如の怪物たち」があまり注目されていないこともゆえなきことではない。またひげのある彗星や人体のなかにできた石である結石がたんなる好奇を越えて重要視されているのは、生物と天体との混成あるいは生物と鉱物の混成であるからなのである。

ただこの著作は、秩序を乱すものたちを博物学的好奇心でもって列挙することで満足してはいない。どれほど不十分であれ部分的であれ、なぜそれらが生まれることになったのかという原因探求の姿勢がここにはある。しかしやがてきたる科学的なまなざしとパレのまなざしとのあいだにはやはり大きなへだたりがあることも認めざるをえない。そしておそらく解剖の実践とそれによって生じる怪物的身体の内部へといたるまなざしこそが、そのへだたりをつくりだしている最大の要因ということになるであろう。

◎異常な形成

怪物的身体の記号性は、古代においてはきたるべき災害や事件の予兆であったが、中世をへて、いっぽうではキリスト教神学に統合される過程で神の栄光を表すものとなり、またいっぽうでは王権国家理論のなかで国家の安泰や動乱を表すものとなっていった。パレの著作にまだ残っていたこうした記号性から、次に検討する科学的・医学的な怪物発生論の論者たちは少しづつ、ただしあまりにもゆっくりと、自由になっていく。生物学史研究の第一人者であるパトリック・トールの『秩序と怪物』という著作は、「十八世紀における解剖学的異常の原因に関する論争」という副題が示すとおり、まさに十八世紀とともに始まる怪物的身体に関する解剖学的研究の進展を、おもにアカデミーにおける論争に焦点をあわせて考察している。[*13] 以下この著作を参考に、パレとジョフロワ・サン・ティレールとのあいだにはさまれた時期において、怪物的身体に関し発せられた科学的言説を検討してみたい。

パレの過渡的段階からまず一歩を前進させるのは、外科医デュ・ヴェルネである。一七〇六年に発表した論文で彼は、下半身が癒着して生まれたふたりの子供の例をあつかい、癒着した部分の骨格を細かく研究している〈図3〉。異常性にもかかわらず、その怪物的身体が生体として非常によくできていることに彼は注目し、「偶然」や「自然的進行の偶発的な混乱」によって生じたはずはないと推論し、胎児に与えられた衝撃や子宮内での不自然な状態などを異常の原因とする機械論的原因説を退け、デュ・ヴェルネは胚のなかですでに怪物的身体はできあがっているとする前成説を主張する。[*14] ところが彼はすぐさま前世紀から引き継いだ神学的言説に立ち戻って、こう書く。

すべては、目的を自由に選び、実行するに際しては全能であり、手段を賢明かつ適切に使用する知能の意図によっている。〔……〕〔この怪物の綿密な検査からわかることは、創造主がものを生み出すしくみの豊かさである。[*15]

そして怪物的身体がつくられた意図と原因の探求を、彼は神学者にまかせる。怪物的身体のなかにも、正常な身体のなかではたらいているのと同じような生命維持のための力がはたらいていることを、解剖による検査はみせてくれているのだが、デュ・ヴェルネには、怪物的身体を生み出したのもまたその同じ生命の力であることがみえていないのである。

しかし怪物的身体を生み出す原因についての科学的議論のきっかけはつくられた。一七二四年レムリは、首のところでつながったふたつの頭をもって生まれた子供の骨格を研究して、再び機械論的な説明を試みる〈図3〉。なるほどデュ・ヴェルネが批判したように、激しい衝撃は生命体が維持される可能性を著しく低くする。ではふたつの胎児が早期に「圧着」compressionしたと考えればどうか。こう考えれば、二本の背骨の間に渡っている第三の背骨が、もとの二体の肋骨の片側ずつが癒着してできたものだと説明がつくし、また下半身の骨格が通常のひとりの骨格であることも、もうひとりの下半身の骨格が圧着によって破壊され消滅したと考えることができるというわけである。[*16]

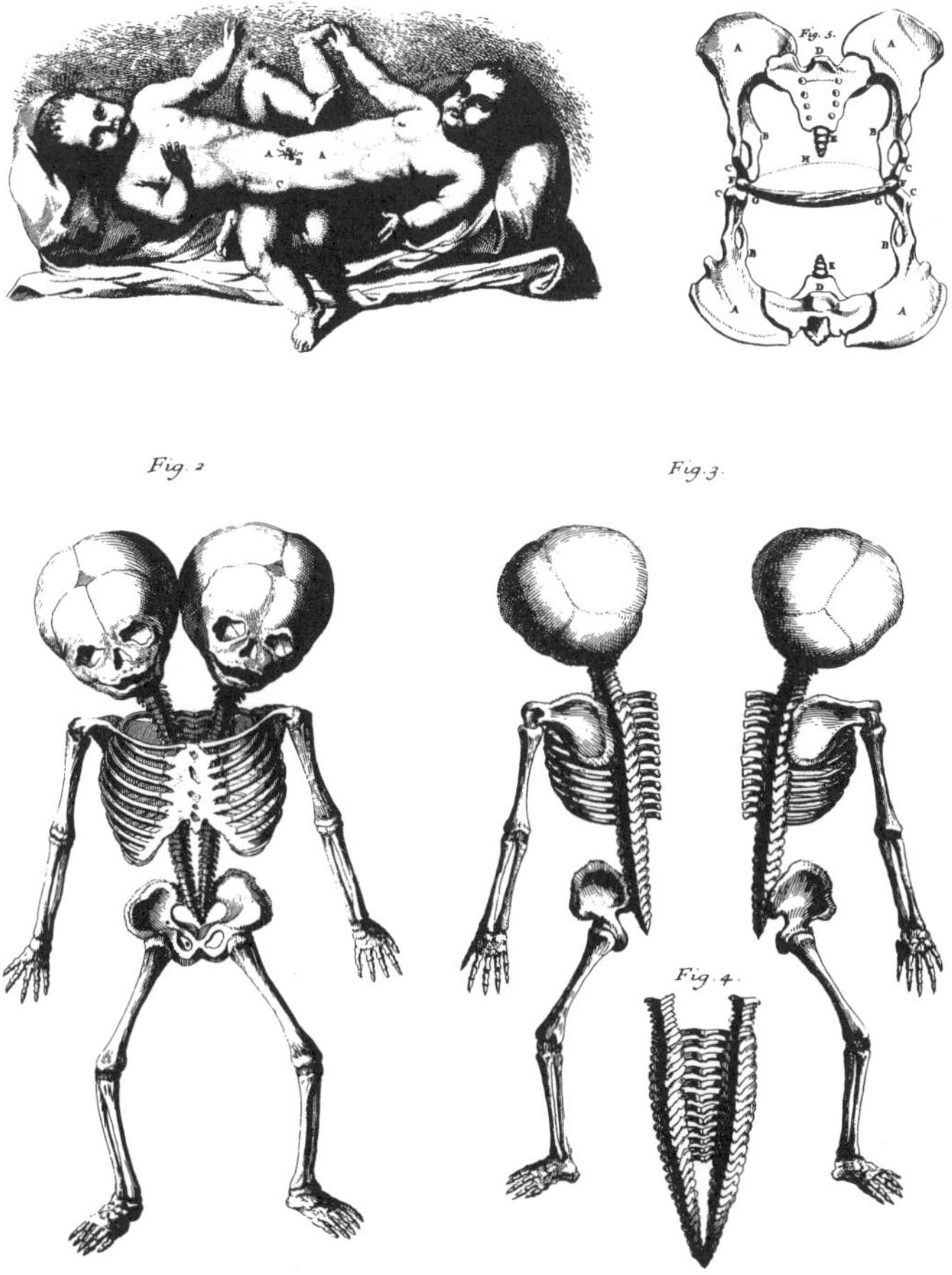

図3　デュ・ヴェルネによる研究、1706年（上）と、レムリによる研究、1724年（下）。

これに対し、一七三三年ウィンズローがあらたな反駁を加え、以後一七四〇年ごろまでこのふたりを中心とした怪物的身体の発生にかかわる論争が始まる。ウィンズローは基本的に前成説よりの立場をとるが、必ずしも機械論的説明を完全に否定しているわけではない。彼のなによりの貢献は、従来からあった欠如、過剰、混合の三分割による怪物的身体の類型学を、一歩前進させたことにある。(一)単一型怪物(ひとつの個体における異常)、(二)複合型怪物(ふたつの個体が結合することによる異常)、(三)過多型怪物(ある器官の数だけが多い場合)という彼の分類法は、実のところ完全に科学的なものでも論理的なものでもない(たとえば(三)のカテゴリーには詳しい例証がまったくない)が、少なくとも雑多な概念やイメージを怪物的身体から取り払って、当時発達しつつあった解剖学と胎児発生学の領域で議論を進めるという、大掃除をおこなったということができるだろう。

しかしウィンズローの議論は、トールも指摘するように、機械論的説明に反駁を加えながらみずからその枠組みで議論を組み立てているなど、あまりにも矛盾にみちている。[*17] それがレムリの反論を再び呼び起こし、苦しい釈明の立場にみずからを追い込んでいってしまう。

前成説と機械因説、どちらがやがて勝つことになるのだろうか。どちらも勝つことはない。なぜなら、前者には異常がなぜ発生するのかという究極の原因についての説明がつねに欠けているという、また後者には説明できない事例があまりにも多いという、それぞれ致命的な弱点が備わっているからである。奇形の発生に関しては、二〇世紀に入ってからの胚細胞レベルでの生物学的研究が不可欠であったはずであり、科学的研究がもたらす進歩は、科学の領域を超え、むしろ思想の枠組みの組み替えにかかわる進歩だった。奇形学の祖といわれるイジドール・ジョフロワ・サン゠ティレールが、いま検討した論争のほぼ百年後に出版する『人と動物における組織異常の一般的かつ個別的歴史』[*18]を読んでみれば、その点が明確であろう。

なによりもまず、この著作がそれまでの怪物的身体についての言説と異なっているのは、三巻にもわたって貫徹される体系化への意志である。そのためこの生物学者が採用する、基本的方法はすべての事例を同一の平面上のタブローの上に、統一した基準によって分配することをめざす博物学的分類方法であり、その基準となる基本的概念は「異常」anomalie という概念であった。著者は異常を、性質・程度・機能に対する影響という三つの観点から分析し、最終的に（一）hémitéries（「半・怪物」という語源から著者がつくった用語で、たんなる器官の形成変種ないし不全を示す）（二）hétérotaxies（解剖学上は重大な異常であるが、機能上は障害がなくまた外部に現れない異常）、（三）hermaphrodisme（両性具有）、（四）monstruosités（非常に重大で、ひとつないし複数の機能に障害を与え、通常その種の個体には現れることのない異常）という四つのカテゴリーに分類する。[*19]

両性具有があいかわらず特別な位置を与えられているのは、前世紀の名残なのだろうか、あるいはそこにはすでに十九世紀的な関心が隠れているのだろうか。この問題は次節に譲るとして、私たちにとって重要であると思われるのは、この生物学者が「怪物性」という言葉の使用を、重大な異常の事例のみに限定したことである。もちろん差別的な用語であるとしてこの語の使用を限定しようとしたのではない。この十九世紀前半の生物学者がもっとも関心をもっていたことは、怪物的身体についての研究をひとつの科学的研究の分野として成立させることであった。そのためには、あらゆる事例に適用可能な基準が必要であり、あまりにもさまざまな意味を世俗的にも歴史的にもまとってきた「怪物」monstre（ないし「怪物性」monstruosité）という言葉はその目的のためには不的確であった。すでに生物学で使われている anomalie という言葉を彼は採用し、monstruosité という言葉には四つのカテゴリーの異常のうちのひとつだけを対応させる。「異なったものはすべて個別の名称をもつべきなのであり、「怪物性という言葉のもとに異なった種類の異常を混同してしまったら、科学に最大の進歩をもたらすはずの、怪物の研究への博物学的方法の適用は、困難どころか絶対的に実践不可能になってしまう」[*20]。これがイジドール・ジョフロワ・サン＝ティレールの信念であった。

十八世紀を通じておこなわれた科学的研究は、たしかに怪物的身体からかつての迷信的・神学的記号性の要素を少しずつ消去して、通常の生命体と同じ平面へとみちびきいれたといえるだろう。哲学者たちもそれに呼応する。その証左として一七七〇年に出版されたドルバックの『自然の体系』から次の文章を引用しておきたい。

通常我々が怪物と呼んでいるものは、我々の目が慣れ親しんでいない組み合わせのことであって、その組み合わせもやはり必然的な結果であることに変わりはないのである。[*21]

十八世紀後半には、科学の内部でも外部でも、創造主の意志という概念に頼らずに怪物的身体を通常の身体と同じ原理で説明できるための準備が整いつつあったようである。しかしこうした変化には、文学や哲学の領域において生じたもうひとつ別の変化が対応していた。

◎真実を映し出す鏡

十八世紀が啓蒙の世紀と呼ばれるのは、哲学者たちの仕事だけによってではない。産業化の進展のなかで各種の技術や実用的科学が大幅に進歩し、高尚な哲学ではない実際的な知の水準で、この世界のしくみやはたらきについての知識が社会全体で大きく向上したことも重要な要素であった。医学の発達もそのひとつである。前項でみたとおり、怪物的身体についてもようやくこの世紀になって、その形態や原因について解剖にもとづいた科学的な研究が始められ、怪物的身体の記号性から少しずつ迷信的要素が取り除かれていくことになった。またいっぽうで、好奇の目の対象であった「外の怪物」たちも別の役割をになうようになる。彼らのあらたなすみかは空想の国である。一例をノルウェーの作家ホルベリが一七四一年に書いた『ニコラス・クリミウスの地下世界への旅』にみてみよう。[*22]

物理学の研究のためにある洞窟へ降りた主人公クリミウスは、地球の内部が空洞になっていて、われわれが住む地表の裏側にも大地があることを発見する。彼がそこで最初に出会うのは、枝が手で胴が幹になっている樹木人ポチュたちであった。彼らの国に連れて行かれた彼は、やがて言語を覚え、王の伝令としての仕事を与えられる。

そして地球の裏側にある諸国をめぐるうち、ついには一国の皇帝にまでのぼりつめるという波瀾万丈の人生を送った後、彼は再び地上に戻るのであるが、この小説の魅力はそうしたロマン・ピカレスク的な筋立てではなく、全編に散りばめられたヨーロッパ社会への辛辣な風刺である。なかでも作品中に入れ子的に挿入された「タニアヌスの地上旅行」という主人公が発見する文書では、ヨーロッパのあらゆる風習が痛快なくらいに嘲笑されている。[*23]

奇妙な身体をしたポチュ人は、根のような足をしているため歩みが非常に遅いのだが、彼らの国ではとくに物事の理解が遅いことのほうが速いことよりすぐれているとされていた。

人より早くたやすく理解することのできる者は裁判で判定をくだすことはできないとみなされ、またtouめったに高職につくこともなかった。というのもこれまでほかの国では大天才と呼ばれる知能にすぐれた者に統治されるたびに、国家が危機におちいったことが明らかであり、また逆に愚鈍と一般に呼ばれている者たちのほうが、賢い者たちが作り出した悪を修復しているからである。[*24]

クリミウスは神学校で得た知識や資格を躍起になって主張するのだが、すべてがこの世界では逆に評価される。王の伝令という役職を得ることになったのも、彼には足が速いことしか取り柄がないとされたからであった。このように、ユートピア的世界に登場する奇妙な身体をもった者たちは、ただの外形上の奇抜さだけのために登場しているのではない。彼らの身体は、現実の世界で普通とされる人々を批判するための装置になっているのであり、通常の人間こそがそこでは怪物とされるのである。とすれば、『ガリヴァー旅行記』などの空想小説に登場する巨人・小人もまた同様のことがいえようし、全著作につねになんらかの批判的意味が込められているともいえるヴォルテールの『ミクロメガス』の巨人はなおさらのことであろう。慣習的に認められてきた権威や見解から自由になって思考をやり直すための道具として空想という装置があったのであり、啓蒙の世紀には怪物的身体にもそうした真実を映し出す鏡としてのあらたな役割が与えられたのである。[*25]

しかしこうした認識の転換をもっとも巧妙かつ的確におこなったのはディドロであった。しかもそれは空想という装置によってではない。彼が好んで使う装置は、科学的議論という装置である。

しかし秩序とは、そんなに完全なものじゃありませんよ、いまでもときおりは、怪物のようなものが現れることがあるくらいにはね。〔……〕私をよくごらんください、ホームズさん。私には眼がありません。私たち、あなたと私とは、神に対してなにをしたというのでしょう。一方はこの器官をもち、他方は、それを取り上げられているというのには。[*26]

こう語る盲人ソンダーソンは、しかしながら幾何学を理解し、抽象概念をあつかうこともできるすぐれた知能のもち主である。この一七四九年に発表された『盲人書簡』におけるディドロは、生まれつきの盲人にとって世界がどう感覚的にとらえられ、そこからどのようにして抽象概念が導き出されるかを検討しながら、この世界の秩序の最終的な原因の追求を神という概念で封じ込め、精神というものを高等な知的作業の場としてきたそれまでの慣習に疑問を投げかける。科学技術が進歩することにより、哲学もまた進歩することあるいは進歩しなければならないことを、ディドロは確信していた。先天的白内障に対する手術がもたらす可能性は、「視覚は経験なしに機能しうるのか」といういわゆるモリヌー問題を提起し、ロック、ライプニッツ、バークリなどを巻き込んだ論争が展開された。しかし『盲人書簡』を書くディドロの視野はもっと広い。ある器官の欠如という状態は、なるほど通常の状態ではないけれども、だからといってまったく異なった世界に属しているわけではない。同一の原則によって支配された同一の世界のなかで発生しているひとつの特別な状態であるにすぎないのであり、だからこそそうした特別な状態を研究することで、通常の状態に関する思考も進歩するのである。

ディドロのこうした自由な精神は、『ダランベールの夢』においてさらに発揮される。『盲人書簡』から二〇年後のこの著作では、ディドロはもはや人間精神の形成や機能のなかに神に委託されるべき場所を残さない。

その大胆な説を展開するためにディドロが用意した装置は、夢にうなされるダランベールの枕元で繰り広げられる医師ボルドゥとレスピナス嬢の対話という装置である。ある場面で医師はこういう。

まず第一にあなたは無だったのです。始まりは眼に見えない一点でした。これはもっと小さい分子からできていて、その分子は父親また母親の血液やリンパ液の中に散在していたのです。この一点が細い糸となり、やがて糸の束になったのです。そこまでは、いまあなたの持っている美しい形の最小の痕跡もありません。あなたの眼、その美しい眼も、アネモネの球根の先がアネモネに似ていないように、眼とは似ても似つかないものだったのです。糸の束の切れ端の一本一本が、ただ栄養摂取と組織の生成によって、特別の器官になったのです。[*27]

とすれば、怪物的身体はそうした糸の束に起きた異常によって生成されることになる。眼を作る糸を一本抜き取ると、ひとつ目の怪物ができることになり、レスピナス嬢は「では、キクロプスはじゅうぶん作り話的な存在ではなくなれるわけですね[*28]」という。医師はさらに話を展開し、糸を倍にすれば、さまざまな器官が倍の数ある怪物ができ、糸の位置を変えれば奇妙な位置に頭や臓器をもった怪物ができるという。それだけではなく、器官の位置がまったく逆になった人間さえもありうることになり、実例さえもあげられる。前節で検討した怪物的身体の発生に関する論争を、ディドロはよく承知していたのである。[*29] しかしここでも彼の視野はさらに広い。彼は、レスピナス嬢にこんなことをいわせて、同じ人間という種のなかのさまざまな差異がなんの根拠もないことを示唆している。

男って、きっと女の片輪なんですわ。それとも女が男の片輪なんでしょう。[*30]

ディドロの唯物論は、たんにキリスト教の権威を否定することや、この世界の現象を精神という曖昧な概念を使わずに説明することだけを目指していたわけではないようだ。現実の生活のなかで私たちの思考や感覚を束縛しているさまざまな因習から真に解放されるための道を、ディドロは示してくれているのである。

（さて、こう書きながら筆者はふと気がついた。この引用はこのままでいいのだろうか。書いてはならない差別語が入っているのではないだろうか。現在ならば「できそこない」ぐらいの日本語が使われるところを、この翻訳で「片輪」という日本語があてられているのが、まさにmonstreというフランス語であることはいうまでもない。ところが真にディドロの唯物論を理解した者ならば、もはや使うのもはばかられるこの日本語になんら差別的な意味合いを感じてはいけないことに気づくはずだ。諸器官の元になる糸の状態の違いによって生まれた不完全な生体という意味を与えられたmonstreという言葉を、比喩的とはいえ的確に訳している日本語なのだから。しかし私たちはそれほど簡単に自由にはなれなかった。十九世紀において「怪物」という言葉の意味に生じたあらたな展開が、その原因であるといってしまうことはあまりにも安易な逃げ口上になるだろうか)。

3 怪物性の転換——十九世紀に起こったこと、そしておそらく私たちが引き継いでいることについて

◎フランケンシュタイン

前節でみたように、啓蒙の時代の怪物的身体は、空想の世界と科学の世界とであらたな意味づけを受け、その両者をつなぐことのできたディドロにおいて旧来の記号性や異質性から抜け出ていく道に入ったようであった。十九世紀において、そのふたつの領域はサイエンス・フィクションというあらたな文学ジャンルを生んでいくことになるが、その最初の作品のひとつがまさに怪物的身体を主題とした『フランケンシュタイン』[*31]であったことはけして偶然ではない。この作品の初版が出るのは、一八一八年という予想外に早い時期であるが、著者メアリー・シェリーが人間によってつくりだされた「怪物」の物語を構想したとき、この二〇歳前の多感で才能豊かな女性の想像力のなかでは、当時最先端の科学であった化学や生理学のさまざまな実験や成果が渦巻いていたのであった。[*32]しかし『フランケンシュタイン』という小説が、その後さまざまな人の想像力をかき立て、多くの派生的作品を生みだす神話的といえるほどの原型的作品となっていったのには、

怪物性が十九世紀にこうむることになる重要な転換を、ヴィクター・フランケンシュタイン博士によって作り出されたこの怪物が、先駆的な形で体現しているからという理由があるように思われてしかたがない。――本節より、話が再びフランスの外へ広がっていくことをお許しいただきたい。

なるほどこの怪物の身体は、人間によって作り出されたという点を除けば、それまで怪物的身体がまとっていた異質なもの・秩序の侵犯者という性格を忠実に受け継いではいる。しかしそれまで語られたことがなかった怪物の「こころ」が、この小説では語られている（ここでもディドロは、盲人サンダーソンに悲痛な告白をさせることによって先駆的である）。しかもその「こころ」は、憎しみや暴力性の裏側に強烈な悲哀を含んだ「こころ」である。自分の作り主であり、またいまや自分を殺そうとしているフランケンシュタイン博士に向かって怪物はこう語る。

俺は善良だった。魂は愛と慈愛に燃えていた。だがおれはひとり、みじめなくらいひとりぼっちじゃないか？〔……〕人間の大多数がおれの存在を知ったとしたら、あんたがやるように、武器をもっておれを殺そうとするだろう。自分を忌み嫌うやつらを憎まずにいられるか？[*33]

だが自分の友や親類はどこにいる？　自分には子供のころを見守ってくれた父親も、ほほえみと愛撫をあたえてくれた母親もいない。〔……〕自分に似た生き物にも、つきあいを求めてくる者にもかつて出会ったためしがない。自分は何者なのだ？　その疑問がまたもやわいたが、答えはうめき声ばかりだった。[*34]

怪物的身体がもつこの内面の悲しみはどこからくるのだろう。彼の「こころ」のうちにあるのは、親を求め友を求めるまったくもって小市民的な優しさなのだ。十九世紀には外面の醜さと内面の優しさという対概念が定式化し、あのあまりにも優しい怪物カジモドなど、フランケンシュタイン博士が作り出した怪物の仲間たちが数多く現れた。彼らがとりわけ大衆の想像力の世界において大きな人気を博していくのは、おそらく次項でみる、彼らとはちょうど逆のもうひとつ別の怪物たちが、現実の社会をおびやかしつつあったからかもしれない。

◎怪物的犯罪者——精神医学の登場

『異常者たち』と題された講義のなかでフーコーは、十九世紀において異常性の領域が、「怪物的人間・矯正すべき人物・自慰する子供」[*35]という三つの形象によって順に構成されていったとしている。その前の年に行った精神医学の権力についての講義で、精神病院における患者と医師との関係をまさに力の関係として把握し、十九世紀なかごろにおける精神病の治療が、患者を現実の力にしたがわせることで規律権力のもとにおくことに存したことを明らかにしたフーコーにとって、[*36]次の課題は十九世紀後半にそうした精神医学の権力がいかにして通常の市民におよんでいくかを明らかにすることであり、彼の思想のなかでそれはやがて生政治あるいは生権力という概念に収束していく。いまあげた三つの形象は、まさにそうした規律権力から生権力への移行が、精神医学が医学として成立し、やがて精神衛生の管理へとつながっていく過程と対応していることを明らかにするものであった。その最初の段階である怪物的人間とは、もちろんフランケンシュタインの怪物のような人間のことではない。

十九世紀前半に現れる怪物的人間は、実のところみかけはそれほど怪物的ではない。とりわけフーコーが注目するアンリエット・コルニエという女性はみかけは普通の主婦であった。隣人のごく幼い女の子を自分から頼んで預かったうえ、大きな包丁でその子の頭を切断し、「ほんのでき心です」と彼女はいう。彼女が怪物的であるのは、ひとえに彼女が理由なく残忍であるからである。憎しみでも貧困でも、さらには妄想でさえもなく、人を殺すという衝動がこの女性を殺人へと駆り立てている。このまったく新しい狂気を説明する義務をみずから負い、医学の世界で地位を確立していくのが精神医学であった。[*37]いまや怪物性は人間の心のなかにすみかを変えた。しかも理性と完全に相容れない関係ではなく、ほぼ完全に理性を保った人間のなかにさえ存在するのである。

こうした怪物性の内面化の過程にはじつは前段階があり、十八世紀後半から十九世紀のはじめにかけて内面に怪物性をもった一連の人々が登場していたことをフーコーは指摘している。人の肉を食い、近親相姦をしていると想像され揶揄されたフランス王家の人々、とりわけルイ十六世とマリー・アントワネット、斬首や王殺しのイメージを反対派から負わされたジャコバン派の闘志たちが、十九世紀はじめの猟奇的犯罪者の先駆者であった。彼らの悪徳が、犯罪者の内面に転置され、やがて「あらゆる犯罪性の根底には怪物性があるのではないかとシステマティックに疑われる」ようになったのである。[*38] しかし内面の怪物性を探し求める探索の網はさらに広げられていく。

アンリエット・コルニエの殺人は、「ほとんど抗しがたい欲望」、「モノマニー患者一般に逆らいがたいものとして課せられる影響力」によって引き起こされたものであると、精神科医マルクによって説明された。[*39] こうして精神医学によって導入される「本能」という概念が、やがて怪物性をすべての人の内面に住むことのできるものへと変質させていく。

◎健全な心、健全な身体

内面の怪物は、どうやらどんどん小さくなりながら社会にはびこっていったようだ。王族や革命家から、猟奇的犯罪者へと転移したのち、それは無数の「小怪物」を生み出していく。彼らのすみかは、十九世紀後半に起きたある事件では、少女を強姦したと訴えられた知恵遅れの男だけではなく性的行為を許した少女の内面でもある。[*40] 怪物性はもはや、甚大な犯罪や奇妙な殺人をおこなう人間の問題ではない。いまや少年や少女の心に潜む小さな怪物たちを、みつけだし矯正することが社会的に重要な使命となっていく。しかし「本能」をいかにして矯正していけばよいのか。どのようにして内面の小さな怪物性を管理すればよいのか。十九世紀後半のヨーロッパ社会が出した答、そしてヨーロッパ文化を受け入れた国々が受け入れた答は、「身体を管理することによって」ということであった。

フーコーはこの解答が、性の問題化と重なっていることをとくに重視しているが、怪物的身体という観点からすれば、この解答があらたな怪物的身体の種類と意味合いを生み出すことになることを無視することはできない。身体を管理することによって精神を管理するという政策が、衛生という概念とともに各国の国民に対して施行されていく十九世紀後半に、この世にあらたな怪物が誕生する。怪物性をみずからの外形に再びさらし、しかも駆逐されるべきものという重みを再び背負わされた怪物、それは不衛生な怪物、病気の怪物であろう。ただこの点に関しての十分な論考はまた別の機会におこないたい。

かわりに、ここで私たちはヨーロッパを離れ、近代化を始めたころの日本へと視線を移してみたい。明治時代の日本人医師越智一《いっかく》が残した写真コレクションには、生まれつきの奇形の例よりむしろ病気や不衛生からくる奇形の例が数多くおさめられている。私たちが驚愕とともにみざるをえない、腫瘍や骨肉腫や斜首などによるあまりにも強度の奇形は、すべて適切な医学的な処置を施せば治療できたもの、あるいは軽度ですますことができたものである。[*41]十九世紀後半から二〇世紀にかけて、ヨーロッパでそして日本で、衛生展覧会・博覧会が開かれ、学校や病院での国民衛生に関する啓蒙が盛んに進められた。伝染病の駆逐、性病の駆逐、迷信による恒常的不衛生の駆逐。近代国家にあってはならないものから国民を離脱させていくために、強度の奇形は悪例として収集され、展示される。[*42]いまや怪物的身体は、不衛生な習慣や因習のなかにある小さな悪や堕落した性癖の行き着く先として、国家のなかから排除されるべき悪を代表する。近代国家形成のまっただなかに生まれたこの怪物たちは、はじめから衛生的で文明的な近代国家から排除されるべき存在として生み落とされたのであった。明治の日本を衛生国家として成立させた最大の功労者である後藤新平は、衛生という概念をこう定義している。

> 衛生法とは、生理的動機から発して、生存競争、自然淘汰の理に照準をあわせ、人為淘汰の力を加えて、生理的円満を享受するための方法を総称するものである。衛生は国の要素、死生の地、存亡の道、と洞察しなければならない。[*43]

「人為淘汰」とは蚕の群のなかから害悪を他にもたらす蚕を消滅させるのと同じことだと後藤は考えていた。[*44]しかし病気の駆逐と病気をもった個体の駆逐とは違うはずだ。もしその違いを勘違いしてしまうと、社会に役立たぬ者や害をおよぼす者を消滅させることをよしとする社会がやってくる。優生思想はほんのちょっとした勘違いから社会全体を支配し始める。病気と病人は同じではない。異常と異常者は同じではない。奇形と奇形者は同じではない。怪物性と怪物は同じではない。駆逐すべきは前者であって決して後者ではないことを、たとえば越智一が集めた写真の数々は教えているのだろう。こうして怪物的身体は、私たちを破滅から救うために、はるか古代人が畏怖した警告としての意味を取り戻すのである。

おわりに

以上、怪物的身体あるいは怪物性に対して、時代をへるごとにさまざまな意味合いが加えられ消し去られて行くさまを検討してきたが、私たちは非常に重要なひとつの領域を語らずにきた。見世物の世界である。しかし人間とはなんと残酷な生き物であることか。外の怪物、秩序を乱す怪物、科学の怪物、不衛生の怪物など、私たちが取り上げてきたすべての怪物が見世物にされてきた。[*45] 見世物の怪物とは、本章そのもののパロディーなのかもしれない。見世物小屋のなかでは、私たちがあつかったすべての怪物が人々の目にさらされ、ある種の快楽の対象にされてきたのである。しかしそうした見世物小屋もいまではあまりみかけなくなった。とはいえ怪物は大きさを変え、すみかを変えて私たちの周りにいる。差別や排除があるところ、かならず怪物を私たちは作り出している。とすれば私たちがなすべきことは、かつてディドロがしたように、怪物の声を聞きとり、それを語り伝えることではないだろうか。最後にもう一度繰り返し述べておこう。怪物はなにかを警告するためにこの世に現れているのである。

古くから二重・三重に折り重なった言語の層を国語のなかに織り込んできたために、私たちは言語に対するたぐいまれな繊細さを身につけてきた。しかしそのいっぽうで言語と現実の使いわけに関する、これまた世界でもたぐいまれな曖昧さあるいは卑怯さが私たちのなかに宿ることになったことも忘れてはならない。[*46] 名前をつけかえることで、そのものの本質をいったん棚あげしてしまうことを私たちの国ほどたくみにおこなっている国はないだろう。軍隊は軍隊と呼ばれず、保守は保守と呼ばれない。どうやら私たちには、名前さえ変えてしまえば、現実は問題にしなくてもいいように思ってしまう習慣がしみついてしまっているようである。差別的な名称を変更することは、もちろん意味のないことではない。しかしそれは差別的意識を産出している知や社会的制度の総体の構造を変更する努力があってはじめて、十全な意味をもつことができるのだということをきちんと認識すべきではないだろうか。

注

＊1　精神分裂病を統合失調症と改名する際の議論については、たとえば『心の科学』一〇五号（「病名と告知を考える」、日本評論社、二〇〇二年）、とりわけ非常に率直な医師からの見解が述べられている春日武彦「名称が変わることの意味について」、病院環境や医療制度の根本的な見直しの必要性を説く江口重幸「患者は語り、医師は名づける」などを参照のこと。

＊2　これらの意味に関しては、おもに小学館『ロベール仏和大辞典』、研究社『英和大辞典』などを参考にした。

＊3　*Le Grand Robert de la langue française*, Paris, Dictionnaires Le Robert, 2001、そのほか、*Le Grand Gaffiot*, *Trésors de la langue française* などを参照。こうした語源的連関からフランスでは、「見世物にするもの」という意味を monstre という言葉の語源とする説が述べられていた時期もあった。

＊4　『フリークス』の著者レスリー・フィードラーは、こうした認識をひとつの出発点としており、彼のこの著作各所にはこの点に関する言及がある（伊藤俊治ほか訳『フリークス』、青土社、一九九〇年、一八、二八八頁など）。

＊5　聖性と怪物性との近接的関係に関しては、『夜想』第十号（ペヨトル工房、一九八三年）所収の、若桑みどり「われらの内なる怪物」、ならびに日本におけるその面での事実をとりあげた秋田昌美「畸と聖性」などの論考がある。また日本における神話や伝説と社会的排除の構造との関係は、馬場あき子『鬼の研究』、三一書房、一九七一年、などのなかに指摘されている。

＊6　*Dictionnaire historique de la langue française*, Paris, Dictionnaires Le Robert, 1992
Dictionnaire étymologique et historique du français, Paris, Larousse, 1964

＊7　J・マンデヴィル『東方旅行記』、大場正史訳、平凡社東洋文庫十九、一九六四年。

＊8　同前書、一六八頁。

＊9　Katérina Stenou, *Images de l'autre: la différence: du mythe au préjug*, Paris, Unesco: Seuil, 1998, p. 27

＊10　Ambroise Paré, *Des Monstres et prodiges*, éd critique et commentée par Jean Céard, Genève, Droz, 1971 (première édition, 1573).

パレはこの書物を書くにあたって、ボワチュオーの『驚異の歴史』(Pierre Boaistuau, *Histoires prodigieuses extraictes de plusieurs fameux auteurs grecs et latins, sacrez et prophanes, mises en nostre langue par P. Boaistuau*, Paris, C. Macé, 1567（初版は1560））などから多くの事例を借用していることが明らかになっている（*Ibid*., Introduction, XX）。

＊11　*Ibid*., p. 3

＊12　ミシェル・フーコー『異常者たち』、慎改康之訳、筑摩書房、二〇〇二年、七〇―七四頁（Michel Foucault, *Les Anormaux*, Hautes Etudes, Paris, GallimardLe Seuil, pp. 59–62）。

＊13　Patrick Tort, *L'Ordre et les monstres*, Paris, Le Sycomore, 1980.

＊14　*Ibid*., pp. 20–25.

＊15　*Ibid*., p. 26.

＊16　*Ibid*., p. 33.

＊17　*Ibid*., pp. 37–40.

＊18　Isidore Geoffroy Saint-Hilaire, *Histoire générale et particulière des anomalies de l'organisation chez l'Homme et les animaux, ouvrage comprenant des recherches sur les caractères, la classification, l'influence physiologique et pathologique, les rapports généraux, les lois et les causes des monstruosités, des variétés et vices de conformation, ou Traité de tératologie*, Paris, J.-B. Ballière, 3 volumes, 1832–1836.

父Etienneは、キュヴィエとの論争のなかで、形態的に異なる異種の生物間においても諸器官の構成原理は同一であり得ることを主張したが、そのために彼は怪物的身体を引き合いに出す。すなわち「折りたたみ」という現象によってある種からある種へと形態の移動が可能であることは、種種の奇形が通常の形態からの折りたたみによって説明できることから証明されるというわけである。この説をドゥルーズは、有機的形態を生み出す「唯一の同じ抽象機械」についての先駆的発想として高く評価している（『千のプラトー』、宇野邦一ほか訳、河出書房新社、一九九四年、六五―六六頁）。

＊19　*Ibid*., p. 31. たとえば異常の性質に関しては、（一）いかなる種においても存在しない器官的状態、（二）ほかの種には存在するが、当該の個体が属する種においては存在しない器官的状態、（三）同種に属するほかの年齢の個体には存在するが、当該の個体が属する年齢においては存在しない器官的状態、（四）同種・同年齢の別の性の個体には存在するが、当該の個体が属する性においては存在しない器官的状態、という四つの種類が区別されている。両性具有は、ここでは（四）のカテゴリーを占めている。

＊20　*Ibid*., pp. 43–44.

＊21　Paul-Henri Thiry d'Holbach, *Système de la nature ou des loix du monde physique et du monde morale*, 1770（引用は、一七八一年版をもとにしたD'Holbach, *Système de la nature, tome premier*, Corpus des œuvres de philosophie de langue française, Paris, Fayard, 1990, p. 93から引いている）。

＊22　ルドヴィク・ホルベリ『ニコラス・クリミウスの地下世界への旅』、多賀茂訳、『ユートピア旅行記叢書　十二』、岩波書店、一九九九年。

＊23　同前書、一三三―四八頁。たとえば、「ヨーロッパ人の間でよく見られることであるが、豪華な生活をし、大地の産物をむさぼる者ほど尊敬され、土を耕す農民をはじめこれらの大食漢を養っている者だけが軽蔑されている」、「ヨーロッパでは貿易が盛んで、我々の知らない商品が数多く取り引きされている。ローマでは天が売られ、スイス人は自分を売っている〔傭兵のこと〕」など。

＊24　同前書、二四頁。

＊25　こうした価値を逆転させる装置に関して、中川久定は『転倒の島』、岩波書店、二〇〇二年、において、「島」という場に注目している。

＊26　ドゥニ・ディドロ『盲人書簡』、平岡昇訳、ディドロ著作集第一巻、法政大学出版局、一九七六年、七七頁。

＊27　ドゥニ・ディドロ『ダランベールの夢』、杉捷夫訳、ディドロ著作集第一巻、法政大学出版局、一九七六年、二二七—二八頁。

＊28　同前書、二三〇頁。

＊29　Andrew Curran, *Sublime disorder, Physical monstosity in Diderot's universe*, Voltaire Foundation, Oxford, 2001, pp. 27–38.

＊30　ドゥニ・ディドロ、前掲書、二三二頁。

＊31　メアリー・シェリー『フランケンシュタイン』（森下弓子訳）、創元推理文庫、一九八四年。

＊32　スティーヴン・パン編『怪物の黙示録——『フランケンシュタイン』を読む』（遠藤徹訳）、青弓社、一九九七年、八六—八七頁。

＊33　メアリー・シェリー、前掲書、一三四頁。

＊34　同前書、一六〇頁。

＊35　ミシェル・フーコー『異常者たち』、六一—八八頁。

＊36　Michel Foucault, *Le Pouvoir psychiatrique*, Hautes Etudes, Paris, Gallimard Le Seuil, 2003.

＊37　ミシェル・フーコー『異常者たち』、一二一—五〇頁。

＊38　同前書、八九頁。

＊39　同前書、一四三頁。

＊40　同前書、三二三—四〇頁。フランスの片田舎で一八六七年に起こった、シャルル・ジュイという青年とソフィ・アダムという少女の事件で、少女のほうもまた矯正院に入れられることになった。

＊41　Akimitu Naruyama (ed.), *Dr. Ikekaku Ochi collection*, Zurich, Scalo, 2004.

＊42　田中聡『衛生展覧会の欲望』、青弓社、一九九四年。

＊43　鶴見祐輔『正伝 後藤新平 1』、藤原書店、二〇〇四年、四九七頁。引用は、後藤新平が一八八九年に出版した『国家衛生原理』中の文章を、新版の編集・出版に際し現代語訳したもの。後藤は一八九一年、ロンドンで開かれた「万国衛生及び民勢会議」に出席している。また後藤自身が述べているように、彼の衛生思想はダーウィンやスペンサーの進化論の影響を強く受けている。

＊44　同前書、四七一頁。

＊45　レスリー・フィードラー、前掲書。また日本に関しては、川添裕ほか編『見世物はおもしろい』、別冊太陽一二三、平凡社、二〇〇三年、などがある。

＊46　こうした二面性に関して、たとえば松岡正剛『おもかげの国 うつろいの国』、日本放送協会出版、二〇〇四年、には、いくつもの例があげられている。

13章　カタログ的身体から記号的身体へ——小説における登場人物のポルトレをめぐって

田口紀子

1　フランス文学での「ポルトレ」の伝統

「ポルトレ」portrait は、もともと絵画の分野で肖像画を指すのに用いられた言葉だったが、十六世紀末には言葉による人物描写をも含むようになった。[*1] しかし美術における「肖像画」が「静物画」「風景画」などとならんで独立したひとつのジャンルを形成するのとは違って、現在の文学史、あるいは文学事典をひもといても、« portrait » というジャンルをたてているものは、ほとんどみあたらない。[*2]

　しかしジャンルとしての一貫した様式は存在しないにしても、人物の顔立ち、体つきの描写は、その性格の叙述とともに、古くから文学作品の重要な一要素であり続けた。古典古代からすでに、プルタルコスの『英雄伝』をはじめとする、傑出した人物を列挙する「列伝」ものや、レトリックの伝統での« épidictique »[*3]としての「賞賛」éloge や「譴責」blâme における人物の総合的描写は、ポートレイト的要素を多分にもっていた。

　フランス文学で人物描写が独立したテクストとしてはじめて意識されるのは、十七世紀のプレシオジテの流行とともにさかんに書かれた« portrait mondain »と、同じく十七世紀のモラリストたちによる人間の性格についての考察« portrait moral »においてであろう。[*4] 前者はいわゆる« portrait »として特定の個人の容姿を主として描出するのに対して、後者はむしろ« caractères »と呼ばれてひとつの人間のタイプをむしろその内側から描きだすことをめざしている。しかしここで詳しく立ち入ることはできないが、外的容姿と内面性のどちらに比重があるかという違いはあるにせよ、両者ともに人間の外見と内面とのあいだにある種の相関があることを前提にしていることに注意したい。

「ポルトレ」は、このふたつの側面を含んだまま、たとえば回想録というジャンルのなかに取り込まれ、歴史的人物の描写の形式のひとつになる。[*5]また十八世紀にはいると、メルシエの『パリ情景』[*6]は、職業別の多分にカリカチュア的ポートレイトを含み、大成功を博した。

これらのポルトレは、いずれもノンフィクションであり、そこでの人物描写は対象となる人物の客観的描写であろうとしながらも、その時代の美的規範や、歴史的事実、社会的類型化の影響を受けざるを得ない。したがって「ポルトレ」の様式の変遷を跡づけるためには、テクスト自身の形式からくる要請に加えて、それぞれの時代の美学的規範や、歴史叙述のディスクールとの比較検討が必須であろう。

しかしこの考察では、こういったノンフィクションでの人物描写を念頭におきながら、十八世紀からようやくフランスにおいて文学ジャンルとしての市民権を得てくる小説のテクストにおいて、登場人物の外的特徴がどのように描かれているのか、そしてその描かれかたは小説の形式の変化とどのようにかかわりあっているのかを概観していきたい。

2　カタログ的身体とその解体

教会用語、学識用語であるラテン語ではなく、俗語である話し言葉（ロマン語）で書かれた物、という語源をもつ「小説」roman は、中世のクレチアン・ド・トロワをはじめとして十六世紀のマルグリット・ド・ナヴァール、十七世紀のオノレ・デュルフェやスキュデリ嬢、そしてラ・ファイエット夫人といった多くの作家たちにより、世紀をついで書き継がれてきたが、そのテーマや形式にはとくに一定のものがあるわけではなかった。荒唐無稽な冒険物から田園詩風の恋愛、英雄物語、庶民の日常に題材をとった滑稽談、宮廷のみやびな恋愛物など、種々雑多な主題が取り上げられ、その舞台となる場所も時代もさまざまであった。

十七世紀にフランス文学は「古典主義時代」を迎えるが、その中心となったのは韻文詩と演劇（とくに韻文劇）という、形式的規範のはっきりしたジャンルであった。散文で書かれ内容に関しても自由な小説は、古典主義をささえた「詩学」の議論にはなじまないように思われたのである。[*7]

しかし十八世紀なかばになって、それまでの演劇と詩を中心とした文壇に、小説というジャンルがある種の市民権を獲得するようになったことと、その時期に小説が同時代の市民の体験を主題にしはじめたこととは無関係ではない。それまでこのジャンルにつきまとっていた信憑性の欠如は、読者が生きる同時代を忠実に映し出すというスタンスをとることで克服され、小説はあらたに生まれようとしていた市民社会とそこに生きる人間の真の姿を描きだすという、あらたなレゾン・デートルを獲得したのであった。[*8]

そのために小説は、個人的証言のドキュメントという形式をとることになる。中心となる物語は、手紙、告白、回想録として体験者によって一人称で書かれ（あるいは語られ）、聞き手になった人物や、手紙を入手した第三者によって読者に媒介される。その媒介者によって、テクストがどのようにして出版のはこびとなったかを説明する「枠」で（この人物も「私」としてそのいきさつを語るのだが）物語が囲まれるのも、この時期の小説の大きな特徴である。

このような一人称のテクストでは、主人公の「私」の容貌は、実際に仲介者が主人公に出会っていれば「枠」の部分で描写され、それ以外の人物については、主人公が出会ったときの印象として、テクストの本文のなかに記されることになる。

しかし「私」が見た人物の描写といっても、十八世紀を通してその様式が一様だったわけではない。最初にみるのは十八世紀はじめの作品『フランス名婦伝』（一七一三年）である。この作品は匿名で発表され、長くその作者が不明だったもので、近年になってロベール・シャールの著書であることが判明した。十八世紀のフランス小説の始祖ともいえる作品で、形式は、『デカメロン』『エプタメロン』等と同じく、複数の人物たちが、みずからの経験を順に語っていくというものである。

彼女はせいぜい十九歳だった。身長は平均よりやや低いが、人を魅惑するからだつきだった。あまりに細いので、彼女が胴衣を着たまま私が両手を回せるほどだった。彼女の髪は身長よりゆうに一ピェ長く、巻き毛になっていて、目にすることができるなかでもっとも美しい栗色だった。〔……〕彼女の額は広く平らで、目は大きく黒く物憂げで、とびでても奥まってもいなかった。目はしばしばあまりにも鋭く、その光にたえられないほどだった。眉は髪と同じ色。鼻は少し鷲鼻で細く、形がよかった。頬はいつも自然な鮮やかな赤い色で、雪のように白い肌にはえてすばらしい効果をあげていた。口はかなり小さく笑っていて、唇は丸くて鮮やかな赤い色をしている。歯は白くて歯並びがよく、あごは丸く小さくなくびれがまんなかに入っている。顔の輪郭は瓜実型。胸は申し分ない形でまぶしいほど白い。肌は均一で繊細。[*9]

引用した部分は、そのなかのひとりデ・フラン騎士が、結婚することになるシルヴィーとはじめて出会う場面に続く、彼女の描写である。この後、描写は乳房、腕、手と続いて行くが、体の断片化された細部が、頭から始まって、下へと描写されている点、また、それぞれの部位が理想の形態と引き比べて評価されている点は、前世紀の《portrait mondain》の流儀を引き継いだものである。[*10]

その中に「人を魅惑するからだつき」「あまりにも鋭く、その光にたえられないほどだった」と、騎士の主観的印象がさしはさまれてはいるものの、描写は詳細で静的である。この後問題の女性の名を知らされていない同席者のひとりが「それはシルヴィーのポルトレだ」と口をはさむほどに、肖像画としての機能をはたしている。この点も前世紀の名残を強くうかがわせる。

しかし十八世紀なかばになると「私」の物語は個人的様相を強く帯びるようになり、人物の描写はカタログ的機能を減じていく。次の例はプレヴォーの『マノン・レスコー』(一七五三年)で、デ・グリュー騎士がマノンにはじめて出会うシーンでの、マノンの描写である。

そこから何人かの婦人が出てきたが、すぐに引き上げた。しかしひとりの、かなり若い婦人が残り、ひとりで中庭に立ち止まった。〔……〕彼女は私にはとても魅力的にみえたので、それまで異性について考えたり、少しばかりの注意をもって娘をみたこともなかった私も、すぐさま燃え上がって有頂天になった。[*11]

これが主人公の一生を狂わせる宿命的な少女マノンの外見の描写のすべてである。さきのシルヴィーの描写と比べると、その違いは歴然としている。マノンがデ・グリユーに与えた鮮烈な印象こそが重要なのであって、彼女の容貌がいかに美しいかを詳細に語る必要は作者にとって感じられなかったのである。この部分を物語の仲介者[*12]の目に映ったマノンの描写と比べてみると興味深い違いに気がつく。

六人ずつ胴をつながれた十二人の売春婦の中に、その様子も容姿もその場にふさわしからぬ、別の状況であったなら身分の高い者と私には見えたかもしれない女がいた。その悲嘆にくれた様子と衣服の不潔さも彼女を少しも醜く見せてはいなかったので、彼女を見ると尊敬と哀れみの情がわいた。彼女はしかし彼女をつないでいる鎖が許すかぎり見物人の目から身をそらせ、顔を背けようとしていた。身を隠すための彼女の努力はごく自然で、慎みの気持ちからきているように思われた。[*13]

デ・グリユーの場合と違って、冷静な観察者の目に映ったマノンは、その状況のなかで相対化されて描かれている。しかし同時に彼女のもって生まれた美しさと気品が観察者の慧眼によってみぬかれ、読者に伝えられる。描かれるのは静的なポートレイトではなく、状況のなかでの人物の振る舞いであり、これが観察者の「判断」の材料となるのである。しかしここでも中心になるのは観察者に与えた印象（「尊敬と哀れみの情がわいた」「自然で慎みの気持ちからきているように思われた」）であり、マノンの容姿の細部にわたる叙述はない。

このような、「私」に与えた印象や効果を主眼とする人物描写は、描写を客観的な特徴の羅列から、主観的、抽象的なものに変化させる。そしてその変化は、同じ一人称テクストという語りの形式をとりながら、ロマン主義的な傾向をもつ小説に引き継がれていくのである。次の例はコンスタンの『アドルフ』(一八〇六年)である。

彼は自宅にポーランド人の愛人をおいていた。彼女はもはや若くはなかったが、その美しさで知られていた。エレノールはありきたりの才気しか持ち合わせていなかったが、彼女の考えは正しく、彼女の表現はいつも単純だが、しばしば感情の気高さと高貴さで人の胸を打った。彼女は多くの偏見をいだいていた。しかしそれは彼女の利害に反するものばかりだった。彼女は身持ちの正しさにもっとも大きな価値をおいていた。というのもまさに彼女の身持ちが社会の常識からすれば正しいものではなかったからだ。彼女は非常に信仰心が厚かった、というのも宗教は彼女の送っているような生活を厳しく非難していたから。[*14]

アドルフは、その心を得ようと画策することになるエレノールを描写するにあたり、その容貌は「もはや若くはなかったが、その美しさで知られていた」と抽象的、一般的評価にとどめ、むしろ彼女の精神的な特徴や資質に対する、評価を含む主観的判断を述べている。ここで注目すべきは、その判断が第一印象によるものではなく、この後のふたりの関係のなかでアドルフがくだしたものである点である。言いかたを変えるなら、この描写は物語の渦中のアドルフの印象ではなく、エレノールとの不幸な恋愛を振り返る「語り手」(正しくは手記の「書き手」であるが)アドルフの視点によるものである。したがってエレノールのポルトレは絵画的ではあり得ず、時間の厚みをふくんだ、多分に分析的様相を帯びたものになっている。

次にシャトーブリアンの『アタラ』(一八〇一年)をみてみよう。

突然私は草の上を服の裾がすべる音を聞き、顔を半分ベールで隠したひとりの女が私のそばに着て座った。涙がまぶたからつたい落ちていた。炎に照らされて小さな金の十字架がその胸に輝いていた。彼女は端正な美しさをしていた。人は彼女の顔に何か徳高く、情熱的なものを感じ、その魅力は逆らい難かった。彼女はそれに加えてさらに優しい優雅さをもっていた。非常な感受性が深い憂愁とひとつになり、彼女のまなざしに息づいていた。彼女のほほえみは天使のようだった。[*15]

主人公シャクタスも、その恋人との出会いの場面を回想して思い出すのはベールでなかばおおわれた顔の具体的な美しさではなく、「徳高く情熱的なもの」「優しい優雅さ」「感受性と憂愁」という抽象的な美徳の印象である。その結果としての魅力は主人公に「逆らい難」く思われた。

このように、ロマン主義小説では、恋人との精神的共鳴が重視されていることが、その人物描写にも現れている。主人公は恋人の（美しい）容貌の奥に隠されている精神的美徳を直感し、あるいは思い出し、そこに共感するのである。

3　隠喩としての身体

ロマン主義小説までの一人称の語りを大きく変えるきっかけになるのが、一八二〇年代に入ってからのウォルター・スコットの歴史小説の大流行である。当時の五年ごとのベストセラー小説の調査でも、ベスト三〇にスコットの小説の翻訳が数点ランクインしているほどである。[*16]

スコットの小説は、イギリス（正確には、スコットランドやウェールズといった地方）の中世、地方色豊かな舞台に繰り広げられる、国民的歴史活劇といったおもむきをもったものであるが、それが大革命後、王朝の伝統に代わるあらたな国民的アイデンティティーを求めていたフランスの当時の雰囲気にぴったりと一致したことが、爆発的流行の一因ともいわれている。[*17]

スコットの作品は、三人称で書かれ、語り手は物語の埒外から事件を描写する。人物の描写は客観的な特徴を中心にしたものとなるのだが、人物が「史実」の一部であるため、何らかの類型化をほどこされることが多い。次の例は、代表作『アイヴァンホー』(一八一九年)の主要人物のひとり、サクソンの郷士セドリックの描写である。

この主人の顔つきを見ると、この主人はこだわりはないのだが、せっかちでおこりっぽい気性の人のようであった。身の丈は中くらい、だが肩幅はひろく、腕は長い。頑丈な体格で戦いにでても狩りにでても、疲れをたえるのになれてきた人間のようだった。顔は幅ひろい、大きな青い目、あけっぱなしであけすけな目鼻だち、きれいな歯、形のよい頭、すべて気が短くてすぐにかっとなる気性によく同居しているような人のよさをあらわしていた。〔……〕長い黄色の髪は、頭のてっぺんから額の上まで、まんなかからわけ、左右の肩のところまで櫛をいれてたらしていた。セドリックは年は六十に近かったけれども、髪は白くなるけはいはすくなかった。[*18]

むろんこの人物は架空の人物だが、ノルマンの勢力に屈することをよしとしない、気骨のある老郷士としての性格づけにふさわしい容貌が与えられている。語り手はその容貌のひとつひとつの細部を、セドリックの性格を表すものとして意味づけながら描写していくのである。「〔……〕を表していた」という言いかたに注意したい。

このスコットの大流行に刺激されて、フランスでも一八二〇年代後半を中心に多くの歴史小説が発表される。代表的なものだけでもユゴー『イスランドのハン』(一八二三年)、アルフレッド・ヴィニーの『サン＝マール』(一八二六年)、メリメ『一五七二年――シャルル九世年代記』(一八二九年)、バルザック『フクロウ党　または一七九九年のブルターニュ』(一八二九年)をあげることができる。とくにユゴーとバルザックにとっては、この歴史小説作品が以後の本格的な執筆活動(それは三人称小説を中心としたものになるのであるが)の実質的な端緒となった。

これらの歴史小説のなかから、実在の人物と架空の人物について、例をひとつずつみてみよう。

だが話を戻してここにいて眠らずにいる男の話をしよう。彼は広い額とかなり白くなった薄い髪、大きくて優しい目、青白く細長い顔をしていて、白くとがった口ひげがそこにルイ十三世の世紀のすべての肖像画に見られるあの繊細さを与えていた。ラヴァーター[*19]がこの特徴を疑いなく意地の悪さを表すものとみなしていることを告白しなければならない、ほとんど唇のない口。言ってみればつまんだような口はふたつの小さな灰色の口ひげと下唇の下の房状のひげに取り囲まれていた、そのひげは当時流行の飾りでその形がかなり句点に似ている。その頭に赤い縁なし帽をかぶり、大きな部屋着にくるまり、深紅の靴下をはいたその老人は、アルマン・デュプレシス、リシュリュー枢機卿その人だった。[*20]

ヴィニーの『サン＝マール』に登場する、リシュリュー枢機卿の初出の場面である。この描写でまず特徴的なのは、語り手の現在と人物描写の過去形（原文では半過去時制が用いられている）が拮抗していることである。語り手は現在の時点から、ルイ十三世時代の肖像画の特徴や、当時はやったひげの形など、歴史的事象の解説を加えながら、リシュリューの人となりの描写をしている。リシュリューの肖像画でわれわれがよく知る彼の容貌が、この動きの止まったシーンに正確に再現されてはいるものの、それはたんなるポートレイトではなく、ラヴァーターの観相学のコードにもとづいた「繊細さ」「意地の悪さ」という主観的判断もつけくわえられている。そしてこの主観的判断を語り手に許しているのは、過去の実在人物を語る「歴史家」としての知見とまなざしである。

次の例はバルザックの『フクロウ党』で、物語のその時点ではまだ素性の知れない人物を描いている箇所である。

この見知らぬ人物は太って背が低く、肩幅は広く、彼女にほとんど牛の頭ほどの大きさの頭を向けていたが、その顔は牛の顔に少なからず似たところがあった。肉付きのいい鼻孔は彼の鼻を実際よりもさらに短くみせていた。彼の厚い唇は雪のように白い歯によってめくれあがっていて、その大きくて丸い黒い目は人を脅かすような眉を備え、そのたれた耳と赤毛の髪は我々の美しいコーカサス人種というよりは草食性の種族に属していた。つまり社会的人間の他の特徴の完全な不在がこの無帽の頭をよりいっそう際だったものにしていた。日焼けしたかのような赤銅色の顔、そのごつごつした輪郭が、この地方の土壌を形づくる花崗岩との漠然とした類似を提供していたが、その顔はこの奇妙な存在の体の唯一のみえる部分だった。[*21]

ここでも人物の外からの描写、類似、類型を手がかりに、その素性を探ろうとする語り手の態度は、『アイヴァンホー』でのセドリックの描写にわれわれが観察したものである。別のいいかたをすれば、容貌と社会的素性との相関がテクストにしかけられているからこそ、語り手は登場人物の外的特徴から、正しくその本質を見ぬいてみせることができることになる〈図1〉。

そもそも三人称小説の物語世界外の語り手は、「全知・偏在」をその特徴とする。物語の登場人物のひとりである一人称の語り手が、その知識と移動に関して作中人物としての物理的制約を受けるのに対して、三人称小説の語り手は物語世界の時間・空間を自由に移動し、人物たちの内面に立ち入って、その無意識までも描き出すことができる。

歴史小説の語り手は、小説世界が架空の要素を多分に含んでいるにせよ、因果律に支配された「歴史」の必然性を物語ろうとする。そのために、そのときどきの事件の渦中にいる人物の外見から、その素性や性格を推測し、思考や欲望を想像し、その行動を解釈し、結末を予見する。すべてを知り得るはずの語り手がおこなってみせるこの「推測」や「解釈」という行為こそが、歴史小説の語り手に固有の、いうなればフィクショナルな「歴史家」としての行為なのである。逆のいいかたをすれば、そのような「解釈」を可能にする、記号としての身体をはじめとするさまざまな指標がテクストレベルに仕掛けられていることが、歴史小説の基本的要件のひとつということができる。

4 同時代の換喩としての身体

一八三〇年代に入って、歴史小説流行以前に主流だった一人称に取って代わって、三人称で書かれた小説が量産されるようになる。その端緒のひとつとなるのがスタンダールの『赤と黒』(一八三〇年)であるのだが、その副題が「一八三〇年年代記」であるのは興味深い。その冒頭でのレナール市長の登場の場面をみてみよう。

> ドゥー川の岸から丘の頂まで登るこのヴェリエールの大通りで旅行者がほんのしばらくでも足を休めていると、きっとひとりの忙しげな、尊大な風をした大男が現れるのを見かけるに違いない。その男の姿をみると、みながすばやく帽子をぬぐ。ごま塩頭で、ネズミ色の服を着ている。彼は数個の勲章を受勲しており、額は

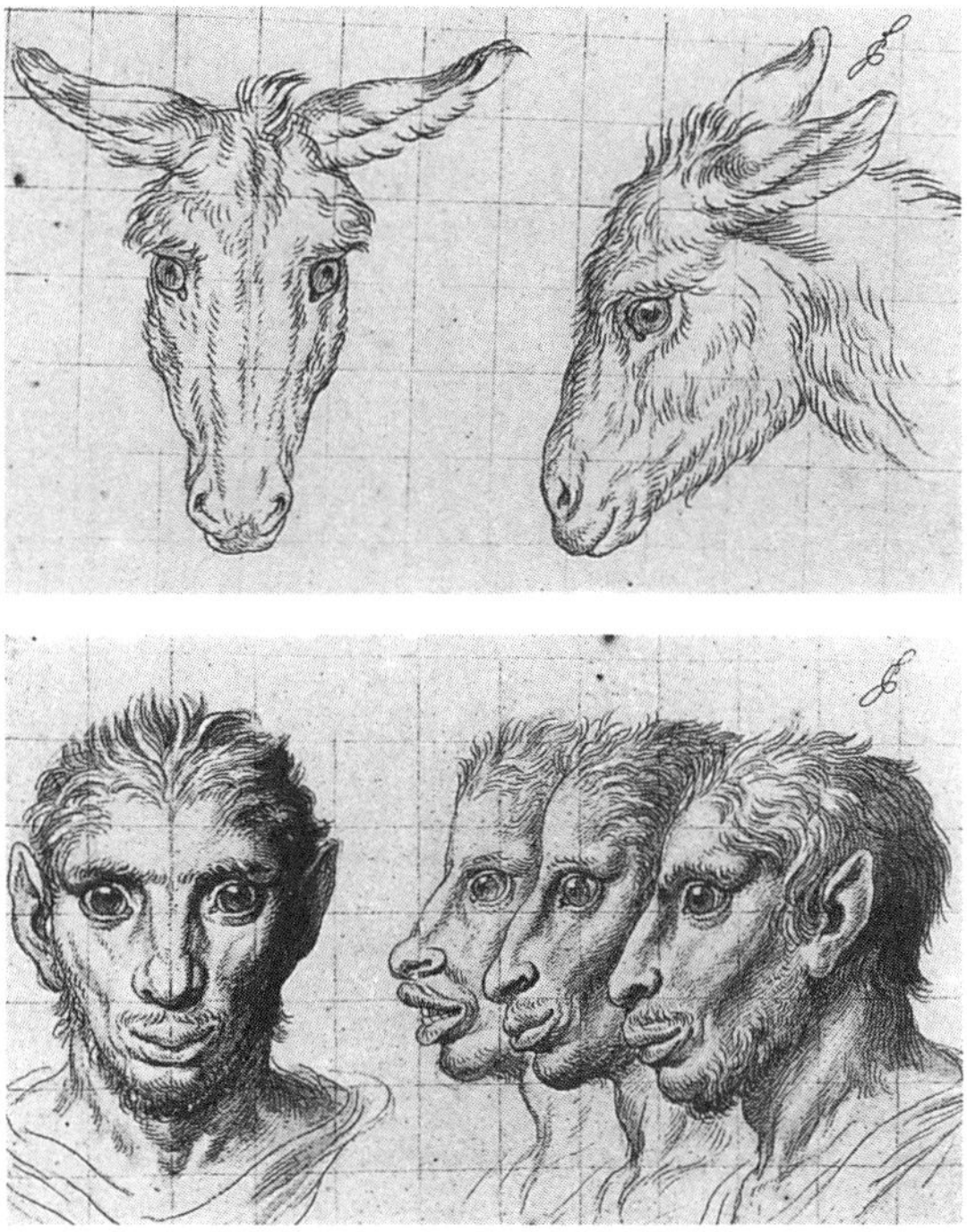

図1 シャルル・ル・ブラン「ロバとロバ男の頭部」。ある動物と似た顔だちの人間は、その動物の特性を有していると考えられていた。パリ、ルーヴル美術館蔵。

広く、鷲鼻で、全体として一種整った容貌をしている。一見したところ、町長らしい貫禄とともに、四十八か五十の人にも見かける、あの一種の愛嬌をさえたたえていると思うかもしれない。だがパリの旅行客はすぐに、なんとなく偏屈な才覚のなさにまじった、一種の自己満足とうぬぼれに気を悪くするだろう。[*22]

小説が発表された一八三〇年その年の年代記とうたっていることと呼応するように、テクストは小説の前半の舞台となるヴェリエールの町の地誌的な解説から始まり、そこを旅するパリからの旅行者の視点を借りて町のなか、そして前半の主要な登場人物のひとりであるレナール市長を現在時制で描写する。その現在を語り手、「旅行者」、登場人物、そして読者が共有するのである。ここで語り手は全知の立場からの人物紹介ではなく、市長のいでたちと相貌とが想定されたにすぎない旅行者に与えるであろう印象にたよりながら、市長の人となりを紹介している。この後すぐに物語からは消えてしまう「旅行者」を導入することで、スタンダールは過去の事件を語るのではなく、自分も生きている現在時に「観察」可能なものとして、物語を導入しようとしたのだと考えられる。

スタンダールはこれ以外にも、『アルマンス　または一八二七年のパリのサロンでの情景』(一八二七年)のような、同時代史としての作品を発表している。同時代を歴史的に語るというスタンスをとることで、語り手は「歴史家」としての事実に対する俯瞰的まなざしと、物語の必然性を読み解く解釈者としての立場を獲得するのである。

そして「人間喜劇」の名のもとに三人称で膨大な同時代小説群をものしたバルザックが、本格的に作品を発表し出すのもこの三〇年代なのであるが、彼の人間喜劇のほとんどの作品が、場所と年代(それも作品発表時ときわめて近い年代)の正確な設定とともに始まっているのは非常に示唆的である。そのバルザックは、「人間喜劇」の「序文」(一八四二年)のなかでウォルター・スコットに言及しながら次のようにみずからの意図を語っている。

彼〔＝スコット〕は自分の作品が全体でひとつの完璧な歴史を構成するように個々の小説を結びつけることまでは考えなかった。〔……〕罪と美徳のリストをつくり、情熱の主要なことがらを集め、すべての性格を描き、社会の主たるできごとを選び、いくつかの均一の性格の特徴を組み合わせ、類型を形作ることで、おそらく私はあれほど多くの歴史家に忘れられた歴史、風俗の歴史を描くことができるのではないか。[*23]

「風俗の歴史」とは、いいかえれば同時代史としての小説ということである。そこでは人物も物語の舞台背景とともに、時代の風俗の一部として描かれる。次の例はバルザックの『ゴリオ爺さん』（一八三四年）の冒頭での、物語の舞台となるヴォーケール館の描写の一部である。

やがて未亡人のヴォーケール夫人がめかしたつもりのチュールのボンネットの下から、ゆがんだつけ毛をたらして出てくる。彼女は形の崩れたスリッパを引きずって歩く。まんなかからオウムのくちばしのような鼻が突き出ている、彼女の老けてぽってりとした顔、ぽっちゃりとした小さな手、教会のネズミのようにまるまると太ったからだ、はち切れそうでゆらゆら揺れる胸もとなどは、不幸がにじみ出て、打算が入り込んでいるこの部屋と調和していて、夫人はいやな匂いのするこの部屋のなま暖かい空気を吸っても別に気分が悪くなることはない。秋の初霜のように寒々とした彼女の顔、踊り子たちに要求されるようなお愛想笑いから、手形割引人の苦虫をかみつぶした渋面へと、すばやく表情の変化するしわだらけの目元など、要するに彼女の風貌全体がこの下宿を説明し、同時にこの下宿が彼女の風貌を予想させる。[*24]

「この部屋と調和していて」「彼女の風貌全体がこの下宿を説明し、同時にこの下宿が彼女の風貌を予想させる」と、下宿屋を切り盛りするヴォーケール夫人は、その住まいと本質を共有する、下宿屋の不可分の一部として描かれている。

このような、場の換喩としての人物の描きかたは、状況の申し子としての人物とその運命という、風俗小説の物語の基本的設定から必然的にみちびきだされるものである。状況と人物の相関は、敷衍すると職業的類型というあらたなパラメータを人物描写にもちこむことにつながる。続けてバルザックの『幻滅』（一八三五年）に例を見てみよう。

彼〔＝リュシアン〕は店に奇妙な老人を認めた。それは帝政下の書籍商の中でも風変わりな人物のひとりだった。ドグローは黒い燕尾服を着ていた。彼はいろいろな色の入った格子柄のありきたりな布地で仕立てたチョッキを着ていて、そのポケットのところには鋼の鎖と銅の鍵がぶらさがって、だぶだぶの黒いズボンの上に揺れていた。懐中時計はタマネギほどの大きさがあった。この服は鉄色のひだのはいった靴下と、銀の留め金で飾られた上靴で仕上げられていた。老人は帽子をかぶらず、頭は白髪混じりの、かなり詩的にまばらな髪で覆われていた。ドグロー親爺（そうポルションはあだ名していたのだが）はその服、そのズボン、その上履きで文学の教授に、そのチョッキ、懐中時計、靴下で商人に属していた。彼の相貌はこの奇妙な取り合わせを裏切っていなかった。彼は修辞学教師の尊大で独断的な様子と、こけた顔立ちをもっていたが、書籍商の生き生きとした目と疑い深そうな口、そして漠然とした不安な様子をしていた。[*25]

ドグローという人物が、その書籍商という職業ゆえ、文学教師と商人の二面性をそなえた人物として定義されている。彼の本質はその職業から定義され、その外形は職業からおのずと決定され、語り手は彼の本質とその外見との関連になんらの疑いもいだかないどころか、ことさらその相関を強調してみせる。衣服を含めた人物の身体的外見は読み解かれるべき記号なのである。

このように、バルザックの作品に顕著に現れる職業別の類型化は、部分的には冒頭で言及したセバスチアン・メルシエの『パリ情景』にその原型をみることができるが、それに加えてル・ブラン[*26]やスイスのラヴァーターの「観相学」physiognomonie が説く、人相と性格との必然的関連を、ある意味で継承発展させたものであった。バルザックはその観相学を、十九世紀前半のブルジョワジーが勃興しつつあるパリの町を背景に、さらに社会学的に拡張してみせた、といってもいいだろう。

人間の素性や本性はその外見に現れていて、したがってその人物を知るには、注意深く観察すればよいという確信は、バルザックの作品の語り手たちに共通している。次の引用は『セザール・ビロトー』(一八三七年)の一節である。

彼の陰険な顔だちははじめは人に悪い印象を与えなかったが、もう少し見慣れてくるとどこか自分と折り合いのつかない人間か、またはときどき良心の呵責を覚える人間が浮かべる奇妙な表情をそこにみとめることがあった。ノルマンディー人特有の柔らかい皮膚の下の燃えるような赤みはけばけばしくみえた。銀の箔が裏にはってあるような、片方ずつ色の違う目のまなざしは、人の目をさけたが、彼がその犠牲者の上にひたと止めるときには恐ろしいものだった。彼の声は長くしゃべった人間の声のように消え入りそうだった。彼の薄い唇は優雅といってもよかったが、そのとがった鼻と少し丸くつきだし加減の額は人種的欠陥を表していた。最後に、黒く染めたかのようなその髪の色は、好色な領主から才気を、誘惑された百姓娘から浅はかさを、不完全な教育から知識を、そしてその捨子という境遇から悪徳とをうけついだ、社会的混血児だということを示していた。[*27]

ここでも歴史小説の場合と同様、全知でありうるはずの語り手が、登場人物の人となりをその外見から読み解く作業をしていることに注目したい。そして語り手の正確な「読解」を可能にしているのが、作者による人物設定なのである。つまり、外見が人となりを忠実に表すという信条は、まず作者によって作品世界に表象され、それを正しく解読してみせる「語り手」によって完成する。仕掛け人としての作者と、サクラである語り手は、表裏一体の存在でありながら、けして小説倫理上、同一存在であってはならないのである。

このように、人物が示す徴候がその職業や階級を知る手がかりになるという約束ごとは、いわゆる「謎の人物」の設定にも大きく寄与する。ここでは詳しくみる余裕はないが、このような設定では、読者がその人物の徴候をコードに照らして読み解き、人物の登場の時点である程度正確な予見をすることができるように仕組まれている。この布石の方法が、このころから爆発的に流行する新聞小説に端を発する大衆小説という新しいジャンルで多用され、さらに少し後にエミール・

ガボリオとともに生まれる「探偵小説」roman policier を支える重要な語りの手法のひとつになることは周知のところである。[28]

人物の類型化に関するこのような関心は、一連の「生理学もの」[29]、キュルメール編の『フランス人の自画像』〈図2〉、ジュール・エッツェル編の『パリの悪魔』などに引き継がれ、勃興期のブルジョワジーの活力を背景にした社会の多様化と、ある種の慣性化を示している。

しかし類型を「絶対的真理」として提示する風俗小説は、社会の一層の固定化を生む。語り手は類型というコードを信奉するあまり、そしてテクストが作者によってあまりにもコードに忠実に仕組まれているあまり、もはや「解釈者」であることをやめ、コードの増幅者となり、喧伝者となっていくのである。

この社会における類型化とその慣性化は、「紋切り型」としてフローベールをはじめとする世紀後半の小説家たちの批判の対象となるのであるが、彼らが人物の「徴候」を読み解く語り手によらずに同時代をどのように「写実」していくかというあらたな問題をかかえることになるのは、われわれがすでによく知るところである。

注

＊1　*Le Robert, Dictionnaire Historique de la Langue Française*, sous la direction d'Alain Rey, Robert, 1992.

＊2　しかしフランス文学史上ポルトレが問題になることがなかったわけではない。まずモンパンシエ嬢に代表される十七世紀のサロンで文学的遊戯としてポルトレが盛んに書かれた（たとえば Jacqueline Plantié, *La Mode du portrait littéraire en France 1641–1681*, Honoré Champion, 1994 参照）。もうひとつの時期は十九世紀前半で、サント＝ブーヴやテオフィル・ゴーチエによって « portrait littéraire » と銘打った、フランスの有名な文学者たちについてのエッセーが発表された（たとえば Hélène Dufour, *Portraits, en phrases : les recueils de portraits littéraires au XIXe siècle*, PUF, 1997 を参照）。

＊3　古代ギリシアのレトリックの伝統をふまえ、アリストテレスは弁論を「司法的」juridique、「審議的」délibératif そして「演示的」épidictique の三つのジャンルに分類した。「司法的雄弁」とは司法の場で、たとえば土地の所有権に関して自分の利益を主張するための弁論に、「審議的雄弁」とは国家の重要事を議論するときの弁論に、「演示的雄弁」とは、聴衆もよく知っている特定の人物を指し示し、その人物の功績や長所、あるいは罪状などを述べ立てるときのレトリックを指す。

*4　Hélène Dufour, *op. cit.* pp. 3–9.
*5　*Ibid.*
*6　Louis Sébastien Mercier, *Tableau de Paris*, 12 vols, 1782, 83, 88.
*7　たとえばボワローの『詩学』のなかに次のような一節がある。「軽薄な小説ではすべてが簡単に許される。フィクションはとばし読みされておもしろければそれで十分だ」（第三歌）。
*8　Henri Coulet, *Le Roman jusqu'à la Révolution*, Armand Colin, 1991, p. 318.
*9　Robert Challe, *Les Illustres françaises*, 1713, Livre de Poche, « Bibliothèque classique », 1996, pp. 374–75.
*10　このようなステレオタイプ化した人物描写は中世のクレチアン・ド・トロワのテクストにすでにみられ、中世のラテン詩学に描写すべき体の部位のリスト（髪、額、眉とその間、目、頬とその色、鼻、口、歯、顎、首、喉、肩、腕、手、胸、胴、腰、脚、足）とその順番（上から下に）が定められているという。Morten Noigaard, *Temps, réalisme et description. Essais de théorie littéraire*, Honoré Champion, 2004, p. 151.
*11　Abbé Prévost, *Manon Lescaut*, 1753, Bordas, « Classiques Garnier », 1990, p. 19.
*12　『マノン・レスコー』とよびならわされているこの物語は、『デ・グリユー騎士とマノン・レスコーの物語』というタイトルで、『ある貴人の回想と冒険』の第七巻として出版されたものである。「ある貴人」の回想としてマノンの物語は語り出され、「ある貴人」こそがこの物語の仲介者であり、主人公達の

図2　「文筆家」グランヴィル画（キュルメール編『フランス人の自画像』から）。グランヴィル（Grandville/Jean Isidore Gérard 1803–47）はカリカチュア画家でもあった。

目撃者である。この架空の回想録自体が『マノン・レスコー』の枠といってもいいかもしれない。

＊13　*Ibid*. pp. 11–12.

＊14　Constant, *Adolphe*, 1806, Garnier, « Classiques Garnier », 1968, pp. 32–34.

＊15　Chateaubriand, *Atala*, 1801, Larousse, « Classiques Larousse », 1973, pp. 50–51.

＊16　Martyn Lyons, « Les best-sellers », in *Histoire de l'édition française, t. 3. Le temps des éditeurs ; du romantisme à la Belle Époque*, éds. Roger Chartier et Henri-Jean Martin, Fayard, 1990, pp. 409–48. Lyons の論文には一八一一年から一八五〇年までの五年ごとのベストセラーが、少ない期間で十二冊（一八一一年から一八一五年）、多い期間で三〇冊（一八二六年から一八三〇年）あげてある。それによればスコットの作品は一八二六年から三〇年の五年間の表に、いきなり四冊ランクインしている（*Ivanhoé, L'Antiquaire, L'Abbé, Quentin Durward*）。次の五年間には二冊（*Woodstock, Château périlleux*）、次の五年間にはゼロで、その次の五年間に二冊（*Rob Roy, Quentin Durward*）入ったのが最後である。当時の出版状況や、読書形態、とくに「貸本屋」cabinet de lecture が書籍の流通の一翼をになっていて、出版数が必ずしも読者数を共時的に反映しないことを考慮に入れても、この資料からスコットの流行がいかに爆発的であったかがうかがえる。

＊17　フランス革命後のフランス国民の歴史観と歴史小説についてはたとえば Claudie Bernard, *Le Passé recomposé. Le Roman historique français du dix-neuvième siècle*, Hachette, 1996, pp. 19–28 を参照のこと。またフランスでの歴史小説とその思想的、文学的背景については、小倉孝誠『歴史と表象——近代フランスの歴史小説を読む』、新曜社、一九九七年が、非常にゆきとどいた概観と詳細な議論を提供している。

＊18　ウォルター・スコット『アイヴァンホー』上、菊池武一訳、岩波書店、岩波文庫、二〇〇二年、四二頁。

＊19　Johann Caspar Lavater（一七四一—一八〇一年）、仏訳は *Essai sur la physiognomonie destiné à faire connaître l'homme et à le faire aimer*, 1781–1803, *L'Art de connaître les hommes par la physionomie*, 4 vols, 1806–1809 などの形で出版された。とくに後者は一八二〇年には十巻本で再版され、初版の後一五〇年にもわたって、さまざまな再版をみて多大な影響力を持ったという（ジュディス・ウェクスラー『人間喜劇——十九世紀パリの観相術とカリカチュア』、高山宏訳、ありな書房、一九八七年、四〇頁）。

＊20　Vigny, *Cinq-Mars*, 1826, Gallimard, « Folio Classique », 1980, pp. 122–23.

＊21　Balzac, *Les Chouans*, 1829, Gallimard, « Folio Classique », 1972, p. 34.

＊22　Stendhal, *Le Rouge et le noir*, 1830, Garnier, « Classiques Garnier », 1973, p. 4.

＊23　Balzac, « Avant-Propos de *la Comédie Humaine* », *La Comédie Humaine, Études de Mœurs, Scènes de la vie privée*, Gallimard, « Bibliothèque de la Pléiade », t. 1, 1976, p. 11.

＊24　Balzac, *Le Père Goriot*, 1834, Garnier, « Classiques Garnier », 1981, pp. 12–13.

＊25　Balzac, *Illusions perdues*, 1835, Gallimard, « Folio classique », 1974, pp. 218–19.

＊26　Charles Le Brun（一六一九—九〇年）、ローマのフランス・アカ

デミーを創設し、その院長として、絵画における情動表現の理論的指導者であった。論文に « Méthode pour apprendre à dessiner les passions proposée dans une conférence sur l'expression générale et particulière », 1689. がある。ル・ブラン、ラヴァーターに関しては、ジュディス・ウェクスラー前掲書の第一章「パリのパノラマ」を参考にした。

*27 Balzac, *César Birotteau*, 1837, Gallimard, « Folio classique », 1975, p. 83.

*28 フランスでの推理小説の誕生と、それをとりまく社会的状況に関しては、小倉孝誠『推理小説の源流——ガボリオからルブランへ』淡交社、二〇〇二年、が詳しい。

*29 社会的タイプを描くバルザックの vignette はやがて「生理学もの」physiologies という一個の独立した半ジャーナリスティックなジャンルへと発展した。この文学ジャンルは一八三〇年代に始まり、一八四〇年代初めに頂点に達し、一八五〇年代には終息をみている（ウェクスラー前掲書、五二頁）。

14章　ポルノグラフィーにおける言葉と身体——リベルタン小説と猥褻語

大浦康介

はじめに

ポルノグラフィーは言語と身体が出会う特権的なジャンルである。ここでいうポルノグラフィーとは、語源になかば忠実な意味での、つまり書かれた（文字媒体の）ポルノグラフィーである。われわれはもういっぽうで、ほぼ一九六〇年代以降、この領域では映像（写真、映画、ビデオ、インターネット画像など）が圧倒的優位を占めるようになったことも知っている。しかし前近代と近代をとおして、ポルノグラフィーはとりわけ書かれるものであり、読まれるものだった。そこでは言葉の文字どおりの喚起力が、きわめて明快な「成果」を報奨として試されたのである。ただ、そこで言語は、たんに身体を露骨なしかたで「見せる」ことに腐心したわけではなかった。

フランスの初期のポルノグラフィー小説にしばしば対話形式が用いられているということは案外知られていない。またこの時期によくみられたポルノグラフィーと〈教育〉というトポスの結びつきも、今日のわれわれには奇異に感じられるかもしれない。本論は、この種のポルノグラフィー小説二篇——『娘たちの学校』（一六五五年）と『閨房哲学』（一七九五年）——を取り上げ、そこでの言語と身体の関係について考察しようとするものである。これらはいずれも広義のリベルタン小説に属するものであるが、そこでは猥褻語が重要な役割をはたしている。ポルノグラフィーであつかわれる身体が、性器をはじめとするすぐれて性的な身体であることはいうまでもないが、性的な身体部位とは、それを名指すこと自体がスキャンダラスでありうるような特殊な身体部位である。たとえば性器をさす単音節の卑語の機能は、性器の「客観的描写」

からはほど遠い。しかもこれはもっとも基本的な猥褻語であって、ポルノグラフィーに頻出する猥褻語はむろんこれにとどまらない。この言語の指示機能を超えるものとはいったいなんだろうか。われわれが問題とする二作品の場合、それはどこに向かうのか。この言語の〈過剰〉は、どのような文学的戦略のなかで産み出され、なにを読者にもたらすのか。本章はこうした問いに対する解答の試みである。

一般にフランス文化の特徴のひとつはその「官能性」であるといわれる。そしてその原因の少なくとも一端はフランスのポルノ文学の伝統にある。[*1] この伝統は、十七世紀中葉以来の数々の「言葉のポルノ」によって形成されてきた。以下ではまず、この特殊なジャンルの歴史とそこでのフランスの位置を簡単に振り返ることから始めたい。

1 「ポルノ大国」フランス

サミュエル・ピープスの日記にポルノグラフィー研究者がよく引用するくだりがある。一六六八年一月十三日、ロンドン。ピープスは馬車で帰宅途上、行きつけの書店に立ち寄り『娘たちの学校』と称するフランス語の小説を目にするが、そのあまりの淫らさに「恥ずかしくて読めたものではない」と買わずに帰宅する。しかし翌月、別の本屋でまた『娘たちの学校』をみつけ、今度は「読んだらすぐに焼き捨てよう」と決心してそれを購入する。

そしてその翌日の夜、友人たちと飲んで騒いだ後、寝る前にこの本を読了し、興奮して自慰におよぶのである（この部分はスペイン語を交えた「暗号」で書かれている）。その後焼却したので「この本が自分の書架に並ぶことで恥ずかしい思いをすることはないだろう」とピープスは結んでいる。[*2]

『娘たちの学校』*L'École des filles* とは、初版が一六五五年に刊行されたフランスの作者不詳の好色小説である〈図1〉。いわゆる「アレティーノもどき」のこの作品は、フランス最初のポルノ小説といわれている。『婦人方の学園』*L'Académie des* dames（ラテン語版一六五九または一六六〇年、仏語版一六八〇年）とともに、ポルノグラフィーの中心がイタリアからフランスに移るきっかけとなった作品だともいわれる。初版は数部を除いて焚書処分に付されたので、ピープスがみたのはこの流出した数部のうちの一部をもとに組まれた「海賊版」のひとつだったと推測される。『娘たちの学校』は十九世紀にいたるまでフランス内外でたびたび版を重ね、しばしば訴訟の対象となり、また英語をはじめとするヨーロッパ諸語に翻訳された。デイヴィッド・フォクソンは一七四四年八月二五日付のイギリスの新聞に英訳版の宣伝が載ったことを指摘している。[*3]

ピープスの例は象徴的である。フランスは十七―十八世紀においてヨーロッパのなかのいわば「ポルノ大国」だったのである。リン・ハントは、一七四〇年代までにポルノグラフィーの伝統、およびそこでのフランスの優位性が確立したと述べている。[*4] 一七四〇年代は、啓蒙思想が広がりをみせはじめるとともに、ポルノグラフィーの出版が飛躍的に増加する時期である。とくに一七四八年は『女哲学者テレーズ』やディドロの『おしゃべり宝石』（イギリスではジョン・クレランドの『ある遊女の回想記』（通称『ファニー・ヒル』、一七四八―四九年））が出版された年だが、それはまたモンテスキューの『法の精神』とラ・メトリーの『人間機械論』の出版年でもあった。ポルノグラフィーのこうした隆盛と啓蒙哲学（感覚論や唯物論、無神論）、さらには小説という表現ジャンル（とくに十八世紀に流行した書簡体小説）とのつながりもしばしば指摘されるところである。小説形式に関していうと、対話体、書簡体、回想記体、あるいはそれらの混交を通じた〈私語り〉の伝統形成が、一面において性経験の告白や性にまつわる「教育」的談義といったポルノ的トポスの醸成とシンクロナイズしたのだと考えていいだろう。秘すべき事柄を赤裸々に語ること、「ものごとをその名で呼ぶこと」が、性にかかわるときこそもっとも衝撃力をもつということも忘れてはならない。リベルタン的振る舞いとは、そうした言葉における因習打破でもあったのである。

フランスでは、十八世紀後半、貴族や聖職者の腐敗や放蕩ぶりを描いた無署名の政治的ポルノグラフィーが大量に出回った。宮廷の秘密を暴いたり、王や王妃を個人的に揶揄する体裁をとった文書も少なくなく、とくにマリー・アントワネットは、革命時代初期、数多くのポルノ的小冊子（パンフレット）のかっこうの餌食となった。[*5] モーリス・ルヴェがいうように、これらの小冊子を特徴づけているのは「ポルノグラフィーと道徳主義の奇妙な混合」である。これらは革命的愛国主義をもって特権階級の性的不道徳を断罪するというものだったが、宮廷内部での謀略という側面も否定できない。[*6] いずれにしてもそこでは「不能」の「寝取られ男」ルイ十六世と「淫乱」な「娼婦」マリー・アントワネットの悪罵にみちた肖像が綴られた。政治権力に対する「罵言」invectives に猥褻な表象が用いられた典型的な例だといえるだろう。

しかし革命時代に結びつけられるポルノ作家といえばなんといってもサドである。あらゆる意味で過剰だったサドの例外性についてはここで詳述する余裕はないが、「哲学者」を標榜したサドもまた、彼なりのしかたで道徳を論じたのだった。『美徳の不幸』も『悪徳の栄え』も題名のとおり道徳論、ただし通常の道徳を逆手にとった独自の背徳主義の指南書にほかならない。サドはその生涯の大半を牢獄で過ごした作家であり、彼の起こした「事件」とこの懲罰のアンバランスは研究者によってしばしば問題にされてきたところだが、その核心はあくまでサドのテクストそのものの衝撃性にあった。すなわち革命・反革命、啓蒙・反啓蒙の

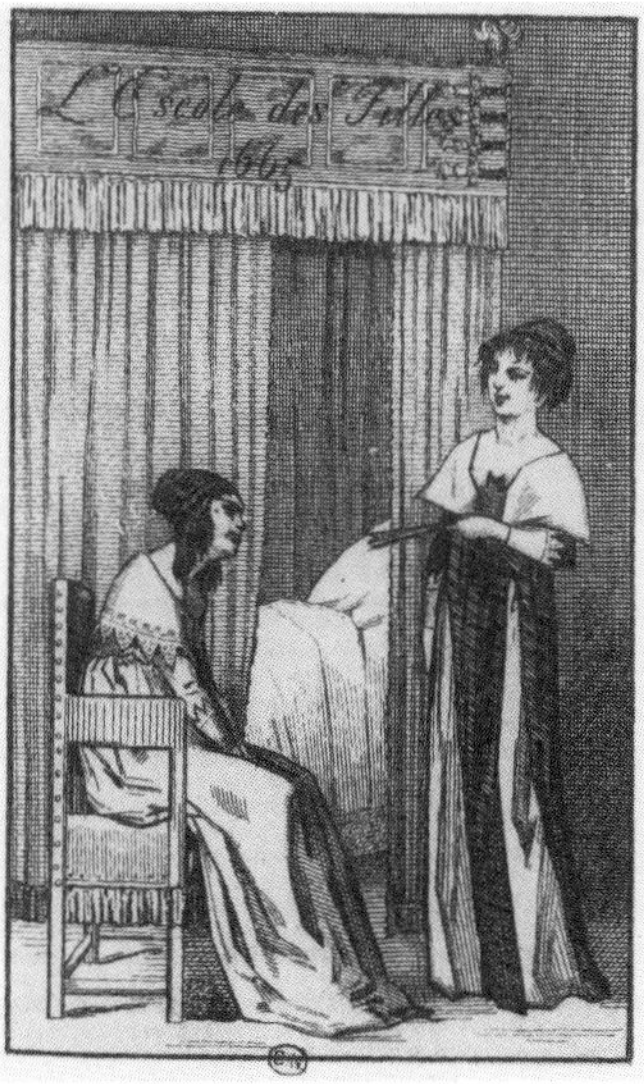

図1　『娘たちの学校』口絵。ブリュッセル、1865年。

対立枠を超えたその根本的な反社会的性格にあったのである。[*7]

2　ポルノグラフィーの近代

ポルノグラフィーが宗教的・政治的文脈から切り離され、もっぱら性にかかわる一個の独立した表象カテゴリーとなるのは十九世紀以降である。十八世紀末まではそれは「ほとんどの場合つねになにか別のものに付随したものであった」[*8]。「ポルノグラフィー」という語自体、その派生語がフランス語にはじめて現れるのは、確認できるかぎりではレチフ・ド・ラ・ブルトンヌのまさに『ポルノグラフ』*Le Pornographe*（一七六九年）においてである。しかもそこでこの語は、公衆衛生上の観点から「売春を論じる作家」を意味していた。この作品は書簡体小説の形式をとっているが、その内容は公娼制度を提案する売春改革論である。書簡体小説はわれわれが考えるよりはるかに広い「用途」をもっていたのである。フランス語で「ポルノグラフィー」およびその派生語が今日に通じるような猥褻な書きものや絵の意味で使われるようになるのは一八三〇—四〇年代である。英語ではそれより遅い。これが一般に浸透するには二〇世紀後半まで待たなければならない。

ポルノグラフィーというカテゴリーの認知は、おもに書誌作家や警察当局がつくった禁書目録を通じてなされた。フランス国立図書館に「地獄《アンフェール》」と呼ばれる発禁本収納庫が設けられるのは一八三六年である。個々のポルノ作品も訴訟の対象となり裁判にかけられることで有名になった。規制や検閲の言説がポルノグラフィーの社会的な前景化にはたしたこのパラドクシカルな役割には注意していい。サドの『新ジュスティーヌ』（一七九七年）の例にみられるように、ポルノ作品を出版する側が第三者を装って糾弾のポーズをとることも珍しくなかった。彼らは、そうしたポーズ自体が逆に読者の好奇心をそそり、社会の耳目をそばだてるのだということをよく心得ていたのである。[*9] このポルノグラフィー特有のパラドックスは、のちにみるように作品内部においても観察される。

十九世紀前半、あらたなポルノ作品の生産は相対的に停滞期に入る。しかしそれはその後、ヴィクトリア朝後期のイギリス、ベル・エポックのフランスと、英仏主導で復調をとげる。ポルノグラフィーの流通・消費に関しては、周辺諸国を巻き込んだ一種のネットワークが存在したことも事実である（ポルノ愛好家たちにとって「ヨーロッパ」は健在だった）。二〇世紀前半は、フランスのポルノグラフィーにとって、アポリネール、ピエール・ルイス、ジョルジュ・バタイユ、ルイ・アラゴン、ピエール・クロソフスキーといった本格派の作家の作品に恵まれた時代でもあった。シュルレアリストによるサドの「再発見」にもみられるように、ポルノグラフィックなものの既成の文化やブルジョワ・イデオロギーに対する反逆や撹乱の力に目が向けられはじめたのだともいえる。ポルノグラフィーのアヴァンギャルド的性格が強調されたといってもいいかもしれない。

二〇世紀後半からはポルノグラフィーにおける「アメリカの時代」が始まる。そして一九六〇―七〇年代を境に、ポルノグラフィーの主流は、小説に代表される文字媒体から雑誌写真や映画といった映像メディアへと移行してゆく。圧倒的な商業主義のもと、ポルノグラフィーが「産業化」するのもこのころからである。今日われわれが「ポルノグラフィー」という言葉から思い浮かべるのは「ハードコア」と呼ばれる米製ポルノ映画（日本であればいわゆる「アダルトビデオ」）だろう。周知のように、ポルノグラフィーはいまやインターネット画像によって一気に「グローバル化」した。

フランスはもはや「ポルノ大国」ではない。フランスのポルノグラフィーはとりわけ「言葉のポルノ」の時代に結びつけられるように思われる。ただフランス語で書かれたポルノ小説すべてが「言葉のポルノ」に固有の属性を活用しているわけではない。そしてこの「言葉のポルノ」らしさという点で注目すべきだと思われるのが『娘たちの学校』と『閨房哲学』である。両作品は、その類似性と相違において興味深い一対をなしている。

3 『娘たちの学校』と『閨房哲学』

『娘たちの学校』と『閨房哲学』は、初版の出版年にして一四〇年の時間でへだてられているとはいえ、いくつかの重要な共通点をもっている。ひとつは対話体という形式、もうひとつは「生娘」に対する性教育という主題である。『閨房哲学』における対話者のひとりであるドルマンセ(およびほかの明らかに副次的な人物たち)を捨象して考えるなら、いずれにも女性どうしの対話、しかも年長で性的経験豊かな「やり手」女性が無知でナイーヴな「生娘」に授ける性教育という構図がみてとられる。『娘たちの学校』におけるシュザンヌとファンション、『閨房哲学』におけるサン゠タンジュ夫人とウージェニーがそれである。ファンションは十六歳、ウージェニーは十五歳という設定になっている。

シュザンヌとサン゠タンジュ夫人を、マルゴ、テレーズ、ジュリエット、フェリシアといったフランスのポルノグラフィーに登場するクルティザンあるいは「女哲学者」の系譜のなかに位置づけることもできるだろう。[*10] 十七―十八世紀は数少ないポルノ作品が種々の版や翻訳を通じて流布した時代だが、そうした事情も作品間の相互影響をうながした要因だと考えられる。[*11]

『娘たちの学校』と『閨房哲学』は、性教育の実質的な目的という点でも共通している。つまりこの女性から女性への性教育は、いずれの作品においてもその「成果」をある男性に捧げるためになされているのである。「やり手」女性が男性のために手引き役をになっているということだ。第三の人物たるこの男性は、『娘たちの学校』ではロビネ、『閨房哲学』ではミルヴェルとドルマンセである(「前門」はミルヴェルに、「後門」はドルマンセに供される)。

両作品の違いもまた明らかである。『娘たちの学校』では誘惑のモチーフが際だっている。『娘たちの学校』は二場の対話からなるが、まず対話に先立つ「あらすじ」argument で、ロビネがファンションをものにしたいと願い、そのために娘と親族関係にあるシュザンヌに彼女の説得を依頼するむねが語られる。第一の対話はしたがって、シュザンヌによるファンションの性教育であると同時に、ロビネと関係をもつようシュザンヌがファンションを「けしかける」シーンでもある（これがいわば隠されたモチーフとなっている）。この対話の後、ロビネの思いどおり、彼によるファンションの破瓜が遂行される（これもやはり「あらすじ」や女性たちの対話から知られるところであって、ロビネはけっして対話の表舞台には登場しない）。第二の対話はこうして、シュザンヌを前にしたファンションの初体験報告で始まるが、彼女はそこで教師顔負けの「学習」ぶりを披露する。

いっぽう『閨房哲学』では、教師はサン＝タンジュ夫人とドルマンセのふたりであり、「論じる過程で実証していきたい」（p.9）[*12] というサン＝タンジュ夫人の言葉にあるように、「実践」は「理論」のなかに組み込まれている。むしろ教えているうちに教師も生徒も興奮し、がまんできなくなって行為におよぶといったほうが正確だろう。しかも、対話の場で繰り広げられるこの「実地教育」には、教師ふたりと生徒ウージェーヌのほか、ミルヴェルも、のちには庭師のオーギュスタンまでが参加する。『娘たちの学校』の対話があくまで女ふたりの言葉のやりとりに終始するのに対して、『閨房哲学』では対話がしばしば乱交《オージー》の場と化すのである〈図2〉。

『閨房哲学』がサドの無神論「哲学」の披露の場であることはいうまでもない。身体感覚の手堅さとその徹底した個人性＝非共有性を

図2 『閨房哲学』挿絵。初版、1795年。

ベースとするサドの「哲学」は、閨房での密事とわかちがたく結びついていると同時に、その「自然」観において宇宙論的ディメンションをそなえた思想だった。『閨房哲学』には周知のように「フランス人よ、共和主義者たらんとするならもう一息だ」と題された政治パンフレットまで挿入されている。ここでの作者の分身はいうまでもなくサドが創出した有数のリベルタンのひとりであるドルマンセである。『娘たちの学校』には、「婦人方の哲学」というその副題にもかかわらず、性的快楽追求の大胆な肯定という点を除けば「哲学」的要素は希薄である。

4 性的身体の名指し

以上のような大枠における共通性と相違点をふまえたうえで、まずは『娘たちの学校』における性的身体部位の名称の教えかたをみてみたい。

Suzanne: Cet engin, donc, avec quoi les garçons pissent s'appelle un *vit*, et quelquefois il s'entend par le *membre*, le *manche*, le *nerf*, le *dard* et la *lance d'amour*; et quand un garçon est tout nu, on voit cela qui lui pend au bas du ventre comme une longue tette de vache, à l'endroit où nous n'avons qu'un trou pour pisser.

Fanchon: Oh! quelle merveille!

Suzanne: De plus, il y a deux ballotes dessous, qui pendent dans une bourse, qui s'appelle deux *couillons* —— mais il ne faut pas les nommer devant le monde —— , et qui sont de la forme, à les toucher, de deux grosses olives d'Espagne; et tout cela est environné d'un poil frisotté, de même qu'aux filles, et qui sied bien à le voir à l'entour. [...]

Fanchon: Et l'engin de la fille, comment l'appelez-vous ?

Suzanne: Je l'appelle un *con*, et qulequefois il s'entend par le *bas*, le *chose*, le *trou mignon*, le *trou velu*, etc. Et quand un garçon fait cela à une fille, cela s'appelle *mettre vit au con*, ou bien l'on dit qu'il la *fout*, la *chevauche*, et les garçon nous apprennent à dire cela quand ils nous tiennent. Mais garde-toi bien d'en parler devant le monde, car on dit que ce sont des vilains mots qui font rougir les filles quand on les leur prononce.

(pp. 1124–1126)

シュザンヌはまず男女の身体接触や性交から得られる歓びが絶大であることを説き、それをまったく理解しないファンションに男女性器の外観や機能を解説するとともに、性器のさまざまな名称、さらには性行為そのもののさまざまな呼びかたを教える。それが性教育の初歩だといわんばかりである。こうした知識伝達の「啓蒙的」性格は明らかだろう。ふだん目にすることのない身体の秘部（とくに異性のそれ）やすぐれて私的な行為である性行為に率直に言及することの啓発的意味は疑いえない。しかもシュザンヌは、彼女なりのしかたであるとはいえ、「医学」や「解剖学」の知見を援用することも忘れてはいない。

しかし性器や性行為の名指し行為に限っていえば、そこにある種の過剰がみられることもたしかである。そもそも男性性器については « vit », « membre », « manche », « nerf », « dard », « lance d'amour », « couillons » と、また女性性器については « con », « bas », « chose »（男性名詞として）, « trou mignon », « trou velu » と、卑語・俗語も含めてそのあらゆる名称を教える「教育的」意味があるだろうか。しかも、下線部にみられるように、それらは、性行為を指す « mettre vit au con », « foutre », « chevaucher » とともに、人前で口にしてはならない下品な言葉として紹介されているのである。

ここでわれわれは、『娘たちの学校』という作品が想定しているコミュニケーションを、シュザンヌ／ファンションという登場人物のレベルと、作者／読者という登場人物を超えたレベルとの二重のレベルで考える必要があるだろう。登場人物のレベルでは、性器や性行為のかくもゆきとどいた名指しはせいぜいシュザンヌのファンションに対する挑発として説明されうるにすぎない。しかし作者／読者のレベルでの意味は明白である。作者は、これらの猥褻語を女性教師の口の端にのぼらせることで、またまさに「娘たちの顔を赤らめさせる下劣な言葉」を無垢な娘に聞かせることで、読者を刺激しようとしているのである。作者はむろん男性、想定されている読者も男性である。

ポルノ小説はしばしば、こうした登場人物レベルと作者／読者レベルの混同、というより後者の前者への平然たる介入によって特徴づけられる。ポルノ小説のわざとらしさ（「本当らしさ」の欠如）はそこに由来する。また、「人前で口にしてはならない言葉」をそうした断りとともに登場人物にいわしめ、一般読者を対象とする作品レベルで平然とその禁を破る（つまり猥褻語を満載した作品を公刊する）というこのパラドックス、これもまたポルノ小説の常套的な戦略だといわなければならない。

これらの猥褻語は、たんにモノをさすためにあるのではない（それなら一語あればじゅうぶんだろう）。シュザンヌ自身が述べているように、それらは口にすることが「恥ずかしい」言葉だからこそ興奮を呼び、その興奮のためにこそ用いられるのである。

Suzanne: [...] De plus, il y a deux raisons bien douces et gentilles pourquoi les hommes, quand ils sont aux prises avec nous, appellent toute chose par son nom.

Fanchon: Savoir?

Suzanne: La première, que, nous possédant en toute liberté, ils s'égayent à nous dire les mots qui nous font le plus de honte, pour rendre leur victoire plus célèbre; la seconde, c'est que, leur imagination étant toute confite en délice et dans la contemplation de leur jouissance, ils n'ont pas la parole libre et, suivant la promptitude de leurs désirs, ils s'expliquent par monosyllabes; d'où vient que ce qu'ils appelleraient en un temps: paradis d'amour, le centre des délices ou des désirs amoureux, le trou mignon, ils l'appellent simplement un con, et ce mot de *con*, outre qu'il est bref et qu'il nous donne à leurs yeux de la confusion et de la honte (ce qu'ils sont bien aises de voir), c'est qu'il renferme en soi la représentation des plus douces conceptions d'amour. (pp. 1176–1177)

「すべてをあけすけにいう」理由はここではふたつあげられている。ひとつはいま述べた「もっとも恥ずかしい思いをさせる」から、「困惑と恥ずかしさ」を与えるからである。ここで「私たちに」とあるのが女性一般であり、「彼ら」とあるのが（つまり猥褻語を発する主体が）男性一般であることにも注意していいだろう。もうひとつの理由は、「彼ら」が性の歓びに没頭するあまり多音節の言葉を発する余裕がないということである（ちなみに単音節語＝猥褻語という観念は、フランス語でも英語でもいまだに流通している）。この理由はなかなかオリジナルであるが、それはともかく、ここで問題とされているのは、「教育」の現場を離れた、男女の交わりの場である。そしてそこでも、性器や性行為を名指すことの「実用的」意味はない。行為におよびたければそうすればいいので、「する」という必要はない。ましてやわざわざ汚い言葉を使う必要はないのである。それでも交接中の男女は猥褻語でみずからの行為の「実況中継」をしたり、「気持ちいい」といったりいわせたりする。猥褻語はモノや現象を記述するためにあるのではない。それは口にすることでみずからを昂め、相手を煽るためにある。「あけすけにいう（事物をその名で呼ぶ）」ことは、この場合、透明な対象指示であるどころか、説得ならぬ性的刺激を目的としたひとつのレトリック――たしかに婉曲や装飾をむねとするわけではないが、それでもその露骨さそのものがじゅうぶん暗示を含むレトリック――なのである。

そのためかどうか、シュザンヌの性教育はときとして言葉の教育の様相を呈する。彼女は性行為を意味するさまざまな動詞（« besogner », « foutre », « chevaucher », « enconner », « enfiler », « engainer »）のあいだの微妙な違いを説明したり、ほかのもっと「おとなしい」、「人前で言ってもいい」言葉（« baiser », « jouir », « embrasser », « posséder »）があることを教えたりする。次にあげるのは、この種の言葉がはらむ比喩の的確さを指摘するくだりである。そこでは、同じことをいうのにこれほど多くの表現があるのは、その各々が多様な性行為の一面を彩り豊かに示すからだといわれている。

Fanchon: [...] mais je m'étonne qu'il y a tant de fard parmi des choses qu'on les nomme de cent façons.

Suzanne: C'est pour les faire trouver meilleurs, vois-tu. Car, par exemple, le mot besogner, c'est qu'effectivement les hommes travaillent en nous quand ils nous font cela, et qu'à les voir remuer et se tourmenter comme ils font, il semble qu'ils prennent une œuvre à tâche et qu'il y ait beaucoup à gagner pour eux; enfiler, c'est qu'ils nous enfilent comme perles; engainer, c'est que nous avons la gaine et eux le couteau, et ainsi des autres qui sont plus doux et ont aussi leurs significations plus douces et spirituelles.

(pp. 1160–1161)

こうしてシュザンヌの言説はどうにか真に「教育」らしい体裁を獲得することになる。言葉の問題がいわば〈性〉と〈教育〉の仲介役をはたしているのである。

5　悪罵と冒瀆

『閨房哲学』では『娘たちの学校』以上に教育的意図が強調されている。サン＝タンジュ夫人は冒頭から、これは「教育」であり、ドルマンセと自分はウージェニーの頭に「もっとも放埓なリベルティナージュの初歩をすべて」たたきこみ、自分たちの「哲学」を教え、自分たちの「欲望」の数々を吹き込むのだと述べている (p. 9)。また『閨房哲学』で目立つのは、以下にみるように、« démontrer », « disserter », « expliquer les propriétés » といった硬い教育用語の使用である。ミシェル・ドロンによれば、ここで「教育」とは「性的イニシエーション」のことであり、また « démontrer » は解剖学用語で「話題にしているモノを目にみせる」ことを意味している。[*13] « disserter » あるいは « dissertation » はサドのリベルタンたちが好んで用いる言葉で、「(彼ら特有の)哲学を講じること」、「持論を展開すること」にほかならない。これらの硬い用語は、これにつづく実践の「軟らかい」内容とのコントラストをねらって用いられているともいえる。

ここでも教育は性的身体部位の解説から始まる。驚くべきは、ドルマンセはサン＝タンジュ夫人のからだを借りて女性の身体部位を、またサン＝タンジュ夫人はドルマンセのからだの上で男性性器を名指し、解説するということである。

Dolmancé: [...] pour démontrer, pour donner à ce bel enfant les premières leçons du libertinage, il faut bien au moins vous, madame, que vous ayez la complaisance de vous prêter.

Mme de Saint-Ange: A la bonne heure... Eh bien! tenez, me voilà toute nue, dissertez sur moi tant que vous voudrez.

[...]

Dolmancé (*il touche à mesure, sur Mme de Saint-Ange, toutes les parties qu'il démontre*): Je commence.

Je ne parlerai point de ces globes de chair, vous savez aussi bien que moi, Eugénie, que l'on les nomme indifféremment *gorge*, *sein*, *tétons* [...] Mais ce membre sur lequel il faudra disserter sans cesse, ne serait-il pas à propos, madame, d'en donner une dissertation à notre écolière ?

Mme de Saint-Ange: Je le crois de même.

Dolmancé: Eh bien! madame, je vais m' étendre sur ce canapé, vous vous placerez près de moi, vous vous emparerez du sujet, et vous en expliquerez vous-même les propriétés à notre jeune élève.

Dolmancé se place et Mme de Saint-Ange démontre.

Mme de Saint-Ange: Ce sceptre de Vénus, que tu vois sous tes yeux, Eugénie, est le premier agent des plaisirs de l'amour, on le nomme *membre* par excellence: il n'est pas une seule partie du corps humain dans laquelle il ne s'introduse; toujours docile aux passions de celui qui le meut, tantôt il se niche là (elle touche le con d'Eugénie), c'est sa route ordinaire... la plus usitée, mais non pas la plus agréable; recherchant un temple plus agréable, c'est souvent ici (*elle écarte ses fesses et montre le trou de son cul*) que le libertin cherche à jouir [...] (pp. 16–18)

裸になったサン＝タンジュ夫人の「私の上で論じて」dissertez sur moi といういいかたは象徴的である。身体はここではいわば生きた教材であり、理論の実証と教育成果の確認の場である。夫人の承諾を受けてドルマンセは、まるで解剖台に載せられた人体に対するかのように、各部位の名称と性的役割を説明する。しかもそれらを「触りながら」である。その後ふたりは役割を交換し、今度はサン＝タンジュ夫人がドルマンセの性器を手にして授業を続けるのだが、彼女は必要とあらば生徒のウージェニーの身体部位に触れることもはばからない。

ここでは、ありありと目にみえるように、手に触れられる形で教えるということに主眼がおかれている。この即物的な教育では、性的身体部位や性行為の名称としての言葉は、横に広がるよりもむしろ、モノとの一対一的（垂直的）対応のなかで、目の前にあるモノに吸収される傾向にあるといえるだろう。それはサン＝タンジュ夫人の«ici»や«là»という状況依存型の表現に端的に現れている（しかも『閨房哲学』では、『娘たちの学校』とは違って、性器や性行為の呼びかたの多様性には力点はおかれていない）。ここではモノそのものの物理的存在が前面に押し出されているのである。そのあまり、名称自体はほとんど「冗長的」redondant とすら思われてくる。ここでもじつは、さきほどとは別の意味で、名称を教えることの実質的意味はほとんどないのである。

このことは『閨房哲学』が演劇的であることとおそらく無縁ではない（登場人物の行為を示すイタリック部分は戯曲のト書きとして読めるだろう）。先述したように、『閨房哲学』での授業風景はしばしばオージー場面と化す。教育的体裁は長くは保たれないのである。解剖実習とは違って、教師は、生きた、しかもきわめて官能に敏感な人体を相手にしているからである。

『閨房哲学』において猥褻語が言葉としての「粘稠性」consistance を獲得するのは、言葉がモノを離れ、より観念的になるとき、というよりそれが罵倒や冒瀆の言葉となるときである。「恥じらい」や「節度」の蹂躙に重きをおく『娘たちの学校』では、性器の名称を口にすることがそれだけでじゅうぶん刺激的だった。ストリップティーズの美学とは無縁のサドの作品では、もっと強い言葉が必要とされる。後述するように、サドの性的興奮にとっては想像力の刺激が不可欠だったが、目の前にあるものに想像力ははたらかないのである。『閨房哲学』ではこのあと«polluer»,«(se) branler»,«couilles»,«con»,«motte»,«clitoris»,«décharger»,«matrice»,«foutre»,«putain»といった言葉の説明がなされるが、«putain»（「売春婦」の俗称）に関しては次のようなやりとりが交わされる。

> **Mme de Saint-Ange**, *se pâmant*. Je me meurs, sacredieu!... Dolmancé, que j'aime à toucher ton beau vit pendant que je décharge... Je voudrais qu'il m'inondât de foutre... Branlez... sucez-moi, foutredieu! Ah! que j'aime à faire la *putain* quand mon sperme éjacule ainsi... [...]
>
> **Eugénie**: Que je suis aise d'en être la cause; mais un mot vient de t'échapper encore, et je ne l'entends pas. Qu'entends-tu par cette expression de *putain* ? Pardon, mais tu sais que je suis ici pour m'instruire.
>
> **Mme de Saint-Ange**: On appelle de cette manière, ma toute belle, ces victimes publiques de la débauche des hommes, toujours prêtes à se livrer à leur tempérament ou à leur intérêt; heureuses et respectables créatures, que l'opinion flétrit, mais que la volupté couronne, et qui, bien plus nécessaires à la société que les prudes, ont le courage de sacrifier pour la servir, la considération que cette société ose leur enlever injustement. Vivent celles que ce titre honore à leurs yeux! voilà les femmes vraiment aimables, les seules véritablement philosophes! Quant à moi, ma chère, qui depuis douze ans travaille à le mériter, je t'assure que loin de m'en formaliser, je m'en amuse; il y a mieux, j'aime qu'on me nomme ainsi quand on me fout, cette injure m'échauffe la tête.
>
> (pp. 25–26)

«Putain»は、サン゠タンジュ夫人にとって、絶頂の瞬間に演じていたい役柄であり、性交の最中に浴びせかけられたい侮辱的な呼称である。それが自分の「頭を熱くする」からだと彼女はいう。すなわち想像力を刺激し、性的興奮を高めるということである。ここでわれわれは、サドにとっての性的快楽における想像力のはたす役割の重要性に言及しなければならない。

想像力は、ある対象に作用し、それをひとつの観念あるいはイメージに変えて、好悪の感情や性的興奮に結びつける一種の触媒である。[*14]「獄中の作家」サドにとって想像力が重要だったことは容易に察せられる。『ジュスティーヌあるいは美徳の不幸』（一七九一年）に登場するリベルタンのクレマンは、「感覚の快楽はつねに想像力に左右される」とも、「われわれにとっての対象の価値は、想像力がそれに付与する価値以外ではない」[*15]とも述べている。ドルマンセもソドミーの快楽についての説明のなかで「想像力は快楽に駆りたてる刺激剤だ。とくにこの種の快楽〔ソドミー〕においては、それはすべてを決定する」（p. 49）と断言している。

〈挑発〉を根本原理とするサド哲学においては、想像力によって生み出される観念が反社会的な、「罪深い」ものに思われれば思われるほど、それがもたらす性的興奮も大きくなる。サン＝タンジュ夫人がいうように、「もっとも汚い、もっともおぞましい、もっとも禁じられたものこそがいちばん頭を疼かせる」（p. 50）のである。そしてその頂点にあるのが神にたいする冒瀆にほかならない。

Mme de Saint-Ange: Eh bien! prends son vit dans ta bouche, et suce-le quelques instants.

Eugénie *le fait*: Est-ce ainsi ?

Dolmancé: Ah! bouche délicieuse! quelle chaleur! elle vaut pour moi le plus beau des culs... Femmes voluptueuses et adroites, ne refusez jamais ce plasir à vos amants, il vous les enchaînera pour jamais; ah *sacredieu* ! *foutredieu* !

Mme de Saint-Ange: Comme tu blasphèmes, mon ami!

Dolmancé: Donnez-moi votre cul, madame... Oui, donnez-le-moi, que je le baise pendant qu'on me suce, et ne vous étonnez point de mes blasphèmes; un de mes plus grands plaisirs est de jurer Dieu quand je bande; il me semble que mon esprit, alors, mille fois plus exalté, abhorre et méprise bien mieux cette dégoûtante chimère: je voudrais trouver une façon ou de la mieux invectiver, ou de l'outrager davantage, et quand mes maudites réflexions m'amènent à la conviction de la nullité de ce dégoûtant objet de ma haine, je m'irrite, et voudrais pouvoir aussitôt réédifier le fantôme, pour que ma rage au moins portât sur quelque chose. Imitez-moi, femme charmante, et vous verrez l'accroissement que de tels discours porteront infailliblement à vos sens.

(p. 57)

神への冒瀆はここでは瀆神の言葉を発する行為として遂行される。すなわち « sacredieu », « foutredieu » といったまさに「神」dieu のやどる言葉を性行為の最中に発するのである。それはもっとも聖なるものをもっとも卑俗な行為とつきあわせることにほかならない。瀆神の言葉こそは対象指示の機能をまったくもたない言葉である。神は観念的存在でしかないからだ。同様に神の不在も観念的不在でしかない。しかしこの観念性こそが想像の領野の広大さを保証するのである。

サドにとっての神は言語的存在だといえるのかもしれない。彼は瀆神の言葉を発することで神をつくりだし、同時にそれを破壊する。サドは神を必要とするが、それは神を口汚くののしり、そのことで強い性的刺激を得るためである。それがサドにとっての「猥褻語の真実」だった。リュシエンヌ・フラピエ＝マズュールがいうように「猥褻語の真実とは、エロティシズムの想像的なものに対する依存を明示することにある[*16]」。

むすびにかえて

フランスのポルノグラフィーが本質的に「言葉のポルノ」であるとするなら、そのありかたは猥褻語、とりわけ交情のさなかに発せられる一種の「叫び」としてののしりの言葉に凝縮されていると考えられる。それは「示す」ため、「見せる」ため、「意味する」ための言葉ではなく、「言う」ため、「発する」ため、「煽る」ための言葉であり、根本的に映像に還元できない言葉だからである。

この種の猥褻語が性器や性行為そのものから売春婦、神までを主題とすることは以上にみたとおりである。それは、本論で取り上げたポルノ小説においては、教育の場の設定を通じて文字どおり教えられ、同時に読者をあおる言葉として発せられたのだった。教育のトポスこそは、「科学」的知識の伝達や啓蒙という目的とともに、猥褻語を通じたこの二重の文学的戦略がかなえられるかっこうのトポスだったといえるのかもしれない。いずれにしても、これらフランスのポルノ作家たちは、エロティシズムが言語表現や心的イメージの問題であることをよく知っていたのである。

この種の小説がフランスのポルノグラフィー小説の主流だったわけではけっしてない。とくに十八世紀以降、告白調や〈私語り〉は根強く残るものの、主流はやはり「描く」ポルノグラフィー、「みせる」ポルノグラフィーだったように思われる。「みせる」といってももちろん、ジャン・M・グールモが指摘したように[*17]、登場人物ひいては読者を窃視者の立場におくようなポルノ独特のみせかたである。これはいわゆる覗きのシーンがあるということをかならずしも意味するものではないが、『カルトゥジオ会修道院の門番修道士ドン・ブーグルの物語』(一七四一年)、アンドレア・ド・ネルシアの『フェリシア』(一七七五年)、ミラボーの『開けられたカーテン』(一七八六年)、ミュッセ作といわれたこともある『ガミアニ』(一八三三年)など、覗きのシーンを含む作品は枚挙にいとまがないほどである。覗きはやはりポルノの王道なのである。

グールモは、ポルノグラフィー小説とリベルタン小説には「根本的な違い」があるとして、前者の特質を視覚に訴えるタブロー化に、また後者のそれを誘惑と説得のレトリックにみている。「リベルタン小説は〔……〕知的、頭脳的小説であり、言葉の小説であってタブローの小説ではない」[*18]。われわれがみたのはむしろ猥褻語を用いた扇情のレトリックであり、それがわれわれのリベルタン小説を同時に独自のポルノグラフィー小説にしているゆえんでもあった。しかしいずれにしても、「描く」ポルノ、「みせる」ポルノが、十九世紀的リアリズムをへて、映像媒体のポルノグラフィーへとつながるのだとすれば、フランスのポルノグラフィーの源流にあるこれら二篇のリベルタン小説は、その「言葉のポルノ」としての自覚において、今日のわれわれが忘れがちなにかを思い出させてくれるのだといえるのではないだろうか。

注

＊1　たとえばジョン・フィリップスは以下のように述べている。「フランス文化は英語圏の読者によって長いあいだアングロサクソン文化よりも「エロティック」であると思われてきた。この印象は部分的には、十六世紀以来パリからまずはイギリスに、ついでアメリカに輸入されてきた多数のポルノ的出版物に由来している」(John Phillips, *Forbidden Fictions: Pornography and Censorship in Twentieth-Century French Literature*, London, Pluto Press, 1999, p. 1.)。

＊2　Robert Latham, William Matthews, eds., *The Diary of Samuel Pepys*, 11 vols. Berkeley & Los Angels, Harper Collins, 1970–83, 9: 21–22, 58–59, quoted in Walter Kendrick, *The Secret Museum: Pornography in Modern Culture*, University of California Press, 1996, pp. 63–64.

＊3　David Foxon, *Libertine Literature in England, 1660–1745*, New Hyde Park, NY, University Books, 1965, p. 3.

＊4　Lynn Hunt (ed.), *The Invention of Pornography: Obscenity and the Origins of Modernity, 1500–1800*, New York, Zone Books, 1993, pp. 34–35（リン・ハント編著『ポルノグラフィの発明――猥褻と近代の起源、一五〇〇年から一八〇〇年へ』、正岡和恵ほか訳、ありな書房、二〇〇二年、三三頁）.

＊5　Cf . Maurice Lever (ed.), *Anthologie érotique: le XVIIIe siècle*, Paris, Robert Laffont, 2003.

＊6　M. Lever, « Marie-Antoinette : icône d'une pornographie politique », *ibid.*, pp. 1029–32.

＊7　拙論「サドが『神』を口にするとき」、阪上孝編『統治技法の近代』、同文舘、一九九七年参照。

＊8　L. Hunt, *op. cit.*, p. 10（L・ハント、前掲書、八頁）.

＊9　Cf. Notice de Michel Delon pour *La Nouvelle Justine*, in Sade, *Œuvres* II, Pleiade, Paris, Gallimard, 1995, pp. 1261–62.

＊10　フージュレ・ド・モンブロン『繕い女マルゴ』(Fougeret de Monbron, *Margot la Ravaudeuse*, 1750)、アンドレア・ド・ネルシア『フェリシア』(Andréa de Nercia, *Félicia*, 1775)。テレーズはすでに言及した『女哲学者テレーズ』の、またジュリエットはサド作品のヒロインである。

＊11　Cf. Walter Kendrick, *op. cit.*, p. 64.

＊12　以下、『娘たちの学校』からの引用についてはJacques Prévot (éd.), *Libertins du XVIIe siècle*, Pleiade, Paris, Gallimardを、また『閨房哲学』の引用についてはSade, *Œuvres* III, Pleiade, Paris, Gallimard, 1998を出典とし、当該箇所の頁数のみを記した。なお下線による強調は本章の筆者による。

＊13　Cf. Michel Delon, « Notes et variantes », in Sade, *op. cit.*, p. 1287.

＊14　以下については、拙論「サドが『神』を口にするとき」、前掲書、二二一―二三頁を参照のこと。

＊15　Sade, *Œuvres* II, *op. cit.*, pp. 262–63.

＊16　Lucienne Frappier-Mazur, "Truth and Obscene Word in Eighteenth-Century French Pornography", in L. Hunt, *op. cit.*, p. 218（リュシエンヌ・フラピエ＝マズュール、「一八世紀フランスのポルノグラフィにおける真実と猥褻語」、L・ハント、前掲書、二三八頁）。

＊17　Jean M. Goulemot, *Ces livres qu'on ne lit que d'une main. Lecture et lecteurs de livres pornographiques au XVIIIe siècle*, Paris, Minerve, 1994, pp. 60–66.

＊18　*Ibid.*, pp. 66–67.

おわりに

田口紀子

この本は科学研究費補助金（基盤研究（A）（2））研究成果報告書『フランス文学における身体——その意識と表現』（研究代表者 吉田城、平成十七年三月）をその発端としている。吉田城を含めた十名の班員が、フランス文学に現れた身体の諸相について、自分の最も関心のあるテーマを選んで執筆した論考を、最終年度末に論文集の形にまとめたものである。

吉田は時間をおかずにこの報告書を本にする計画を持っていた。京都大学学術出版会の鈴木哲也氏と何度か打ち合わせをし、書物としての構想を練っていた段階で突然体調を崩して入院し、我々の誰もが想像だにしていなかったことだが、そのまま帰ることはなかった。

その突然の事態にまだ半ば呆然としながら、平成十七年七月に鈴木哲也氏、吉田典子氏（吉田城夫人）と、吉田城が主宰していた京都大学文学部仏文研究室のスタッフで研究班の班員でもある田口、増田、永盛が話し合い、とにかく吉田の遺志を継いで、成果報告書を新たな書物として出版することを決めた。

そこで問題となったのは、一冊の書物とするために必要な内的統一性である。吉田は、班員に自らの興味のあるテーマで参加してもらうことで、刺激的、生産的な研究の場が生まれると考えていた。実際、毎回の研究会は、多様なテーマをめぐる報告と、それに対する全くかけ離れた専門分野からの質疑や情報提供がクロス・オーヴァーする、刺激に満ちたものだった。ともすれば、専門の世紀、あるいは作家研究の枠内で仕事をすることの多い我々にとって、前提とされている知識や方法論の違うもの同士が、同じ現象について語り合うことで生じる議論のずれ、各自の前提の中和化、そして自らの方法論が内包するひずみの顕在化は、常に新しい発見をもたらしてくれるものであった。

しかし、その成果を一冊の書物にするとき、自らの方法に対する「異化作用」をその中心のテーマとすることはできない。

「異化作用」とは、運動を促す「力」に他ならず、それ自体を具体的に取り出して示すことは難しいからである。加えて、重要なことは「異化作用」それ自体ではなく、その結果として生じる新たな方向への運動である。「異化作用」に触発されて我々が最後に書いた報告書こそが、各自のその新しい方向への一歩を具体的に示しているはずである。

そこで我々は、今回の共同研究のダイナミクスをそのまま持ち込むことができ、同時にフランス文学に興味を持ち始めた大学の学部学生や他の専門の大学院生にも一つの見取り図として役に立つ形式をとろうと考えた。すなわち、フランス文学をできるだけ通史的に紹介しながら、それぞれの時代ごとに固有な身体をめぐる問題を論じる、という形である。

班員には、本の趣旨と構成にそって報告書の論文に必要な手直しを依頼すると同時に、そのうちの何人かには、難しい「序章」と「時代と展望」の執筆を、あらためてお願いすることとなった。また、班員だけではカバーできない時代や作家に関しては、吉田と親しかった何人かの研究者に新たに執筆を要請した。無理な依頼にもかかわらず快諾していただけたのは、吉田の人柄と仕事に対する彼の比類ない情熱が呼び起こす共感ゆえに違いない。この場を借りてあらためてお礼申し上げたい。

この基本方針にしたがい、この書物は次のような構成をとることとなった。

序章では、文学と身体というこの書物の問題設定の正当性を論じるとともに、身体をめぐるテーマ系のなかでも重要なものの一つである「食」のテーマを、異なった時代の三人の作家のテクストに探るケース・スタディーとして、以下に続く個別の論考を準備する。

第1部から第3部までは、フランス文学を通史的に考察する観点から、各部のはじめに「時代と展望」を設けて、それぞれの時代に固有な身体をめぐる問題を概観し、その後に個別の作家のテクストに表れた「身体」についての論考を配した。第4部は「身体」をめぐる具体的なテーマ（怪物性、ポートレイト、ポルノグラフィー）を歴史的に考察したものを集めた。1部から3部までが、時代のテクストとともに変化する身体の有り様を探っているのに対し、第4部では一つの身体的テーマをめぐるテクストの通時的変遷を見ていると言えるだろう。

第1部から第3部のはじめに配した「時代と展望」の部分だけでも、「身体」をめぐる一つのフランス文学史の試みとして読むことができ、また1章から14章の論考を、作家や作品、あるいは具体的なテーマを拾いながら読めば、それぞれは完結した論考となっている。

しかし、通読してみれば、独立して構想された個々の論考が、いくつかの問題系に集束することに気づくであろう。身体の表象、身体の運動、主体による自らの身体の認識、身体の自己あるいは他者に対する感覚などである。それは我々が、研究会の議論の場で気づきながらもはっきりと整理することができなかった、「身体問題」に固有の関数とでも言うべきものである。もし吉田自身が編集にあたっていれば、その関数を確定した上でこの書物を構築することもできたであろうが、今となってはひらかれた形で読者に示さざるを得ない。読者が巻末の「索引」などを手がかりに新たな発見に至るなら、編者としてこれにまさるよろこびはない。

また、序章と十四編の論考には参考文献解題をつけている。一つの論考をきっかけにさらに知見を広げたい方の参考になれば幸いである。

このような事情で、「文学」にも「身体」の問題にも全く門外漢の私が、吉田と共編という形でこの書物の編集にたずさわることになった。出版の行方の見えない当初からこの本の実現を信じて励まして下さった、京都大学学術出版会の鈴木哲也氏、献身的に編集作業にあたって下さった佐伯かおるさん、吉田の執筆章の参考文献解題を担当して下さった小黒昌文さんと津森圭一さん、煩瑣な索引の点検をひきうけてくださった井上櫻子さんをはじめ、いろいろな形でご助力をいただいた方々にあらためて感謝の意を表したい。

ポンペイの遺物の発見からアメリカ製ハードコア・ポルノにいたる欧米のポルノグラフィーの歴史を、それをめぐる法廷内外での議論を軸にたどっている。「ポルノグラフィー」という語の成立事情や、フランス文学関係ではとくに『ボヴァリー夫人』裁判についてくわしい。

◎リン・ハント編『ポルノグラフィの発明——猥褻と近代の起源、一五〇〇年から一八〇〇年へ』正岡和恵ほか訳、ありな書房、2002年（Lynn Hunt (ed.), *The Invention of Pornography: Obscenity and the Origins of Modernity, 1500–1800*, New York, Zone Books, 1993）。

題名のとおり、19世紀初頭の近代ポルノグラフィーの「発明」に先立つ数世紀における猥褻概念のヨーロッパ諸国でのありようをさぐった論文集。フランスに関しては、革命期を対象にしたL・ハントの論文や、18世紀の猥褻語をあつかったL・フラピエ＝マズュールの論文などがある。

◎ Robert Darnton, *Edition et sédition. L'univers de la littérature clandestine au XVIIe siècle*, Paris, Gallimard, 1991.

18世紀、とりわけ旧体制末期のフランス人はなにを読んでいたかを、非合法出版にかかわった出版者、印刷業者、密売人、行商人などの側から解明する。同じ著者の『禁じられたベストセラー——革命前のフランス人は何を読んでいたか』、近藤朱蔵訳、新曜社、2005年、は本書の増補英語版の邦訳である。

◎ Jean M. Goulemot, *Ces livres qu'on ne lit que d'une main. Lecture et lecteurs de livres pornographiques au XVIIIe siècle*, Paris, Minerve, 1994.

ポルノ物語に固有の読書と読者のタイプとはどのようなものかを、フランス18世紀の好色文学に例をとり、テクスト分析にもとづいて論じたもの。ポルノグラフィーは、そのナイーヴで切実な現実幻想の創造において、じつはあらゆる虚構物語の隠れたモデルであるとする。

◎ John Phillips, *Forbidden Fictions: Pornography and Censorship in Twentieth-Century French Literature*, London, Pluto Press, 1999.

アポリネールの『一万一千本の鞭』からマリー・ダリユーセックの『トリュイスム』まで、20世紀フランスの官能文学作品9点をとりあげ、そこにみられるさまざまな性のポリティクスを分析しつつ、あわせてポルノグラフィーと検閲の問題を考察する。

13章　カタログ的身体から記号的身体へ
──小説における登場人物のポルトレをめぐって

◎ジュディス・ウェクスラー『人間喜劇──19世紀パリの観相術とカリカチュア』、高山宏訳、ありな書房、1987年。

19世紀パリの近代都市としてのありさまを「身振り」をキーワードとして読み解こうとする。ドゥビュローのパントマイムと、アンリ・モニエやオノレ・ドーミエのカリカチュアを中心に論じているが、第1章「パリのパノラマ」で、バルザックにその集大成をみる「観相学」「骨相学」の伝統を概観している。

◎小倉孝誠『歴史と表象──近代フランスの歴史小説を読む』、新曜社、1997年。

「歴史小説」というジャンルがはらむ理論的問題（同時代の歴史観とのかかわり、歴史叙述との相似関係、物語性など）をおさえたうえで、バルザックからフロベール、ゾラ、プルースト、ユルスナールまで、フランス文学の「歴史」の表象を具体的に論じている。

◎岡田温司『ルネサンスの美人論』、人文書院、1997年。

イタリア・ルネサンス期の女性についての絵画と文学における表象から、当時の女性の美に関するコードを読み解こうとした。身体の断片化、象徴的な身ぶり、視点の問題などの論点が問題にされていて、表象の手段はちがっても「ポートレイト」というジャンルのもつ共通の問題系として参考になる。

◎ Jacqueline Plantié, *La Mode du portrait littéraire en France (1641-1681)*, Paris, Honoré Champion, 1994.

フランス17世紀のサロンでのポルトレの大流行を綿密な資料調査によって詳しくあとづけた研究書。ポルトレの前史や、その後の文学史への波及などにも言及している。

◎ Régine Borderie, *Balzac peintre de corps.* La Comédie humaine *ou le sens du détail*, Paris, SEDES, 2002.

バルザック作品における身体表現を総合的に分析した研究書。当時の観相学の伝統、哲学、美学の議論からバルザックがどのように作品での人物描写の美学をつくりあげたかを論じている。

14章　ポルノグラフィーにおける言葉と身体──リベルタン小説と猥雑語

◎ウォルター・ケンドリック『秘密の博物館──ポルノグラフィーの近代』大浦康介・河田学訳、平凡社（近刊）(Walter Kendrick, *The Secret Museum: Pornography in Modern Culture*, University of California Press, 1996 (originally published 1987))。

土社、1990年（Leslie Fiedler, *Freaks: Myths and Images of the Secret Self*, New York, Simon & Schuster, 1978）。

奇形という問題系に関しては、もっとも重要な著作であろう。トッド・ブラウニングの同名の映画を出発点としながら、このたぐいまれな現代アメリカ文学の批評家は、たんに芸術の領域のみならず、社会制度や人間の無意識の領域まで踏み込んで論考をおこなっている。また古代から中世をへて現代にいたるまで、歴史的にも広範な資料を駆使している。人間存在の不安定さと深遠さを身をもって表現しているのが奇形の人間であるというのが、著者の基本的な視点である。

◎ Ambroise Paré, *Des Monstres et prodiges*, éd critique et commentée par Jean Céard, Genève, Droz, 1971（première édition, 1573）.

アンブロワーズ・パレ（1509–90年）は、アンリ2世からシャルル9世にいたるフランス王家の主治医であり、すぐれた外科医として近代外科医学の父ともいわれる。『怪物と驚異』は、中世以来の神話的・迷信的怪物観と17世紀以降すこしずつ進展する生物学的怪物観の両方の性格をあわせもっている。

◎ Patrick Tort, *L'Ordre et les monstres*, Le Sycomore, 1980.

フランスにおける生物学史研究の第一人者であるパトリック・トールによるこの『秩序と怪物』は、18世紀フランスの科学アカデミーを中心とした、胚自体に欠陥があったとする前形成説と妊娠途中の衝撃が原因であったとする機械因説とのあいだの奇形児発生の原因に関する論争を、詳細かつダイナミックにあとづけた著作である。

◎ミシェル・フーコー『異常者たち――コレージュ・ド・フランス講義1974–1975年度』ミシェル・フーコー講義集成、慎改康之訳、筑摩書房、2002年（Michel Foucault, *Les Anormaux*, Hautes Etudes, Gallimard Le Seuil, 1999）。

フランスの哲学者フーコーがコレージュ・ド・フランスで1974-75年度におこなった講義の記録。奇形の問題のみをあつかっているのではないが、逆に異常性の領域を構成する要素として、矯正すべき人間・自慰する子どもと並べて怪物的人間を論じることで、19世紀に怪物性の中心領域が身体から精神へと移行し、さらに犯罪から道徳へと移行する過程を明らかにしている。

◎種村季弘『怪物の世界』種村季弘のネオ・ラビリントス1、河出書房新社、1998年。

種村季弘が怪物に関して書いた著作をまとめたもの。1974年に単行本として出版された『怪物の解剖学』では、古今東西さまざまな例をひきながら怪物的身体を人間の想像力の問題としてあつかっている。たんなる博覧強記に終わることなく、怪物はあくまでも〈人間が作り出したもの〉であり、その意味で人間の秘密を明かしているものだという思想が著作をつらぬいている。

3部構成のうちの第1部のみ。残りの2部については訳者による要旨が付されている。

◎セルジュ・ドゥブロフスキー『マドレーヌはどこにある——プルーストの書法と幻想』、綾部正伯訳、東海大学出版会、1993年（Serge Doubrovsky, *La Place de la Madeleine: écriture et fantasme chez Proust*, Mercure de France, 1974）。

マドレーヌの挿話には、母親への冒涜と、その罪を贖う二重の意図を読みとることができる。作家にとってのマドレーヌは、小説執筆当時、すでになき母親の喪失感、その空隙＝空腹を満たす象徴的な食べものであった。その「マドレーヌの位置」を問うことは、エクリチュールの芽生える特権的な「場」について問うことにほかならない。精神分析的な用語を用いながらも、同種の批評的実践と文学の領域とのかかわりを問い直す試みでもある。

◎ジル・ドゥルーズ『プルーストとシーニュ——文学機械としての「失われた時を求めて」』〔増補版〕、宇波彰訳、法政大学出版局叢書ウニベルシタス、1977年（Gilles Deleuze, *Proust et les signes*, édition augmentée, PUF, « Quadrige » 1996）。

『失われた時を求めて』は記憶のよみがえりの物語ではなく、人物、事物、事柄のシーニュを解読する一種の「機械」であるとする画期的なプルースト論。著者によれば、「蜘蛛」にもたとえられる「器官なき身体」としての語り手が創造するのは、大聖堂でもローブでもない。それは、シーニュをとらえるためにはりめぐらされ、身体と一体になった「蜘蛛の巣」なのである。

◎ミシェル・シュネデール『プルースト　母親殺し』、吉田城訳、白水社、2001年（Michel Schneider, *Maman*, Gallimard, 1999）。

プルーストと、その最愛の存在である母親（ママン）との関係を軸として、作家の心性と小説の世界を並行的に読み解いていくスリリングな冒険的エッセー。初期作品から『失われた時を求めて』、さらには書簡にいたる一次資料を頻繁に参照しながら、いかにしてプルーストが「母親の愛を断ちきり、作家になる」という究極の選択をおこなったかをときあかしてゆく。

◎ Christian Péchenard, *Proust et son père*, Quai Voltaire, 1993.

母親との関係と比してあまり語られることのなかった、プルーストとその父親との関係を詳細に論じた著作。栄光につつまれた著名な医師、衛生学者であったアドリアン・プルーストと、文学創造をめざした息子とのあいだの精神的系譜をたんねんにさぐる。

12章　逸脱、排除、自由——怪物的身体をめぐる考察

◎レスリー・フィードラー『フリークス——秘められた自己の神話とイメージ』、青

2002年。

アール・ヌーヴォーからアール・デコへとうつりゆく時代の芸術と文化を吸収し、表現したひとりの人間としてのプルースト像を、小説の筋書きを逐次追いながら提示しようとするこころみ。サロン、装飾芸術、家具、服飾といった、とりわけベル・エポック的な要素に着目しながら、作品にえがかれた「もの」を解説し、一般読者に開かれた平易な言葉でうかびあがらせていく。

◎吉川一義『プルースト「スワンの恋」を読む』、白水社、2004年。

長編小説『失われた時を求めて』のなかから、オデットに対するスワンの恋(嫉妬)の物語である「スワンの恋」(『スワン家の方へ』第2部)に焦点をしぼり、主要なテクストの抜粋(日仏対訳)を、ていねいな解説とともに精読した著作。独立した物語としても読めるこの挿話を小説全体の雛形と位置づけ、そこに織り込まれた主題にせまる。フランス語抜粋テクストの朗読CDつき。

◎ Shinichi Saiki, *Paris dans le roman de Proust,* SEDES, 1996.

バルザック、ゾラの写実主義小説では絶対的トポスを提供している都市パリが、プルーストの『失われた時を求めて』ではどのような役割を与えられているか。シャンゼリゼやブーローニュの森など、小説の舞台を、歴史、当時のモード、人々のメンタリティを視野に入れつつ読み解く。

11章　フィアスコ——プルーストと性的失敗

◎『プルースト全集』書簡I - III(第16 - 18巻)、岩崎力ほか編訳、筑摩書房、1989 - 97年。

アメリカ人研究者フィリップ・コルブによって編纂された記念碑的な書簡集全21巻のなかから、主要な書簡1031点を厳選・訳出している。作家プルーストの実像に迫るための貴重な資料であることに加え、作家の生きた時代について知るための重要な手がかりともなる。書簡の邦訳としては、母親とのあいだに交わされた手紙を収録した『プルースト・母との書簡—— 1887–1905』、フィリップ・コルブ編、権寧訳、紀伊国屋書店、1999年〔復刻版〕も参考にされたい。

◎フィリップ・ルジュンヌ「エクリチュールと性」、川中子弘訳、『ユリイカ』総特集プルースト、青土社、1987年、206 - 19頁(Philippe Lejeune, « Écriture et Sexualité », *Europe*, février-mars 1971, 49e année, nº 502–503, pp. 113–43)。

プルーストに関する先駆的な精神分析学的論考。無意識的記憶をよびおこすマドレーヌの挿話に隠されたオルガスムの影を読み解く。『サント゠ブーヴに抗して』におさめられたビスコットの挿話以降の改稿過程をたどりつつ、テクストが内包する性的な幻想や、その重層的な構造を分析。訳出されているのは

に関心をもったが、こうした情動の切断から生じる抑圧されたものがエクリチュールに反映されていくさまざまな様態を、本書は緻密に読み解いていく。

◎清水徹『ヴァレリーの肖像』、筑摩書房、2004年。

ポール・ヴァレリーのナルシス関連作品を軸にして初期から晩年までの詩人の軌跡を追った研究。長大な『若きパルク論』を含むとともに、批評家としての側面への目くばりもなされている。身体論とのかかわりでは、ヴァレリーの実際の恋愛体験をふまえつつ、エロスとエクリチュールの交錯するありようを綿密にあとづけている点が興味ぶかい。

10章　ブーローニュの森のスワン夫人——プルースト的身体のねじれと二重性

◎『プルースト全集』別巻・研究/年譜、岩崎力ほか編訳、筑摩書房、1999年。

プルーストの受容、研究の流れを視野にいれ、多様かつ膨大なプルースト研究のなかから、回想、同時代の批評、テーマ批評、文体、精神分析、生成論、芸術論など、各分野の主要研究を日本のプルースト研究者諸氏が厳選、翻訳。詳細な年譜、解説も付されている。

◎フィリップ・ミシェル゠チリエ『事典プルースト博物館』、保苅瑞穂監修、湯沢英彦・中野知律・横山裕人訳、筑摩書房、2002年(Philippe Michel-Thiriet, « Quid de Marcel Proust », t. I, pp. 1–313 dans Marcel Proust, *À la recherche du temps perdu,* Robert Laffont, 3 vol., 1987)。

世紀転換期を生きた作家の生と、彼が生み出した作品の世界とを、わかりやすく多角的に解説したプルースト百科。原書にはなかった図版が多数収録されていることに加え、原書出版以降の新たな研究成果も随所にもりこまれている。また、おりにふれて必要な箇所を参照する「事典」であるだけでなく、読みごたえのある豊かな書物ともなっている。

◎工藤庸子『プルーストからコレットへ——いかにして風俗小説を読むか』、中公新書、1991年。

19世紀末から1920年代にかけてパリの文壇に生きたふたりの作家——プルーストとコレット——が残した主要な作品を、「風俗を反映しつつそれ自体が風俗的存在でもある文学」という観点から読解し、時代の文脈のなかに位置づけた好著。時代を超えた普遍的なテーマをめぐる考察とけして矛盾することのないこの読解は、小説だけがうつしだすことのできる「風俗」(時代の精神風土のありよう)にせまり、そのなかで生きた世代の類似性を明らかにする試みでもある。

◎海野弘『プルーストの部屋——「失われた時を求めて」を読む』上・下、中公文庫、

et tendances de la littérature à thème sportif en France, 1870–1970, Centre interdisciplinaire d'études et de recherches sur l'expression contemporaine, Université de Saint-Etienne, 1985)。

19世紀後半から徐々に高まった体育やスポーツ振興を背景に、20世紀前半に開花した「スポーツ文学」を幅ひろく概観した研究。スポーツ文学の表現技法上の特徴や、戦争やファシズムとの関連についての指摘も含まれている。

◎谷昌親『詩人とボクサー——アルチュール・クラヴァン伝』、青土社、2002年。

オスカー・ワイルドの甥にして「詩人でボクサー」であったクラヴァンに関する評伝。パリでアンデパンダン展の画家たちをめった斬りにする小雑誌を発刊し、ニューヨーク・ダダとも交錯、1919年にメキシコで消息を絶ったランボーのように冒険的なクラヴァンは、20世紀文学において言語表現と身体行動が不可分であることを示す最良の事例のひとつである。

◎有田英也『政治的ロマン主義の運命——ドリュ・ラ・ロシェルとフランス・ファシズム』、名古屋大学出版会、2003年。

1880年代以降、軍事教練まがいに学校に導入された体育や射撃を基礎とする「身体文化」を背景として、ドリュ・ラ・ロシェルが、第一次世界大戦で経験した高揚と絶望からどのようにしてファシストになったかをたんねんに追った労作。戦争体験と身体感覚の関係、およびその社会的帰結を考えるのに大変参考になる。

◎グザヴィエル・ゴーチエ『シュルレアリスムと性』、三好郁朗訳、平凡社ライブラリー、2005年（Xavière Gauthier, *Surréalisme et sexualité,* Gallimard, 1971)。

フェミニズムの視点から、ブルトン、アラゴン、エリュアールらのシュルレアリスム的な「唯一の愛」をナルシシックな母子関係への退行ときびしく批判した書物。切りかたが単純ではあるものの、引用も豊富で、20世紀文学におけるセクシュアリティの問題を概観するのに役だつ。

◎宇野邦一『アルトー　思考と身体』、白水社、1997年。

狂気に身体をつらぬかれながら思考したアルトーの著作をめぐって、初期のテクストから、「残酷劇」や『ヘリオガバルス』をへて、晩年に精神病院で書かれたノートにいたるまでをたんねんに読み解いた書物。「器官なき身体」という概念が生まれる生成の場にたちあうことができる。

ヴァレリーと身体に関して

◎ Serge Bourjea, *Paul Valéry. Le sujet de l'écriture*, L'Harmattan, 1997.

ヴァレリーの『カイエ』と作品を、精神分析的観点から分析した研究書。ヴァレリーはモンペリエ時代に、スルバランの描く乳房を切断された聖アガタの絵

『コミュニケーションとしての身体』に続く本巻では、身体がさまざまな文化のなかで、どのように解釈され、表現されてきたかを考察している。

◎ピーター・ブルックス『肉体作品——近代の語りにおける欲望の対象』高田茂樹訳、新曜社、2003年。

ルソー、バルザック、フローベール、ゾラ、プルースト、デュラスなどのフランス近代の作家において、「肉体」がいかに語りの原動力となり、その中核になっているかについて、主として精神分析の手法を用いて論じた大著。ゴーギャンのタヒチ的肉体や、『フランケンシュタイン』による「怪物」の意味の探求などの論考も興味ぶかい。

◎ロラン・バルト『モードの体系——その言語表現による記号学的分析』佐藤信夫訳、みすず書房、1972年。

モードそのものではなく、「現代のモード雑誌にことばとして表現されているモードの記号体系」の分析を目的とした記号学的研究。ファッションは、衣服を差異化し、細部に意味作用をもたせ、衣服のある側面と生活行動をむすびつけることによって、意味を創造する体系であるとして、その体系の記述をこころみている。

◎ Rose Fortassier, *Les écrivains français et la mode,* PUF, 1988.

バルザックを皮切りに、バルベー＝ドールヴィイ、ゴンクール兄弟、マラルメ、さらにはプルースト、コレット、コクトーといったフランスの作家たちとモードの関係をあつかい、とりわけ華やかなモードの世界が、たんなる衣装の描写をこえて、作家のエクリチュールそのものをかたちづくっていくさまに焦点をあてている。

9章　裂開と神秘——『若きパルク』の構造とその身体論

20世紀フランス文学における身体の問題に関して

◎ *Histoire du corps,* éd. Alain Corbin, Jean-Jacques Courtine, Georges Vigarello, t. III, *Les mutations du regard. Le XXe siècle,* Seuil, 2006.

20世紀に生じた身体をめぐる変動をさまざまな視角から描きだす大冊。医学的知と有機的身体、性愛と規範、スポーツと訓練およびスペクタクル、奇形と障害、戦争と虐殺、映画・ダンス・視覚芸術における身体……。本書は、現代における身体の問題がいかに多様であるかを理解させてくれる。

◎ピエール・シャールトン『フランス文学とスポーツ——1870–1970』、三好郁朗訳、法政大学出版会りぶらりあ選書、1989年（Pierre Charreton, *Les fêtes du corps. Histoire*

も多い。

◎樋口覚『雑音考——思想としての転居』、人文書院、2001年。

近代が生みだす病弊としての雑音や騒音、都市の路地裏に流れる三味線の音などをとりあげ、音に苦しんだ、あるいは音を愛でた文学者たちを論じる。対象はおもに近代日本文学だが、より一般的に文学における音の風景を考察するに際して示唆に富む。

◎ Jean-Pierre Gutton, *Bruits et sons dans notre histoire,* PUF, 2000.

中世から20世紀までの、フランスの音の風景を再構成しようとした通史。騒々しい中世、音とその使用を規制することによって人々をより強く支配しようとした王政時代、産業革命によってあらたな音の風景を現出させた近代への推移をたどる。

8章　空虚と襞——ゾラ『獲物の分け前』におけるモード・身体・テクスト

◎小倉孝誠『身体の文化史——病・官能・感覚』中央公論新社、2006年。

フローベールやゾラをはじめとする近代フランスの小説、医学書や衛生学の書物、礼儀作法書などを素材として、近代の身体表象をめぐるさまざまな問題系について考察したもの。「女性の身体とジェンダー」、「身体感覚と文化」、「病はどのように語られてきたか」の3部からなる。19世紀のフランス文学と身体についての基本的な論考群。

◎高山宏『テクスト世紀末』、ポーラ文化研究所、1992年。

19世紀末を「テクストの時代」として、細密に織りなされた言語テクストや絵画テクストを、そこに描きだされるファッションやインテリアと同質のものとして論じたエッセー集。絢爛たる表層としてのテクストに、19世紀末の抑圧と隠蔽の構造をみようとする示唆にとんだ書物。

◎鷲田清一『モードの迷宮』中央公論社、1989年（ちくま学芸文庫、1996年）。

ファッションを、隠蔽しながら強調する、誘惑しながら拒絶する、保護しながら破損するといったたがいに背反する運動としてとらえ、それを通じて〈わたし〉の存在に踏み込んでいこうとする、衣服と身体についての哲学的論考。同著者に『最後のモード』、人文書院、1993年、『ちぐはぐな身体——ファッションて何？』、ちくまプリマーブックス、1995年（ちくま文庫、2005年）などもある。

◎鷲田清一・野村雅一編『表象としての身体』叢書 身体と文化3、大修館書店、2005年。

「文化の媒体」としての身体について、哲学、文化人類学、社会学などの領域からのアプローチの成果をしめす論文集。第1巻『技術としての身体』、第2巻

◎モーリス・ブランショ『ロートレアモンとサド』、小浜俊郎訳、国文社、1970年。

思考の深さと密度の高さで知られる批評家が、ロートレアモンのテクストに密着しながらその内部構造や主題系の本質をみごとに分析した一冊。ただし邦訳は初歩的な間違いが多く、新訳の刊行が望まれる。原著は1949年刊。

◎マルスラン・プレネ『彼自身によるロートレアモン』、豊崎光一訳、白水社、1979年。

雑誌「テル・ケル」グループの一員であった著者が、「作者」概念を解体した構造主義批評の成果を踏まえつつ、「エクリチュールの科学」という新たな視点から作品を読み直した斬新なロートレアモン論。原著は1967年刊。

◎阿部良雄『ひとでなしの詩学』、小沢書店、1982年。

ボードレール研究の大家である著者が、「類似／非似」の概念を出発点として、『マルドロールの歌』における自己同一性と差異、主体と客体の問題を精緻な論理で考察した、日本人による数少ない本格的論考。

◎出口裕弘『帝政パリと詩人たち――ボードレール・ロートレアモン・ランボー』、河出書房新社、1999年。

オスマン改造によって変貌した第二帝政末期のパリにロートレアモン（というより、イジドール・デュカス）が残した軌跡をたどりながら、特に「第六歌」を中心に都市空間と文学作品の照応関係を解きほぐしてみせた名著。

7章　文学と音の風景

◎アラン・コルバン『音の風景』、小倉孝誠訳、藤原書店、1997年。

19世紀フランスの空に鳴り響いていた教会の鐘をめぐる考察。鐘の音は共同体のアイデンティティを保証し、宗教的なメッセージを告げ、さまざまな通知を媒介し、人々の労働と生活を規定していたことが、豊富な事例にもとづいて示される。

◎R・マリー・シェーファー『世界の調律――サウンドスケープとはなにか』、鳥越けい子ほか訳、平凡社テオリア叢書、1986年。

「サウンドスケープ（音の風景）」という概念を提唱した記念碑的な書物。世界を音に満たされたひとつの巨大な空間とみなし、あらゆる聴覚記号を共同体の営みとの関連でとらえようとした試みである。原書は1977年の刊行。

◎中川真『平安京　音の宇宙』、平凡社、1992年。

平安時代から昭和まで、京都の町に響いていたさまざまな音（鐘、住民の喧騒、川のせせらぎ）を歴史的にたどることによって、京の音のコスモロジーを再現しようとする。『源氏物語』、『枕草子』、川端康成の小説など文学への言及

◎ Christine Detrez, *La construction sociale du corps, Seuil,* « Points-Essais », 2002.

社会学および思想史的な観点からおこなわれた身体に関する研究。冒頭におかれた歴史的概観の中で、プラトンの肉体＝監獄説から18世紀のラ・メトリーの人間機械説までが簡潔に解説されている。

心身合一

◎中川久定『自伝の文学――ルソーとスタンダール』岩波新書、1979年。

ルソーとスタンダールの自伝に関するすぐれた概説書であるが、そのなかで、ルソーにおける「永遠の現在」の体験が、フランス語の記述の美しさまで含めて、明晰に分析されている。

◎ Max Milner, *L'imaginaire des drogues. De Thomas De Quincey à Henri Michaud,* Gallimard, « Connaissance de l'Inconscient », 2000.

薬物による幻覚体験の文学的な表現を総合的に研究した本書は、トマス・ド・クインシーとミュッセやバルザックとの関係、ゴーティエのハシッシュ体験、ボードレールの『人工楽園』など、ロマン主義時代の記述に多くのページをさいている。

ネルヴァル

◎ Jacques Bony, *L'esthétique de Nerval,* Eurédit, 2004.

本書は、ネルヴァルを作家として再評価するという、1980年代後半からおこなわれている研究の成果である。巻末にはアンソロジーも付され、現時点でもっともすぐれたネルヴァル入門書となっている。

◎ *Quinze études sur Nerval et le Romantisme,* recueillies par Hisashi Mizuno et Jérôme Thélot en hommage à Jacques Bony, Kimé, 2005.

ネルヴァルとロマン主義に関する論文集。ネルヴァルに関する多様な視点からの研究がおさめられると同時に、ミュッセ、モーリス・ド・ゲラン、ボードレールとの隣接性を明らかにする論考もあり、ネルヴァルを中心としたロマン主義時代の知のありかたを理解することができる。

6章　唇・皺・傷――マルドロールの〈身体なき器官〉

◎ガストン・バシュラール『ロートレアモンの世界』、平井昭敏訳、思潮社、1970年。

『マルドロールの歌』全篇に横溢する動物的生命力と攻撃的エネルギーの本質を、種々の「コンプレクス」という観点から解明することを試みた、精神分析的テーマ批評のすぐれた成果。原著は1937年刊。

られたか、という問題をテーマとする壮大な研究。発見や学説のレベルではなく、表象のレベルにこの時代の独自性を見ようとしている。図版が豊富。

◎ Anne C. Vila, *Enlightenment and Pathology. Sensibility in Literature and Medicine of Eighteenth-Century France*, Johns Hopkins University Press, 1998.

この時代における感受性という概念の多面性を検討し、それが文化（特に医学と文学）においてしめていた中心的な位置、そしてその相互の関連性を論じている。

◎中川久定『ディドロ』人類の知的遺産 41、講談社、1985 年。

ディドロに関する、おそらく日本で唯一の概説書。生涯や思想の紹介のほか、作品の抄訳、文献解題などがついており、ディドロの全体像をとらえるのに好適。

5 章　ネルヴァル的「新生」――『オーレリア』における魂と肉体

ロマン主義

◎ Max Milner, Claude Pichois, *Littérature française, t.7, De Chateaubriand à Baudelaire*, Arthaud, 1985.

この文学史では、ロマン主義時代の歴史的、社会的、思想的背景が概説的に記述され、そのうえでシャトーブリアンからボードレールにいたる個別の作家についての解説がつけくわえられている。

◎ Michel Brix, *Le Romantisme français. Esthétique platonicienne et modernité littéraire*, Louvain-Namur, Peeters, 1999.

プラトニスムを軸にフランス・ロマン主義を分析。当時支配的であったヴィクトール・クーザンのプラトニスム的色彩の濃い文学理論から、反プラトン主義的な文学理論へと変遷し、モデルニテの概念につながっていくことを、作品に即して論じている。

身　体

◎ *Histoire du corps, t.2. De la Révolution à la Grande Guerre*, volume dirigé par Alain Corbin, Seuil, 2005.

身体の表象に関するもっとも総合的な研究のひとつ。視覚的にとらえられた肉体、快楽と苦痛という生理学的側面からとらえられた肉体、衛生や体育といった近代科学によってはたらきかけられる肉体という 3 つの観点から、19 世紀的な身体の表象表現が研究されている。

ンスにいかなる影響を与えフランス独自のオペラを生み出したかをていねいにあとづけている。

◎ロジェ・ギシュメール、廣田昌義、秋山伸子編『モリエール全集』全10巻、臨川書店、2000-03年。

フランス、イタリア、イギリス、日本の研究者による書きおろし論文を各巻に収め、モリエールの作品を多面的に味わうことができるよう配慮されている。とくに第6巻には『夜のバレエ』の台本が巻末資料として収録されているほか、クリストゥーによる論考「モリエールと宮廷バレエ」、アラン・クプリによる論考「モリエールと宮廷」がおさめられている。

4章　語る主体としての身体——ディドロにおける身体と自己

◎Jacques Chouillet, *Diderot, poète de l'énergie*, PUF, 1984.

著者は20世紀後半のフランスにおけるディドロ研究を代表する学者のひとりで、主著はディドロの美学思想に関する博士論文。本書はディドロの人間論に関する古典的研究であるが、思想だけでなくその表象（特にさまざまな隠喩）にも重点が置かれている。

◎ François Duchesneau, *La Physiologie des Lumières. Empirisme, modèles et théories*, La Haye, Boston, Nijhoff, 1982.

18世紀ヨーロッパにおける生命に関する学説史。シュタールに始まり、ライプニッツ、ブールハーフェ、ハラー、ビュフォンを経てビシャまで論じられている。

◎ Georges Gusdorf, *Les Sciences humaines et la pensée occidentale. V. Dieu, la nature et l'homme au siècle des Lumières*, Payot, 1972（Deuxième partie, « Les sciences de la vie »).

著者による西洋の人文科学の歴史の第5巻で、後半が生物学・博物学・人類学にあてられており、その中に医学に関する章も設けられている。そこでは学説だけでなく、医療の社会的実践などにもふれられている。

◎ Jacques Roger, *Les Sciences de la vie dans la pensée française au XVIIIe siècle. La génération des animaux de Descartes à l'Encyclopédie*, Armand Colin, 1963（Nouvelle éd. Albin Michel, 1993).

副題にあるとおり、生殖と発生に関する学説史。医学や動物学の領域だけでなくディドロや『百科全書』など思想の領域にもふれられている。

◎ Barbara Maria Stafford, *Body Criticism. Imaging the Unseen in Enlightenment Art and Medicine, MIT*, 1991.

18世紀において、人間に関する知と不可視の領域の視覚化がいかにこころみ

3章　宮廷祝祭における王の姿

◎フィリップ・ボーサン『ヴェルサイユの詩学――バロックとは何か』、藤井康生訳、平凡社、1986年（Philippe Beaussant, *Versailles, Opéra*, Gallimard, 1981）。

映画『王は踊る』（2000年）に着想を与えた著作『太陽王の音楽家リュリ』（*Lully ou le musicien du Soleil*, Gallimard, 1992）の作者であり、同名の音楽CDシリーズにもかかわっている筆者が宮廷バレエやヴェルサイユの祝祭、フランスオペラの誕生を中心にあつかった詩的興趣に富む随筆。訳者による詳細な註と解説「バロックの系譜」は原作の魅力をさらに高めている。

◎ジャン＝マリー・アポストリデス『機械としての王』、水林章訳、みすず書房、1996年（Jean-Marie Apostolidès, *Le Roi-machine. Spectacle et politique au temps de Louis XIV*, les éditions de Minuit, 1981）。

ルイ14世がヴェルサイユ庭園にてもよおした3つの重要な祝祭に代表される一連のスペクタクルが、王の私的な身体を中心に展開されながら、いかにして王の象徴的身体のイメージを構築し、観客である貴族たちをとりこんでいったかを社会学的な視点からあざやかに分析している。

◎クレール・コンスタン『ヴェルサイユ宮殿の歴史』、遠藤ゆかり訳、創元社、2004年（Claire Constans, *Versailles. Château de la France et orgueil des rois*, Gallimard, « découvertes », 1989）。

カラー図版をふんだんに用いて、ルイ13世が狩りの途中でひとやすみするためにつくらせた館がいかなる発展をとげたかを解説している。ヴェルサイユについて書かれた文章（セヴィニェ夫人の書簡、ラ・フォンテーヌやプルーストの小説の一節、ルイ14世の手になる「庭園の見せ方」）も収録されている。

◎マリ＝フランソワーズ・クリストゥ『バレエの歴史』、佐藤俊子訳、白水社文庫クセジュ、1970年（Marie-Françoise Christout, *Histoire du ballet*, PUF, « Que sais-je ? », 1966）。

宮廷バレエ研究の第一人者による概説書。宮廷バレエから現代のバレエへの発展の歴史を概観している。同著者によって編集された宮廷バレエの図版集（*Le Ballet de cour au XVIIe siècle*, Genève, Minkoff, 1987）は、神話的要素、牧歌的要素、滑稽な要素、異国趣味などがもりこまれた宮廷バレエの幻想的な世界（登場人物の衣装図や舞台装飾）の一端をみせてくれる。

◎今谷和徳『バロックの社会と音楽』上・イタリア・フランス編、音楽之友社、1986年。

音楽史の観点から宮廷バレエや宮廷祝祭について詳述している。イタリアにおけるオペラの誕生から書き起こし、イタリアからもたらされたオペラがフラ

2章　フランス絶対王政と古典悲劇──「王の身体」をめぐって

◎ Ralph E. Giesey, *The Royal Funeral Ceremony in Renaissance France*, Genève, Droz, 1960（*Le Roi ne meurt jamais. Les obsèques royales dans la France de la Renaissance*, tr. de l'anglais par Dominique Ebnöther, Flammarion, 1987）.

フランス・ルネサンス期における「王の二つの身体」理論の儀礼的発展──王の死から埋葬までの「空位期間」に王権の連続性を保証していた王の「似姿」がブルボン世襲王朝の登場とともに消滅していく過程──を豊富な資料により跡づけた歴史研究。

◎ルイ・マラン『王の肖像──権力と表象の歴史的哲学的考察』渡辺香根夫訳、法政大学出版局叢書ウニベルシタス、2002年（Louis Marin, *Le Portrait du Roi*, Minuit, 1981)。

権力と表象の逆説的関係──権力はみずからの表象によって実効的支配を行うが、権力の絶対性はその表象の中にしか見出せない──についてルイ14世の時代の言説や図像を表象と記号の理論の観点から批判的に分析した試みである。

◎ジャン＝マリー・アポストリデス『犠牲に供された君主──ルイ14世治下の演劇と政治』矢橋透訳、平凡社テオリア叢書、1997年（Jean-Marie Apostolidès, *Le Prince sacrifié. Théâtre et politique au temps de Louis XIV*, Minuit, 1985）。

古典主義演劇はその儀式性によってアルカイックな王権像（祭司＝王）を近代的君主の表象に転換させ、結果的にエリート層の観客と絶対主義国家との仲介役をはたした──このテーゼを三大劇作家の作品を例に論じた演劇社会学研究の成果。

◎ピーター・バーク『ルイ14世──作られる太陽王』石井三記訳、名古屋大学出版会、2004年（Peter Burke, *The Fabrication of Louis XIV*, New Haven, Yale University Press, 1994)。

ルイ14世治下、言論のみならず絵画・彫刻・コイン・詩・演劇・バレエ・オペラをも媒体とした王権のイメージ戦略がどのように機能したのか、またそのイメージが国内外でいかに受容されたのかを分析した視野の広い歴史研究。

◎ Ronald W. Tobin（éd.), *Le Corps au XVIIe siècle.* Actes du colloque, Univ. of California, Santa Barbara, 1994, PFSCL（Biblio 17; 89), 1995.

『17世紀における身体』と題されたフランスと北アメリカのフランス文学研究者による国際シンポジウム報告集。科学や哲学、修辞学や神学、美術や演劇、セクシュアリティ、比喩的身体などのテーマについての30をこえる発表が収録されている。

「現代日本語の散文の表現能力をほとんど極限まで拡大して、〔……〕知的ヒューモアの一つの型」を創造した（加藤周一）とまで称賛される、わが国の翻訳文学の金字塔。とはいえ、漢文学の素養などを背景にしたこの明治生まれのユマニストの訳文は、21世紀の読者にとっては難解なものとなっている。

◎ラブレー『ガルガンチュア』宮下志朗訳、ちくま文庫、2005年。『パンタグリュエル』宮下志朗訳、ちくま文庫、2006年（以下、続刊）。

現代の読者を念頭においた新訳。渡辺一夫訳とはことなり、『ガルガンチュア』『パンタグリュエル』『第三の書』『第四の書』からなる。『第五の書』は偽作なので、『パニュルジュ航海記』等の周辺の作品群とともに、別巻あつかいする予定である。渡辺訳と比較しながら読んでいただきたい。

◎『ティル・オイレンシュピーゲルの愉快ないたずら』阿部謹也訳、岩波文庫、1990年。

リヒャルト・シュトラウスの交響詩でも有名な、トリックスターのお話で、ドイツの民衆本の代表とされる。スカトロジックないたずらの背後に、差別される周縁の人々のルサンチマンが秘められていることも銘記しておきたい。ドイツ語ヴァージョンと、フラマン語（オランダ語）ヴァージョンでは、全体の構成も微妙にことなっている。後者の系統をひくフランス語版は、『パンタグリュエル』と同じころに出版されている。なお訳者は、著名な中世史の泰斗。

◎M・スクリーチ『モンテーニュとメランコリー——「エセー」の英知』荒木昭太郎訳、みすず書房、1996年。

著者はオックスフォード大学教授をつとめた、フランス・ルネサンス文学の第一人者。占領軍の一員として、日本人捕虜の口から渡辺一夫の存在を知り、ラブレー研究をめざしたともいう。本書の主題は、タイトルが如実に示している。スクリーチは、モンテーニュ『エセー』の英訳もしているし、優れたラブレー論（白水社近刊）もある。

◎M・バフチーン『フランソワ・ラブレーの作品と中世・ルネッサンスの民衆文化』川端香男里訳、せりか書房、1988年。

ラブレーのテクストを祝祭理論で読み解いた有名な著作。カーニヴァルにおいては、公式・階層的な秩序は無化されて、非日常の時空間が広がり、民衆の笑いが横溢する。この笑いによって、すべては肯定も否定もないまぜとなる。こうした「両面価値性」こそが、ラブレーの物語の本質であるとする。著者は流刑にあうなど、ソヴィエト連邦では学者としては不遇な一生を余儀なくされた。最晩年になって、西ヨーロッパで「発見」されて、一躍著名な存在となった。

参考文献解題

序章　フランス文学と身体――「食」の主題系をめぐって

◎石井洋二郎『身体小説論――漱石・谷崎・太宰』、藤原書店、1998年。

夏目漱石の『三四郎』、谷崎潤一郎の『痴人の愛』、太宰治の『斜陽』の3作品を対象として、登場人物の「身体」をめぐるさまざまな主題系に注目しつつ、従来の読みとは異なる視点からのテクスト分析を試みた日本文学論。

◎工藤庸子『フランス恋愛小説論』、岩波文庫、1998年。

ラ・ファイエット夫人の『クレーヴの奥方』、ラクロの『危険な関係』など五編の代表的なフランス恋愛小説をとりあげ、それぞれの時代背景に周到な目配りをしながら多様なテーマに沿って古典の新鮮な読み直しを実践した好著。

◎ミハイール・バフチーン『フランソワ・ラブレーの作品と中世・ルネッサンスの民衆文化』、川端香男里訳、せりか書房、1980年。

ロシア・フォルマリズムを代表する批評家が、グロテスク、笑い、遊び、祝祭、饗宴、肉体、民衆等々の概念を駆使しながら、猥雑なエネルギーの炸裂するラブレーの文学世界を総合的に解明した画期的な大著。

◎ノルベルト・エリアス『文明化の過程』上・下（上＝赤井慧爾・中村元保・吉田正勝訳、1977年；下＝波田節夫・羽田洋・溝辺敬一・藤平浩之訳、同前、1978年）法政大学出版局叢書ウニベルシタス。

ドイツやフランスの上流社会において、食事や礼儀作法、寝室での習慣等、さまざまな習俗が歴史の展開とともにどのように「文明化」されていったかを綿密に跡付け、その文化史的・精神史的な意義を追究した研究書。

◎ピエール・ブルデュー『ディスタンクシオン』Ⅰ・Ⅱ、石井洋二郎訳、藤原書店、1990年。

現代フランスを代表する社会学者が、「ハビトゥス」「文化資本」「社会空間」など独自の概念装置を用いながら、さまざまな階層が「趣味判断」という観点からどのように差別化され構造化されているのかを分析した主著。

1章　巨人の文化的・政治的身体性をめぐって

◎ラブレー《ガルガンチュワとパンタグリュエル》全5巻、渡辺一夫訳、岩波文庫（品切中）。

340
ラクロ Pierre-Ambroise-François Choderlos de Laclos 36
『危険な関係』*Les Liaisons dangereuses* 36
ラシーヌ Jean Racine 31, 32, 57, 63–65, 67–69, 71
『アンドロマック』*Andromaque* 32
『ベレニス』*Bérénice* 32, 65, 91
『ラ・テバイードあるいは敵同士の兄弟』*La Thébaïde ou les Frères ennemis* 63
ラ・ファイエット夫人 Madame de La Fayette (Marie-Madeleine Pioche de la Vergne) 1, 7, 31, 33, 328
『クレーヴの奥方』*La Princesse de Clèves* 2, 7, 33
ラ・ブリュイエール Jean de La Bruyère 31
ラブレー François Rabelais 4, 6–9, 25, 26, 28, 40–42, 47–49, 53, 282
『ガルガンチュア』*Gargantua* 4, 7, 40, 41, 49–51, 53
『パンタグリュエル』*Pantagruel* 25, 26, 28, 40, 47, 48, 51, 282
ラマルチーヌ Alphonse de Lamartine 127, 130, 196
『瞑想詩集』*Les Méditations poétiques* 127
「湖」*Le Lac* 130
ラ・メトリー Julien Offroy de La Mettrie 37, 129, 348
『人間機械論』*L'Homme-machine* 129, 348
ラモー Jean-Philippe Rameau 103
ラ・ロシュフーコー François, duc de La Rochefoucauld 31
リシュリュー Richelieu (Louis François Armand de Vignerot du Plessis, duc de) 56, 77, 335
リスト Franz Listz 131
リチャードソン Samuel Richardson 103
『クラリッサ』*Clarissa or, the History of a Young Lady* 103
『グランディソン』*Sir Charles Grandisson* 103
『パミラ』*Pamela or, Virtue Rewarded* 103
リボー Théodule Ribot 237
リュカ Prosper Lucas 141
リュリ Lully 76, 98
『病気のキューピッドのバレエ』*Le Ballet de l'Amour malade* 76
ルー(ルイーズ・ド・コリニー-シャティヨン) Lou (Louise de Coligny-Châtillon) 226
ルイス Pierre Louÿs 351
ルイ十一世 Louis XI 75
ルイ十三世 Louis XIII 57, 60, 75, 77, 335
ルイ十四世 Louis XIV 32, 33, 57, 60–65, 67–70, 74, 76, 78, 82, 86, 88, 89, 91, 92, 94, 95, 97
『回想録』*Mémoires* 65, 68, 70, 74, 75, 88, 89
ルイ十六世 Louis XVI 321, 349
ルヴァイヤン Jean Levaillant 236, 239
ルヴェ Maurice Lever 349
ルーセ Jean Rousset 93
ルソー Jean-Jacques Rousseau 35, 37–39, 119, 129, 130, 133, 147–149, 158, 284, 291–295
『孤独な散歩者の夢想』*Réveries du promeneur solitaire* 129
『告白』*Les Confessions* 39, 292
『新エロイーズ』*Julie ou la Nouvelle Héloïse* 37, 39
ル・ブラン Charles Le Brun 32, 340
ルーベンス Paul Rubens 266
レイトン Sir Frederic Leighton 208
レオナルド・ダ・ヴィンチ Léonard de Vinci 25
レスピナス Julie de Lespinasse 107, 108, 112, 113, 116, 118, 316, 317
レチフ・ド・ラ・ブルトンヌ Nicolas-Edme Restif de la Bretonne 350
『ポルノグラフ』*Le Pornographe* 350
レムリ Lémery 310, 312
レンブラント Rembrandt Harmenszoon van Rijn 128
「テュルプ博士の解剖学講義」*La leçon d'anatomie du Dr. Nicolaes Tulp* 128
ロック John Locke 37, 316
『人間悟性論』*Essay Concerning Human Understanding* 37
ローデンバック Georges Rodenbach 198
『カリヨン奏者』*Le Carillonneur* 198
ロートレアモン(イジドール・デュカス) comte de Lautréamont (Isidore Ducasse) 165, 166, 177, 226
『マルドロールの歌』*Les Chants de Maldoror* 140, 165, 166, 174, 176, 177, 178
ロトルー Jean de Rotrou 57
渡辺節夫 88

[マ行]

マザラン Jules Mazarin (Cardinal Mazarin) 62, 65, 76–78, 92
マラルメ Stéphane Mallarmé 234
マラン Louis Marin 61
マリー・アントワネット Marie-Antoinette 321, 348, 349
マリー＝テレーズ Marie-Thérèse 91
マリー・ド・メディシス Marie de Médicis 60, 266, 270
マリー・マンシーニ Marie Mancini 65
マルクス Karl Marx 182
『経済学・哲学草稿』*Ökonomisch-philosophische Manuskripte* 182
マルグリット・ド・ナヴァール Marguerite de Navarre 328
『エプタメロン』*L'Héptaméron* 329
マルコ・ポーロ Marco Polo 304
マンデヴィル Bernard Mandeville 35
『蜂の寓話』*The Fable of the Bees* 35
ミシュレ Jules Michelet 128, 139
『民衆』*Le Peuple* 139
水林章 93
ミットラン Henri Mitterand 135
ミュッセ Alfred de Musset 130, 364
『イギリス人阿片吸引者』*L'Anglais mangeur d'opium* 130
ミュルジェール Henri Murger 141
『ボヘミアンの生活情景』*Scènes de la vie de bohème* 141
ミラボー Honoré Riquetti de Mirabeau 364
『開けられたカーテン』*Le Rideau levé* 364
ミルボー Octave Mirbeau 135, 142
『責め苦の庭』*Le Jardin des supplices* 142
『娘たちの学校』*L'Ecole des Filles* 346–348, 351–355, 358, 360
メアリー・スチュアート Mary Stuart 266–269, 274
メネストリエ Claude-François Menestrier 80
『演劇の規則から見た古代のバレエと現代のバレエ』*Des Ballets anciens et modernes selon les règles du théâtre* 80
メリメ Prosper Mérimée 334
『一五七二年 シャルル九世年代記』*Chronique du règne de Charles IX* 334
メルシエ Louis Sébastien Mercier 328, 340
『パリ情景』*Tableau de Paris* 328, 340
メルロ＝ポンティ Maurice Merleau-Ponty 230
『知覚の現象学』*Phénoménologie de la perception* 230
メンデルスゾーン Felix Mendelssohn 268, 269
モネ Claude Monet 192
モーパッサン Guy de Maupassant 14, 15, 135, 137, 140, 141, 191, 260
『ベラミ』*Bel-Ami* 14, 15, 19
『死の如く強し』*Fort comme la mort* 260
モリエール Molière (Jean-Baptiste Poquelin) 32, 75, 78, 95, 97
『タルチュフ』*Le Tartuffe* 75, 78
『人間嫌い』*Le Misanthrope* 32
『町人貴族』*Le Bourgeois gentilhomme* 95, 97
モリニエ Pierre Molinier 227
モーリヤック François Mauriac 292
『青年』*Le Jeune homme* 292
モレル Augustin Morel 141
モロー・ド・トゥール Jacques-Joseph Moreau de Tours 131
モンテスキュー Charles-Louis de Montesquieu 37, 348
『法の精神』*De l'Esprit des lois* 348
モンテーニュ Michel de Montaigne 284, 291, 293–295
『エセー』*Essais* 293
モンテルラン Henry de Montherlant 224
『夢想』*Le Songe* 224
『オリンピック』*Les Olympiques* 224

[ヤ行]

ユイスマンス Joris-Karl Huysmans 135, 140, 142, 191
『さかしま』*À Rebours* 140, 141
『停泊』*En rade* 142
『流れのままに』*À vau-l'eau* 140
ユゴー Victor Hugo 127, 131, 138, 334
『秋の葉』*Les Feuilles d'automne* 131
『イスランドのハン』*Han d'Islande* 333
『エルナニ』*Hernani* 127
『クロムエル』序文 *Préface de Cromwell* 127, 131
『城主』*Les Burgraves* 127
「パン」*Pan* 131
『レ・ミゼラブル』*Les Misérables* 138

[ラ・ワ行]

ライプニッツ Gottfried Wilhelm Leibniz 129, 316
ラヴァーター Johann Kaspar Lavater 135, 335,

フォントネル Bernard Le Bovier de Fontenelle 37
ブーガンヴィル Louis Antoine de Bougainville 120
ブーグロー William Bouguereau 208
フーケ Nicolas Fouquet 92
フーコー Michel Foucault 25, 47, 52, 231, 308, 320, 321
『異常者たち』*Les Anormaux* 308, 320
『監獄の誕生』(監視と処罰) *Surveiller et punir* 231
フス Magnus Huss 139
プティフィス Jean-Christian Petitfils 76, 82
プラウドン Edmund Plowden 59
プラトン Platon (Platôn) 128, 145
フラピエ＝マズュール Lucienne Frappier-Mazur 363
ブランシュ Emile Blanche 144
ブーランジェ Georges Boulanger 278
フランソワ二世 François II 267
プリニウス Gaius Plinius (Pline) 304
ブリュッシュ François Bluche 76
ブリュヌチエール Ferdinand Brunetière 139
プルースト(アドリアン) Adrien Proust 278, 281-283
『公衆衛生・個人衛生論』*Traité d'hygiène publique et privée* 281
『神経衰弱者の衛生』*L'Hygiène du neurasthénique* 282
プルースト(ジャンヌ) Jeanne Proust 283, 287
プルースト(マルセル) Marcel Proust 19, 185, 186, 197, 223, 256, 257, 260, 262, 265-270, 272-274, 276-283, 286-291, 293, 295
『失われた時を求めて』*À la recherche du temps perdu* 186, 197, 257, 260, 269, 274, 286, 291, 295
『ジャン・サントゥイユ』*Jean Santeuil* 287, 290, 291, 295
プルタルコス Plutarque (Ploutarkhos) 327
『英雄伝』*Vitae Parallerae* 327
ブルデュー Pierre Bourdieu 17, 21
ブルトン André Breton 225, 226, 227
プレヴォー Abbé Prévost (L') 330
『マノン・レスコー』*Manon Lescaut* 330
フロイト Sigmund Freud 137, 140, 226, 236, 237
フローベール Gustave Flaubert 15, 19, 135, 136, 138, 140, 185, 260, 290, 342
『サランボー』*Salammbô* 140
『ボヴァリー夫人』*Madame Bovary* 138, 202
『感情教育』*L'Education sentimentale* 15, 136, 260, 290
フロミラーグ René Fromilhague 245, 247
ヘーゲル Georg Wilhelm Friedrich Hegel 230
ヘムステルホイス François Hemsterhuis 113, 114
ベモル Maurice Bémol 239, 244
ペリニー Octave de Périgny 63
ベルクソン Henri Bergson 237
ベルナール Claude Bernard 141
ベルニエ Jean Bernier 223
『突撃』*La Percée* 223
ベルメール Hans Bellmer 227
ペロー Philippe Perrot 205
ベロー Jean Béraud 136
ベンヤミン Walter Benjamin 137, 210
『パサージュ論』*Paris, capitale du XIXme siècle* 210
ヘンリー五世 Henri V 59
ボーヴォワール Simone de Beauvoir 231
『第二の性』*Le Deuxième sexe* 231
ボッカチオ Giovanni Boccaccio
『デカメロン』*Le Décaméron* 329
ボードレール Charles Baudelaire 127, 128, 131-133, 137, 161, 197
『悪の華』*Les Fleurs du mal* 137, 197
『一八四六年のサロン』*Le Salon de 1846* 127
『人工楽園』*Les Paradis artificiels* 132, 161
ホール Edward Hall 183
『かくれた次元』*The Hidden Dimension* 183
ボナルド Louis Bonald 128
ホラティウス Horace (Quintus Horatius Flaccus) 127
ボリ Jean Borie 139, 213
ボルドゥ Théophile de Bordeu 108, 110, 111, 113, 114, 116, 118, 119, 316
ホルベリ Ludwig Holberg 314
『ニコラス・クリミウスの地下世界への旅』*Voyage souterrain de Niels Klime* 314
ボワイエ Claude Boyer 63
『オロパストあるいは偽トナクサール』*Oropaste, ou le faux Tonaxare* 63
ボワイエ・ダルジャン Boyer d'Argens
『女哲学者テレーズ』*Thérèse philosophe* 348
ポワレ Paul Poiret 272
ボワロー Nicholas Despreaux Boileau 127
『詩学』*L'Art poétique* 127

ドーデ Alphonse Daudet 140, 141
『ジャック』*Jack* 140
『ラ・ドゥルー』*La Doulou* 141
トール Patrick Tort 309, 312
『秩序と怪物』*L'Ordre et les monstres* 309
ドニゼッティ Gaetano Donizetti 268
ド・ボヴェ Vincent de Beauvais 304
ド・マンドヴィル Jean de Mandeville 303, 304
ドラクロワ Eugène Delacroix 127
トリー Geoffroy Tory 25
『シャンフルリ』*Champfleury* 25
ドリュ・ラ・ロシェル Pierre Drieu la Rochelle 225, 228
「シャルルロワの喜劇」*La comédie de Charleroi* 225
「スポーツと戦争による身体の再興」*Restauration du corps* 225
ドルジュレス Roland Dorgelès 223, 224
『木の十字架』*Les Croix de bois* 223
ドルバック D'Holbach 313
『自然の体系』*Système de la nature* 313
ドロン Michel Delon 358

［ナ行］

ナポレオン Napoléon 127, 152, 258
ナポレオン三世（ルイ・ナポレオン）Napoléon III（Louis Napoléon）200, 203, 205, 206, 208, 258
ニコル Pierre Nicole 31
ニュートン Isaac Newton 36
ネルヴァル Gérard de Nerval 132, 133, 144-162
『オーレリア』*Aurélia* 144-149, 151-154, 156, 158-162
「カリフ・ハケムの物語」*Histoire du calife Hakem* 132
「シルヴィ」*Sylvie* 152
ネルシア Andréa de Nercia 364
『フェリシア』*Félicia* 364

［ハ行］

ハーヴェー William Harvey 36
ハヴロック・エリス Henry Havelock Ellis 281
『性の心理』*Studies in the Psychology of Sex* 281
バークリ George Berkeley 112, 316
バシュキルツェフ Marie Bashkirtseff 142
『日記』*Journal* 142
パスカル Blaise Pascal 31
『パンセ』*Pensées* 31
パストゥール Louis Pasteur 141
バタイユ Georges Bataille 19, 227, 351
『眼球譚』*Histoire de l'œil* 227
バフチーン Mikhail Bakhtin 6, 7, 8, 28
バルザック Honoré de Balzac 15, 128, 130, 131, 133, 135, 138, 185, 334, 335, 338-340
『あら革』*La Peau de Chagrin* 130
『ゴリオ爺さん』（ペール・ゴリオ）*Le Père Goriot* 15, 339
『金色の眼の娘』*La Fille aux yeux d'or* 138
『幻滅』*Illusions perdues* 15, 339
『セザール・ビロトー』*César Birotteau* 341
『フクロウ党　または一七九九年のブルターニュ』*Les Chouans ou la Bretagne en 1799* 334, 335
『人間喜劇』*La Comédie humaine* 135, 338
バルビュス Henri Barbusse 223
『砲火』*Le Feu* 223
パレ Ambroise Paré 47, 306, 308-309
『怪物と驚異』*Des Monstres et prodiges* 306
『作品集』*Oeuvres* 47, 64
バンスラード Benserade
『カッサンドラのバレエ』*Le Ballet de Cassandre* 77, 78
『四季のバレエ』*Le Ballet des Saisons* 94
『花の女神フローラのバレエ』*Le Ballet de Flore* 77
『バレエ，ペレウスとテティスの婚礼』*Ballet des Noces de Pélée et de Thétis* 86, 87
『待ち切れないバレエ』*Le Ballet de l'Impatience* 89, 91
『夜のバレエ』*Le Ballet de la Nuit* 78-80, 82, 86, 94
ハント Lynn Hunt 348
ピエトラ Régine Pietra 240, 245-247, 249, 250
ビシャ Marie François Xavier Bichat 141
ビゼー Jacques Bizet 283
ビネ Alfred Binet 137, 237
『実験心理学研究』*Études de psychologie expérimentale* 137
ピープス Samuel Pepys 346, 348
フィチーノ Marsilio Ficino 50
フィリップ・ドルレアン（王弟殿下）Philippe d'Orléans 94
フィリップ五世 Philippe V 258
フェリペ二世 Philippe II 75
フェルメール Johannes Vermeer 261
フォクソン David Foxon 348

『パルムの僧院』*La Chartreuse de Parme* 131
『ラシーヌとシェークスピア』*Racine et Shakespeare* 127
『恋愛論』*De l'Amour* 284
スノー Jean-François Senault 31
『情念の効用について』*De l'Usage des passions* 31
『聖書』*La Bible* 48, 159, 172
セネカ Sénèque（Lucius Annaeus Seneca）32
セリーヌ Louis-Ferdinand Céline 223, 225
『夜の果てへの旅』*Voyage au bout de la nuit* 223
セルバンテス Cervantes 32
ゼーレンセン Hans Sørensen 240
『山海経』304
ソクラテス Socrate（Sôkratês）294
ソシュール Ferdinand de Saussure 302
ゾラ Emile Zola 9, 14, 135–140, 185, 187, 188, 191–193, 200, 201, 215, 217, 259
『居酒屋』*L'Assommoir* 139, 140, 187, 188
『獲物の分け前』*La Curée* 137, 200–203, 259, 260
『金』*L'Argent* 193
『ごった煮』*Pot-Bouille* 188
『四福音書』*Les Quatre Évangiles* 193
『ジェルミナール』*Germinal* 139, 193
『獣人』*La Bête humaine* 140, 191
『テレーズ・ラカン』*Thérèse Raquin* 140, 201
『ナナ』*Nana* 136
『パリの胃袋』*Le Ventre de Paris* 9, 14, 140, 193
『ルーゴン＝マッカール叢書』*Les Rougon-Macquart* 9, 137, 138, 187, 193, 201, 259
ソリヌス Soline（Gaius Julinus Solinus）304

［タ行］

ダグー Marie d'Agoult 131
ダランベール Jean Le Rond d'Alembert 37
『百科全書』*Encyclopédie* 37
ダリ Salvador Dali 226
ティソ Samuel-André Tissot 281, 282
『オナニスムについて』*De l'Onanisme* 281
ディドロ Denis Diderot 35, 37–39, 100–116, 118–121, 152, 315–318, 323, 348
『「私生児」についての対話』*Entretiens sur le Fils naturel* 38, 102, 111
『一七六五年のサロン』*Salon de* 1765 103
『一七六七年のサロン』*Salon de* 1767 115, 119
『エルヴェシウス反駁』*Réfutation d'Helvétius* 109
『おしゃべり宝石』*Les Bijoux indiscrets* 106, 107, 348
『サロン』*Salons* 35, 103
『ダランベールの夢』*Le Rêve de d'Alembert* 106–108, 110, 111, 113–116, 316
『ブーガンヴィル航海記補遺』*Supplément au Voyage de Bougainville* 120
『ヘムステルホイス注釈』*Observations sur Hemsterhuis* 113, 114
『ラモーの甥』*Le Neveu de Rameau* 103, 105
『リチャードソン頌』*Eloge de Richardson* 103
『運命論者ジャックとその主人』*Jacques le fataliste et son maître* 104
『演劇論』*De la Poésie dramatique* 38, 102, 103
『家父長』*Le Père de famille* 105
『私生児』*Le Fils naturel* 35, 105
『修道女』*La Religieuse* 111
『生理学綱要』*Éléments de physiologie* 100, 109
『俳優に関する逆説』*Paradoxe sur le comédien* 110
『百科全書』*L'Encyclopédie, ou Dictionnaire raisonné des sciences, des arts et des métiers, par une société de gens de lettres* 36, 152
『盲人書簡』*Lettre sur les aveugles* 37, 38, 100, 114, 315
『聾唖者書簡』*Lettre sur les sourds et muets* 102, 114
『ティル・オイレンシュピーゲル』*Till Eulenspiegel* 28, 43
デカルト René Descartes 25, 30–32, 36–38, 105, 112, 128, 129, 235
『情念論』*Les Passions de l'âme* 31, 32
『方法序説』*Discours de la méthode* 128
デュ・ヴェルネ Du Vernay 310
デュ・カン Maxime Du Camp 189, 190
『現代の歌』*Les Chants modernes* 189, 190
デュシェーヌ Robert Duchêne 280–283
『不可能なマルセル・プルースト』*L'Impossible Marcel Proust* 280
デュマ Ida Dumas 146
デュマ・フィス Alexandre Dumas fils 141
『椿姫』*La Dame aux camélias* 141
デュルフェ Honoré d'Urfé 327
ドゥルーズ Gille Deleuze 176, 228

37, 38, 102
『感覚論』*Traité des sensations* 37
『人間認識起源論』*Essai sur l'origine des connaissances humaines* 37
コンティ大公 Prince de Conti 78
コンデ大公 Prince de Condé 77, 78

［サ行］

サド Donatien Alphonse François de Sade 20, 140, 227, 349–350, 353, 354, 358, 360–362
『悪徳の栄え』(ジュリエットあるいは悪徳の栄え) *Juliette ou les Prospérités du vice* 349
『ジュスティーヌあるいは美徳の不幸』*Justine ou les Malheurs de la vertu* 362
『新ジュスティーヌ』*La Nouvelle Justine* 350
『閨房哲学』*La Philosophie dans le boudoir* 346, 351–354, 358, 360, 361
サルトル Jean-Paul Sartre 228–230
『嘔吐』*La Nausée* 229
『存在と無』*L'Être et le néant* 228
「水入らず」*Intimité* 230
サルモン・マクラン Jean Salmon Macrin 26
サン・ティレール Isidore Geoffroy Saint-Hilaire 309, 312
『人と動物における組織異常の一般的かつ個別的歴史』*Histoire générale et particulière des anomalies de l'organisation chez l'Homme et les animaux* 312
サンド George Sand 131, 132, 138, 291
『わが生涯』*Ma vie* 292
シェイクスピア Shakespeare 32
シェーデル Hartmann Schedel 304
シェーファー Raymond Murray Schafer 184, 194
シェリー Mary Shelly 318
『フランケンシュタイン』*Frankenstein: or The Modern Prometheus* 318
ジェローム Jean-Léon Gérôme 208
ジェンナー Edward Jenner 37
ジッド André Gide 226
『一粒の麦もし死なずば』*Si le Grain ne meurt* 226
清水徹 244
シャール Robert Challe 329
『フランス名婦伝』*Les Illustres Françaises* 329
シャトーブリアン François-René de Chateaubriand 127, 332
『キリスト教精髄』*Génie du Charistianisme* 127
『アタラ』*Atala* 332
ジャネ Pierre Janet 237
シャネル Coco Chanel 272
シャルコー Jean-Martin Charcot 141
シャルダン Jean-Baptiste Siméon Chardin 273
シャルルマーニュ Charlemagne 91
シャルル九世 Charles IX 75, 77
『楽園の守り』*Défense du paradis* 77
シャルル五世 Charles V 75
シャルル十二世 Charles XII 60
シャルル八世 Charles VIII 59, 75
シャルル六世 Charles VI 59, 60
シュー Eugène Sue 138
『パリの秘密』*Les Mystères de Paris* 138
シュヴァリエ Louis Chevalier 138
ジュネット Gérard Genette 260
『上流人士百科事典』*Encyclopédie des gens du monde* 129, 147
ショスリー＝ラプレ Jean-Piere Chausserie-Laprée 240, 246
ショリエ Nicolas Chorier
『婦人方の学園』*L'Académie des dames* 347
シラー Friedrich von Schiller 268, 269
ジンメル Georg Simmel 137
スウィフト Jonathan Swift
『ガリヴァー旅行記』*Gulliver's Travels* 314
スウィンバーン Algernon Charles Swinburne 268, 269
スエトニウス Suétone (Caius Suetonius Tranquillus) 69
『ローマ皇帝伝』*Vie des douze Césars* 69
スキュデリ嬢 Mademoiselle de Scudéry (Madeleine) 328
スコット Walter Scott 333, 334, 338
『アイヴァンホー』*Ivanhoé* 334, 336
スタール夫人 Madame de Staël (Germaine Necker) 127
『ドイツ論』*De l'Allemagne* 127
スタファー Albert Stapfer 148
スタンダール Stendhal (Henri Beyle) 15, 127, 128, 284, 285, 291, 293–295, 337, 338
『赤と黒』*Le Rouge et le noir* 15, 337
『アルマンス　または一八二七年のパリのサロンでの情景』*Armance ou quelques scènes d'un salon de Paris en* 1827 338
『エゴティスムの回想』*Souvenirs d'égotisme* 284
『グローブ』紙 *Le Globe* 127

エリアス Norbert Elias 14
『文明化の過程』*Über den Prozess der Zivilisation* 14
エリザベス一世 Elisabeth 59, 70, 267, 268
エリュアール Paul Eluard 226
エルヴェシウス Claude-Adrien Helvétius 38, 109, 112
『精神論』*De l'Esprit* 38, 109
『人間論』*De l'Homme* 109
エルンスト Max Ernst 226
『慈善週間または七大元素』*Une Semaine de bonté* 227
オスマン男爵 Baron Haussmann（Georges-Eugène）200, 258, 259
越智一 322, 323
オッフェンバック Jacques Offenbach 200

［カ行］

『会話読書辞典』*Dictionnaire de la conversation et de la lecture* 129
カゾット Jacques Cazotte 146
『恋する悪魔』*Le Diable amoureux* 146
ガタリ Félix Guattari 228
カトリーヌ・ド・メディシス Catherine de Médicis 77, 79
カバネル Alexandre Cabanel 208
ガボリオ Émile Gaboriau 342
『ガミアニ』*Gamiani* 364
ガル Frantz Joseph Gall 135
『ガルガンチュア大年代記』（『賞讃すべき年代記』などを含む）*Chroniques Gargantuines* 40–44, 46, 47
カルヴァン Jean Calvin 303
『カルトゥジオ会修道院の門番修道士ドン・ブーグルの物語』*Histoire de Dom Bougre, portier des Chartreux* 364
カルノー Sadi Carnot 277
ガレーノス Galenus 50, 285
カントーロヴィチ Ernst Hartwig Kantorowicz 58
カンパネラ Campanella 76
ギース Constantin Guys 262
キネ Edgar Quinet 128
キノー Philippe Quinault 98
キュルメール Léon Curmer 342
『フランス人の自画像』（編）*Les Français peints par eux-mêmes* 186, 342
クインシー Thomas de Quincey 130
『イギリス人阿片吸引者の告白』*Confessions of an English Opium-Eater* 130
工藤庸子 2
グベール Pierre Goubert 76, 78
クーベルタン Pierre de Coubertin 224
グラッセ Eugène Grasset 274
クラフト＝エビング Richard von Krafft-Ebing 281
『プシコパティア・セクスアリス』（性の精神病理）*Psychopathia Sexualis* 281
グルーズ Jean-Baptiste Greuze 103
『恩知らずな息子』*Le Fils ingrat* 103
『罰せられた息子』*Le Fils puni* 103
グールモ Jean M. Goulemot 364
グレヴィ Jules Grévy 278
クレチアン・ド・トロワ Chrétien de Troyes 328
グレトリ André Ernest Modeste Grétry 113
クレランド John Cleland 348
『ある遊女の回想記』（ファニー・ヒル）*Memoirs of a Woman of Pleasure*（*Fanny Hill*）348
クロソフスキー Pierre Klossowski 351
ゲーテ Johann Wolfgang von Goethe 147, 148
『ファウスト』*Faust* 130, 131, 147, 148
ゴーチエ Théophile Gautier 131, 132
「ハシッシュ吸引者クラブ」*Le Club des Hachichins* 131
コルニエ Henriette Cornier 320, 321
コルネイユ Pierre Corneille 31, 64
コルバン Alain Corbin 195
『音の風景』*Les Cloches de la terre* 195
コルブ Philip Kolb 280
『マルセル・プルースト書簡集』*Correspondance de Marcel Proust* 280
コルベール Jean-Baptiste Colbert 65
コロー Camille Corot 197
ゴンクール兄弟 Edmond et Jules de Goncourt 135, 138, 139, 191
『ジェルヴェゼー夫人』*Madame Gervaisais* 142
『ジェルミニー・ラセルトゥー』*Germinie Lacerteux* 139, 140, 142
『シャルル・ドゥマイー』*Charles Demailly* 138
『尼僧フィロメーヌ』*Sœur Philomène* 138
『マネット・サロモン』*Manette Salomon* 138
コンスタン Benjamin Constant 332
『アドルフ』*Adolphe* 332
コンディヤック Etienne Bonnot de Condillac

人名・作品名索引

[ア行]

アウグスティヌス St. Augustin (Aurelius Augustinus) 31, 33, 294
『神の国』*De Civitate Dei* 294
アプレイウス Apulée (Lucius Apuleius Theseus) 146
『黄金の驢馬』*Métamorphoses* 146
アポストリデス Jean-Marie Apostolidès 62, 93
アポリネール Guillaume Apollinaire 194, 223, 226, 351
「おまえの体の九つの戸」*Les neuf portes de ton corps* 226
『アルコール』*Alcools* 194
『一万一千の鞭』*Les onzes mille verges* 226
『若きドン・ジュアンの手柄ばなし』*Les exploits d'un jeune don Juan* 226
アラゴン Louis Aragon 226, 351
『イレーヌのコン』226
アラン Alain 243
アリオスト Arioste 32, 95
『狂えるオルランド』*Orlando furioso* 95
アリストテレス Aristote (Aristotelês) 32, 50, 303
『弁論術』*Rhétorique* 32
アルトー Antonin Artaud 176, 227, 228
アルノー Antoine Arnauld 31
アルファン Adolphe Alphand 258, 259
アルマ=タデマ Sir Lawrence Alma-Tadema 208
アレヴィ Daniel Halévy 283
アレティーノ Pietro Aretino 347
アンヌ・ドートリッシュ Anne d'Autriche 77, 79
アンリ四世 Henri IV 60, 266
アンリ二世 Henri II 77, 306
イエス・キリスト Jésus-Christ 48, 58
井澤義雄 236
ヴァシュロ Etienne Vacherot 146, 147, 157
『アレクサンドリア学派の批判的歴史』*Histoire critique de l'école d'Alexandrie* 146
ヴァレリー Paul Valéry 223, 228, 234–237, 244, 246, 252, 253
『カイエ』*Cahiers* 234, 237, 238, 246
「身体に関する素朴な考察」*Réflexions simples sur le corps* 228
「精神の危機」*La Crise de l'esprit* 223
『テスト氏との一夜』*La Soirée avec Monsieur Teste* 234, 235
『レオナルド・ダ・ヴィンチの方法への序説』*Introduction à la méthode de Léornard de Vinci* 234
『若きパルク』*La Jeune Parque* 234–237, 239, 240, 244–246, 249, 252, 253
ヴァン・ダイク Anthony Van Dyck 268, 269, 270
ウィトルウィウス Vitruve (Mareus Vitruvius Pollio) 25
『建築論』*De l'Architecture* 25
ヴィニー Alfred de Vigny 334, 335
『サン=マール』*Cinq-Mars* 334, 335
ヴィリエ・ド・リラダン Auguste Villiers de L'Isle-Adam 191
ウィンズロー Winslow 312
ヴェイユ Nathé Veil 279
ウェーバー Carl Maria von Weber 132
「魔弾の射手」*Der Freischütz* 132
ヴェブレン Thorstein Veblen 205
『有閑階級の理論』*Théorie de la classe de loisir* 205
ヴェラーレン Emile Verhaeren 192, 193
『触手ある都市』*Les Villes tentaculaires* 192, 193
ウェルギリウス Virgile (Publius Vergilius Maro) 249
『牧歌』*Bucoliques* (*Bucolica*) 249
ヴェルヌ Jules Verne 191
ヴェルネ Joseph Vernet 115, 119
ヴェロネーゼ Paolo Véronèse 273
ヴォーカンソン Jacques de Vaucanson 113
ヴォルテール Voltaire 37, 38, 113, 315
『ミクロメガス』*Micromégas* 315
『哲学書簡』*Lettres philosophiques* 37
ウォルト Charles Frédéric Worth 202, 215, 217
ウージェニー皇后 l'Impératrice Eugénie 204, 209
エウリピデス Euripide (Euripidês) 56
『アウリスのイピゲネイア』*Iphigénie en Aulide* 56
エッツェル Jules Hetzel 342
『パリの悪魔』(編) *Le Diable à Paris, Paris et les parisiens* 342

ロマン主義 3, 35, 39, 127, 128, 129, 130, 131, 133, 139, 141, 165, 196, 332, 333
猥褻語 346, 355, 356, 357, 340, 363, 364
ワイン 4, 40–48, 52–54, 131, 132, 285
笑い 8, 28, 34, 94, 167, 168, 188, 279, 295

道徳 30, 34, 35, 38, 39, 100, 103, 119, 120, 136, 137, 151, 201, 213, 226, 281, 303, 349
涙 34, 70, 110, 156, 236-238, 246, 248, 249, 251, 252
におい 10, 11, 13, 53, 137, 139, 140, 142, 188, 189, 206, 289, 339
二元論 31, 38, 128-130, 132, 133, 151, 240
似姿 59, 60, 65, 67, 70, 172, 175, 178
熱狂 32, 106, 113, 165, 185, 198, 213
脳 51, 109-121

[ハ行]

排泄 1, 7, 8, 10, 13, 26, 28, 46, 47, 49, 51, 52
破壊 165, 177, 310, 363
解体 169, 177, 223, 224, 227, 328
白内障 36, 37, 316
ハビトゥス 17, 18, 19
パリ 4, 9, 14-18, 25, 41, 56, 78, 138-140, 144, 150, 152, 156, 158, 159, 185-187, 191, 193, 197, 200-203, 205, 206, 217, 224, 257-261, 265, 277, 278, 282, 338, 340
反射 236, 244, 246, 253
パントマイム 38, 102-107
万物照応 133, 154, 158
悲劇 32, 56, 57, 58, 61, 62, 63, 64, 65, 69, 71, 105, 268
ヒステリー 141, 142
額 166, 170-175, 334, 335, 337, 341
皮膚 36, 168, 172, 176, 177, 341
百科全書派 38, 39
比喩 53, 114-116, 121, 170, 174, 318, 357
表情 32, 33, 104, 105, 154, 277, 339, 341
表層 177, 204-206, 208, 209, 210, 212, 213, 215-217, 264
病理 135, 139, 141, 142, 149, 153
ビール 16, 42, 45, 46
不安 12, 88, 140, 225, 228, 288, 290, 293, 340
フィアスコ , 276, 277, 280, 284-287, 290-295
フィクション（ノン・フィクション）28, 60, 71, 277, 318, 328
ブルジョワジー 138, 340, 342
ブーローニュの森 201, 203, 256-261
フロンドの乱 77-80, 86
分身 145, 149-151, 153, 156, 159, 290
蛇、ウロボロス 238-252
変身 63, 64, 68, 69, 132, 145, 153, 155, 166, 174, 175, 206, 208, 210, 238
便秘／下痢 26, 28, 41-46, 48
弁論術 32, 33
冒涜 165, 358, 362, 363
暴力 1, 19, 28, 140, 166, 168, 193, 289, 319
ポートレート（ポルトレ）257, 262, 327, 328, 330, 332
ポルノグラフィー 346-352, 363, 364

[マ・ヤ行]

マクロコスム／ミクロコスム 25, 26
マスターベーション（自慰行為）107, 278, 279, 281-283, 292, 320, 347
「魔法の島の悦楽」92-95
身振り 4, 6, 18, 33, 101-105, 114, 188, 256, 264, 270
無神論 38, 348, 353
眼 59, 66, 70, 114, 170, 171, 173, 175, 227, 247, 264, 316, 317
メランコリー 28, 32, 44, 51, 52, 53, 128, 196
　黒胆汁（メランコリア）26, 32, 50-52
モード 200, 202-206, 208-211, 215, 217, 260, 272
モラリスト 30, 31, 327
役者 33, 101, 104, 105
唯物論 100, 105, 121, 317, 318, 348
優生思想 323
ユダヤ（人）261, 283, 286, 287, 291
夢 79, 127, 128, 130, 133, 149, 150, 152, 154, 155, 158-162, 268, 316
幼児 7, 168, 169, 177, 230
欲望 135, 201, 242, 245, 252, 358
抑揚 105, 186

[ラ・ワ行]

裸体 204, 206, 226
理性 31, 33, 34, 37-39, 49, 50, 105, 109, 110, 112, 114, 144, 146, 149, 152, 153, 158, 160, 226, 227, 240, 265, 294, 320
リベルタン（小説）346, 348, 354, 358, 362, 364
両性具有 130, 308, 313
輪廻 145, 149, 150, 152, 153, 248
類型（化）328, 334, 339, 340, 342
ルーヴル宮 77, 88, 266
歴史 41, 62, 71, 128, 139, 156, 328, 336, 338, 339
　歴史画 266, 268, 272
　歴史小説 128, 140, 333, 334, 336, 337, 341
レトリック（修辞学）32, 33, 104, 135, 265, 327, 340, 357, 364

282, 283, 286, 287, 289, 291, 293, 308, 318, 320, 330, 352, 353, 355, 357, 359
触覚 37, 114, 182
皺 165, 170–174
神経 10, 109, 111, 114, 115, 140, 142, 200, 212, 227, 237, 265, 282, 283, 288, 290, 302
　神経系 111, 114, 115, 238, 281
　神経症 140, 142, 227
心身 25, 26, 30, 31, 34, 49, 50, 54, 111, 113, 127–133, 145, 147, 149, 162
身体
　身体小説 1, 2, 14
　身体作法 262
　身体図式 230
　身体なき器官 165, 173, 176–178
　身体表象 137, 141, 276
　階級的身体 14, 17, 18, 19, 138, 142, 205, 341
　器官なき身体 176, 228
　社会的身体／私的身体 33, 62, 70
　象徴的身体 61, 62
　政治的身体／自然的身体 40, 42, 47, 59, 60, 67, 69–71
　対自身体／対他身体 229, 230
　三つの身体 228, 234
　民衆の身体 138, 188
　雄弁な身体 33
心理 1, 2, 4, 6, 11, 12, 19, 31, 33, 129, 131, 135, 137, 139, 142, 192, 230, 234, 236–238, 244, 256, 257, 276, 287, 289, 291
神話（的） 41, 62, 71, 141, 142, 153, 156, 159, 192, 208, 225, 289, 302, 303, 318
睡眠 1, 113, 116, 251, 252
頭蓋 115, 214, 227
ストア主義 31, 34
スペクタクル 2, 56, 61, 136, 142, 203, 204, 228, 260
スポーツ（体育、体操） 223, 224, 225, 228, 230, 258, 272, 285
精液 36, 282, 306, 308
世紀末 142, 192, 260, 262, 278
性教育 352, 353, 355, 357
生殖（器） 7, 36, 173, 244, 282, 294
精神
　精神医学 226, 320, 321
　精神錯乱 106
　精神分析 226, 228, 236, 240, 276
生命 4, 8, 10, 12–14, 36, 104, 155, 159, 175, 210, 244, 245, 247–252, 282, 310, 313
生理学 31, 34, 135, 140–142, 182, 186, 201, 235–237, 239, 294, 318, 342
セクシュアリティ 135, 137, 142, 206, 225, 226, 228, 230, 276, 280
絶対王政 2, 56, 58, 61, 62, 65, 71, 74, 78
接吻 18, 168, 169
戦争 49, 53, 77–79, 85, 86, 159, 190, 223–225, 230, 267, 277
全体性 129, 130, 133, 177
旋律 105, 132
草稿 242, 243, 266, 272–274, 288, 302
創造主 36, 165, 172, 174, 175, 177, 310, 314
想像力 4, 112, 113, 142, 165, 191, 195, 256, 257, 265, 284, 288, 291, 293–295, 306, 318, 319, 360–362

［タ・ナ行］

体液（論） 26, 32, 36, 50, 51, 52, 53, 169, 176, 285
体質 26, 44, 50, 201, 202
太陽 74–77, 79–82, 91, 94, 152, 157, 159, 244, 250–252
　太陽王 62, 74–76, 79, 91
他者 2, 13, 14, 20, 33, 112, 150, 172, 178, 210, 213, 228–230, 231, 234, 257
魂 31, 32, 34, 90, 113, 114, 128–133, 144–162, 176, 239, 242, 319
力強さ（エネルギー） 7, 53, 102, 104, 105, 189, 190, 192
知性 31, 48, 51, 234, 239–248, 251, 252, 267
秩序 8, 28, 38, 61, 111, 175, 262, 306, 309, 316, 319, 323
超越 88, 128, 129, 174, 175, 260
聴覚 113, 182, 184, 186, 198
超現実 128, 129, 157
超自然 69, 127, 128, 133
調和 11, 52, 109, 113, 131, 157, 158, 162, 189, 196, 228, 238, 244–247, 249–253, 339
通体 176, 178
テクスト 2, 3, 76, 82, 139, 144, 147, 159, 161, 165, 166, 173, 176–178, 200, 201, 206, 210, 214, 217, 225, 226, 234, 239, 266, 272, 286, 295, 327–329, 332, 336, 338, 342, 348
天使（堕天使） 132, 133, 165, 169, 171, 333
伝統 1, 6, 20, 35, 36, 38, 111, 153, 165, 172, 195, 223, 281, 327, 333, 347, 348
統一 108, 111, 113, 176, 177, 225, 228, 230, 235, 306, 313
動作 8, 103, 104, 106, 138
同性愛 165, 168, 226, 280, 283, 292

筋肉 169, 225, 227
空間 14, 25, 31, 92, 94, 97, 130, 135, 136, 138, 139, 142, 145, 149, 158-161, 165, 182, 184, 186-189, 191, 192, 200, 203, 208, 259, 261, 336
唇 165-171, 173, 174, 176, 208, 214, 304, 330, 335, 341
苦痛 85, 109, 141, 149, 235, 236, 238, 240
芸術 30, 32, 34, 35, 38, 39, 56, 62, 76, 104, 105, 109, 113, 118, 121, 127, 128, 132, 138, 189, 195, 208, 209, 223, 226, 261, 278, 285
啓蒙 314, 315, 318, 322, 349, 355, 364
啓蒙思想 38, 348
啓蒙主義 3, 35
劇場 56, 132, 136, 192, 203, 260, 261, 282
検閲 4, 6, 350
言語 31, 48, 101, 102, 105, 114, 115, 183, 191, 230, 244, 323, 346, 347, 363, 364
現実 43, 57, 62, 64, 67, 69, 70, 71, 120, 128-130, 132, 133, 139, 147, 150-154, 157-162, 165, 166, 171, 191, 225, 250, 290, 304, 315, 317, 320, 323, 324
現象学 228, 230
現代性（モデルニテ） 128, 133
権力 44, 56, 57, 61, 62, 65-67, 69, 71, 92, 116, 118, 262, 320, 349
古典主義 3, 30, 34, 38, 105, 127, 303, 329
コメディー＝バレエ 77, 93, 95

［サ行］

差異 135, 139, 140, 168, 170, 172, 184, 202, 302, 303, 317
叫び 38, 102, 104, 105, 139, 156, 188, 191, 195, 363
作家（作者） 31, 32, 35, 48, 53, 62-64, 128, 131, 133, 135-139, 141, 142, 144-146, 172, 184, 188, 189, 191, 192, 195, 198, 209, 223-225, 227, 256, 276, 277, 290, 291, 304, 314, 328, 329, 331, 341, 342, 349-351, 354-356, 364
差別 301, 313, 317, 318, 323, 324
産業革命 14, 130, 189, 190, 192, 194, 195
三人称小説 334, 336
死 8, 28, 34, 59, 60, 69-71, 92, 103, 130, 131, 141, 144, 146, 152, 155, 156, 160, 195, 224, 225, 227, 245, 246, 247, 249-251, 267, 270, 292, 293
詩 50, 95, 131, 133, 165, 192, 193, 198, 209, 226, 238, 244, 256, 270, 329
ジェンダー 136, 276
視覚 10, 37, 61, 80, 101, 113, 114, 137, 151, 169, 182, 184, 262, 316, 364
時間 70, 79, 93, 115, 130, 146, 149, 157, 159, 161, 185, 237, 332, 336, 352
自己 8, 10, 31, 58, 100, 108, 111-118, 121, 130, 131, 133, 147, 150, 151, 158, 173, 177, 209, 212, 223, 226, 235, 237-244, 246, 248, 251, 252, 291
視線 2, 31, 33, 61, 66, 67, 69, 103, 136, 142, 203, 204, 206, 229, 230, 260, 261, 263, 264
自然 7, 31, 36, 47, 50, 59, 60, 67, 69, 70, 71, 100, 105, 118, 119, 121, 128-133, 135, 137, 144, 147, 155, 157, 158, 171, 175, 184, 191, 230, 231, 249, 250, 256, 258-260, 292, 295, 308-310, 354
自然主義 139, 140, 191, 260
自然発生説 36
実存 3, 229
シードル 40-42, 46,
資本主義 202, 217
社会 14, 15, 17, 18, 28, 30, 33, 35, 36, 39, 56, 57, 62, 100, 116, 118-121, 127, 128, 133, 136, 138-142, 159, 166, 182, 183, 189, 192, 193, 200, 202, 203, 205, 217, 225, 226, 230, 231, 261, 264, 272, 278, 282, 295, 301, 303, 314, 315, 320-324, 339-342, 350, 362
写実主義 3, 128, 260,
自由意志 50, 53, 54
自由放蕩（リベルティナージュ） 35, 358
種痘 36, 37
シュルレアリスム 3, 225-227
娼館（売春宿） 277, 278, 282, 283, 286-291, 295
蒸気機関 189, 190, 191, 192
象徴 3, 12, 16, 30, 36, 41, 44-46, 57, 59, 60, 65, 66, 71, 74, 75, 80, 92, 98, 129, 139, 147, 154, 160, 168, 172, 185, 192, 193, 200, 201, 205, 216, 226, 234, 244, 246, 248, 251, 252, 306, 348, 360
情念 4, 28, 30-32, 34, 35, 38, 48-54, 104, 105, 118, 131, 243, 294
食 1, 3, 6, 9, 12-14, 17, 19, 281,
食卓 14, 16-18, 273
食物 8, 9, 10, 12-14
食欲 4, 6, 10, 13, 135, 140, 141
女性 28, 84, 90, 91, 106, 107, 110, 114, 136, 139, 142, 152, 154-157, 159, 160, 202, 204, 205, 209, 224, 226, 227, 231, 234, 247, 257, 259, 261, 263, 264, 269, 272-274, 277, 279,

事項索引

［ア行］

愛 33, 84, 107, 130, 137, 131, 140, 147, 294, 319
　愛の神（アムール） 90
　愛の女神（ヴェヌス） 79, 82, 209
アカデミズム（絵画） 208
アナロジー（類比） 25, 26, 47, 52, 62, 168, 176, 306
アリア 105, 132
アルコール中毒 139-140
アール・ヌーヴォー 261, 272
医学（者） 25, 26, 30, 32, 35-37, 50, 141, 142, 153, 281, 283, 306, 309, 314, 322, 355
意識 30, 31, 58, 108, 111-113, 116, 127, 130, 131, 133, 142, 148, 158, 228-230, 234, 235, 237, 238, 240-244, 246-252
異常性 310, 320
一人称 256, 329, 332, 333, 336, 337
飲食（行為） 1, 6-8, 10, 13, 14
ヴェルサイユ庭園 89, 92-95, 97
永遠回帰 244, 248, 249
衛生（学） 183, 281, 320, 321, 322, 350
演技 33, 101, 102, 103, 106, 151, 264
横隔膜 109-111, 118
嘔吐（感） 7, 9, 11, 13, 14
温室 137, 206, 208, 211, 214

［カ行］

絵画 32, 62, 100-103, 128, 135, 136, 208, 209, 226, 256, 267, 268, 274, 327, 332
階級 14-19, 58, 138-142, 205, 209, 341
怪物 80, 165, 170, 173, 301-304, 306, 308-310, 312, 313, 315-323
解剖学 30, 31, 128, 227, 228, 234, 235, 265, 309, 312, 313, 355, 358
快楽 4, 12, 38, 39, 93, 109, 136, 137, 140, 200, 201, 206, 210, 213, 215, 279, 286, 292, 323, 354, 361, 362
鐘 114, 185, 194-198
覚醒 113, 137, 198, 251, 252
過去 94, 120, 153, 154, 189, 196, 247, 272, 276, 281, 335, 338
語り手 45, 51, 132, 153, 175, 184-187, 197, 198, 260, 261, 287, 289, 332-342
活人画 209, 212, 262
括約筋 46, 48, 54
カーニヴァル 6, 8, 9, 28
神 26, 35, 36, 41, 44, 47, 49, 50, 53, 54, 57, 66, 68, 75, 80, 84, 87, 89, 90, 91, 132, 133, 147, 153, 157, 165, 166, 172, 174, 175, 190, 209, 213, 236, 242, 248, 290, 302, 306, 309, 316, 362, 363, 364
感覚（論） 11, 13, 37-39, 109, 100, 112, 114, 115, 130-132, 135, 137, 146-148, 158, 159, 161, 162, 182-184, 186, 224, 229, 236, 239, 317, 348, 353, 362
　存在感覚 130, 145-147, 153, 157, 158, 160, 161
感受性 35, 38, 39, 283, 284, 333
感情 1, 4, 20, 32-35, 38, 39, 57, 59, 69-71, 80, 104, 105, 120, 131, 135, 139, 168, 225, 227, 287, 332, 362
観相学 135, 335, 340
観念（論） 37, 38, 102, 112, 115, 119, 120, 276, 363
記憶 12, 78, 94, 109, 111, 112, 159, 183, 195, 198, 247, 282, 288, 291
機械 30, 36, 62, 93, 113, 129, 130, 188, 190, 191, 194, 225, 310, 312, 348
奇形 174, 302, 303, 304, 306, 308, 312, 322, 323
記号 1, 2, 32, 33, 52, 102, 105, 135, 162, 171, 184, 195, 198, 210, 216, 217, 302, 303, 309, 313, 314, 318, 327, 336, 340
傷 165, 168, 169, 170, 171, 173, 174, 248
嗅覚 10, 11, 113, 137, 142, 182
宮廷 2, 7, 32, 33, 40-42, 45, 56, 58, 61, 62, 67, 74, 82, 86-97, 205, 328, 348, 349
　宮廷社会 30, 33,
　宮廷祝祭 74, 76, 89, 92, 93, 97, 98,
　宮廷バレエ 33, 75-77, 79, 80, 82, 86, 88, 89, 91-97
驚異 239, 303, 308
狂気 10, 49, 50, 51, 106, 112, 128, 133, 142, 144-147, 152, 153, 157-162, 211, 212, 214, 225, 227, 228, 281, 284, 288, 320
狂人 104, 113, 144, 165
矯正 34, 320, 321
鏡像 173, 245, 249, 250, 252
キリスト教 35, 36, 53, 100, 128, 226, 236, 309, 317
規律権力 320

小倉　孝誠（おぐら・こうせい）

1956年生まれ。1987年、パリ第4大学文学博士。1988年、東京大学大学院博士課程中退。現在、慶應義塾大学文学部教授。専門は近代フランスの文学と文化史。

主要業績：『19世紀フランス 夢と創造』（人文書院、1995年、渋沢・クローデル賞）、『歴史と表象』（新曜社、1997年）、『〈女らしさ〉はどう作られたのか』（法藏館、1999年）、『いま、なぜゾラか』（共著、藤原書店、2002年）、『身体の文化史』（中央公論新社、2006年）など。訳書：フローベール『紋切型辞典』（岩波文庫、2000年）ほか多数。

吉田　典子（よしだ・のりこ）

1953年生まれ。京都大学大学院文学研究科博士課程研究指導認定退学。現在、神戸大学国際文化学部教授。専門は19世紀フランス文学・社会文化史・視覚文化論。

主要業績：「ショーウインドーの中の女たち」（『表現文化研究』第5巻第1号、2005年）、「ゾラ『パリの胃袋』とマネの静物画」（『日仏美術学会会報』第24号、2004年）、ゾラ『ボヌール・デ・ダム百貨店』（翻訳、ゾラ・セレクション、藤原書店、2004年）、ウィリアムズ『夢の消費革命』（共訳、工作舎、1996年）、バルザック『金融小説名篇集』（共訳、バルザック「人間喜劇」セレクション、藤原書店、1999年）ほか。

森本　淳生（もりもと・あつお）

1970年生まれ。京都大学大学院文学研究科博士課程中退。ブレーズ・パスカル＝クレルモン第2大学文学博士。京都大学人文科学研究所助手を経て、2005年より一橋大学大学院言語社会研究科助教授。

主要業績：『小林秀雄の論理——美と戦争』（人文書院、2002年）、『未完のヴァレリー——草稿と解説』（田上竜也と共編訳著、平凡社、2004年）、*Paul Valéry. La genèse du sujet et l'Imaginaire. De la psychologie à la poïétique*, 2005（博士論文）。

多賀　　茂（たが・しげる）

1957年生まれ。京都大学大学院文学研究科博士課程研究指導認定退学。パリ第4大学文学博士。京都大学総合人間学部助教授を経て、2003年より京都大学大学院人間・環境学研究科助教授。

主要業績：『言葉と〈言葉にならないもの〉の間に』（共著、行路社、1995年）、『病院環境をめぐる思想——フランス精神医学制度の歴史と現状から見えてくるもの』（編著、科学研究費補助報告書、2006年）。

大浦　康介（おおうら・やすすけ）

1951年生まれ。京都大学大学院文学研究科博士課程研究指導認定退学。パリ第7大学博士課程修了。京都大学人文科学研究所教授。専門は文学・表象理論。

主要業績：『文学をいかに語るか——方法論とトポス』（編著、新曜社、1996年）。P.バイヤール『アクロイドを殺したのはだれか』（翻訳、筑摩書房、2001年）など。

主要業績：『本の都市リヨン』（晶文社、1989 年）、『ラブレー周遊記』（東京大学出版会、1997 年）、『読書の首都パリ』（みすず書房、1998 年）、ラブレー『ガルガンチュア』『パンタグリュエル』（翻訳、ちくま文庫、2005–06 年）、モンテーニュ『エセー』（翻訳、白水社、2005 年より刊行中）、《ゾラ・セレクション》（責任編集・翻訳、藤原書店、2002 年より刊行中）など。

永盛　克也（ながもり・かつや）

1964 年生まれ。パリ第 4 大学博士課程修了。京都大学大学院文学研究科博士課程研究指導認定退学。現在、京都大学大学院文学研究科助教授。専門はフランス古典悲劇、古典主義美学。

主要業績：『ラシーヌ劇の神話力』（共著、上智大学出版会、2001 年）、「ラシーヌとカタルシス」（*Equinoxe*、臨川書店、1998 年）、「ラシーヌ劇の悲劇性」（*Etudes de langue et littérature françaises*、日本フランス語フランス文学会、1999 年）。

秋山　伸子（あきやま・のぶこ）

1966 年生まれ。京都大学大学院文学研究科博士課程研究指導認定退学。パリ第 4 大学文学博士。現在青山学院大学文学部フランス文学科助教授。

主要業績：『モリエール全集』（共同編集・翻訳、全 10 巻、臨川書店、2000–03 年）、« Le triomphe des jeux théâtraux dans les comédies-ballets de Molière »（*XVIIe siècle*, no 188（1995), pp. 457–466）; « Deux comédies-ballets galantes de Molière : *La Princesse d'Elide* et *Les Amants magnifiques* »（« *Molière et la fête* » ; *Actes de colloque international de Pézenas*, Ville de Pézenas, 2003, pp. 35–49）など。

増田　真（ますだ・まこと）

1957 年生まれ。東京大学教養学部卒、東京大学人文科学研究科博士課程単位取得退学、パリ第4大学博士課程修了。一橋大学社会学部助教授を経て、現在、京都大学文学研究科助教授。

主要業績：田村毅・塩川徹也編著『フランス文学史』（共著、東京大学出版会、1995 年）、朝比奈美知子・横山安由美編著『はじめて学ぶフランス文学史』（共著、ミネルヴァ書房、2002 年）、ル・メルシエ・ド・ラ・リヴィエール『幸福な国民またフェリシー人の政体』（翻訳、ユートピア旅行記叢書、岩波書店、2000 年）。

水野　尚（みずの・ひさし）

1955 年生まれ。慶応義塾大学文学研究科博士課程単位認定退学。パリ第 12 大学（クレテイユ）文学博士（2002 年）。神戸海星女子学院大学文学部講師、助教授を経て、2004 年より同大学教授。

主要業績：『物語の織物――ペローを読む』（彩流社、1997 年）、『恋愛の誕生 12 世紀フランス文学散歩』（学術選書、京都大学学術出版会、2006 年）、*Nerval. L'Écriture du voyage*, Champion, 2003. *Médaillons nervaliens*, Nizet, « Études du Romantisme au Japon », t. II, 2003（編著）. *Quinze Études sur Nerval et le romantisme*, Kimé, 2005（編著）.

［編者紹介］

吉田　城（よしだ・じょう）

1950年生まれ。パリ第4大学博士課程修了（文学博士）。東京大学大学院人文科学研究科博士課程中退。元京都大学大学院文学研究科教授。専門はプルーストおよび19-20世紀フランス文学。2005年没。

主要業績：『「失われた時を求めて」草稿研究』（平凡社、1993年）、『対話と肖像――プルースト青年期の手紙を読む』（青山社、1994年）、『神経症者のいる文学――バルザックからプルーストまで』（名古屋大学出版会、1996年）、『テクストからイメージへ――文学と視覚芸術のあいだ』（編著、京都大学学術出版会、2002年）、『日仏交感の近代――文学、美術、音楽』（共著、京都大学学術出版会、2006年）、『アヴァンギャルドの世紀』（共著、京都大学学術出版会、2001年）ほか。

田口　紀子（たぐち・のりこ）

1953年生まれ。京都大学大学院文学研究科教授。京都大学大学院文学研究科博士課程研究指導認定退学。パリ第4大学文学博士。専門はフランス語学、テクスト言語学。

主要業績：「象徴の場としての『自然』」宇佐美斉編『象徴主義の光と影』（ミネルヴァ書房、1997年）、「ナラトロジー」「幻想」大浦康介編『文学をいかに語るか――方法論とトポス』（新　曜　社、1996年）、“Les figures comme espace narratif — l'exemple de *Madame Bovary*”（*Equinoxe*, no 17/18, Rinsen, 2000）、「フィクションとしての『夢』の語り――フランス・リアリズム小説を中心に」（『京都大学文学部研究紀要』第40号、2001年）ほか。

［執筆者紹介（執筆順）］

石井洋二郎（いしい・ようじろう）

1951年生まれ。東京大学大学院人文科学研究科修士課程修了。東京大学教養学部助手・京都大学教養部助教授を経て、1987年より東京大学教養学部助教授、1994年同教授。現在、東京大学大学院総合文化研究科教授。

主要業績：『差異と欲望――ブルデュー『ディスタンクシオン』を読む』（藤原書店、1993年）、『文学の思考――サント＝ブーヴからブルデューまで』（東京大学出版会、2000年）、『美の思索――生きられた時空への旅』（新書館、2004年）、『フランスとその〈外部〉』（工藤庸子との共編著、東京大学出版会、2004年）。

宮下　志朗（みやした・しろう）

1947年生まれ。東京大学大学院人文科学研究科修士課程修了。中央大学助教授などを経て、現在、東京大学大学院総合文化研究科教授。専門はフランス・ルネサンス文学、書物の社会史。

身体のフランス文学——ラブレーからプルーストまで

2006年11月1日　初版第一刷発行

編　者　吉　田　　　城
　　　　田　口　紀　子
発行人　本　山　美　彦
発行所　京都大学学術出版会
京都市左京区吉田河原町15-9
京　大　会　館　内　(〒606-8305)
電　話　(075)761-6182
FAX　(075)761-6190
URL　http://www.kyoto-up.or.jp
振　替　01000-8-64677
ISBN 4-87698-687-8
Printed in Japan

印刷・製本　㈱クイックス東京
定価はカバーに表示してあります